A PROPOS DE L'AUTEUR

Nora Roberts est l'un des auteurs les plus lus dans le monde, avec plus de 400 millions de livres vendus dans 34 pays. Elle a su comme nulle autre apporter au roman féminin une dimension nouvelle ; elle fascine par ses multiples facettes et s'appuie sur une extraordinaire vivacité d'écriture pour captiver ses lecteurs.

SAGA STANISLASKI

Les rêves d'une femme

★

Le scénario truqué

NORA ROBERTS

SAGA STANISLASKI

Traduction française de
JEANNE DESCHAMP
FABRICE CANEPA

HARLEQUIN

Titres originaux :

Partie 1 : FALLING FOR RACHEL
Partie 2 : CONVINCING ALEX

Ces romans ont déjà été publiés en 2013

HARPERCOLLINS FRANCE
83-85, boulevard Vincent-Auriol, 75646 PARIS CEDEX 13
Service Lectrices — Tél. : 01 45 82 47 47

www.harlequin.fr

ISBN 978-2-2803-8578-7

LES RÊVES D'UNE FEMME

1

Prologue

Le fracas du verre brisé acheva de dégriser Nick. Il jura tout bas. Pourquoi avait-il accepté de participer à ce cambriolage ? Pour prouver qu'il n'était pas un dégonflé ? Parce qu'il avait peur d'être exclu de la bande ? Ou simplement parce qu'il n'avait plus rien à perdre ?

Une chose était certaine : il en avait sa claque de sa petite vie minable. Ce casse, c'était une façon comme une autre de se donner une nouvelle chance et, de toute façon, il aurait perdu la face s'il s'était dégonflé alors que Reece, T.J. et Cash étaient emballés par le projet.

N'empêche que c'était la première fois qu'il commettait un délit passible d'une peine de prison.

Enfin... pas tout à fait la première fois. Il avait déjà été mêlé à deux ou trois trucs pas très nets. Nick se glissa avec précaution par la fenêtre brisée à l'arrière du magasin. Il avait participé à de petites arnaques, organisé des jeux de cartes truqués pour escroquer les touristes sur la Cinquième Avenue, vendu de fausses montres Gucci et trafiqué ses papiers pour obtenir des boissons alcoolisées interdites aux mineurs. Il avait travaillé aussi quelque temps dans un atelier clandestin de découpage de voitures. Mais il s'était contenté de démonter les véhicules pour les transformer en montagnes de pièces détachées. Sans être censé savoir qu'il s'agissait de voitures volées.

Bon, O.K., il avait également passé une nuit ou deux en garde à vue pour avoir participé à un combat de rue contre les Hombres... Mais il n'était pas question qu'un Cobra se laisse insulter sans réagir. C'était une question de dignité.

De là à pénétrer par effraction dans une boutique pour voler des calculatrices, des logiciels de jeux et des lecteurs de CD...

Il était en train de franchir un cap ! Un sacré cap, même. Et si l'idée lui avait paru géniale alors qu'ils étaient en train de partager un pack de bière dans la chambre de Cash, la réalité était nettement moins grisante. Pour tout dire, Nick en avait carrément mal au ventre.

Une fois de plus, il se trouvait pris au piège. Et, au point où il en était arrivé, il ne voyait pas trop comment se sortir de ce traquenard.

— Hé, les mecs, c'est autre chose que de piquer des bonbons au drugstore, commenta Reece, les poings sur les hanches en inspectant les lieux avec satisfaction. On va se faire un maximum de blé. Et sans se fouler, en plus !

Très brun, râblé, Reece avait toujours été leur leader. Ses yeux sombres, inquiets, brillaient d'une lueur perpétuellement fiévreuse. T.J., qui vénérait Reece, salua ses paroles d'un rire surexcité. Cash, plus taciturne et réservé, avait déjà commencé à jeter des jeux vidéo dans un grand sac en toile noire.

— Allez, Nick, au boulot, ordonna Reece en lui lançant un sac à dos vide. Remplis-moi ça bien comme il faut.

La sueur dégoulinait dans le dos de Nick tandis qu'il s'attaquait à une pile de baladeurs. Pourquoi avait-il accepté de participer à ce truc ? Le propriétaire du magasin était peut-être un type cool. Un gars qui se débattait pour survivre, comme lui. Arnaquer les touristes, pourquoi pas ? Mais participer à un casse, un vrai, il n'était pas d'accord.

— Ecoute, Reece, je...

Il s'interrompit lorsque le rayon lumineux de la lampe de poche de Reece vint le frapper dans les yeux.

— Qu'est-ce qui ne va pas, vieux frère ? Tu ne vas pas nous faire le coup des remords, au moins ?

Nick déglutit avec difficulté. Il était trop tard pour faire machine arrière. S'il renonçait maintenant, cela n'empêcherait pas les trois autres de continuer. Et tout ce qu'il y gagnerait, ce serait de passer pour un lâcheur et un trouillard.

— Ce n'est pas le problème, marmonna-t-il en commençant à rafler des objets au hasard. Mais je pensais qu'on devrait peut-être se limiter un peu, non ? Parce que la marchandise, on va être obligés de la sortir, pour commencer. Et, ensuite, il faudra l'écouler. Ce serait bête qu'on se retrouve avec du matériel sur les bras.

Avec un ricanement satisfait, Reece lui assena une bourrade amicale.

— Ne t'inquiète pas pour les questions pratiques, Nick. Je t'ai déjà dit que j'avais une combine. C'est dans la poche, tout ça.

— Cool.

Nick humecta ses lèvres sèches et se répéta qu'il était un Cobra et que le gang était sa seule famille.

— Cash, T.J., vous allez porter un premier chargement à la voiture, ordonna Reece en leur lançant les clés. Faites gaffe de bien la refermer. Il ne s'agirait pas de se faire piquer le matos.

T.J. pouffa en rajustant son masque.

— On sera prudents, ne t'inquiète pas. Ça grouille de gens malhonnêtes à New York, de nos jours. Qu'est-ce que t'en dis, Cash ?

Son compagnon se contenta d'émettre un vague grognement avant de se glisser par la fenêtre ouverte. T.J. sortit à son tour et Nick se retrouva seul avec Reece.

— Ce T.J. est un imbécile fini, commenta Reece dédaigneusement en s'emparant d'une chaîne hi-fi. Tiens, Nick, viens m'aider !

Le ventre de Nick se noua d'un cran supplémentaire.

— Je croyais qu'on ne devait prendre que du petit matériel.

— J'ai changé d'avis, déclara Reece en lui fourrant le carton dans les bras. Depuis le temps que ma vieille en rêve, de ce machin-là, on va lui faire un petit plaisir.

Repoussant les épais cheveux noirs qui lui tombaient sur les yeux, Reece se plaça à cheval sur le rebord de fenêtre.

— Tu sais ce qui ne va pas chez toi, Nick ? Tu as trop de scrupules. Mais tu ne dois rien à personne, capte bien ça. Des familles, tu n'en as pas trente-six mille. Il n'y a que nous, les Cobras. Entre nous, c'est à la vie, à la mort, ne l'oublie pas. Les autres — tous les autres — ils te laisseront crever la bouche ouverte, sans lever le petit doigt. Tu n'as pas à t'inquiéter pour eux.

Sautant dans l'allée obscure, Reece tendit les mains et Nick se pencha pour lui passer la chaîne hi-fi. Ainsi chargé, Reece se fondit dans l'obscurité. Nick revint sur ses pas pour récupérer son propre sac qu'il avait laissé par terre. Reece avait raison. L'important, c'était de rester fidèle à ses vrais amis. Aux gens sur qui il pouvait compter.

Et, après tout, il fallait bien qu'il se débrouille pour survivre. Si le fabricant de pizzas pour lequel il effectuait des livraisons n'avait pas fait faillite, il n'en serait pas là. Ce n'était pas sa faute s'il en était réduit à voler pour manger et payer son loyer.

Tout le problème, au fond, venait de la situation économique. Si on l'arrêtait, il pourrait toujours accuser le gouvernement de ne pas faire son boulot. Souriant à cette pensée, Nick se hissa sur la fenêtre et glissa une jambe au-dehors.

— Tu veux un coup de main, mon pote ?

Nick se figea au son de la voix inconnue. Dans la semi-obscurité, il vit luire le canon d'un revolver et étinceler un badge.

« Et voilà, pensa-t-il. Il a encore fallu que ça tombe sur moi ! » Pendant une fraction de seconde, il envisagea de jeter son sac à la figure du flic et de prendre la fuite. Mais, déjà, ce dernier faisait un pas en avant. Habillé en civil, il était jeune, très brun, avec une expression à la fois lasse et résolue. Son attitude disait clairement qu'il avait anticipé sa réaction et qu'il se préparait à agir en conséquence.

— Si j'étais toi, je ne tenterais pas de manœuvre désespérée, suggéra le policier calmement. Dis-toi simplement que la chance n'était pas de ton côté, cette fois-ci.

— Parce que vous croyez qu'elle y a jamais été, de mon côté ?

Avec un léger haussement d'épaules, Nick se laissa glisser sur le sol, posa le sac par terre, et se tourna face au mur pour adopter la position réglementaire, bras et jambes écartés.

Chapitre 1

Tenant son attaché-case d'une main et son sandwich entamé de l'autre, Rachel monta les marches du palais de justice quatre à quatre. Ponctuelle par essence, elle détestait être en retard. La jeune avocate pesta tout bas en regardant sa montre. Le juge de service ce matin-là était Snyder, dit « Lame de Couteau » à cause de la forme de son visage, et elle était déterminée à prendre sa place à la table de la défense à 8 h 59 précises. Et il ne lui restait que trois minutes pour atteindre son objectif alors qu'elle aurait facilement disposé du double si elle n'avait pas commis l'erreur de faire d'abord un crochet par son bureau.

Mais comment aurait-elle pu prévoir que son supérieur l'attendrait de pied ferme pour lui confier un nouveau dossier ?

« Comment le prévoir ? songea-t-elle. Facile ! Depuis deux ans que je suis avocate de l'assistance judiciaire, ça n'arrête pas une seconde ! Une fois de plus, cela me pendait au nez ! »

Rachel jaugea d'un rapide coup d'œil la foule en attente devant l'ascenseur et opta pour l'escalier en pestant de plus belle. Maudissant ses talons hauts, elle monta au pas de course et avala ce qui restait de son sandwich en s'interdisant de penser à la tasse de café salutaire qui aurait pu faire passer cette triste ébauche de petit déjeuner.

Emportée par son élan, elle s'immobilisa net devant la porte de la salle de tribunal et s'accorda dix précieuses secondes pour rajuster sa veste de tailleur, passer un coup de brosse dans ses cheveux noirs mi-longs et vérifier que ses boucles d'oreilles étaient toujours en place.

Puis elle regarda sa montre et sourit. « Pile à l'heure, Stanislaski ! » se dit-elle avec satisfaction en poussant les portes pour pénétrer dans la salle d'un pas serein. Sa cliente — une jeune prostituée au cœur endurci — entrait, escortée par deux policiers, juste au moment où Rachel atteignait sa place. Le racolage sur la voie publique aurait simplement valu une amende à Mandy Peterson. Mais la jeune femme n'avait pas résisté à la tentation de délester son client de son portefeuille. Or ce dernier, contre toute attente, n'avait pas hésité à porter plainte.

Comme Rachel l'avait expliqué à sa cliente indignée, même si la plupart des « pigeons » gardaient le silence pour préserver leur réputation, tous n'acceptaient pas sans broncher de se faire dérober plusieurs centaines de dollars ainsi que leurs cartes de crédit.

L'ordre fut donné de se lever et le juge entra à grands pas, sa robe noire flottant autour de sa silhouette massive. « Lame de Couteau » ne mesurait pas loin de deux mètres et portait fièrement ses cent quarante kilos. Sa peau avait la couleur d'un bon cappuccino et il avait la réputation de ne jamais sourire. Le juge Snyder ne supportait aucun écart : ni retard, ni impertinence, ni excuses. Rachel jeta un coup d'œil à l'assistant du procureur de district avec qui elle croiserait le fer toute la matinée. Ils échangèrent un rapide sourire et la séance débuta.

Rachel réussit à limiter la peine de Mandy à trois mois. Un exploit qui ne lui valut aucun remerciement de la part de la prostituée, qui sortit en fulminant. Mais elle s'en tira plutôt bien avec son client suivant, inculpé pour coups et blessures. «… Vous comprenez, Votre Honneur, mon client avait réglé le prix d'un repas chaud, en toute bonne foi. Lorsque la pizza est arrivée froide, il a voulu la faire goûter au livreur pour prouver qu'il ne racontait pas d'histoires. Malheureusement, dans le feu de l'action, il a eu un geste un peu trop vif et l'objet du délit a atterri malencontreusement sur la tête du livreur… »

— Très drôle, Maître. Cinquante dollars… Au suivant.

La matinée s'écoula laborieusement. Rachel se battit pied à pied, d'abord pour défendre un pickpocket, puis pour une affaire d'ébriété et de désordre sur la voie publique. Menus larcins et petits trafics occupèrent une bonne partie de la séance. Ils finirent à midi avec un voleur à l'étalage. Rachel dut mettre tout son talent de persuasion en œuvre pour que le juge accepte de confier son client aux soins d'un expert-psychiatre plutôt que d'appliquer une sanction.

— Vous ne vous en êtes pas trop mal tirée, ce matin, Rachel, commenta l'assistant du procureur en venant lui serrer la main après le départ du juge. On peut dire que nous avons terminé à égalité, non ?

Rachel secoua la tête en riant.

— Ah non, je conteste : j'ai pris une longueur d'avance sur vous avec le voleur à l'étalage.

— Mmm…, commenta Spelding en lui emboîtant le pas. Il faudra attendre les résultats de l'expertise psychiatrique avant de trancher. Si ça se trouve, il n'est pas plus fou que vous et moi, ce gars-là.

— Spelding, par pitié, réfléchissez cinq minutes ! Cet homme a soixante-douze ans et ne vole que des rasoirs jetables et des cartes de vœux avec un décor floral. C'est évident que son cas relève de la psychopathologie.

Spelding l'escorta hors de la salle.

— Vous, les défenseurs publics, vous justifiez tout et n'importe quoi, bougonna-t-il tout en laissant glisser un regard admiratif sur ses jambes. Mais vous avez trop de talent et de métier pour que l'on puisse vous en vouloir vraiment. Et si on déjeunait ensemble, Rachel ? Cela vous laisserait une bonne heure pour tenter de me convaincre que tous ces délinquants récidivistes méritent notre clémence.

Rachel soupira en voyant la foule qui attendait devant l'ascenseur et opta pour l'escalier une fois de plus. Elle décocha un rapide sourire à Spelding. Depuis quelque temps, le jeune assistant du procureur multipliait ses invitations. Et elle le soupçonnait de briguer d'autres plaisirs que ceux de sa conversation.

— Désolée, mais le déjeuner sera pour une autre fois. J'ai un client qui m'attend.

— En prison ?

Elle haussa les épaules.

— Vous croyez que je les trouve où ? Au Ritz ? N'oubliez pas de fourbir vos armes pour notre prochaine rencontre, Spelding. Je vous attendrai de pied ferme.

Dans le commissariat de quartier flottaient les relents habituels d'angoisse, de mauvais café et de sueur âcre. Rachel se frotta énergiquement les bras pour se réchauffer. L'été indien annoncé en grande fanfare par la météo avait oublié de faire son apparition. Et c'était à présent une épaisse couche de nuages gris qui couvrait Manhattan d'une ombre menaçante. Quitter son appartement sans manteau et sans parapluie avait été exagérément optimiste de sa part, de toute évidence.

Mais avec un peu de chance, elle serait de retour à son bureau avant que la pluie ne commence à tomber.

— Nicholas LeBeck, annonça-t-elle au policier à l'accueil. Suspecté de vol avec effraction.

— LeBeck, oui, marmonna le sergent en consultant son registre. C'est votre frère qui l'a surpris en flagrant délit.

Rachel soupira. Avoir un frère dans la police ne lui facilitait pas l'existence.

— C'est ce que j'ai entendu dire, oui. Nicholas LeBeck a-t-il passé le coup de fil auquel il a droit ?

— Non.

— Quelqu'un est venu s'inquiéter de lui ?

— Non plus.

— Super, murmura Rachel. J'aimerais le voir.

— Pas de problème. Je vous fais amener votre héros du jour en salle A. Apparemment, vous n'êtes pas tombée sur un numéro gagnant, ma pauvre.

— Je vous dirai cela une fois que je me serai entretenue avec M. LeBeck, rétorqua-t-elle en se détournant.

Evitant un petit homme trapu et menotté suivi de près par un policier en uniforme, Rachel se dirigea en ligne droite vers la machine à café. Une fois munie du précieux liquide, elle alla attendre LeBeck dans la salle d'interrogatoire. Le décor de la pièce exiguë consistait en une fenêtre à barreaux, une table et quatre chaises. Rachel s'assit et ouvrit le dossier.

Agé de dix-sept ans, son nouveau client était sans emploi et louait une chambre dans un coin sinistre du Lower East Side. En parcourant des yeux l'extrait de son casier judiciaire, Rachel soupira et pianota du bout des doigts sur la table. Rien de vraiment catastrophique, d'accord. Mais le parcours, tristement typique, n'était pas de ceux qui incitent les juges à la clémence. Même s'il n'avait jamais eu d'ennuis sérieux auparavant, Nicholas LeBeck avait des antécédents judiciaires. Et en commettant ce vol avec effraction, il avait franchi un palier supplémentaire sur la voie qui mène à la grande délinquance. Elle n'avait pratiquement aucun espoir d'obtenir qu'il bénéficie des procédures pénales applicables aux délinquants mineurs, même s'il n'avait pas encore vingt et un ans. Dans le sac à dos mis sous scellés par l'officier de police Stanislaski au moment de l'arrestation, on avait trouvé pour plusieurs milliers de dollars de marchandises.

Un « détail » que son frère ne manquerait pas de souligner. Alex prenait toujours un malin plaisir à brosser un portrait noir de ses clients.

Lorsque la porte s'ouvrit, Rachel examina avec attention le jeune homme qui entrait d'un pas traînant, flanqué par un policier à la mine désabusée. Nicholas LeBeck était grand et mince. *Trop* mince, même. Ce garçon-là aurait eu besoin de prendre un peu de poids. Ses cheveux châtains qui lui tombaient sur les épaules n'avaient pas vu le peigne depuis un certain temps. Ses lèvres étaient tordues en une sorte de rictus permanent qui déformait des traits par ailleurs plutôt agréables. Ses yeux aussi auraient été beaux si son regard n'avait pas exprimé tant de rancœur hargneuse.

Sur un signe de tête de Rachel, le policier détacha les menottes du prévenu et se retira pour les laisser en tête à tête.

— Monsieur LeBeck, je suis Rachel Stanislaski, votre avocate.

— Ah ouais ?

LeBeck se laissa tomber sur une chaise qu'il fit basculer en équilibre sur deux pieds et lui jeta un regard appréciateur.

— Le dernier défenseur public que l'on m'a collé était petit et chauve, ajouta-t-il avec un sourire satisfait. Cette fois-ci j'ai du bol…

— Du bol ? Je ne dirais pas ça, non. Vous avez été arrêté alors que vous sortiez de l'arrière-boutique d'un magasin fermé. Je pense que vous êtes en mauvaise posture, au contraire. Six mille dollars de marchandises, ça commence à faire.

— Six mille dollars ? C'est fou comme ces trucs électroniques peuvent être surévalués, de nos jours, commenta Nick, désinvolte.

Il devait cependant se forcer pour maintenir une attitude goguenarde. Après la sale nuit qu'il venait de passer en cellule, il ne se sentait pas vraiment d'humeur à pavoiser.

— Vous n'auriez pas une cigarette, par hasard ? demanda-t-il en se passant la main dans les cheveux.

— Non, monsieur LeBeck. Je n'ai pas de cigarette. J'aimerais que vous soyez présenté au juge le plus vite possible afin que le montant de votre caution soit fixé. A moins, bien sûr, que vous ne préfériez rester en pension ici.

Nick rit jaune.

— Ce n'est pas le genre de crémerie où on a envie de traîner trop longtemps, ma puce. Faites le nécessaire pour me sortir d'ici, puisque c'est votre boulot.

— Pas « votre puce », non : Stanislaski. *Mademoiselle* Stanislaski. Quant à votre dossier, on me l'a remis alors que je partais au tribunal, et j'ai juste eu le temps de voir le procureur de district entre deux portes. Du fait de vos antécédents judiciaires et compte tenu de la gravité des chefs d'inculpation, vous pouvez déjà mettre une croix sur les juridictions réservées aux mineurs. L'arrestation a été effectuée dans les règles, donc vous n'avez rien à attendre de ce côté-là.

— Je n'attends rien de personne de toute façon, marmonna Nick.

— Parfait. Cela me facilitera la tâche.

Rachel croisa les mains sur son dossier.

— Parlons peu, parlons bien, monsieur LeBeck. Vous avez été pris en flagrant délit. A moins que vous ne vous preniez pour un fringant justicier, qui, ayant vu une fenêtre brisée, se serait précipité à l'intérieur pour intervenir au nom d'un idéal élevé de justice…

Nick ne put s'empêcher de sourire.

— Hé ! Mais c'est que vous êtes en train de me donner une idée !

— Elle ne passera pas la barre, croyez-moi. Vous êtes coupable, l'officier de police qui vous a arrêté l'a fait dans le respect strict des règles. Et, avec vos antécédents, on peut difficilement espérer vous faire passer pour un jeune homme modèle, victime d'un moment d'égarement passager. Vous allez donc payer. Combien, cela va dépendre de vous.

Nick continua à se balancer nonchalamment sur sa chaise, mais une sueur d'angoisse lui coulait dans le dos tandis qu'il songeait au procès à venir. Cette fois, il n'allait pas y couper : il était bon pour le trou. Et pas seulement pour quelques heures. Il allait en prendre pour des mois. Peut-être même des années.

— J'ai entendu dire que les prisons étaient surpeuplées et qu'elles coûtaient cher au contribuable, rétorqua-t-il en fixant la jolie avocate droit dans les yeux. J'imagine que le procureur de district acceptera de négocier.

— C'est une possibilité, en effet.

Non sans un pincement au cœur, Rachel nota que son client n'était pas habité seulement par la haine et le ressentiment. C'était de la peur qu'elle lisait à présent dans ses yeux. Nicholas LeBeck était jeune et terrifié. Et elle ne voyait pas trop comment le sortir de ce mauvais pas.

— La valeur totale de la marchandise volée dépasse quinze mille dollars, observa-t-elle doucement. C'est plus que ce que vous aviez en votre possession. Vous n'étiez pas seul sur le coup, LeBeck. Vous le savez, je le sais, les flics le savent. Même chose pour le procureur de district. Donnez-leur deux ou trois noms. Ou au moins une indication sur l'endroit où se trouve le reste de la marchandise. Et vous échapperez peut-être à une condamnation ferme.

La chaise retomba bruyamment sur ses quatre pieds.

— Je ne vois pas de quoi vous voulez parler. Je n'ai jamais dit qu'il y avait quelqu'un d'autre avec moi. J'étais seul, un point, c'est tout.

Rachel se pencha en avant. De quelques centimètres seulement, mais ce subtil changement de position força Nick à soutenir son regard.

— Ecoutez-moi bien, LeBeck : je suis votre avocate et je suis là pour vous défendre. Alors je vous conseille une chose, c'est de me dire la vérité. Si vous avez l'intention de me raconter des salades, je vous laisse tomber, et ciao ! Exactement comme vos soi-disant amis d'hier soir, entre parenthèses. Ceux-là mêmes que vous défendez bec et ongles.

Même si l'avocate n'avait pas élevé la voix, sa colère rentrée atteignit Nick de plein fouet. Un peu plus et il se serait tortillé sur sa chaise comme un enfant grondé par sa mère. Un comble !

— Si vous ne voulez pas négocier, ne négociez pas. C'est votre problème. Au lieu d'avoir deux ans avec sursis, vous ramasserez de trois à cinq ans ferme. De toute façon, je ferai mon boulot. Mais évitez de me prendre pour une imbécile, LeBeck.

Rachel constata avec soulagement que le visage de son client n'exprimait plus, de nouveau, que haine et sarcasme. Elle avait été à deux doigts de se laisser attendrir en le voyant trembler de peur.

— Bon, résumons-nous : c'est bien gentil de ne pas vouloir dénoncer vos petits camarades, mais nous ne sommes plus dans une cour de récréation. Vous allez plonger, et sérieusement. Ce que vous me direz, je le garderai pour moi si vous le souhaitez. Mais jouez franc-jeu avec moi ou je retire mes billes.

— Vous n'avez pas le droit de me laisser tomber. Vous avez été commise d'office pour me défendre.

— Peut-être. Mais je peux passer le dossier à un collègue,

déclara Rachel, imperturbable, en glissant les papiers dans son attaché-case. Et ce serait dommage pour vous. Car, voyez-vous, je me débrouille plutôt bien dans une salle de tribunal. Et mes talents pourraient vous être utiles.

— Si vous êtes si douée que ça, pourquoi avez-vous choisi de travailler pour le bureau de l'assistance judiciaire ? Vous pourriez gagner cinq fois plus dans un cabinet privé.

— Disons que j'ai une dette à régler envers la société, trancha Rachel en refermant son attaché-case. Alors ? Qu'est-ce que vous décidez ?

L'espace d'une seconde, Nick hésita. Pâle, les traits tirés, il paraissait jeune, perdu et vulnérable. Mais il finit par serrer les poings.

— Je ne suis pas une balance. Je ne parlerai pas.

Rachel soupira avec impatience.

— Vous portiez un blouson des Cobras lorsque vous avez été arrêté.

— Et alors ?

— Et alors, ils savent déjà de quel côté les chercher, vos chers amis qui vous laissent payer l'addition pour eux sans broncher. Ça vous amuse vraiment de porter le chapeau pour tous les autres ?

Mais Nicholas LeBeck ne voulait rien savoir.

— Quand je dis non, c'est non.

— Votre loyauté est admirable, même si elle est mal placée. Je ferai mon possible pour qu'on limite les chefs d'accusation retenus contre vous. Pour ce qui est de la caution, je crains qu'il y en ait au moins pour cinquante mille dollars. Vous pensez pouvoir réunir dix pour cent de la somme ?

« Même pas le *centième* de la somme », songea Nick, avec réalisme. Mais il acquiesça d'un signe de tête.

— Je me débrouillerai.

— Très bien. Je vous tiens au courant.

Rachel se leva et sortit une carte de visite de sa poche.

— Si vous avez besoin de moi avant l'audition ou si vous décidez de négocier, passez-moi un coup de fil.

Elle frappa à la porte pour se faire ouvrir. Comme elle franchissait le seuil, un bras d'homme vint se glisser autour de sa taille. Levant les yeux, Rachel reconnut le visage souriant de son frère.

— Rachel... Ça faisait une éternité.

— Oui. Au moins un jour et demi. C'est sûr qu'il y a de quoi trouver le temps long.

Alex Stanislaski rit doucement.

— Tiens, tiens. Notre avocate dévouée serait-elle de mauvaise humeur ?

Comme il l'entraînait dans la salle de garde à vue, il jeta un regard par-dessus son épaule et haussa les sourcils en voyant sortir LeBeck.

— Ah tiens, c'est à toi qu'on l'a fourgué, celui-là ? Tu as vu que c'était ton héros de frère qui l'avait arrêté au péril de sa vie ?

— Pff...

Rachel lui assena un coup de coude dans les côtes.

— Arrête de te vanter, toi. Et dégote-moi plutôt une tasse de café.

Pendant que son frère s'éloignait, Rachel s'appuya contre le bureau d'Alex et regarda autour d'elle. Juste à côté, un homme pressait un mouchoir taché de sang contre son front et gémissait doucement tout en faisant sa déclaration à un policier imperturbable. Un peu plus loin, on entendait hurler en espagnol. Une femme au visage tuméfié pleurait à chaudes larmes dans un coin tout en berçant un bébé joufflu dans ses bras.

Rachel soupira. Dans ces commissariats des quartiers pauvres, on retrouvait toujours ce même mélange de désespoir, de résignation, de misère. Comme une tonalité de fond. Une ambiance assez similaire régnait dans le bureau de l'assistance judiciaire, à quelques blocs de là.

Fermant les yeux, Rachel eut une vision de sa sœur, Natasha, prenant son petit déjeuner en famille dans sa grande et belle maison en Virginie-Occidentale. Ou allant et venant dans l'univers coloré de son extraordinaire magasin de jouets. Cette image la fit sourire. Tout comme celle de son frère Mikhail sculptant ses figures de bois dans son nouvel atelier inondé de soleil. Peut-être, en ce moment même, embrassait-il sa femme, Sydney, avant que cette dernière ne parte travailler dans son élégante agence immobilière du centre-ville ?

Rachel poussa un profond soupir. Et elle-même, pendant ce temps, que faisait-elle ? Elle attendait une tasse de mauvais café dans un commissariat crasseux où pauvreté, malheur et tragédie marchaient main dans la main.

Alex lui tendit un gobelet en carton fumant et se percha à côté d'elle sur le bureau.

— Merci, murmura-t-elle d'un ton lugubre en observant deux prostituées ivres qui sortaient en titubant d'une cellule de garde à vue.

Un homme de haute taille, mal rasé, avec des yeux fatigués et un visage maigre et crispé passa à côté d'eux sans les voir et suivit un policier en uniforme pour se diriger vers le fond du bâtiment. Rachel soupira.

— Qu'est-ce qui ne tourne pas rond chez nous, Alexi, à ton avis ?

Son frère lui passa le bras autour de la taille en souriant.

— Quelle question ! Tu demandes ça parce que nous avons choisi de travailler dans un cadre sordide pour un salaire de misère et une reconnaissance sociale minimale ? Mais il faut de tout pour faire un monde, non ? Y compris les masochistes de service !

Rachel rit de bon cœur et continua à ingurgiter stoïquement sa dose quotidienne de caféine, malgré le vague arrière-goût de mazout du café maison.

— Enfin... Toi, au moins, tu as eu une promotion, inspecteur Stanislaski, observa-t-elle en tapant sur l'épaule de son frère.

— Je n'y peux rien si je suis doué. Et, grâce à toi, je suis sûr de ne jamais manquer de boulot. C'est génial d'avoir une sœur qui passe sa vie à se battre pour faire relâcher dans les rues tous les délinquants qu'on s'échine à y ramasser...

Elle lui jeta un regard noir par-dessus le bord de son gobelet en carton.

— La plupart des gens dont je défends les intérêts n'ont pas commis d'autres crimes que de chercher à survivre.

— C'est ça, oui. En volant, en agressant et en escroquant à tout va. Jolie recette de survie.

Il n'y avait rien de tel que le cynisme d'Alex pour réveiller la combativité de Rachel.

— J'aurais voulu que tu voies le vieillard pour qui j'ai plaidé ce matin. Traîné au tribunal pour avoir dérobé quelques cartes postales ! Tu parles d'un danger pour l'humanité. On aurait peut-être dû l'enfermer et jeter la clé, selon toi ?

— Parce que, à tes yeux, voler est sans gravité, à condition que les biens subtilisés n'aient qu'une faible valeur ? Le non-respect de la propriété d'autrui, ça ne te dit rien ?

— Cet homme avait besoin d'une aide thérapeutique. Pas d'une peine de prison.

— C'est ça. Comme le type que tu as réussi à faire libérer le mois dernier. Tu sais, celui qui avait terrifié la propriétaire âgée d'une petite mercerie. Il est passé tel Attila dans le magasin en brisant tout sur son passage. Pour finalement rafler six cents malheureux dollars dans la caisse. Tu trouves normal, toi, que cet individu n'ait pas été sanctionné pour ses actes ?

Rachel fit la moue. Elle n'avait pas été particulièrement

réjouie de voir ce client-là repartir en homme libre. Mais la loi était claire et elle existait pour être respectée.

— Si vous faisiez votre boulot correctement dans la police, ça ne serait pas arrivé, Alex. L'agent des forces de l'ordre qui l'a arrêté avait l'obligation de l'aviser de ses droits en s'adressant à lui dans sa langue maternelle. Ou à défaut, de s'adjoindre les services d'un interprète. Mon client comprenait à peine dix mots d'anglais.

Voyant Alex prêt à se lancer dans une de ces discussions passionnées qui les opposaient régulièrement, Rachel secoua la tête.

— *Niet*, A*lexi*. Le débat est clos pour aujourd'hui. J'ai un planning d'enfer cet après-midi et il me reste à peine le temps de manger. Dis-moi juste ce que tu sais de Nicholas LeBeck.

— Ce que je sais de ton LeBeck ? Pas grand-chose. Tu as vu le rapport, non ?

— Raconte-moi comment l'arrestation s'est passée.

— Je rentrais chez moi lorsque j'ai vu le carreau brisé. Je me suis approché pour jeter un coup d'œil et c'est là que ton client m'est plus ou moins tombé dans les bras. Je me suis contenté de le cueillir et de le ramener ici.

— Et les autres ?

Avec un haussement d'épaules, Alex finit son café.

— Je n'ai vu personne à part LeBeck.

— Allons, Alex. Tu sais qu'il n'était pas seul sur le coup.

— J'imagine qu'il avait des complices, oui. Mais les autres avaient déjà filé. Et LeBeck est resté muet comme une tombe. Il n'en était pas à son coup d'essai, entre parenthèses. Ça fait déjà quelques années qu'il est fiché.

Rachel secoua la tête.

— Tu as vu le contenu de son dossier ? Il n'y a pas de quoi faire dresser les cheveux sur la tête. C'était de la petite, petite délinquance.

— Ces gens-là commencent souvent petit. Et puis c'est l'escalade progressive. Il me paraît quand même sacrément mal barré dans la vie, ton LeBeck.

Rachel secoua la tête.

— On n'a pas le droit de dire des choses comme ça, Alex. A dix-sept ans, on peut encore changer… LeBeck fait partie du gang des Cobras, je crois ?

— Il avait le blouson en tout cas. Et l'insolence avec.

— Ce n'est qu'un môme, Alex. Et il est vert de trouille.

Avec un grognement contrarié, son frère envoya son gobelet vide dans la corbeille à papier.

— Un môme ? Laisse-moi rire, Rachel. Il est plus grand que moi.

— Ce n'est pas une question de taille ! Même s'il est adulte et qu'il joue les durs, je sais qu'il n'en mène pas large, dans sa cellule. Et *ça*, figure-toi, ça me touche. Car ce gamin-là, ça aurait pu aussi bien être toi ou moi. Ou même Natasha ou Mikhail.

— Attends, Rachel, tu ne vas tout de même pas comparer…

— Eh si, justement. S'il n'y avait pas eu la famille, si papa et maman n'avaient pas travaillé aussi dur, si nous ne nous étions pas serré les coudes, n'importe lequel d'entre nous aurait pu être entraîné sur le même parcours qu'un Nicholas LeBeck. Et tu le sais très bien.

Alex lui jeta un regard noir.

— Bon, O.K., oui, je le sais. Pourquoi crois-tu que je sois entré dans la police ? Mais il reste quand même quelque chose comme le libre arbitre, non ? Il arrive un moment dans la vie où il faut choisir son camp.

— Parfois on fait les mauvais choix faute d'avoir été soutenu au bon moment.

Son frère soupira.

— Je crois que nous n'aurons jamais la même conception de la justice, toi et moi, Rachel. Mais fais quand même attention à toi. Les Cobras forment un des gangs les plus redoutables qui sévissent en ce moment à New York. Je sais que tu es une idéaliste, mais, par pitié, ne va pas te mettre en tête que ton client est une âme noble égarée dans un monde cruel.

— Arrête, Alex ! Je sais ce que je fais.

Rachel abandonna le reste de son café refroidi sur le bureau et se redressa pour toiser son frère, les bras croisés sur la poitrine.

— Il était armé ?

— Non, soupira Alex.

— Il t'a opposé une résistance ?

— Aucune. Mais cela ne change rien à ce qu'il était en train de faire. Ni à ce qu'il est.

— Ses actes demeurent, en effet. Mais son attitude au moment de l'arrestation peut constituer une indication précieuse quant à sa personnalité et à ses convictions. L'audience avec le juge est fixée à 16 heures.

— Je sais.

Rachel sourit et se pencha pour l'embrasser.

— A tout à l'heure, alors.

Elle avait atteint la porte lorsque son frère la rappela.

— On se fait un ciné, ce soir ?

— Bonne idée. Je te passerai un coup de fil.

A peine avait-elle fait deux pas dehors qu'on l'appela de nouveau. Plus cérémonieusement, cette fois.

— Mademoiselle Stanislaski ?

Repoussant les cheveux qui lui tombaient sur les yeux, elle tourna la tête. C'était l'homme aux yeux fatigués et aux joues hérissées de barbe qu'elle avait déjà remarqué un peu plus tôt dans le commissariat. Il se hâtait à présent dans sa direction. Ce n'était pas précisément le genre de type à passer inaperçu. Il était grand — très grand même — et son sweat-shirt trop large soulignait des épaules étonnamment puissantes pour un homme aussi mince. Un jean usé et blanchi aux coutures révélait des hanches étroites, des jambes longues et nerveuses.

Mais ce n'était pas tant son physique qui attirait l'attention que les intenses vibrations de colère qui émanaient de sa personne. Ses yeux d'un bleu métallique étincelaient dans un visage aux traits rudes, avec des joues presque hâves, des mâchoires marquées.

— Vous êtes Rachel Stanislaski ?

— C'est moi, oui.

Il lui serra la main pour se présenter… et lui fit descendre trois marches par la même occasion. Rachel réprima une grimace. Cet homme-là n'avait peut-être pas l'air très costaud, mais il avait une poigne d'acier.

— Zachary Muldoon, annonça-t-il, comme si ce nom suffisait à tout expliquer.

Rachel se contenta de hausser les sourcils. Il avait beau être capable de lui broyer la main, elle n'avait pas l'habitude de se laisser intimider facilement. Surtout dans le périmètre immédiat d'un commissariat de police.

— Je peux vous aider, monsieur Muldoon ?

— Vous avez *intérêt* à m'aider, oui.

Charmante entrée en matière.

— Ah, vous croyez ça, vous ? riposta-t-elle, toutes griffes dehors.

Le dénommé Muldoon passa la main dans ses cheveux noirs en bataille. Puis, jurant tout bas, il lui prit le coude et l'entraîna sur le trottoir.

— Combien faudra-t-il verser pour le sortir de là ? Et pourquoi a-t-il fait appel à vous et non à moi ? Mais ce que j'aimerais comprendre surtout, c'est comment vous avez pu le laisser croupir toute une nuit en cellule. A quoi bon avoir un avocat, s'il n'est même pas fichu de faire libérer son client immédiatement ?

Rachel se dégagea non sans mal, prête à utiliser son attaché-case pour se défendre. Elle avait entendu parler du tempérament impétueux des Irlandais. Mais les Ukrainiens n'étaient pas des mauviettes non plus. Et elle ne se laisserait pas rudoyer par cet excité sans réagir.

— Primo, monsieur Muldoon, je ne sais pas qui vous êtes ni de quoi vous me parlez. Secundo, j'ai un emploi du temps très chargé. Alors arrêtez de m'apostropher comme si j'étais la cause directe de tous vos maux et allez passer vos nerfs ailleurs.

Elle réussit à faire deux pas en direction de la bouche de métro. Mais l'Irlandais déchaîné la rattrapa en une seule enjambée et la fit pivoter vers lui.

— Je me fiche éperdument de vos problèmes d'emploi du temps. Ça fait partie de vos fonctions de répondre à mes questions, princesse. Si vous n'avez pas le temps de défendre Nick, nous prendrons un autre avocat. Je ne comprends d'ailleurs pas ce qui lui a pris de faire appel à une petite bourgeoise BCBG dans votre genre.

Les yeux bleus lançaient des éclairs ; la bouche de poète irlandais était tordue en une grimace mauvaise.

Mais Rachel n'était pas moins énervée que lui.

— Une petite bourgeoise BCBG, moi ? Faites attention à ce que vous dites, mon vieux, sinon…

— Sinon vous demanderez à votre petit copain flic de me boucler dans une de ses cellules ? compléta Zack d'un ton méprisant.

Il toisa la jeune femme, la bouche déformée par une moue de dégoût. Sa peau délicate, très légèrement hâlée, l'or liquide de ses yeux qui rappelait la couleur de ses meilleurs whiskys… Ayant terminé son examen, il secoua la tête. Pour aider Nick, il lui fallait un type solide, aguerri. Pas une jolie petite évaporée de la haute qui se distrayait de ses angoisses existentielles en faisant des effets de manches dans les prétoires.

— Je ne vois pas comment Nick pourrait être défendu correctement par une fille qui passe son temps à flirter avec des flics et à fixer des rendez-vous amoureux alors qu'elle est censée travailler.

— Dites, vous n'allez tout de même pas me faire la morale, en plus ! s'écria Rachel. En quoi cela vous concerne-t-il que... Mais vous avez dit *Nick*, au fait ? Nicholas LeBeck ? C'est à son sujet que vous vouliez me parler ?

— Mais évidemment que c'est au sujet de Nick ! Qu'est-ce que vous croyiez ? Que je vous faisais du plat ? Désolé de vous décevoir... En attendant, vous feriez mieux de me fournir des réponses claires, ma belle. Et en vitesse. Sinon, je vous retire cette affaire. Et vous n'aurez plus l'occasion de ramener votre charmant petit derrière dans ce commissariat où vous avez tout l'air d'être appréciée.

Un flic sous couverture, vêtu comme un clochard, s'approcha de sa démarche vacillante.

— Un problème, Rachel ? demanda-t-il à mi-voix en examinant le dénommé Muldoon du coin de l'œil.

— Non, c'est bon, Matt, répondit-elle, refrénant sa colère le temps de sourire au policier... Quant à vous, Muldoon, je vous conseille de vous calmer. Des réponses, j'en donne si je veux. Et ce n'est pas en m'insultant que vous me rendrez coopérative.

— Vous êtes payée pour coopérer. Vous lui taxez combien, au fait, à ce gamin ?

— Je vous demande pardon ?

— Quels sont vos honoraires, mon petit cœur ?

Rachel grinça des dents. De son point de vue, ce « mon petit cœur » était presque aussi offensant que l'appellation de « petite bourgeoise BCBG » injustifiée.

— Je suis un défenseur public, Muldoon. Autrement dit,

c'est l'Etat qui me paye. Nicholas LeBeck ne me verse pas un centime. Et je ne vous dois rien, pas même une explication.

— Une avocate de l'assistance judiciaire ? s'écria-t-il en l'entraînant quelques pas plus loin sur le trottoir. Mais pourquoi ?

— Parce que LeBeck est au chômage et qu'il est fauché. Et maintenant, si vous voulez bien m'excuser...

Elle posa une main sur le torse de Muldoon pour le repousser. Mais elle aurait aussi bien pu s'attaquer à un mur. C'était à se demander s'il n'avait pas été construit entièrement en acier et en brique.

— Ainsi Nick a perdu son boulot. Mais, bon sang, pourquoi...

Zachary Muldoon laissa sa phrase en suspens. Cette fois, ce ne fut pas de la colère que Rachel lut dans son regard, mais une lassitude profonde. Mêlée d'une pointe de résignation et de remords. — Il aurait pu venir me trouver, murmura-t-il comme pour lui-même.

— Vous êtes quoi, par rapport à lui, exactement ? s'enquit Rachel d'un ton radouci.

Muldoon se frotta le visage des deux mains.

— Son frère.

Perplexe, Rachel fronça les sourcils. Elle savait que les membres d'un même gang se considéraient tous comme des « frères ». Mais si Zachary Muldoon avait le physique requis, il paraissait malgré tout un peu vieux pour appartenir à la glorieuse confrérie des Cobras.

— Ils n'ont pas d'âge limite, dans ce gang ? s'étonna-t-elle.

Il jura avec force.

— Parce que j'ai l'air de faire partie d'une bande de loubards, selon vous ?

Rachel inclina la tête sur le côté pour l'examiner tout à son aise. Il avait l'allure d'un dur, c'était certain. D'un homme qui n'hésiterait pas à se battre. Ni à briser quelques os au passage. Et elle ne doutait pas qu'il aurait grand plaisir à broyer les siens.

— Vu de l'extérieur, vous feriez un Cobra tout à fait honorable, conclut-elle à voix haute. Vous avez l'attitude, le langage. Et la rudesse aussi.

Zack se moquait éperdument du jugement qu'une Rachel Stanislaski pouvait porter sur sa personne. Mais dans l'intérêt de Nick, il était temps qu'il mette les points sur les i.

— Désolé de vous décevoir, mais je suis le frère de Nick au sens propre du terme. Enfin presque… La mère de Nick a épousé mon père. Vous pigez ?

Si le regard de l'avocate demeurait méfiant, elle se montra néanmoins plus attentive.

— LeBeck m'a affirmé qu'il n'avait aucune famille.

Zack encaissa le coup. Mais ce n'était pas vraiment étonnant, au fond, que Nick ait prétendu être seul au monde.

— Il m'a moi, que cela l'amuse ou non, déclara-t-il sèchement. Et j'ai les moyens de payer un vrai avocat. Donc exposez-moi son cas et je verrai ensuite pour la relève.

Cette fois, Rachel Stanislaski ne se contenta pas de crisper les mâchoires. Elle montra carrément les dents.

— Il se trouve que je *suis* un vrai avocat, Muldoon. Et si LeBeck n'est pas content de mes services, il est capable de le dire tout seul, comme un grand.

Zack fit un effort pour contenir son impatience.

— Nous verrons cela plus tard, O.K. ? Pour le moment, j'aimerais savoir ce qui s'est passé.

Rachel Stanislaski jeta un rapide coup d'œil à sa montre.

— Je vous accorde un quart d'heure, pas une seconde de plus. Sachant qu'il faudra que j'en profite pour déjeuner dans l'intervalle. Je dois être de retour au palais de justice dans une heure.

Chapitre 2

Compte tenu de sa classe et de son allure, Zack s'attendait à ce que Rachel choisisse un de ces petits restaurants à la mode où l'on servait des plats aux noms sophistiqués avec d'élégants vins blancs italiens. Mais l'avocate se dirigea à grands pas vers le vendeur ambulant le plus proche et commanda un hot dog avec des oignons et une boisson fraîche. Puis elle s'écarta pour le laisser faire son propre choix.

La simple idée d'avoir à avaler une saucisse au lever souleva l'estomac de Zack. Il commanda un Coca pour se réveiller et alluma une cigarette.

Rachel prit une solide bouchée de son sandwich et lécha la moutarde sur ses doigts. Mêlée à l'odeur écrasante de charcuterie et de condiments, une subtile bouffée de son parfum vint frapper les narines de Zack. Le contraste lui arracha un sourire. Des années plus tôt, en marchant dans la jungle, il avait fait une expérience olfactive du même ordre. Alors que les relents épais de matière en décomposition dominaient au cœur de l'enfer vert, il était tombé soudain en arrêt devant une espèce de liane couverte de fleurs écarlates dont les fragrances capiteuses l'avaient plongé un instant dans un état proche de l'ivresse.

— Il va être inculpé de vol avec effraction, expliqua Rachel, la bouche pleine, le ramenant instantanément aux réalités du moment. Et inutile d'espérer plaider l'innocence. Il a été appréhendé alors qu'il sortait d'un magasin par une fenêtre fracturée, avec plusieurs milliers de dollars de marchandises dans son sac.

— C'est stupide, s'emporta Zack. Nick avait d'autres solutions que le vol.

— Peut-être. Mais les faits sont là, Muldoon. Il a été surpris en pleine action et il ne nie pas sa culpabilité. Le procureur de district est prêt à négocier avec lui s'il accepte de collaborer avec la justice. Nick pourrait s'en sortir avec des travaux d'intérêt collectif et un sursis. Mais pour cela, il faudrait qu'il coopère.

— Alors il coopérera, dit Zack en rejetant sa fumée.

Rachel haussa les sourcils. Zachary Muldoon semblait croire qu'il n'avait qu'à assener son poing puissant sur la table et à proférer un ordre de sa profonde voix de basse pour que l'humanité entière courbe l'échine. Mais, d'après le peu qu'elle avait vu de Nicholas LeBeck, elle ne pouvait s'empêcher d'être sceptique.

— Je ne voudrais pas vous décevoir, mais je suis sûre que votre frère ne lâchera aucun nom. C'est un Cobra. Il ne trahira pas les autres membres de son gang.

Zack émit un commentaire peu amène sur le gang en question. Rachel était d'accord avec lui. Même s'il lui en coûtait d'être du même avis que ce diable d'Irlandais au caractère impossible.

— Je partage votre opinion sur les Cobras, mais je soupçonne votre frère d'être aussi tête de mule que vous. Il restera loyal jusqu'au bout. Avec cela, il a déjà un casier judiciaire. Rien de bien terrible, mais le fait qu'il ait des antécédents judiciaires ne jouera pas en sa faveur. Ce vol, par chance, est son premier gros délit. Ce qui devrait inciter le juge à la clémence. Je pense que je pourrai obtenir une sentence de trois ans. Si sa conduite en prison est bonne, il fera une année et ils le relâcheront.

Le ventre noué, Zack écrasa la cannette entre ses doigts.

— Je ne veux pas que Nick aille en prison.

— Muldoon, je fais ce que je peux, mais il y a des limites. Je travaille avec des lois, pas avec une baguette magique.

— Le propriétaire du magasin a récupéré le matériel que Nick a pris, non ?

— Cela n'enlève rien à la gravité de l'acte. Ce que Nick avait en sa possession a été restitué, oui. Mais il manque le reste. Tout ce que ses charmants camarades ont réussi à emporter en laissant votre frère en carafe.

Jurant avec force, Zack jeta sa cannette en visant la poubelle et réussit miraculeusement à atteindre son but.

— Je rembourserai le propriétaire du magasin. Nick n'a que dix-sept ans, après tout. Si vous pouviez obtenir du procureur de district qu'il le poursuive en tant que mineur, nous aurions nos chances.

— Je doute qu'il cède sur ce point. La politique appliquée pour les gangs est assez sévère, et les délinquants de cet âge sont désormais systématiquement jugés comme des adultes lorsqu'ils commettent des infractions graves. Et avec les antécédents judiciaires de Nick, en plus…

— Si vous n'êtes pas fichue de défendre mon frère, je trouverai un autre avocat pour le faire.

Comme Rachel ouvrait la bouche pour l'incendier, il leva la main.

— Désolé. Considérez que je n'ai rien dit. Je sais que j'ai été imbuvable avec vous et je le regrette. Je travaille de nuit et j'ai un peu de mal le matin au démarrage.

Il en coûtait à Zack de faire ainsi acte de contrition. C'était radicalement opposé à sa nature. Mais il avait besoin de l'aide de cette fille. Et un petit effort de politesse ne saurait nuire, en l'occurrence.

— Mettez-vous à ma place. Il y a une heure, je reçois un coup de fil d'un copain de Nick qui m'annonce qu'il a passé la nuit au poste. Et quand je débarque au commissariat pour lui parler, je me fais jeter, comme d'habitude. « Fous-moi la paix, je n'ai pas besoin de toi. Tout va bien, je me débrouille. » C'est toujours pareil avec lui.

Zack jeta sa cigarette par terre et l'écrasa du talon pour en rallumer une autre aussitôt.

— Il n'a que moi au monde, Rachel Stanislaski. Et, même s'il ne le montre pas, je sais qu'il est mort de trouille. Je suis conscient qu'il a fait des conneries, mais sa place n'est pas en prison. Je suis prêt à tout pour le sortir de là.

Rachel fit un louable effort sur elle-même pour ne pas se laisser attendrir.

— Vous disposez de la somme nécessaire pour couvrir les pertes ? Elles s'élèvent à quinze mille dollars.

Zachary Muldoon fit la grimace, mais n'en acquiesça pas moins d'un signe de tête.

— Je peux les trouver.

— Il est certain que cela nous faciliterait la tâche. Quelle influence avez-vous sur Nick ?

— Aucune.

Il sourit, et Rachel fut étonnée de constater que ce visage anguleux pouvait avoir un charme… étourdissant.

— Mais je me charge de le reprendre en main, enchaîna Zack avec détermination. J'ai un commerce et un appartement où il aura sa chambre. Je vous procurerai tous les certificats, attestations et garanties dont vous aurez besoin. Mon casier judiciaire est vierge. J'ai bien passé trente jours au trou lorsque j'étais dans la marine. Mais c'était à cause d'une bagarre qui remonte déjà à douze ans, donc j'imagine que personne — pas même le plus féroce des juges — ne m'en tiendra rigueur.

Le cerveau en ébullition, Rachel réfléchit aux nouvelles possibilités qui s'offraient pour son client.

— Si j'ai bien compris, vous voulez que je persuade le juge de vous confier Nick.

— J'engage ma responsabilité. Je me charge de lui trouver un boulot stable. Et je paye les dégâts.

— Il n'est pas certain que ce soit un service à lui rendre, monsieur Muldoon.

— Nick est mon frère. Je veux lui donner une chance.

C'était le type même d'argument auquel une Stanislaski ne pouvait rester insensible. Rachel leva les yeux vers le ciel alors que les premières gouttes de pluie s'écrasaient sur la chaussée.

— Il faut que je retourne à mon bureau. Si vous avez un peu de temps devant vous, vous pouvez m'accompagner. On va voir s'il y a moyen de faire quelque chose pour votre frère.

Un bar... il ne manquait plus que ça ! songea Rachel avec un profond soupir alors qu'elle tentait de rassembler ses arguments en vue de son entretien. Pourquoi fallait-il que ce Muldoon soit tenancier de bar ? Il avait le physique de l'emploi, cela dit. Ce métier collait bien avec ses épaules carrées, ses grandes mains, son nez busqué — vraisemblablement cassé au cours d'une échauffourée quelconque — et son charme un peu tourmenté d'Irlandais irascible.

Mais il aurait été tellement plus confortable d'annoncer au juge que Zachary Muldoon tenait un magasin de vêtements pour hommes ou même une boulangerie-pâtisserie ! Elle aurait l'air fine en demandant qu'on confie Nicholas LeBeck à un homme qui était propriétaire d'un débit de boissons, situé dans l'East Side et dont le nom — le Brise-lames — était déjà à lui seul tout un programme !

Cela dit, elle ne partait pas tout à fait perdante. Le procureur de district continuait à réclamer des noms, mais le propriétaire de la boutique de hi-fi s'était singulièrement radouci en apprenant qu'il serait dédommagé. Elle était persuadée qu'il en avait profité pour gonfler le prix de sa marchandise. Mais ça, c'était le problème de Muldoon. Pas le sien.

Restait à convaincre le procureur qu'il serait préférable pour tout le monde que Nick ne soit pas jugé comme un adulte.

Dès qu'ils furent installés face à face dans une petite salle de conférence du tribunal, Rachel prit le taureau par les cornes.

— Allez, Haridan, on essaye de régler ça rapidement en économisant à la fois notre temps, celui du tribunal, et l'argent du contribuable. Coller ce jeune en prison n'est pas une solution.

Le procureur cala sa silhouette massive dans un fauteuil.

— Pour vous peut-être pas, Stanislaski. Mais pour moi, c'est la seule réponse possible. C'est typiquement le genre de racaille qu'il vaut mieux déférer aux juridictions pénales de droit commun. Les Cobras sont des déjantés qui fonctionnent selon des codes compliqués et résolument antisociaux. Croyez-moi, c'est une sale engeance. Et ce LeBeck est déjà fiché.

— N'exagérons rien. Il a arnaqué quelques touristes, travaillé dans une casse un peu louche et traficoté par-ci, par-là. Rien qui permette de conclure qu'il a un destin de grand criminel.

— Il y a eu des antécédents de coups et blessures volontaires, non ?

— Juste une bagarre contre des membres d'un gang rival.

Et la plainte a d'ailleurs été retirée. Soyons justes, Haridan : il y a encore un espoir pour que Nicholas LeBeck sorte de l'engrenage. Alors pourquoi ne pas lui donner sa chance ? Il ne faut pas qu'il renoue avec sa bande, nous sommes d'accord là-dessus. Mais il se trouve que son demi-frère — ou en tout cas le fils de son beau-père — est prêt à faire un gros, gros effort pour le remettre dans le droit chemin. Non seulement il paiera pour la marchandise volée, mais il engage sa responsabilité. Il fournira à LeBeck un emploi et un foyer. Et il se charge de le cadrer. Tout ce que je vous demande, c'est d'accepter qu'il soit traité comme un mineur.

Haridan frotta son crâne chauve.

— Je ne suis pas contre. Mais il me faut d'abord des noms.

— Il refuse d'en donner.

Rachel le savait d'autant mieux qu'elle venait de passer encore une heure avec Nick à tenter de le convaincre.

— Allez-y, poursuivit-elle, réclamez une peine de dix ans de prison contre lui, je suis sûre qu'il continuera à se taire. Il n'a pas une mentalité de délateur, ce n'est pas un défaut en soi. Alors à quoi bon se focaliser sur cette histoire de complices ? Nous avons affaire à un individu en fin d'adolescence qui peut encore s'amender si on tente une réinsertion dans de bonnes conditions. Mais, si on l'envoie en prison, nous savons l'un et l'autre que c'est la récidive assurée.

Ils continuèrent à débattre ainsi jusqu'au moment où Haridan — par pure lassitude — finit par accepter de lâcher du lest.

— Bon, d'accord, je renonce à demander que LeBeck relève d'une juridiction de droit commun. Mais je maintiens l'inculpation pour vol avec effraction. Et là-dessus, vous ne me ferez pas céder d'un pouce. Je peux vous garantir d'ailleurs que le juge n'acceptera pas de le laisser filer tranquillement avec une simple mesure de réinsertion…

Satisfaite, Rachel referma son dossier et le glissa dans son attaché-case.

— Ne vous inquiétez pas pour le juge, je m'en charge. Qui est de service, au fait ?

Haridan eut un petit rire.

— Je vous le donne en mille !

— Mais encore ?

— Beckett...

Marlene C. Beckett était considérée comme une grande excentrique. Un peu magicienne à ses heures, elle prononçait des sentences qui surprenaient comme autant de lapins blancs qu'elle aurait tirés de son chapeau. Agée d'une cinquantaine d'années, c'était une femme encore superbe à la chevelure mi-longue d'un roux flamboyant.

Rachel avait pour elle la plus grande estime. Le juge Beckett était une féministe convaincue, avec un passé un peu hippie. Elle avait fait une belle carrière dans un métier réputé ingrat sans renoncer pour autant à une seule de ses qualités féminines. Rachel la respectait, l'admirait et espérait même suivre ses traces.

Mais dans les circonstances présentes, elle aurait tout donné pour tomber sur un magistrat plus prévisible !

Tandis que le juge Beckett écoutait son plaidoyer, Rachel sombrait petit à petit dans le plus noir pessimisme. Marlene Beckett serrait les lèvres. Ce qui était très mauvais signe. Et elle ne cessait de pianoter du bout des doigts sur son bureau. A plusieurs reprises, Rachel la vit examiner Nick — puis Zack — d'un air pensif.

— Vous dites, Maître, que la famille de l'inculpé accepte de dédommager le plaignant pour la valeur intégrale des biens ayant fait l'objet du vol avec effraction. D'autre part, bien que le procureur de district ait accepté que l'inculpé relève des juridictions réservées aux mineurs, vous aimeriez obtenir un classement sans suite ?

— Je propose effectivement, Votre Honneur, de prendre à l'encontre du prévenu des mesures non carcérales. Sa mère et son beau-père sont décédés l'un et l'autre. Mme Muldoon, née LeBeck, est morte il y a trois ans, lorsque l'inculpé avait quatorze ans. Il se trouve que M. Zachary Muldoon, ici présent, a les moyens et la volonté de prendre son frère sous sa responsabilité. La défense estime que si la situation familiale du prévenu se stabilise, un procès ne ferait que retarder inutilement le processus de réinsertion, sachant que mon client regrette déjà le moment de faiblesse dont il a été victime.

L'expression du juge Beckett semblait hésiter entre l'amusement et la sévérité.

— Regrettez-vous profondément d'avoir échoué dans votre tentative de vol avec effraction, jeune homme ?

L'air plus renfrogné que jamais, Nick haussa les épaules.

— Ben oui, je regrette. Je...

Il s'interrompit en sentant le léger coup que Zack venait de lui donner sur la tête et en croisant le regard d'avertissement de Rachel.

— Je me suis comporté stupidement, marmonna-t-il.

— Voilà qui ne fait aucun doute, acquiesça le juge Beckett. Monsieur Haridan, quelle est votre position ?

— Le ministère public refuse d'abandonner les poursuites, Votre Honneur, bien que nous ayons accepté que le prévenu soit poursuivi selon les modalités pénales applicables aux mineurs. Une proposition a été faite de revoir les chefs d'inculpation à la baisse si le prévenu acceptait de communiquer les noms de ses complices.

— Vous voudriez que ce garçon trahisse ceux qu'il considère, à tort j'en suis sûre, comme ses amis ?

Beckett interrogea Nick du regard.

— Alors ? Vous acceptez de fournir l'identité de quelques-uns de vos camarades ?

— Il n'en est pas question, rétorqua Nick fermement.

La magistrate hocha la tête sans faire de commentaire et reporta son attention sur Zack.

— Vous êtes monsieur Muldoon, n'est-ce pas ? Levez-vous, s'il vous plaît.

Manifestement mal à l'aise, Zack obtempéra.

— Oui, madame, euh... pardon... Votre Honneur.

— Où étiez-vous pendant que votre jeune frère traînait dans la rue avec ses amis les Cobras ?

— En mer. J'étais dans la marine et j'y suis resté jusqu'à mon retour, il y a deux ans, où j'ai pris la direction du bar tenu par mon père.

— Quel était votre rang dans la marine ?

— Maître.

— Mmm...

Le juge Beckett jaugea Zack longuement.

— J'ai eu l'occasion de prendre un verre dans votre bar, il y a quelques années. Vous serviez un excellent *manhattan* à l'époque.

Une étincelle d'humour dansa dans le regard bleu de Zack.

— La qualité de nos cocktails n'a pas baissé, Votre Honneur. Avant de mourir, mon père m'a transmis ses secrets.

— Parfait. Et vous estimez donc être en mesure, monsieur Muldoon, de faire de votre frère un citoyen respectable et d'éviter qu'il ait de nouveaux « moments de faiblesse » ?

— Honnêtement, je ne sais pas. Mais j'aimerais au moins essayer.

Le juge Beckett pianota de nouveau sur son bureau.

— Bien. Vous pouvez vous rasseoir... Maître Stanislaski, la cour juge que, compte tenu de la gravité de l'infraction commise, la procédure pénale doit suivre son cours. Un procès s'impose, en l'occurrence.

— Votre Honneur, je...

D'un geste, Beckett rejeta l'objection que Rachel n'avait pas encore eu le temps de formuler.

— Je n'ai pas fini. Je fixe le montant de la caution à cinq mille dollars.

La modicité de la somme suscita cette fois une protestation énergique de la part de Haridan. Mais, pas plus qu'à Rachel, la magistrate ne lui laissa la parole.

— Je vais rendre cependant ce que j'appellerai une ordonnance de probation à l'essai. Je fixe la date de la prochaine comparution dans deux mois. Si, durant cette période d'observation, l'inculpé exerce une activité professionnelle régulière et rémunérée, rompt tout contact avec la pègre et ne commet aucune infraction, la cour pourrait envisager de prolonger la probation et même, à terme, de classer l'affaire sans suite.

— Mais, Votre Honneur ! s'écria Haridan d'un air consterné. Qu'est-ce qui nous prouve que, dans deux mois, M. LeBeck ne se présentera pas devant la cour, la bouche en cœur, en jurant ses grands dieux qu'il s'est comporté comme un ange ?

— Rassurez-vous, monsieur Haridan. M. LeBeck sera suivi par un officier du tribunal qui sera coresponsable de sa conduite avec M. Muldoon et qui rédigera un rapport écrit hebdomadaire à mon intention.

Un sourire joua au coin des lèvres de Marlene Beckett.

— Je pense que la formule est intéressante. La rééducation des jeunes se fait rarement en prison, monsieur Haridan.

Rachel dut se faire violence pour ne pas gratifier le procureur d'un sourire de triomphe.

— Je vous remercie, Votre Honneur.

— Mais je vous en prie, Maître. Vous n'oublierez pas

de me remettre votre rapport tous les vendredis, disons vers 15 heures.

— Mon rapport ?

Rachel pâlit.

— Mais, Votre Honneur, vous ne voulez tout de même pas dire que... que vous faites de moi l'agent de probation de M. LeBeck !

— Mais si, pourquoi pas ? Voyons, mademoiselle Stanislaski, je suis persuadée que cet arrangement sera profitable à votre client. Je pense même que les deux autorités conjointes — la masculine et la féminine — ont des chances de faire des miracles.

— Je... je suis tout à fait d'accord avec vous, Votre Honneur. Mais je ne suis pas travailleur social et...

— Vous êtes fonctionnaire, n'est-ce pas ? Autrement dit, au service de l'Etat ? Alors servez !

La magistrate trancha d'un coup de marteau énergique.

— Au suivant !

Sidérée par la mesure hallucinante que venait de prendre le juge Beckett, Rachel se dirigea vers le fond de la salle dans un état second.

— Eh bien, tu as gagné le gros lot, dit la voix sarcastique d'Alex à son oreille. Tu es bien avancée, maintenant !

Sonnée, Rachel secoua la tête.

— Je ne comprends vraiment pas, chuchota-t-elle, atterrée. C'est contraire à tous les règlements. Comment a-t-elle *pu* prendre une décision pareille ?

— Tout le monde sait que cette femme est un peu folle, marmonna Alex en l'entraînant d'autorité dans le hall. Mais il est hors de question que j'accepte de te laisser jouer les baby-sitters pour un Cobra. Beckett ne peut pas te forcer à le faire, de toute façon.

Sourcils froncés, Rachel se dégagea de la poigne énergique de son frère.

— Me forcer ? Je ne pense pas, non. Mais arrête de me tirer par le bras comme si j'étais une gamine de cinq ans et laisse-moi cinq minutes de réflexion, tu veux ?

— Il n'y a pas de réflexion qui tienne. Tu vas dire non, un point, c'est tout. Tu as ta vie privée, ta famille. Il ne manquerait plus que tu prennes la responsabilité de ce délinquant ! D'ailleurs, son frère, ce Muldoon, tu ne sais rien de lui non plus. Si ça se trouve, c'est un fou dangereux, ce patron de bar. Déjà que ça ne m'amuse pas que tu te décarcasses du matin au soir pour défendre toutes ces petites frappes plus ou moins psychopathes. Mais s'il faut en plus que tu prennes un de ces guignols sous ta coupe, je dis stop. Trop, c'est trop.

Si Alex avait adopté une attitude différente, Rachel aurait sans doute réfléchi à deux fois avant d'accepter de devenir l'agent de probation de Nicholas LeBeck. Il aurait suffi que son frère fasse preuve d'un minimum de compréhension pour qu'elle entame les démarches afin de casser la décision de Beckett. Mais s'il le prenait sur ce ton…

— Et de quel droit te permettrais-tu de dire « stop », Alex ? Je ne suis pas assez grande pour vivre ma vie toute seule, peut-être ? Je n'ai pas besoin de ton autorisation pour veiller sur ce garçon. Alors je te suggère de prendre ton badge et d'aller t'occuper de ce qui te regarde. Va donc arrêter deux ou trois vagabonds qui n'ont jamais fait de mal à personne puisque tu n'as jamais eu qu'une seule obsession dans la vie : remplir les prisons !

Alex, qui avait un caractère aussi emporté que le sien, la saisit par les épaules.

— Ne recommence pas, Rachel !

— Je recommence si je veux. Fiche-moi la paix.

Son frère la secoua légèrement.

— Rachel, si je m'écoutais, je te mettrais une…

— Cette demoiselle vous a demandé de la laisser en paix, je crois.

La voix de Zack était lisse et froide. On aurait dit un serpent sur le point de passer à l'attaque.

Alex serra les poings.

— Toi, tu t'occupes de tes fesses, tu m'entends ?

— J'ai entendu, oui. Mais je n'ai pas d'ordres à recevoir de toi.

Zack prit position face à Alex, manifestement prêt à lui tomber dessus au premier signal de l'adversaire.

« On croit rêver », se dit Rachel, exaspérée, en s'interposant entre les deux hommes.

— Arrêtez immédiatement, vous deux ! Vous croyez que c'est malin de vous écharper devant une salle de tribunal ? Franchement, Muldoon, si c'est comme ça que vous comptez donner l'exemple à votre frère, bravo ! C'est très réussi.

Zack ne tourna même pas les yeux dans sa direction. Seul Alex semblait retenir son attention.

— Je n'ai pas l'habitude de rester les bras croisés lorsqu'on bouscule une femme devant moi.

— Je suis parfaitement capable de me défendre toute seule ! dit Rachel en reportant son irritation sur Alex. Et toi, qu'est-ce qui te prend ? Tu es censé faire respecter la loi et l'ordre, bon sang ! Quant à ma décision, elle est prise. Puisque la cour a choisi de me confier cette mission, je m'incline.

— Bon sang, Rachel, mais réfléchis cinq minutes ! Tu ne pourras jamais…

Le regard d'Alex redevint menaçant lorsque Zack avança d'un pas.

— Toi, je te préviens : si tu interviens encore une fois dans cette conversation *privée* avec ma sœur, tu vas te retrouver prématurément avec un dentier.

— Votre sœur ?

Les regards de Zack allèrent de l'un à l'autre. En fait, la ressemblance sautait aux yeux dès qu'on prenait le temps de les examiner de plus près. Ils avaient une beauté sauvage, un rien tzigane... Assurément, le même sang coulait dans leurs veines.

Sa colère retomba. S'ils étaient frère et sœur, cela changeait la donne. Il se tourna vers Rachel.

En vérité, cela changeait même pas mal de choses...

— Désolé. Je n'avais pas saisi qu'il s'agissait d'une dispute à caractère familial. Continuez donc à lui hurler dessus tant que vous voudrez et considérez que je n'ai rien dit.

Rachel grinça des dents en voyant une amorce de sourire se dessiner sur les lèvres de son frère.

— Parfait. Alors tu vas m'écouter maintenant, Rachel.

Elle commença par soupirer pour la forme. Mais ce fut plus fort qu'elle. Elle lui prit le visage entre les mains et lui colla un baiser sonore sur chaque joue.

— Allons, Alex : tu sais bien que je suis un cas désespéré et que je n'écoute jamais tes sages conseils. Alors oublie-moi et va-t'en vivre ta vie, grand frère. Pars à la chasse aux méchants dans la jungle des rues. Et pour ce qui est du cinéma, on reporte la séance à la semaine prochaine, O.K. ?

Alex secoua la tête d'un air découragé et, changeant de stratégie, se tourna vers Zack.

— Je vous charge de veiller sur elle, Muldoon. Et attention à vos fesses s'il lui arrive quelque chose. Car j'ai l'œil rivé sur vous.

— Normal. Tout à fait normal. Vous êtes le bienvenu au Brise-lames, inspecteur. Votre première consommation vous sera offerte. Cadeau de la maison.

Alex marmonna quelque chose d'indistinct et s'apprêta à partir. Il ne se retourna que lorsque Rachel lui cria quelque chose en ukrainien.

— Traduction ? demanda Zack.

— Je lui ai simplement rappelé qu'on se voyait dimanche prochain. Vous avez payé la caution ?

— C'est fait, oui. Ils vont le relâcher d'une minute à l'autre.

Zack ne pouvait s'empêcher de regarder Rachel d'un œil neuf maintenant qu'il savait qu'Alex était son frère et non son amant.

— Votre frère n'a pas l'air ravi que vous vous trouviez mêlée d'aussi près à notre histoire. Je me trompe ?

Rachel lui jeta un bref regard.

— Ravi, qui le serait, Muldoon ? Mais, puisque le juge en a décidé ainsi, autant nous y mettre tout de suite.

— Nous mettre à quoi ?

— A votre avis ? Vous allez récupérer Nick, prendre ses affaires chez lui et l'installer dans votre appartement.

Zack, qui avait passé nombre d'années à partager son maigre espace de vie avec des centaines de marins de tous bords, comprit, non sans nostalgie, que c'en était fait de son tranquille confort de célibataire.

Avec un léger soupir, il prit le bras de Rachel et se dirigea vers l'escalier.

— Eh bien, c'est parti. Je suppose que j'aurais dû commencer par me munir d'une corde. Mais on va essayer d'y arriver à mains nues.

Zack n'eut pas à ligoter Nick pour le convaincre de le suivre. Mais il sua sang et eau pour parvenir à ses fins. Son jeune frère râla, protesta, jura et ne perdit pas une occasion de faire de l'opposition systématique. Lorsqu'ils sortirent enfin du palais de justice, Zack était déjà à bout de nerfs. Nick, quant à lui, avait reporté son agressivité sur Rachel.

— Si c'est *ça*, la solution que vous avez trouvée pour moi, c'est que vous êtes vraiment nulle. Vous croyez que vous pouvez décider de tout à ma place, mais il se trouve que j'ai des droits, moi aussi. Celui de vous virer, pour commencer !

Impassible, Rachel consulta sa montre.

— A votre guise, LeBeck. Vous êtes effectivement tout à fait libre de vous choisir un autre défenseur. En tant que contrôleur judiciaire désigné par la cour, en revanche, je suis indéboulonnable. Autant vous faire une raison : nous sommes condamnés à nous supporter pendant les deux mois à venir.

— Je ne suis condamné à rien du tout ! C'est des conneries, tout ça. Si vous et cette folle de juge, vous pensez pouvoir m'imposer de...

Zack allait réagir lorsque Rachel l'écarta d'un coup de coude pour se planter devant Nick.

— Bon, ça commence à bien faire. Alors maintenant tu la fermes et tu m'écoutes, espèce de crétin. Au lieu de te comporter comme un gamin de cinq ans, tu as le choix entre deux possibilités : soit tu fais semblant d'être un humain normalement constitué pendant huit semaines, soit tu passes les trois prochaines années de ta vie derrière les barreaux d'une prison. Tu es libre de choisir la solution que tu préfères. Personnellement, ça ne m'empêchera pas de dormir la nuit. Mais je vais quand même te dire une chose : tu crois que tu es un dur et que tu sauras te faire respecter. Mais la prison, c'est une sacrée machine à broyer, mon bonhomme. Avec ta jolie petite gueule, les gros costauds en manque vont te tomber dessus comme des chiens sur un os. Et là, tu peux me croire, tu regretteras d'avoir fait ta forte tête.

Ces paroles eurent l'effet voulu sur Nick. Non seulement il cessa de protester, mais il devint mortellement pâle. Rachel héla un taxi et fit signe à Zack de monter.

— J'ai encore quelques dossiers à étudier, mais je devrais

avoir bouclé ma journée vers 19 heures. Je ferai un saut jusqu'à votre bar à ce moment-là pour voir comment vous vous en sortez, tous les deux.

— Parfait, Votre Altesse. Je garderai votre dîner au chaud.

Rachel allait se détourner sans répondre lorsque Zack la retint par la main.

— Merci, dit-il sans sourire. Et je le pense sincèrement.

Elle voulut se dégager, mais il n'y avait pas moyen d'échapper à la poigne de Zachary Muldoon.

— Vous avec un sacré punch, Maître... Pour une petite bourgeoise BCBG.

Zack grimpa à l'arrière du taxi à la suite de son frère et adressa un salut de la main à Rachel lorsque le véhicule se mit en marche.

— Elle a raison de dire que tu n'es qu'un crétin, Nick, dit-il d'un ton léger. Mais il faut reconnaître une chose en ta faveur : tu as choisi une avocate avec une paire de jambes absolument extraordinaire.

Nick ne répondit rien, mais il tourna la tête pour suivre Rachel des yeux par la vitre arrière.

Une chose était sûre, c'est qu'il n'avait pas eu besoin de Zack pour remarquer à quel point Rachel Stanislaski était belle.

Lorsque le taxi s'immobilisa devant l'immeuble de Nick dix minutes plus tard, Zack dut se faire violence pour ne pas recommencer à le couvrir d'invectives. Lui hurler dessus à tout bout de champ ne servirait qu'à envenimer leurs relations, c'est vrai. Mais *pourquoi* avait-il fallu que cet idiot aille s'installer dans un quartier pareil ?

Les rues fourmillaient de voyous, de drogués, de trafiquants en tout genre. Deux jeunes sur le trottoir étaient en train de négocier l'achat d'une dose de cocaïne au vu et au su de tout le monde, tandis qu'une prostituée au regard vitreux s'avançait à leur rencontre en se déhanchant ostensiblement. Foulant les pavés inégaux du trottoir maculé, Zack tenta d'ignorer les odeurs d'ordures, de vêtements trop longtemps portés et de corps mal lavés qui l'accueillirent dans l'immeuble en brique sombre aux murs délabrés.

A l'intérieur, la puanteur était presque intenable. Zack grimpa en silence jusqu'au troisième étage, sans émettre le moindre commentaire sur les pleurs d'enfants, les cris, les télévisions hurlantes et autres tintamarres du même ordre qui s'élevaient à chaque palier.

Nick sortit sa clé et le précéda dans une chambre obscure et exiguë, meublée d'un lit défoncé, d'une commode à laquelle il manquait deux tiroirs et d'une chaise bancale remise d'aplomb à l'aide d'un paquet de pages arrachées à un vieux Bottin. Quelques posters avaient été placardés à la hâte sur les murs tachés de moisissures, témoignant d'un effort pitoyable pour personnaliser ce décor sinistre.

Renonçant à contenir la rage qui montait en lui tel un geyser, Zack jura énergiquement en allant ouvrir la fenêtre.

— Bon sang, mais l'air est irrespirable dans cette bauge ! Tu peux me dire ce que tu as fait de l'argent que je t'envoyais tous les mois lorsque j'étais dans la marine ? Et du salaire que tu étais censé gagner en tant que livreur ? Tu vis dans un taudis, Nick. Si c'était par obligation, il n'y aurait rien à redire. Mais, dans ton cas, il s'agit d'un choix.

Pour rien au monde, Nick n'aurait admis que l'essentiel de ses revenus passait dans la trésorerie des Cobras. Il était également malade de honte que Zack découvre dans quelles conditions il vivait... Mais certainement pas disposé à le laisser paraître.

— Mêle-toi de ce qui te regarde, merde ! riposta-t-il, furieux. C'est *mon* appart et c'est *ma* vie. C'est facile de débarquer ici et de porter des jugements. Mais tu étais où, durant toutes ces années, alors que je me farcissais la compagnie de ton père, hein ? Ce n'est pas parce que tu en as eu assez de parader sur tes stupides bateaux de guerre que cela te donne le droit de revenir faire ta loi.

Zack se passa la main sur le front et répondit d'un ton plus calme :

— Cela fait deux ans que j'ai quitté la marine, Nick. Et j'ai passé une année entière à soigner papa, à le voir décliner peu à peu, puis mourir. Inutile de te préciser que ça n'a pas été une partie de plaisir. Et toi, pendant ce temps, tu traînais dans la rue avec tes petits camarades. Tu n'es pas venu souvent à la maison pendant la maladie de papa, pour autant que je me souvienne.

Nick ressentit une profonde bouffée de honte et de tristesse. Un désespoir que Zack, il en était persuadé, était incapable de comprendre.

— C'était ton père, rétorqua-t-il méchamment en détournant les yeux. Pas le mien.

Les traits de Zack se crispèrent et Nick serra les poings. La tension dans la pièce devint irrespirable. Il aurait suffi d'un geste, d'un souffle pour qu'ils en viennent aux mains.

Zack fut le premier à recouvrer son calme.

— Je sais qu'il était grincheux, râleur et que c'était tout le contraire d'un père modèle. Mais il faisait ce qu'il pouvait.

— Et qu'est-ce que tu en sais, toi ? cria Nick, hors de lui. Tu n'étais pas là pour le voir. Tu t'es barré dès que tu as pu. Et moi, j'ai fait la même chose de mon côté... Avec quelques années de décalage.

— O.K. Je me suis barré, tu t'es barré, et maintenant, on se retrouve à la case départ et on repart pour un tour. Prépare les affaires que tu veux emporter et on se tire d'ici.

— Pas question. Je reste. C'est mon appart et je fais ce que je...

Nick n'eut pas le temps de terminer sa phrase. Avant

qu'il ait pu réagir, il se retrouva collé au mur, immobilisé par deux mains larges et fortes. Le visage de Zack était si près du sien qu'il ne voyait plus que le bleu métallique de ses yeux assombris par la colère.

— Que cela te plaise ou non, tu passes les deux mois qui viennent à la maison, avec moi. Alors arrête ton cirque, d'accord ?

Conscient qu'il aurait eu la force de briser son jeune frère en deux, Zack desserra sa prise.

— Et si tu as peur de t'ennuyer, ne t'inquiète pas, j'ai de quoi t'occuper. Tu as cinq minutes pour rassembler tes frusques, frangin. Tu prends ton service dans un quart d'heure.

Ballottée dans la rame de métro qui filait dans le ventre obscur de la ville, Rachel s'imagina dans un bain à remous, un verre d'excellent vin blanc posé sur le bord de la baignoire et un roman palpitant entre les mains… Le rêve !

La réalité, elle, était nettement plus glauque. Sur un banc, en face d'elle, un clochard ivre ronflait, la tête enveloppée dans son manteau. Quelques individus à l'aspect peu engageant se tenaient au fond de la voiture. Et le reste des passagers était plus ou moins à l'avenant.

Parvenue à sa station, Rachel se fraya un chemin vers la sortie et se retrouva dehors, sous la pluie fine de septembre. Avec un léger frisson, elle resserra les pans de son manteau autour d'elle, déplia son parapluie en luttant contre le vent et pataugea jusqu'au Brise-lames.

Poussant la lourde porte en chêne sombre, elle quitta la rue froide et humide pour se retrouver dans le contexte plutôt accueillant de ce qui aurait pu être un pub de village du fin fond de l'Irlande. Rien à voir avec le sinistre boui-boui auquel elle s'attendait. La salle était vaste, chaleureuse et lambrissée de chêne. Le comptoir en cuivre et en acajou étincelait de propreté. Les tables étaient toutes occupées ainsi que la vingtaine de tabourets recouverts de cuir rouge. Une odeur plutôt plaisante de bière, de cigarette et de viande grillée flottait dans l'air. Et une musique de blues dominait par intervalles le brouhaha des conversations.

Rachel repéra deux serveuses qui allaient et venaient entre les consommateurs. Très clairement, les bas résille et les décolletés plongeants n'étaient pas le genre de la maison. Les deux filles portaient des vareuses de coton bleu sur de larges pantalons blancs et n'étaient que très légèrement maquillées.

Zack se tenait derrière le comptoir circulaire et tirait des bières à la pression. Il avait échangé son sweat-shirt innommable contre un pull marin à col roulé en laine écrue torsadée. Rachel réprima un sourire. Finalement, elle l'imaginait assez bien sur le pont d'un navire, bravant la houle, son beau visage anguleux fouetté par les embruns. Le style marin de son bar, avec ses ancres, ses cloches et ses cornes de brume, convenait parfaitement à son genre de beauté.

Rachel se secoua avec un soupçon d'impatience. Elle n'avait jamais été du genre à fantasmer sur un homme. Et il entrait encore moins dans ses habitudes de fréquenter les débits de boissons. Quant à se sentir vertigineusement attirée par un marin échoué par mégarde sur le plancher des vaches, inutile d'y penser ! Même si le marin en question avait de larges épaules, de belles mains calleuses et une chevelure de poète.

Seule la décision de la cour justifiait sa présence au Brise-lames ce soir-là. Et, même si ça ne l'amusait pas d'avoir à supporter Muldoon & Co pendant deux mois, elle ferait son devoir, avec la rigueur qui la caractérisait.

A ce propos, d'ailleurs, elle se demandait où Zack avait bien pu cacher Nick.

— Je vous trouve une table libre, mademoiselle ?

Rachel examina la petite serveuse blonde qui arrivait avec un plateau chargé de bières et de sandwichs.

— Non merci. Je vais plutôt m'asseoir au bar. Il y a toujours autant de monde, ici ?

La serveuse regarda autour d'elle en souriant.

— Vous trouvez qu'il y a du monde, vous ? Revenez un jour où c'est plein et on en reparlera !

La jeune femme blonde poursuivit son chemin en riant, laissant Rachel se diriger vers le comptoir. Elle réussit à se glisser entre deux tabourets occupés, cala un pied sur la barre de cuivre et attendit que Zack daigne s'apercevoir de sa présence.

Un de ses voisins de tabouret tourna la tête pour l'examiner.

— Bonsoir, miss... Je ne me souviens pas de vous avoir déjà vue par ici.

Comme il était en âge d'être son père et qu'il avait une allure plutôt bonhomme, Rachel lui accorda un maigre sourire.

— C'est la première fois que j'échoue au Brise-lames, en effet. Je n'ai jamais eu le pied spécialement marin, à vrai dire.

L'homme rit de bon cœur.

— Une jolie fille comme vous ne devrait pas passer ses soirées seule.

Il se pencha en arrière pour taper dans le dos de son compagnon, assis à la droite de Rachel.

— Hé, Harry, ce serait une bonne idée d'offrir un verre à cette jolie demoiselle, qu'est-ce que tu en dis ?

Le dénommé Harry se contenta d'acquiescer d'un signe de tête et continua à faire ses mots croisés en sirotant sa bière.

— Pas de problème, Pete. Tu n'as qu'à passer la commande. Il me faut un mot de cinq lettres, synonyme de danger.

Rachel leva les yeux et trouva le regard de Zack posé

sur elle. Ses yeux étaient calmes, son visage étrangement impassible.

— *Péril*, murmura-t-elle en réprimant un frisson.

— Mais oui, ça tombe pile poil ! s'écria Harry en remplissant ses cases.

Relevant ses lunettes de presbyte sur l'arête du nez, il lui adressa un sourire enthousiaste.

— La tournée est pour moi. Qu'est-ce qui vous ferait plaisir, mademoiselle ?

— Du pouilly-fuissé, dit Zack en posant un verre de vin blanc sur le comptoir. Et celui-ci est offert par la maison… Le choix du vin est-il à votre convenance, Maître ?

Rachel se surprit à sourire.

— Il est tout à fait judicieux.

— Les plus belles filles sont toujours pour Zack, remarqua Pete avec un léger soupir. Tiens, offre-moi donc une bière, gamin. C'est le moins que tu puisses faire, puisque tu viens de me voler ma conquête.

Comme Pete lui décochait un clin d'œil rassurant, Rachel ne put s'empêcher de sourire.

— Alors, comme ça, il vous vole régulièrement vos petites amies ? s'enquit-elle d'un air faussement choqué.

— Au moins deux fois par semaine. C'est humiliant à force… Tu te souviens, Zack, de la fois où tu es allé au cinéma avec Rosemary, la fille dont je rêvais à l'époque. Aujourd'hui, elle est mariée et enceinte de son troisième gosse.

— Elle m'a brisé le cœur, commenta Zack en essuyant le bar.

— Allons donc ! Il n'y a pas une femme en ce bas monde qui ait réussi à le faire battre, ton cœur de pierre, protesta la serveuse blonde en posant bruyamment son plateau vide sur le comptoir. Il me faudrait deux verres de vin blanc maison, un whisky et une pression. Quant à toi, Harry, tu devrais t'acheter une lampe frontale. Tu vas finir par ne plus rien voir du tout à force de gribouiller tes mots croisés sous cette lumière anémique.

— La vérité, c'est que c'est *toi* qui m'as brisé le cœur, Lola, riposta Zack en disposant la commande sur le plateau. Pourquoi crois-tu que j'aie tout quitté pour m'engager dans la marine ?

— Parce que tu savais que l'uniforme blanc t'irait bien au teint et ajouterait encore à ton charme légendaire, rétorqua la serveuse en reprenant le plateau. Méfiez-vous de lui, ajouta-t-elle en décochant un clin d'œil à Rachel. Il est redoutable.

Rachel but une gorgée de son vin et huma les fumets qui s'élevaient de la cuisine. Le hot dog avalé à la sauvette à midi paraissait déjà loin.

— Vous avez une minute à me consacrer ? demanda-t-elle à Zack. Je voudrais visiter votre appartement.

Pete salua cette déclaration d'un rugissement de rire.

— Mais qu'est-ce que tu leur fais, pour qu'elles se jettent à ta tête comme ça ?

— Ça, c'est top secret, rétorqua Zack en faisant signe à un autre barman de prendre la relève. J'attire surtout les femmes sexuellement agressives. Elles me tombent dessus comme des mouches.

Rachel finit calmement son verre et se tourna vers son voisin.

— Rassurez-vous, Pete, je saurai me conduire. Cela m'ennuie de ternir la réputation de Zack, mais je ne suis que l'avocate de son frère.

Pete parut impressionné.

— Non, sérieux ? C'est vous qui avez réussi à tirer le petit de prison ?

— Jusqu'à nouvel ordre, en tout cas... Muldoon ?

— Par ici, pour la visite guidée.

Zack sortit de derrière le comptoir et lui prit le bras.

— Il est inutile de me soutenir, vous savez, Muldoon. Cela fait déjà quelques années que je me déplace seule.

Il poussa une lourde porte battante qui séparait la salle des cuisines.

— Si je vous tiens, c'est uniquement pour mon plaisir personnel.

Trônant au milieu d'immenses marmites en Inox, se tenait un homme vêtu de blanc, grand comme une tour et aussi massif qu'une équipe complète de rugbymen. Il était en train de retourner des morceaux de viande sur un gril, le front ruisselant de sueur. Une cicatrice, allant de sous son œil gauche jusqu'à son menton, barrait son visage plus noir que le charbon.

— Rio, je te présente Rachel Stanislaski, l'avocate de Nick.

— Enchanté, répondit le cuisinier avec un accent chantant des îles. Ce garçon travaille comme un champion. D'ici quinze jours, je vous en fais un roi de la plonge, c'est moi qui vous le dis.

Les bras enfoncés jusqu'aux coudes dans l'eau savonneuse d'un grand évier en porcelaine blanche, Nick leur jeta un regard hostile.

— Je croyais que tu devais me proposer du boulot, Zack. Nettoyer les saletés des autres, ce n'est pas un job, c'est de l'esclavage. Tu peux aller te…

Rio leva un bras pour l'arrêter. Puis, brandissant un hachoir, il coupa un steak en deux d'un mouvement si puissant que les murs en tremblèrent.

— Stop là, petit. Pas de ça devant les dames. Ma maman me disait toujours que la vaisselle était l'activité idéale pour s'occuper les mains tout en gardant l'esprit libre pour réfléchir. Alors continue à laver et à réfléchir, petit. Ça t'aidera à retrouver le droit chemin.

Nick parut sur le point de répondre, mais, avisant le

couperet entre les redoutables mains noires, il recommença à frotter ses gamelles en se contentant de marmonner une protestation indistincte.

Rio sourit et porta ses poings massifs à ses hanches.

— Mais dites-moi, ma petite dame, vous avez l'air d'avoir faim. Et si je vous servais un bon repas chaud ?

Rachel en eut aussitôt l'eau à la bouche.

— Eh bien, euh… C'est gentil. Mais il serait peut-être temps que je pense à rentrer chez moi.

— Zack vous reconduira une fois que vous aurez terminé votre visite. Il est trop tard maintenant pour marcher seule dans la rue.

— Je n'ai pas besoin de…

— Sers-lui donc une solide portion de ton *chili con carne*, Rio, dit Zack en tirant Rachel en direction de l'escalier. Nous n'en avons pas pour longtemps.

La cage d'escalier était particulièrement étroite et comme Zack la tenait toujours par le bras, ils grimpèrent de front, leurs hanches s'effleurant chaque fois qu'ils s'élevaient d'une marche.

— C'est très généreux de votre part de me proposer un repas et une escorte, Muldoon, mais je n'ai besoin ni de l'un ni de l'autre.

Rachel aurait été mieux avisée de se taire car Zack s'immobilisa pour se tourner vers elle. Elle se retrouva dans une posture particulièrement inconfortable, coincée entre le mur et lui.

— Qui parle de besoin ? Vous aurez les deux, que vous le vouliez ou non, puisque Rio en a décidé ainsi. Et, quand Rio décide, tout le monde s'incline. Je l'ai rencontré il y a six ans à la Jamaïque, à l'occasion d'une bagarre. Et je l'ai vu de mes yeux soulever un type qui devait bien peser cent kilos et le jeter par la fenêtre comme si c'était un vulgaire ballon. Cela dit, on ne fait pas plus pacifique que Rio. Mais il vaut mieux éviter de le contrarier.

Zack prit une mèche de cheveux de Rachel et l'enroula autour d'un doigt.

— Vous êtes mouillée.

Elle repoussa énergiquement sa main et tenta de se convaincre que son cœur ne battait pas la chamade.

— Logique, Muldoon : il pleut.

— Oui, je sens l'odeur de la pluie sur vous. Vous savez que vous êtes très belle ?

Comme elle ne pouvait ni avancer ni reculer, il ne lui restait qu'une chose à faire. Se hérissant comme une chatte en colère, elle le foudroya du regard.

— Vous me barrez le passage, Muldoon. Je vous conseille de bouger vos fesses de là et de réserver votre numéro de charme à vos admiratrices de l'autre côté du bar.

— Juste une question, encore… C'était en russe que vous vous êtes adressée à votre frère, tout à l'heure ?

— En ukrainien, répondit-elle de mauvaise grâce.

— En ukrainien, répéta Zack pensivement sans quitter son visage des yeux. J'ai beaucoup voyagé, mais jamais par là-bas.

Elle leva un sourcil hautain.

— Moi non plus, si vous voulez tout savoir. Et maintenant, allez-vous, oui ou non, me montrer où mon client sera logé ?

— On y va, acquiesça Zack avec un calme olympien en reprenant son ascension. L'appartement est sans prétention, mais par rapport au taudis où il se vautrait, c'est Versailles. Je ne comprends vraiment pas comment il a pu…

Il s'interrompit et haussa les épaules.

— Enfin, n'en parlons plus. C'est fini maintenant.

Mais Rachel avait la redoutable impression que cela ne faisait que commencer, au contraire…

Chapitre 3

Rachel, qui travaillait déjà à un rythme soutenu en temps ordinaire, n'avait carrément plus une seconde à elle depuis qu'elle avait pour mission de surveiller Nicholas LeBeck. Que ses fonctions auprès de Nick empiètent sur le peu de vie privée qu'il lui restait, passe encore. Elle s'accommodait sans trop de difficulté de l'hostilité de son jeune client. Mais la proximité forcée de Zachary Muldoon, en revanche, représentait pour elle un véritable enfer.

Le pire, c'est qu'elle était *obligée* de passer par son intermédiaire puisqu'ils étaient coresponsables de Nick. Et ses contacts répétés avec l'Irlandais faisaient monter son niveau de stress au-dessus du seuil humainement supportable.

Si encore elle parvenait à le prendre en défaut sur un point quelconque, elle aurait la satisfaction de pouvoir sévir. Mais, jusqu'à présent, elle n'avait encore rien trouvé de *concret* à lui reprocher. Zack était un homme rude, peu patient et sans doute capable de violence. Mais il prenait le sort de son jeune frère suffisamment à cœur pour investir du temps, de l'énergie et de l'argent dans sa mission de rééducation. Lorsqu'il ne travaillait pas, Zack portait des vêtements qui auraient été plus à leur place dans la corbeille à chiffons que sur sa grande carcasse. Mais lorsqu'elle avait visité son appartement au-dessus du bar, elle avait trouvé les lieux dans un état d'ordre et de propreté impeccables. Il passait son temps à jouer avec ses cheveux, à lui effleurer l'épaule ou à la prendre par le bras. Mais jamais il ne s'était permis LE geste véritablement déplacé qu'elle attendait pour lui tomber dessus toutes griffes dehors.

Zack flirtait sans modération avec ses clientes, mais pour autant que Rachel ait pu en juger, ses manœuvres de séduction restaient purement verbales. Il avait quitté sa famille pendant des années, mais il avait renoncé à la mer sans hésiter lorsque son père était devenu trop malade pour se prendre lui-même en charge.

En conclusion, Rachel trouvait Zachary Muldoon insupportable... C'est du moins ce qu'elle se disait, ce dimanche-là, en pressant le pas au retour de sa réunion de famille hebdomadaire. Mais sous la colère et l'irritation pointaient aussi les flammes et les frissons d'une attirance indéniable. Autant le reconnaître : ce diable d'Irlandais lui inspirait des fantasmes carrément torrides !

Elle avait tenté de contenir le phénomène en se répétant qu'elle n'avait jamais été quelqu'un de très physique. Passionnée, oui. Dès qu'il s'agissait de sa famille, de son travail, de ses ambitions. Mais elle avait une vie bien occupée et les hommes, même si elle appréciait leur compagnie, n'avaient jamais figuré en première place dans ses priorités.

Quant à la sexualité, elle la rangeait encore plus bas sur la liste. Alors pourquoi réagir aussi vigoureusement aux charmes pour le moins douteux du dénommé Zachary Muldoon ?

Comme si cette pensée avait suffi à le matérialiser devant elle, la haute silhouette de Zack se détacha soudain de l'ombre de son immeuble pour apparaître dans le halo lumineux d'un lampadaire.

— Où étiez-vous encore passée, Stanislaski ?

Rachel tressaillit et étouffa un cri.

— Bon sang, vous m'avez fait une peur bleue, protesta-t-elle, furieuse, en retirant de son sac la main qu'elle y avait glissée automatiquement pour se saisir de sa bombe lacrymogène.

Elle détestait avoir peur. Détestait se sentir vulnérable.

— On peut savoir ce que vous faites là, tapi dans le noir devant mon immeuble, en train de guetter d'innocentes promeneuses ?

— Je vous attendais. Ça ne vous arrive jamais d'être à la maison, comme tout le monde ?

— Qu'est-ce que vous croyez, Muldoon ? Je passe ma vie dans les réceptions à siroter des cocktails, riposta-t-elle vertement en grimpant la volée de marches du perron. Qu'est-ce que vous me voulez, au fait ?

— Nick est parti.

Elle s'immobilisa si brusquement que Zack, qui lui avait emboîté le pas, la heurta de plein fouet.

— Comment ça, il est parti ?

— Il a filé à l'anglaise, cet après-midi, alors que Rio prenait une courte pause. Et, depuis, plus de nouvelles.

Zack était si furieux — contre Nick, contre lui-même, contre Rachel — qu'il devait se faire violence pour ne pas envoyer son poing contre le mur.

— Ça fait cinq heures que je sillonne son ancien quartier pour essayer de le retrouver. Et pas moyen de lui remettre la main dessus.

— Pas de panique, Muldoon. On va voir ce qu'on peut faire.

Alors que les talons hauts de Rachel claquaient sur le marbre du hall d'entrée, elle réfléchissait déjà à des solutions pratiques.

— Il n'est que 22 heures. Il n'y a donc aucune raison

de s'alarmer pour le moment. Nick n'est pas un enfant. Il connaît la ville comme sa poche.

— C'est justement ce qui m'inquiète, dit Zack en pénétrant dans l'ascenseur à sa suite. Je lui avais pourtant fixé des règles claires : il était libre de sortir à condition de me préciser où et quand il partait. S'il a disparu comme ça sans rien dire, c'est qu'il est retourné voir ses petits copains.

— Les membres d'un gang tissent entre eux des liens très fusionnels. Même si Nick est de bonne volonté, il lui faudra du temps avant de se soustraire à l'influence des Cobras, dit Rachel en appuyant sur le bouton du quatrième. Nous avons deux solutions : soit aller nous-mêmes à sa recherche et passer la moitié de la nuit à courir dans tous les sens, soit faire appel à la cavalerie.

Révolté par sa suggestion, Zack serra les poings.

— La cavalerie ? Pas question.

Rachel écarta calmement la grille métallique qui fermait la cabine d'ascenseur.

— Je ne pensais pas ameuter toute la police de New York. Mais on pourrait tout de même en parler discrètement à Alex.

— Pas les flics, non, protesta-t-il en lui agrippant le bras. Je ne peux pas lui faire ça. Il ne me le pardonnerait jamais.

— Alex n'est pas qu'un flic. C'est aussi mon frère, précisa Rachel patiemment en dégageant son poignet endolori. Et je suis son agent de probation nommé par la cour, Zack. Si Nick ne tient pas ses engagements, je ne peux pas faire comme si de rien n'était.

— C'est tout ce que vous avez à me proposer, comme solution ? Je refuse qu'on le remette en cellule alors que je viens tout juste de le sortir de là.

— Que *nous* venons tout juste de le sortir de là, Muldoon. Nuance. Et si vous ne voulez ni de mon aide ni de mes conseils, pourquoi être venu jusqu'ici ?

Zack haussa les épaules et la suivit dans l'appartement.

— Je pensais qu'on pourrait poursuivre les recherches ensemble.

Le studio où vivait Rachel était à peine plus grand que l'ex-chambre de Nick. Mais la ressemblance entre les deux appartements s'arrêtait là. L'espace que découvrit Zack était féminin jusque dans ses plus infimes détails. Sans pour autant être kitsch. D'ailleurs, de toute évidence, le kitsch et Rachel n'iraient jamais ensemble. Pourtant, dès son entrée dans la pièce, Zack se retrouva entouré de velours et de satin, de tissus chamarrés, de fines bougies parfumées, de savants éclairages. Sur une étagère au-dessus du canapé, un bouquet de chrysanthèmes achevait de sécher dans un vase en délicate porcelaine de Chine.

Un grand miroir ancien en bronze ovale décorait l'un des murs et agrandissait la pièce. Partout étaient disposées des sculptures. Zack en repéra d'abord une en marbre dont les formes évoquaient une naïade. Puis d'autres, plus petites, aux formes tourmentées, presque féroces. Un loup en bois, des doigts en bronze tordus, presque décharnés, un cobra en malachite qui semblait se ramasser sur lui-même pour mieux passer à l'attaque.

Des livres en grand nombre s'alignaient sur les étagères. Quelques photos encadrées disposées sur le bureau et la table basse représentaient la famille de Rachel. Et les notes florales de son parfum flottaient dans l'air, comme une signature olfactive singulière qui conférait son unité à l'ensemble.

Ne sachant où trouver sa place au milieu de ce ravissant fouillis, Zack enfonça les mains dans ses poches de crainte de renverser quelque chose. Sa mère aussi aimait les bougies, se remémora-t-il soudain. Les fleurs, les bougies et les petits bols en porcelaine bleue.

— Et si je commençais par nous préparer un peu de café ? proposa Rachel en jetant son sac à main sur une chaise.

— Je ne dis pas non. Ça rechargera mes batteries.

Incapable de rester en place, Zack se mit à arpenter la pièce. Il jeta un coup d'œil dehors après avoir écarté un pan de rideau jaune et or, se pencha pour examiner les photos de famille, puis rejoignit Rachel dans la cuisine.

— Je ne sais pas ce qui m'a pris de penser pouvoir remettre Nick dans le droit chemin, médita-t-il à voix haute en se perchant sur le plan de travail. Il y a trop longtemps qu'on a perdu le contact, lui et moi. Je suis parti alors qu'il était enfant et il s'est senti abandonné. Il me déteste et je ne peux pas vraiment lui donner tort.

— Vous vous en êtes plutôt bien tiré jusqu'à présent, riposta Rachel en préparant des tasses sur un plateau de bois décoré à la main. Vous m'avez même agréablement surprise, Muldoon. Et si vous vous êtes engagé dans la marine, c'est que vous aviez votre vie à mener. D'autre part, Nick ne vous déteste pas. Il est en colère et il vous en veut, mais ça n'a rien à voir avec de la haine. Et maintenant, arrêtez de vous apitoyer sur votre sort et sortez le lait du frigo.

Zack ne put s'empêcher de rire.

— C'est comme ça que vous procédez à vos contre-interrogatoires ? demanda-t-il en allant ouvrir la porte du réfrigérateur.

— Pensez-vous. Je suis beaucoup plus cinglante que cela dans une salle de tribunal.

— J'imagine, oui. Vous devez leur tirer dessus à boulets serrés sans leur laisser le temps de respirer.

Zack secoua la tête en inspectant le contenu du frigo. Un reste de beurre, deux œufs, un minuscule morceau de fromage et trois yaourts.

— Désolé, cher Maître, mais je crois que vous êtes en panne de lait.

Rachel fit la moue.

— Bon. Eh bien, nous boirons du café noir. Vous vous êtes disputés, Nick et vous ?

— Non. Enfin... pas plus que d'habitude. Il râle, il crie et je lui réponds plus ou moins sur le même ton. C'est notre mode de communication habituel. Lorsqu'il jure, je jure plus fort que lui. Mais hier soir, justement, nous avons eu un semblant de conversation. Puis nous avons regardé un vieux film ensemble à la télé après la fermeture du bar.

— Ah, je vois. C'est le coup classique. Votre relation progresse, Nick sent qu'un rapprochement s'opère malgré lui et il décide de se ressaisir en courant rejoindre ses amis pour retrouver ses repères.

Rachel lui tendit son café dans une tasse en porcelaine si fine qu'il crut qu'elle allait se briser au seul contact de ses doigts.

— Le dimanche, nous avons une clientèle essentiellement familiale qui vient déjeuner à midi, poursuivit Zack après avoir bu une gorgée. Nick a pris son service à midi, comme d'habitude. Aux alentours de 16 heures, je suis passé en cuisine pour lui dire qu'il pouvait prendre le reste de l'après-midi. C'est là que Rio m'a prévenu qu'il avait disparu. Dans un premier temps, il n'avait pas voulu m'en parler pour ne pas créer d'ennuis à Nick. Mais cela faisait déjà une heure qu'il avait pris le large. J'ai pensé comme Rio qu'il était peut-être juste sorti prendre l'air. Mais, comme il n'avait toujours pas reparu à 17 heures, je suis parti à sa recherche.

Zack s'interrompit pour se frotter pensivement la mâchoire.

— Je suis sûr que j'ai été trop dur avec lui, ces derniers jours. Mais j'avais l'impression qu'en le traitant énergiquement je réussirais peut-être à lui redonner certains repères. Sur le premier navire où j'ai servi, notre commandant était un vrai tyran qui hurlait du matin au soir. Je l'ai haï jusqu'au moment où je me suis rendu compte qu'il avait réussi à faire de nous un équipage. Le problème, c'est que le Brise-lames n'est pas un bâtiment de guerre et que Nick a toujours eu horreur de recevoir des ordres. En bref, je m'y suis pris complètement de travers avec mon frère.

— Vous avez fini de vous vautrer dans votre culpabilité, Muldoon ?

Rachel ne put s'empêcher de lui poser la main sur le bras.

— Vous ne l'avez pas torturé, ce gamin. Vous avez été ferme avec lui, c'est tout. A vous entendre, on dirait que vous l'avez suspendu régulièrement en haut du mât de misaine, ou quelque chose comme ça ! Allez, asseyez-vous, maintenant, au lieu de tourner en rond comme un lion en cage. Je vais passer un coup de fil à Alex.

Zack s'assit docilement, mais ne trouva pas le calme pour autant. Il se sentait vaguement ridicule avec sa sous-tasse en porcelaine fleurie posée en équilibre instable sur ses genoux. Il la replaça sur la table basse et chercha un cendrier des yeux. Mais il n'y avait rien en vue qui y ressemblât de près ou de loin. Stoïque, il s'abstint de sortir ses cigarettes.

Au début, il n'écoutait que d'une oreille pendant que Rachel parlait au téléphone avec son frère. Mais il ne put s'empêcher de sourire lorsque la jeune femme éleva peu à peu la voix. Décidément, cette fille, c'était de la dynamite ! Elle avait une façon de donner des ordres que n'aurait pas reniée un marin confirmé. Zack soupira. Le problème, c'est qu'il avait pris goût à cette jolie voix rauque et impatiente. Et, au cours de la semaine écoulée, il s'était surpris à multiplier les prétextes pour prendre contact avec Rachel.

Autant le reconnaître, il était mordu. Pris au piège, en quelque sorte. Et il ne savait trop s'il avait envie de se libérer ou de se laisser apprivoiser.

Irrité par le tour vagabond que prenaient ses pensées, Zack secoua la tête. Ce n'était pas le moment de se pencher sur les caprices de sa libido. Sa priorité consistait à retrouver Nick.

A en juger par le ton de Rachel, son frère lui opposait une farouche résistance. Mais elle ne se laissait pas décourager pour autant. Lorsque, dans le feu de la conversation, elle se mit à parler en ukrainien, Zack se pencha pour jouer avec le cobra sculpté posé sur la table basse.

Il n'aurait pas su dire pourquoi, mais elle l'excitait follement quand elle parlait dans sa langue natale.

— *Tak*, conclut Rachel lorsqu'elle parvint enfin à faire céder son frère. Je te revaudrai ça, Alexi… Oui, oui, je sais, enchaîna-t-elle en riant. Je suis déjà doublement endettée envers toi. Mais je n'oublie pas.

Troublé par le son de son rire, Zack la regarda croiser les jambes sous le tissu souple et soyeux de la jupe qui épousait la forme de ses cuisses.

— C'est d'accord, Zack. Alex m'a promis qu'il patrouillerait dans le secteur avec un de ses collègues. Ils connaissent la plupart des lieux de rassemblement des Cobras. Il me passera un coup de fil dès qu'ils l'auront repéré. Mais il m'a promis qu'ils n'interviendraient pas.

Zack poussa un soupir de soulagement.

— Et nous, pendant ce temps-là ? Qu'est-ce qu'on fait ? On attend ?

— Si vous avez une meilleure idée…

Rachel se leva pour prendre un carnet dans un tiroir de son bureau.

— Dans l'intervalle, vous pourriez me fournir quelques renseignements supplémentaires sur Nick. Vous m'avez dit que sa mère était morte lorsqu'il avait quatorze ans. Qu'en est-il de son père ?

— Nick ne l'a pas connu.

Par automatisme, Zack tendit la main vers son paquet de cigarettes puis se ravisa en se rappelant qu'il se trouvait en zone non-fumeurs. Mais Rachel repéra son geste et se leva pour lui apporter un cendrier.

Il lui jeta un regard interrogateur.

— Vous êtes sûre que ça ne vous dérange pas ?

Elle secoua la tête.

— Aucun problème, monsieur le marin au long cours. Vous pouvez fumer.

Avec un sourire reconnaissant, il sortit son briquet, alluma une cigarette et inspira longuement la fumée.

— Nadine, la mère de Nick, avait dix-huit ans lorsqu'elle est tombée enceinte. Son ami de l'époque estimait qu'il était trop jeune pour être père et il est parti du jour au lendemain en la laissant se débrouiller. Alors elle a mis son bébé au monde et elle a fait comme elle a pu. Un jour, elle s'est présentée au Brise-lames pour une place de serveuse. Et mon père l'a embauchée.

— Nick avait quel âge ?

— Quatre ou cinq ans, je crois. Nadine avait un mal fou à joindre les deux bouts. Comme elle n'avait pas les moyens de prendre une baby-sitter lorsqu'elle travaillait en soirée, mon père lui a proposé d'amener le petit avec elle. La plupart du temps, c'est moi qu'on chargeait de garder un œil sur Nick. Il était plutôt tranquille, comme gamin, pour autant que je me souvienne. Assez craintif, même, comme s'il s'attendait toujours à se faire gronder. Mais il était sacrément précoce, sur le plan scolaire. Je me rappelle qu'il savait déjà lire et écrire alors qu'il venait tout juste de commencer l'école... Quoi qu'il en soit, Nadine et mon père se sont mariés quelques mois plus tard. Ils avaient une différence d'âge de presque vingt ans, mais ils étaient très solitaires l'un et l'autre. Cela faisait déjà dix ans que ma mère était morte et mon père était content de refaire sa vie. Et c'est ainsi que Nick et Nadine sont venus s'installer avec nous, dans l'appartement au-dessus du bar.

— Et ça n'a pas été trop difficile pour vous — je veux dire pour Nick — de s'adapter à cette nouvelle situation ?

— Je ne sais pas trop, à vrai dire. A priori, Nick n'avait pas l'air mécontent. Mais ce n'était pas toujours facile de savoir ce qu'il ressentait.

Incapable de tenir en place, Zack se leva et recommença à déambuler de long en large.

— Nadine était douce, soumise et discrète. Toujours prête à se mettre en quatre pour faire plaisir à tout le monde. Mon père, en revanche, n'était pas un homme facile. Il avait son caractère et il passait l'essentiel de son temps derrière le comptoir de son bar. Je suppose que nous étions loin de satisfaire aux critères de la famille idéale, tous les quatre. Mais dans l'ensemble, ça ne fonctionnait pas si mal que ça.

Le regard de Zack se posa sur une des photos de famille de Rachel et il se surprit à éprouver une pointe d'envie inattendue.

— Nick avait tendance à s'accrocher à mes basques, mais ça ne me dérangeait pas. Enfin… pas trop, disons. De toute façon, ça n'a pas duré longtemps, je me suis engagé dans la marine, tout de suite après mon bac. C'était plus ou moins une tradition dans la famille. Et, à partir de là, je n'ai plus vécu la situation qu'en pointillé. Lorsque Nadine est morte, ça a été dur pour Nick comme pour mon père. D'après ce que j'ai pu comprendre, ils avaient un peu tendance à se défouler l'un sur l'autre pour oublier leur chagrin.

— C'est à partir de ce moment-là que le comportement de Nick a changé ?

— Disons qu'il avait déjà fait pas mal de bêtises auparavant, mais que ça s'est mis à empirer sérieusement après le décès de Nadine. Chaque fois que je revenais en permission à New York, j'avais droit aux lamentations de mon père : le « môme », comme il disait, refusait de faire ci, s'obstinait à faire ça… Il avait de mauvaises fréquentations. Il traînait avec n'importe qui et il allait mal finir, de toute façon. De son côté, Nick ne décrochait pas un mot. Ou bien il sortait en claquant la porte si je me risquais à faire une remarque. Il hurlait que je n'étais pas son frère et que je pouvais aller me faire... Enfin, vous voyez le tableau, acheva Zack en haussant les épaules.

Rachel commençait à se faire une idée assez nette de ce qu'avait été l'enfance de Nick : c'était celle d'un petit garçon non désiré, rejeté par son géniteur avant sa naissance, qui avait commencé à nouer un lien fort avec un frère d'adoption plus âgé que lui, jusqu'au jour où ce dernier l'avait abandonné à son tour pour partir en mer... Puis l'enfant avait perdu sa mère et s'était retrouvé à la charge d'un beau-père en âge d'être son grand-père. Un vieil homme bougon qui, manifestement, n'avait jamais réussi à établir un contact véritable avec son beau-fils.

Très clairement, les premières années de Nick avaient été marquées par la perte et l'abandon. La seule constante qu'ait jamais connue Nicholas LeBeck, c'était le rejet.

Rachel se leva et commença à arpenter la pièce à son tour.

— Je ne suis pas psychologue, Zack, mais il me semble que Nick aura besoin de temps avant de se persuader que tu as vraiment l'intention de maintenir une relation durable avec lui, dit-elle, passant au tutoiement sans même s'en rendre compte dans le feu de son discours. Jusqu'à présent, il n'a pas pu former d'attachement solide et il se protège en maintenant tout le monde à distance. Je ne pense pas que ce soit une mauvaise chose que tu le traites avec fermeté. A long terme, il t'en sera sans doute reconnaissant. Mais il serait peut-être bon que cette rigueur soit tempérée par un peu de douceur. C'est quelqu'un qui a aussi besoin d'être épaulé pour pouvoir reprendre confiance en lui.

Rachel soupira et posa ses notes.

— Je suppose que c'est là que j'entre en scène. Jusqu'à maintenant, j'ai été aussi ferme et cinglante que toi avec lui. Alors qu'il aurait plutôt besoin d'une oreille amicale.

Ça ne devrait pas être un rôle trop difficile à assumer pour moi. Les têtes brûlées et les mauvais garçons, je connais. J'ai été élevée avec deux frères passablement difficiles. Nous pourrions commencer par...

Rachel s'interrompit car le téléphone venait de se mettre à sonner et elle se précipita pour décrocher.

— Allô ? Près du bar, tu dis... O.K. C'est parfait. Un grand merci, Alex.

Elle raccrocha et sourit à Zack.

— Tout va bien. Alex et ses collègues ont repéré Nick alors qu'il se dirigeait vers le Brise-lames. Apparemment, il se préparait à rentrer en passant par les cuisines.

Le soulagement fit rapidement place chez Zack à une vigoureuse bouffée de colère.

— En tout cas, il ne perd rien pour attendre. Quand je le tiendrai...

— Tu lui demanderas d'un ton mesuré de te dire où il était et ce qu'il a fait, compléta Rachel pour lui. Puis, vous essayerez tous les deux d'entamer un dialogue sur...

Elle lança un coup d'œil vers le visage contracté de Zack, fit la grimace, et jeta un manteau sur ses épaules.

— Bon, à la réflexion, je crois qu'il vaut mieux que je t'accompagne.

Nick ouvrit doucement la porte de l'appartement de Zack et constata qu'il était vide. Il poussa un ouf de soulagement ! Les choses se déroulaient plutôt bien jusqu'à présent... Il avait déjà réussi à se faufiler dans les cuisines sans se faire remarquer par Rio et maintenant Zack n'était pas là. Il n'en pouvait plus de cette surveillance étroite. A se demander s'il n'aurait pas été plus tranquille en prison...

Rien n'allait comme il le voulait, de toute façon. Nick sortit une bière du réfrigérateur et fit sauter la capsule. Il n'avait pas eu l'intention de fausser compagnie à Zack. Il voulait juste reprendre contact avec les Cobras, pour le plaisir de se retrouver dans son univers familier. Avec des amis sûrs. Des gens, comme lui, capables de le comprendre. Il était parti tout joyeux, avec la certitude d'être accueilli, entouré et soutenu par les trois êtres qu'il considérait comme ses frères.

Au lieu de quoi, Reece, T.J. et Cash l'avaient traité comme un étranger.

Dégoûté, Nick avala une longue gorgée de bière. Aucun de ses amis ne lui avait fait confiance, apparemment. La première chose que Reece lui avait balancée à la figure, c'est qu'il les avait certainement donnés puisque le juge avait accepté de le laisser en liberté. Il avait réussi tant bien que mal à les convaincre qu'il n'avait lâché aucun nom. Mais lorsqu'il leur avait raconté son histoire en expliquant qu'il était condamné à se taper la plonge du Brise-lames pendant deux mois, surveillé par un cuisinier noir haut comme une montagne, ils s'étaient tous mis à rire comme des bossus.

Pas d'un bon rire complice, comme avant. Mais d'un rire moqueur, méchant. T.J. avait pouffé, comme un bouffon qu'il était, et Reece avait émis un vilain ricanement tout en jouant avec la lame de son couteau à cran d'arrêt. Seul Cash avait reconnu que c'était plutôt galère pour lui de se retrouver sous la coupe d'un type autoritaire et tyrannique comme Zack.

Et aucun d'entre eux n'avait fourni la moindre explication sur le fait qu'ils l'avaient laissé tomber comme une vieille chaussette lorsque le flic avait surgi à l'arrière du magasin.

En quittant les Cobras, il était passé se faire consoler chez Marla. Cela faisait plusieurs mois déjà qu'ils sortaient ensemble, Marla et lui. Auprès d'elle, au moins, il pensait trouver un peu de réconfort en plus du plaisir qu'elle lui offrait toujours si librement. Mais, lorsque Chloe, sa copine, lui avait ouvert la porte, elle lui avait annoncé froidement que Marla s'était déjà choisi un autre copain.

Charmant !

Elle n'avait pas perdu de temps pour le larguer, elle aussi. Et, même s'il était habitué à ce que tout le monde le laisse en plan tôt ou tard, ce n'était jamais facile à accepter pour autant.

Bon sang, les Cobras étaient censés être sa seule famille, oui ou non ? A la vie, à la mort, comme le lui avait assuré Reece. Résultat : ils le rejetaient au moment où tout allait de travers pour lui. Jamais il ne se serait comporté comme ça avec eux si les rôles avaient été inversés. Furieux, il jeta la bouteille de bière dans la poubelle où elle atterrit avec fracas.

Lorsque la porte de l'appartement s'ouvrit, Nick prit un air désœuvré et sortit à pas traînants de la cuisine. Il s'était préparé à affronter la colère de Zack, mais pas à trouver Rachel à son côté. Maudissant son teint clair, il sentit une rougeur inhabituelle lui monter aux joues.

Zack retira son blouson et le jeta sur une chaise.

— J'espère que tu avais de bonnes raisons pour disparaître sans rien dire plus de sept heures d'affilée…

— J'avais besoin de prendre l'air, rétorqua Nick en tirant une cigarette de son paquet. Il y a une loi qui interdit de respirer ?

— Nous avions conclu un accord, rétorqua Zack, les mâchoires contractées, en affichant sa mine des mauvais jours. Tu étais censé ne jamais sortir sans me prévenir.

— *Toi*, tu appelles ça un accord. Mais mon avis à moi, est-ce que tu me l'as demandé ? Je n'ai jamais eu mon mot à dire, depuis le début. Aux dernières nouvelles, nous vivons toujours dans une démocratie. Un pays où tout citoyen a le droit de parler et de circuler librement.

Du menton, il désigna Rachel.

— C'est pour me coller un procès que tu es venu avec ton avocate ?

— Ecoute, gamin...

— Je ne suis pas un gamin, riposta Nick, furieux. Toi, à mon âge, tu n'avais plus de comptes à rendre à personne et tu faisais ce que tu voulais.

— Exact, mon vieux. Mais entre ta situation et la mienne, il y a une nuance. *Moi*, à ton âge, je n'étais pas un voleur.

Comme Zack serrait les poings, Rachel le retint par le bras.

— Et si tu allais me chercher un verre de vin, Muldoon ? Celui que tu m'as servi la dernière fois fera très bien l'affaire.

Comme il tentait de se dégager, elle resserra la pression de ses doigts.

— J'aimerais m'entretenir quelques instants seule avec mon client. Inutile de te presser.

— Bon, j'y vais, concéda Zack, le regard brillant. Mais je te préviens, Nick, elle pourra dire ce qu'elle voudra, la semaine prochaine, tu ne bouges pas d'ici. Et si tu me refais encore une fois un coup fourré de ce genre, j'ordonnerai à Rio de t'enchaîner à tes bacs à plonge pour le reste de ton séjour ici.

Sur ce, Zack disparut en faisant claquer la porte derrière lui. Nick s'affala sur le canapé et tira sur sa cigarette.

— Il se prend pour un sergent-chef ou quoi ? Zack a toujours cru qu'il pouvait me donner des ordres et me faire marcher au pas. Il n'a pas encore compris que je n'avais plus cinq ans. Ça fait des années que je me débrouille seul, merde !

Rachel prit place à côté de lui. Elle capta aussitôt l'odeur de bière dans son haleine, mais se garda bien de faire la moindre remarque à ce sujet. Comment Zack avait-il pu passer à côté de la réelle détresse qui transparaissait dans le regard de Nick ? Et comment expliquer qu'elle se soit laissé aveugler elle-même par l'hostilité de surface qui émanait de ce grand adolescent triste ?

— Ce n'est pas facile d'avoir à s'installer chez son grand frère lorsqu'on a eu son propre appart, reconnut-elle.

Elle parlait d'une voix douce, sans porter de jugement. Nick, qui n'en croyait pas ses oreilles, l'observa à travers le nuage de fumée de sa cigarette.

— Ouais, c'est vrai que ce n'est pas la joie. Mais deux mois, ce n'est pas la mer à boire. En serrant les dents, je devrais tenir encore sept semaines.

— Lorsque j'ai quitté ma famille, j'avais à peu près ton âge, lui confia Rachel. Et mes deux grands frères passaient leur temps à me surveiller de crainte qu'il ne m'arrive quelque chose. Ils me rendaient à moitié folle à me surprotéger comme ça.

Comme Nick ne réagissait pas, elle enchaîna en souriant :

— Je ne l'ai encore jamais avoué à personne, mais, même s'ils m'agaçaient terriblement, je trouvais malgré tout très rassurant d'avoir ces deux ostrogoths qui s'inquiétaient de moi à tout bout de champ !

Sourcils froncés, Nick fixa la pointe rougeoyante de sa cigarette.

— Pour moi et Zack, c'est différent. Il n'est pas vraiment mon frère.

Comme il souffrait de sa solitude ! Rachel en avait le cœur serré pour lui. Après le récit que Zack lui avait brossé de l'enfance de Nick, elle se sentait beaucoup plus proche de son jeune client.

— Tout dépend de la façon dont on définit un « vrai » frère, commenta-t-elle en lui posant la main sur le genou dans un geste instinctif de réconfort.

Rachel s'attendait à ce qu'il la repousse aussitôt. Mais il se contenta de regarder ses doigts avec une sorte de curiosité détachée.

— Ça simplifierait les choses pour toi de penser qu'il s'en fiche. Mais tu n'es pas stupide, Nick.

Horrifié, Nick sentit une boule se former dans sa gorge. Après tous les déboires qu'il avait eus aujourd'hui, il n'allait pas en plus se mettre à fondre en larmes devant son avocate.

— Je ne vois pas pourquoi il s'intéresserait à moi. Je ne suis rien pour lui.

— S'il ne tenait pas à toi, il ne te hurlerait pas dessus comme ça. Crois-moi, je sais de quoi je parle. Je viens d'une famille où plus on aime, plus on crie. Zack a envie de t'aider à te sortir de ce mauvais pas.

— Je suis assez grand pour m'en sortir tout seul.

— Bien sûr. Mais on peut très bien être autonome et avoir besoin d'un coup de main de temps en temps. Que ce soit à quinze ans, à vingt ans ou à cinquante. Il m'en voudra de te confier ça, mais je pense qu'il est bon que tu le saches : Zack a dû contracter un emprunt pour rembourser le propriétaire de la boutique de hi-fi.

Malade de honte à cette idée, Nick secoua la tête.

— Je n'y crois pas. Je suis sûr qu'il a raconté ça pour faire le malin devant vous.

— Ce n'est pas Zack qui m'en a parlé. Je l'ai découvert par moi-même en effectuant quelques recherches. Les soins que nécessitait la longue maladie de M. Muldoon ont vidé son compte en banque ainsi qu'une bonne partie de celui de Zack. Grâce aux revenus du bar, Zack a commencé à remonter la pente, mais il ne disposait pas de réserves suffisantes pour dédommager le propriétaire du magasin. Je ne pense pas que Zack aurait été jusqu'à s'endetter pour un frère dont il se contrefiche.

Consterné, Nick écrasa sa cigarette dans le cendrier.

— S'il le fait, c'est parce qu'il se sent obligé. C'est un marin. Il a le sens du devoir chevillé au corps.

— C'est possible. Mais, même si c'est le cas, il me semble

que tu peux faire quelque chose pour lui en retour, Nick. Ne serait-ce que te montrer raisonnablement coopératif pendant les quelques semaines où il t'héberge ici. Il était très inquiet à ton sujet, ce soir, lorsqu'il est venu m'annoncer que tu avais disparu. Mais j'imagine que, là encore, tu préfères te dire que je te raconte des salades. Et pourtant, crois-moi, il était vert de peur.

— Zack n'a jamais eu peur de quoi que ce soit.

— Je ne dis pas qu'il a avoué son inquiétude. Mais il tournait en rond comme une bête en cage. Je crois qu'il redoutait que tu sois parti pour de bon.

— Et où aurait-il voulu que j'aille ? Il n'y a plus personne qui…

Nick s'interrompit net, honteux d'avoir laissé entendre que ses amis l'avaient lâché.

— On avait passé un accord, marmonna-t-il. Je ne vais pas me tirer comme ça.

— Je suis heureuse de l'entendre, Nick. Je ne te demanderai pas où tu étais, ajouta-t-elle avec un léger sourire. Sinon je serais obligée d'indiquer ta destination dans mon rapport hebdomadaire au juge Beckett et j'aime autant ne pas avoir à le faire. Alors, on dira simplement que tu as eu envie de prendre l'air et que tu t'es baladé un peu plus longtemps que prévu. Si tu veux, la prochaine fois que tu auras l'impression d'étouffer et que tu ressentiras le besoin de t'échapper, tu pourras faire appel à moi.

Nick lui jeta un regard intrigué.

— Ah oui ? Pourquoi ?

— Parce que je suis la plus jeune de ma famille et que le sentiment d'oppression, je connais ça par cœur.

Il avait l'air tellement perdu que Rachel lui passa spontanément la main dans les cheveux.

— Ne sois donc pas si sombre, Nick. Ce n'est pas un crime d'être ami avec son avocate. Alors je te propose un petit marché : tu t'efforces de tenir tes engagements et de trouver un *modus vivendi* avec Zack, et moi, de mon côté, j'essaie de faire en sorte qu'il te laisse un peu respirer. Ça marche ? Je connais toutes sortes de trucs pour calmer l'ardeur des grands frères un peu trop imbus de leur autorité.

Nick prit une profonde inspiration. A présent qu'il avait éteint sa cigarette, il percevait l'odeur de Rachel. Des senteurs de jasmin, avec un soupçon de tubéreuse. Comme un élixir fort qui montait à la tête. Etrangement, il n'avait jamais remarqué jusque-là à quel point ses yeux étaient magnifiques. Immenses et dorés. Rayonnants de douceur.

— On pourrait peut-être sortir un soir ensemble ? s'entendit-il proposer d'un ton faussement détaché.

Rachel sourit, ravie de constater qu'il commençait à lui faire confiance.

— Bonne idée. Rio est un cuisinier de génie, mais une pizza de temps en temps, ça fait du bien aux papilles.

— Exact. Alors je peux t'appeler un de ces quatre ? poursuivit Nick, poussant l'audace jusqu'à tenter le tutoiement.

— Tout à fait.

Satisfaite de sa prestation, Rachel posa un instant sa main sur la sienne. Et elle ne fut que modérément surprise lorsque les doigts de Nick se refermèrent sur les siens. Elle s'apprêtait à enchaîner lorsque Zack poussa la porte. Nick fit un bond sur le canapé comme s'il venait d'être pris en flagrant délit de Dieu sait quoi.

Zack tendit un verre de vin à Rachel puis remit une boisson fraîche à Nick.

— Alors ? Vous avez fini votre consultation, tous les deux ? s'enquit-il en décapsulant sa bière.

— Pour le moment, oui.

Rachel prit une gorgée de vin et tourna un regard interrogateur vers Nick. Ce dernier toussota puis leva les yeux vers son frère.

— Je regrette, Zack. Je n'aurais pas dû me tirer comme ça, sans rien dire.

Zack en avala sa bière de travers. Il tapota maladroitement l'épaule de son frère.

— N'en parlons plus. Je vais essayer de revoir un peu ton emploi du temps pour te dégager quelques demi-journées de congé ici et là...

Totalement déconcerté par le revirement qui s'était opéré chez Nick, Zack nota le regard amusé de Rachel fixé sur lui.

— Euh, dis-moi Nick, ça te dérangerait de donner un coup de main à Rio pour nettoyer la cuisine ? Comme c'est dimanche, nous fermons plus tôt que d'habitude.

— Sans problème. J'y vais, déclara Nick en se levant sans se faire prier. A un de ces jours, Rachel.

Il quitta l'appartement en refermant posément la porte derrière lui. Estomaqué, Zack s'effondra sur le canapé.

— Qu'est-ce que tu lui as fait, au juste ? Une séance d'hypnose ?

— Pas du tout.

— Bon. Alors, quelle est ta formule magique ?

Avec un sourire félin, Rachel abandonna sa tête contre le dossier du canapé.

— J'ai mes méthodes... Je crois que l'estime de soi de Nick en a pris un sacré coup et qu'il a besoin d'être revalorisé un peu. Vous n'êtes peut-être pas des frères biologiques, tous les deux, mais au niveau tempérament, je vois de nettes similitudes.

— Tiens, tiens... Tu peux préciser ta pensée ?

Zack se renversa en arrière à son tour et posa un bras sur le dossier derrière elle pour jouer avec ses cheveux.

— Vous êtes butés et colériques l'un et l'autre. Ce sont des traits de caractère que je connais bien car je suis issue d'une longue lignée d'individus construits plus ou moins sur ce modèle.

Pas peu fière d'avoir opéré une avancée aussi remarquable dans ses relations avec Nick, Rachel ferma les yeux et savoura une gorgée de vin avant de poursuivre son analyse de la famille Muldoon-LeBeck :

— Vous n'admettez pas volontiers vos erreurs et vous préférez résoudre les problèmes à coups de poing plutôt qu'à coups de logique.

— Tu n'irais tout de même pas jusqu'à insinuer que tu considères ces qualités comme des défauts ?

Rachel ne put s'empêcher de rire.

— Jamais de la vie ! Ma famille est riche en caractères passionnés. Or ces natures bien particulières ont besoin d'exutoires. Ma sœur Natasha a eu la danse, puis son commerce de jouets ainsi que sa petite famille. Mon frère Mikhail se retrouve dans ses sculptures. Alexi, lui, lutte contre le crime avec un grand C et il croit en sa vocation dur comme fer. Et moi, j'ai la justice. Il me semble que, pour toi, la mer a longtemps été un idéal. A présent, tu as le Brise-lames où tu trouves ton compte. Alors que Nick, lui, n'a pas encore réussi à trouver sa voie.

Zack laissa glisser un doigt du haut en bas de sa nuque et la sentit frissonner sous la caresse légère.

— Tu penses vraiment que le droit représente un exutoire pleinement satisfaisant pour une nature passionnée ? s'enquit-il d'un ton amusé. Surtout lorsqu'il s'agit d'épancher une énergie aussi débordante que la tienne.

— Vu la façon dont j'exerce mon métier, je ne...

Elle ouvrit les yeux et son sourire se figea sur ses lèvres. Zack avait changé de position et son visage lui apparut proche — beaucoup trop proche — du sien. Ses mains, elles, avaient glissé jusque sur ses épaules. Rachel découvrit avec consternation que la situation avait basculé. Et que ses signaux d'alarme s'étaient mis en marche trop tard.

— Hou là, il faut que je rentre, s'exclama-t-elle en

esquissant le geste de se lever. Je tombe de sommeil et j'ai une audience demain matin à 9 heures.

— Reste encore une petite seconde. Je te raccompagne dans un instant.

— Je connais le chemin, Muldoon.

— Oh, je ne doute pas de tes capacités d'orientation, murmura-t-il en lui ôtant son verre des mains pour le poser sur la table basse. Mais nous parlions de natures passionnées... et d'exutoires. Et le sujet me fascine.

Son premier réflexe fut d'arrêter Zack en posant la main sur sa poitrine. Mais sans succès. Il continuait inexorablement à l'attirer contre lui.

— Je suis venue avec toi pour te donner un coup de main par rapport à Nick, protesta-t-elle. Pas pour jouer à de petits jeux.

— Je me contente de mettre votre théorie sur la passion à l'épreuve, Maître. Voyons si la justice suffit à canaliser toute votre énergie libidinale...

Il mordilla sa lèvre inférieure. Une fois. Puis deux. Juste histoire de tester sa réaction. Rachel poussa un léger soupir et n'émit aucune protestation. Fort de ce premier succès, Zack joua le tout pour le tout et accentua la pression de ses lèvres.

Vaguement médusée, Rachel sentit sa bouche céder sous celle de Zack tandis que sa langue, déjà, cherchait la sienne. Elle *pouvait* mettre un terme à ce baiser. C'était d'ailleurs très précisément ce qu'elle allait faire. Mais tout s'était passé si vite... Pour repousser des avances indésirables, elle savait s'y prendre. Mais comment se défendre contre un homme que l'on ne désirait pas désirer ?

Il fallait reconnaître qu'elle n'avait encore jamais été embrassée avec autant de vigoureuse conviction. Ardente, possessive, la bouche dévorante de Zack semblait vouloir l'avaler toute crue. Et le pire, c'est que, loin de s'en effrayer, elle y trouvait au contraire un plaisir aussi violent qu'inavouable. Rachel était prise d'une exaltation sauvage qui lui parut d'emblée indomptable. Une vague brûlante se déversait en elle, emportant la raison dans son sillage. Dans la tornade de baisers qui suivit, elle ne sut même plus si la frénésie qui les soulevait procédait du désir de Zack ou du sien.

De la résultante des deux, sans doute.

Avec un gémissement de défaite, Rachel se cramponna au cou de Zack et se sentit partir...

En prenant l'initiative d'embrasser une fille comme Rachel Stanislaski, Zack savait qu'il s'exposait à un rejet. S'il avait ramassé une claque retentissante ou senti la trace de ses ongles, il aurait accepté ces mesures de rétorsion de bonne grâce. Il avait toujours eu de vastes appétits et faisait ce qu'il fallait pour les satisfaire. Mais en amour, il ne prenait que ce qui s'offrait librement.

Rachel, cependant, faisait plus que s'offrir : elle se consumait littéralement dans ses bras. Pendant la fraction de seconde qui avait précédé la rencontre de leurs lèvres, il avait vu le feu s'allumer dans son regard. Un feu liquide et sombre qui signait la passion. Lorsque le baiser, d'abord joueur, était devenu enfiévré, elle s'était embrasée comme une torche et l'avait entraîné bien plus loin qu'il n'avait eu l'intention d'aller.

Tellement loin, même, qu'il commençait à se demander s'il serait capable d'arrêter.

Rachel noua les bras autour de son cou et se lova contre lui en poussant un long gémissement. Le son félin, superbe, fit courir des vibrations électriques tout le long de sa colonne vertébrale. Elle s'enroulait autour de lui, pressant son corps incroyablement jeune, mince et ferme contre le sien. Zack eut une série de flashs qui balayèrent d'un coup ses derniers restes de prudence. Aveuglé par le désir, il la renversa sous lui sur le canapé.

Rachel entendit Zack jurer tout bas puis sentit la pression des coussins dans son dos tandis qu'il pesait sur elle de tout son poids. Une sorte de « oui » triomphal s'éleva en elle. Oui, c'était là son désir, sa volonté et son destin. Tout en elle acquiesçait à ce déchaînement presque sauvage, ce festin de chair aveugle où la raison n'avait aucune part. Sous la morsure brûlante de cette bouche qui courait le long de son cou pour descendre vers sa gorge, elle se souleva contre lui pour mieux s'offrir à sa possession.

— Rachel…

Ce furent les deux syllabes de son prénom prononcées par une voix rauque, méconnaissable qui la ramenèrent à elle-même. Reprenant brutalement pied dans la réalité, Rachel examina la situation d'un œil incrédule : elle se livrait à des ébats plutôt poussés au beau milieu du salon dans un appartement au-dessus d'un bar avec un homme qu'elle connaissait à peine. « Bravo Stanislaski. Jolie performance ! »

— Non !

Les mains de Zack se mouvaient fiévreusement sur son corps et elle fut à deux doigts de refermer les yeux pour basculer de nouveau dans leurs étreintes fébriles.

Dans un état proche de la panique, Rachel tenta de toutes ses forces de le repousser.

— Non. J'ai dit non !

Zack avait cessé de respirer. Si quelqu'un lui avait intimé l'ordre de la lâcher en pressant un revolver contre sa tempe, il n'aurait sans doute pas arrêté de l'embrasser, de la toucher. Mais le *non* de Rachel l'arracha à sa transe. Il réussit à relever la tête.

— Pourquoi ? demanda-t-il sans comprendre.

— Pourquoi ? Mais parce que je n'en ai pas envie, c'est tout !

Elle avait encore le goût de la bouche de Zack sur ses lèvres et luttait contre une compulsion vertigineuse à replonger avec lui dans les remous brûlants dont ils venaient d'émerger. La force même de la tentation la rendit furieuse.

— Qu'est-ce que tu fais sur moi ? Ôte-toi de là ! ordonna-t-elle, ulcérée.

Choqué, Zack se redressa en lui jetant un regard noir.

— Je croyais que tu n'étais pas venue ici pour jouer à de petits jeux, protesta-t-il, furieux, en repoussant la mèche noire qui lui tombait sur le front.

Humiliée, frustrée et rêvant de disparaître six pieds sous terre, Rachel dissimula sa gêne derrière une explosion de colère.

— Moi ? Jouer à de petits jeux ? C'est toi qui as voulu m'embrasser ! Moi, je n'ai jamais été tentée.

— Ah non ? C'est pour ça que tu m'embrassais si fort que nos dents s'entrechoquaient presque ?

— C'est toi qui as commencé, reprit-elle, exaspérée. Et tu es trop grand et trop fort pour que je puisse te résister.

Les yeux de Zack lancèrent des éclairs.

— Un simple « non » a pourtant suffi à m'arrêter, riposta-t-il en allumant une cigarette.

Comme elle le foudroyait du regard sans répondre, il enchaîna d'un ton plus mesuré :

— Très bien, Rachel, jouons cartes sur table. Ce baiser, ça faisait un moment qu'il me démangeait. J'ai eu envie de toi dès l'instant où je t'ai vue trôner comme une reine dans ce sinistre commissariat de quartier. Que tu n'aies pas ressenti la même chose de ton côté, je suis tout à fait prêt à l'entendre. Mais une chose est certaine : quand je t'ai embrassée, tu n'as pas *subi* mon baiser. Tu étais plus que consentante, tu étais même déchaînée !

Dans les situations trop épineuses, le retrait stratégique constituait parfois la meilleure forme de défense. Les lèvres serrées, Rachel récupéra son manteau et son sac.

— Ce qui est fait est fait. N'en parlons plus. Je considère que le sujet est clos.

— Faux, s'insurgea Zack en se plaçant en travers de son chemin. Nous finirons de traiter la question sur le trajet du retour.

— Le trajet du retour, je l'effectuerai seule. Il est hors de question que tu me raccompagnes.

Avec un geste ample de reine outragée, Rachel jeta son manteau sur ses épaules.

— Et si tu *oses* m'emboîter le pas, je te fais arrêter pour harcèlement sexuel.

Zack lui saisit le bras d'autorité.

— Essaie un peu pour voir.

Elle fit alors ce qu'elle aurait dû faire dès le premier instant où Zack Muldoon l'avait harponnée comme un sauvage sur les marches du commissariat : elle lui envoya son poing dans l'estomac. Le souffle de Zack s'échappa d'entre ses lèvres sous la forme d'un discret sifflement. Il plissa les yeux d'un air peu rassurant.

— C'est tout ? Tu as fini de t'exprimer ? Alors, maintenant, tu as le choix : soit nous allons jusqu'à la station de métro à pied, soit je te porte.

Elle croyait rêver.

— Et merde, Muldoon ! Tu as de la purée de pois à la place du cerveau, ou quoi ? Tu ne comprends pas le sens du mot « non » ?

La réponse de Zack consista à la plaquer contre la porte pour lui prodiguer un baiser qui la laissa tremblante de la tête aux pieds.

— Si je ne comprenais pas le sens du mot non, rétorqua-t-il d'une voix vibrante de rage, tu ne te préparerais pas à sortir tranquillement de cet appartement alors que tu viens de m'exciter à un point tel que je vais être obligé de camper sous une douche froide pendant le restant de la semaine.

Il tira rageusement sur la porte.

— Tu ne m'as toujours pas répondu, entre parenthèses. Tu as l'intention de marcher ou je te perche sur mes épaules ? La décision t'appartient.

Menton levé, Rachel passa devant lui sans même l'honorer d'un regard. Elle marcherait, puisqu'il ne lui laissait pas le choix. Mais elle voulait bien être pendue si Zachary Muldoon parvenait à lui arracher un seul mot.

Chapitre 4

Après une longue journée de plaidoirie, Rachel dévala les marches du tribunal avec une seule envie en tête : rentrer chez elle et oublier le reste du monde. Normalement, elle aurait dû se sentir euphorique après la victoire inespérée qu'elle venait de remporter. Son client avait ouvert des yeux ronds lorsqu'il avait entendu tomber le verdict de non-culpabilité rendu par le juge. Mais le succès, pour une fois, n'avait pas suffi à lui rendre sa joie de vivre. Il ne lui restait donc plus qu'une solution : s'acheter un demi-litre de glace au chocolat sur le chemin du retour et s'abrutir devant la télévision en se bourrant de mauvais sucres.

Généralement, le remède était efficace. Elle aurait préféré faire une descente au Brise-lames munie d'un bazooka pour canarder Zachary Muldoon derrière son comptoir. Mais, en bonne citoyenne respectueuse de la loi, elle se contenterait sagement d'une petite crise de boulimie maison.

Rachel trébucha et manqua de tomber à la renverse lorsqu'elle trouva Zack perché sur la rampe en bas du palais de justice.

— Hé là… Il faudrait penser à marcher droit, Maître, commenta-t-il en la retenant par le bras.

— Mais *qu'est-ce* que tu me veux encore ? se récriat-elle en se dégageant. Je sais que je suis coresponsable de Nick, mais cela me laisse encore droit à un minimum de vie privée, non ?

Zack constata qu'elle avait l'air fatiguée. Et, ce qui était plus mauvais signe encore, ses grands yeux mordorés exprimaient une franche hostilité.

— J'avais tablé sur un radoucissement de ton humeur suite à ta victoire au tribunal, mais puisque ça n'a pas l'air d'être le cas, voyons si ceci peut t'amadouer.

D'un geste théâtral, il lui présenta le bouquet qu'il tenait caché dans son dos. Les boules d'or, de bronze et de rouille des chrysanthèmes se mariaient en une chaude harmonie automnale.

Fermement décidée à ne pas se laisser attendrir, Rachel contempla les fleurs d'un regard suspicieux.

— C'est en quel honneur, ça, Muldoon ?

— C'est pour remplacer le bouquet qui se meurt tristement dans ton vase de Chine.

Zack rassembla son courage. Si seulement Rachel avait eu la bonne grâce de prendre les chrysanthèmes et d'accepter ses excuses muettes d'un sourire ! Mais il ne s'en tirerait pas à si bon compte, de toute évidence. Elle était résolue à le faire souffrir jusqu'au bout.

Stoïque, Zack planta son regard dans le sien.

— Bon, O.K., je suis désolé d'avoir été un peu trop entreprenant, l'autre soir. Une fois que l'envie de t'étrangler m'a passé, j'ai réalisé que tu m'avais donné un sacré coup de main par rapport à Nick et que tu avais pris sur le peu de temps libre dont tu disposes pour m'aider. Et en guise de remerciement, je t'ai…

Ce fut plus fort que lui. Repris par un nouvel accès d'indignation, il lui fourra le bouquet dans les mains.

— Oui, enfin, je n'ai rien fait de plus que de t'embrasser,

merde ! Et tu étais consentante. Y a-t-il vraiment lieu de sombrer dans le psychodrame à cause d'un banal petit baiser ?

Un banal petit baiser ? Tentée de jeter son fichu bouquet par terre et de le piétiner, Rachel lui lança un regard noir. Un « banal petit baiser » ne lui aurait pas mis le système nerveux sens dessus dessous pendant plus de trente-six heures !

— Tu sais quoi, Muldoon ? Je te suggère de reprendre ton bouquet et tes excuses et de dégager de ma vue !

Raté, songea Zack. Question excuses, il avait encore quelques progrès à faire...

— Une seconde... J'ai dit que je regrettais et je suis sincère. Mais j'aurais dû être plus précis dans ma formulation.

Comme Rachel amorçait le geste de tourner les talons pour le planter là, il la retint fermement par les pans de sa veste couleur prune.

— Je ne regrette pas de t'avoir embrassée. Et je n'ai pas dit que je ne recommencerai pas. Je peux même te garantir que je récidiverai à la première occasion. Si je suis ennuyé, c'est seulement à cause de la façon dont je me suis comporté après.

— Dans le genre orang-outang déchaîné, tu veux dire ?

Rachel constata avec une intense satisfaction qu'un muscle tressautait à l'angle de la mâchoire de Zack.

— Si tu tiens vraiment à exprimer les choses ainsi, O.K.

Toute la finesse de l'art d'un homme — d'une femme — de robe consistait à savoir accepter le compromis au bon moment. Les lèvres serrées, Rachel examina les fleurs.

— Dois-je considérer ce bouquet comme un pot-de-vin, Muldoon ?

L'ombre d'un sourire se dessina sur les lèvres de Zack.

— Tout à fait.

— Très bien. J'accepte.

Il sourit franchement.

— Merci. Je préfère les voir entre tes mains que dans les miennes… Tu sais que je me suis glissé dans la salle du tribunal, il y a une heure ? Je t'ai écoutée plaider.

Rachel blêmit rétrospectivement. Encore une chance qu'elle ne l'ait pas vu entrer. Elle aurait sûrement bafouillé sous le choc.

— Et alors ?

— J'ai été impressionné par ton petit tour de passe-passe : le gars comparaissait pour un acte de vandalisme et, au final, c'est la victime qui s'est trouvée accusée de tous les torts ! Vous avez des techniques assez ahurissantes, vous, les avocats.

— Pas la victime, rectifia-t-elle : le plaignant. Mon client avait atteint un état d'exaspération pleinement justifié par ses tentatives répétées d'obtenir de son propriétaire que ce dernier respecte ses obligations légales.

— Et pour soulager ses nerfs malmenés, le locataire a couvert de graffitis incendiaires la façade d'un immeuble de grand standing que le proprio possède dans l'Upper West Side.

— Parce que mon client, acculé, n'avait aucun autre moyen à sa disposition pour se faire entendre. Alors qu'il a toujours payé son loyer rubis sur l'ongle, il s'est vu systématiquement snobé par son propriétaire chaque fois qu'il exigeait que certaines réparations urgentes soient faites. Or le contrat de bail stipule que…

Zack leva la main pour l'interrompre.

— Hé, inutile de me faire l'article ! Lorsque tu as terminé ta plaidoirie, j'étais déjà prêt à lancer une pétition pour soutenir ton client. J'ai entendu des rumeurs courir dans la salle, exigeant qu'on lapide le propriétaire. Et j'ai vu une vieille dame à côté de moi qui en pleurait d'émotion.

Si Zack s'exprimait avec le plus grand sérieux, une lueur d'humour dansait dans ses yeux.

— J'adore la justice, murmura Rachel avec un sourire en coin.

Zack se mit à jouer avec le mince collier en or qu'elle portait autour du cou.

— Pour célébrer ton triomphe de l'opprimé sur l'oppresseur, nous pourrions peut-être faire un tour à pied, toi et moi ?

« Refuse, Rachel ! » s'éleva l'austère voix de la raison en elle. Mais la soirée était tiède et les fleurs odorantes.

— Seulement un bout de chemin jusqu'à mon appartement, alors. Il faut que je mette ces chrysanthèmes dans l'eau.

— Va pour le trajet jusque chez toi… Tiens, donne-moi ça.

Zack lui prit son attaché-case des mains avant même qu'elle ait ouvert la bouche pour répondre. Puis — elle aurait dû s'y attendre — il lui saisit familièrement le bras.

— Qu'est-ce que tu transportes là-dedans, au juste ? Des briques ?

— La justice est une pesante affaire, Muldoon.

Rachel dut ralentir le pas pour s'adapter au rythme nonchalant de Zack.

— Alors, comment ça se passe avec Nick ? demanda-t-elle, savourant le plaisir à jamais inépuisable de déambuler dans les rues de New York.

— Mieux. Du moins, c'est le sentiment que j'ai. Il a protesté vigoureusement lorsque je lui ai proposé d'apprendre à cuisiner avec Rio. Mais desservir les tables en salle n'a pas l'air de lui déplaire. Il ne me parle toujours pas. Enfin… à part quelques monosyllabes ici et là. Mais nous avons encore du temps devant nous.

— Presque sept semaines.

Zack lâcha son bras le temps de puiser une pièce de monnaie dans sa poche. Il la laissa tomber dans la casquette d'un mendiant, d'un geste si naturel qu'il ne pouvait s'agir pour lui que d'un automatisme.

— Un peu plus d'un mois et demi… C'est le temps qu'il

a fallu pour faire un marin de la recrue ignorante que j'étais. Donc j'imagine que j'ai encore une chance d'aboutir à quelque chose avec Nick, observa-t-il, sourcils froncés.

— Elle te manque ? demanda Rachel en levant les yeux vers lui. La mer, je veux dire ?

— Un peu moins qu'au début. Mais il m'arrive encore de me réveiller la nuit avec l'impression que ça tangue et que ça roule sous ma couche.

Il y avait les cauchemars aussi. Ces visions de vagues noires, monstrueuses, hautes comme des montagnes... Mais de ces rêves-là, il n'avait encore jamais parlé à personne.

— Dans quelques années, je devrais avoir les moyens de m'acheter un voilier, enchaîna-t-il en chassant ces souvenirs pénibles. Je m'arrangerai pour me libérer un mois ou deux par-ci, par-là et je pousserai jusqu'aux îles. Je crois que je craquerai pour un ketch. Quinze mètres environ, sobre d'aspect et de forme...

Son bateau, il l'imaginait déjà. Souple, rapide, luisant de ses cuivres et de ses acajous lustrés, ses voiles blanches tendues par le vent.

Zack découvrit qu'il n'avait aucun mal non plus à visualiser Rachel à la proue. Et qu'elle y ferait bonne figure.

— Il t'arrive de naviguer, Rachel ?

— Et comment ! J'ai fait le trajet en ferry-boat jusqu'à la statue de la Liberté. Aller et retour. Au moins trois fois.

Il laissa glisser ses doigts le long de son bras.

— Je suis sûr que ça te plairait de faire de la voile... On pourrait considérer ça... comme un exutoire.

Rachel jugea plus prudent de s'abstenir de tout commentaire. Lorsqu'ils arrivèrent au pied de son immeuble, elle tenta de récupérer son attaché-case.

— Merci pour les fleurs et la promenade. Je pense faire un saut au Brise-lames demain soir pour voir Nick.

Mais au lieu de lui rendre sa serviette, Zack lui attrapa la main.

— Je suis libre ce soir. Pas l'ombre d'une obligation avant demain matin. Et j'aimerais passer ce temps-là avec toi.

Rachel tressaillit.

— Pardon ?

— Me serais-je mal exprimé ? Je ne tablais pas sur une nuit complète, même si je ne désespère pas de l'obtenir à la longue.

Il réussit à enrouler une mèche de cheveux autour de son doigt avant qu'elle ne pense à le repousser d'une claque vigoureuse sur la main.

— Je me proposais d'aller écouter de la musique et de manger un morceau avec toi. Mais si l'idée de sortir avec moi t'inquiète…

— Je ne suis pas inquiète.

Pas à proprement parler, en tout cas.

— Quoi qu'il en soit, deux personnes partageant un même objectif ont de meilleures chances de l'atteindre si elles se donnent le temps d'en discuter ensemble. Ce serait une bonne chose que nous apprenions à mieux nous connaître… pour Nick, précisa-t-il, jouant sa carte maîtresse.

Rachel le considéra d'un œil perçant.

— Accusé, levez-vous : affirmez-vous en votre âme et conscience que c'est pour Nick et uniquement pour Nick que vous souhaitez me voir ce soir ?

Renonçant à se cacher derrière d'oiseux prétextes, Zack esquissa un sourire.

— Non, Votre Honneur. Même si on peut espérer quelques bénéfices secondaires pour mon oiseau rare de frère, j'ai envie de passer la soirée avec toi pour des raisons purement égocentriques.

— Bien, Muldoon. Comme tu ne t'es pas parjuré, voici une solution de compromis. C'est oui, mais à condition que la soirée soit brève car je veux être au lit avant 11 heures. D'autre part, je n'ai pas envie de passer une heure à me pomponner avant de ressortir donc il faudra que tu m'emmènes dans un endroit simple. Quant à toi, tu t'engages solennellement à ne pas... comment as-tu formulé cela, déjà ?... à ne pas te montrer trop entreprenant.

— Vous êtes un âpre négociateur, Maître.

— C'est à prendre ou à laisser.

— Je prends, fit-il, avec une lueur amusée dans les yeux en lui rendant son attaché-case.

— Alors reviens dans vingt minutes. Je serai prête.

Zack l'entraîna dans un lieu hybride et sympathique, qui se situait quelque part entre le piano-bar et le restaurant. Le patron du Brise-lames y était manifestement connu comme le loup blanc. Une formation de trois musiciens jouait du jazz sur une estrade et quelques couples tournaient sur une minuscule piste de danse autour de laquelle des tables étaient disposées en cercle.

Ils se retrouvèrent dans un coin relativement obscur, avec un verre d'apéritif à la main.

— Je viens ici essentiellement pour la musique, expliqua Zack. Mais la nourriture qu'ils servent est également excellente. J'évite cependant de mentionner ce genre de détails à Rio.

— On ne peut pas t'en vouloir d'être prudent. Je l'ai vu manier le hachoir à viande.

Elle examina le menu.

— Qu'est-ce que tu me recommandes ?

La cuisse de Zack effleura la sienne lorsqu'il se pencha pour jouer avec ses pendentifs d'oreilles en turquoise.

— Fais-moi confiance. Et essaye leur poulet rôti.

Rachel découvrit qu'on pouvait se fier à Zack. Sur le

plan culinaire, du moins. Savourant la nourriture, le vin et la musique, elle s'abandonna petit à petit à une agréable sensation de détente.

— Tu as dit que la marine était plus ou moins une tradition dans la famille. C'est pour ça que tu t'es engagé ?

— J'avais surtout besoin de bouger, d'élargir mes horizons, de voir enfin à quoi ressemblait le vaste monde. Au début, je ne pensais m'engager que pour quatre ans. Mais j'ai rempilé.

— Pourquoi ?

Zack réfléchit un instant.

— La vie itinérante me va bien. Et puis j'aime la mer. Passer des semaines entières face à un horizon vide, puis voir la terre se dessiner au loin. Jeter l'ancre dans des ports blancs ou couleur de terre cuite, humer l'odeur des quais écrasés sous le soleil, découvrir les sons heurtés d'une langue inconnue.

Les images qu'il évoquait firent rêver Rachel.

— J'imagine qu'en dix ans tu as dû faire le tour du monde.

— J'ai connu la Méditerranée, le Pacifique Sud, l'océan Indien, le golfe Persique. Je me suis gelé les... mains dans l'Atlantique Nord et j'ai vu glisser des squales dans la mer de Corail.

A la fois fascinée et perplexe, Rachel cala ses coudes sur la table.

— Tu as remarqué que tu n'as mentionné aucune terre, aucun continent ? Ces mers et ces océans ne finissent-ils pas par se confondre, du haut du pont d'un navire ?

— Jamais.

S'il avait su manier la langue avec le lyrisme nécessaire, il lui aurait parlé des nuances de couleur, de l'infinie variété dans l'aspect, le moutonnement, la transparence des mers et des océans du globe. Il lui aurait décrit le son des baleines, le ballet silencieux des dauphins, la splendeur solitaire de certains levers de soleil.

— Je pense que toute masse d'eau a sa personnalité, expliqua-t-il plus sobrement. Tout comme les masses de terres, d'ailleurs.

— La Grande Salée te manque bel et bien.

Zack haussa les épaules.

— A force de vivre avec, on finit par l'avoir dans la peau. Mais parlons un peu de ta vocation. Le droit est une tradition chez les Stanislaski ?

Sous la table, elle se mit à tapoter du pied au rythme de la basse.

— Pas du tout. Mon père était menuisier. Ainsi que son père avant lui.

— Alors pourquoi avoir choisi ce métier ?

— Parce que j'ai grandi dans une famille qui a connu l'oppression. Mes parents et mes frères et sœur se sont enfuis d'Ukraine avec, pour seuls bagages, le peu de biens qu'ils ont réussi à entasser sur une charrette. Ils sont partis au cœur de l'hiver en franchissant les montagnes ; ils ont connu le froid, la faim et la peur avant d'atteindre l'Autriche au terme d'un périple terrifiant. Moi, je suis née ici, en Amérique. La première de la famille.

Zack lui jeta un regard intrigué.

— Ça n'a pas l'air de te faire plaisir.

La pertinence de sa remarque prit Rachel au dépourvu. Zack était beaucoup plus fin, plus observateur qu'elle ne l'avait cru au premier abord.

— Je crois que j'aurais aimé appartenir à l'un et à l'autre bord, comme mes parents et mes frères et sœur. La découverte de la liberté est une expérience qu'ils n'ont jamais oubliée. Moi, je suis née dedans. Et la liberté et le droit vont main dans la main, comme chacun sait.

— Le droit, il y a mille façons de le pratiquer. Tu aurais pu être avocate d'affaires et gagner des sommes confortables.

— J'aurais pu, oui.

— Tu as eu des propositions, même.

— Qu'est-ce que tu en sais ?

Zack haussa les épaules.

— Tu es le défenseur de mon frère. C'était mon devoir de m'informer à ton sujet, non ? Tu étais la meilleure de ta promotion à l'université de droit de New York, tu as passé l'examen du barreau haut la main, puis tu as décliné plusieurs offres particulièrement alléchantes adressées par quelques-unes des entreprises les plus importantes sur le marché. Tu as préféré travailler pour le bureau de l'assistance judiciaire et gagner un salaire de misère. J'en ai conclu que tu étais soit très motivée, soit très masochiste.

Réprimant un mouvement d'humeur, Rachel hocha la tête.

— Et toi, tu as quitté la marine, la poitrine couverte de médailles, y compris la prestigieuse Silver Star. On trouve dans ton dossier, à côté de quelques avertissements pour insubordination, une lettre de gratitude, rédigée personnellement par je ne sais plus quel amiral, pour te féliciter de ton courage au cours d'un sauvetage en mer effectué en plein ouragan.

Ravie de le voir embarrassé à son tour, Rachel leva son verre.

— Tu vois que tu n'es pas le seul à avoir mené ta petite enquête.

— Nous parlions de toi, protesta-t-il.

— Aucune loi, à ma connaissance, n'interdit de changer de sujet au cours d'une conversation.

Avec un léger sourire, elle posa les coudes sur la table et cala son menton au creux de ses paumes.

— Alors, dis-moi, Muldoon, pourquoi avoir refusé d'entrer à l'école des officiers de marine ?

— *Moi ?* Passer du côté des officiers ? Et puis quoi encore ?

Se levant d'un mouvement abrupt, il lui prit la main et la tira d'autorité en direction de la piste.

— Dansons, décréta-t-il.

Rachel en riait de délice.

— Tu as rougi, Muldoon !

— Pas du tout. Et maintenant, tais-toi.

Elle pouffa.

— Ça doit être un vrai cauchemar, la vie de héros. Tu me signeras un autographe, dis ?

S'immobilisant net au bord de la piste de danse, Zack lui posa une main sur chaque épaule.

— Je propose le marché suivant : plus un mot au sujet de mes « exploits » et de mes médailles et je m'abstiendrai de mentionner que tu étais le major de ta promotion.

Elle se donna quelques instants de réflexion.

— Les termes de l'accord me paraissent honnêtes. Mais je pense que...

— Arrête de penser, ordonna-t-il en l'attirant dans ses bras.

La mesure fut efficace. Dès l'instant où elle se trouva plaquée contre Zack, son esprit cessa de fonctionner. Avec ses facultés de raisonnement en sommeil, elle savoura le chant grave du saxo, le rythme lancinant de la basse, les envolées du piano.

Et la danse avec Zack.

Non, danse n'était pas le mot... Mais existait-il un terme pour décrire ce lent balancement en rythme de deux corps si étroitement enlacés que, vus de l'extérieur, ils devaient se confondre ? La piste était si exiguë que ce n'était même pas la peine d'envisager de prendre un peu de distance. Et, même si elle ne parvenait plus à respirer, quelle importance ? L'essentiel était là, dans les battements de son cœur qui cognait furieusement dans sa poitrine, dans le bercement de cette étreinte vigoureuse.

Rachel n'avait pas eu l'intention de nouer les bras aussi intimement autour du cou de Zack. Mais, à présent qu'ils étaient en place, elle n'avait plus la moindre envie de modifier leur position. Tels qu'ils étaient, elle n'avait qu'à remonter légèrement les mains pour que ses doigts se perdent dans ses cheveux noirs dont le contact soyeux offrait un contraste intéressant avec l'acier des muscles, la puissance du corps d'homme pressé contre le sien.

Zack pencha la tête pour murmurer à son oreille :

— Tu as vu ? Nous sommes parfaitement ajustés l'un à l'autre. J'étais un peu trop excité l'autre fois pour m'en assurer. Mais j'aurais été prêt à parier que ce serait le cas.

Frissonnant sous la caresse de son souffle, Rachel protesta avec le peu de vigueur qui lui restait :

— Ajustés, si l'on veut. Ça ne marche que si je me dresse sur la pointe des pieds.

Comme pour souligner son point de vue, Zack laissa glisser ses grandes mains jusque sur ses hanches en un mouvement lent, sensuel et outrageusement possessif.

— Ma chérie, la taille n'a rien à voir dans l'histoire.

Il frotta sa joue contre ses cheveux, s'émerveillant de leur fragrance, de leur texture.

— Il s'agit d'une adéquation beaucoup plus subtile, Rachel Stanislaski. Elle joue au niveau de la forme, mais aussi des saveurs, des odeurs, du toucher.

Secouée, elle tourna la tête, juste avant que les lèvres de Zack ne parviennent au terme de leur lent cheminement en direction de sa bouche.

— Je pourrais te faire arrêter pour tentative de séduction dans un lieu public, Muldoon.

— Pas de problème. Je connais un excellent avocat,

chuchota-t-il en soulevant son léger pull en coton pour explorer la peau nue de sa taille.

Rachel en oublia de respirer.

— Je crois qu'ils vont nous arrêter l'un et l'autre si nous continuons comme ça devant tout le monde, murmura-t-elle dans un souffle.

— Je paierai la caution.

Sentant le corps de Rachel ployer contre le sien, Zack eut la bouche si sèche soudain qu'il resserra encore la pression de ses bras.

— Je te veux quelque part pour moi tout seul, murmura-t-il d'une voix rauque en pressant les lèvres dans son cou. Tu sais ce que je te ferais si nous étions rien que tous les deux ?

Les jambes en coton, Rachel secoua la tête.

— Je préfère ne pas le savoir. Retournons plutôt nous asseoir, murmura-t-elle faiblement.

— Je veux te toucher partout, absolument partout. Connaître le goût de ta peau, t'embrasser les doigts de pied un à un et le sommet de ton crâne et tout — absolument tout — ce qu'il y a entre… Je veux t'entendre crier et gémir… Je veux te rendre folle.

C'était chose faite. Et si elle ne trouvait pas rapidement un moyen de l'arrêter, ce serait l'implosion assurée.

— Arrière ! ordonna-t-elle à mi-voix.

Les mains de Zack restèrent rivées à sa taille, mais elle réussit à rétablir une distance de quelques centimètres qui lui permit de respirer.

Enfin… temporairement, en tout cas. Car elle se retrouva de nouveau en apnée lorsqu'elle leva la tête pour regarder Zack dans les yeux.

— Primo, c'est trop tôt ; deusio, ça va beaucoup trop vite, Muldoon. Je ne suis pas quelqu'un de si spontané.

Pas spontanée, Rachel Stanislaski ? Elle était volcanique,

oui ! Et il voulait être là — aux premières loges — lorsque la terre commencerait à trembler.

— S'il faut vraiment te donner un peu de temps, je veux bien t'accorder une heure. Deux, si tu tiens absolument à me faire souffrir.

Mais Rachel secoua la tête.

— Disons que je te ferai signe si un jour je suis prête à aller plus loin.

— C'est bien ce que je pensais : elle veut ma mort, marmonna Zack en aparté, affichant un air de résignation stoïque.

Comme Rachel ne se rasseyait pas, il sortit son portefeuille.

— Dois-je en conclure que tu veux partir ?

— C'était le contrat, souviens-toi : je devais être dans mon lit avant 11 heures.

La vérité, c'est qu'elle avait surtout un besoin urgent d'air frais pour retrouver une sensation d'équilibre. A croire qu'il suffisait de danser avec un marin pour que la terre ferme se mette à tanguer sous vos pieds !

— Chose promise, chose due, acquiesça Zack en jetant quelques billets sur la table. Et si nous rentrions à pied ? L'exercice pourrait nous être salutaire.

Pensive, Rachel inclina la tête. Une marche forcée sur quelques kilomètres ? Pourquoi pas ? C'était à peu près la seule chose qui pouvait encore la sauver d'une nuit d'insomnie assurée.

— Tu as froid ? s'inquiéta Zack un peu plus tard alors qu'ils venaient d'avaler un premier kilomètre de trottoir, en rythme avec la ville vibrante qui ne connaissait jamais le sommeil.

— Non. Ça va. Il fait bon, ce soir.

Zack n'en passa pas moins le bras autour de ses épaules.

— C'est rare que je prenne le temps de me balader en ville, observa Rachel en levant les yeux vers la lumineuse splendeur des buildings. D'habitude, je passe mon temps à courir entre le bureau, le tribunal et mon appartement.

— Et qu'est-ce que tu fais pendant tes rares moments de loisir ?

— Je vais au cinéma, je fais un brin de lèche-vitrines. Je rends visite à ma famille. A ce propos, je me disais que ce serait peut-être bien pour Nick que je l'emmène un dimanche à la maison, chez mes parents. Qu'il goûte la cuisine de ma mère, qu'il écoute les histoires de mon père, qu'il voie à quel point je suis persécutée par mes deux grandes brutes de frères.

— Mmm... Et ce charmant programme serait réservé à Nick en exclusivité ?

Elle lui jeta un regard en biais.

— A la rigueur, nous pourrions faire une petite place à son grand frère.

— Il y a une éternité que je... pardon, que *nous* n'avons pas assisté à un vrai repas de famille. Mais le flic, qu'est-ce que tu en fais ? Cela m'étonnerait qu'il nous accueille à bras ouverts.

— Je me charge d'amadouer Alex. Maintenant que j'y pense, ma sœur Natasha doit bientôt venir passer un week-end à Brooklyn, avec mari et enfants. La maison grouillera de monde et il y aura une agitation insensée. Ça pourrait être constructif pour Nick de vivre ce type de situation. Je vais voir s'il y a moyen de vous faire inviter ce dimanche-là.

— Je t'ai déjà remerciée, Rachel. Mais je ne crois pas que je trouverai un jour les mots pour te dire à quel point j'apprécie ce que tu fais pour Nick.

— La cour a ordonné...

— La cour, rien du tout ! l'interrompit Zack en s'immobilisant au pied de son immeuble. Tu ne te contentes pas d'effectuer une visite réglementaire, stylo au poing, en vue d'établir ton rapport. Depuis le début, tu t'es investie à fond pour Nick.

Elle haussa les épaules.

— Bon. Eh bien disons que j'ai un faible pour les mauvais garçons. Je compte sur toi pour ne pas ébruiter l'information.

Zack la contempla un instant en silence. Il aimait sa beauté, mais aussi l'énergie vibrante qui émanait d'elle.

— La vérité, c'est que tu as du cœur, du talent, de la classe et de la générosité, Rachel Stanislaski.

Mal à l'aise sous le compliment, Rachel secoua la tête en riant.

— Si tu continues comme ça, tu vas finir par me faire rougir, Muldoon. Alors arrête de me passer de la pommade. Si tout se déroule comme nous l'espérons, tu m'achèteras un second bouquet de fleurs une fois que les deux mois de probation se seront déroulés sans encombre. Et tu pourras considérer que ta dette est payée.

Lorsqu'elle voulut se détourner sur un petit signe de la main, Zack la retint par les épaules. Mal à l'aise mais pas autrement surprise, elle leva les yeux vers lui.

— Ecoute, Zack, j'ai passé un excellent moment avec toi, mais…

— Je suppose que tu n'as pas l'intention de m'inviter à monter prendre un verre chez toi ?

Songeant à l'épisode de la piste de danse, Rachel secoua la tête.

— J'ai le goût du risque, Muldoon. Mais pas à ce point.

— Donc il ne me reste plus qu'à te souhaiter une bonne nuit ici, sur place.

— Zack…

— Tu ne voulais tout de même pas faire l'économie de ce baiser, non ? Il est important de respecter les traditions… Et puis je sais que tu en as envie autant que moi, murmura-t-il en lui embrassant le bout du nez.

— Ça ne va pas aller du tout, cette affaire, Zachary Muldoon !

Mais elle lui glissait déjà les bras autour du cou. Les yeux bleus de Zack pétillèrent, si proches qu'elle se sentit sombrer dans leurs profondeurs marines.

— Mais si, ça va marcher. C'est très simple : il suffit d'approcher tes lèvres des miennes et ça va aller tout seul.

Rachel n'en doutait pas une seconde.

Cette fois-ci, elle savait à quoi s'attendre et elle se prépara à résister, bien décidée à garder les pieds sur terre et la tête solidement accrochée. Mais rien n'y fit. Dès la première seconde, l'onde de choc se propagea en elle. Il y eut comme un éclair de chaleur, un bouleversement d'ordre cellulaire. Un sentiment d'urgence la submergea, la laissant en proie à une obsession lancinante : elle voulait cet homme, là, maintenant, sur le trottoir s'il le fallait.

Si, au premier baiser, elle avait eu l'impression que c'était « trop », elle découvrait à l'instant que ce ne serait jamais assez, au contraire. Comment avait-elle pu vivre jusqu'à l'âge avancé de vingt-six ans sans même savoir ce que désirer un homme signifiait vraiment ?

— Je ne suis encore jamais tombée dans les bras de quelqu'un sur la base d'une simple attirance sexuelle, protesta-t-elle, tout contre ses lèvres. Et je ne vais pas commencer maintenant. Ni avec toi ni avec personne.

Le regard brûlant de Zack plongea dans le sien.

— Chut… Ferme les yeux… Tu élaboreras tes théories plus tard.

Et il repartit à l'assaut de ses lèvres de plus belle, fouillant sa bouche d'une langue vagabonde, attisant les flammes une à une, faisant de l'îlot de leurs deux corps enlacés une vivante fournaise. Zack avait perdu toute notion de temps et de lieu. Une sorte de râle monta du fond de sa gorge. Il se vit soulever Rachel dans ses bras, l'emporter dans l'ascenseur et la jeter sur son lit. Lui faire l'amour une fois ne suffirait pas. Il voulait l'aimer toute la nuit et au-delà. Faire le siège de son corps et revenir inlassablement à la charge. Une vie entière ne suffirait pas à étancher le désir qu'il ressentait.

— Hep, l'ami.

La voix inconnue lui parvint sous la forme d'un bourdonnement aussi irritant qu'indistinct. Il n'y aurait d'ailleurs prêté aucune attention s'il n'avait senti la pointe d'un couteau pressée dans son dos. Maintenant Rachel derrière lui, Zack fit volte-face et découvrit les grands yeux noirs et le visage d'une pâleur maladive d'un petit braqueur.

— Si tu me filais ton portefeuille, mon gars ? Et ta nana aussi. Allez, faites vite. Je n'ai pas que ça à fiche.

Faisant écran entre Rachel et le voleur, Zack porta la main à la poche arrière de son jean. Derrière lui, il entendait le son irrégulier de la respiration de la jeune femme tandis qu'elle ouvrait son sac à main. Réagissant à l'instinct, Zack bondit au moment précis où le type tourna les yeux pour s'assurer que la rue restait déserte.

Figée net avec sa bombe de gaz lacrymogène à la main, Rachel retint un cri de panique en voyant les deux hommes lutter corps à corps. La lame étincela dans la nuit puis il y eut comme un craquement de cartilage et le couteau vola au loin. Le petit braqueur fila sans demander son reste.

Lorsque Zack se retourna, il respirait aussi calmement que s'il venait de chasser une mouche d'un claquement de doigts.

— Voyons, où en étions-nous, déjà ?

— Espèce d'idiot, chuchota-t-elle, incapable de hurler à cause de la boule d'angoisse qui lui obstruait la gorge.

Tu crois que c'est malin de te jeter comme ça sur un type armé d'un couteau ? Il aurait pu te tuer, bon sang !

— Je n'étais pas d'humeur à lui laisser mon portefeuille.

Il avisa la bombe qu'elle tenait toujours à la main.

— C'est quoi, ce truc-là ?

— Du gaz lacrymogène.

Consciente qu'elle n'avait même pas eu la présence d'esprit de retirer la valve de sécurité, elle replaça l'objet dans son sac avec un soupir dégoûté.

— Je lui en aurais mis plein les yeux si tu ne t'étais pas interposé, observa-t-elle d'un ton hautain.

— Désolé. La prochaine fois, je te laisserai prendre les choses en main.

Jetant un coup d'œil à son poignet, Zack jura tout bas.

— Il m'a blessé, cet imbécile.

Rachel blêmit.

— Tu saignes !

— Je pensais que c'était son sang à lui, maugréa Zack, contrarié en découvrant que la manche de son chandail était déchirée. Ce pull, je l'ai ramené de Corfou à l'occasion de mon dernier passage en Grèce. Bon sang, si je l'avais sous la main, cet olibrius, je lui ferais passer l'envie de recommencer.

Il scruta la rue au loin, mais le voleur avait disparu.

— Laisse-moi voir ça, intima Rachel en lui soulevant la manche pour dégager la plaie... Oh, mon Dieu, mais quel imbécile !

D'une main tremblante, elle sortit ses clés de son sac.

— Je vais te soigner là-haut. Franchement, je n'arrive pas à comprendre que tu aies pu commettre une imprudence pareille.

— C'est une question de principe, tenta-t-il d'expliquer. Je n'aime pas qu'on...

Mais elle l'interrompit en ukrainien.

— En anglais, protesta-t-il en portant la main à son cœur. Tu n'imagines pas quel effet ça me fait lorsque tu parles russe.

— Ce n'est pas du russe, Muldoon, riposta-t-elle en l'attrapant par son bras valide pour le traîner en direction de l'ascenseur. Avoue que tu t'es battu uniquement pour la frime ! Vous êtes tous les mêmes, vous, les hommes. Vous feriez n'importe quoi pour ne pas perdre la face.

Tête basse, Zack dissimula un sourire.

— Je suis désolé, dit-il, s'efforçant de prendre un air contrit. Je ne sais pas ce qui m'a pris de m'exposer à des risques aussi... insensés.

Il se garderait bien de lui faire remarquer qu'il s'était déjà coupé plus profondément que cela en se rasant le matin.

— Le problème, c'est que c'est purement hormonal, chez vous, lâcha-t-elle entre ses dents serrées. Tu n'y peux rien, au fond, si les hommes pensent d'abord avec les poings et n'utilisent leur cerveau qu'ensuite. A croire que vous avez été programmés pour vous comporter comme des brutes !

Elle ne lui lâcha le bras qu'une fois qu'ils furent dans l'appartement.

— Assieds-toi et ne bouge plus, surtout, ordonna-t-elle en se précipitant vers la salle de bains.

Zack s'exécuta sans se faire prier. Il prit même ses aises en posant les pieds sur la table basse.

— Je devrais peut-être avaler un doigt de cognac, au cas où je ferais un malaise, suggéra-t-il avec le plus grand sérieux.

Armée de pansements, d'une bassine pleine d'eau savonneuse et de désinfectant, Rachel s'agenouilla devant lui.

— Tu te sens barbouillé ? demanda-t-elle avec un regain d'inquiétude en lui tâtant le front. Des vertiges ?

— Voyons cela...

Toujours prêt à saisir une opportunité au vol, il attira le visage de Rachel contre le sien et l'embrassa longuement.

— Mmm... oui. J'ai la tête qui tourne un peu, il me semble. C'est grave, docteur ?

— Zachary Muldoon, arrête ton cinéma ! s'emporta-t-elle en lui donnant un petit coup sec sur la main. Ça aurait *pu* être extrêmement grave.

— Mais tout à fait. Je considère qu'il s'agit d'une affaire on ne peut plus sérieuse. Il se trouve que j'ai toujours eu horreur qu'on vienne me gratouiller le dos avec un couteau lorsque j'embrasse une femme. C'est viscéral. Et arrête de trembler comme ça, ma belle, ou c'est à toi que je vais être obligé de servir un cognac.

— Si je tremble, c'est de colère.

Rassemblant ses cheveux d'une main pour les rejeter dans son dos, elle lui lança un regard noir.

— Ne me refais plus jamais un coup pareil, en tout cas !

— Promis. La prochaine fois, je mettrai un pull sans manches.

Pour se venger de son ton moqueur, elle versa une copieuse rasade de désinfectant sur la coupure. Lorsqu'il jura avec force, ce fut au tour de Rachel de sourire.

— Mauviette !

Mais elle finit par le prendre en pitié et se pencha pour souffler sur la plaie afin d'atténuer la douleur.

— Et maintenant, ne bouge plus, le temps que je mette le pansement.

Zack la regarda faire, appréciant le contact de ses doigts habiles sur sa peau. Incapable de résister à la tentation, il se pencha pour lui mordiller le lobe de l'oreille.

Il la vit frissonner de plaisir. Ce qui ne l'empêcha pas de le repousser énergiquement.

— *Vade retro*, Muldoon. Je ne t'ai pas fait monter ici

pour reprendre notre baiser du soir là où nous l'avions laissé. Sûrement pas ici, dans cet appartement.

— Je te désire, Rachel, déclara-t-il, plus gravement qu'il ne l'aurait voulu, en lui prenant la main. J'ai envie de faire l'amour avec toi.

— Ça, je l'avais remarqué, oui. Mais j'ai d'abord besoin de savoir de quoi j'ai envie, moi.

— Tout à l'heure, avant que cet abruti ne vienne nous déranger, tu n'avais pas l'air de te poser tant de questions.

Rachel prit une profonde inspiration et dégagea sa main de la sienne.

— Je t'ai expliqué ma position, Zack. Je ne suis pas le genre de femme à agir sur une impulsion. Surtout lorsqu'il s'agit de choisir un amant. Si je cède à l'attirance qui existe entre nous, je veux que ce soit la tête claire.

— Je ne crois pas avoir eu la tête claire une seule fois depuis le jour où je t'ai rencontrée.

Il se leva à son tour, mais prit à cœur, cette fois, de garder ses distances.

— Je sais ce qu'on dit des marins : une fille dans chaque port. Mais ça n'a rien à voir avec la réalité. Enfin, pas avec *ma* réalité, en tout cas. Je ne dis pas que je passais toutes mes journées de congé enfermé à lire, mais...

— Tu n'as pas de comptes à me rendre, Muldoon. Ce n'est pas vraiment mon problème.

— Je commence à croire que si. Ou que ça pourrait le devenir.

Elle voulut protester, mais quelque chose dans le regard de Zack l'arrêta.

— Cela fait deux ans maintenant que je suis revenu à New York. Et il n'y a eu personne. Personne qui ait compté, du moins.

Zack était sidéré de s'entendre tenir ce discours presque officiel. Mais les mots lui tombaient des lèvres d'eux-mêmes :

— Je n'ai jamais rencontré quelqu'un comme toi jusqu'ici, Rachel. Et je n'ai pas envie de passer à côté de ce que nous pourrions vivre ensemble.

— Le problème, c'est que j'ai d'autres priorités dans la vie, protesta-t-elle faiblement. Et je ne sais pas si je suis prête à affronter ce type de complications pour le moment. Il faut par ailleurs que nous tenions compte de Nick, vu les circonstances. En bref, je ne tiens pas à précipiter les choses.

— Ne pas précipiter les choses ? répéta-t-il sombrement. Je ne peux pas m'engager sur un tel mot d'ordre, Rachel. Et je préfère te mettre en garde : la prochaine fois que nous serons seuls, toi et moi, je ferai tout ce qui est en mon pouvoir pour faire basculer l'ordre de tes priorités.

Les mains de Rachel tremblaient tellement qu'elle se hâta de les glisser dans ses poches.

— J'apprécie que tu prennes la peine de m'avertir de tes noires intentions, Muldoon. Mais je te préviens : je ne suis pas quelqu'un qui se laisse bousculer facilement dans ses convictions.

— Tant mieux. J'ai horreur de la facilité. Merci pour les soins de première urgence, Maître. Et n'oubliez pas de fermer à clé derrière moi.

Stoïque, il sortit de l'appartement sans la toucher et comprit que, pour calmer sa libido déchaînée, il ne lui restait qu'une chose à faire : repartir à pied une fois de plus.

Chapitre 5

Rachel ne *fuyait* pas Zack à proprement parler. Elle avait un emploi du temps chargé, voilà tout. Avec la masse de dossiers qui lui tombait dessus chaque jour, elle pouvait difficilement se permettre de passer ses soirées vissée sur un tabouret de bar au Brise-lames. Ce qui ne voulait pas dire qu'elle négligeait ses obligations pour autant. Deux fois, déjà, elle s'était glissée dans les cuisines pour parler avec Nick. Et si elle n'était pas tombée sur Zack en traversant la salle, c'était une simple coïncidence, rien de plus.

Ou un solide instinct de survie ?

Si elle filtrait ses appels par le biais du répondeur, c'était simplement parce qu'elle ne voulait pas être dérangée à tout moment. (Et le pire, c'est qu'il n'avait même pas appelé, le chien !)

Seule consolation : ses rapports avec Nick s'amélioraient de jour en jour. L'adolescent l'avait appelée à deux reprises. Une fois au travail et une fois chez elle. Et lorsqu'il lui avait proposé d'aller au cinéma ce soir-là, elle avait accepté sans hésiter... Tant qu'il passait ses heures de congé en sa compagnie, il était à l'abri de la tentation que représentaient les Cobras.

Après quatre-vingt-dix minutes de poursuites automobiles démentielles, de tir au pistolet et autres trépidantes aventures, ils sortirent du cinéma et s'installèrent dans une pizzeria brillamment éclairée.

— Alors, Nick, raconte-moi un peu comment ça se passe, pour toi.

Comme il se contentait de hausser les épaules, elle insista gentiment.

— Tu ne peux vraiment pas me répondre ? Cela fait deux semaines, maintenant. Tu as eu le temps de t'habituer un peu. Tu as l'impression que tu vas tenir le coup ?

Nick sortit une cigarette de son paquet.

— Mouais... A priori, ça devrait aller. Rio a l'air impressionnant, comme ça, mais au fond, c'est une bonne pâte. Et lui, au moins, il ne me harcèle pas à longueur de journée.

— A la différence de Zack, tu veux dire ?

Nick souffla un nuage de fumée. Il aimait voir le visage de Rachel à travers ce voile légèrement opaque qui la rendait encore plus belle, et la faisait ressembler à une tzigane.

— Zack s'est un peu calmé, il faut dire ce qui est. Et il me laisse même une certaine marge de liberté. Mais regarde ce soir, par exemple. Normalement, je suis de congé et je peux faire ce que je veux. Eh bien, il a fallu qu'il vienne me gonfler avec ses questions à la noix : « Où tu vas ? Avec qui ? Qu'est-ce que tu vas faire ? A quelle heure seras-tu rentré ? » Alors que je vais avoir dix-huit ans dans quelques mois. C'est pénible, non ?

— Il est du genre autoritaire, c'est vrai, admit Rachel en s'efforçant de trouver un moyen terme entre la compassion et la sévérité. Mais il est responsable de toi vis-à-vis de la loi. Et il tient à toi, surtout.

Nick émit un son qui pouvait — à la rigueur — passer pour un acquiescement. Rachel sourit.

— Il n'est pas très délicat dans ses méthodes, mais ses intentions sont bonnes, conclut-elle, optimiste.

— Ouais. Enfin... Un jour ou l'autre, il faudra quand même qu'il se décide à me laisser respirer un peu.

— Je suis sûre qu'il te lâchera la bride dès qu'il comprendra qu'il peut te faire confiance... Qu'est-ce que tu lui as dit pour ce soir, au fait ?

— Que je sortais avec une fille et qu'il pouvait aller se faire voir.

Nick sourit et constata avec satisfaction que les yeux de Rachel pétillaient d'amusement. Comme s'ils étaient complices, elle et lui, songea-t-il, ému.

— Tôt ou tard, il faudra que Zack comprenne qu'il a sa vie et moi la mienne, enchaîna-t-il en se passant les deux mains sur le visage.

— Et qu'as-tu l'intention d'en faire, de cette vie, Nick ?

— Je ne sais pas trop, en fait. Je verrai bien ce qui se présentera.

Rachel huma avec délice la pizza qu'on venait de poser devant elle.

— Tu n'as pas de rêves ? Pas d'ambitions ?

Une brève lueur éclaira un instant les yeux du jeune homme. Mais il les détourna presque aussitôt.

— Je n'ai pas envie d'être serveur, en tout cas. C'est peut-être le truc de Zack, mais pas le mien, c'est sûr.

Nick écrasa sa cigarette pour se consacrer au contenu de son assiette.

— Quant à m'engager dans la marine, non merci. Il m'a suggéré ça l'autre fois et, là, je l'ai envoyé promener avec une force... Si c'est pour recevoir des ordres à longueur de journée, j'aime encore mieux zoner par ici.

— Bon. Eh bien, tu sais au moins ce que tu ne veux pas. C'est déjà une première étape.

Nick se risqua à jouer avec la petite bague en argent qu'elle portait à sa main gauche.

— Et toi ? Tu as toujours eu envie d'être avocate ?

— Pas toujours, non. J'ai traversé une période où je pensais devenir danseuse étoile, parce que c'était la vocation de ma sœur, Natasha. Ça, c'était quand j'avais cinq ans. Mais, dès le troisième cours, j'ai compris que la seule chose que j'aimais dans la danse classique, c'était le tutu et les chaussons. Alors, j'ai voulu être menuisier, comme mon père. Je me souviens d'avoir commandé une caisse à outils pour mon huitième anniversaire. J'ai dû réussir à construire une étagère à peu près potable. Puis j'ai pris ma retraite.

Elle eut un sourire si adorable que le cœur de Nick bondit presque douloureusement dans sa poitrine.

— Il m'a fallu un petit moment pour comprendre que chacun avait sa voie à suivre et qu'il ne s'agissait pas de devenir une copie conforme de ma sœur, de mon père ou de qui que ce soit d'autre.

Avec un peu de chance, songea Rachel, Nick s'inspirerait de ce parcours pour tracer son propre chemin à son tour.

— Je vais te confier un secret, enchaîna-t-elle : ça va te paraître puéril, mais c'est en regardant une vieille série télévisée que j'ai trouvé ma vocation. Tu sais, ces rediffusions de Perry Mason, le célèbre avocat ? Il prenait toujours des cas désespérés et, quand on croyait que tout était fichu, il faisait basculer la situation à la dernière seconde et confondait le véritable coupable.

Un vrai sourire éclaira les traits séduisants de Nick.

— Ah oui, je me souviens bien de cette série. Perry Mason et sa fidèle secrétaire Della ! Alors toi, tu as voulu devenir avocate pour défendre les innocents, comme lui ?

— Evidemment. Lorsque j'ai découvert que dans la réalité, le métier d'avocat ne consistait pas toujours à lutter noblement sous la bannière du Bien pour s'opposer au Mal, il était trop tard pour revenir en arrière. Et j'étais déjà accro, de toute façon.

— Ray Charles…, murmura Nick comme pour lui-même.

— Ray Charles ?

— Ton histoire de Perry Mason... ça m'a rappelé que c'est en écoutant Ray Charles que j'ai eu envie de me mettre au piano.

Avec le sentiment qu'elle tenait peut-être là une piste, Rachel posa le menton sur ses doigts croisés.

— Tu joues vraiment ?

— Bof... Un peu. Mais ça me tentait, quoi. Il y avait un magasin d'instruments de musique pas très loin de chez nous. J'y traînais pendant des heures en pianotant un peu, pour m'amuser. Au bout d'un moment, ils me jetaient dehors.

Soudain gêné d'en avoir tant dit, Nick fit un geste désinvolte de la main comme s'il s'agissait d'un enfantillage.

— Enfin... ça m'a passé depuis longtemps.

Mais Rachel s'emballait déjà.

— J'ai toujours regretté de ne pas avoir pris le temps de me mettre à la musique. Imagine-toi que ma sœur Natasha a offert son premier piano à ma mère il y a seulement quelques mois ! Jamais, pendant toutes ces années où elle nous a élevés, elle n'avait dit qu'elle rêvait de se mettre à cet instrument.

Le regard de Rachel se perdit un instant dans le vague. Puis elle revint à son récit.

— Je ne sais pas si je te l'ai déjà dit, mais ma sœur aînée a épousé un musicien, Spencer Kimball.

— Kimball ! LE Kimball, tu veux dire ?

Nick avait beau se surveiller étroitement pour rester « cool », il ne put s'empêcher de laisser transparaître son ébahissement.

— Tu connais son œuvre ?

— Ouais, acquiesça Nick en reprenant un air indifférent. Enfin... vaguement, quoi, rectifia-t-il en se rappelant qu'il n'était censé s'intéresser qu'aux groupes de musique « heavy metal », plébiscités par les Cobras.

Enchantée par la réaction de Nick, Rachel poursuivit d'un air détaché :

— Un beau jour, alors que nous étions tous réunis en Virginie- Occidentale, chez Spencer et Natasha, nous avons surpris maman assise au piano. Elle était gênée que nous l'ayons trouvée en train de tâtonner pour essayer d'enchaîner quelques notes. Mais Spencer s'est aussitôt pris au jeu et l'a aidée à retrouver la mélodie qu'elle cherchait. Et là, nous avons compris soudain qu'elle mourait d'envie d'apprendre. Alors, le jour de la fête des Mères, nous nous sommes arrangés pour qu'elle quitte la maison quelques heures. Et, lorsqu'elle est revenue, un piano flambant neuf trônait dans le salon. Ma mère a fondu en larmes.

Rachel sentit ses propres yeux s'embuer et sourit.

— Tu sais qu'elle prend des cours deux fois par semaine, maintenant ? Elle va participer à un concert pour Noël.

— C'est cool, murmura Nick.

— Oui. Et cela prouve qu'il n'est jamais trop tard pour essayer lorsqu'on a vraiment envie de quelque chose.

Elle lui tendit la main en signe d'amitié.

— Et si on rentrait à pied pour éliminer cette pizza ?

— Pas de problème.

La main de Rachel serrée dans la sienne, Nicholas LeBeck était aux anges. Il marcha, dans un état de grâce, se laissant bercer par la douceur de sa voix, le son perlé de son rire. Les quelques filles qu'il avait connues lui apparaissaient désormais comme autant d'ombres insignifiantes et lointaines. Rachel, encore jeune et pourtant déjà tellement femme, faisait désormais figure pour lui de reine absolue. Elle était si belle, si racée, si élégante. S'il n'avait pas eu peur de se couvrir de ridicule, il en aurait chanté de joie.

Rachel était toujours tellement attentive lorsqu'il disait quelque chose ! Puisqu'elle s'intéressait à tout ce qu'il lui racontait, c'était signe qu'il avait sa chance avec elle, non ?

Chaque fois qu'elle lui souriait — et elle lui souriait souvent — il en avait des papillons dans l'estomac. Il aurait pu marcher avec elle ainsi toute la nuit, parcourir New York du nord au sud et même traverser l'Hudson à la nage si elle le lui avait demandé.

— Et voilà ! C'est ici que j'habite.

Nick s'immobilisa à l'endroit précis où Zack avait pris Rachel dans ses bras quelques jours auparavant. Il leva les yeux vers l'immeuble où elle vivait et imagina qu'elle l'invitait à monter chez elle. Ils prendraient un café ensemble et elle se mettrait à l'aise, retirant ses escarpins pour replier ses longues jambes sous elle, sur le canapé.

Lui se montrerait toujours tendre et doux avec elle. Du moins, s'il parvenait à se maîtriser. Jamais il n'avait eu envie d'une fille à ce point.

— Je suis très contente de notre petite soirée, déclara Rachel en sortant ses clés. La prochaine fois que tu auras envie de parler, n'hésite pas à me faire signe. Lorsque je remettrai mon rapport au juge Beckett demain, elle sera sûrement très satisfaite d'apprendre que tout se passe aussi bien.

— Et toi, Rachel ? Tu es contente de moi, aussi ?

Soudain alertée par un je-ne-sais-quoi de séducteur dans le ton de Nick, la jeune femme se força à sourire.

— Bien sûr. Je crois que tu as fait un pas dans la bonne direction.

— C'est également mon impression.

Les signaux d'alerte de Rachel se déclenchèrent avec insistance lorsque Nick lui posa une main dans le cou. Elle recula promptement d'un pas.

— Bien... C'était sympa, mais il ne faut plus que je traîne, maintenant. Je me lève aux aurores demain matin.

— O.K. Je te rappellerai bientôt, de toute façon.

Elle cligna des paupières lorsqu'il resserra la pression de ses doigts.

— Euh... Nick, je...

Trop tard. Sa bouche, déjà, avait capturé la sienne. Une bouche ferme, caressante et étonnamment sûre d'elle. Sidérée, les yeux grands ouverts, Rachel porta la main à l'épaule de Nick pour le repousser. Juste avant qu'elle ne parvienne à se dégager, elle perçut contre le sien un corps mince, musclé et... incontestablement viril.

Incapable de trouver ses mots, elle balbutia :

— Nick, je...

— Je penserai à toi, chuchota-t-il.

Avec un sourire un peu gauche, il tendit la main pour lui glisser une mèche de cheveux derrière l'oreille.

— A bientôt au téléphone, Rachel.

Avant qu'elle ait pu prononcer un mot, Nick s'éloigna d'une démarche nonchalante. Ou plutôt... Oh, Seigneur, il chancelait presque ! Rachel, anéantie, le suivit des yeux. Non seulement Nick avait essayé de l'embrasser, mais il était profondément troublé par ce qui venait de se passer !

La tête bourdonnante, elle pénétra dans le hall de son immeuble et se dirigea comme un automate vers l'ascenseur.

— Quelle idiote ! Mais quelle sombre idiote tu fais, Stanislaski ! murmura-t-elle en se renversant contre la paroi de la cabine.

Comment avait-elle pu se montrer aussi aveugle ? Se féliciter de la belle amitié qu'elle croyait nouer avec Nick sans s'apercevoir qu'il interprétait ses gestes affectueux comme autant de signes qu'il ne la laissait pas indifférente ?

Horrifiée, elle poussa la porte de son appartement et s'effondra sur le canapé. Comment réparer les dégâts à présent qu'elle avait laissé s'installer un malentendu aussi énorme ? Stupidement, elle avait pensé que, pour Nick, leur différence d'âge ainsi que l'autorité que lui conférait sa fonction représentaient une barrière infranchissable. Mais, de toute évidence, il n'en était rien.

Rachel laissa la scène du baiser se dérouler de nouveau dans son esprit, revit la façon dont il avait posé la main sur sa nuque, se remémora la pression de ses lèvres, l'habileté consommée avec laquelle il l'avait attirée dans ses bras.

Le désir que Nick lui avait exprimé n'avait rien d'immature. Il ne s'était pas comporté avec elle comme un adolescent maladroit. C'était à l'homme qui se dessinait en lui qu'elle avait eu affaire. Et elle aurait dû le voir venir gros comme une maison au lieu de s'attendrir stupidement sur la façon dont elle avait réussi à l'amadouer !

Comment, mais *comment* se sortir de ce mauvais pas sans détruire pour autant tous les progrès accomplis ? Rachel enfouit son visage entre ses mains en constatant qu'elle n'avait aucune réponse à cette question. Vingt bonnes minutes s'écoulèrent, qu'elle passa à pester et à se traiter de tous les noms. Puis, à bout de nerfs, elle prit son téléphone et composa rageusement le numéro du Briselames. Bien sûr, elle était dans les ennuis jusqu'au cou, mais il n'y avait aucune raison pour qu'elle soit seule à en subir les conséquences.

— Allô ? Passez-moi Muldoon, ordonna-t-elle sèchement. C'est de la part de Rachel Stanislaski.

— Je vous l'appelle... Hé, Zack, téléphone pour toi. C'est la petite nana.

La petite nana ? Rachel fulminait.

— Comment ça, « la petite nana » ? répéta-t-elle à voix haute dès qu'elle eut Zack en ligne.

En entendant sa voix, Zack sentit les battements de son cœur s'accélérer.

— Désolé, mon cœur, dit-il d'un ton blasé, mais je ne suis pas responsable de l'opinion de mes barmen.

Il but une gorgée d'eau minérale et poursuivit d'un ton joyeux :

— Alors, ça y est ? Tu as enfin réalisé que tu ne pouvais plus te passer de moi ?

— Redescends sur terre, Muldoon. J'ai deux mots à te dire. Et rapidement, de préférence.

Le sourire de Zack se figea. Tournant le dos à la salle pour échapper à la curiosité de ses habitués, il demanda à mi-voix :

— Il y a un problème ?

— Un *gros* problème, oui.

— Mais je viens de voir passer Nick il y a quelques minutes à peine. Et il n'avait pas l'air particulièrement perturbé. Au contraire. Il m'a paru aller nettement mieux qu'à l'ordinaire lorsqu'il est monté là-haut.

— Il est là-haut ? Dans ton appartement ? Fais en sorte qu'il n'en bouge pas, surtout. J'arrive.

Zack ouvrit la bouche pour demander plus de précisions et la referma en jurant : Rachel avait déjà raccroché.

Ce n'était pas du tout le scénario que Zack avait envisagé pour ses retrouvailles avec Rachel. Sourcils froncés, il sortit son shaker et prépara deux gin-fizz. Sa stratégie avait consisté à faire le mort pendant trois jours afin de laisser à Rachel le temps de réfléchir à ce qu'elle voulait vraiment. Jusqu'à ce qu'elle n'y tienne plus et finisse par le relancer elle-même.

Cela dit, elle s'était bel et bien manifestée. Spontanément, même. Mais, à en juger par le ton de sa voix au téléphone, elle ne semblait pas désespérée et se passait apparemment très bien de lui. Elle avait simplement l'air folle de rage. Et à cause de Nick, en plus. Zack jeta un glaçon dans un verre de limonade en se demandant ce que son frère avait bien pu fabriquer pour mettre Rachel dans cet état.

L'esprit ailleurs, il prit une commande pour un margarita frappé, deux pressions et un express. Rien dans l'attitude de Nick quand il était rentré ne lui avait mis la puce à l'oreille, pourtant. Le gamin avait l'air plutôt détendu, au contraire. Avec les yeux brillants et un sourire en coin, il avait juste mentionné qu'il venait de passer une « soirée géniale ».

Convaincu que son jeune frère était sans doute amoureux, Zack s'était promis de le prendre entre quat'z-yeux pour lui parler d'homme à homme. Pas pour lui expliquer que les enfants ne naissent pas dans les choux. Nick, en adolescent précoce des quartiers difficiles, avait déjà des années de pratique sexuelle derrière lui. Mais Zack avait pensé que ce serait une bonne chose d'aborder avec lui des notions telles que la protection, la responsabilité, le respect.

Levant les yeux, Zack perdit le fil de ses pensées : Rachel venait de faire irruption dans le bar, vêtue d'un de ces fins pulls moulants en laine douce qu'elle semblait affectionner. Il jeta un coup d'œil à ses jambes de déesse et sentit sa tension monter d'un cran.

Elle se dirigea en ligne droite vers le comptoir et ne s'immobilisa que le temps de le gratifier d'un regard étincelant.

— Je veux te voir dans ton bureau, lança-t-elle en poursuivant son chemin au pas de charge.

Charmant.

— Eh bien…, murmura Lola. Tu vas t'en ramasser une belle, on dirait. Elle n'a pas l'air commode, l'avocate, lorsqu'elle est énervée.

— C'est le moins que l'on puisse dire, acquiesça Zack en posant le café sur le plateau de la serveuse. Si Nick descend, dis-lui que j'ai un rendez-vous important et que je ne veux être dérangé sous aucun prétexte.

— C'est toi le patron, Zack.

Le patron, oui. Et il avait la ferme intention de le rester. Passant de l'autre côté du comptoir, il rejoignit Rachel dans *son* bureau, bien décidé à lui tenir tête, s'il le fallait.

La jeune femme avait lancé son manteau et son sac sur une chaise et faisait les cent pas. Rejetant ses cheveux dans son dos, elle passa à l'attaque avant même qu'il ait eu le temps d'ouvrir la bouche pour la saluer.

— Tu ne lui parles donc jamais, à ce garçon ? Tu ne cherches pas à en savoir un peu plus sur ce qu'il pense, sur ce qu'il éprouve, sur ce qui le préoccupe ? Si c'est comme ça que tu assumes tes responsabilités, chapeau !

Le sang de Zack ne fit qu'un tour.

— Hé là, une seconde ! Cela fait trois jours que tu ne donnes pas de nouvelles et tout à coup tu débarques ici comme une tornade et tu me hurles dessus comme si j'avais tué père et mère. Commence par te calmer, O.K. ? Et explique-moi ce qui se passe.

— Me calmer ? C'est facile à dire pour toi ! riposta Rachel, toutes griffes dehors.

Se déchaîner ainsi contre Zack lui faisait un bien fou. Rien de tel pour soulager son sentiment de culpabilité que de se défouler sur un tiers.

— Ce qui est sûr, c'est que le problème avec Nick, c'est *moi* qui vais devoir l'affronter. Si tu avais été le moins du monde attentif à ton frère, tu aurais compris ce qui se passait ! Et tu aurais pu me mettre en garde au lieu de me laisser tomber dans le panneau tête la première.

Zack, qui ne se sentait pas encore très sûr de lui dans son rôle de grand frère promu éducateur, jura abondamment en encaissant cette attaque rangée. Prenant Rachel par les épaules, il l'assit d'autorité sur une chaise.

— Commence par le début, O.K. ? Si j'ai bien compris, il est question de Nick ?

— Evidemment qu'il est question de Nick !

Rachel voulut se lever d'un bond, mais il la ramena aussitôt dans la position qu'il lui avait assignée.

— Je ne vois pas de quoi nous pourrions parler si ce n'est de Nick, maugréa-t-elle. Il est tout ce que nous avons en commun, toi et moi.

Mâchoires crispées, Zack choisit de ne pas relever cette dernière remarque.

— Traitons les problèmes dans l'ordre, Stanislaski. Qu'est-ce que j'aurais dû deviner au sujet de Nick afin de pouvoir te mettre en garde ?

— Le fait que… qu'il commence à me considérer comme une femme.

— Et alors ? Tu voudrais qu'il te considère comme quoi ? Un poisson-chat ?

— Tu ne comprends donc pas ? Ton frère s'intéresse à la *femme* en moi, Zack ! Il faut que je te fasse un dessin ?

Zack secoua la tête et alluma une cigarette.

— Tu te fais des idées. Nick n'est pas aveugle. Il est certain qu'il a dû remarquer qu'il avait une avocate plutôt canon. Mais ce gamin n'a que dix-sept ans, merde ! D'ailleurs, il a une petite amie. Il est même sorti avec elle ce soir.

— Mais justement, triple idiot ! s'écria-t-elle en se levant pour lui marteler le torse de ses poings serrés. Il était avec *moi*, ce soir.

— Avec toi ? Mais pour quoi faire ?

— Le truc habituel : ciné, pizza. Pour moi, c'était une occasion de lui parler de façon plus détendue, hors du contexte du bar. Alors, quand il m'a appelée…

— Si je comprends bien, Nick t'a proposé de sortir avec lui et tu as accepté ?

Ulcérée par sa formulation, Rachel se mit à arpenter la pièce.

— Eh bien, oui ! J'ai accepté ! Il me paraissait important,

pour l'aider, de me rapprocher de lui, d'établir des liens d'amitié.

Zack hocha la tête.

— Mais tout à fait, oui. Où est le mal là-dedans ? Vous avez vu un film, mangé un bout ensemble. Honnêtement, si tu veux mon avis, il n'y a pas de quoi fouetter un chat. A moins que Nick ne se soit mal comporté ? Il a parfois un côté voyou qui lui reste de…

Excédée, Rachel l'interrompit d'un geste impérieux de la main.

— Cela t'arrive d'écouter quand on te parle ? Ton frère ne s'est pas comporté comme un voyou, mais comme un homme qui passe une soirée en tête à tête avec une femme qui l'intéresse. Résultat : il m'a embrassée lorsque nous nous sommes dit au revoir.

Le regard de Zack se fit soudain menaçant.

— Embrassée comment ?

— Il te faut un mode d'emploi ? vociféra-t-elle en accélérant encore le pas. Tu me diras que j'aurais dû le voir venir. Eh bien figure-toi que non, pas du tout. Et, quand c'est arrivé, il était trop tard !

Consterné, Zack se mit à déambuler autour du bureau à son tour.

— Tu ne crois pas qu'il a simplement voulu te faire la bise pour te dire au revoir ? Ce n'est encore qu'un gamin.

— Non, décréta Rachel. Nick n'est plus un gamin.

Zack serra les poings.

— Tu veux dire qu'il a essayé de… ?

— Non, bien sûr que non ! Il m'a juste embrassée. Mais pas comme un *môme*… Toute femme est capable de faire la différence entre une petite bise amicale et… et une avance. Et Nick maîtrise parfaitement la technique de l'avance.

— Je suis ravi de l'apprendre, marmonna Zack entre ses dents serrées.

Soudain vidée de ses forces, Rachel prit appui contre le bureau.

— Je ne sais pas quoi faire, Zack.

— Je me charge de régler la situation.

— Mais comment ?

— Je n'en sais rien, mais je trouverai une solution, lança Zack d'un ton féroce en écrasant sa cigarette dans le cendrier. Il ne manquerait plus que je me trouve en situation de rivalité avec mon propre frère !

Rachel lui jeta un regard noir.

— Je ne suis pas un trophée, Muldoon.

— Ce n'est pas ce que je voulais dire.

Il se laissa tomber à côté d'elle.

— Ecoute, je suis désolé, mais mets-toi à ma place. J'étais persuadé que Nick était en train de passer une soirée tranquille, main dans la main, avec une adolescente de son âge et voilà que j'apprends qu'il a des vues sur toi. S'il n'était pas mon frère, j'irais lui casser la figure.

— Bravo ! Génial ! s'écria-t-elle, les bras croisés sur la poitrine. La brute primitive n'est jamais très loin, avec toi.

Zack ne jugea pas utile d'épiloguer sur ce point.

— Ce n'est peut-être pas vraiment étonnant, au fond, qu'il réagisse ainsi avec toi, observa-t-il après réflexion.

— Etonnant ou pas, je n'en sais rien, Muldoon. Mais je n'ai pas envie de faire souffrir Nick. Ni de le froisser dans sa dignité, surtout.

— Tu pourrais prendre tes distances, te déclarer indisponible. Fuir. Comme tu l'as fait ces jours derniers avec moi...

— J'étais submergée de travail, c'est tout, protesta-t-elle avec la plus parfaite mauvaise foi. Quoi qu'il en soit, j'ai déjà réfléchi à cette solution, mais elle est inapplicable dans la mesure où je suis officiellement responsable de lui. Avec cela, il a commencé à s'ouvrir à moi, ce soir, à la pizzeria, à me parler de lui — vraiment de lui. Ce serait extrêmement violent pour Nick si je le laissais en plan du jour au lendemain, sans fournir d'explications.

— Tu ne peux pas lui donner de faux espoirs, Rachel.

— Je sais.

Sa colère retombée, Rachel soupira longuement. Comme il aurait été bon de pouvoir poser un instant la tête sur l'épaule de Zack. Juste quelques secondes, rien de plus. Mais naturellement c'était la dernière chose à faire.

— Il faut que je trouve un moyen de lui faire comprendre que je veux être une amie pour lui et rien de plus. Sans qu'il se mette à douter de lui, pour autant.

Zack lui prit la main et mêla ses doigts aux siens.

— Ne t'inquiète pas, je lui parlerai. Sans crier, c'est promis.

Rachel soupira de plus belle.

— Si j'ai débarqué ici en fanfare, c'était un peu dans l'optique de me débarrasser de cette corvée. Mais Nick risque d'en conclure — et pas forcément à tort — que nous avons débattu de ses sentiments dans son dos. Imagine un peu à quel point il se sentirait humilié. Non… je crois qu'il faut que j'affronte ce problème toute seule, Zack.

Il lui caressa doucement la main.

— Nous sommes coresponsables, ne l'oublie pas.

— Je ne risque pas de l'oublier, non ! Mais tu commences tout juste à rétablir une relation de confiance avec Nick. Ce n'est pas le moment de tout gâcher en créant une rivalité entre vous.

Elle leva vers lui un regard navré.

— Autrement dit, il vaut mieux que tu ne te mêles de rien. Désolée d'avoir déboulé ici comme une harpie.

— Ta colère au moins t'a ramenée jusqu'à moi, observa-t-il en portant ses doigts à ses lèvres. Ecoute, on va procéder comme ça : toi, tu lui parles en douceur et, ensuite, je le laisse passer ses nerfs sur moi. Après tout, je peux difficilement lui reprocher d'essayer de faire ta conquête alors que je suis moi-même sur les rangs.

— Cela n'a rien à voir, Zack.

— Ravi de te l'entendre dire. Tu te sens mieux ?

Elle lui adressa un pâle sourire.

— Une bonne dispute me ravigote toujours.

— Dans ce cas, on pourrait continuer encore un peu, non ? Prends patience encore une heure ou deux, jusqu'à la fermeture, et nous poursuivrons notre empoignade…

Tentée d'acquiescer, elle secoua la tête.

— Non. Je rentre me coucher.

— Mmm… Sage résolution. Je t'aurais bien raccompagnée, mais nous ne sommes que deux à tenir le bar, ce soir.

— Je suis une grande fille, Zack. Je prendrai un taxi.

— Juste une petite seconde avant que tu ne prennes la fuite, Cendrillon, fit-il en la soulevant par les hanches pour l'asseoir sur le bureau… Tu sais que tu m'as manqué, ces trois jours ?

Il se pencha pour poser un baiser dans son cou. Sans réfléchir, Rachel renversa la tête en arrière pour lui faciliter la manœuvre.

— J'ai été très occupée.

— Je n'en doute pas. Mais tu es encore plus butée qu'occupée. Et c'est un trait de caractère que j'aime chez toi. Tel que tu me vois en ce moment, je n'arrive pas à trouver un seul aspect de toi que je n'apprécie pas.

Rachel ferma les yeux. « Tu es en train de faire une terrible erreur, ma fille, songea-t-elle. Et tu vas le regretter… »

— Tout ça, c'est juste du baratin pour m'attirer dans ton lit, Muldoon, dit-elle d'une voix beaucoup trop altérée à son goût.

Les lèvres de Zack s'incurvèrent juste avant de se poser sur les siennes.

— Exact. Ça marche ?

Avec un soupir, elle noua les bras autour de son cou.

— Disons que je résiste encore, mais que tu ne me facilites pas la tâche.

— Bien. Très bien...

Zack l'embrassa à corps perdu. Très vite, il la sentit fondre et s'embraser à la fois. Elle était si malléable entre ses bras qu'il aurait pu la coucher sur le bureau et assouvir tous les fantasmes qui le tenaient éveillé la nuit. Mais au moment où il allait céder à la tentation, Rachel émit un léger soupir. Le son ténu, presque touchant, lui alla droit au cœur. Quelque chose bascula en lui. Détachant ses lèvres des siennes, il enfouit son visage dans ses cheveux.

— J'ai vraiment l'art de choisir mes lieux et mes moments. Sur un trottoir avec un petit braqueur. Dans mon bureau au-dessus d'une salle bourrée de clients...

Rachel ressentait un léger tournis. La façon dont Zack la tenait serrée — simplement serrée — dans ses bras suscitait en elle un flot d'émotions d'une douceur inattendue. Elle se surprit à lui caresser les cheveux, à frotter sa joue contre sa chemise, dans un élan à la fois très fort et néanmoins distinct du désir brûlant qui les embrasait encore quelques secondes plus tôt.

Zack prit ses deux mains entre les siennes.

— Je reconnais que ça va vite et je reconnais que c'est compliqué. Mais j'ai envie de toi, Rachel.

— Je savais que ça se terminerait comme ça si je venais ici ce soir, murmura-t-elle pensivement en plongeant son regard dans le sien. Et pourtant je me suis précipitée chez toi quand même. Ce qui n'est pas très malin de ma part. Alors que je suis une fille plutôt maligne, d'ordinaire. Je me demande ce qu'il faut en conclure...

Zack la fit descendre du bureau pour la prendre dans ses bras.

— Et maintenant ? demanda-t-il en plongeant ses yeux dans les siens.

— Je rentre chez moi, répondit-elle dans un souffle.

Elle allait actionner la poignée lorsque la main de Zack se referma sur la sienne. Pendant une fraction de seconde, Rachel crut qu'il allait donner un tour de clé et les enfermer là. Pour lui faire passionnément l'amour. A même le sol. Ou sur son bureau. Son cœur se mit à battre à grands coups précipités dans sa poitrine. La bouche sèche, elle retint son souffle.

— Dimanche, proposa-t-il.

Dimanche ? Rachel fit un réel effort sur elle-même pour rassembler ses pensées.

— Comment ça, dimanche ?

— Je peux m'arranger pour être libre. Passe la journée avec moi.

Soulagement. Confusion. Joie. Elle n'aurait su dire laquelle de ces émotions prédominait en elle.

— Et qu'entends-tu par « passer la journée avec moi » ?

— Je pensais visiter un musée ou deux, traîner dans les galeries d'art, faire un tour au parc, déjeuner quelque part. Tu réalises que jusqu'à présent nous ne nous sommes pratiquement jamais vus que de nuit ?

— Maintenant que tu le dis…

— Une rencontre de jour pourrait ouvrir de nouvelles perspectives, non ?

Rachel eut beau réfléchir, aucun motif de refus ne lui traversa l'esprit.

— D'accord. Tu passes me prendre vers 11 heures ?

— Sans problème.

Avant de franchir la porte, elle se retourna en riant.

— *Des* musées ? Dis-moi, tu proposes ça pour me séduire, Muldoon ?

— Il se trouve que je suis amateur de peinture, rétorqua-t-il en se penchant sur ses lèvres... Et de beauté aussi.

Rachel se hâta de battre en retraite. Alors qu'elle se dirigeait vers l'angle de la rue pour héler un taxi, elle réalisa qu'elle n'avait pas encore réfléchi à la façon dont elle comptait régler son problème avec Nick.

Quant à trouver des solutions au problème que lui posait son grand frère, elle n'en prenait sûrement pas le chemin non plus !

Chapitre 6

Rachel pesta haut et fort lorsque l'Interphone sonna à 11 heures tapantes, ce dimanche-là.

— C'est toi, Muldoon ?

— Tu as l'air essoufflée, mon petit cœur. C'est l'idée de me revoir qui te trouble à ce point ?

— Monte, répondit-elle sèchement. Et arrête de m'appeler « mon petit cœur ».

Reposant rageusement le combiné de l'Interphone, elle déverrouilla la porte, puis s'accorda un dernier regard dans le miroir. Zut, il lui manquait une boucle d'oreille. Râlant tant et plus, elle se mit en quête de l'objet disparu et finit par retrouver l'anneau dans la cuisine, à côté de sa tasse à café vide.

— J'en ai marre, marre, marre !

Des jours de congé, elle n'en avait pas tant que ça, à la fin ! Rien d'étonnant si elle était d'humeur massacrante. Bon, elle ne tenait pas à tout prix à passer la journée avec Zack. Mais quand même…

— Entre, c'est ouvert ! cria-t-elle lorsqu'on frappa à la porte.

— Alors ? Nerveuse ? lança Zack d'une voix profonde

de séducteur en pénétrant dans le living, les deux pouces glissés dans sa ceinture.

Mais il oublia ses clowneries en découvrant Rachel. Vêtue d'un ensemble en daim couleur bronze, avec une jupe courte qui révélait ses jambes magnifiques, elle était tout simplement sublime. Et quel geste plus érotique que celui d'une femme habillée pour sortir qui, la tête légèrement inclinée, est en train d'enfiler une boucle d'oreille devant un miroir ?

Il s'entendit murmurer platement :

— Tu es très jolie comme ça, Rachel.

— Tu n'es pas mal non plus.

Séduisant aurait été un mot plus juste, rectifia Rachel *in petto*. De fait, il frisait l'irrésistible. Son jean et son bomber noirs lui allaient si bien que c'en était presque criminel.

— Je suis désolée, Zack. J'ai essayé de te joindre pour te prévenir, mais tu étais déjà parti.

— Pourquoi ? Il y a un contretemps ? demanda-t-il en l'observant, fasciné, tandis qu'elle glissait les pieds dans ses escarpins.

— J'ai eu un coup de fil du bureau de l'assistance judiciaire il y a une demi-heure. J'ai une tentative d'homicide volontaire sur les bras.

Dégrisé, Zack fronça les sourcils.

— Une tentative d'homicide sur les bras ? Charmant.

— Oui, enfin, une nouvelle affaire, quoi. Mon client est en garde à vue dans le commissariat où est affecté Alex. Je pourrai probablement ramener le chef d'accusation à la simple agression avec arme. Mais il faut que je voie ce type aujourd'hui… Vraiment, je regrette que tu aies fait le trajet jusqu'ici pour rien.

— Je n'ai pas fait le trajet pour rien puisque je vais t'accompagner.

Le cœur de Rachel battit plus vite. Elle lui jeta un regard incrédule.

— Tu veux passer ta journée de congé enfermé dans un commissariat ?

— Si je me suis libéré, c'est pour être avec toi, fit remarquer Zack en récupérant son manteau qu'elle avait jeté sur une chaise. Et ça ne prendra pas une journée complète, si ?

— Non. Probablement pas plus d'une heure. Mais...

— Alors on y va.

Il l'aida à enfiler son manteau, puis se pencha pour lui humer le cou.

— Tu t'es parfumée pour ton criminel sanguinaire ou pour moi ?

Troublée, elle s'écarta.

— Je me parfume pour *moi*, Muldoon. Compris ?

Alex repéra sa « petite sœur » de loin tandis qu'elle épinglait son badge visiteur sur le revers de sa veste en daim. Ainsi, elle aussi avait été réquisitionnée par ce dimanche matin ensoleillé d'octobre ? Ravi de ne pas être le seul à souffrir, il s'avança à la rencontre de Rachel. Mais son sourire se figea à la vue de Zack. Il commença par l'ignorer ostensiblement.

— Alors, Rachel ? De corvée dominicale ?

Une lueur d'humour dansa dans les yeux de la jeune femme. — Je pourrais te retourner la question, inspecteur Stanislaski !

A contrecœur, Alex se résigna à tourner son attention vers Zack.

— Et vous, Muldoon, qu'est-ce qui vous amène par ici ? A ma connaissance, LeBeck n'a pas été coffré cette nuit.

Rachel soupira devant l'attitude ouvertement agressive de son frère. C'était du Alex tout craché, cela dit. Dès qu'un homme s'intéressait à elle de près ou de loin, son frère déployait aussitôt tout un arsenal de mesures dissuasives.

— La présence de Zack ici est sans aucun rapport avec Nick. J'ai été commise pour défendre Victor Lomez, au fait.

— Lomez ? Je te souhaite bien du courage. Je n'aimerais pas avoir à me battre pour ce type-là.

Alex la provoquait pour la forme. Mais en vérité, il était beaucoup plus préoccupé par la présence de l'Irlandais au côté de sa sœur que par le sort de cette vermine de Lomez.

— Ainsi tu es tombée sur Muldoon en arrivant ici, c'est ça ? Vous vous êtes croisés par hasard ?

Rachel saisit au passage le café que son frère s'apprêtait à porter à ses lèvres.

— Non, Alex. Nous ne nous sommes pas *croisés par hasard*. Zack et moi avons l'intention de passer la journée ensemble.

— Ah, vraiment ? Et vous avez des projets particuliers ?

— Je t'en pose des questions ? rétorqua-t-elle en riant.

Sous prétexte de faire une bise à son frère, Rachel lui glissa à l'oreille :

— Arrête de jouer les pit-bulls, O.K. ?

Elle sourit à Zack.

— Tu peux t'asseoir ici en m'attendant, Muldoon. Le café est imbuvable, mais n'hésite pas à te servir quand même. Je ne devrais pas en avoir pour très longtemps.

— J'ai tout mon temps.

Zack attendit qu'elle ait disparu de leur vue pour affronter le regard suspicieux d'Alex.

— Alors ? Vous avez l'intention de me traîner en salle d'interrogatoire, c'est ça ? Menotté de préférence ?

Quoique tenté de sourire, Alex demeura de marbre.

— Mon bureau fera l'affaire, rétorqua-t-il, glacial, en prenant place à sa table de travail. Je suis tout ouïe, Muldoon.

Zack alluma posément une cigarette.

— Vous voulez savoir ce que je fais en compagnie de votre sœur, je suppose ?

Rejetant lentement sa fumée, il médita la question.

— Pour un fin limier comme vous, la réponse doit être évidente, non ? Rachel est belle et elle est intelligente. Elle a du cœur et de l'esprit. Et du tempérament à revendre.

Zack réprima un sourire lorsque Alex plissa les yeux d'un air menaçant.

— Vous vouliez une explication franche, oui ou non ? Je pourrais prétendre ne m'intéresser qu'à ses compétences juridiques.

— Je vous conseille de ne pas faire n'importe quoi avec Rachel, Muldoon.

Solidaire des instincts protecteurs d'Alex, Zack soutint son regard sans ciller.

— Stanislaski, vous connaissez suffisamment Rachel pour savoir que c'est une fille carrée, solide, qui ne se laisse pas marcher sur les pieds. Vous croyez qu'on peut la manœuvrer ou la manipuler comme ça ?

— Vous pensez avoir cerné sa personnalité, c'est ça ?

— Vous plaisantez ?

Le sourire de Zack fut si spontané qu'Alex commença à se détendre.

— Je doute qu'un homme puisse jamais prétendre comprendre une femme. Surtout lorsqu'il s'agit de quelqu'un d'aussi complexe que Rachel.

Suivant le regard d'Alex, Zack tourna la tête juste à temps pour voir passer un homme de petite taille, à la peau grasse, au regard fuyant, qu'un policier en uniforme traînait en direction de la salle d'interrogatoire.

— C'est lui ?

— Lomez, oui.

Zack rejeta sa fumée et jura copieusement.

— Il n'a pas l'air clair du tout, ce type.

Là encore, Alex ne pouvait pas lui donner tort...

Rachel leva la tête et salua son client sans chaleur excessive.

— Comme on se retrouve, Lomez ! Je n'espérais pas vous revoir aussi vite.

— Oh, ça va, gardez votre humour pour vous. Vous avez mis le temps pour venir me tirer de ce trou à rats !

Tendu comme un ressort, l'homme se laissa tomber sur une chaise. Comme il avait eu le malheur de se faire pincer, il avait loupé son rendez-vous avec son dealer. Et il y avait plus de quatre heures maintenant que les symptômes de manque se faisaient sentir avec insistance.

Rachel attendit que le policier ait quitté la pièce pour entrer dans le vif du sujet.

— Cette fois-ci, vous avez fait fort, Lomez. Agresser une personne âgée en la frappant à coups de couteau : chapeau ! Vous serez sans doute soulagé d'apprendre que votre victime, une femme de soixante-treize ans, semble désormais hors de danger après avoir passé la nuit dans un état critique.

Lomez haussa les épaules. Il suait abondamment et ne tenait pas en place. Ses nerfs étaient tendus comme des cordes de violon.

— Si elle m'avait filé son sac au lieu de hurler, elle serait encore en pleine forme, la vieille.

Rachel dut se faire violence pour rester raisonnablement neutre et bienveillante.

— On ne peut pas dire que vous ayez redoré votre blason en attaquant cette femme à coups de couteau. Bon sang, Lomez, elle avait douze malheureux dollars sur elle ! Vous croyez que ça valait la peine de vous acharner comme ça ?

Lomez frissonna. Il avait la peau froide et moite, la bouche pâteuse.

— Justement. Qu'est-ce que ça lui aurait coûté, à cette grand-mère, de me les filer, ses douze putains de dollars ? Quant à vous, arrangez-vous pour me sortir d'ici, au lieu de me faire la morale. J'ai passé toute la nuit dans une cellule puante et j'ai besoin de respirer.

— Vous allez être inculpé pour tentative d'homicide volontaire, rétorqua froidement Rachel.

Lomez frotta ses mains humides sur son jean.

— Faut pas exagérer, merde. Je ne l'ai pas tuée, la vieille.

— Si elle vit encore, c'est un miracle. Vous lui avez enfoncé une lame dans le corps. Par *trois* fois, Lomez. L'officier de police qui vous a arrêté vous a poursuivi alors que vous fuyiez avec le sac de la victime dans une main et le couteau sanglant dans l'autre. Je vois mal, dans ces conditions, comment plaider l'innocence. Et vos prouesses passées n'inciteront pas le juge à la clémence. Vous avez déjà des antécédents d'agression avec violence, d'effraction, d'usage de stupéfiants et…

— Je ne vous demande pas de me faire une liste ! Je vous demande de me faire sortir d'ici sous caution ! vociféra Lomez.

Il suffoquait ; d'atroces fourmillements transformaient l'étendue entière de sa peau en un champ de bataille et de torture.

— Cela m'étonnerait que le procureur de district accepte. Et, s'il le fait, le montant sera exorbitant. Je vais tenter de négocier pour que le chef d'accusation soit revu à la baisse. Vous, de votre côté, vous plaidez coupable et…

— Plaider coupable ? Que dalle, oui !

— Désolée, rétorqua Rachel calmement, mais je ne peux pas faire de miracles. Si vous vous en tirez avec sept années de prison ferme, vous pourrez vous estimer heureux.

La transpiration coulait abondamment sur le visage livide de Lomez.

— Je ne ferai pas sept ans de tôle. Plutôt crever.

— Ça, c'est votre problème, pas le mien, Lomez, riposta Rachel, à bout de patience, en refermant son dossier d'un geste sec. Je vous laisse à vos réflexions.

Lomez poussa une sorte de cri guttural. Avant qu'elle ne puisse réagir, il bondit comme un ressort. Le coup partit avec une telle force que Rachel fut éjectée de sa chaise et se retrouva à terre. Lomez se laissa tomber sur elle.

— Tu vas me sortir d'ici, espèce de garce ! hurla-t-il en lui saisissant le cou à deux mains. Tu me sors de ce trou ou je te bute.

Au début, elle ne voyait que son visage en gros plan, les yeux fous, les traits contractés par la rage. Puis l'image se brouilla, estompée par une ombre claire où zigzaguaient une multitude de points rouges. Suffoquant, elle frappa de toutes ses forces, visant l'arête du nez avec le talon de la main. Le sang jaillit, giclant sur elle. Mais la pression des doigts sur sa gorge s'intensifia.

Le bourdonnement dans ses oreilles se mua en rugissement et les taches rouges devant ses yeux s'affadirent tandis qu'elle se débattait avec ses dernières forces.

Soudain sa trachée fut libre et elle aspira une grande bouffée d'air. Une voix lointaine chuchota son nom avec insistance. Elle sentit qu'on la soulevait, que des bras forts se refermaient sur elle. Il lui sembla capter comme une exhalaison iodée, un relent d'embruns, puis les eaux immobiles et noires se refermèrent sur elle et elle sombra dans une mer sans fin.

Des doigts caressants sur son front. Des mains puissantes qui tenaient les siennes. Réconfortantes. Un soupir. Le réveil. L'effroyable douleur.

Rachel cligna des paupières et ouvrit les yeux. Deux

visages étaient penchés sur elle, avec la même expression tendue, la même fureur inquiète dans le regard. Lentement, avec effort, elle souleva un bras pour caresser la joue de Zack, puis celle d'Alex.

— Ça va. Je suis vivante, chuchota-t-elle.

Sa voix rendait un son cassé, presque croassant. Et chaque syllabe prononcée était une torture.

— Ne bouge pas, surtout, murmura Alex en ukrainien, en lui caressant les cheveux. Tu penses que tu pourras boire un peu d'eau ?

Elle hocha la tête.

— Je voudrais me redresser.

Comme sa vision s'accommodait peu à peu, elle nota que les deux hommes l'avaient allongée sur le canapé d'un rouge fané dans le bureau du commissaire. Alex approcha un gobelet de ses lèvres et elle but avec précaution, petite gorgée après petite gorgée.

— Et Lomez ?

— Il a été maîtrisé.

Alex appuya un instant son front contre le sien, puis s'assit sur les talons devant elle en gardant sa main dans la sienne.

— Repose-toi maintenant. L'ambulance ne devrait pas tarder.

— Je n'ai pas besoin d'ambulance.

Sous le regard éloquent d'Alex, elle baissa les yeux. Son ensemble en daim et sa chemise de soie étaient éclaboussés de taches d'un rouge profond.

— C'est le sang de Lomez, observa-t-elle en frissonnant. Pas le mien.

— Tu lui as cassé le nez, à ce fou furieux, lança Alex, les yeux étincelants.

— Voilà qui est rassurant. Une année de cours de *self-defence* a tout de même porté ses fruits.

Comme Alex jurait avec force, elle le gronda gentiment.

— Toi, c'est tous les jours que tu risques ta vie. Tu réalises à quel point c'est dur pour moi de te savoir perpétuellement en danger ? Si j'accepte que tu mènes cette existence, c'est seulement parce que je t'aime et que je respecte tes choix.

— Ah non, Rachel, garde tes procédés rhétoriques pour les jurés et n'essaye pas de renverser la situation à ton avantage. Ce type était à deux doigts de te tuer. Il était pris d'une telle rage meurtrière que nous avons dû nous mettre à trois pour le maîtriser.

Avec un violent frisson, Rachel secoua la tête. Elle ne voulait pas penser à ça. Pas encore, en tout cas.

— Je m'y suis très mal prise avec Lomez. J'étais exaspérée et je l'ai provoqué.

— C'est ça. Tu vas me dire que c'est ta faute, maintenant !

Elle soupira.

— Je n'irai pas jusque-là. Mais je me connais, Alex. Et personne ne me changera. Maintenant, s'il te plaît, décommande cette ambulance.

L'insulte qu'Alex prononça en ukrainien la fit sourire.

— Hé là, inutile de me traiter d'arrière-train de cheval, Alexi Stanislaski ! Il faut que j'appelle au bureau pour les informer de la situation. Je ne pourrai pas défendre Lomez, vu les circonstances.

— Il ne manquerait plus que ça ! s'insurgea Alex. Cet oiseau-là, je vais faire en sorte qu'il ne ressorte pas de prison de sitôt.

— Laisse donc aux tribunaux le soin de décider de son sort. Et pas un mot aux parents, surtout. Ou je leur raconte en détail ta dernière mission sous couverture. Celle où tu as failli te rompre le cou en tombant du deuxième étage.

Alex écarta les bras en signe de défaite.

— Bon, ça va, je renonce. Rentre chez toi. Vis ta vie.

A défaut d'avoir fait fléchir son obstinée de sœur, Alex

jaugea Zack d'un regard attentif. Son opinion de l'Irlandais s'était considérablement améliorée depuis qu'il l'avait vu à l'œuvre avec Lomez. Si Muldoon n'avait pas été aussi occupé à tenir Rachel dans ses bras pour tenter de la ranimer, Victor Lomez aurait sans doute passé un très mauvais quart d'heure. Ce qui n'aurait pas déplu à Alex.

— Je compte sur vous pour la ramener à bon port, Muldoon ?

— C'est comme si c'était fait.

Rachel sourit stoïquement lorsque son frère eut quitté la pièce.

— Eh bien… C'était réussi, cette petite sortie du dimanche.

Un muscle tressauta à l'angle de la mâchoire de Zack tandis qu'il contemplait ses vêtements maculés de sang.

— Tu peux marcher ? demanda-t-il sèchement.

— Bien sûr.

Contrariée qu'il puisse en douter, elle trouva tant bien que mal la force de traverser la pièce.

— Ecoute, je suis désolée d'avoir gâché ta matinée. Tu n'es pas obligé de me…

— La ferme, Stanislaski, rétorqua-t-il, le visage figé en un masque de froide colère.

S'il le prenait sur ce ton…

Il lui saisit le bras d'autorité et Rachel se laissa guider sans rien dire, renonçant même à protester lorsqu'il héla un taxi pour parcourir les quelques malheureux pâtés de maisons qui séparaient le commissariat de son appartement. De fait, ça l'arrangeait plutôt de garder le silence. Sa gorge lui faisait un mal de chien. Et si elle s'était risquée à ouvrir la bouche, elle aurait eu neuf chances sur dix d'éclater en sanglots.

Dans quelques minutes, elle serait seule à la maison. Et elle pourrait trembler, pleurer et sangloter tout son soûl. Mais pas devant Zack.

Sûrement pas devant Zack.

Elle descendit du taxi avec précaution, comme une grande invalide s'essayant à ses premiers pas. C'était le choc, tout simplement. Rien de bien grave. Une bonne crise de larmes et il n'y paraîtrait plus.

— Bon, eh bien… à la prochaine, Zack, murmura-t-elle en grimaçant stoïquement un sourire. Et encore merci.

— Je monte avec toi.

— Ecoute, je t'ai déjà fait perdre suffisamment de…

Mais il la portait déjà à moitié jusqu'à la porte d'entrée de l'immeuble.

— Economise ta voix, d'accord ? Je ne veux plus t'entendre.

Zack fourragea dans l'attaché-case de Rachel pour en sortir les clés de son appartement. Une telle rage le consumait qu'il avait de la peine à maîtriser ses gestes. Elle ne se rendait donc pas compte à quel point elle était pâle ? Elle ne comprenait pas qu'il souffrait de la voir dans cet état ?

Les mâchoires serrées, il la tira dans l'ascenseur.

— Je ne sais pas pourquoi tu t'énerves comme ça, Zack, protesta Rachel d'une voix tremblante. Tu as perdu deux heures de ton temps, d'accord. Mais, moi, cette mésaventure m'a coûté mon nouvel ensemble. As-tu idée, au moins, de ce que j'ai dû débourser pour cette petite folie ?

Horrifiée, Rachel sentit que les larmes lui montaient aux yeux, inexorablement. Elle battit furieusement des paupières pour les contenir.

— Un salaire d'avocat de l'assistance judiciaire n'a rien de princier, enchaîna-t-elle en frottant ses mains glacées l'une contre l'autre. Pour me l'offrir, j'ai passé un mois entier à ne manger que des yaourts. Et ce n'est pas un aliment que j'apprécie spécialement, en plus.

Une première larme roula sur sa joue. Elle se hâta de l'essuyer en franchissant la porte de l'appartement.

— Même si un teinturier parvenait à me le récupérer, je ne pourrais plus le porter...

Rachel s'interrompit. Pourquoi délirait-elle ainsi au sujet de ce fichu ensemble ? Elle fit un effort considérable pour canaliser ses pensées qui s'éparpillaient de façon alarmante. Si Zack ne se décidait pas à partir très vite, elle ne répondait plus de rien.

— O.K. Tu m'as raccompagnée, c'est bien, Muldoon. Mission accomplie. Et maintenant, rompez, demi-tour, fixe. Et regagnez vos quartiers !

Mais elle aurait aussi bien pu s'adresser aux murs. Zack posa son attaché-case par terre et lui retira son manteau.

— Assieds-toi.

Une seconde larme se fraya un chemin entre ses cils.

— Je ne veux pas m'asseoir. J'ai besoin d'être seule... je t'en supplie, Zack...

Comme sa voix se brisait, elle pressa ses mains contre ses paupières.

— Sois charitable et laisse-moi maintenant, murmura-t-elle, à bout de forces. Tu... tu ne vois pas que je n'en peux plus ?

Zack ne dit rien. Il se contenta de la soulever dans ses bras et alla s'asseoir sur le canapé en l'installant sur ses genoux. Lorsque Rachel se mit à trembler et à sangloter, il lui caressa doucement le dos et les cheveux. Avec la rage noire qui bouillonnait en lui, son réflexe premier aurait plutôt été de casser quelque chose — ou quelqu'un. Mais, étrangement, il se découvrait capable de tendresse. Il se surprit même à murmurer des mots de consolation, à la bercer doucement contre lui.

Si la crise fut violente, elle ne dura que quelques minutes. A aucun moment, Rachel ne tenta de se dégager. Si elle l'avait fait, il l'aurait maintenue dans son étreinte de force. Pour elle, sans aucun doute. Mais tout autant pour lui. Il avait *besoin* de la serrer fort. De lui offrir la sécurité de ses bras.

Lorsque le pire fut passé, Rachel jura tout bas et abandonna sa tête contre son épaule.

— Il me semblait pourtant t'avoir dit de dégager, Muldoon ?

— N'oublie pas que tu avais promis de passer ce dimanche avec moi. Tu sais que j'ai eu une peur bleue ?

— Ah oui ? Pas tant que moi.

— Et si tu me vires d'ici, je repars directement vers le commissariat, j'attrape ce type par la peau du cou et je le brise en menus morceaux.

— Mmm... Dans ce cas, il vaut peut-être mieux que je te garde ici le temps que ça passe. Physiquement, je n'ai rien, tu sais. C'est juste le contrecoup.

Son contrecoup à lui se présentait sous la forme d'une boule de rage meurtrière toujours logée au creux de sa poitrine. Mais il se pencherait sur ce problème-là plus tard.

— Le sang, c'est peut-être celui de Lomez, mais les bleus, eux, t'appartiennent, observa-t-il, sourcils froncés, en examinant son profil.

Visiblement alarmée, Rachel porta la main à sa joue.

— Ils se voient beaucoup ?

Zack ne put s'empêcher de rire.

— Je ne te savais pas si coquette.

— Qui parle de coquetterie ? J'ai une réunion demain matin et je n'ai pas envie qu'on me pose des questions.

Il lui prit le menton pour lui tourner doucement la tête.

— Désolé d'avoir à te dire ça, mon cœur, mais les questions, tu n'y échapperas pas. Tu vas te réveiller demain matin avec de belles marques violacées sur le visage.

Avec une délicatesse qui fit battre le cœur de Rachel plus vite, il effleura les ecchymoses de ses lèvres.

— Tu as des sachets de thé et du miel ?

— Probablement, oui. Pourquoi ?

— Puisque tu refuses l'hôpital, il faudra te contenter des remèdes de bonne femme à la Muldoon.

Il la souleva de ses genoux pour l'installer en appui contre une montagne de coussins.

— Ne bouge pas d'ici.

— Mmm...

Lorsque Zack ressortit de la cuisine cinq minutes plus tard, une tasse de thé à la main, elle dormait à poings fermés.

Rachel se réveilla épuisée, désorientée et la gorge en feu. Se redressant sur ses coudes, elle nota que les rideaux avaient été tirés et qu'elle reposait sous un plaid. Avec un léger grognement, elle repoussa le tout et se leva avec précaution. Bien. Ce n'était pas la gloire, mais elle était sur pied. Il fallait plus qu'un drogué en manque pour abattre un Stanislaski.

Restait que cette Stanislaski-là avait besoin d'un bon litre d'eau pour apaiser sa gorge malmenée. Bâillant et se frottant les yeux, elle se traîna jusqu'à la cuisine. La vue de Zack penché au-dessus d'une casserole fumante lui arracha un cri.

— Mais qu'est-ce que tu fais ici ? Je croyais que tu étais parti, croassa-t-elle péniblement.

— Parti, moi ? Sans même un au revoir ? Ce n'est pas comme ça que j'ai été élevé. Je suis un garçon très conventionnel, au fond, tu sais.

Délaissant ses fourneaux, Zack se tourna pour examiner Rachel. Elle avait repris des couleurs à peu près normales et son regard avait perdu son expression égarée.

— J'ai dit à Rio de me faire livrer une casserole de soupe. Tu penses pouvoir avaler quelque chose, maintenant ?

— Je ne sais pas. Mais j'ai la ferme intention d'essayer.

La vérité, c'est qu'elle avait l'estomac dans les talons. Mais sa gorge tuméfiée laisserait-elle passer quoi que ce soit ?

— Quelle heure est-il, au fait ?

— Pas loin de 15 heures.

Ainsi, Zack avait veillé sur son sommeil pendant près de deux heures. Rachel était à la fois troublée, touchée et gênée de lui avoir volé tant de temps.

— Tu n'étais vraiment pas obligé de rester, tu sais.

— Et toi, tu sais que tu aurais nettement moins mal à la gorge si tu ne parlais pas tout le temps ? Va t'asseoir.

Comme les fumets de la soupe lui faisaient monter l'eau à la bouche, Rachel passa docilement dans la pièce voisine, écarta les rideaux et s'installa à la petite table pliante aménagée près de la fenêtre. Avec un léger frisson de dégoût, elle se débarrassa de la veste de son ensemble et se promit de se changer et de prendre une douche sitôt le repas avalé.

Quelques minutes plus tard, Zack la rejoignit avec deux tasses, et deux assiettes sur un plateau. Il disposa le tout sur la table puis s'accroupit devant la chaîne stéréo pour mettre un CD.

Elle sourit en reconnaissant un vieux morceau de BB King.

— Contre toute attente, nous avons quelques goûts communs, toi et moi, observa Zack avec un léger sourire.

Soulagée qu'il parle d'autre chose que de l'incident au commissariat, Rachel prit une petite cuillerée de soupe et avala avec précaution. Elle en soupira de délice. L'effet sur sa gorge était apaisant comme la caresse d'une mère à son nouveau-né.

— C'est vraiment excellent. Qu'a-t-il mis là-dedans ?

— Secret du chef. Rio ne divulgue jamais ses recettes.

Rachel reprit une cuillerée et ferma les yeux pour mieux capter les arômes.

— Il faudra que je trouve un moyen pour faire parler

Rio. Je suis sûre que ma mère donnerait cher pour obtenir la liste de ses ingrédients.

Elle prit sa tasse de thé, but une gorgée et ouvrit de grands yeux.

— Je n'ai pas trouvé de miel dans tes placards, précisa Zack en réponse à son regard interrogateur. Alors, à défaut, j'ai mis une rasade de rhum à visée thérapeutique.

Rachel prit une seconde gorgée et haussa les sourcils d'un air appréciateur.

— Je vais être euphorique.

— C'était le but... Comment te sens-tu ? demanda-t-il en lui prenant la main.

— Bien mieux. Tu vois que ce n'était pas la peine de fiche ton dimanche en l'air pour moi.

— Rachel... Ne m'oblige pas à t'ordonner de te taire.

Elle se contenta de sourire.

— Je commence à me dire que tu n'es pas un mauvais bougre, Muldoon.

— Si j'avais su, je t'aurais apporté de la soupe plus tôt.

— La soupe a joué en ta faveur, c'est vrai. Mais j'ai surtout apprécié d'avoir pu me répandre en larmes sur ta personne sans me sentir ridicule pour autant.

— Tu avais de bonnes raisons de craquer. Serrer les dents n'est pas toujours une solution.

Elle porta son thé à ses lèvres.

— Ça dépend des circonstances. Je ne voulais pas m'effondrer devant Alex. Il se fait déjà assez de soucis pour sa « petite sœur » comme ça... J'imagine que tu peux te mettre à sa place ?

Les lèvres de Zack se plissèrent en une moue amère.

— Et comment ! Je connais le sentiment d'impuissance, l'envie de prendre l'autre et de lui faire entendre raison en lui cognant la tête contre les murs. Je crois que je suis bien placé pour comprendre Alex, en effet.

— Il n'empêche que je suis assez grande pour me débrouiller toute seule. Et Nick ne va pas tarder à prendre le même chemin.

— Nick n'a rien à voir avec ce type, ce Lomez, observa Zack sombrement en pianotant du bout des doigts sur la table.

— Lomez et Nick ?

Notant sa mine soucieuse, Rachel lui posa la main sur le bras.

— Je suis capable de faire la différence, Zack. Il y a plus de deux ans maintenant que je vois défiler des délinquants, petits et grands. Certains, comme Lomez, sont pris dans une spirale irréversible et n'ont pratiquement aucune chance de s'en sortir. D'autres traversent simplement une grosse crise d'adolescence ou sont entraînés par des copains. En essayant de les aider, si on reste vigilant, on apprend à distinguer les nuances. Nick a essuyé des revers affectifs importants et il manque totalement de confiance en lui-même. S'il s'est intégré dans un gang, c'est que les Cobras lui apportaient ce qui lui manquait le plus : un sentiment d'appartenance. Mais, maintenant, tu as resurgi dans sa vie, Zack. Tu es venu, très concrètement, devant la loi, réaffirmer vos liens. Même si Nick rue dans les brancards et te donne l'impression qu'il rompra les ponts à la première occasion, tu es important pour lui.

— Si seulement tu pouvais dire vrai, murmura-t-il d'un ton préoccupé en se passant la main dans les cheveux. Je ne perds pas espoir qu'il s'en sorte, Rachel. Mais ça reste quand même assez laborieux entre nous. Nick refuse de me parler de la période où il s'est retrouvé seul avec mon père, par exemple.

— Ça viendra. Laisse-lui le temps.

Il secoua la tête.

— Mon vieux bonhomme de père n'avait rien d'un

monstre, contrairement à ce que Nick s'imagine. C'est sûr qu'il n'aurait jamais obtenu la médaille du Superpapa de l'année. Il avait une rude caboche d'Irlandais et sa consommation journalière de whisky aurait fait frémir pas mal de piliers de bistrot. En fait, il n'aurait jamais dû quitter la marine. Il menait sa petite famille comme s'il dirigeait un équipage incompétent à bord d'un navire en pleine tempête. Je ne me souviens pas qu'il se soit jamais exprimé autrement qu'en hurlant. Et pour ce qui est des gifles, il avait la main leste. Nous n'étions jamais d'accord sur rien, lui et moi.

— C'est généralement ce qui se passe quand les fils grandissent et que les pères manquent de souplesse.

Zack haussa les épaules.

— Je crois qu'il ne s'est jamais remis de la mort de ma mère. Il était dans le Pacifique Sud lorsque c'est arrivé.

Autrement dit, Zack était seul avec sa mère au moment du décès. Songeant à l'enfance qui avait été la sienne, Rachel serra ses doigts plus forts entre les siens.

— Mon père est revenu fou furieux. Et bien décidé à faire de son fils « un homme, un vrai » ! Dès que j'ai eu l'âge de claquer la porte, j'ai déserté le navire, si j'ose dire. Alors mon père a reporté ses ambitions sur Nick, et s'est mis en tête de le dresser à son tour.

— Et Nick, bien évidemment, a rué des quatre fers. C'est malheureux, mais tu n'y peux rien, Zack. Alors à quoi bon te culpabiliser ? Quitter le milieu familial était vital pour toi, à l'époque. Si tu étais resté, c'est peut-être toi qui aurais basculé dans la délinquance.

— C'est possible…

Le regard de Zack se perdit dans le vague.

— Je me souviendrai toujours de l'année de mon retour à New York. Mon père n'était plus qu'un vieillard fragile et égaré. Il perdait la mémoire, oubliait qui il était et où il se trouvait. Je me rendais bien compte que ça n'allait pas fort pour Nick, mais tout me tombait dessus en même temps. Il fallait faire les démarches pour mon père, veiller sur lui tant qu'il était encore à la maison, puis lui trouver une place en maison de soins tout en remettant le Brise-lames à flot. Quand je me suis aperçu que j'avais perdu Nick en route, il était déjà trop tard pour recoller les pots cassés.

— Pas tout à fait trop tard, puisque vous êtes en train de vous retrouver.

Zack secoua la tête.

— Peut-être… Je me demande bien pourquoi je te raconte ça maintenant, d'ailleurs. Tu veux encore un peu de soupe ?

« Parenthèse refermée », conclut Rachel. Elle aurait aimé le faire parler un peu plus de lui-même. Mais elle respectait ses réticences.

— Non merci. Plus de soupe.

Zack hésita. Il serait volontiers resté à bavarder avec Rachel. Des heures entières, s'il le fallait. Il aurait même eu plaisir à la regarder dormir sur le canapé. Mais s'il s'attardait ne serait-ce que dix minutes de plus, il prendrait Rachel dans ses bras pour l'embrasser. Et s'il la sentait fondre contre lui…

— Le temps de ramener les assiettes dans la cuisine et je te débarrasse le plancher. Je suppose que tu aspires à quelques moments de tranquillité.

Rachel fronça les sourcils. La solitude, c'était ce qu'elle n'avait cessé de lui réclamer. Alors pourquoi cette soudaine répugnance à le laisser partir ?

Rassemblant les bols sur la table, elle lui emboîta le pas.

— Il n'est pas encore très tard, observa-t-elle d'un ton dégagé. On pourrait peut-être quand même aller faire un tour quelque part.

— Ça ne me paraît pas très prudent, Rachel. Ne sous-estime pas ce qui t'est arrivé, ce matin. Il faut que tu te reposes pour récupérer.

— Arrête ! Je viens de dormir deux heures. En faisant vite, on trouverait peut-être encore des places pour un spectacle. Ça m'ennuie que tu aies passé ta journée de congé à faire la nounou près de moi.

Zack mit le restant de soupe au réfrigérateur.

— Tu as fini de t'inquiéter de ma journée de congé ! Je suis mon propre patron, jeune fille. Du temps libre, je peux en prendre quand je veux.

Avec un haussement d'épaules qui se voulait résolument indifférent, Rachel se tourna vers l'évier et ouvrit les robinets en grand.

— Bon. Alors à un de ces quatre, Muldoon.

— Eh bien… quel caractère, commenta Zack en se plaçant derrière elle pour lui poser les mains sur les épaules. Arrête de t'angoisser, O.K. ? J'ai eu une journée riche en émotions fortes et en péripéties variées, après tout.

— Je suis ravie d'avoir eu l'occasion de t'offrir un peu de suspense, Muldoon.

Elle ferma les yeux, savourant la chaleur de ses paumes à travers la soie de sa chemise.

— Tu es sûre que ça va aller, si tu restes ici toute seule ? Tu ne veux pas que je demande au flic de venir te tenir compagnie ?

Refermant le robinet, Rachel fixa le mur devant elle.

— Non, ça ira. Merci d'avoir joué les vaillants secouristes, Zack.

— Tout le plaisir fut pour moi, répondit-il, conscient qu'il prolongeait dangereusement les adieux. On pourrait peut-être dîner un soir ensemble, cette semaine ?

Rachel hocha la tête sans oser desserrer les lèvres. La simple pression des mains de Zack sur ses épaules lui faisait courir des frissons un peu partout.

Elle ne sut jamais si c'était Zack qui l'avait fait pivoter vers lui ou si elle s'était retournée d'elle-même pour se couler dans ses bras. Toujours est-il qu'elle se retrouva le visage levé vers lui, les lèvres déjà entrouvertes.

— Je t'appellerai, chuchota-t-il.

— Entendu.

Elle ferma les yeux et savoura l'instant béni où la bouche de Zack vint se poser lentement sur la sienne.

— A bientôt, alors ?

— Oui... très bientôt, acquiesça-t-elle en pressant son corps contre le sien.

Lorsque la langue de Zack se mit à danser avec la sienne, elle soupira de bonheur. Gémit d'excitation. Il s'arracha un instant à ses lèvres pour murmurer d'une voix rauque :

— Encore un détail, Rachel...

— Mmm... ?

— Finalement, je ne pars plus.

— Je sais, chuchota-t-elle en s'agrippant à son cou lorsqu'il la souleva dans ses bras. C'était inéluctable, non ?

— Tout ce qu'il y a de plus inéluctable.

Zack fit pleuvoir une myriade de petits baisers sur son visage.

— Mais on ne part pas dans un truc sérieux, hein ? murmura-t-elle en lui mordillant le cou. J'ai une carrière à mener en priorité. Je veux bien que nous ayons une histoire ensemble. Mais il faut que ça reste léger, sans conséquence.

— Léger, sans conséquence, répéta Zack solennellement, assourdi par le fracas furieux du sang dans ses veines, les reins traversés par de violents élancements.

Poussant l'unique porte, il faillit les précipiter l'un et l'autre dans un placard. Il jura avec force.

— Bon sang, mais où est ta chambre ?

— Ma quoi ? s'enquit Rachel, haletante, avant de réaliser

qu'ils étaient sortis de la cuisine. Ah, ma chambre... C'est ici. Le canapé...

Elle prit le lobe de son oreille entre ses lèvres.

— ... il se déplie, acheva-t-elle dans un souffle. Je peux...

Il secoua la tête.

— Trop tard.

Et ils tombèrent enlacés sur le tapis.

Chapitre 7

La chemise de soie de Rachel finit en lambeaux. Et ce n'était pas seulement l'impatience de la dévêtir qui commandait la brutalité de Zack. La vision de ce vêtement taché de sang suscitait en lui une violence meurtrière.

Le craquement du tissu lacéré et arraché contribua encore à attiser les flammes de leur désir mutuel. Rejetant la chemise sur le côté, il pesa sur Rachel de tout son poids.

— Dès le premier instant où je t'ai vue, j'ai eu envie de faire ça. J'ai eu envie de toi.

— Je sais.

Elle l'entoura de ses bras, sidérée que le désir puisse atteindre une telle profondeur, une intensité aussi grave.

— Pour moi, ça a été pareil. C'est de la folie, Zack, chuchota-t-elle contre ses lèvres.

Elle frissonna lorsqu'il écarta les brides de son caraco pour les remplacer par sa bouche impatiente.

— De la folie, oui…

Rachel gémit lorsqu'il prit ses seins dans ses paumes. Puis il y eut sa bouche — ô cette bouche, chaude et vivante — qui se rapprochait, traçait des cercles toujours plus resserrés avant de capturer, de téter, de tirer doucement.

Vite. Vite, oh, vite… Elle n'était plus, déjà, que frémissante impatience et ses ongles s'enfonçaient dans sa chair, s'accrochaient à ses flancs. Soulevant le pull de Zack, elle le fit passer par-dessus sa tête, avide de sentir sa chair nue sur la sienne. Puis ses doigts allèrent se perdre dans ses cheveux et elle le ramena à ses seins, la tête renversée, la respiration de plus en plus haletante.

Zack se laissa glisser plus bas, couvrit sa taille de baisers avant de retourner s'abreuver à ses lèvres. Mille fois, il avait rêvé de lui faire l'amour lentement, paresseusement, dans un lit immense, parmi une débauche de coussins et d'édredons blancs comme neige. Mais ces fantasmes faisaient figure de fade abstraction à côté de la réalité haletante, cataclysmique, qu'était l'amour avec Rachel.

Il était possédé. Obsédé. Obnubilé par Rachel. Un bouton de sa jupe craqua lorsqu'il entreprit de la faire glisser sur ses hanches. Mais le moment de la tenir dévêtue sous lui ne pouvait plus être différé. Il était prêt à arracher tout ce qui se trouvait encore en travers du chemin qui menait à sa nudité.

Luttant contre la frénésie presque animale qui s'emparait de lui, il se plaça à genoux entre ses cuisses pour prendre le temps de la regarder, nue, dorée, somptueuse sur fond de tapis écarlate. Elle était belle, tellement belle, avec le fougueux désordre de sa chevelure, le regard alourdi par la volupté, ses bras tendus vers lui.

Avec un gémissement d'impatience, elle se souleva pour s'accrocher à son cou tandis que ses doigts légers se débattaient avec les boutons de son jean.

— Laisse-moi faire, chuchota-t-elle d'une voix brisée par la passion.

Il glissa une main sous ses fesses et plaça l'autre à la source même du désir et de la vie.

— Non, laisse-*moi* faire.

Le volcan qu'il avait pressenti fit éruption au premier

toucher. Les yeux de Rachel s'écarquillèrent, elle poussa un cri, son corps vibra, fut parcouru de spasmes. Elle retomba, pantelante, la nuque ployant en arrière.

Pas dans une attitude de capitulation, mais dans l'abandon d'une quête éperdue de plaisir. Il continua à caresser cette chair de velours et de feu, cherchant de nouveau ses lèvres, l'embrassant avec une passion éperdue.

Ivre de plaisir, Rachel remonta à la surface, surnageant dans un océan de lave en fusion. Comment aurait-elle deviné que le désir pouvait conduire à des profondeurs aussi sombres, aussi dangereuses ? Et elle, toujours si prudente et mesurée, était prête à se laisser couler jusqu'au fond. Elle en voulait plus, beaucoup plus : plus de plaisir, plus de jouissance, plus de Zack.

Elle le voulait pour elle, en elle. Lui et rien que lui.

Nouant ses jambes autour de ses hanches, elle le saisit entre ses doigts caressants et l'amena en elle, l'emprisonna au cœur de sa chair encore palpitante. Elle entendit le son précipité du souffle de Zack, vit le bleu de ses yeux muer au cobalt. Il bougea doucement les reins, de façon à la remplir tout entière.

— Je te l'avais dit, non ? murmura-t-il contre ses lèvres. Nous sommes parfaitement ajustés l'un à l'autre…

A cela, elle ne put qu'acquiescer sans mots, avec sa bouche, sa langue, les mouvements de ses hanches. Puis elle n'entendit plus rien dans ce corps à corps échevelé, hormis leurs souffles précipités et son cœur qui hurlait en silence.

Rachel roula sur le côté et prit appui des deux coudes sur le torse nu de Zack afin de l'examiner à son aise. A le voir reposer ainsi, un observateur peu averti aurait pu le croire endormi ou inconscient. Ses yeux étaient clos, sa respiration de nouveau régulière, son immobilité absolue.

— On dirait que tu viens de livrer un combat de boxe particulièrement harassant, Muldoon.

Il esquissa un sourire. C'était le maximum d'effort musculaire dont il était capable pour le moment.

— Je reconnais que tu as un sacré punch, mon petit cœur.

Pour le principe, elle lui mordit l'épaule.

— Ne m'appelle pas « mon petit cœur ». Cela dit, en passant, tu ne te débrouilles pas trop mal, toi non plus.

Pour le coup, Zack ouvrit un œil.

— Comment ça, je ne me débrouille pas trop mal ? Je t'ai fait fondre de délice. Dès le début, tu t'es littéralement liquéfiée entre mes mains expertes.

« Exact », reconnut Rachel. Mais elle n'était pas d'humeur à en convenir à voix haute.

— Disons que tu as un style bien à toi qui, pour manquer de raffinement, n'est pas pour autant dépourvu de charme. Mais le fait est qu'il a fallu que je te porte, susurra-t-elle en laissant glisser une main caressante dans la toison de son torse. Métaphoriquement parlant, bien entendu.

Cette affirmation eut pour effet immédiat de sortir Zack de sa torpeur.

— *Pardon ?*

Rachel lui décocha le plus gracieux des sourires.

— Oh, ça ne m'a pas dérangée, cela dit. Je n'avais rien de très urgent à faire cet après-midi.

— Tu veux peut-être reprendre une nouvelle série de rounds, champion ? Je te montrerai si j'ai besoin d'être « porté » !

Elle battit des cils.

— Où tu veux, quand tu veux.

— Alors ici et maintenant.

Il fit rouler Rachel sous lui et le rire de celle-ci se mua en cri de douleur lorsqu'il heurta sa joue tuméfiée.

— Aïe !

Zack se rejeta en arrière, le regard assombri par un mélange d'inquiétude, de rage et de remords.

— Et merde. Quel imbécile ! Désolé.

— Ce n'est rien, Zack, murmura-t-elle.

Mais il lui prit le menton en pestant.

— J'aurais dû mettre de la glace. Cette brute t'a...

Elle le pinça énergiquement pour le faire taire.

— Stop. Arrête ton numéro. Je ne suis pas une petite chose délicate, O.K. ? Je me suis pris des coups bien pires que ça en luttant avec mes frères.

— Si jamais il sort un jour de prison...

— Chut ! lui dit-elle en plaçant les mains en coupe autour de son visage. Ne prononce aucune parole que tu pourrais regretter par la suite. N'oublie pas que je suis un officier de la cour.

— S'il m'arrive un jour de casser la figure de Lomez, ce sera sans remords, fit-il en la soulevant pour la placer en position assise à côté de lui.

Il contempla les vêtements épars qui les encerclaient et sourit.

— Et ce qui vient de se passer ne m'inspire aucun remords non plus. Sauf en ce qui concerne le manque de raffinement.

— Hé ! Je plaisantais, Muldoon.

— Attends, laisse-moi finir. Tu réalises que tu es d'une sensualité volcanique, Rachel Stanislaski ? Il a suffi que je te caresse les épaules et pff... tu es partie au quart de tour. Je tiens quand même à préciser que j'avais la ferme intention de te laisser tranquille ce soir. Je pensais que tu aurais besoin de calme et de douceur après avoir été étranglée.

— Je n'ai pas été...

— Presque, l'interrompit Zack. Tu savais que j'avais envie de toi, Rachel. Je n'ai jamais cherché à te le cacher. Mais, ce soir, tu étais secouée, sans doute plus vulnérable qu'à l'ordinaire. Et j'ai peur d'avoir tiré avantage d'une faiblesse momentanée.

Elle leva les yeux au ciel.

— Faible, moi ? Ne m'insulte pas, Muldoon. Et ne va surtout pas insinuer que je ne suis qu'une fragile créature lâchement manipulée par un vilain marin séducteur.

Zack leva les mains en signe de reddition.

— Hou là, non, loin de moi cette idée. Tout ce que j'essayais de te dire, c'est que… c'est que j'aurais peut-être pu prendre la peine de déplier le canapé.

Le regard menaçant, elle se pencha sur son visage. Ses yeux mordorés paraissaient immenses et plus que jamais magnifiques.

— Et s'il me plaît à moi de faire l'amour sur le tapis ?

Zack commençait à se sentir nettement plus à l'aise. Les femmes fragiles n'avaient jamais été sa tasse de thé. Alors que cette Rachel en acier trempé était à la fois à son goût et à sa mesure.

Du bout du doigt, il souleva son chemisier déchiré.

— Regarde. J'ai arraché tes vêtements.

— C'est ce que j'ai constaté, oui. Tu es fier de toi, j'espère ?

— Très. Si tu veux, je peux attendre que tu te rhabilles pour recommencer.

Elle lui mordit la lèvre en guise de représailles.

— Cette tenue-là était fichue de toute façon. Mais la prochaine fois, je t'enverrai la facture.

Il rit doucement en jouant avec un anneau d'or à ses oreilles.

— Je suis fou de toi, Rachel.

Le cœur de la jeune femme fit un drôle de soubresaut dans sa poitrine.

— Hé là, stop ! On avait dit : pas de sentimentalisme.

— Fou je suis, pourtant. Et ai-je pensé à te préciser que

ton corps éveillait en moi des élans sauvages, pour ne pas dire indomptables ?

A tout prendre, elle se sentait beaucoup plus à l'aise avec les élans indomptables.

— Je te désire de la poupe à la proue, Rachel. De bâbord à tribord. Partout.

— Mmm..., chuchota-t-elle en traçant le contour de sa bouche de la pointe de la langue. Tu m'expliqueras de quel côté se trouve la poupe, vieux loup de mer. J'ai toujours eu du mal avec le jargon nautique.

— Je vais te montrer ça tout de suite...

Il embrassa sa joue bleuie avec une infinie délicatesse.

— Mais je suggère que nous ouvrions d'abord ce canapé. Sinon, je ne réponds de rien.

— Comme tu voudras, chuchota-t-elle d'une voix rauque.

C'était incroyable l'effet que pouvait procurer une main calleuse glissant sur le dessous d'un sein.

— Tout compte fait, il est quand même un peu loin, ce canapé, soupira Zack. Parle-moi en ukrainien et j'oublierai que nous sommes sur le tapis. Et je m'engage à te le faire oublier aussi par la même occasion.

— Pourquoi veux-tu que je te parle en ukrainien ? s'enquit-elle d'une voix déjà haletante.

— Parce que tu ne peux pas t'imaginer comme ça m'excite.

Avec un léger soupir, Rachel noua les bras autour de son cou et lui murmura quelques mots à l'oreille. Elle rit doucement lorsqu'il émit un grognement.

— Qu'est-ce que ça veut dire ? demanda-t-il en lui léchant les épaules, le cou, le visage.

— En gros, je t'ai traité d'idiot et de tête de mule.

— Tu es sûre que tu ne m'as pas susurré tendrement que tu étais folle de mon corps et que tu avais terriblement envie de refaire l'amour avec moi ?

— Sûre et certaine. Mais ça peut encore se faire.

De nouveau, elle lui saisit la tête entre les mains et pressa les lèvres contre son oreille. Mais avant même qu'elle ait fini de formuler son invite, il avait déjà accédé à sa demande.

Zack l'attira contre lui dans le noir. Quelque part en cours d'après-midi, ils avaient fini par déplier le canapé pour se glisser entre les draps. Le crépuscule était tombé peu à peu. Puis la nuit était venue à son tour.

— Je n'ai pas envie de te quitter, murmura-t-il en lui embrassant la tempe.

— Tu vas me manquer, admit Rachel.

Ce qui n'était pas un mince aveu pour une fille qui avait toujours proclamé haut et fort qu'elle préférait dormir seule.

— Mais il vaut mieux que tu rentres, en effet. Il est encore trop tôt pour laisser Nick seul toute une nuit.

— Tu sais ce que j'aimerais ? C'est t'emmener avec moi, m'endormir à ton côté et te trouver dans mon lit demain matin au réveil.

Rachel secoua la tête.

— On ne peut pas faire ça. En attendant que je trouve une occasion de parler à Nick, il vaut mieux qu'il ne sache pas que toi et moi, nous sommes…

Oui, qu'étaient-ils l'un pour l'autre, en fait ? La question resta en suspens entre eux sans qu'aucun la formule à voix haute.

Zack se dressa sur son séant.

— J'ai envie de te revoir, Rachel. Et pas forcément dans un lit. Ou sur un tapis.

— J'apprécie ta compagnie, Muldoon… Mais tu ferais mieux de filer maintenant, murmura-t-elle presque tristement.

— C'est comme si j'étais déjà parti.

— Vous pourriez peut-être venir dimanche chez mes parents, Nick et toi. Nous en avons déjà parlé, tu te souviens ?

— Avec grand plaisir.

Il se pencha pour l'embrasser et le baiser s'éternisa.

— Encore une fois ? demanda-t-il d'une voix rauque.

Pour toute réponse, elle l'enveloppa de ses bras, de ses jambes et l'accueillit en elle.

Rachel passa le combiné du téléphone dans son autre main et contempla d'un œil morne la pile de dossiers accumulés sur son bureau.

— Oui, madame Macetti, je comprends. Nous allons tâcher de trouver des témoins de moralité pour votre fils. Le curé de votre paroisse, peut-être. Ou l'un de ses professeurs.

Pendant que la *signora* Macetti recommençait à discourir interminablement dans un anglais approximatif mâtiné d'italien, Rachel griffonna quelques mots sur une feuille de papier à en-tête. Si l'un de ses collègues pouvait la prendre en pitié et lui apporter une tasse de café, elle survivrait peut-être à ce coup de fil qui n'en finissait plus ?

— En effet, oui, madame Macetti. Normalement nous devrions pouvoir obtenir une libération sous caution puisque votre fils n'était pas au volant du véhicule volé…

Rachel plia soigneusement la feuille de papier sur laquelle elle avait rédigé son S.O.S.

— Oui, naturellement, je suis convaincue que votre Carlo est un bon garçon, madame Macetti… Des mauvaises fréquentations, oui… On sait ce que c'est.

Satisfaite de son pliage, Rachel prit le message et visa la porte ouverte.

— Oui, tâchez de le surveiller de près pour qu'il ne retourne pas traîner avec les Hombres. Et soyez optimiste, madame Macetti. Je vous promets que je fais tout ce que je peux.

Dix minutes plus tard, Rachel réussit enfin à raccrocher.

Epuisée par cette conversation téléphonique avec la *mama* affolée, elle posa la tête sur ses bras repliés.

— Fatiguée ?

Rachel se redressa et repéra Nick dans l'encadrement de la porte. Il tenait son avion en papier dans une main et un gobelet dans l'autre.

— Dis-moi que je ne rêve pas, Nicholas LeBeck, et que c'est bien du café que tu m'apportes là !

— Long. Sans sucre… Ton message avait l'air passablement désespéré, commenta le frère de Zack en s'approchant pour lui remettre le gobelet. Je traversais le couloir et je me suis pris l'avion en pleine poitrine. C'est pas mal, comme bouteille à la mer.

— Les méthodes les plus archaïques sont parfois les plus efficaces en temps de crise.

Rachel prit une gorgée et se sentit renaître.

— Tu viens de me sauver la vie, Nick. Que puis-je faire pour toi ?

— Accepter une invitation à déjeuner.

D'un geste découragé, elle désigna les piles de dossiers sur son bureau.

— Désolée, mais je suis débordée.

— Ils ne te laissent même pas le temps de manger ? s'étonna Nick en se perchant sur un coin de son bureau.

— Oh, ils nous jettent quelques morceaux de viande crue de temps en temps.

Notant le sourire séducteur de Nick, Rachel se rappela qu'une explication entre eux s'imposait d'urgence. Calculant rapidement le temps qu'il lui restait avant de retrouver Haridan au tribunal, elle prit une décision.

— Si tu as quelques minutes à me consacrer, j'aimerais te parler, Nick.

— Oh, des minutes, j'en ai à revendre. Je ne reprends le travail qu'à 6 heures.

Elle se leva pour aller fermer la porte et comprit en se retournant que Nick avait mal interprété son geste. Il l'attrapa aussitôt par la taille avec assurance. Dans quelques années, ce garçon ferait des ravages, songea Rachel en s'esquivant.

— Assieds-toi, Nick, dit-elle en se réfugiant derrière son bureau. J'aimerais profiter de ta présence ici pour faire le point avec toi. Dans un peu plus de un mois, nous allons être convoqués de nouveau devant le juge Beckett. Et, a priori, la période de probation devrait être prolongée. Sauf si tu fais un gros écart de conduite d'ici là.

Il secoua la tête.

— J'ai l'intention de me tenir à carreau. J'ai de moins en moins envie de tâter de la prison, à vrai dire.

— Tant mieux. Mais telle que je connais la juge, elle risque de t'interroger sur tes projets. Il serait peut-être temps que tu réfléchisses à ton avenir. As-tu l'intention de rester chez Zack pour de bon ?

— Pour de bon ?

Nick eut un petit rire.

— Entre Zack et moi, ça se passe plutôt mieux dans l'ensemble, mais de là à squatter chez lui définitivement… ça complique un peu ma vie sentimentale de partager un appart avec mon frère. Si tu vois ce que je veux dire.

Comme il lui jetait un regard entendu, Rachel saisit la balle au bond.

— Il y a une jeune fille dans ta vie, Nick ?

Il lui adressa un sourire ravageur.

— Qui te parle de jeunes filles ? Je m'intéresse plutôt aux femmes. Et plus particulièrement aux belles brunes avec des grands yeux mordorés.

— Nick…

— Tu vois, en venant ici, je me disais que finalement ça avait été une chance pour moi de me faire pincer, poursuivit-il en lui prenant la main pour la caresser doucement avec le pouce. Sinon, je n'aurais pas eu besoin des services d'une avocate aussi belle.

— J'ai vingt-six ans, Nick.

Il haussa les épaules.

— Et alors ?

— Je suis responsable de toi aux yeux de la loi.

Nick eut un large sourire.

— Ça ne manque pas de piment, comme situation, non ? Et ça s'arrête dans cinq semaines.

— La différence d'âge sera toujours la même.

— On s'en fout, de la différence d'âge.

Tentée de se lever d'un bond pour arpenter la pièce, Rachel se força à rester en position d'autorité derrière son bureau.

— Ecoute, Nick, j'ai beaucoup d'affection pour toi. Et l'amitié que je te porte est sincère, mais…

Elle s'interrompit et déglutit lorsqu'il se leva pour venir s'asseoir sur sa table de travail. Coincée entre le mur et lui, elle ne se trouvait pas en très bonne posture pour mener le débat.

— J'étais déjà à l'université alors que tu n'étais même pas encore pubère, objecta-t-elle.

— Peut-être. Mais maintenant, nous sommes adultes l'un et l'autre. Tu considères qu'une femme ne devrait pas avoir de partenaire âgé de neuf ans de plus qu'elle ?

— C'est un cas différent, Nick.

Il fit claquer sa langue d'un air désapprobateur.

— Sexiste, va. Je croyais que tu étais pour une totale égalité entre les hommes et les femmes ?

— C'est vrai, mais…

En panne d'arguments, elle s'interrompit avec un soupir d'impatience. Les yeux verts de Nick pétillèrent.

— Là, je te tiens.

— Même si on laisse de côté la question de l'âge, il reste que je suis ton officier de probation, déclara-t-elle avec fermeté. Si je t'ai donné l'impression qu'il pouvait y avoir autre chose que de l'amitié entre nous, je le regrette.

Nick hocha la tête.

— Je vois que tu prends ton boulot très au sérieux. Mais ne t'inquiète pas. Je n'ai pas l'intention de te mettre la pression.

Rachel laissa échapper un discret soupir de soulagement. Elle se leva et lui serra brièvement la main.

— Je suis heureuse que tu comprennes.

Le téléphone sonna alors sur le bureau. Rachel fit le geste de répondre, mais, à sa grande consternation, Nick la retint en portant ses doigts à ses lèvres.

— Je vais te laisser servir la justice… pour le moment. Cinq semaines d'attente, ce n'est pas interminable. Je serai patient.

— Mais, Nick…

— A plus tard, Rachel.

Il sortit du bureau d'un pas nonchalant, laissant Rachel déchirée entre l'amère nécessité de décrocher son téléphone et la tentation de se taper vigoureusement la tête contre le mur.

Nick s'était rarement senti aussi bien dans sa peau. Il avait un après-midi de liberté devant lui, de l'argent dans les poches et une femme superbe logée au chaud dans son cœur. Rachel, toujours si sûre d'elle d'ordinaire, avait paru plutôt confuse et troublée, lorsqu'il lui avait fait comprendre qu'il s'intéressait à elle de très près.

Quant à ses scrupules par rapport à son âge… C'était incroyable qu'une femme aussi belle puisse s'inquiéter d'un détail aussi insignifiant ! Nick se mit à courir en entendant le métro arriver de loin et réussit de justesse à sauter dans la rame. Avec un sourire de triomphe, il se laissa tomber sur le siège le plus proche. Il avait hâte de voir la réaction de Zack lorsqu'il débarquerait au bar, un de ces soirs, un bras négligemment passé autour des épaules de Rachel. Ça remettrait les pendules à l'heure, en tout cas. Zack cesserait de le traiter en gamin lorsqu'il découvrirait qu'il s'envoyait en l'air avec Rachel.

Non, pas qu'il *s'envoyait en l'air* avec Rachel.

Les sourcils froncés, Nick reformula sa pensée : Zack serait impressionné lorsqu'il découvrirait que Rachel et lui étaient *amants*. Nuance. Elle et lui allaient faire des trucs super ensemble. Ils se promèneraient à Central Park, dîneraient aux chandelles et discuteraient ensemble pendant des heures. De temps en temps, ils passeraient une soirée tranquille, tous les deux, devant la télévision.

« Avec une femme comme Rachel, le sexe ne doit pas toujours passer au premier plan », se dit Nick en descendant sur le quai.

Il sortit de la station de métro et se retrouva à la lumière du jour au milieu de la foule, sur Times Square. Obéissant à un vieux réflexe, il entra dans une galerie de jeux et se paya une partie de flipper. La musique de rock en arrière-fond accompagnait agréablement les bruits caractéristiques des machines. Nick laissait ses pensées vagabonder tout en essayant d'améliorer ses meilleurs scores.

Finalement, il se sentait beaucoup moins seul qu'il ne l'aurait cru sans les copains du gang. Aussi étonnant que cela puisse paraître, il aimait bien la compagnie du grand Rio. Le cuisinier avait une âme de conteur et un stock inépuisable d'histoires en réserve. Lorsqu'il l'écoutait parler, Nick avait presque l'impression de faire partie de leur bande, à Zack, Rio, Lola et les autres.

Si Zack était resté avec lui et sa mère, il aurait peut-être été moins pressé de couper les ponts. Mais il n'avait jamais digéré le départ de son « grand frère ». Ça avait été un choc

— un sale choc — de se retrouver livré à lui-même, comme avant. A l'époque, il lui restait toujours sa mère, bien sûr. Sa mère, qui avait toujours fait ce qu'elle pouvait pour lui assurer le vivre et le couvert. Mais la lutte quotidienne pour la survie avait usé toute la faible énergie de Nadine. Si bien qu'il ne se souvenait d'elle que comme d'une ombre lointaine, une figure douce mais presque inexistante.

D'où l'importance que Zack avait prise dans sa vie. Nick n'avait jamais oublié sa première rencontre avec celui qui devait devenir son frère adoptif. Lorsqu'il était entré dans le Brise-lames en tenant la main de sa mère, il avait aperçu Zack assis au comptoir, ingurgitant tranquillement les cacahuètes pour apéritif réservées aux clients. D'emblée, Nick avait été attiré par ce grand ado suprêmement *cool* qui l'avait plus ou moins pris sous son aile. C'est Zack qui l'avait conduit pour la première fois dans une salle de jeux, Zack qui lui avait montré comment faire danser les balles en argent du flipper.

Son grand frère d'adoption l'avait conduit à la parade du carnaval, lui avait appris à nouer ses lacets et l'avait récupéré *in extremis* le jour où il avait failli se faire écraser par une voiture en voulant récupérer un ballon qui avait roulé sur la chaussée.

Mais c'était aussi ce même Zack qui, à peine un an plus tard, l'avait laissé en plan avec une mère malade et un beau-père invivable. Et ni les cartes postales ni les permissions occasionnelles n'avaient pu combler le gouffre qu'avait creusé ce départ.

Aujourd'hui, Zack avait l'air de penser qu'ils pourraient redevenir frères. Et, même si Nick restait sceptique, il lui arrivait parfois de se dire — tout au fond de lui-même — que ce serait agréable de renouer avec Zack.

— Hé, LeBeck ! Tu n'es pas mort, on dirait ?

Surpris, Nick manqua une balle.

— Pourquoi ? Tu t'inquiétais de mon sort, peut-être ? riposta-t-il ironiquement en jetant un rapide coup d'œil à Cash.

L'autre le regarda jouer un moment en silence, saluant ses performances au flipper de quelques sifflements admiratifs. Au grand étonnement de Nick, Cash ne fit même pas de commentaire sur le fait qu'il ne portait pas son blouson des Cobras.

— Pas mal, la fourchette, LeBeck. Tu n'as pas perdu la main, je vois.

— J'ai toujours eu de l'or dans les doigts, mon pote, rétorqua Nick, concentré sur les voyants lumineux qui s'éclairaient un à un au passage de la balle. T'as qu'à demander aux filles.

Avec un léger ricanement, Cash alluma une cigarette.

— Tu parles. Une fois que les meufs ont vu ta sale tronche, elles n'ont plus envie de tâter de tes paluches.

— Tu confonds ma tronche avec ton derrière de singe, rétorqua Nick du tac au tac.

Il fit claquer le flipper et se recula, satisfait de son score.

— Tu veux que je te laisse la partie gratuite ? proposa-t-il à Cash.

Ce dernier prit sa place sans se faire prier et se mit à jouer sans grand raffinement.

— Tu crèches toujours chez ton demi-frère, Nick ?

— Bien obligé. Jusqu'à ce que je retourne voir la juge.

Cash hocha la tête.

— C'est dur ce qui t'arrive. Je trouve ça moche que t'aies écopé pour tout le monde. Désolé.

— Ouais, c'est ça.

— Non, sérieux. On a mal organisé notre coup et c'est toi qui as trinqué. Remarque que t'aurais pu tomber plus mal. Ça ne doit pas être trop galère de bosser dans un bar. Au moins, t'as de la bière au robinet !

Nick eut un sourire entendu, même s'il avait rarement l'occasion de faucher une cannette dans le réfrigérateur. Zack prenait très au sérieux l'interdiction de servir de l'alcool aux mineurs.

— Il doit bien marcher, ce bar, poursuivit Cash en lui jetant un regard en biais. Je parie que tu vois passer un maximum de nanas canon ?

En fait, le Brise-lames accueillait plus d'habitués paisibles que de belles filles assoiffées de sexe. Mais Nick continua à jouer le jeu.

— Ouais, de ce côté-là, j'ai l'embarras du choix.

Cash rit doucement en laissant filer sa dernière balle.

— On se fait une partie à deux ?

— Pourquoi pas ? acquiesça Nick en sortant une pièce de sa poche. Comment vont les autres, au fait ?

— Comme dab. T.J. s'est fait virer de chez lui, alors il squatte chez moi pour le moment. Il ronfle comme un sonneur, cet idiot. Du coup, je ne ferme pas l'œil de la nuit.

— Je connais ça. Je l'ai hébergé chez moi l'été dernier.

Cash lui posa la main sur l'épaule.

— Tu n'aurais pas une cigarette, des fois ?

— Sers-toi dans la poche de mon blouson, marmonna Nick en marquant dix mille points.

Cash sortit son briquet et aspira la fumée.

— Tu sais que j'ai mes entrées dans une boîte de strip-tease ? Je t'emmènerai un soir tard, si tu veux. Enfin... à condition que tu puisses sortir, bien sûr.

— Evidemment que je peux sortir. Je passe par les cuisines, et ni vu ni connu.

— Par l'arrière, c'est ça ?

— Ben ouais. Avec Rio, je fais ce que je veux et Zack est retenu au bar. Au pire, je passe par l'escalier d'incendie.

— Tu dors au premier étage ?

— Ouais...

Pendant qu'ils jouaient, Cash continua de se renseigner d'un ton détaché. La recette du Brise-lames allait dans un coffre-fort dans le bureau de Zack. Il y avait trois accès possibles au bar : par la porte d'entrée, par l'arrière ou par l'appartement du haut.

Trois parties plus tard, Nick l'avait battu à plate couture, mais Cash avait obtenu toutes les informations dont il avait besoin. Il trouva une excuse pour s'en aller et sortit rejoindre Reece.

Il s'en voulait un peu de faire ce coup tordu à Nick. Mais lorsqu'on était un Cobra — un vrai —, le gang passait avant tout le reste.

Chapitre 8

Zack sortit de la douche, satisfait d'être venu à bout des fastidieuses corvées de l'après-midi. Il détestait le travail administratif, mais l'acceptait cependant comme un mal nécessaire. Il avait payé ses factures, envoyé ses commandes et vérifié ses comptes. Et les résultats avaient été suffisamment stimulants pour le réconcilier avec la paperasse.

Il ne lui restait plus qu'une petite année à se serrer la ceinture à cause de la dette contractée pour Nick. Ensuite le voilier de ses rêves deviendrait un objectif réalisable. Zack se demanda comment réagirait Rachel s'il lui proposait de prendre un mois de congé pour mettre les voiles vers les Caraïbes.

Mais avant de s'embarquer pour des destinations lointaines, il aurait besoin de tester le bateau, d'apprendre à le connaître. Et pour cela, il envisageait de courtes sorties en mer avec Nick. Il avait envie de passer du temps avec son frère loin du bar, de la ville et des souvenirs qui y étaient liés.

Zack noua un drap de bain autour de ses reins et passa dans sa chambre pour s'habiller. Chaque fois que Rachel lui parlait de sa famille, il ne pouvait s'empêcher de penser à la grande solitude qui avait marqué son enfance et celle de Nick. Et il comptait beaucoup sur leur visite aux

Stanislaski, le dimanche suivant, pour faire tomber les dernières défenses de son frère.

Qui sait si ces quelques heures passées avec la famille de Rachel ne suffiraient pas à créer un déclic ? Il ne manquait plus grand-chose, en fait, pour que Nick s'accroche et décide de faire quelque chose de sa vie. Ils en étaient presque à la moitié de la période de probation et, pour l'instant, tout se passait au mieux.

C'était essentiellement grâce à Rachel, d'ailleurs, et Zack lui en était reconnaissant à plus d'un titre. Non seulement elle lui avait donné une seconde chance avec Nick mais elle avait enrichi sa vie d'une dimension nouvelle. Avec elle, il découvrait...

Le souffle coupé, Zack fixa son reflet dans le miroir d'un œil sévère. « Ne fais pas l'idiot, Muldoon. Ce n'est pas le moment de perdre le cap. La demoiselle a dit qu'elle ne voulait pas s'engager. Et toi, tu n'as pas envie de te retrouver pieds et poings liés non plus. »

— On dirait que tu as une soirée drague en vue ?

Zack tressaillit au son de la voix de Nick et aperçut le reflet de son frère dans la glace. Adossé au chambranle, ce dernier observait ses préparatifs d'un œil amusé.

— J'ai rendez-vous avec une très belle fille, oui... Mais tu es déjà rentré ? Je ne t'attendais pas si tôt.

Nick passa la main dans ses cheveux trempés de pluie et se revit enfant, dans la salle de bains, lorsqu'il se glissait en catimini derrière Zack pour le regarder se raser.

— Il n'est pas si tôt que ça. Je prends mon service dans une heure... Tu sais que Rio a prévu son super-ragoût de bœuf au menu de ce soir ? Il ne va jamais te pardonner de manquer ça.

Zack finit de boutonner sa chemise.

— Hou là ! Promets-moi de manger ma part sinon Rio me forcera à l'avaler demain matin au petit déjeuner.

Nick fit la grimace.

— Tu lui passes tout, en fait.

— Normal. Il est plus grand que moi.

Comme Nick ne répondait rien, Zack jugea utile de préciser :

— Rio s'est mis en tête qu'il devait veiller sur moi. Et ça ne me coûte rien de le laisser faire. Il t'a déjà raconté d'où il tient la cicatrice qui lui barre la figure ?

— Il m'a parlé d'un marin bourré et d'un tesson de bouteille.

— Le marin en question venait de se jeter sur moi pour me trancher la gorge. Et c'est Rio qui l'en a empêché. En prenant le coup à ma place, par la même occasion. Avec la dette que j'ai envers lui, je peux bien accepter qu'il me malmène un peu... Quant à toi, mon vieux, tu es payé pour le supporter.

Nick esquissa un sourire.

— Je n'ai pas à me plaindre de Rio. Au contraire.

Il aurait bien aimé en savoir plus sur l'histoire du marin qui avait voulu couper le cou de Zack, mais il craignait de se faire rembarrer s'il posait trop de questions.

— Ecoute, Zack, si ça roule comme tu veux ce soir, avec cette fille, tu n'es pas obligé de rentrer.

Zack hésita un instant. Il réprima un sourire en songeant à ce que penserait Rachel du « si ça roule ce soir ».

— Merci. Mais je compte revenir quand même.

Nick se rembrunit.

— Tu montes la garde, quoi.

— Appelle ça comme tu voudras, mais...

Conscient d'avoir élevé la voix, Zack laissa le reste de sa phrase en suspens. Ils devaient être capables de se parler au moins une fois entre frères sans se bouffer le nez, non ?

— Je ne pense pas que tu aies l'intention de te sauver par la fenêtre. Et si c'était le cas, tu pourrais aussi bien le faire en ma présence. Mais qui te dit que la jeune femme voudra de ma compagnie cette nuit ?

L'expression rebelle disparut des traits de Nick. Il glissa les pouces dans les passants de son jean.

— C'est sûr qu'on ne t'a pas appris grand-chose, dans la marine, mon pauvre.

Retrouvant un geste familier qu'ils avaient oublié depuis longtemps l'un et l'autre, Zack posa lourdement sa main sur la nuque de Nick.

— Ne sous-estime pas ton vieux marin de frère, O.K. ? Et je ne te conseille pas de m'attendre, ce soir. Car je sens que ça va être mon jour de chance.

Zack tomba sur Rachel alors qu'elle s'apprêtait à pousser la porte d'entrée de son immeuble.

— Synchronisation parfaite, dit-il en lui déposant un baiser dans le cou.

— Pas vraiment en ce qui me concerne. J'avais programmé d'arriver une heure plus tôt et de tremper longuement dans un bain avant que tu passes me prendre. Je suis vidée !

Zack eut à peine la patience d'attendre qu'ils soient dans l'ascenseur pour plaquer Rachel contre la paroi.

— Rien ne t'empêche de prendre ton bain en ma présence. Je pousserai peut-être même le sens du sacrifice jusqu'à te frotter le dos.

— Quel homme ! murmura-t-elle en s'efforçant de modérer la joie suspecte qu'elle éprouvait à le retrouver. C'est toi qui sens si bon, Muldoon ?

— Je crois que c'est plutôt ça, dit-il en lui tendant le bouquet de roses qu'il avait tenu caché jusque-là dans son dos.

Elle ne put résister à la tentation d'enfouir son visage dans le velours odorant des pétales.

— C'est en quel honneur, cette fois ?

— Il y avait un type qui les vendait au coin de la rue. Et les affaires n'avaient pas l'air très bonnes…

— Tu as le cœur trop tendre, Muldoon.

— Je compte sur toi pour garder le secret sur cette petite faiblesse, fit-il en lui prenant les clés des mains pour s'attaquer aux verrous.

— Soit, je me tairai. Mais ça va te coûter cher.

Refermant la porte du pied, Rachel posa la brassée de roses sur la table et noua les bras autour de son cou.

— Et maintenant, paye-moi la rançon de mon silence, ordonna-t-elle en lui tendant les lèvres.

Elle ressentit toute une gamme de sensations lorsque la bouche de Zack vint cueillir la sienne : du plaisir, une pointe d'excitation, mais aussi et surtout un bonheur si radieux et inattendu qu'elle ne put s'empêcher de rire lorsqu'il la souleva de terre.

— Tu m'as manqué, Rachel Stanislaski.

— Ah oui ? J'ai eu aussi quelques petites pensées pour toi. Enfin… quelques-unes seulement. Tu comptes me tenir comme ça en l'air pendant combien de temps ?

— C'est plus pratique, pour te regarder. Tu es belle, Rachel.

Plus que les mots eux-mêmes, ce fut la façon dont il les prononça qui lui noua la gorge.

— Tu n'es pas obligé de me faire des compliments, tu sais.

— Ta beauté, je ne suis pas fichu de la décrire. Tout ce que je peux dire, c'est que, quand je te regarde, parfois, ça me rappelle la mer, juste au moment où le soleil se lève, quand la couleur éclate dans le ciel et que l'horizon s'enflamme. Ça ne dure que quelques minutes, mais à ce moment-là il y a une qualité de lumière très particulière et tout paraît neuf et vibrant de vie. Et toi, tu as exactement ce rayonnement-là.

Submergée par une émotion qu'elle préféra ne pas nommer, Rachel se contenta de presser sa joue contre la sienne.

— Zack…

Aucun doute. S'il continuait sur ce mode une seconde de plus, elle allait fondre en larmes. Rachel jugea qu'il était urgent d'alléger l'atmosphère.

— Des roses, de la poésie… Et tout cela, le même jour. Tu me laisses sans voix, espèce de marin à la manque.

Il enfouit ses lèvres dans ses cheveux.

— Non, sérieux ? Sans voix, toi ? Ce serait une première.

— Nous n'allons surtout pas…

— … faire du sentiment, compléta-t-il pour elle. Tu as raison. Passons plutôt aux choses sérieuses.

Il s'effondra sur le canapé en l'installant sur ses genoux.

— Voyons ces bleus, pour commencer.

— Ce n'est rien, maugréa-t-elle lorsqu'il lui souleva le menton pour procéder à une inspection scrupuleuse. Le plus terrible, c'est que, lundi matin, la rumeur avait déjà circulé dans les bureaux. Si bien que mes collègues me sont tous tombés dans les bras en pleurant. A les voir, on aurait pu croire que j'étais déjà morte et enterrée.

— Ote ta veste et ton pull.

— C'est comme ça que tu t'y prends avec les femmes, Muldoon ? Tu es un grand romantique, dis-moi.

— Je m'intéresse uniquement aux marques que tu as dans le cou.

— Il n'y a rien à voir.

— C'est pour ça que tu portes un col roulé ?

— Je suis à la mode, tout simplement, protesta-t-elle d'un ton hautain.

— Obéis ou je te déshabille de mes mains.

Les yeux de Rachel pétillèrent.

— Essaye un peu, pour voir, lui lança-t-elle en retirant ses chaussures.

Le combat ne fut ni très long ni très acharné. Et pourtant, lorsque Zack l'immobilisa à plat dos sur le canapé en lui tenant les deux poignets au-dessus de la tête, ils étaient déjà passablement excités l'un et l'autre.

— J'ai été charitable avec toi, dit-elle. Je t'ai laissé gagner.

— Mmm... C'est ce que j'ai constaté, oui.

Zack lui prit la taille et commença à remonter son pull, millimètre après millimètre.

— Ce n'est pas mon cou, *ça*, protesta-t-elle, le souffle court lorsqu'il moula un de ses seins dans la chaleur d'une paume.

— Simple vérification d'usage.

Son regard rivé au sien, il se mit à jouer avec la pointe déjà dressée, presque douloureuse.

— Excellents réflexes, Rachel, chuchota-t-il. Tu réagis bien au toucher.

« A *ton* toucher seulement, lui hurla-t-elle en silence, le cœur battant la chamade. Il n'y a que toi, Zack. Rien que toi. »

Il lui retira le pull et lui reprit aussitôt les poignets, savourant le plaisir de la tenir à sa merci.

— Zack...

— C'est à mon tour d'être à la barre, dit-il doucement. Tu te souviens que je m'étais promis de t'exciter follement ?

Zack effleura les ecchymoses.

— Je ne veux plus qu'on te fasse de mal. Plus jamais.

Avec une grande douceur, il traça un collier de baisers sur les marques bleues et noires.

— Libère mes mains, Muldoon, murmura-t-elle dans un souffle.

— Ça t'inquiète d'être livrée à moi ainsi ? Tu as tort, Rachel. Laisse-toi faire. Je veux t'emmener faire un long et fascinant voyage, chuchota-t-il en baissant la fermeture Eclair de sa jupe.

Il se pencha pour effleurer, mordiller, caresser ses lèvres, avant de glisser la langue dans sa bouche offerte.

Le voyage en mer promettait d'être agité, mais Rachel n'avait d'autre choix que de se laisser porter là où Zack voulait bien la mener. Cette mer déchaînée qu'elle bravait avec lui, jamais encore elle ne l'avait explorée auparavant. Tout était neuf, éblouissant, aveuglant et solaire.

— La dernière fois, je n'ai pas pris le temps d'apprécier ces dentelles, murmura Zack en détachant le porte-jarretelles d'un blanc de neige.

Avec une lenteur calculée, il fit rouler ses bas jusqu'à ses chevilles. Il dut se placer à genoux pour embrasser ses mollets, le creux derrière ses genoux, le satin de ses cuisses. Toujours prisonnière, elle cria lorsqu'il glissa la langue sous son string de dentelle. Contenant son impatience, il l'ôta pour pouvoir savourer librement l'intimité brûlante de Rachel.

Lorsqu'une première vague la souleva, elle se tendit comme un arc et se mit à murmurer des mots incohérents en ukrainien. Libérant ses mains, elle joignit ses efforts à ceux de Zack pour lui retirer ses vêtements à son tour. Le désirant jusqu'au tréfonds de sa chair, elle le renversa pour se placer sur lui et unir sa bouche à la sienne.

— Maintenant, fut tout ce qu'il parvint à murmurer en s'agrippant aveuglément à ses hanches.

— Eh bien, c'est incroyable comme nous nous sommes laissé distraire… J'avais la ferme intention de t'emmener dîner, pourtant.

Bras et jambes entrelacés, ils reposaient sur le canapé dans un état de torpeur bienheureuse.

— On dit ça, Muldoon.

La voix de Rachel était encore si chargée de volupté qu'il ne put s'empêcher de sourire.

— Il n'est pas trop tard pour s'habiller et refaire une tentative.

Avec un léger rire, elle pressa ses lèvres contre son torse et écouta les battements désordonnés de son cœur.

— Il est hors de question que tu sortes d'ici avant que j'en aie fini avec ta personne, Muldoon. Ce n'est pas pour rien qu'ils ont inventé les livraisons à domicile. Un repas chinois, ça t'irait ?

— Tout à fait. Qui de nous deux se lève pour passer la commande par téléphone ?

Ils tirèrent au sort. Zack perdit et Rachel en profita pour prendre une douche rapide. Lorsqu'elle revint dans le séjour, les cheveux mouillés et drapée dans un simple peignoir en tissu éponge blanc, Zack leur avait versé à chacun un verre de chianti.

— Tu es belle quand tu sors de la douche, murmura-t-il en lui tendant son verre.

— Tu aurais pu m'y rejoindre.

Il secoua la tête.

— Trop risqué. Les choses auraient forcément dégénéré et nous aurions manqué le livreur.

— Tu as raison, lança-t-elle par-dessus l'épaule en allant chercher des assiettes dans la cuisine. Et j'aurais fini par faire une crise d'hypoglycémie. Je n'ai rien avalé depuis ce matin, à part une vague barre de céréales.

Rachel alluma quelques bougies.

— Nick est passé me voir, dit-elle en soupirant. Si seulement j'avais eu plus de temps à lui consacrer ! Mais je l'ai reçu entre une série de coups de fil et un round de négociations avec le procureur.

— Tu n'es pas obligée de te justifier, Rachel.

— J'ai besoin de le faire pour moi-même. Nick voulait

qu'on aille déjeuner, mais je ne pouvais pas me libérer. J'ai quand même tenté de profiter de l'occasion pour mettre les choses au clair avec lui, mais...

Interrompue par l'Interphone, Rachel soupira et appuya sur le bouton.

— Je te laisse te débrouiller avec le livreur, dit-elle en se repliant pudiquement vers la fenêtre.

Zack sortit son portefeuille et prit réception de trois cartons pleins. Dès qu'ils les ouvrirent, de séduisants arômes de cuisine asiatique emplirent la pièce. Rachel en avait l'eau à la bouche.

Zack prit place en face d'elle et sortit ses baguettes.

— Et cette explication avec Nick, alors ? Tu as réussi à mettre les choses au point avec lui ?

Elle fit la moue en se servant une part de canard laqué.

— J'ai commencé par parler de la différence d'âge, mais il a réussi à retourner cette objection à son avantage. Alors j'ai changé de tactique et j'ai parlé des obligations de ma fonction d'avocat.

— Et ça a marché ?

Du bout de sa baguette, elle souleva pensivement quelques nouilles chinoises.

— Il a admis qu'une liaison entre nous était impossible tant que j'étais responsable de lui devant la loi.

— Mais c'est parfait ! Alors tout est bien qui finit bien ?

Elle soupira.

— Tu ne comprends pas... Il semblait très raisonnable d'abord, mais, au moment de prendre congé, il m'a glissé à l'oreille qu'il était prêt à m'attendre le temps qu'il faudrait et que cinq semaines, au fond, ce n'était pas la mer à boire.

Zack secoua la tête en portant son vin à ses lèvres.

— Apparemment il se débrouille plutôt bien avec les femmes, pour un garçon de son âge.

— Zack ! La situation n'a rien de drôle !

— Exact. Et ne crois pas qu'elle m'amuse d'ailleurs. Mes relations avec Nick sont assez compliquées comme cela et je me passerais bien de ce problème supplémentaire. Mais tu avoueras qu'il a du répondant, le gamin.

— Je lui prédis un bel avenir avec les femmes, en effet. Mais, en attendant, tu ne connaîtrais pas une jolie adolescente que tu pourrais lui jeter plus ou moins dans les bras ?

Zack réfléchit un moment.

— La fille de Lola, peut-être ? Elle a seize ans. Je pourrais tâter le terrain, pour voir si la maman est d'accord.

— Si la fille est aussi jolie que la mère, cela marchera peut-être. Avec un peu de chance, Nick m'aura oubliée dans moins d'une semaine.

— N'y compte pas trop, quand même, répondit Zack d'un air sceptique. Une fois que tu es incrustée dans le cerveau d'un homme, c'est quasiment impossible de t'en déloger. Crois-en mon expérience.

— Dois-je en conclure que tu penses à moi en mixant tes cocktails et en flirtant avec la clientèle ?

— Je ne flirte jamais avec Pete.

Rachel éclata de rire.

— Je pensais plutôt à ces deux filles qui viennent régulièrement. La blonde et la rousse. Celles qui commandent toujours des gin-fizz.

— Tu es observatrice.

— Le regard vert de la rousse est rivé sur toi en permanence.

— Le regard bleu, tu veux dire.

— Je le savais bien ! lança Rachel, triomphante.

Zack sourit, amusé d'être tombé tête la première dans le piège.

— Un bon patron de bar est censé s'intéresser à sa clientèle. Par ailleurs, j'ai un faible pour les yeux bruns qui tirent sur le doré.

Rachel se pencha pour lui effleurer les lèvres.

— Arrête de me flatter bassement, Muldoon. Et dis-toi bien que je n'hésiterai pas une seconde à emprunter le couteau de boucher de Rio si tu commences à t'intéresser à autre chose qu'à la couleur des yeux de cette fille.

— Bon, ça va, alors je ne cours aucun risque. Je n'ai jamais prêté la moindre attention à ses charmantes fossettes, ni aux adorables taches de rousseur qui ornent son petit nez délicat, ni...

Plissant les yeux d'un air menaçant, Rachel lui mordit la lèvre.

— Attention, Muldoon... Parle-moi de ses jolis seins ronds et ça va chauffer.

— Aucune importance. J'aime lutter avec toi, Rachel.

Lorsque Zack regagna son lit solitaire tard cette nuit-là, il laissa son esprit vagabonder, imaginant ce que serait sa vie avec Rachel à ses côtés.

Un jour, ils prendraient la mer ensemble. Il lui apprendrait à barrer. Et ils glisseraient toutes voiles dehors vers les horizons bleus...

Les vagues, hautes comme des montagnes, se soulevaient pour frapper les flancs du navire. Le vent hurlait comme un chœur de sirènes hystériques. Enfouissant au plus profond de lui la peur qu'il savait fatale, il s'avança sur le pont incliné, hurlant des ordres en se raccrochant au bastingage.

La pluie lui cinglait le visage comme une série de coups de fouet et il ne voyait pas à un mètre devant lui tant elle formait dans les ténèbres un rideau opaque. Il savait que le voilier était tout près puisque le radar l'indiquait. Mais tout ce qu'il parvenait à distinguer, c'était les murs d'eau qui s'effondraient sur eux, lame après lame, avec un acharnement meurtrier et sauvage.

Le vent et l'eau. Rien que le vent et l'eau.

Ce fut à la faveur d'un éclair qu'il repéra enfin le bateau en détresse : une dérisoire embarcation de plaisance plongeant au creux d'une vague, ballottée comme une coquille de noix. *Vite.* Envoyer un câble de remorque. De nouveau, une lumière blanche, fulgurante, vint déchirer l'encre du ciel et il distingua trois silhouettes à bord. Ils s'étaient attachés, l'homme et la femme à la barre et une petite fille au mât.

Le trio n'avait pas encore renoncé à lutter pour survivre. Mais face à un ouragan déchaîné, ils n'auraient eu aucune chance de s'en sortir sans aide. Inutile d'espérer affaler une chaloupe pour récupérer les plaisanciers. Mais, si l'homme parvenait à stabiliser le bateau quelques secondes, la femme pourrait arrimer le filin qui leur permettrait d'être pris en remorque.

Des instructions furent transmises par signaux lumineux et le sauvetage démarra. Mais juste au moment où ils envoyaient le câble, la foudre tomba avec une violence terrifiante, fendant le mât du voilier qui tomba comme un arbre abattu par une hache implacable. Toujours attachée, la petite fille disparut dans l'eau noire sous le regard horrifié de Zack.

Tout se passa alors très vite. Les réflexes parlèrent avant que la raison ne puisse intervenir et, s'emparant d'un gilet de sauvetage, il plongea par-dessus le bastingage. Longue chute dans les ténèbres. Interminable. Un nouvel éclair. Le mur de l'eau qui volait à sa rencontre. Le choc violent, comme s'il heurtait une surface de pierre. Très vite, la masse noire et mouvante s'était refermée sur lui.

Comme les portes obscures de la mort…

Zack se réveilla, à court d'air, suffoquant, comme si le cauchemar l'avait replongé dans les profondeurs létales d'un océan en furie. Grelottant entre ses draps trempés de sueur, il se redressa lentement et attendit d'avoir recouvré son calme avant de se lever avec précaution.

La chambre parut basculer sous ses pieds. Fort de ses expériences passées, il ferma les yeux et patienta jusqu'à ce que le sol se stabilise peu à peu. Puis il passa dans la salle de bains et s'aspergea le visage d'eau froide.

— Zack ? Ça va ?

Contrarié d'être surpris dans cet état peu glorieux, il se retourna et vit la silhouette de Nick se découper dans l'encadrement de la porte.

— Tu es malade ou quoi ?

— Non, je ne suis pas malade, maugréa-t-il en se penchant pour boire au robinet. Retourne te coucher.

Nick hésita un instant.

— Mais tu es blanc comme un cadavre. Tu ne veux pas...

— Je t'ai dit que j'allais bien, merde ! Fiche-moi la paix, O.K. ?

Pendant une fraction de seconde, Zack lut la blessure dans le regard de son frère. Puis Nick se détourna en haussant les épaules.

— Ça va. Inutile de hurler, j'ai compris.

— Attends, ne pars pas ! Je suis désolé.

Zack poussa un soupir de soulagement lorsque Nick revint sur ses pas.

— Je viens de faire un sale cauchemar. Et ça a tendance à me porter sur le caractère.

Nick parut surpris.

— Toi, tu fais des cauchemars ?

— Eh bien, oui, ça m'arrive, marmonna-t-il en attrapant une serviette.

— Tu veux que j'aille te chercher quelque chose à boire ?

Revigoré par l'eau froide, Zack acheva de se sécher le visage.

— Pourquoi pas ? Il doit rester un fond du whisky de papa dans la cuisine.

Zack se percha sur l'accoudoir d'un fauteuil pendant que Nick lui versait une bonne rasade de la boisson préférée de M. Muldoon père.

Il en but une gorgée et siffla entre ses dents.

— Bon sang, quel tord-boyaux ! Je ne comprends pas comment son foie a pu résister si longtemps à un poison pareil.

Nick se laissa tomber dans un fauteuil.

— Je crois que, quand il a commencé à oublier des trucs, il préférait penser que c'était à cause du whisky plutôt que de… enfin, tu vois ce que je veux dire.

— De la maladie d'Alzheimer, oui, murmura Zack en reprenant une gorgée.

— Je t'ai entendu crier et t'agiter dans ton lit, poursuivit Nick. Il avait l'air violent, ton cauchemar.

— Plutôt, oui. Il est lié à une saleté d'ouragan. Un truc qui m'est arrivé il y a trois ans et que je n'ai jamais réussi à oublier. Comme s'il était resté collé à ma peau…

— Si tu as envie de… enfin… ça t'aiderait peut-être à dormir si tu m'en parlais.

Zack hocha la tête. Il était tenté d'envoyer bouler Nick. Mais ce serait sans doute une bonne chose d'exorciser cette vieille histoire en la partageant avec son frère.

— Ça s'est passé aux Bermudes. Nous étions sur le point de manœuvrer pour entrer dans le port, lorsque l'appel de détresse nous est parvenu. Malgré les conditions météo désastreuses, notre commandant a décidé de tenter le sauvetage : nous avons fait machine arrière et nous sommes repartis au cœur de l'ouragan. Il s'agissait de repêcher trois civils sur un bateau de plaisance. Ils avaient dérivé de leur cap et n'avaient pas pu regagner la côte à temps.

Nick l'écoutait en silence.

— C'était un ouragan fou furieux avec des vents de plus de deux cent cinquante kilomètres à l'heure, des vagues monstrueuses qui atteignaient par moments près de vingt mètres. J'ai déjà eu affaire à un cyclone lorsqu'il passe sur la terre ferme. Ça peut être impressionnant, terrifiant même. Mais ce n'est rien à côté de la force d'un ouragan en mer. Je crois que c'est ce jour-là que j'ai découvert le sens réel du mot peur. Plusieurs membres de l'équipage ont failli passer par-dessus bord. Il faisait si noir que, par moments, c'était à peine si je voyais mes propres mains. Mais les vagues, étrangement, restaient toujours visibles. Quant aux éclairs, ils zigzaguaient partout autour de nous, si proches qu'on avait l'impression qu'ils nous passaient à travers le corps. Le vacarme était tellement assourdissant qu'on ne s'entendait même pas hurler.

— Mais comment étiez-vous censés retrouver ces touristes, au milieu de tout ça ?

— Grâce au radar. Il faut dire que notre premier maître de manœuvre pilotait au millimètre près. Je n'ai jamais vu quelqu'un maîtriser un navire comme ça. Nous avons fini par les repérer à tribord. Le couple à la barre faisait ce qu'il pouvait pour maintenir le voilier à flot, mais il perdait rapidement du terrain contre les éléments. Ils avaient attaché leur gamine au mât pour qu'elle ne passe pas par-dessus bord. Je me souviens d'avoir eu le temps de penser qu'on allait peut-être pouvoir les tirer de là. Puis le mât a craqué comme une allumette. J'ai cru entendre le hurlement de la fillette, mais ça devait être les gémissements du vent car ça s'est passé si vite qu'elle n'a sûrement pas eu le temps de réagir. Quoi qu'il en soit, j'ai plongé.

— Tu as plongé ? s'écria Nick.

— Avant d'avoir eu le temps de comprendre ce que je faisais, j'ai sauté par-dessus bord. Ce n'était même pas de l'héroïsme. C'était de l'inconscience, tout simplement. Crois-moi, si j'avais pris le temps de penser, je...

Zack laissa sa phrase en suspens et but une gorgée de whisky.

— C'était un peu comme sauter du haut d'un gratte-ciel. Tu tombes, tu tombes, les rafales de vent te soulèvent et te retournent comme une feuille et tu as l'impression que ça ne s'arrêtera jamais. Ce qui te laisse tout le temps nécessaire pour réaliser que tu vas mourir. C'était stupide, complètement stupide. Si le vent avait été orienté différemment, j'aurais été fracassé contre le flanc du navire. Mais j'ai eu une chance inouïe car j'ai été porté en direction du voilier. Finalement, j'ai heurté la surface de l'eau. Et là, ça a été quelque chose, crois-moi. La violence du choc était telle que j'ai cru que j'atterrissais sur du béton.

Ce qu'il omettait de dire, c'est que, plus tard, il avait découvert qu'il s'était démis l'épaule gauche et fracturé la clavicule.

— J'étais sonné, à moitié noyé et je n'avais plus aucun repère. Pas moyen de s'y retrouver dans cette masse d'eau en mouvement. C'est pur hasard si je suis tombé sur le mât. J'ai aperçu la gamine. La corde était entortillée autour d'elle et nous avons coulé je ne sais combien de fois avant que je ne parvienne à la détacher. J'avais les doigts gourds, j'étais tétanisé et groggy, et je travaillais dans une obscurité totale. Finalement, j'ai réussi à lui enfiler le gilet de sauvetage. D'après ce qu'on m'a raconté, j'ai pu la raccrocher au filin, mais je ne me souviens absolument de rien. Je me revois juste tenant cette fillette et essayant de lui garder la tête hors de l'eau en attendant que la vague suivante nous achève. Puis plus rien, le noir complet, jusqu'à mon réveil à l'infirmerie. La gamine était là, enroulée dans une couverture, et elle me tenait la main.

Zack sourit. Cette image-là le réconciliait presque avec l'horreur du cauchemar.

— C'était une sacrée môme qui n'avait pas froid aux yeux. La digne petite-fille d'un amiral.

— Tu lui as sauvé la vie.

— C'est possible. Mais, en attendant, pendant les mois qui ont suivi, je me suis retrouvé en train de sauter du haut de ce pont chaque fois que je fermais les yeux. Maintenant, ça ne m'arrive plus qu'une ou deux fois par an. Mais chaque fois, je suis malade de peur.

— Et moi qui ai toujours cru que rien ne t'effrayait...

Zack chercha le regard de son frère.

— J'ai peur d'un tas de choses, pourtant. Pendant un temps, j'ai bien cru que je ne pourrais plus jamais me tenir sur le pont d'un navire pour regarder la mer. J'ai eu peur de mon retour à New York et des responsabilités que je serais amené à y prendre. J'ai peur de finir comme mon père, usé, faible et dément. Et je pense que j'ai très peur aussi que tu partes d'ici dans quelques semaines avec les mêmes sentiments à mon égard que ceux que tu avais quand tu es arrivé.

Nick fut le premier à rompre le contact visuel.

— Je ne sais pas ce que je ressens par rapport à toi. Tu es revenu ici parce que tu y étais obligé. Je suis resté parce qu'il n'y avait pas d'autre endroit où aller.

Ce constat, pour être froidement clinique, avait au moins le mérite d'être formulé avec clarté.

— On ne peut pas dire que nous ayons eu l'occasion d'instaurer une vraie relation fraternelle ensemble, observa Zack lentement.

— Ce n'est pas moi qui suis parti m'engager dans la marine.

— Je ne supportais plus de vivre sous le toit de mon père, Nick. Il me faisait la guerre en permanence. Je...

— La guerre ? A toi ? Tu parles ! Tu étais le seul qui comptait pour lui ! protesta Nick avec une soudaine virulence. Tous les jours, il me parlait de toi, comme si tu étais le Messie. Toi, au moins, tu faisais quelque chose de ta vie. Tu étais un héros et, moi, je n'étais rien.

Nick se reprit et ajouta avec un haussement d'épaules :

— Remarque, ça se comprend qu'il ait eu cette attitude. Tu étais son fils et, moi, une simple bouche à nourrir. Une charge qui lui était tombée dessus sans prévenir.

— Non, Nick, ce n'est pas comme ça qu'il te considérait. Sérieusement, il m'a peut-être idéalisé après mon départ, mais tant qu'il m'a eu sous la main, à la maison, il n'était jamais content de moi non plus. Mon existence même était une insulte à ses yeux. Me voir vivant alors que ma mère était morte le rendait malade. Alors il déchaînait sa colère et sa frustration contre moi. Mais il ne pensait pas la moitié de ce qu'il disait quand il partait dans ses imprécations.

Zack ferma les yeux au souvenir des scènes perpétuelles, des cris, des accusations.

— C'était sa façon d'être, c'est tout. J'ai mis des années à comprendre qu'il ne savait pas être père autrement qu'en hurlant, en houspillant et en distribuant des gifles. Ça a été la même chose avec toi.

— Moi, ce n'était pas mon…

Nick rougit légèrement et ne termina pas sa phrase.

— Sur la fin, il t'a réclamé à plusieurs reprises, Nick. Il avait déjà perdu toute notion du temps et il te voyait encore comme un petit garçon. Mais, la plupart du temps, il nous confondait, toi et moi. Alors, il me hurlait après pour deux.

Zack sourit, mais le visage de Nick demeura tendu.

— Je ne te reproche pas d'avoir pris tes distances, Nick. Et je comprends parfaitement que tu lui en veuilles pour toutes ces années où tu as dû endurer ses plaintes, ses critiques et ses coups de gueule. En revenant à New York, j'ai compris qu'il était trop tard pour rétablir le lien avec ce vieil homme diminué qui était notre père. Mais il n'est pas encore trop tard pour que toi et moi, nous parvenions à quelque chose ensemble.

— Rien ne t'oblige à t'occuper de moi, tu sais.

Zack se leva pour lui poser la main sur l'épaule.

— Je n'ai pas d'autre famille que toi, Nick. Il se peut même que, au fond, tu sois la seule personne qui ait compté vraiment dans ma vie, jusqu'ici. Et ce lien, je n'ai pas envie de le laisser se perdre.

— La famille, c'est pas vraiment ma spécialité, marmonna Nick.

— Tu crois que j'ai plus de pratique que toi ? Mais rien ne nous empêche d'essayer de définir un mode d'emploi ensemble.

Nick détourna les yeux.

— Faut voir... De toute façon on est condamnés à se tenir compagnie encore quelques semaines.

Ce n'était pas tout à fait un engagement et encore moins une promesse. Mais ils venaient de faire un grand pas l'un et l'autre. Zack estima qu'il pouvait s'en tenir là pour le moment.

— Merci pour le verre, Nick. Et ne raconte pas à Pete et à Harry que je fais des cauchemars comme un gamin de cinq ans, O.K. ?

— O.K. Pour cette fois.

Zack se leva, bâilla à s'en décrocher la mâchoire et fit signe à Nick qu'il allait se coucher.

— Zack ?

— Oui ?

Nick hésita. Il ne savait même pas ce qu'il voulait dire, en fait. Juste qu'il se sentait bien. Qu'il était presque heureux.

— Rien. Bonne nuit.

— Bonne nuit, Nick… et merci.

Zack se glissa entre les draps et ferma les yeux avec un soupir de satisfaction. Cette fois plus rien ne pourrait l'empêcher de dormir comme un bienheureux jusqu'au matin.

Chapitre 9

Quelque chose avait changé dans la relation entre Zack et Nick. Mais quoi ?

Assise entre les deux hommes dans le métro qui filait vers Brooklyn, Rachel n'en menait pas large. Etait-ce vraiment un bon calcul de débarquer en pleine réunion de famille en compagnie de ces deux frères ennemis aux rapports ombrageux ?

Le problème, c'est qu'ils faisaient désormais partie intégrante de sa vie l'un et l'autre. Des affinités ainsi qu'une complicité indéniable la liaient à Nick. Sans compter qu'elle avait bel et bien un faible pour les mauvais garçons.

Quant à Zack… Le simple fait de sentir sa cuisse reposer contre la sienne lui donnait des idées classées X. Mais il n'y avait pas que cela. Il éveillait chez elle des élans incontrôlés de tendresse, de joie, d'affection mêlées.

L'attirance entre eux n'échapperait pas à l'attention vigilante de sa mère. Nadia Stanislaski était redoutablement intuitive. Et elle passait rarement à côté des problèmes qui préoccupaient ses enfants. Que penserait sa mère en découvrant que sa petite benjamine avait désormais un homme dans sa vie ?

Alors qu'ils s'étaient promis de ne pas investir dans leur

relation, Zack et elle étaient en train de dévier sérieusement de leur ligne de conduite de base. Elle avait cru en toute sincérité qu'elle parviendrait à jouer le jeu, pourtant. Qu'elle maintiendrait son indépendance affective, tout en profitant pleinement de l'aspect physique de leur liaison.

Mais Zack prenait d'ores et déjà une place démesurée dans sa vie. Non seulement il occupait ses pensées de façon alarmante, mais elle ne parvenait plus à se projeter dans l'avenir sans l'imaginer à son côté. Elle qui s'était toujours si joyeusement accommodée de son célibat ne se visualisait plus que comme élément d'un couple. Un comble !

Bon. C'était son problème, cela dit. Elle avait conclu un pacte avec Zack et ne reviendrait pas sur la parole donnée.

Si seulement elle n'avait pas eu cette sensation oppressante qu'il se passait quelque chose de bizarre entre Zack et Nick ! Afin de parer à une dispute éventuelle, Rachel bavarda de façon ininterrompue pendant la durée du trajet.

En sortant de la bouche de métro, elle repoussa ses cheveux qu'un aigre vent d'automne s'obstinait à ramener sur son visage.

— C'est juste à quelques centaines de mètres, expliqua-t-elle. J'espère que ça ne vous dérange pas de marcher un peu ?

Un sourire se dessina sur les lèvres de Zack.

— Je pense qu'on devrait y arriver. Tu as l'air bien nerveuse, Rachel. Tu ne trouves pas, Nick ?

— Oh si ! Elle me paraît soucieuse, même.

— Cessez donc de dire des bêtises tous les deux, maugréa-t-elle en allongeant le pas.

— Je pense que c'est la perspective d'avoir un repris de justice à sa table familiale, observa Zack, impassible. Elle sait qu'elle va être obligée de recompter toutes les cuillères en argent avant notre départ et ça l'angoisse d'avance.

Rachel frémit, certaine que cette attaque en règle contre

Nick allait le mettre hors de lui. Elle voulut calmer le jeu, mais le jeune homme se contenta de renifler dédaigneusement :

— Tu parles. C'est au sujet du marin irlandais qu'elle s'inquiète. Tout le monde sait que ces types-là boivent comme des éponges, cassent tout sur leur passage et se battent comme des chiffonniers.

— Ah oui ? Je te signale que je sais me tenir en bonne compagnie. Le seul avec qui ça risque de tourner à la bagarre, c'est le flic.

— Le flic, c'est moi qui m'en charge, lui assura Nick avec un parfait sérieux en chassant d'un coup de pied un paquet de feuilles mortes. J'ai un petit compte à régler avec lui.

Ils *étaient en train de chahuter*, comprit Rachel, ébahie. Comme des frères. Tout à fait comme des frères. Ravie, elle leur prit à chacun le bras.

— Si l'un de vous s'attaque à Alex, il risque d'être surpris. Quant à mes inquiétudes, elles ne concernent qu'une chose : le repas. Avec l'appétit que vous avez tous les deux, je me demande s'il va rester quoi que ce soit dans mon assiette.

Zack leva les yeux au ciel et s'apprêtait à répondre lorsqu'une voiture s'immobilisa à leur hauteur. Le conducteur passa un bras par la fenêtre et leur fit signe.

Rachel alla se pencher à la vitre pour embrasser Mikhail et sa femme.

— Alors, Sydney, tu continues à supporter cet individu ? s'enquit-elle en décochant un clin d'œil à son frère.

Sydney sourit.

— Absolument, Rachel, absolument. J'excelle dans les missions désespérées.

L'élégance raffinée de Sydney contrastait de façon frappante avec l'allure indisciplinée de Mikhail, toujours habillé à la diable.

Ce dernier pinça la cuisse de sa femme et tourna les yeux vers le trottoir que Rachel venait de quitter.

— Et ces deux oiseaux-là ?

— Ce sont mes *amis*, Mikhail, répondit-elle en jetant un regard d'avertissement à son frère.

Elle fit signe à Nick et à Zack de venir la rejoindre.

— Nick, Zack, je vous présente mon frère Mikhail et Sydney, qui a eu l'héroïsme de l'épouser... Voici Nicholas LeBeck et Zachary Muldoon.

Mikhail leur jeta un regard sceptique à travers ses lunettes noires.

— Et lequel des deux est le client ?

— Aujourd'hui, rétorqua Rachel, il n'y a que des *invités*.

Sydney envoya un coup de coude dans les côtes de son mari et se pencha vers la vitre en souriant.

— Je suis enchantée de faire votre connaissance. Je pense que vous allez apprécier la cuisine de Nadia. C'est une merveille.

— C'est ce que j'ai entendu dire, oui, répondit Zack en posant une main possessive sur l'épaule de Rachel.

Mikhail pianota du bout des doigts sur le volant.

— Et vous êtes propriétaire de quoi, déjà ? D'un *bar* ?

— Oh, le bar n'est qu'une couverture, rétorqua Zack avec un sourire étincelant. Je fais principalement dans la traite des blanches.

Rachel ne put s'empêcher de rire.

— Va donc te garer, toi, ça vaut mieux, conseilla-t-elle à son frère en regagnant le trottoir avec ses deux compagnons.

Nick était hilare.

— Je commence à comprendre ce que tu veux dire quand tu affirmes être persécutée par tes frères. C'est un trait commun à tous les aînés d'être insupportables ?

Zack secoua la tête.

— Nous avons le sens des responsabilités. Nuance.

— Vous vous mêlez en permanence de ce qui ne vous regarde pas, oui ! rétorqua Rachel.

Ils arrivaient en vue de la maison. Mikhail et Sydney étaient déjà sur le pas de la porte en grande conversation avec Natasha. Lorsque Rachel vit sa sœur, elle poussa un cri de joie et courut à sa rencontre.

A distance, Zack assista aux retrouvailles entre les deux sœurs. A voir Natasha, fine comme un roseau, avec une silhouette caractéristique de ballerine et une longue chevelure de jais qui cascadait sur ses épaules, on avait de la peine à imaginer qu'elle était déjà mère de famille.

— Hé ! Vous laissez entrer le froid ! hurla une voix de stentor de l'intérieur de la maison. Vous vous croyez où ? Dans un moulin ?

— On arrive, papa, promit Rachel, faussement docile en décochant un clin d'œil à l'aîné de ses neveux. Zack et Nick, voici ma sœur Natasha ainsi que son fils, mon grand copain Brandon… Et Katie, bien sûr, ajouta-t-elle lorsqu'une petite fille de trois ans vint les rejoindre en trottinant.

La première chose que fit Katie en repérant Nick fut de lui tendre les bras.

— Tu me portes ? demanda-t-elle avec un sourire résolument charmeur.

Nick hésita, s'éclaircit la voix, lança un muet S.O.S. à Rachel. Mais elle se contenta de lui adresser un sourire encourageant. Ne voyant aucun moyen de se soustraire à l'épreuve, il se pencha et souleva la puce contre lui.

— Katie adore les hommes, expliqua Natasha.

Comme Yuri recommençait à les invectiver, la sœur de Rachel leva les yeux au ciel et leur fit signe d'entrer. Zack fut frappé par les sons, les odeurs, l'ambiance qui régnaient dans la maison. Il réalisa presque simultanément qu'il pénétrait là dans un foyer — un vrai — et que lui-même n'avait jamais rien connu d'équivalent.

De riches odeurs d'épices, de plats mitonnés et d'encaustique flottaient dans l'air ; les cris des enfants résonnaient un peu partout et on se tançait joyeusement d'une pièce à l'autre. La salle de séjour était petite et les tissus d'ameublement fanés. Seul le piano flambant neuf tranchait dans ce décor aussi rassurant que vieillot. Sur l'instrument de musique était placée une sculpture en marbre. Zack reconnut les visages de Rachel et de ses frères et sœur, joue contre joue, comme amalgamés, dominés par deux faces plus âgées, au regard fier. Les parents Stanislaski, sans l'ombre d'un doute.

En s'approchant pour examiner l'œuvre en marbre, Zack eut le sentiment très fort d'une unité inaltérable.

— Alors, comme ça, Rachel, tu nous amènes tes amis et tu les laisses dehors dans le froid !

Yuri était installé dans son fauteuil attitré et tenait une fille d'environ treize ans sur ses genoux. Mince comme une liane, l'enfant était rousse, avec un teint blanc, délicat comme de la porcelaine, et de beaux yeux gris emplis de curiosité.

— Un peu de froid n'a jamais fait de mal à personne, rétorqua Rachel en embrassant son père, puis la presque jeune fille. Ça va, Freddie ? Tu sais que tu deviens de plus en plus belle ?

Freddie sourit et regarda timidement du côté de Nick. A treize ans, elle était en pleine mutation et la vue de ce garçon de dix-sept ans provoqua en elle des frémissements étranges, comme les premières secousses encore atténuées d'un léger choc sismique. Lorsque Rachel fit les présentations, elle répéta plusieurs fois dans sa tête le nom de « Nicholas LeBeck » qu'elle trouvait aussi fascinant que sa boucle d'oreille et son physique de mauvais garçon.

— Alexi, apporte du cidre chaud, cria Yuri. Rachel, monte les manteaux au premier. Mikhail, tu embrasseras ta femme une autre fois. Va dire à ta *mama* que nous avons de la compagnie.

Zack se retrouva installé sur le canapé, à gratouiller les oreilles d'un grand chien nommé Ivan, pris dans un débat passionné avec Yuri sur les avantages et les inconvénients du travail indépendant. Nick, lui, ne savait pas trop quelle contenance prendre. Il se sentait emprunté et vaguement ridicule avec la petite fille brune sur ses genoux. Katie, loin de montrer la moindre velléité de vouloir redescendre, se blottit contre lui et se mit à jouer avec la boucle qu'il portait à l'oreille.

— Moi aussi, j'ai des anneaux, minauda la petite fille. Tu as vu ?

Nick se surprit à lui caresser les cheveux.

— Tu sais que tu ressembles un peu à ta tante Rachel, toi ?

— Je peux la prendre, si vous voulez ?

Ayant rassemblé son courage, Freddie s'était levée pour sourire à Nick.

— Du moins, si elle vous dérange.

Nick haussa les épaules.

— Elle n'est pas vraiment gênante.

Il regarda la fille et chercha désespérément quelque chose à lui dire. Freddie était très jeune encore, à peine pubère, avec une beauté délicate de poupée. Elle lui paraissait aussi lointaine et mystérieuse que l'Ukraine où les frères et sœur de Rachel étaient nés.

— Vous ne vous ressemblez pas tellement, pour deux sœurs, finit-il par commenter platement.

Freddie se sentit rougir. Son cœur de femme en devenir battit un peu plus vite. Ainsi, il avait bel et bien fait attention à elle ? C'était la première fois qu'elle voyait quelqu'un comme Nick LeBeck d'aussi près : le portrait craché d'un chanteur dont elle avait affiché le poster dans sa chambre.

— Maman est ma belle-mère, en fait. J'avais six ans, lorsque papa et elle se sont mariés.

Nick hocha la tête. Ainsi, comme lui, Freddie avait connu les affres de la famille reconstituée.

— Tu as dû en baver.

Freddie parut surprise.

— Euh… Non. Pourquoi ?

Déconcerté par la calme fixité du regard gris de la fille, Nick fronça les sourcils.

— Eh bien, je ne sais pas. Ce n'est pas évident de se retrouver avec une belle-mère. Une belle-famille.

— Belle-mère, belle-famille, ce sont des mots, rien de plus, rétorqua Freddie en se perchant sur l'accoudoir à côté de lui. Natasha, je la considère comme ma mère. Elle a toujours été géniale avec moi.

Ce sont des mots, rien de plus. La réponse de Freddie continua à résonner longtemps dans la tête de Nick pendant qu'il parlait de choses et d'autres avec la fille aux yeux gris pénétrants.

A quelques pas de là, Rachel et Natasha riaient ensemble dans la cuisine.

— Tu as vu ta Katie ? Quelle séductrice ! Elle va être redoutable à quinze ans.

— Et ce grand dur de dix-sept ans a rougi de façon plutôt désarmante, commenta Natasha.

Nadia plaça un saladier entre les mains de sa fille aînée.

— Tiens, Natasha, occupe-toi donc de faire la pâte des cookies… Ce garçon, Nicholas, il n'a pas les yeux d'un voleur, enchaîna-t-elle en se tournant vers Rachel. Pourquoi a-t-il des ennuis avec la loi ?

Rachel souleva le couvercle d'une marmite et se pencha pour renifler.

— Il est parti à la dérive parce qu'il n'a pas eu une *mama* et un papa pour lui hurler dessus toute la sainte journée !

— Mmm…, commenta Nadia en ouvrant le four pour vérifier la cuisson du rôti. Et l'aîné, Zachary ? Il a le regard franc, lui aussi. Et ce regard-là, il est sans cesse posé sur toi, ma fille.

— C'est possible, admit Rachel en goûtant une cuillère de chou avec un sourire gourmand.

Sa mère lui donna une petite tape sur la main et replaça le couvercle sur la marmite.

— Alexi, il râle tout le temps au sujet de ces « deux ostrogoths », comme il dit, observa Nadia, les poings sur les hanches en observant sa fille avec attention.

— Alex ? Tu sais bien qu'il désapprouve systématiquement tout ce que je fais !

Natasha rit doucement tout en versant la farine dans le saladier.

— Il me paraît plus important de souligner que les yeux de Rachel sont fixés sur Zack autant que ceux de Zack sur Rachel.

— Génial. Merci pour ce coup bas, chuchota Rachel, furieuse.

Mais Nadia eut un sourire très maternel.

— Une femme qui ne regarderait pas un homme pareil aurait besoin de lunettes.

Et elles éclatèrent de rire toutes les trois.

Fuyant la curiosité de sa mère et de sa sœur, Rachel entrouvrit la porte pour jeter un coup d'œil dans le séjour. Sydney, assise à même le sol, jouait aux voitures de course avec Brandon. Les hommes, agglutinés autour de la table basse, parlaient football avec animation. Freddie s'était perchée sur l'accoudoir du canapé et n'avait d'yeux que pour Nick. Ce dernier, toute gêne oubliée, faisait sauter Katie sur ses genoux. Quant à Zack, nota-t-elle, charmée, il était là à gesticuler et à hausser le ton comme s'il avait fréquenté les Stanislaski toute sa vie.

Fasciné par cette famille pas comme les autres, Zack observait ses hôtes avec un inlassable intérêt. Ils n'étaient jamais d'accord sur rien et passaient leur temps à se contredire, à crier et à se jeter des trucs à la figure. Mais tout cela dans la bonne humeur, sans trace de haine, rancœur ou amertume.

Il apprit que Mikhail était le sculpteur dont il avait examiné les œuvres chez Rachel ainsi que le marbre, sur le piano. Mais le frère aîné de Rachel parlait tranquillement de gros œuvre avec son père au lieu de tenir des discours hermétiques sur l'art avec un A majuscule.

Quant à Alex, il n'avait plus rien du flic dur et cassant dans ce contexte familial et bon enfant. Surtout lorsqu'il se faisait chambrer par son frère et ses sœurs comme c'était le cas en ce moment. Tous le taquinaient sur le choix de sa nouvelle petite amie. Une jeune femme qui, d'après Mikhail, avait un QI équivalent à celui du chou qu'il était en train d'entasser dans son assiette.

— Oui, bon, d'accord. Et alors ? se défendit Alex. C'est tout bénef puisque ça me permet de penser pour deux.

Rachel donna une bourrade à son frère.

— Avoue que les femmes intelligentes te font peur !

— Un jour, il y en aura une qui te mettra la main dessus, prédit Nadia. Comme Sydney a mis la main sur Mikhail.

Ce dernier passa un plat de pommes de terre à sa femme.

— Ce n'est pas elle qui m'a mis la main dessus, mais le contraire. Elle avait besoin d'un gars comme moi pour ajouter un peu de piment dans sa vie.

— C'est toi qui avais besoin d'une fille comme moi pour t'apprendre la modestie, riposta Sydney du tac au tac.

Yuri hocha pensivement la tête en brandissant sa fourchette.

— Notre Mikhail a toujours été un bon garçon. Mais il a un petit côté… comment dit-on déjà ?

— Arrogant ? suggéra aimablement Sydney.

— C'est cela, acquiesça Yuri en recommençant à faire un sort au contenu de son assiette. Mais ce n'est pas une mauvaise chose pour un homme d'avoir un peu de superbe.

Nadia, qui aidait Katie à découper sa viande, releva vivement la tête.

— C'est vrai. Ce n'est pas gênant pour un homme. A condition qu'il ait une épouse qui soit plus intelligente que lui. Mais ça, c'est presque toujours le cas.

Des rires féminins et des coups de sifflet masculins saluèrent cette remarque.

— Alors, Nicholas ? s'enquit Nadia en prenant son assiette pour le resservir copieusement. Vous allez retourner en cours, c'est ça ?

— Euh... non, madame.

— Alors vous savez déjà ce que vous voulez faire dans la vie ?

— Il est jeune, Nadia, objecta Yuri, assis face à sa femme à la grande table. Il a la vie devant lui... Tu n'es pas bien épais, mon gars, mais tu as des bras solides. Si tu as besoin de travail, je t'en donne. Je t'apprendrai le métier.

Nick demeura un instant sans voix. Le père de Rachel le connaissait depuis une heure à peine. Et il lui offrait, comme ça, de l'embaucher !

— Merci, balbutia-t-il. Mais je suis plus ou moins employé chez Zack.

— Ça doit être intéressant de travailler dans un bar et de voir défiler tant de gens différents, observa Natasha en rattrapant de justesse le verre que Katie venait de renverser tout en menaçant de priver Brandon de dessert s'il ne mangeait pas ses légumes.

L'expression de Nick s'assombrit.

— En cuisine, on ne voit pas défiler grand-chose à part des piles de vaisselle à laver.

— Tu sais bien qu'il faut être majeur pour servir en salle, Nick, intervint Zack, sourcils froncés.

Pressentant que Nick allait riposter avec amertume, Rachel se hâta de commenter :

— Zack a un cuisinier totalement hors du commun. Rio doit mesurer au moins deux mètres et il a des mains comme des battoirs, mais il cuisine divinement. Malheureusement, il garde ses recettes pour lui.

— Je peux lui proposer un échange, suggéra Nadia.

— Si vous lui donnez la recette de ce rôti, il devrait vous livrer tous ses secrets sans problème, intervint Zack. C'est une merveille.

— Vous en ramènerez à la maison pour faire des sandwichs, décréta Nadia.

Méconnaissable, Nick hocha docilement la tête.

— Si vous le dites, madame.

Rachel avait mis sa stratégie au point. Lorsque les deux tartes aux pommes de Nadia furent avalées jusqu'à la dernière miette et que les convives, plus que rassasiés, se laissèrent aller contre leurs dossiers, elle réclama de la musique. Nadia se mit au piano, puis joua un morceau à quatre mains avec Spencer.

Elle observa les réactions de Nick du coin de l'œil et nota qu'il se montrait attentif de façon inhabituelle. Lorsque Nadia et Spencer s'accordèrent une pause-café, elle se laissa tomber innocemment sur le tabouret devant le piano et fit signe à Nick de venir la rejoindre.

— Je n'aurais jamais dû manger cette seconde part de tarte aux pommes, gémit-elle.

— Moi non plus… Ils sont plutôt sympas dans ta famille.

Avec une parfaite désinvolture, Rachel commença à enfoncer quelques touches.

— Mes parents adorent ces grandes réunions du dimanche.

— Ça n'a pas eu l'air de trop les déranger qu'on vienne aussi, Zack et moi.

— Ils adorent voir du monde.

Elle tenta de pianoter *Au clair de la lune* et fit la grimace.

— Ah, zut... Ça a l'air tellement facile quand je vois maman et Spence jouer, murmura-t-elle, sourcils froncés.

— Tiens, laisse-moi t'aider.

Nick posa les mains sur les siennes et guida ses doigts.

— Ah, c'est déjà mieux, se réjouit Rachel. Mais ce qui me dépasse, c'est qu'on puisse jouer des deux mains en même temps. Des trucs différents, je veux dire.

— Il ne faut pas trop réfléchir mais laisser faire.

— Montre voir ?

Incapable de résister à la tentation, Nick se mit à improviser un blues. Une fois pris dans la musique, il oublia qu'il se trouvait dans une salle de séjour bourrée de monde, au sein d'une famille inconnue. Même lorsque le silence tomba dans la pièce, il continua de jouer. Quand il avait les deux mains sur un clavier, il cessait d'être Nick LeBeck, le marginal, le raté. Il devenait un autre lui-même, un Nick secret, différent, dont il ne savait pas grand-chose lui-même sinon qu'il existait à l'état d'ébauche au fond de lui.

Jouant de mémoire, il passait d'une mélodie à l'autre, se livrait à quelques interprétations personnelles, laissant la musique prendre les commandes.

Lorsqu'il s'arrêta, il souriait tout seul, oublieux de l'endroit où il se trouvait, tout à la satisfaction d'avoir senti l'instrument chanter, vibrer et soupirer sous ses doigts.

Ce fut la main de Zack sur son épaule qui le ramena à la réalité.

— Où as-tu appris à jouer comme ça ? demanda ce dernier d'un air stupéfait.

Soudain conscient que tous les regards étaient rivés sur lui, Nick essuya ses mains moites sur son jean.

— Jouer est un grand mot.

Mais Zack souriait, visiblement ravi.

— C'était génial, Nick. Vraiment. Je n'en reviens pas que tu te débrouilles comme ça avec un piano.

Peu habitué aux compliments, Nick se sentit rougir stupidement. A cet instant, il aurait volontiers disparu sous terre.

— Je tapotais un peu sur les touches, c'est tout.

— C'était plutôt talentueux, comme « tapotage », intervint Spencer en s'approchant. Tu as déjà songé à étudier la musique sérieusement ?

Nick se passa la main dans la nuque puis contempla fixement ses genoux. Même à table, il avait à peine osé adresser la parole à Spencer Kimball. Et, maintenant, c'était le compositeur qui venait le questionner personnellement !

— Je n'ai jamais appris, en fait. Je m'amuse un peu, c'est tout.

— Tu as un très beau toucher.

Comme Rachel lui prenait obligeamment Katie des bras, Spencer s'assit au piano.

— Tu connais Muddy Waters, Nick ?

Nick hocha la tête.

— Bien sûr.

Pendant que Spencer et Nick enchaînaient les morceaux, Rachel se rapprocha de Zack pour lui murmurer à l'oreille :

— Pas trop mal, non ?

Zack couvait son frère d'un regard étincelant de fierté.

— Jamais il ne m'a dit qu'il jouait du piano. Pas même une allusion, rien... Et toi, je parie que tu étais au courant ?

— Un petit peu. Mais j'étais loin de me douter qu'il avait autant de talent.

— Il est excellent, non ?

Dans un élan de joie, Zack déposa un baiser rapide dans les cheveux de Rachel. Nick, absorbé par son jeu, ne se rendit compte de rien. Mais plusieurs paires d'yeux attentifs notèrent avec intérêt cette marque indiscutable d'intimité.

— Bon, murmura Zack. On dirait qu'il ne me reste plus qu'à essayer de lui dégoter un piano, à ce garçon.

Rachel laissa aller sa tête contre son épaule.

— Tu es un type bien, Muldoon.

Il lui fallut une bonne semaine pour prendre les dispositions nécessaires, mais Zack puisa une seconde fois dans ses économies et fit l'acquisition d'un piano droit. Le jour prévu pour la livraison, Rachel vint l'aider à modifier l'arrangement des meubles afin de ménager une place pour l'instrument.

Hors d'haleine et les poings sur les hanches, elle examina la pièce d'un air sceptique.

— Tu sais ce que je pense, Zack ? Finalement on ferait mieux de dégager le mur là-bas.

Hors d'haleine, Zack décapsula une bière.

— Ah non, je ne déplace plus rien ! Tu as déjà changé d'avis trois fois. Ce piano ira sous la fenêtre et il y restera. Pour le meilleur et pour le pire.

— On ne te demande pas de l'épouser, cette cochonnerie de piano ! Juste de trouver son emplacement idéal. Et je pense sérieusement que…

— Continue à penser et je te verse ça sur la tête, menaça Zack en brandissant sa bière.

Il s'interrompit pour l'embrasser, puis reprit, sourcils froncés :

— D'autre part, ce piano n'est pas tout à fait une cochonnerie. Le gars m'a assuré que dans cette catégorie de prix, c'était de loin ce qui se faisait de mieux.

— Ne recommence pas, O.K. ? murmura-t-elle en lui passant un bras autour du cou. Ce piano est superbe. Et Nick n'a pas encore besoin d'un Steinway.

— Je regrette simplement de ne pas avoir les moyens de lui offrir...

Elle lui saisit le visage à deux mains pour lui imposer silence d'un baiser.

— Stop ! Ce piano est parfait et tu es un bon frère, Muldoon, O.K. ? Quand est-il supposé arriver, cet instrument ?

Zack jeta un coup d'œil à sa montre.

— Bon sang ! Il devrait être là depuis vingt minutes ! pesta-t-il en arpentant la pièce. S'ils me font le coup de débarquer ici en retard après le cirque que j'ai fait pour éloigner Nick, je les étrangle. Il a passé dix bonnes minutes à tempêter qu'il était payé pour faire la plonge et pas pour aller à l'autre bout de la ville s'inquiéter d'une livraison de cacahuètes égarée. Il était absolument furieux de ce nouvel abus d'autorité de ma part.

— Je pense qu'il te pardonnera volontiers lorsqu'il sera de retour.

— Ho hé, là-haut ! s'éleva la voix chantante de Rio du pied de l'escalier. Voici un beau piano qui nous arrive. Vous feriez mieux de descendre jeter un coup d'œil.

Rachel se fit discrète pendant que les hommes hissaient l'instrument à l'étage. Une fois qu'il fut installé, Zack tourna autour comme une mère poule, essuyant sa surface noire laquée. Rio, lui, croisa ses bras énormes sur sa poitrine massive et contempla la nouvelle acquisition avec satisfaction.

— Ah, ça va me changer la vie de cuisiner en musique ! Tu sais quoi, Zack ? On va en faire quelqu'un de bien, de ton frérot, c'est moi qui te le dis. Et maintenant, je vais tâcher de vous mitonner quelque chose de bon pour fêter ça.

Au passage, le cuisinier sourit à Rachel.

— Et quand est-ce que tu nous amènes ta maman, qu'on parle un peu cuisine, elle et moi ?

— Très bientôt. Elle m'a promis de t'apporter une vieille recette ukrainienne.

— Parfait. On fera du troc !

Rio s'apprêtait à descendre lorsque des pas pressés retentirent dans l'escalier.

— Hé là, Nick, mon garçon, qu'as-tu à courir comme ça ? chantonna joyeusement le grand Jamaïcain. Il y a le feu ou quoi ?

— Je t'en ficherai, moi, des cacahuètes, bougonna Nick sans s'arrêter.

Il fit irruption dans l'appartement en vociférant :

— Ecoute-moi bien, Zack : la prochaine fois que tu chercheras une pauvre pomme pour aller galoper à l'autre bout de…

Repérant le piano neuf sous la fenêtre, Nick demeura comme pétrifié sur place. Zack, plus nerveux que jamais, fourra les mains dans ses poches.

— Désolé de t'avoir fait courir comme ça pour rien. Mais je voulais t'éloigner, le temps de tout mettre en place.

Comme Nick gardait le silence, il s'éclaircit la voix.

— Alors ? Qu'est-ce que tu en penses ?

Nick déglutit.

— Tu l'as pris en location ou quoi ?

— Je l'ai acheté.

Ce fut au tour de Nick de glisser les mains dans ses poches. Rachel les regarda faire en soupirant. Ils avaient l'air de deux chiens errants qui se tournaient autour, sans savoir encore s'ils allaient fraterniser ou s'entre-déchirer.

— Tu n'aurais pas dû faire ça, dit Nick.

— Et pourquoi pas ? riposta Zack, les poings serrés dans les poches de son jean. C'est mon argent, non ? Je pensais que ce serait sympa d'avoir un peu de musique ici. Alors, tu veux l'essayer, oui ou non ?

Nick constata avec horreur qu'une boule se formait dans sa gorge.

— J'ai oublié quelque chose en bas, marmonna-t-il en sortant d'un pas raide.

Zack se laissa tomber sur une chaise.

— Eh bien, c'est génial ! Sympa ! Monsieur aurait préféré un demi-queue, peut-être ?

Il prit sa bière, but une gorgée et se hâta de la reposer avant de céder à la tentation de la jeter de toutes ses forces contre le mur.

— Si ce fils de…

— Stop ! ordonna Rachel en lui posant la main sur la poitrine. Ah, vous formez une belle paire, tous les deux. Nick ne sait pas comment te remercier et toi, tu n'es même pas fichu de t'apercevoir qu'il est submergé par l'émotion et incapable de prononcer un mot parce qu'il a peur de fondre en larmes.

— Arrête de toujours lui trouver des excuses. C'est tout juste s'il ne me l'a pas balancé à la figure, mon piano !

— Tu veux rire ! Tu viens de réaliser un de ses rêves les plus secrets, idiot ! Et c'est sans doute la première fois que quelqu'un perçoit ses aspirations réelles, celles qu'il garde profondément enfouies parce qu'il ne croit pas suffisamment en lui-même pour oser se les formuler. C'est tellement énorme pour lui qu'il ne sait pas comment réagir, Zack. Et je suis presque certaine que, à sa place, tu serais passablement paralysé aussi.

Zack émit un chapelet de jurons.

— Le pire, c'est que tu as sans doute raison. Mais qu'est-ce que je suis supposé faire, maintenant ?

Rachel lui prit le visage entre les mains et l'embrassa avec une infinie tendresse.

— Rien. Je vais lui parler.

Elle n'avait pas encore passé le pas de la porte lorsque Zack la rappela.

— Rachel ?

— Mmm ?

Il la rejoignit en deux pas.

— J'ai besoin de toi, chuchota-t-il en lui prenant les mains pour les porter à ses lèvres. Et ça aussi, ça me paralyse passablement.

Rachel éprouva comme un frémissement dans la région du cœur.

— Tu t'en sors très bien avec Nick, Zack.

— Je ne te parle pas seulement de mes responsabilités envers Nick. J'ai vraiment *besoin* de toi. De ton regard, de ta présence. De ton sourire... De toi, quoi.

— Je suis là, non ?

— Et quand tu n'auras plus d'obligations légales envers Nick ?

Dans la poitrine de Rachel, les palpitations s'accélérèrent.

— Il... il n'y a pas que ton frère que j'ai pris en affection.

Le souffle coupé, elle se cramponna aux doigts de Zack, son regard plongé dans le sien.

— Pour le moment, il est urgent d'aller retrouver Nick, balbutia-t-elle.

Zack hocha la tête.

— Entendu. Mais j'aimerais qu'on en reparle, O.K. ? Sans trop attendre.

Le cœur battant comme un tambour, cette fois, Rachel dévala l'escalier. D'un mouvement du menton, Rio lui désigna le devant du bar. Elle trouva Nick debout sur le trottoir, les poings serrés dans les poches, le regard rivé sur le trafic. Dans un sens, elle pouvait se mettre à sa place. Zachary Muldoon était un individu plutôt extraordinaire. Et il avait un talent inégalable pour vous tétaniser d'émotion au point de provoquer un état de choc affectif généralisé.

Mais elle réfléchirait plus tard à la déclaration pour le moins troublante que Zack venait de lui faire. Pour l'instant, il s'agissait d'aider Nick à traverser un passage délicat.

Se plaçant à côté de lui, elle effleura ses cheveux.

— Ça va ?

Il ne tourna même pas la tête dans sa direction.

— Pourquoi a-t-il fait ça ?

— A ton avis ?

— Je ne lui ai rien demandé.

— Les meilleurs cadeaux sont ceux que l'on n'attend pas.

Pendant une fraction de seconde, le regard de Nick vint interroger le sien.

— C'est toi qui lui as donné l'idée ?

— Non.

S'exhortant à la patience, elle lui prit le bras pour le forcer à lui faire face.

— Ouvre les yeux, Nick. Tu as bien vu comment il a réagi en t'entendant jouer. Il était tellement fier qu'il ne trouvait plus ses mots. Il a voulu t'offrir quelque chose qui aurait vraiment de la valeur pour toi. Et il ne l'a pas fait pour que tu te sentes redevable envers lui. Il l'a fait parce qu'il t'aime. C'est comme ça que ça se passe, dans les familles.

— Dans *ta* famille, tu veux dire.

Elle ne put résister à la tentation de le secouer brièvement.

— Dans la tienne aussi. Et surtout, ne t'avise pas de me répondre que vous n'êtes rien l'un pour l'autre. Car tu es aussi attaché à lui qu'il l'est à toi. Je sais ce que ça t'a fait de trouver ce piano en rentrant. Ma mère avait exactement cette expression-là, le jour où elle a reçu le sien. Mais elle a eu moins de mal que toi à exprimer son émotion. Tu manques encore un peu de pratique, Nick.

Il ferma les yeux et laissa son front reposer contre le sien.

— Je... je me suis trouvé... tellement bête. Je ne savais pas comment réagir. Il n'y a jamais eu personne, dans ma vie. Quand j'étais gamin, je me suis raccroché à lui. Et ça a été dur d'avaler son départ.

— Je sais. Dis-toi qu'il était encore très jeune et qu'il ne se rendait sans doute pas compte de ce qu'il représentait pour toi. Il arrive parfois un moment où il faut laisser le passé derrière soi, Nick. Aujourd'hui, Zack est là et bien là.

Rachel l'embrassa sur les deux joues, un peu comme l'aurait fait sa mère pour consoler un de ses enfants.

— Et maintenant, Nick, si tu allais faire ce que tu réussis le mieux ?

— C'est-à-dire ?

— Un brin d'impro, musicien ! Allez, monte le rejoindre. Il meurt d'impatience de t'entendre essayer ce piano.

Nick secoua la tête.

— D'accord. Tu viens aussi ?

— Non, j'ai à faire.

Ou à réfléchir, plus exactement.

Mais Rachel n'en attendit pas moins quelques minutes sur le trottoir, les yeux rivés sur la fenêtre du salon. Au bout d'un moment, très faiblement, une envolée de notes se fit entendre à l'étage.

Chapitre 10

— Hé, Rachel ! Lumière de ma vie ! s'écria Pete, du haut de son tabouret, en voyant la jeune femme entrer dans le bar. Je t'offre un verre ?

— Ma foi... C'est si joliment proposé que je ne dis pas non.

Rachel sourit à Pete tout en suspendant son manteau au perroquet près de l'entrée. Mais son regard ne quittait pas celui de Zack. En traversant la pièce, elle fronça les sourcils en découvrant une pulpeuse créature blonde à demi affalée sur le comptoir.

— Elle en est déjà à son troisième gin-fizz, commenta Lola au passage. Et voilà deux heures, maintenant, qu'elle fait du gringue au patron.

— Si elle ne veut pas se retrouver avec un coquard, il faudra qu'elle évite d'aller trop loin, maugréa Rachel.

Lola rit de bon cœur.

— C'est bien. Il faut faire respecter son territoire. Tu as vu la fille, là-bas, près du juke-box ?

Rachel distingua une silhouette mince aux proportions parfaites, de longs cheveux couleur de miel.

— Mmm... Elle a des vues sur Zack, elle aussi ? J'ai du souci à me faire ?

— Non, le souci, c'est moi qui m'en fais, en l'occurrence. C'est Terri, ma fille aînée.

— Ta fille ? Elle a l'air superbe !

— Oui, c'est bien ce qui m'inquiète ! Zack pense que ce serait bien pour Nick de connaître des jeunes de son âge. Alors j'ai demandé à Terri de m'accompagner, ce soir.

— Et qu'est-ce que ça donne ?

— Nick a jeté quelques regards appuyés dans sa direction. Il m'a semblé qu'il mettait plus d'enthousiasme que d'habitude à desservir les tables. Mais ça n'a pas été plus loin.

— Et s'il lui demande de la revoir ?

Lola haussa les épaules.

— J'ai confiance en Nick. Et Terri est capable de se prendre en charge. Elle tient de sa mère ! précisa-t-elle avec un clin d'œil.

Des mains se levèrent dans la salle pour appeler la serveuse.

— Pas de panique, j'arrive ! cria Lola en brandissant son plateau.

Rachel se laissa tomber sur son tabouret favori, entre Pete et Harry. Un verre de vin blanc l'attendait déjà sur le comptoir.

— Alors ? Quelles sont les dernières nouvelles ?

— « Hors de soi » en neuf lettres, marmonna Harry, penché sur ses sempiternelles définitions de mots croisés.

Rachel chercha le regard de Zack.

— « Extatique » ? suggéra-t-elle doucement.

— Parfait. Génial… Et tu n'aurais pas une idée pour « manque de substance » en quatre lettres ?

Elle jeta un regard en coin à la blonde qui faisait un sort à son troisième gin-fizz.

— Que dirais-tu de « vide » ? proposa-t-elle avec un sourire suave.

— Bon sang ! Tu es bonne.

— Je dirais même plus, Harry : je suis géniale. Je compte

sur vous deux pour garder le contrôle de la situation, O.K. ? Il faut que j'aille parler un moment à Nick.

Pete soupira en la suivant des yeux.

— Si j'avais vingt ans et quinze kilos de moins, si je n'avais pas une fidèle épouse qui m'arracherait les yeux, si j'avais encore tous mes cheveux...

— O.K., ça va, reviens sur terre, dit Harry en levant la main pour redemander une tournée.

En poussant les portes battantes qui donnaient sur les cuisines, Rachel huma l'air avec délice.

— Mmm... Qu'y a-t-il de bon au menu, aujourd'hui ?

Rio essuya ses grandes mains sur son tablier.

— Tout est toujours bon ici. Mais ce soir, mon poulet grillé remporte la palme.

— Mmm... Il y a bien une petite cuisse pour moi qui traîne au fond du plat ?

Se sentant en terrain aussi familier que lorsqu'elle allait débusquer sa propre mère devant ses fourneaux, Rachel s'adossa contre le plan de travail et regarda Nick empiler ses assiettes.

— Alors ? Ça avance ?

— Aux derniers calculs, j'en étais à mon six mille quatre-vingt-deuxième couvert du soir, bougonna-t-il.

Mais Rachel nota qu'il avait un sourire en coin.

— Viens te restaurer, Rachel, ordonna Rio en lui tendant une assiette garnie. Je parie que tu n'as encore rien avalé depuis ce matin.

— Tout ça pour moi ! Heureusement que je ne viens pas ici tous les soirs, car il faudra bientôt une grue pour me faire passer la porte.

— Pff... mange. Tu as encore de la marge, décréta Rio.

Epicé juste comme il le fallait, le poulet était irrésistible.

— Alors, il paraît que tu voulais me voir, Nick ? demanda-t-elle lorsqu'elle eut fini de savourer son repas.

— Oui. Je t'attendais. Avec impatience même.

Rachel frémit en voyant son regard entendu. Nick n'avait clairement pas renoncé à vivre une histoire torride avec son avocate attitrée. Consciente qu'il était grand temps de le décourager une fois pour toutes, elle reposa son assiette.

— Rio, ça t'ennuie si je t'enlève Nick cinq minutes ? J'ai besoin de lui parler un moment en tête à tête.

— Pas de problème. Il n'aura qu'à travailler deux fois plus vite à son retour.

Tout en gravissant l'escalier devant Nick, Rachel se promit d'être calme. Se promit d'être logique. Se promit d'être ferme.

— O.K. Nick, je...

Mais ce fut tout ce qu'elle parvint à dire. Déjà ses bras étaient autour d'elle, sa bouche se refermait sur la sienne et il l'embrassait à corps perdu.

— Stop.

Il la laissa aller sans insister lorsqu'elle le repoussa doucement.

— Je sais que je ne devrais pas, mais tu me manquais trop, murmura-t-il en appuyant son front contre le sien. Il y a tellement longtemps que nous n'avons pas eu l'occasion d'être seuls ensemble.

Rachel soupira en portant les mains à ses tempes.

— Nick, je suis désolée, vraiment... J'aurais dû lever le malentendu plus tôt, mais j'espérais lâchement que le problème se résorberait de lui-même... Oh, mon Dieu, je suis désolée. Je n'ai pas envie de te faire du mal.

— Pourquoi me ferais-tu du mal ? s'enquit Nick, les traits crispés.

— Je te parle de toi et moi — du fait que tu penses qu'il existe un « toi et moi ». J'ai essayé de t'expliquer ma position l'autre fois, mais je n'ai pas su trouver les mots. Et j'ai l'impression que ça reste toujours aussi difficile aujourd'hui.

— Pourquoi ne pas dire simplement ce que tu penses ?

— Je tiens à toi, Nick. Et pas seulement en tant que client, mais en tant que personne.

Le regard de Nick s'éclaira et il fit un pas en avant.

— Moi aussi, je tiens à toi.

Elle secoua la tête.

— Mais pas de cette façon, chuchota-t-elle. Pas... en tant qu'amant.

Nick s'immobilisa net et elle vit la douleur provoquée par le rejet s'inscrire sur ses traits juvéniles.

— Je ne t'intéresse pas, en somme ?

— Bien sûr que si, tu m'intéresses ! Mais en tant que personne, en tant qu'ami.

Glissant les pouces dans les passants de sa ceinture, Nick prit un air dégagé.

— Alors je ne suis pas ton type ?

Rachel secoua la tête.

— Je ne dirais pas ça. Mais ce que je ressens pour toi est très proche de ce que j'éprouve pour mes frères, en fait. Je regrette de ne pas avoir été plus claire, l'autre fois.

— J'ai l'impression d'être un parfait idiot.

— Non, Nick.

Alors qu'elle s'était juré de ne pas le toucher, Rachel ne put s'empêcher de prendre ses deux mains dans les siennes.

— Tu n'as aucune raison de te sentir stupide. Tu as éprouvé une attirance et tu l'as exprimée. Et même si je me sens confuse je n'en suis pas moins flattée... et émue. J'aimerais conserver ton amitié, Nick.

— Eh bien... Tu as toujours été plutôt cool avec moi. Et je ne peux pas t'en vouloir de ne pas partager ce que je ressens.

— Sans rancune, alors ? Tant mieux. J'ai toujours rêvé d'avoir un frère plus jeune que moi.

Nick ne se sentait pas encore tout à fait prêt à assumer ce rôle-là !

— Ah oui ? Pourquoi ?

— Pour des raisons purement égocentriques : avoir quelqu'un sur qui exercer ma terrible autorité.

Lorsqu'un pâle sourire se dessina sur les lèvres de Nick, Rachel comprit que la partie était gagnée.

— Allez, retourne travailler. Sinon Rio va finir par s'énerver.

Elle redescendit dans les cuisines avec lui et s'attarda un moment pour bavarder afin de s'assurer qu'aucune tension ne subsistait. Puis elle s'esquiva pour retrouver Zack.

— Il est dans son bureau, lui annonça Pete avec un sourire jusqu'aux oreilles. Je te conseille d'aller le rejoindre. Et sans tarder.

Intriguée par les rires étouffés qui s'élevaient dans les rangs des habitués, elle poussa la porte. Zack était bien là, en effet, debout devant sa table de travail. Accrochée à son cou, la blonde aux courbes voluptueuses se cramponnait à lui comme du papier adhésif.

Haussant un sourcil perplexe, Rachel évalua la situation. Malgré un état d'ébriété visiblement avancé, la blonde luttait ferme pour parvenir à ses fins. Quant à Zack, il paraissait en fort mauvaise posture. Acculé contre sa table de travail, il s'efforçait — en vain — de détacher les bras qui lui encerclaient le cou tels des tentacules de méduse. L'expression qu'il arborait était un poème en soi.

— Ecoutez, Barbara, j'apprécie votre proposition. Vraiment. Mais je ne peux pas…

— Hum hum, fit Rachel.

Zack s'interrompit et tourna un regard consterné vers la porte. « De mieux en mieux », songea Rachel. Là, vraiment, la scène devenait impayable.

— Rachel, je…

Il réussit à repousser un des deux bras qui lui maintenaient le cou en étau. Mais, au lieu de lâcher prise, la blonde lui agrippa aussitôt la taille.

— Je devrais vous laisser, je crois, susurra Rachel. Je ne voudrais surtout pas déranger...

— Ah, non ! tonna Zack en roulant les yeux dans les orbites. Ne repars pas en refermant cette porte. Ne me fais pas ce coup-là !

Rachel se retourna et sourit aux habitués qui tendaient le cou pour tenter de suivre le spectacle.

— Vous entendez ? Il ne veut pas que je lui fasse ce coup-là ? Incroyable, non, venant d'un homme qui se trouve dans une position aussi ouvertement compromettante ?...

— Sois charitable, bougonna Zack. Et aide-moi à me sortir de ce traquenard. Elle est ivre morte.

La blonde s'attaqua à son pull-over. Rachel réprima un fou rire lorsqu'elle vit la tête horrifiée de Zack.

— Un grand garçon costaud comme toi devrait pouvoir affronter ce genre de situation sans problème, protesta-t-elle, les bras croisés sur la poitrine.

— Je t'assure que cette fille est une véritable anguille, marmonna-t-il. Allez, Barbara, lâchez-moi, maintenant, soyez gentille. Je vais vous appeler un taxi.

Avec un léger soupir, Rachel se décida à intervenir. Elle prit les cheveux de la demoiselle et tira un petit coup sec.

— Hé là ! Désolée, mais c'est chasse gardée, ici.

— Ah, vraiment ! pouffa Barbara. Je n'avais pourtant pas vu de panneaux.

— Estimez-vous heureuse que je ne vous fasse pas voir trente-six chandelles, rétorqua Rachel en l'entraînant jusqu'à la porte.

— C'est bon, je m'en charge, annonça Lola en glissant un bras autour de la taille de la jeune femme. Venez donc avec moi, Barbara. Vous avez l'air un peu verdâtre, tout à coup.

— C'est qu'il est *tellement* mignon, gémit la blonde en s'éloignant vers les toilettes pour femmes, dûment soutenue par Lola.

— Appelle-lui un taxi ! cria Zack.

Gratifiant ses clients hilares d'un regard foudroyant, il fit claquer la porte.

— O.K., Rachel, pour prévenir tout malentendu : ce n'est pas *du tout* ce que tu peux penser.

Incapable de résister à la tentation de le torturer un peu, elle se percha sur sa table de travail et le toisa froidement.

— Et que pouvais-je penser, à ton avis, Zachary Muldoon, en te voyant dans les bras de cette sinueuse créature ?

Il se fourra nerveusement les mains dans les poches.

— Elle avait trop bu et je suis passé dans mon bureau, comme un imbécile, pour téléphoner à la compagnie de taxis. Lorsque je me suis rendu compte qu'elle m'avait suivi, il était trop tard pour lui échapper. J'ai été victime d'une attaque en règle, ni plus ni moins.

Les lèvres plissées en une moue sceptique, Rachel croisa les jambes et fit mine de s'examiner les ongles.

— Tu souhaites peut-être porter plainte, Muldoon ?

— Rachel… J'ai *tout* fait pour la décoller de ma personne ! Tu as bien vu que je n'arrivais pas à m'en dépêtrer.

— Mais c'est que tu es *tellement* mignon, susurra-t-elle en battant des cils.

— Très drôle. Tu as l'intention d'exploiter la situation au maximum, n'est-ce pas ? Sans rien m'épargner ?

— Exact. Je serai impitoyable, répondit-elle posément en sortant un coupe-papier effilé du tiroir du bureau. Et maintenant, monsieur Muldoon, en tant qu'avocate de la défense, je suis tenue de vous demander si le fait de vous pavaner derrière votre comptoir, vêtu de ce jean noir particulièrement seyant, ne constitue pas, selon vous, une incitation à…

— Je ne me pavane pas !

— Bien. Je reformule ma question : pouvez-vous me certifier — et je vous rappelle, monsieur Muldoon, que vous déposez sous serment — que vous n'avez tenu aucun propos, eu aucun geste, aucun regard que ma cliente aurait pu interpréter comme une invite de votre part ?

— Mais, Rachel ! Jamais, à aucun moment, je n'ai... Enfin... Avant de te connaître, peut-être, mais...

Conscient qu'il n'avait aucune chance, Zack secoua la tête et croisa les bras sur la poitrine.

— Je fais valoir mon droit au silence, trancha-t-il.

— Lâche !

— Et comment. Tu n'as pas l'intention d'utiliser ce coupe-papier pour t'attaquer à certaines parties nobles de mon anatomie, j'espère ?

Rachel prit le temps de laisser glisser un regard brûlant sur les parties anatomiques en question.

— Probablement pas, non.

Le visage de Zack s'éclaira d'un sourire.

— Si je comprends bien, tu n'es pas folle de rage, mon cœur ?

— Parce que je t'ai trouvé aux prises avec une bombe sexuelle ? murmura-t-elle d'une voix suave en brandissant son coupe-papier. Et pourquoi cela me mettrait-il hors de moi, *mon cœur* ?

Zack se raccrocha à elle, en feignant une soudaine faiblesse.

— Tu sais que tu m'as peut-être sauvé la vie ? Barbara m'a fait des propositions très précises, figure-toi. Il se trouve que cette fille enseigne le yoga depuis dix ans.

— Oh, mon pauvre ami, murmura Rachel en lui tapotant le dos. Et qu'a-t-elle menacé de te faire subir ?

Zack se pencha pour lui murmurer quelques suggestions à l'oreille.

— Oh, mon Dieu ! s'exclama-t-elle. Tu crois que c'est anatomiquement réalisable ?

— Peut-être qu'avec un peu de pratique… En attendant, j'ai quand même été victime d'un harcèlement sexuel caractérisé. Je me sens sali, souillé, chuchota-t-il en pressant les lèvres dans son cou.

— Là, là, tout va bien, mon petit sucre. Je t'ai sauvé juste à temps.

— Tu as été merveilleuse. Un vrai Viking.

— Mais tu sais ce qu'on dit des Vikings, n'est-ce pas ? murmura Rachel, les yeux brillants, en approchant ses lèvres des siennes.

— Oui, je sais… Vas-y… Abuse de moi.

— C'est bien ce que je comptais faire.

Ils échangèrent un long baiser, si tendre, brûlant et passionné que Rachel en eut des frissons. Avec un soupir tremblant, Zack enfouit son visage dans ses cheveux.

— Tu ne peux pas savoir comme c'est bon de te tenir dans mes bras, Rachel.

Les yeux clos, elle se serra contre lui.

— Oui, je sais… Tu avais raison, l'autre fois : il arrive qu'un homme et une femme soient tout simplement… ajustés.

Zack prit son visage entre ses paumes et plongea dans le sien un regard si intense que le cœur de Rachel fit un bond dans sa poitrine.

— Oui, toi et moi, ça colle. Ça colle même sacrément bien, Rachel. Je sais que tu ne veux pas de complications du fait de tes priorités professionnelles…

— Il y a complications et complications.

— Mais j'aimerais que tu viennes t'installer chez moi. Il n'y a aucune raison pour que ça te freine dans ta carrière. Tu as le temps d'y réfléchir, bien sûr. Il faut d'abord que l'histoire avec Nick soit réglée. Mais je veux que tu saches que j'ai envie de passer du temps avec toi, pas seulement de te voir quelques heures, ici et là.

Rachel en avait le souffle coupé.

— C'est un grand pas, Zack.

— Et tu n'es pas du genre à agir sur une impulsion, chuchota-t-il en cherchant ses lèvres. Comme tu es une fille réfléchie, qui fait des choix rationnels, je te soumets cet argument…

Alors, il l'embrassa, encore et encore, jusqu'à effacer toute trace de pensée dans sa tête et dans la sienne.

— Zack, tu as une seconde ? J'aurais besoin de te voir pour…

Entré en coup de vent dans le bureau de son frère, Nick s'immobilisa net en découvrant le couple enlacé. Zack et Rachel se séparèrent en sursaut, le visage marqué par un mélange de gêne, de sollicitude et de remords. Mais Nick, lui, ne vit qu'une chose : la Trahison.

Rachel poussa un cri. Quant à Zack, il anticipa le coup, mais ne fit rien pour l'éviter. Projeté en arrière par l'impact, il sentit le sang jaillir de sa lèvre éclatée. Par réflexe, il immobilisa le poignet de Nick pour parer une nouvelle attaque, mais son frère se dégagea, souple et agile comme un serpent.

— Arrêtez ! hurla Rachel, horrifiée, en s'interposant entre les deux.

Zack se contenta de l'écarter d'un geste de la main.

— O.K. Nick, tu veux régler ça où ? Ici ou dehors ?

— Où tu veux, murmura Nick entre ses dents en plaquant Zack contre le mur. Il a toujours fallu que tu aies la première place partout, hein ? Dire que tu me tenais de beaux discours sur la famille, la fraternité ! Tu sais où tu peux te la mettre, ta famille, *frangin* ?

— Nick, s'il te plaît..., intervint Rachel.

— Toi, tais-toi ! riposta-t-il avec hargne. Quand je pense au baratin que tu m'as fait tout à l'heure. Et moi qui ai tout gobé, comme un imbécile. Alors que tu couchais avec lui dans mon dos depuis le début ! C'est trop nul.

Au bord des larmes, Rachel secoua la tête.

— Laisse-moi au moins t'expliquer, Nick.

— Je ne veux plus t'entendre. Plus jamais. Tu n'es qu'une chienne et une menteuse.

La tête de Nick partit violemment en arrière sous le coup assené par Zack.

— Si tu veux me frapper, c'est d'accord. Mais tu ne lui parles pas sur ce ton, tu m'entends ?

Nick essuya sa lèvre en sang.

— Je vous hais tous les deux, murmura-t-il.

Il tourna les talons et sortit en courant.

— Oh, mon Dieu, chuchota Rachel, anéantie. C'est ma faute. Il faut que j'aille lui parler.

— Laisse-le tranquille.

— Je suis entièrement responsable de ce qui vient d'arriver.

— Je t'ai dit de le laisser tranquille !

Elle allait répondre encore plus vertement lorsqu'un coup discret fut frappé derrière eux. La porte du bureau s'ouvrit, livrant passage à la dernière personne au monde qu'ils pouvaient souhaiter trouver là en la circonstance : le juge Beckett.

— Monsieur Muldoon ? Je suis venue déguster un de vos fameux *manhattan*. Pendant que vous me le préparerez, je pourrais peut-être échanger deux mots avec l'avocate de votre frère ?

Rachel prit une profonde inspiration.

— Votre Honneur, mon client...

— Je l'ai croisé en entrant. Il avait l'air pressé. Votre lèvre saigne, monsieur Muldoon, fit remarquer la juge avant de se retirer dans la salle.

— Décidément, elle ne pouvait pas mieux tomber, commenta Rachel dans un murmure. Mais ne t'inquiète pas, Zack. Je vais essayer d'arranger les choses.

Zack se passa la main sur le front. Il paraissait triste, défait. Et coupable.

— Tu n'es pas responsable de ce qui vient de se passer, Rachel. Nick est mon frère. Et je n'ai pas su le protéger comme je l'aurais dû... Je vais préparer le *manhattan* pour Beckett.

Il sortit d'une démarche de somnambule et repassa derrière le bar. Rachel hésita un instant à aller le réconforter. Mais il n'aurait pas été très stratégique de faire attendre la juge. Surtout après la scène à laquelle elle venait d'assister.

Assise à une table du fond, Marlene Beckett paraissait calme et détendue. Mais ni le port de vêtements de ville ni sa pose décontractée ne diminuaient l'impression de pouvoir et d'autorité qui se dégageait de sa personne.

— Asseyez-vous, Maître.

Elle sourit en observant Rachel.

— J'aime vous voir dans une salle de tribunal, mademoiselle Stanislaski. Vous avez de la classe et du talent.

— Merci, murmura Rachel, la bouche sèche... Mais je crains que vous n'ayez mal interprété la scène que vous avez surprise en arrivant.

La juge sourit et prit une gorgée du manhattan que Zack venait de lui faire servir.

— Ah vraiment ? Et vous pensez que je l'ai interprétée comment, cette scène ?

— Vous avez remarqué que Nick et son frère s'étaient querellés.

— S'étaient « battus » me paraît être un terme plus juste, vu que les deux adversaires étaient en sang.

— Vous n'avez pas de frères, Votre Honneur ?

— Non.

— Moi, si. Et les frères, croyez-moi, ont souvent le coup de poing facile.

Marlene Beckett haussa les sourcils.

— Bon. Admettons. Et quel était leur point de désaccord ?

Consciente qu'elle s'avançait en terrain miné, Rachel se contenta d'une réponse vague :

— Il y a eu un petit malentendu entre eux. Je vous concède qu'ils ont l'un et l'autre un caractère un peu vif, mais...

Rachel prit une profonde inspiration et se pencha vers son interlocutrice.

— Ce que vous avez vu ce soir n'est pas représentatif de leurs relations. Je vous assure que Nick a fait des progrès incroyables. Lorsque je l'ai vu pour la première fois, j'ai d'abord cru que j'avais affaire à un de ces délinquants comme la rue nous en recrache tous les jours. Mais il y avait un petit quelque chose chez lui... de différent.

— Comme un désarroi dans le regard, c'est cela ?

Etonnée, Rachel cligna des paupières.

— C'est tout à fait cela, oui.

— Continuez.

— Il était encore si jeune et, pourtant, c'était comme s'il avait déjà renoncé à espérer. Il n'attendait plus rien. Ni de lui-même ni de personne. Lorsque j'ai fait la connaissance de Zack et qu'il m'a parlé de l'enfance de Nick, j'ai compris à quel point il avait toujours été solitaire. Mais Zack représente un point d'ancrage pour lui. Et depuis qu'ils se sont retrouvés, il se passe quelque chose de fort entre eux.

— Et quel type de rapports entretenez-vous avec M. Muldoon, au juste ?

S'appliquant non sans mal à garder une expression neutre, Rachel se renversa contre le dossier de la banquette.

— Il me semble que c'est sans lien avec ce qui nous occupe, Votre Honneur.

La juge eut un geste vague de la main.

— Vous croyez ? Ma foi… Alors, poursuivez.

— Pendant deux mois, Nick a assumé toutes les responsabilités qui lui ont été confiées. Il s'est bien intégré dans l'équipe du Brise-lames. Et nous avons découvert qu'il joue étonnamment bien du piano.

— Tiens…

— Zack lui en a acheté un pour qu'il puisse pratiquer.

Un léger sourire joua sur les lèvres de la magistrate.

— Je doute que ce soit pour cette raison que les deux frères se sont tapés dessus ce soir. Vous éludez ma question, Maître.

— Disons qu'il me paraît important de souligner que la période de probation s'est parfaitement bien passée. Et que la scène à laquelle vous avez assisté ce soir était l'exception et non la règle.

— Je vous rappelle que vous ne vous exprimez pas devant un tribunal.

— Non, Votre Honneur.

Marlene Beckett fit tourner les glaçons dans son verre.

— Et j'aimerais vraiment que vous me parliez de ce qui s'est passé ce soir, insista-t-elle doucement.

Rachel soupira. Il était dit qu'elle ne couperait pas aux explications. Mais, au fond, ce n'était peut-être pas une mauvaise chose. Même si la juge décidait de lui retirer le dossier, cela lui permettrait au moins de se charger de tous les torts et de disculper Nick.

— Je suis responsable de ce qui est arrivé, admit-elle en toute franchise. En croyant instaurer une relation protectrice et amicale avec Nick, j'ai suscité sans le vouloir une… une attirance.

Marlene Beckett hocha la tête.

— Je vois. Il a mal interprété l'intérêt que vous lui portiez.

— J'étais persuadée qu'il me considérait comme une sorte de figure tutélaire. Mais Nick est quelqu'un de très mûr pour son âge et... et je me suis laissé déborder lamentablement, reconnut Rachel avec amertume.

— Et quel rôle joue M. Muldoon, dans ce drame ?

Au point où elle en était, il ne resta plus à Rachel qu'à retracer l'évolution de sa relation avec Zack.

— ... naturellement, lorsqu'il m'a vue dans les bras de son frère en entrant dans le bureau, Nick s'est senti trahi. Je sais que je n'aurais jamais dû avoir une liaison avec Zack, vu les circonstances. Je n'ai aucune excuse.

— Rachel, vous êtes une excellente avocate. Cela ne signifie pas pour autant que vous devez vous interdire toute vie privée.

— Dans la mesure où la relation avec mon client en a été affectée...

— Ne m'interrompez pas. Je reconnais que vous avez manqué de psychologie avec Nick. Mais on ne choisit pas toujours son moment pour tomber amoureuse.

— Je n'ai pas dit que j'étais amoureuse.

La juge sourit.

— J'ai remarqué, oui. C'est plus facile d'être consumée par les remords si vous vous dites que l'amour n'a rien à voir dans l'histoire. Votre client doit trouver sa voie. Il n'est pas dit que vous puissiez l'aider.

— Je ne veux pas le laisser tomber.

— Le tout, c'est de faire en sorte qu'il ne se laisse pas tomber lui-même. Parfois on y arrive ; mais très souvent, malheureusement, ça ne marche pas. Vous découvrirez que le combat n'est pas gagné d'avance, une fois que vous siégerez comme magistrate à votre tour.

Sidérée qu'elle ait deviné son ambition secrète, Rachel porta nerveusement son verre à ses lèvres.

— Je suis donc transparente à ce point ?

— Pour quelqu'un qui est passé par le même parcours, oui.

Amusée, Marlene Beckett fit tinter son verre contre le sien.

— Encore quelques années, et vous ferez un excellent juge, Maître… Et comme ce cocktail m'a mise de bonne humeur, je vais vous confier quelque chose. Il y a presque trente ans, alors que j'étais dans la même situation que vous, j'ai été plus ou moins obligée de choisir entre amour et carrière. Et je ne regrette pas le choix que j'ai fait. Quoique…

Elle jeta un regard à Zack derrière son bar et soupira.

— Disons, du moins, que je ne le regrette que rarement. Mais les temps ont changé et je considère que, aujourd'hui, une femme intelligente et ambitieuse peut concilier carrière et vie privée sans *rien* avoir à sacrifier. Même si c'est un tour de force, dans un métier aussi exigeant que le nôtre.

Rachel soupira.

— Ça paraît assez terrifiant.

— C'est précisément ce genre de terreur qui fait que la vie vaut la peine d'être vécue.

Lorsque la juge se leva, Rachel s'éclaircit la voix.

— A propos de ce qui s'est passé ce soir…

— Je suis venue prendre un verre. Le bar est agréable. L'ambiance amicale. Point final. Quant à ma décision, elle dépendra de ce que je verrai lorsque vous vous présenterez au tribunal avec votre client… Et n'oubliez pas de dire à M. Muldoon que son *manhattan* vaut le déplacement.

Rachel raccompagna la magistrate jusqu'à la porte.

— Alors ? s'éleva la voix sombre de Zack derrière elle. C'est le désastre ?

Elle se tourna pour l'entourer de ses bras.

— Elle aime la façon dont tu mixes tes cocktails… Je crois que nous avons affaire à une femme intelligente et sensible avec un faible marqué pour les mauvais garçons. Tout va s'arranger, Zack.

— Si Nick revient.

— Il reviendra. Fais-moi confiance.

Elle serra les doigts de Zack entre les siens et lui adressa un sourire d'encouragement. Mais il secoua la tête.

— Je n'aurais jamais dû le frapper.

— On ne peut pas toujours tout maîtriser, Zack... J'ai vu mes frères se taper dessus toute leur vie sans que ça fasse l'ombre d'un drame. Ce n'est pas la fin du monde parce que vous avez échangé deux coups de poing. Ecoute, je pense que le mieux, c'est que je m'en aille, maintenant. Ce sera plus facile pour Nick s'il ne me trouve pas ici en revenant. Mais appelle-moi dès qu'il sera de retour, promis ? Quelle que soit l'heure.

— Entendu.

Le fait qu'il la laisse partir seule sans protester disait assez à quel point il était perturbé. Le cœur étreint par l'angoisse, Rachel héla un taxi à l'angle de la rue. Elle avait dit à Zack de lui faire confiance. Mais tant que Nick ne serait pas de retour sain et sauf, la nuit promettait d'être longue...

Chapitre 11

Elle ne pouvait rien faire sinon attendre. Et attendre seule qui plus est. Quel étrange trio ils formaient ! se dit Rachel en arpentant son appartement pendant qu'une tasse de thé oubliée refroidissait sur la table basse. Nick, jeune, provocant, susceptible, obsédé par l'idée du rejet et cherchant désespérément sa place dans ce monde ; Zack avec sa belle nature généreuse, passionnée, impulsive et sa grande fragilité par rapport à son frère ; et elle-même, l'avocate ambitieuse, logique et objective qui avait succombé pour l'un et l'autre frère.

Epuisée, Rachel se laissa tomber sur le canapé et ferma les yeux. Comment avait-elle pu en arriver là, elle dont la vie avait toujours été tracée d'avance ? Elle avait cru ne rien laisser au hasard, pourtant. Les obstacles susceptibles de se dresser sur sa route, elle les avait inventoriés et analysés un à un. Pour tous, elle avait trouvé une stratégie, une parade.

Sauf pour un : Zachary Muldoon.

En lui tombant dans les bras, en laissant ses sentiments prendre le pas sur sa raison, elle avait perdu son objectivité. Et la maîtrise de la situation par la même occasion. Résultat : Nick, furieux, frustré et révolté par la trahison dont il se croyait l'objet, risquait d'enfreindre les règles de sa probation avant la fin de la nuit.

Or, s'il commettait une infraction, il serait nécessairement condamné. Et même si la peine était légère, comment se pardonnerait-elle ? Zack ne pourrait que lui en vouloir d'avoir échoué. Et, pis encore, Nick se trouverait précipité sur une pente qu'il aurait peu de chances de pouvoir encore remonter.

Rachel serra les poings. « Oh, Nick, je t'en supplie, retourne au Brise-lames. En colère, s'il le faut. Ecœuré, furieux et même déterminé à te battre. Peu importe. Tout ce que je te demande, c'est de ne pas rester dans la rue. »

La sonnerie de l'Interphone la fit tressaillir. A minuit passé, cela ne pouvait être que Zack. Elle décrocha, le cœur battant d'un mélange de crainte et d'espoir.

— Oui ?

— Ouvre-moi, Rachel.

La voix de Nick !

Tendue, hargneuse. Mais il était là, tout près, à la porte de son immeuble. Et c'était tout ce qu'elle demandait pour le moment.

— Bien sûr. Monte vite.

Au bord des larmes, elle pressa ses mains contre ses paupières closes. Lorsqu'un coup bref fut frappé à sa porte, elle se précipita pour ouvrir et des paroles incohérentes se bousculèrent sur ses lèvres.

— Oh, Nick, je me suis fait tellement de souci ! Je voulais partir à ta recherche, mais je ne savais pas où te trouver. Je suis désolée, désolée…

— Désolée de quoi ? Que tes petites manœuvres se soient retournées contre toi ?

La porte se referma derrière lui avec un claquement sec.

— Nick…

— Tu aurais préféré que je ne te surprenne pas avec Zack, c'est ça ?

Ainsi rien n'était encore réglé, comprit Rachel. L'éclat qui scintillait dans le regard de Nick était aussi redoutable que lorsqu'il s'était jeté sur Zack quelques heures plus tôt.

— Je regrette de t'avoir fait du mal.

— Tu parles. Dis plutôt que ça te gêne d'avoir été démasquée ! Ça la fout mal, hein, maintenant que tes mensonges te rejaillissent à la figure ?

— Je ne t'ai jamais menti, Nick.

— *Quoi ?* Tu n'as fait que ça ! Chaque fois que tu ouvrais la bouche, c'était pour me manipuler avec des paroles hypocrites.

Debout à l'entrée de l'appartement, Nick avait les poings si serrés que les jointures de ses doigts étaient livides.

— Tu disais que tu tenais à moi, que je comptais à tes yeux. Et pendant ce temps, tu couchais avec lui.

— Nick, je...

Mais il ne la laissa pas poursuivre.

— Comme vous avez dû vous éclater, tous les deux, en me regardant me débattre avec mes illusions. Ce pauvre Nick, naïf et pathétique, prêt à attendre aussi longtemps qu'il le faudrait, résolu à bien se tenir pour impressionner favorablement sa belle avocate. Ah, vous avez dû en prendre des crises de fou rire au lit, Zack et toi.

— Nick, non ! *Jamais*, à aucun moment !

— Tu essayes de me dire que tu n'as jamais couché avec lui, peut-être ?

— Je n'ai pas à répondre à cette question !

Il l'attrapa par les pans de son peignoir pour la plaquer contre le battant de la porte. La peur la saisit à la gorge lorsqu'il approcha son visage du sien. Elle ne voyait plus que ses yeux, d'un vert intense, luisant d'un éclat presque terrifiant.

— Pourquoi tu m'as fait ça, merde ? Quel plaisir ça t'a apporté de me ridiculiser de cette façon ? Et avec mon propre frère, en plus.

— Nick !

Elle avait réussi à lui attraper les poignets et s'efforçait de le repousser. Mais la rage avait décuplé ses forces et il lui serrait les épaules à les broyer.

— Je n'arrêtais pas de nous imaginer ensemble, toi et moi. Je faisais plein de projets pour nous deux Et toi, pendant ce temps, tu t'envoyais en l'air avec lui. Et il savait, en plus.

Rachel luttait pour essayer de respirer.

— Nick... Tu me fais mal...

Le son de la voix faible, presque suppliante, ramena Nick à la réalité. Un voile passa devant ses yeux puis il regarda fixement ses mains.

Lentement, ses bras retombèrent le long de ses flancs. Il baissa la tête.

— Je m'en vais, murmura-t-il d'une voix blanche.

Rachel ne prit pas le temps de réfléchir. Sur une impulsion, elle s'adossa contre la porte.

— Non. S'il te plaît. Ne pars pas. Pas comme ça.

Nick était devenu livide.

— Je n'ai jamais été violent avec une femme auparavant, balbutia-t-il. *Jamais*.

— Tu ne m'as pas fait mal. Tout va bien.

Il secoua la tête.

— Tu parles ! Tu trembles comme une feuille.

— Bon, O.K., d'accord, je tremble comme une feuille. Alors allons nous asseoir, comme ça, je tremblerai déjà beaucoup moins.

— Je n'avais pas à mettre les pieds ici, Rachel.

— Je remercie le ciel que tu sois là. Alors, s'il te plaît... prends ce fauteuil.

Nick se passa la main sur les paupières.

— J'imagine que tu as deux ou trois trucs à me balancer à la figure, toi aussi, admit-il en s'asseyant. Tu vas me dire que je peux commencer à me chercher un nouvel avocat, c'est ça ?

— Non. Pour moi, ça n'a rien à voir. Tu restes mon client.

Rachel voulut prendre une gorgée de thé froid, mais sa main tremblait tellement qu'elle renonça à essayer de tenir la tasse.

— Le problème entre nous est d'ordre personnel, Nick. C'est moi qui ai commis une erreur en outrepassant certaines limites. Je n'ai aucune excuse car je sais à quel point il est dangereux de mélanger le professionnel et l'affectif. Mais ce qui s'est passé entre Zack et moi n'était pas prévu au programme, crois-moi.

Nick lui jeta un regard en biais.

— Tu vas me dire que c'était plus fort que toi, maintenant ?

— Disons que ça m'est plus ou moins tombé dessus sans crier gare…

Elle avait le plus grand mal, en fait, à trouver les termes justes pour décrire ce qui lui était arrivé avec Zack.

— Quoi qu'il en soit, dans la mesure où nous étions tous les deux responsables de toi, j'étais en faute et je le regrette. Mais il faut que tu saches une chose, Nick, et je te supplie de me croire : jamais nous ne t'avons considéré comme naïf ou pathétique. Jamais nous n'avons ri de toi. Tu peux penser de moi ce que tu veux, et je conçois que tu condamnes mon attitude. Mais, je t'en prie, ne laisse pas cet incident gâcher ta relation avec Zack. Elle est beaucoup trop précieuse pour cela.

— Il a quand même mis un point d'honneur à te rafler sous mon nez.

Consternée, Rachel secoua la tête.

— Ce n'est pas comme ça que les choses se sont passées, Nick. Et tu le sais.

Il le savait oui. Ses amours avec Rachel n'avaient jamais existé que dans son imagination. Mais il ne se sentait pas moins rejeté pour autant.

— Tu étais importante pour moi, Rachel.

— Et je n'ai pas été à la hauteur, murmura-t-elle, les larmes aux yeux. Je suis désolée.

— Rachel, non !

Nick était horrifié. Il avait commencé par la faire trembler et, à présent, voilà qu'elle pleurait comme une Madeleine.

— Je regrette, Nick. J'ai été tellement nulle. Avec le recul il me paraît évident que j'aurais dû m'y prendre autrement avec toi. Normalement, je sais assez bien ce que je fais, mais là...

— Rachel, calme-toi...

Comme ses sanglots redoublaient, Nick alla s'asseoir à côté d'elle et lui tapota maladroitement l'épaule.

— Il ne faut pas te mettre dans cet état. Ce n'est quand même pas la première fois que je me fais plaquer, tu sais.

Rachel sortit un mouchoir en papier de la poche de son peignoir et se sécha résolument les yeux.

— Promets-moi d'aller t'expliquer avec Zack.

— Là, tu m'en demandes beaucoup.

— Tu n'as pas idée de ce que tu représentes pour lui, Nick.

— Pas de sermons, O.K. ? Allez, on arrête d'en faire un drame ! A t'entendre, on pourrait presque penser que tu es amoureuse de lui.

Sidéré, Nick vit une expression piteuse se peindre sur les traits de Rachel. Puis, comble de l'horreur, elle se mit à pleurer de plus belle.

— Hou là, qu'est-ce que j'ai dit, encore ?

Comme elle se recroquevillait sur elle-même en sanglotant, il se passa nerveusement la main dans les cheveux.

— Si je comprends bien, ce n'est pas seulement sexuel entre vous ?

— Au départ, c'était censé l'être, hoqueta-t-elle. Oh, mon Dieu, comment ai-je pu me fourrer dans un guêpier pareil ? J'ai toujours refusé de tomber amoureuse.

Nick se risqua à glisser un bras autour de son épaule. Non seulement Rachel ne le repoussa pas, mais elle s'abandonna contre lui avec une spontanéité touchante. Etrangement, il ne ressentit aucune tension particulière. Rien qu'une tendresse presque... fraternelle.

— Eh bien... Quelle histoire ! Et Zack, alors ? Il en est au même point que toi ?

— Je ne sais pas, nous n'en avons pas parlé... Mais il n'y a aucune raison pour que nous abordions le sujet, bien sûr. Tout cela est parfaitement absurde.

Les joues en feu, Rachel se redressa. Elle essuya une dernière larme égarée sur sa joue.

— Essaye de ne pas trop me détester, Nick, O.K. ?

Avec un léger soupir, il se renversa contre le dossier.

— Je ne te déteste pas. Et je regrette de m'être comporté comme une brute.

— C'est O.K., Nick. Tu avais de bonnes raisons d'être énervé. Toi et Zack, vous êtes deux personnalités résolument hors du commun, l'un et l'autre. Pourquoi crois-tu sinon que j'aurais craqué pour les deux frères à la fois ?

Nick lui sourit faiblement.

— On peut dire que tu sais les choisir, tes hommes !

Comme il se levait pour partir, Rachel le retint par le bras.

— Laisse-moi te raccompagner jusqu'au bar. Ce sera plus facile si on y retourne ensemble. Si je peux faire quelque chose pour vous aider à vous rabibocher, je me sentirai un peu moins coupable.

— Coupable ? N'exagérons rien ! Ton seul crime, c'est de ne pas avoir choisi le bon frère. Mais tu n'y peux rien si tes goûts ne sont pas ce qu'ils devraient être.

Rassurée de constater que Nick avait retrouvé son humour, Rachel sourit.

— Tu as sans doute raison. Mais j'aimerais bien venir avec toi quand même.

Son habituel petit sourire narquois était de retour sur les traits de Nick.

— Comme tu voudras. Je te signale juste que tu es en peignoir et que tu as les yeux rouges comme un lapin albinos.

— Génial. Accorde-moi juste cinq minutes et je vais essayer de remédier à ça.

Comme ils approchaient du Brise-lames, Nick devenait de plus en plus taciturne et renfrogné. Les épaules légèrement rentrées, les mâchoires crispées, il avait pris l'attitude typique du mâle sur la défensive, se préparant à un affrontement difficile pour son ego. Rachel, qui l'observait du coin de l'œil, se garda bien de le taquiner sur son air lugubre.

— Mon plan est le suivant, dit-elle en s'immobilisant devant la porte. Il est 1 heure passée et les derniers clients ne devraient pas tarder à partir, comme la soirée s'annonçait plutôt calme. Dès que le bar sera fermé, Zack et toi pourrez avoir une explication. Et je vous servirai de médiateur.

Nick baissa la tête. Avait-elle la moindre idée de ce qu'il lui en coûtait d'avoir à franchir cette porte pour faire face à Zack après leur empoignade ?

— Comme tu voudras, marmonna-t-il.

— Et si les coups doivent encore pleuvoir, c'est moi qui les donne, spécifia Rachel en entrant.

A part quelques noctambules qui s'attardaient encore au comptoir, le Brise-lames était vide. Zack était seul à servir au bar et Lola nettoyait les tables en salle.

Rachel vit les traits de Zack s'éclairer brièvement à leur entrée. Puis il reprit son air impassible.

— Mettez-nous deux cafés, barman, lança-t-elle en se perchant sur un tabouret.

Nick ne dit rien, mais il consentit à venir s'asseoir à côté d'elle.

— Il existe une vieille tradition en Ukraine, déclara-t-elle pendant que Zack les servait. Ça s'appelle « tenir un conseil de famille ». Tu es prêt à tenter l'expérience ?

Zack jeta un rapide coup d'œil du côté de Nick.

— Je suis d'accord. Et toi ?

— On ne risque rien à essayer de discuter.

— Bien. Laissez-moi juste le temps de pousser tout ce petit monde dehors et on y va.

Zack alla proposer du café à un client visiblement ivre mort qui s'obstinait à réclamer un bourbon. Comme le ton montait, Rachel voulut intervenir, mais Nick la retint par le poignet.

— Laisse, il va trouver le moyen de s'en débarrasser. Zack sait s'y prendre avec les ivrognes.

— Ah, vraiment ? Je ne l'ai pas trouvé au top avec la blonde, tout à l'heure.

— Quelle blonde ?

— Ça, c'est encore une autre histoire. Je te la raconterai en détail la prochaine fois. Dis-moi, tu préférerais qu'on aille parler là-haut ou…

Elle s'interrompit lorsqu'un grand fracas se fit entendre à l'arrière du bâtiment.

— Mon Dieu ! C'est quoi ce vacarme ? On dirait que Rio vient de renverser le réfrigérateur !

Toutes les têtes étaient tournées en direction des cuisines lorsque les portes battantes s'écartèrent, livrant passage à un Rio chancelant, le front ouvert et le visage couvert de sang. Un homme aux traits dissimulés par une fine cagoule en Nylon noir le tenait en respect avec une arme pointée dans sa nuque.

— Salut la compagnie ! Que la fête commence ! lança l'individu masqué en poussant Rio avec le canon de son revolver.

— Ils sont rentrés par le haut, expliqua Rio d'un air sombre en s'affalant contre le comptoir. Ils m'ont sauté dessus. Je n'ai rien vu venir.

Deux autres hommes armés firent irruption dans la salle.

— Personne ne bouge !

Un des braqueurs marqua son entrée en visant la cloche marine accrochée au-dessus du comptoir. Le coup de feu explosa dans le silence consterné du bar et la cloche tinta follement.

— Cours fermer la porte, espèce d'imbécile, hurla le premier, qui semblait être le chef. Et on ne se sert de nos armes que si j'en donne l'ordre. Et maintenant, tout le monde vide ses poches et pose son argent sur le comptoir. Et les bijoux aussi, bien sûr. Vite.

Il pointa son arme sur Lola.

— Toi, file-nous tes pourboires. J'ai l'impression que tu en as ramassé un joli paquet, ce soir, ma grande.

Pétrifié sur place, Nick ne fit pas un geste. Il ne lui avait pas fallu trois secondes pour identifier les braqueurs sous leur masque. Il avait reconnu la voix de Reece, le blouson en jean de Cash, la démarche et le rire aigu de T.J.

— Qu'est-ce que vous foutez, bon sang ? lança-t-il, sidéré.

— Vide tes poches, toi aussi, ordonna Reece.

— Vous êtes fous !

— Obéis ! Quant à toi, la ferme, fit-il en braquant son arme sur Rachel… Ça y est ? Tu as tout récupéré ? demanda-t-il à T.J. qui faisait le tour du bar pour jeter l'argent et les bijoux dans un sac. Parfait. Et maintenant, tout le monde couché, à plat ventre. Exécution !

Reece se tourna vers Zack.

— Non, pas toi, le barman. Tu vas me vider ton tiroir-caisse. Quant à toi, mon coco, tu feras un très joli otage, enchaîna-t-il en attrapant le bras de Rachel. Au premier qui bouge, je descends la fille. C'est clair ?

— Tu vas la lâcher, espèce de…

— Laisse faire, Nick, murmura Zack.

Il soutint fermement le regard de Reece tout en vidant le tiroir-caisse.

— Tout va bien se passer. Vous n'avez pas besoin d'otage, lui assura-t-il d'un ton calme et maîtrisé.

— Besoin, peut-être pas, mais elle peut servir, rétorqua Reece en palpant le bras de Rachel. La chair fraîche bien emballée, j'aime ça.

T.J. éclata de son rire grinçant caractéristique.

— Peut-être qu'on va t'emmener avec nous, ma poupée, enchaîna Reece. On pourrait prendre du bon temps, tous les quatre.

Rachel se fit violence pour ne rien riposter. *Le talon contre son cou-de-pied et le coude dans la trachée.* C'était réalisable. Mais trop dangereux, hélas. Si elle parvenait à étendre le meneur sur le sol, ses deux sbires pourraient bien paniquer et se mettre à tirer dans le tas.

Fou de rage, Nick voulut se jeter sur Reece. Mais ce dernier immobilisa Rachel en lui enserrant le cou. Il eut un ricanement cynique.

— Allez, vas-y, le roi de la plonge, attaque ! Essaye un peu pour voir.

Cash, visiblement inquiet, secoua la tête.

— Vas-y mollo, O.K. ? On est venus pour l'argent. Rien d'autre.

— Je prends ce que je veux ici. Le pognon, la fille, et même des vies, si ça me chante… Où est le reste ? demanda Reece à Zack lorsque T.J. eut versé le contenu de la caisse dans son sac.

— Tout est là. On n'a pas eu une grosse recette. La soirée a été calme.

— N'essaye pas de jouer au plus malin avec moi. Il y a un coffre-fort dans le bureau. Ouvre-le.

Zack sortit lentement de derrière le comptoir.

— Très bien. Lâche la demoiselle et je t'ouvrirai le coffre.

— Je suis armé, et pas toi, rétorqua Reece en ricanant. Alors, les ordres, c'est moi qui les donne.

— Tu as l'arme et moi j'ai la combinaison du coffre. Si tu veux l'argent, tu la laisses tranquille.

Cash commençait à donner des signes de nervosité.

— Allez. On n'a pas besoin de la nana. Fais ce qu'il te demande.

Mais Reece ne voulait rien savoir. La calme assurance de Zack semblait le rendre fou furieux.

— Ouvre-moi ce coffre immédiatement ou je te colle une balle dans la tête.

— Je suis le propriétaire, ici, et je ne veux pas qu'il y ait de blessés dans ce bar, répondit Zack patiemment. Laissez cette jeune femme tranquille et vous pourrez prendre tout ce que vous voulez.

Brusquement, T.J. éclata d'un fou rire hystérique et se mit à crier.

— Et si on cassait tout, dans ce bar de merde ?

Il tira sur les verres suspendus au-dessus du comptoir et les éclats volèrent. Visiblement enchanté par le résultat, il fit feu une seconde fois.

— Allez, on s'éclate et on fait tout péter.

Il prit une vodka sur le comptoir, vida le verre d'un trait et le jeta avec force sur le sol. Le fracas et les cris étouffés des otages galvanisèrent Reece. Indifférent aux faibles protestations de Cash, il visa l'écran de télévision et le fit exploser.

— Voilà comment je vais l'ouvrir, ton coffre. Je peux me passer de la fille, s'exclama-t-il en envoyant valser Rachel.

Il se tourna vers Zack avec un rire presque dément.

— Et je n'ai pas besoin de toi non plus.

Reece braqua l'arme sur Zack. Cette vie qu'il tenait entre ses mains, il allait la prendre. Faire jaillir le sang. Dominer. La sensation était neuve. Excitante.

— Tiens, toi, ça t'apprendra à obéir aux ordres.

Zack allait plonger lorsque Nick bondit sur ses pieds et se jeta sur lui, comme un joueur de rugby plaquant l'adversaire. Le coup de feu partit au moment précis où les deux frères entraient en collision.

Le reste de la scène se perdit dans les cris et la confusion. Rachel brandit une chaise et l'assena de toutes ses forces sur l'un des hommes. Du coin de l'œil, elle vit Rio se ruer en avant, puissant et rapide comme une montagne en mouvement. Mais déjà, elle rampait en direction de l'endroit où Zack et Nick étaient tombés.

Elle sentit l'odeur du sang, vit que ses mains en étaient couvertes. Indifférente à la furieuse agitation qui régnait dans la salle, elle pressa la main sur la poitrine de Nick.

— Oh, mon Dieu... Mon Dieu, s'il vous plaît...

Zack se redressa lentement, en secouant la tête.

— Rachel, tu es saine et sauve. Je...

Mais lorsqu'il vit son frère gisant par terre sans connaissance dans une mare de sang, il devint comme fou.

— *Nick !* Non !

Il se jeta sur Nick et Rachel dut lutter pour le repousser.

— Zack, non. Arrête ! Ecoute-moi... Garde tes mains là, en appuyant fort. Je vais aller chercher un torchon.

Elle courut derrière le comptoir en criant :

— Lola, appelle une ambulance ! Dis-leur qu'ils viennent de toute urgence.

S'agenouillant près de Zack, elle repoussa ses mains et

plaça le torchon roulé de manière à contenir l'hémorragie. Les larmes commencèrent à couler alors qu'elle lui cherchait le pouls d'une main fébrile.

— Nous n'allons pas le laisser partir, Zack. Je te promets que nous ne le laisserons pas partir.

Rio vint s'accroupir à côté d'eux.

— Ils ont réussi à filer. Tu veux que j'essaye de les prendre en chasse ?

Les mâchoires crispées, Zack secoua la tête.

— Non. Je me chargerai d'eux plus tard. Va me chercher une couverture pour Nick. Et trouve-moi des serviettes, des torchons, n'importe quoi.

Lola vint poser la main sur sa tête.

— Il a été héroïque, Zack.

— Il s'est fichu en travers de mon chemin, murmura-t-il, la gorge nouée par une violente montée de chagrin... Ce sacré gamin, il a toujours fallu qu'il se mette dans mes pattes... Bon sang, mais bon sang...

Il chercha le regard de Rachel et couvrit sa main sur la poitrine de son frère.

— Je ne veux pas le perdre.

Avec un frisson de soulagement, elle entendit hurler les sirènes au loin.

— Tu ne le perdras pas, Zack. *Nous* ne le perdrons pas.

Les longs couloirs de l'hôpital. La lumière blafarde de la salle d'attente. Les heures comme suspendues dans une éternité grise et la peur qui cisaille le ventre.

Attendre. Attendre. Et attendre encore.

Faire les cent pas, allumer une énième cigarette, tirer un café amer du distributeur. C'était toujours la même vision qui hantait Zack : le visage mortellement pâle de son frère, allongé sur le chariot, lorsque les portes de l'ascenseur s'étaient refermées sur lui.

Implacable, l'hôpital le renvoyait à sa propre impuissance. Moins d'un an auparavant, il avait vu mourir son père. Lentement. Inévitablement. Pitoyablement.

Mais pas Nick. Nick était jeune. Il avait la vie devant lui.

Si seulement il n'avait pas été aussi affaibli par l'hémorragie ! Zack regarda ses mains et les revit couvertes du sang de Nick. Comme s'il avait tenu la vie de son frère entre ses doigts.

— Zack, murmura Rachel en venant lui masser les épaules, tu ne veux pas aller marcher dehors cinq minutes ? Prendre un peu l'air ?

Il se contenta de faire non de la tête. Rachel n'insista pas. Lui proposer de se reposer serait tout aussi inutile. Elle-même avait essayé de somnoler quelques instants. Mais, dès qu'elle baissait les paupières, la scène de cauchemar revenait danser devant ses yeux. Elle revoyait l'arme se pointer sur Zack. Le formidable bond de Nick. Le sang sur sa poitrine.

— Je vais aller chercher de quoi vous nourrir, annonça Rio d'un air sombre. Et vous avez intérêt à manger, tous les deux. Ce garçon aura bientôt besoin de soins. Et pour s'occuper de lui, il faudra être en forme.

Les lèvres serrées, son pansement immaculé barrant son front brun, Rio sortit d'un pas pesant, comme si le poids du monde reposait sur ses épaules.

— Il adore Nick, en fait, murmura Zack comme pour lui-même. Et il est furieux de ne pas avoir réussi à maîtriser trois hommes armés à lui seul.

— Nous les retrouverons, Zack.

D'un geste accablé, il repoussa la mèche noire qui lui tombait sur le front.

— Je pensais que ce type allait s'en prendre à toi,

déclara-t-il. C'était là, dans son regard, une sorte de jubilation haineuse. Il était parti pour un acte de destruction de grande violence. Et j'étais terrifié pour toi. L'idée ne m'a même pas traversé l'esprit que Nick pouvait être en danger.

Rachel lui posa les mains sur les épaules.

— Tu n'as rien à te reprocher, Zack — strictement rien. Tu as fait ce qu'il fallait pour assurer la sécurité de toutes les personnes dans le bar. Si Nick a été blessé, c'est parce qu'il a voulu te protéger. C'est un extraordinaire acte d'amour de sa part.

Cette fois, lorsqu'elle lui ouvrit les bras, Zack accepta le réconfort de son étreinte.

— J'ai besoin de le voir. De lui parler. Je crois que je ne pourrai pas le supporter si...

— Tu vas avoir tout le temps qu'il faudra pour lui parler.

— Excusez-moi...

Ils tournèrent la tête et virent Alex, hésitant à l'entrée de la pièce.

— Rachel ? Ça va ? Tu n'as rien ?

— Non, je n'ai rien, dit-elle en gardant le bras fermement passé autour de la taille de Zack. Nick, en revanche...

— Je sais. J'ai demandé qu'on me confie l'enquête. Je pensais que ce serait plus facile pour tout le monde. Cela ne te pose pas de problème ? demanda-t-il à Zack.

— Non, au contraire. J'apprécie.

Alex leur fit signe de s'asseoir.

— Vous avez eu des nouvelles de Nick ?

— Pas un mot. Il est toujours en salle d'opération. Et ça dure depuis des heures.

— Je verrai s'il n'y a pas moyen d'obtenir plus d'informations. Mais si vous me parliez un peu de ces trois braqueurs ?

— Ils portaient des cagoules en Nylon, déclara Zack d'une voix lasse. Noires. L'un d'eux avait un blouson en jean élimé.

Rachel prit la main de Zack dans la sienne.

— Celui qui a tiré sur Nick est le plus petit des trois. Il doit mesurer entre 1,68 m et 1,70 m. Yeux bruns. Cheveux noirs. Une cicatrice d'environ trois centimètres sur le poignet gauche.

— Tu aurais fait un excellent flic, Rachel. Et les deux autres ?

— Celui qui a commencé à tout casser avait une voix assez haut perchée et ricanait tout le temps, se souvint Zack. Un type maigre. Nerveux.

— Des cheveux clairs. Vraisemblablement châtains, compléta Rachel. Le troisième était un peu plus costaud. Il transpirait beaucoup et paraissait mal à l'aise.

— Vous avez une idée de leur âge ?

— Ils étaient jeunes… La vingtaine, à peu près ? suggéra-t-elle en jetant un regard interrogateur à Zack.

— Dans ces eaux-là, oui, confirma ce dernier. Y a-t-il une chance quelconque pour que la police les identifie ?

Alex referma son carnet de notes.

— Je ne dis pas que ce sera facile. Mais je vais tout mettre en œuvre pour les retrouver. Je me sens personnellement concerné, en l'occurrence.

— J'imagine, oui, répondit Zack d'une voix lasse en regardant Rachel.

— Non. Pas seulement à cause d'elle, Zack. Pour ton frère aussi. Il a fait du chemin, ce gamin. Et j'étais sacrément heureux de voir qu'il était en train de s'en sortir.

— Monsieur Muldoon ?

Une femme d'une cinquantaine d'années en tenue verte de chirurgien entra dans la pièce.

— Je suis le docteur Markowitz… La chirurgienne de votre frère, précisa-t-elle lorsque Zack se leva d'un bond.

— Alors ? Est-ce qu'il… ?

Le Dr Markowitz se laissa tomber sur un accoudoir.

— C'est un garçon solide. Vous voulez le jargon technique pour que je puisse étaler ma science ou l'essentiel en quelques phrases ?

— L'essentiel en quelques phrases, trancha Zack, les paumes moites et le cœur battant.

— Il est dans un état critique. Mais ce garçon a eu de la chance. D'être tombé sur moi, pour commencer. Et que la balle tirée à bout portant ait manqué le cœur. Je dirais qu'il a soixante-quinze pour cent de chances de s'en tirer. Et comme il est jeune, avec une constitution solide, ce pourcentage devrait être en nette augmentation dans vingt-quatre heures.

L'estomac de Zack se contracta violemment.

— Vous… vous êtes en train de me dire qu'il va vivre ?

— Je suis en train de vous dire que j'ai passé plus de dix heures penchée sur lui, en salle d'opération, et que je déteste fournir un effort aussi intense pour rien.

Le Dr Markowitz se leva et fit la grimace en se massant le dos.

— Vous voulez entendre les conseils habituels, du genre : « Votre frère ne reprendra pas connaissance avant plusieurs heures et vous devriez rentrer tranquillement chez vous pour vous reposer » ?

— Tout à fait inutile, rétorqua Zack.

Elle se frotta les yeux et sourit.

— C'est bien ce que je pensais. Votre frère est un beau garçon, monsieur Muldoon. Je serai ravie de bavarder un moment avec lui lorsqu'il reprendra conscience.

Le médecin s'étira. Elle fronça les sourcils lorsque son regard tomba sur Alex.

— Vous ne seriez pas de la police, vous, par hasard ?

— En effet, madame.

— Ceux-là, je les repère à des kilomètres, marmonna la chirurgienne en quittant la pièce.

Chapitre 12

La douleur formait comme une mince strate sous-jacente, affleurant par moments à travers une masse épaisse, indifférenciée d'inconscience cotonneuse. Chaque fois qu'il refaisait surface, Nick décrochait et se sentait glisser de nouveau vers le fond, dans le brouillard gris d'un néant confortable. Il percevait des sons lointains, une sorte de bip-bip, monotone et insistant, et le bourdonnement régulier d'une machine. De temps en temps, il lui semblait sentir une main se poser sur la sienne. Il y avait une voix familière aussi qui lui parlait avec insistance. Mais il n'avait pas la force nécessaire pour se concentrer sur le sens des mots prononcés.

Des bribes de rêve se succédaient. Il se vit au cœur d'un ouragan, plongeant du haut d'un navire. Mais il tombait sans fin dans le lit des ténèbres, sans jamais descendre jusqu'au niveau de l'eau. Brusquement, il se retrouva en train de jouer au flipper avec Zack derrière lui, qui lui guidait les mains. L'image changea, de nouveau, et, cette fois, c'était Cash qui se tenait près du billard électrique, le visage à demi voilé par la fumée de sa cigarette.

Vint Rachel qui souriait dans une pizzeria brillamment

éclairée. Elle l'écoutait avec attention et ses yeux étaient si beaux qu'il en aurait pleuré.

Puis il entendit la voix du père Muldoon, qui hurlait : « Tu n'arriveras jamais à rien. Je l'ai su dès que je t'ai vu ! » Mais, très vite, le regard du vieil homme se fit vague, absent, et il gémissait interminablement : « Où étais-tu passé ? Pourquoi me laisses-tu toujours seul ? Où est Zack ? »

Mais Zack était loin, à des milliers de kilomètres de là. Il n'y avait personne sur qui s'appuyer.

Rio, faisant frire des pommes de terre et riant de l'une de ses propres plaisanteries. Puis Zack de nouveau. Encore et toujours Zack, traversant les cuisines : « Alors, gamin ? Toujours autant d'appétit ? Tu vas finir par nous ruiner, à manger comme tu le fais ! »

Le piano noir brillant — comme une porte ouverte sur un univers auquel il n'osait même pas rêver d'accéder — et Zack, debout, avec un sourire jusqu'aux oreilles, qui l'écoutait jouer. Puis le scintillement d'une arme. Le canon pointé sur Zack et...

Avec un grognement de panique, Nick tenta de se redresser.

— Hé là, doucement. Inutile de s'énerver. Y a pas d'urgence, gamin.

Il reconnut la voix de Zack, la pression de sa main sur son épaule. Mais ses yeux avaient de la peine à accommoder.

— Je suis malade ? demanda-t-il, étonné d'avoir la bouche aussi sèche, la voix aussi rauque.

— Disons que tu n'es pas au sommet de ta forme physique, dit Zack en le faisant boire.

Nick avala deux gorgées et sa vision s'éclaircit. Il regarda Zack avec attention. Il avait des cernes noirs sous les yeux et les joues hérissées d'un début de barbe.

— Tu as une sale tête, frangin. On dirait que tu n'as pas dormi depuis deux jours.

Zack rit doucement de sa réflexion.

— Tu n'as pas non plus très bonne mine. Je vais appeler l'infirmière.

— L'infirmière ? Nous sommes dans un hôpital ?

— Tu te croyais au Ritz, gamin ? Tu as mal ?

— Je ne crois pas. J'ai l'impression d'être à moitié drogué.

— Il y a un peu de ça, oui.

Zack posa la main sur la joue de Nick et ne put s'empêcher de la laisser reposer là un moment.

— Tu sais que je désespère de toi, Nick ? chuchota-t-il d'une voix altérée.

— Pourquoi ? Il y a eu un accident ? Je…

Brusquement, le souvenir de la scène dans le bar lui revint, le submergeant comme une lame de fond.

— Bon sang, Rachel ! Ils ne l'ont pas… ?

— Non, non… Tout va bien. Elle vient de partir, il y a une demi-heure. Mais elle ne devrait pas tarder à revenir.

Nick contempla longuement son frère.

— Et toi, il ne t'a pas eu, alors ?

— Non, idiot. C'est toi qui as pris la balle qui m'était destinée, rétorqua Zack d'une voix brisée en enfouissant son visage dans ses paumes.

Sidéré, Nick vit que les mains de son frère tremblaient.

— Tu m'as flanqué la trouille la plus monumentale de ma vie. Si tu n'étais pas déjà sur le carreau, je t'y mettrais sans hésiter.

Ces menaces prononcées d'une voix étranglée n'étaient pas, à proprement parler, terrifiantes. De plus en plus intrigué, Nick regardait son frère.

— Zack ?… Ça va ?

— Non, ça ne va pas, marmonna Zack en se levant d'un bond pour aller se poster devant la fenêtre.

Il prit quelques inspirations profondes et se tourna de nouveau vers le lit.

— Désolé. J'ai été un peu secoué, là, mais ça commence

à aller mieux. Normalement, ils devraient bientôt te sortir d'ici pour te transférer dans un service ordinaire.

— Parce que je suis où, là ?

Nick tourna la tête et vit des parois de verre, des machines qui clignotaient, et lui-même attaché à tout ce dispositif.

— Ça craint, toute cette tuyauterie... Ça fait longtemps que je suis dans le cirage ?

— Tu t'es déjà réveillé à deux ou trois reprises, mais ils ont dit que tu ne t'en souviendrais pas. Tu as beaucoup parlé de flippers, d'une fille nommée Marla et tu as réclamé avec insistance un plat de frites.

Nick ne put s'empêcher de sourire.

— C'est une de mes faiblesses. Ils sont venus m'en apporter ?

— Non. Mais on pourra peut-être en introduire bientôt en douce. Tu as faim ?

— Je ne sais pas. Ça fait combien de temps, alors ?

— Douze heures depuis qu'ils t'ont charcuté puis recousu. Tu sais quoi, Nick ? Je crois que si l'autre ordure t'avait tiré dans la tête au lieu de la poitrine, tu n'aurais même pas senti l'impact.

Zack lui tapota affectueusement le crâne.

— On ne fait pas plus dur, comme caboche. J'ai une sacrée dette envers toi, mon grand. Tu m'as sauvé la vie.

Les paupières de Nick se faisaient si lourdes qu'il dut se résoudre à les laisser retomber.

— C'est un peu comme sauter du pont d'un navire en plein ouragan, murmura-t-il d'une voix à peine audible. Ça arrive avant qu'on ait le temps d'y penser. Tu vois ce que je veux dire ?

— Mmm...

— Zack ?

— Je t'écoute.

— Je voudrais parler à la police.

— Il faut que tu te reposes.

— C'est important, chuchota Nick alors qu'il glissait déjà dans le sommeil. Les trois braqueurs... je les ai reconnus...

Zack resta longtemps dans son fauteuil à regarder son frère dormir. Et, comme il n'y avait personne pour les observer, il se risqua même à lui caresser le front.

— Puisque je vous *dis* qu'il est hors de danger ! répéta le Dr Markowitz. Rentrez chez vous, monsieur Muldoon.

— Pas tout de suite.

Zack se sentait déjà beaucoup plus tranquille depuis que son frère était sorti de l'unité de soins intensifs. Mais il n'était pas encore prêt à déserter le navire.

La chirurgienne leva les yeux au ciel.

— Il faut vraiment avoir du sang irlandais dans les veines pour être tête de mule à ce point. Madame Muldoon, si vous avez une quelconque influence sur votre mari...

— Je ne suis pas Mme Muldoon et je n'ai aucune influence, répondit Rachel. Mais je pense qu'on devrait pouvoir l'arracher d'ici, une fois qu'il aura revu Nick. Je suppose que mon frère devrait bientôt avoir fini de recueillir son témoignage.

— Ainsi le policier est votre frère ? Allons bon... Je vous accorde cinq minutes avec mon patient et, ensuite, je vous fais jeter dehors. Et cela vaut aussi pour le géant qui hante les corridors, avec son bandage blanc sur le front.

Rachel s'engagea solennellement à rapatrier tout ce petit monde à la maison. Le Dr Markowitz avait à peine tourné les talons que la porte de la chambre s'ouvrit. Alex sortit, rayonnant de satisfaction.

— Et voilà. Mission accomplie. Il ne me reste plus qu'à aller procéder à quelques arrestations.

— Tu as des noms ? demanda Zack, les poings serrés.

Alex secoua la tête.

— Ah non, pas question. On ne fait pas sa justice soi-même, dans ce pays. Ton frère a choisi la bonne manière. Là, il te donne une belle leçon.

Laissant Alex regagner son commissariat, Rachel prit la main de Zack dans la sienne.

— Si tu entres voir Nick maintenant, commence par te ressaisir, d'accord ?

— Cette ordure a failli tuer mon frère.

— C'est un fait. Et pour cet acte, il sera arrêté, jugé et condamné.

Zack hocha brièvement la tête et poussa la porte de la chambre. Il se plaça au pied du lit et laissa passer un moment de silence.

— Comment te sens-tu, Nick ? demanda-t-il doucement.

Son frère ouvrit des yeux embrumés.

— Encore passablement sonné. Mais il faut que je te parle.

— Tu ne crois pas que ça peut attendre ?

— Non. C'est ma faute, s'il y a eu ce braquage. Les trois types faisaient partie de mon ex-bande. Ils connaissaient la disposition des lieux parce que je leur avais fourni une description détaillée. Mais sans me douter que… Je ne les imaginais même pas capables de faire un coup pareil, Zack. Je sais que tu ne me crois pas, mais…

Zack fut submergé par une vague d'émotion si puissante qu'il dut attendre un moment avant de protester.

— Et pourquoi est-ce que je ne te croirais pas ?

Nick ferma les yeux.

— Parce que j'ai tout fichu en l'air, comme d'habitude.

Il raconta d'une traite sa rencontre avec Cash dans la galerie de jeux.

— Je croyais qu'on avait une discussion normale. En fait, il était en train de me tirer les vers du nez.

— Tu le considérais comme un ami, rétorqua Zack

doucement en allant poser la main sur le poignet de Nick. Tu n'as pas tout « fichu en l'air », Nick. Tu as simplement fait confiance à des gens qui ne le méritaient pas. Tu n'es pas comme eux et tu ne l'as jamais été.

Lorsque Nick ouvrit les yeux, Zack lui prit la main et la tint fermement dans la sienne.

— S'il y a quelque chose que tu as fichu en l'air, c'est toi-même en essayant de leur ressembler. Mais c'est fini maintenant.

— Ils ne s'en sortiront pas comme ça, cette fois.

— Non. On ne les laissera pas faire.

Nick poussa un soupir et ferma les yeux. Il paraissait serein, presque heureux. Zack sourit, apaisé.

— Markowitz me jette dehors pour que tu puisses te reposer. Mais je reviendrai demain.

Nick souleva brièvement les paupières.

— N'oublie pas mes frites.

— Compte sur moi.

En sortant de la chambre, Zack trouva Rachel qui l'attendait devant la porte. Ils échangèrent un regard puis il la prit dans ses bras et la serra de toutes ses forces. Elle était si fine et si fragile dans son étreinte ! Et pourtant il la sentait ferme et solide comme une ancre jetée dans une mer houleuse.

— Ne me laisse pas seul ce soir, murmura-t-il, les lèvres enfouies dans ses cheveux. Viens dormir chez moi.

Rachel lui déposa un baiser sur la joue.

— Allons-y tout de suite. J'achèterai une brosse à dents en route.

Immobile, les yeux grands ouverts dans le noir, Rachel veillait sur l'homme étendu à son côté. Au cours des dernières quarante-huit heures, Zack s'était à peine accordé le temps de somnoler une heure ici et là et, recru de fatigue, il avait sombré dans un sommeil de plomb sitôt la tête posée sur l'oreiller. Etrangement émue, elle observa son profil dans la faible lumière qui filtrait à travers les rideaux fermés. Elle ne s'était jamais considérée comme une femme particulièrement maternante. Mais elle avait ressenti un contentement qui frisait la plénitude, simplement à tenir Zack dans ses bras.

Mais pas moyen, hélas, de trouver le sommeil de son côté ! Mille questions irrésolues lui trottaient dans la tête. Jusque-là, elle avait toujours affronté les problèmes à coups de raisonnements logiques. Mais cette arme-là ne lui était pas d'un grand secours pour décider de ce que voulait son cœur.

L'amour ne connaissait pas de méthode, pas de règles, pas de lois clairement définies. On ne pouvait pas l'aborder en établissant des listes ou en fixant des objectifs. Or, dans quelques jours, ils passeraient au tribunal et elle n'aurait plus de rôle officiel à jouer dans la vie de Zack et de Nick.

Le moment était donc venu d'effectuer un choix clair. Zack lui avait fait une proposition très concrète en lui demandant de venir s'installer chez lui. Etait-elle prête à franchir le pas ? A sacrifier sa sacro-sainte liberté ainsi que la priorité qu'elle avait toujours mise sur sa carrière ? Le problème était maintenant de faire la part entre l'essentiel et le contingent, entre ce qui lui était indispensable — vraiment indispensable — et ce dont elle pouvait se passer dans la vie.

Or l'individu mâle qui dormait du sommeil du juste à son côté avait pris une telle place dans son cœur qu'elle avait bien de la peine, désormais, à concevoir l'existence sans lui.

Un son étranglé monta de la gorge de Zack et il se redressa en sursaut.

— Dors, murmura-t-elle en lui caressant la joue. Tout va bien. Tu n'as plus à t'inquiéter de rien.

— Je sais... C'est un vieux cauchemar, marmonna-t-il

d'une voix ensommeillée. Une histoire d'ouragan. Je te raconterai.

Elle posa la main sur son cœur comme pour en calmer les battements précipités.

— Rendors-toi, Muldoon. Tu as besoin de récupérer.

— Mmm... Tu sais que c'est bon de t'avoir ici, dans mon lit ?

Elle haussa les sourcils lorsque la main de Zack glissa lentement à rebours de sa cuisse.

— Attention, Muldoon, avant de te lancer dans ce genre d'entreprise, assure-toi de pouvoir la conduire à terme.

— J'essaye juste de récupérer mon T-shirt, chuchota-t-il dans un demi-sommeil. Et je contrôle un peu ce qu'il y a dessous.

Soulevant la chemise de nuit de fortune, il remonta jusqu'à ses seins et poussa un soupir de pur bien-être.

— Mm... C'est bien ce que je pensais. Ce corps-là n'est absolument pas réglementaire. Il va falloir faire quelque chose.

Rachel sentit les premiers frémissements du désir naître dans les profondeurs pour remonter jusqu'à la périphérie en longues vagues brûlantes.

— Méfie-toi, Zack...

— Je rêvais que j'étais encore dans la marine, murmura-t-il en lui retirant le T-shirt avec des gestes merveilleusement érotiques. Ça m'a rappelé le temps de l'abstinence forcée, l'époque où je passais des mois entiers d'affilée sans voir de femmes...

Il lui lécha les lèvres.

— ... sans goûter de femmes.

— Continue, murmura-t-elle, le souffle court, en ondulant doucement sous ses caresses.

— Quand j'ai ouvert les yeux, là, j'ai senti l'odeur de tes cheveux, de ta peau. Ça fait des semaines que je me réveille dans le désir de toi. Et là, il a suffi que je tende la main et tu étais là.

— C'est simple, non ?

— Elémentaire, fillette.

— Alors vogue le navire, Muldoon, chuchota-t-elle en le renversant sur le dos pour se couler sur lui.

Et ce fut simple. Incroyablement simple...

— Tu n'es pas raisonnable, honnêtement, bougonna Rachel en soutenant Nick pour gravir les marches du palais de justice. Tu aurais facilement pu faire reporter la date, vu les circonstances.

— Je veux en terminer avec cette histoire, assura Nick pour la énième fois en jetant un regard à Zack.

— Je suis d'accord avec toi. Qu'on en finisse !

Elle leva les yeux au ciel.

— C'est ça. Allez-y ! Faites front contre moi ! Ça fait deux jours à peine que tu es sorti de l'hôpital, Nicholas LeBeck.

— Mais le Dr Markowitz lui a donné le feu vert, intervint Zack.

— Je me moque de ce que dit, fait et pense le Dr Markowitz !

Nick parvint en haut des marches et dégagea sa main.

— Arrête de me materner, Rachel.

— Bon, bon, d'accord.

Mais elle ne put s'empêcher de rectifier son nœud de cravate, de lisser son veston sur ses épaules. Puis elle recula d'un pas pour examiner son client.

— Bon, tu es encore un peu pâle, mais ça peut jouer en ta faveur. Et maintenant, tu es bien certain que tu te souviens de tout ce que je t'ai dit ?

— Rachel, par pitié. Nous avons déjà répété la scène au moins dix fois... Hé, Zack, tu peux nous laisser cinq minutes ? Je voudrais dire un truc à Rachel.

— O.K., acquiesça Zack. Mais bas les pattes, hein ?

Nick haussa les épaules, avec un léger sourire amusé.

— Ecoute, Rachel, je veux que tu saches que… Eh bien, c'était vraiment sympa de la part de ta famille de venir me voir à l'hosto. Ta mère m'a apporté des gâteaux. Et ton père est resté au moins deux heures pour jouer aux dames avec moi.

— S'ils sont venus, c'est que ça leur faisait plaisir.

— Peut-être. Mais il n'empêche qu'ils ont été super. Et puis il y a Freddie, qui m'a envoyé une carte postale de Virginie. Même le flic a été cool, dans l'ensemble.

Rachel sourit.

— Il arrive à Alex de se montrer raisonnablement humain de temps en temps.

— Enfin bref, je ne sais pas encore ce que ça va donner tout à l'heure, mais en tout cas, tu as fait bouger beaucoup de choses, dans ma vie. Je ne sais peut-être pas encore où je vais, mais je sais en tout cas où je ne vais plus. Et ça, c'est grâce à toi.

Rachel s'éclaircit la voix. Un mot de plus comme ça et elle fondait en larmes.

— J'ai peut-être contribué pour une petite partie, mais l'essentiel était là, rétorqua-t-elle d'un ton délibérément léger en pointant l'index sur la poitrine de Nick. Tu es un type bien, LeBeck.

— Merci. Juste encore une chose : j'ai cru comprendre que Zack t'avait proposé de vivre avec lui. Je voulais te dire de ne surtout pas vous inquiéter pour moi. Je ne me mettrai pas dans vos pattes.

— Je n'ai pas encore pris de décision à ce sujet. Mais quoi qu'il arrive, tu ne seras jamais « dans nos pattes ». Tu fais partie de la famille, compris ?

— Compris. Et, si tu décides de le virer, n'oublie pas

que je suis toujours disponible, ajouta-t-il en réaffichant le petit sourire narquois qui lui servait de carte de visite.

— C'est bon à savoir, fit-elle en tirant un petit coup sec sur son veston. Et maintenant, allons-y.

Les jambes en coton, Rachel guida Nick jusqu'à la table de la défense. A priori, sa cause était gagnée d'avance. Et pourtant elle était littéralement liquéfiée par l'angoisse.

Lorsque la juge entra, elle se leva en même temps que le reste de la salle et adressa un sourire encourageant à Nick.

— Eh bien, monsieur LeBeck, comme le temps passe ! s'exclama Marlene Beckett. J'ai entendu dire que vous aviez eu un petit problème, récemment. Vous avez récupéré ?

Déconcertée par cette façon inhabituelle de procéder, Rachel se leva.

— Votre Honneur, je...

— Asseyez-vous, asseyez-vous, intima la juge avec un geste large du bras. Je prenais des nouvelles de votre santé, monsieur LeBeck. Comment vous portez-vous ?

— Eh bien... ça va.

— Parfait. J'ai également appris que vous aviez identifié les trois desperados qui se sont introduits dans le bar de M. Muldoon.

Rachel fit une nouvelle tentative.

— Dans mon dernier rapport, Votre Honneur...

— Je l'ai lu, Maître, merci. Vous avez fait un excellent travail, mais j'aimerais entendre M. LeBeck s'exprimer lui-même. Ma question est la suivante : pourquoi avoir choisi de dénoncer ces trois individus que vous étiez si fermement décidé à protéger, il y a deux mois ?

— Lève-toi, intima Rachel entre ses dents.

Sourcils froncés, Nick s'exécuta.

— Oui, madame ?

— Dois-je reformuler ma question ?

— Non, j'ai compris.

— Parfait. Et quelle est votre réponse ?

— Ils s'en sont pris à mon frère.

Marlene Beckett eut un sourire satisfait.

— Ha ! Et ça change la nature du problème, on dirait ?

Oubliant toutes les recommandations de Rachel, Nick laissa de côté les « Votre Honneur » et les « madame » et dit ce qu'il avait sur le cœur :

— Ecoutez, ils sont entrés dans le Brise-lames, ils ont frappé Rio à la tête, menacé Rachel et ils étaient partis pour casser toute la baraque. Eh bien, désolé, mais je ne suis pas d'accord. Alors, vous allez peut-être penser que je suis un traître et une balance, mais je m'en contrefiche. Reece a essayé de descendre mon frère. Et là, je dis non.

— Ce que je pense, LeBeck, c'est que je vois désormais en vous un futur adulte aux idées structurées et au comportement responsable. Non seulement vous avez acquis les bases d'une morale élémentaire, mais vous êtes loyal, ce qui, à mes yeux, représente une qualité primordiale. Vous allez sûrement commettre d'autres erreurs dans votre vie, mais je doute qu'elles soient de nature à vous conduire de nouveau devant une cour de justice. Et maintenant, je crois que le procureur de district a quelque chose à dire.

— Oui, Votre Honneur. Le ministère public renonce à poursuivre M. LeBeck.

— Oui !

Sur ce cri de triomphe, Rachel bondit sur ses pieds.

— Ça y est ? C'est fini ? s'enquit Nick, interloqué.

— Il manque encore un petit quelque chose, déclara la juge avec l'ombre d'un sourire en levant son marteau. Et voilà. Cette fois, ça y est, vous êtes libre, jeune homme.

Avec un grand rire de joie, Rachel noua les bras autour du cou de Nick.

— Donc je ne serai pas incarcéré ? C'est sûr de chez

sûr ? Je rentre à la maison ? balbutia Nick. Je n'osais pas vraiment y croire.

Le visage rayonnant, Zack lui prit la main, puis, n'y tenant plus, serra résolument son frère dans ses bras devant tout le monde.

— Si tu t'y prends bien, gamin, tu pourrais réussir à négocier une augmentation.

— Une augmentation ? Tu rigoles ! Prépare-toi à me prendre comme associé, oui !

— Si ces messieurs veulent bien m'excuser, j'ai d'autres clients qui attendent, déclara Rachel en leur déposant à chacun un baiser sur la joue.

Zack lui prit les deux mains. Il aurait eu des milliers de choses à lui dire. Et, en même temps, il était incapable de prononcer un mot.

— Il faut fêter ça, Rachel. Ce soir, à 19 heures, au Brise-lames.

— J'y serai.

— Tu es la meilleure, Rachel, s'écria Nick.

— Non, lança-t-elle par-dessus son épaule. Mais je compte bien le devenir.

Rachel arriva au bar avec un léger retard. Mais comment aurait-elle pu prévoir qu'on lui refilerait une agression criminelle à 18 heures, alors qu'elle sortait déjà d'une rude journée de plaidoirie ?

« Comment j'aurais pu le prévoir ? Facile… Depuis deux ans que je travaille comme défenseur public, je sais que je peux m'attendre au pire à tout moment », songea-t-elle avec un petit sourire en poussant la porte.

Lorsqu'une clameur s'éleva à son entrée, elle s'immobilisa, interdite. Le Brise-lames était plein à craquer de gens coiffés de chapeaux de fête. Il y avait des serpentins, des ballons de baudruche et une immense banderole avait été accrochée sur le mur du fond.

« A côté de Rachel, Perry Mason n'est qu'un débutant ! »

Rachel rit aux éclats lorsque Rio la percha sur ses épaules massives pour la porter jusqu'au comptoir où on lui fourra aussitôt un verre de champagne dans la main.

Elle tourna la tête pour embrasser Zack.

— Bonsoir, fillette. Je voulais qu'ils t'attendent, mais pas moyen de les faire patienter.

— Je vais vite me mettre au diapason. Le champagne aidant...

Soudain elle se tut et écarquilla les yeux.

— *Mama ?*

— Nous avons déjà dégusté les travers de porc grillés de Rio, annonça Nadia. Et maintenant, ton *papa* va danser avec moi.

— Peut-être que je te ferai valser plus tard, ma fille, promit Yuri en entraînant sa femme sur la piste improvisée.

— Oh, Zack, tu as prévenu mes parents. Et j'ai bien l'impression que c'est Alex que j'aperçois, là-bas, en train de s'empiffrer de boulettes de viande...

Zack fit tinter son verre contre le sien.

— Il s'agit d'une soirée privée. C'est Nick qui a dressé la liste des invités. Tiens, regarde-le, d'ailleurs.

Rachel tendit le cou et finit par le repérer à une table. Elle serra la main de Zack avec enthousiasme.

— Hé, mais dis donc ! Il est en grande conversation avec Terri, la fille de Lola, on dirait ! Et elle a l'air d'être suspendue à ses lèvres.

— Tu parles. Elle est très impressionnée qu'il ait pris une balle en pleine poitrine. Et volontairement, en plus.

— Impressionnée, on le serait à moins. Cela fait partie des dix meilleures techniques pour mettre une femme à ses pieds.

— Je prends note… Et en attendant, m'accorderas-tu cette danse, gente dame ?

Rachel prit une gorgée de champagne.

— Je parie un mois de salaire que tu ne sais pas danser la polka.

— Eh bien, tu as perdu.

La fête se poursuivit jusque tard dans la nuit. Rio avait prévu un buffet magnifique et le champagne était servi à volonté. Rachel dansa jusqu'à ce que ses pieds la trahissent et finit par s'effondrer dans un coin pour chanter un duo en ukrainien avec un Yuri passablement éméché.

— Ce fut une très belle réception, décréta son père pendant que sa femme l'aidait à enfiler son manteau.

Il se pencha pour embrasser Rachel.

— Et ce n'est pas fini. En rentrant, je vais faire la cour à ta *mama*, comme si nous avions encore vingt ans.

Nadia secoua la tête.

— C'est ça. Tu vas ronfler dans le camion avant qu'on arrive à la moitié du trajet.

— Tu me réveilleras.

— Peut-être, dit Nadia avec l'ombre d'un sourire avant de se tourner vers sa fille. Je suis très fière de toi, ma Rachel.

— Merci, *mama*.

— Comme tu es une fille intelligente, je ne devrais même pas avoir à te le dire, mais je le répète quand même : lorsqu'on trouve un homme qui mérite le détour, on ne perd rien à le retenir et tout à le laisser filer. Tu comprends ?

Rachel jeta un coup d'œil à Zack.

— Je crois que le message commence à passer, *mama*.

Avec un sourire attendri, elle regarda ses parents s'éloigner bras dessus bras dessous.

— Ils sont vraiment géniaux, commenta la voix de Nick derrière elle. Et même ton frère Alex est plutôt fréquentable… pour un flic.

— Ne le dis jamais à personne, mais je l'adore, admit Rachel en ôtant un serpentin de ses cheveux. On dirait que la fête est finie, non ?

— Cette fête-ci, oui, acquiesça Nick avec un petit sourire en allant aider Rio à débarrasser les tables.

Zack toléra l'équipe de nettoyage pendant vingt minutes avant d'ordonner à Rio de rentrer et à Nick d'aller se coucher. Il avait passé une excellente soirée, mais, à présent, il lui fallait Rachel pour lui seul.

Il réussit à mettre la main sur un fond de champagne et posa la bouteille sur le comptoir.

— Je t'en offre une goutte ?

— Pourquoi pas ? rétorqua Rachel en le gratifiant de son sourire le plus provocant. Tu me payes un verre, beau marin ?

— Si tu promets de succomber à mon charme, répondit Zack en finissant de les servir. Rachel... Il n'y a rien que je puisse dire ou faire qui suffirait à régler la dette que j'ai envers toi.

— Ne commence pas.

— Je veux que tu saches à quel point j'apprécie tout ce que tu as fait pour Nick et moi.

— Ce que j'ai fait ? Mon travail tout simplement. En accord avec ma conscience. Il n'y a aucune raison de me remercier pour cela.

— Et merde, Rachel, laisse-moi au moins t'expliquer ce que je ressens !

A la profonde consternation de Zack, Nick sortit alors de la cuisine, le sourire plus narquois que jamais.

— Eh bien, c'est plutôt laborieux, comme conversation. Si c'est comme ça que tu t'y prends avec les femmes, frangin, tu ferais mieux de te réengager dans la marine tout de suite.

Zack jeta un regard noir à son frère.

— Toi, monte te coucher.

— J'y vais de ce pas.

Nick continua cependant à déambuler jusqu'au juke-box et procéda à quelques sélections.

— Dans un sens, vous êtes assez comiques, tous les deux. Considérant que vous avez l'un et l'autre vos points faibles, je n'ai qu'un conseil à vous donner : entrez directement dans le vif du sujet.

Sur ces paroles énigmatiques, Nick régla les lumières au plus bas et les laissa en tête à tête.

— Qu'est-ce qu'il raconte ? s'offusqua Zack, sourcils froncés.

Rachel haussa les épaules.

— Aucune idée. Et je ne vois vraiment pas de quels points faibles il veut parler.

Zack se leva en souriant.

— Moi non plus. Mais la musique est pas mal, non ?

Ils se levèrent d'un commun accord pour danser.

— Avec toute cette bousculade, nous n'avons pas eu le temps de revenir sur la proposition que je t'ai faite, observa Zack après quelques secondes de silence.

Rachel ferma les yeux, savourant le bonheur d'être dans ses bras. Elle avait déjà décidé qu'elle refuserait la cohabitation. Même s'il était tentant d'accepter un engagement partiel, elle était déterminée à revendiquer un investissement total — ou rien du tout.

— On pourrait peut-être en parler une autre fois, non ? murmura-t-elle, différant lâchement l'inéluctable.

Mais Zack secoua la tête.

— Non, c'est important. Ecoute, je ne veux plus que tu viennes t'installer chez moi…

— *Quoi ?*

Outrée, Rachel le repoussa avec une telle force qu'il faillit basculer en arrière.

— Alors là, tu exagères !

— Ce que j'aimerais plutôt, c'est…

— Je me moque de ce que tu aimerais ou de ce que tu n'aimerais pas ! riposta-t-elle, furieuse. C'est typiquement masculin, ça, comme attitude. A présent que j'ai tout réglé pour toi, hop, tu me laisses tomber comme une vieille chaussette. Bravo, Muldoon. Chapeau !

— Je ne te…

— Tais-toi, tu m'entends ? Tu pourrais *au moins* avoir la décence de me laisser m'exprimer jusqu'au bout !

Les talons de Rachel claquèrent furieusement sur le sol tandis qu'elle arpentait le bar au pas de charge.

— Je vais te dire une chose : tu ne tournes pas rond, mon pote. Tu as tout fait pour que ça aille plus loin, toujours plus loin entre nous. Tu en redemandais ; tu ne me lâchais plus !

— On ne peut pas dire que tu m'opposais une farouche résistance, dit Zack.

— Là n'est pas la question ! protesta-t-elle, les poings sur les hanches. Donc, tu ne veux plus de moi chez toi. Parfait. De toute façon, je me préparais à t'opposer un non ferme et catégorique.

Zack fit un pas en avant et, lui maintenant fermement les épaules, lui cria au visage pour se faire entendre enfin :

— Ça tombe bien. Car je n'ai pas envie que tu jettes quelques affaires dans une valise pour venir camper dans mes meubles. Ce que je veux, c'est le mariage.

— Et si tu crois que… ! Oh, mon Dieu. Tu as bien dit mariage ?

— J'ai bien dit mariage.

Rachel porta les mains à ses tempes.

— Hou là ! Il faut que je m'asseye.

— Alors assieds-toi.

Il la souleva par la taille et la posa résolument sur le comptoir.

— Et maintenant, tu vas m'écouter jusqu'au bout,

Stanislaski ! Je sais que nous nous sommes promis de ne pas nous engager, toi et moi. Soit ! Mais, ce soir, nous tournons la page et nous introduisons toute une série de nouvelles règles.

— Zack, je…

— Ah non, pas de discussions, pas de débats, pas de rhétorique. Cette fois, je parle et, toi, tu ouvres grand tes oreilles.

Zack était déterminé à lutter par tous les moyens pour se faire entendre. S'ils partaient dans un débat, Rachel l'emporterait haut la main. Or, la partie qu'il s'apprêtait à jouer, il comptait la gagner coûte que coûte.

— J'ai bien réfléchi, Rachel. Tu as tes priorités, d'accord…

Il lui saisit la main avec une telle force que Rachel se demanda s'il ne lui avait pas cassé une phalange ou deux. Mais elle ferait le compte de ses fractures plus tard. Pour le moment, elle était trop abasourdie pour penser à la souffrance physique.

— Tout ce que je te demande, Rachel, c'est d'ajouter une priorité à ta liste : moi. Je peux te garantir que ce n'était pas dans mes intentions de tomber amoureux de toi. Mais ce qui est fait est fait. Alors il faudra que tu t'en accommodes, un point, c'est tout.

— Moi non plus, murmura-t-elle.

Parti sur sa lancée, Zack ne réagit pas tout de suite.

— Tu penses peut-être que tu n'auras pas suffisamment de…

Brusquement, il resserra la pression de ses doigts.

— Rachel ? Qu'est-ce que tu viens de dire ?

— J'ai dit « moi non plus ».

— Toi non plus, quoi ?

Elle secoua la tête.

— Je n'avais pas prévu de tomber amoureuse de toi *non*

plus. Mais ce qui est fait est fait. Alors il faudra que tu t'en accommodes. Un point, c'est tout.

— Ah oui ?

— Eh oui, Muldoon. C'est la vie.

Nouant les bras autour de son cou, elle posa son front contre celui de Zack. Aussi étonnant que cela puisse paraître, il était aussi terrifié qu'elle.

— Tu m'as devancée d'une longueur, Muldoon. Je m'apprêtais à refuser ton offre de vie commune car je voulais exiger un engagement réel de ta part. Ça fait des jours que cette question me travaille.

— Et moi, des semaines. Je pensais t'amener au mariage en douceur, étape par étape, en t'apprivoisant petit à petit, chuchota-t-il en se penchant sur ses lèvres. Mais je t'aime trop pour avoir la patience d'attendre. J'ai même déclaré mes intentions à ton père ce soir. Tu imagines un peu ?

Ne sachant si elle devait en rire ou en gémir d'horreur, Rachel secoua la tête.

— Non ! Tu as vraiment fait cela ?

— J'ai commencé par lui servir quelques verres de vodka, au cas où. A la moitié de la bouteille, il m'a confié qu'il souhaitait avoir encore plein d'autres petits-enfants.

Le cœur de Rachel s'ouvrit en grand.

— Ce n'est peut-être pas une mauvaise idée, après tout.

Zack sentit quelque chose de tendre et de joyeux se dilater dans sa poitrine.

— Non, sérieux ? Tu serais d'accord ?

Elle plongea son regard dans le sien et vit l'avenir miroiter dans ses yeux bleus. Une page qui se tourne… « Toute une série de nouvelles règles », avait-il dit.

— Sérieux. Je veux t'épouser et fonder une famille avec toi, Zack. Tel est mon choix.

D'un geste presque recueilli, il lui prit le visage entre ses mains en coupe.

— Tu es tout ce dont j'ai toujours rêvé et que je croyais ne jamais trouver.

— Tu es tout ce dont j'ai toujours rêvé et que je prétendais ne pas désirer, admit-elle doucement.

Lorsque leurs lèvres se rencontrèrent, elle sentit des larmes d'émotion lui picoter les yeux.

— Hé ! Nous n'allons pas commencer à faire du sentiment, hein, Muldoon ?

— Qui ? Nous ? dit-il en la prenant dans ses bras. Quelle idée ! Ce n'est pas du tout notre genre !

LE SCÉNARIO TRUQUÉ

Chapitre 1

Les talons aiguilles de Bess cliquetaient sur le bitume tandis qu'elle faisait les cent pas le long de la portion de trottoir qu'elle s'était attribuée. Ses yeux outrageusement maquillés ne cessaient de surveiller les allées et venues des autres prostituées, comme si elle cherchait à repérer les meilleures techniques d'approche et les endroits les plus prometteurs.

Parfois, certaines de ses collègues devisaient pour tuer le temps, plaisantant et riant à gorge déployée. Mais, sous leur joie superficielle, on sentait poindre un ennui profond impossible à dissimuler réellement.

Parvenant au bout du trottoir, Bess fit demi-tour et rajusta la lanière de son sac à main qui lui sciait l'épaule. Intérieurement, elle bénit la douceur du printemps new-yorkais qui rendait cette attente plus supportable.

Non loin de là, une superbe fille à la peau plus noire que l'ébène alluma une cigarette avant d'interpeller un passant :

— Alors, bébé ? Tu n'as pas envie de te faire du bien ?

L'homme secoua la tête en souriant et poursuivit sa route. La prostituée qui l'avait abordé haussa les épaules : « un de perdu, dix de retrouvés », semblait-elle dire. Ce qui semblait vrai car la soirée était animée et les clients ne manquaient pas.

Bess songea que le printemps devait fouetter le sang des hommes et faire naître en eux un désir sourd qu'ils venaient satisfaire auprès d'elles.

Pourtant, les prostituées qui arpentaient ce trottoir paraissaient totalement hermétiques à l'approche des beaux jours. Sur leurs visages ne se lisaient que l'ennui et une forme de résignation.

— Tu es nouvelle, non ?

Levant les yeux, Bess avisa la jeune Noire sanglée de cuir rouge qui l'avait rejointe.

— Oui, répondit-elle avec un sourire.

— Qui est ton mac ?

— Je n'en ai pas...

— Tu n'en as pas ? répéta la fille en haussant les sourcils d'un air stupéfait. C'est de la folie, tu sais... Une fille ne tient pas quinze jours sur le trottoir sans protecteur.

— C'est pourtant ce que je compte faire, répliqua Bess en soufflant une bulle de chewing-gum rose qu'elle laissa éclater bruyamment.

— Bobby ou Ed vont finir par s'en apercevoir et ils te feront passer un sale quart d'heure, remarqua la fille en haussant les épaules.

— On est libre de faire ce qu'on veut dans ce pays, non ?

— Mais tu planes complètement, ma chérie !

En riant amèrement, elle projeta son mégot de cigarette contre le pare-chocs d'un taxi qui roulait au pas. Des dizaines de questions brûlaient les lèvres de Bess mais elle s'abstint prudemment de les formuler.

— Et toi ? dit-elle simplement. Tu travailles pour qui ?

— Pour Bobby, répondit la fille en détaillant Bess de la tête aux pieds. Tu sais, il t'accepterait sûrement si je lui parlais de toi. Ton cul est un peu maigrichon mais tu es plutôt mignonne…

Bess songea que la fille devait toucher une commission sur ce genre de recrutement.

— Tu as besoin d'être protégée pendant que tu travailles.

— Je suppose que ces deux filles qui se sont fait descendre le mois dernier ne l'étaient pas ? hasarda Bess.

La fille tiqua et une expression douloureuse passa dans ses yeux. Bess y lut du regret et de la tristesse qui furent aussitôt remplacés par la méfiance.

— Dis, tu serais pas flic, par hasard ? demanda-t-elle en fronçant les sourcils.

Bess éclata de rire, ne sachant si elle devait se sentir amusée ou flattée.

— Non, je ne suis pas un flic. Juste une fille qui essaie de survivre. Vous les connaissiez, celles qui sont mortes ?

— Si tu tiens à survivre, sache que nous n'aimons pas les curieuses, ici. Je vais te laisser travailler…

Bess réprima un frisson : cette fille n'était pas seulement belle, elle était futée et particulièrement méfiante. Des qualités qui risquaient de rendre sa tâche plus difficile qu'elle ne l'avait prévu.

Elle se promit de redoubler de prudence… Après tout, elle avait un travail à accomplir, pas question de s'arrêter pour si peu !

Haussant les épaules, elle se détourna et recommença à faire les cent pas en se déhanchant de façon provocante. Avisant deux hommes qui se trouvaient non loin de là, elle se dirigea vers eux, persuadée que celui de gauche, un beau brun ténébreux, se laisserait tenter.

— Mon indic m'a dit que Rosalie, la grande Noire en cuir rouge, connaissait les victimes.

— Alors pourquoi est-ce qu'on ne l'interroge pas directement ? s'étonna Judd Malloy.

Il avait été nommé inspecteur quarante-huit heures auparavant et brûlait d'impatience de passer à l'action. Mais Alex Stanislaski, malgré sa réputation de flic de choc, ne paraissait pas décidé à passer à l'offensive.

— On pourrait même aller trouver son souteneur et lui soutirer des infos, ajouta Judd.

Alex poussa un soupir résigné : pourquoi fallait-il donc toujours qu'il écope des débutants ?

— Nous voulons qu'elle coopère, répondit-il patiemment. Nous allons nous faire passer pour des clients, ensuite nous la bouclerons pour racolage. Comme ça, on pourra discuter tranquillement avec elle sans que Bobby débarque au beau milieu de la conversation pour la faire taire.

— Bon sang ! Si ma femme savait que je passe mes nuits à ramasser des prostituées...

— Règle numéro un : un flic malin ne raconte que le strict nécessaire à sa famille. C'est-à-dire le moins possible, répliqua Alex.

Tandis qu'ils se dirigeaient vers Rosalie, Alex avisa la blonde qui le regardait fixement. Elle avait un visage étrange. Allongé, racé et plutôt fin malgré l'épaisse couche de maquillage. Deux magnifiques yeux verts le transpercèrent, comme si la fille cherchait à lire en lui.

Observant plus attentivement son visage anguleux, Alex trouva qu'elle lui faisait penser à un renard. Les pommettes étaient hautes et bien dessinées, le menton légèrement pointu. Mais son nez était légèrement aquilin, comme s'il avait été cassé. C'était probablement l'œuvre d'un proxénète ou d'un client mécontent.

La bouche, par contre, était pleine et pulpeuse et, malgré lui, il se demanda ce qu'il ressentirait en l'embrassant.

Curieusement, il n'eut aucun mal à l'imaginer et un frisson érotique le parcourut.

Le haut moulant et le pantalon de cuir que portait la jeune femme révélaient un corps athlétique, nerveux et musclé : exactement le genre de physique qu'aimait Alex. Mais il réalisa brusquement que cette fille n'était pas le genre de femme à accepter un rendez-vous amoureux. Pour elle, le sexe était un métier.

Bess jeta un coup d'œil à Rosalie qui l'observait attentivement, probablement pour s'assurer qu'elle était bien ce qu'elle prétendait être. Si elle voulait la convaincre de sa bonne foi, elle ne devait pas flancher.

— Alors, chéri, dit-elle d'une voix rauque en s'approchant de l'homme brun. Tu veux te faire du bien ?

— Peut-être, répondit-il en passant un doigt sous la bretelle de son haut moulant. Mais tu n'es pas exactement le genre de fille que je cherchais…

Le cœur battant, Bess posa la main sur le torse musclé de son interlocuteur, constatant sans surprise qu'il paraissait aussi solide que l'acier.

Qu'était-elle censée faire, à présent ?

— Et quel genre de fille cherches-tu, exactement ? demanda-t-elle pour gagner du temps.

L'homme la regarda attentivement et elle eut brusquement l'impression qu'il la déshabillait des yeux, détaillant chaque partie de son corps. Ses doigts étaient toujours posés contre sa peau, juste au-dessus de son cœur, et elle sentait la chaleur qui en émanait.

Son esprit fut soudain envahi par l'image affolante de cet homme, nu, se pressant contre elle dans une chambre d'hôtel anonyme. Curieusement, cette pensée était loin d'être désagréable…

Alex constata que la fille avait rougi jusqu'à la racine des cheveux. C'était bien la première fois qu'il voyait une prostituée réagir ainsi et, l'espace d'un instant, il fut tenté de s'excuser et de retirer sa main. Mais il avait une affaire à régler et ce n'était certainement pas le moment de se trahir.

— Un autre genre, répondit-il simplement en haussant les épaules.

Elle plongea son regard dans le sien et il eut envie d'enlever le maquillage bon marché qu'elle portait pour mieux voir son visage.

— Je peux être tous les genres que tu veux, tu sais, insista-t-elle avec un sourire plein de sous-entendus.

— Hé, frangine ! s'exclama Rosalie en s'approchant d'eux.

Elle passa un bras autour des épaules de Bess et observa attentivement les deux policiers.

— Tu ne vas pas la jouer perso et garder ces deux beaux étalons pour toi toute seule ?

— Eh bien…

Alex regarda Rosalie droit dans les yeux :

— Vous faites équipe, toutes les deux ? demanda-t-il.

— Pour ce soir, oui. Et vous ?

Judd jeta un regard paniqué à Alex qui dut se concentrer pour ne pas éclater de rire.

Son partenaire paraissait vraiment inquiet de la tournure que prenaient les événements, et devait se demander jusqu'où Alex comptait aller.

— Pourquoi pas ? répondit-il pourtant en feignant une assurance qu'il était loin d'éprouver.

Rosalie éclata de rire, s'avança vers Judd et posa une main sur sa joue qu'elle caressa, descendant ensuite le long de son corps de son épaule à son dos jusqu'à ses fesses. Le policier rougit à son tour.

— Apparemment, c'est la première fois que tu fais ce genre de truc, remarqua Rosalie. Laisse-moi prendre les choses en main. Je t'emmènerai directement au septième ciel, tu verras…

— C'est combien ? demanda alors Alex.

— Eh bien... Disons que vous me paraissez sympathiques et plutôt agréables à regarder... Vous pouvez nous avoir toutes les deux pour cent dollars. Une heure... La suite des événements est négociable.

— Je ne sais pas si..., commença Bess.

Mais elle s'interrompit brusquement, sentant les ongles de Rosalie se planter dans son épaule.

— Ce sera parfait, conclut Alex en souriant. Mesdames, vous êtes en état d'arrestation !

Rosalie laissa échapper un flot de jurons en espagnol tandis que Bess faisait l'impossible pour ne pas trahir son soulagement.

Ici tout était plus sale, semblait plus sinistre, remarqua-t-elle avec intérêt. L'ameublement était minimaliste et fonctionnel : des murs blancs sur lesquels étaient accrochées quelques circulaires administratives, de vieux bureaux défoncés datant des années soixante, le sol couvert d'une vieille moquette maculée de café et constellée de brûlures de cigarette...

L'odeur également était particulière : un mélange vaguement écœurant de sueur, de café et de désinfectant industriel. Une rumeur sourde emplissait les pièces, faite de la superposition de nombreuses voix, de la sonnerie entêtante des téléphones, d'éclats de rire, du cliquetis des claviers d'ordinateur et de jurons sonores...

C'était tout simplement merveilleux.

— Dis donc, mon cœur, tu n'es pas là pour jouer les touristes, fit observer Alex en la poussant en avant.

— Désolée, répondit-elle en lui souriant.

L'exaltation qu'il lut dans ses yeux était si déplacée qu'il se demanda si elle n'était pas un peu folle. Haussant les épaules, il lui indiqua la chaise qui était installée devant son bureau.

Il avait décidé de laisser Judd se faire les dents sur Rosalie. Si le jeune policier n'obtenait aucune information, Alex profiterait de sa détention pour lui parler.

— Très bien, dit-il en prenant place derrière son bureau défoncé et couvert de papiers divers. Je suppose que tu connais la chanson…

Bess s'arracha à la contemplation du jeune homme ensanglanté qui était interrogé par un autre policier, non loin de là.

— Je vous écoute, répondit-elle avec un sourire cordial.

Alex plaça un formulaire sur la machine à écrire.

— Nom ?

— Je m'appelle Bess, répondit-elle en lui tendant la main.

Il la regarda avec stupeur et secoua la tête.

— Bess comment ? se contenta-t-il de demander d'une voix peu amène.

— McNee. Et vous ?

— C'est moi qui pose les questions, répliqua Alex. Date de naissance ?

— Qu'est-ce que ça peut vous faire ?

Alex soupira, songeant qu'elle ne tarderait pas à avoir raison du peu de patience qui lui restait.

— Je dois remplir cette ligne, là, répondit-il en tapotant du doigt le formulaire.

— D'accord, d'accord… Ne le prenez pas mal ! J'ai vingt-huit ans. Je suis Gémeaux, née le 1er juin…

Alex calcula rapidement l'année et remplit la case correspondante.

— Lieu de résidence ? demanda-t-il ensuite.

Il réalisa alors que Bess était tranquillement en train de lire les papiers qui se trouvaient sur son bureau et il les réunit nerveusement avant de les poser en tas sur la console qui se trouvait à côté de lui.

— Vous paraissez très agité, remarqua la jeune femme avec calme. Est-ce parce que vous travaillez sous couverture ?

Alex réalisa qu'elle lui souriait. Il y avait dans son expression un mélange d'insolence, de provocation et d'intelligence qui le surprit. Il se demanda brusquement si elle était bien ce qu'elle prétendait être.

Mais il se rappela que c'était elle qui l'avait abordé avec des intentions pour le moins explicites…

— Ecoute, chérie, voilà comment les choses se passent ici : je pose les questions et tu y réponds, d'accord ?

— Je vois : vous êtes un dur. Cynique, insensible et blasé.

— Pardon ?

— Rien… Quelques notes en passant… Vous savez que vous êtes un excellent personnage ?

— Ton adresse ?

Bess soupira et donna une adresse.

— Tu me prends pour un imbécile ? s'exclama Alex.

— Pas du tout, protesta-t-elle. Pourquoi dites-vous ça ?

— Parce que je connais très bien le quartier dont tu viens de parler. Tu es peut-être très douée dans ton domaine... Meilleure même que tu n'en as l'air ! Mais tu ne me feras pas croire que tu gagnes assez d'argent dans la rue pour te payer un loyer dans cette partie de la ville !

Bess fit la moue mais ne releva pas l'insulte : elle était sûre d'être suffisamment attirante pour pouvoir gagner sa vie sur le trottoir. Après tout, elle était beaucoup plus jolie que la plupart des prostituées qu'elle avait vues aujourd'hui.

— C'est pourtant là que je vis, monsieur le flic, répliqua-t-elle vertement.

Elle posa son sac à main sur le bureau et entreprit d'en extraire méthodiquement le contenu.

Alex la regarda avec stupeur tandis qu'elle étalait devant

lui bon nombre de produits cosmétiques de luxe qui ne correspondaient guère à ceux que devait utiliser la majorité des prostituées de la ville.

Il semblait y avoir là assez de maquillage pour approvisionner les rayons d'un petit supermarché : six tubes de rouge à lèvres, deux poudriers, quatre eye-liners et plusieurs boîtes de mascara.

Vinrent ensuite un trousseau de clés, une pile épaisse de reçus de carte bleue, des paquets de Post-it de différentes couleurs, une bonne douzaine de stylos, quelques crayons à papier, un bloc-notes, deux livres de poche, des allumettes, un carnet d'adresses en cuir noir marqué des initiales ELM, une agrafeuse, trois paquets de mouchoirs en papier, des documents divers et variés, un enregistreur de poche et... un revolver.

Tendant la main, Alex récupéra l'arme, et constata qu'il s'agissait d'un pistolet à eau.

— Faites attention, prévint Bess en souriant. Il est rempli d'ammoniaque.

— D'ammoniaque ? répéta Alex, passablement surpris.

— Oui. Avant, j'avais une matraque mais l'ammoniaque est beaucoup plus dissuasive ! Tenez, ajouta-t-elle en tirant un portefeuille de son sac.

Alex regarda la photographie agrafée sur le permis de conduire de la jeune femme, stupéfait de découvrir son vrai visage : ses cheveux étaient roux foncé et coiffés de façon très élégante, contrastant nettement avec la perruque blonde de mauvais goût qu'elle arborait ce soir-là.

L'adresse qui figurait sur le document correspondait à celle que lui avait donnée la jeune femme.

— Tu as une voiture ? demanda-t-il, curieux.

— Et alors ?

— Dans cette ville, les femmes qui exercent ta profession n'ont généralement pas de quoi s'en offrir une...

— J'ai un permis de conduire, mais ça ne signifie pas forcément que j'ai un véhicule, remarqua Bess.

— C'est exact. Retire ta perruque...

— Pourquoi ?

Impatient, Alex la lui ôta lui-même, révélant d'épais cheveux roux coupés court et légèrement ondulés.

— Faites attention avec cette perruque, protesta la jeune femme. Je dois la rapporter...

Alex reposa les faux cheveux sur son bureau, convaincu à présent que cette fille n'était pas une prostituée.

— Qui diable êtes-vous ? demanda-t-il en la fixant droit dans les yeux.

Bess hésita quelques instants avant de hausser les épaules.

— Juste une femme qui essaie de gagner sa croûte...

C'était exactement le genre de chose qu'aurait pu dire Jade et, puisqu'elle avait décidé de s'identifier à elle, mieux valait jouer le jeu jusqu'au bout...

Alex secoua la tête et se mit à inventorier le contenu du portefeuille qu'elle lui avait remis. Il contenait l'équivalent en billets de deux mois de salaire d'un policier.

— Est-ce que vous avez vraiment le droit de fouiller dans mes affaires de cette façon ? demanda Bess, suspicieuse.

— Ici, j'ai tous les droits, répondit-il posément.

Poursuivant son inspection, il découvrit plusieurs clichés représentant Bess et d'autres personnes qui devaient être des amis ou des membres de sa famille.

Aucun ne paraissait être le genre de personne à fréquenter une prostituée.

Il passa en revue plusieurs cartes de membre de diverses associations : Greenpeace, WWF, Amnesty International et la WGA, le syndicat des écrivains américains. Cette dernière lui rappela brusquement le magnétophone de poche qui était posé sur le bureau : s'en emparant, il constata qu'il était en marche et avait probablement enregistré l'intégralité de leur conversation.

— Je crois que vous me devez quelques explications, dit-il après avoir arrêté l'enregistrement.

— A quel propos ? demanda-t-elle avec une fausse naïveté qui, en d'autres circonstances, aurait paru très convaincante.

— Que faisiez-vous sur ce trottoir avec Rosalie et les autres ? demanda-t-il en cherchant visiblement à conserver son calme.

— Mon travail, répondit Bess.

Elle vit une lueur de colère passer dans les yeux du policier et songea une fois de plus qu'il était vraiment très séduisant. Il y avait en lui quelque chose de sauvage et d'indomptable qui le rendait tout bonnement irrésistible.

— C'est la vérité, dit-elle avec conviction en se penchant vers lui. Je fais des recherches pour comprendre la double personnalité de Jade. Je voudrais savoir pourquoi elle fait le trottoir le soir, alors que, durant la journée, elle exerce l'honorable profession d'avocat. Vous comprenez, sa rupture avec Brock a fait resurgir certains souvenirs d'enfance qu'elle avait occultés et elle a craqué. Sa double vie est une forme d'autodestruction...

— Mais de qui diable parlez-vous ?

— De Jade Sullivan Carstairs. Vous ne regardez donc jamais la télévision ?

— Non, soupira Alex comprenant soudain quel avait pu être le désarroi d'Alice en arrivant au pays des merveilles.

Dans quelques instants, songea-t-il, Bess allait se changer en lapin blanc et lui déclarer qu'elle était en retard pour son rendez-vous avec le chapelier toqué...

— Vous ne savez pas ce que vous perdez ! s'exclama la jeune femme. Je suis certaine que vous adoreriez cette série. C'est l'histoire d'un policier, Storm... Il est amoureux de Jade mais il ne sait pas comment gérer le trouble émotionnel dont elle est victime. D'autant que Jade est toujours hantée par Brock... En plus, il y a eu cet enlèvement avant et la fausse couche qui en a résulté... Sans compter les propres problèmes de Storm !

— Je n'en doute pas. Mais je ne vois pas vraiment le rapport avec votre cas.

— Ah oui, bien sûr... Excusez-moi ! Je suis l'un des auteurs qui travaillent sur cette série. Cela s'appelle : « Péchés secrets ».

— Vous écrivez des séries télévisées ? s'exclama Alex, atterré.

— Oui. Et j'aime bien me mettre dans la peau de mes personnages pour savoir ce qu'ils éprouvent réellement. Or, comme Jade est l'un de mes préférés, j'ai décidé d'avoir un avant-goût de ce qu'était devenue sa vie.

— Mais vous êtes complètement folle ! s'exclama Alex. Est-ce que vous avez la moindre idée de ce que vous risquiez ? Jusqu'où étiez-vous donc décidée à poursuivre vos investigations ?

— Oh, pas jusqu'au bout, je vous rassure, répondit-elle en riant gaiement.

— Justement ! Cela ne me rassure pas du tout ! Que croyez-vous qu'il serait arrivé si j'avais été un vrai client et pas un flic ?

— J'aurais trouvé quelque chose... C'est mon métier d'inventer toutes sortes d'histoires. D'ailleurs, dès que je vous ai repéré, j'ai compris que vous n'étiez pas dangereux. Vous n'aviez pas l'air d'être le genre de type qui paye pour obtenir les faveurs d'une femme...

Alex la fusilla de nouveau du regard. Plus il était furieux et plus Bess le trouvait séduisant mais elle s'abstint prudemment de le lui faire remarquer.

— Et si vous vous étiez trompée ? s'exclama-t-il en passant nerveusement la main dans ses épais cheveux noirs.

— Inutile d'y penser puisque ce n'est pas le cas, objecta-t-elle. Sur le coup, j'ai eu peur, je l'avoue. Mais tout est bien qui finit bien. J'ai même eu l'occasion de monter dans une voiture de police...

Alex secoua la tête, incrédule. Une telle naïveté frôlait l'inconscience. Mais Bess avait quelque chose de désarmant qu'il n'était pas habitué à rencontrer chez les personnes qu'il interrogeait d'ordinaire.

— Ecoutez, reprit-il en s'efforçant de dominer sa colère, deux prostituées sont mortes récemment dans le secteur où vous vous trouviez...

— Je sais, répliqua-t-elle. C'est l'une des raisons pour lesquelles j'ai choisi cet endroit. Vous voyez, je pense que Jade pourrait...

— Je ne parle pas de Jade mais de vous, l'interrompit Alex. Croyez-vous vraiment qu'il vous suffise d'enfiler un pantalon moulant et de vous couvrir de maquillage pour passer pour une prostituée ? Savez-vous seulement ce que risque un écrivain de pacotille dans votre genre en fréquentant de tels milieux ?

— Un écrivain de pacotille ? s'exclama la jeune femme, vexée. Je ne vous permets pas !

— Vous n'avez rien à me permettre : ici, vous êtes sur mon territoire ! Si vous tenez tant que cela à savoir ce que ressent une prostituée, je vous suggère de vous renseigner dans des livres et pas sur le trottoir !

— Vous n'avez pas le droit de m'interdire de me promener dans la rue, quelle que soit la tenue que je porte !

— Effectivement. Mais j'ai parfaitement le droit de vous boucler pour racolage !

— Mais je vous ai expliqué que...

— Je me fiche de vos raisons : peut-être qu'une nuit en cellule vous aidera à recouvrer vos esprits !

— Vous n'allez quand même pas m'arrêter pour de vrai ?

Alex se contenta de sourire avant d'appeler un policier en uniforme qui escorta la jeune femme jusqu'au bloc de détention.

Elle entreprit ensuite de faire la connaissance de ses compagnons de cellule, leur posant mille questions et prenant de nombreuses notes.

Trente minutes plus tard, Lori la rejoignit, accompagnée d'un policier.

— Bess ! s'exclama-t-elle, amusée. Te voilà enfin dans ton élément...

— C'est vrai, répondit la jeune femme tandis que le policier ouvrait la porte. Je te garantis que ça a été une expérience des plus instructives !

— Dites donc, intervint l'une des prostituées. N'oubliez pas ce que je vous ai dit : cette Vicky est une véritable sorcière et Jeffrey ferait mieux de se débarrasser d'elle ! Il serait beaucoup mieux avec Amelia...

— Je verrai ce que je peux faire, répondit Bess avec un sourire entendu. Au revoir, les filles...

— Ecoute, lui dit alors Lori à voix basse, tu sais que je ne suis pas particulièrement prude et que je n'ai aucun préjugé... Mais je dois admettre que je suis un peu surprise de devoir venir te tirer de prison à 2 heures du matin parce que tu as été arrêtée pour racolage sur la voie publique...

— Je suis désolée de t'embêter avec ça. Mais je t'assure que cette soirée a été très utile !

— Sans doute... Mais je me demande si tu étais vraiment obligée d'aller aussi loin. Je veux dire... Est-ce que tu as vu à quoi tu ressembles ?

— Oui, répondit Bess d'un ton léger alors qu'elles traversaient la pièce dans laquelle Alex l'avait interrogée.

Son bureau était vide et il n'y avait nulle trace de l'inspecteur.

— Excusez-moi, ajouta-t-elle à l'intention du policier qui les escortait. Savez-vous où se trouve votre collègue ? Celui qui travaille à ce bureau ?

— Qui ça ? Stanislaski ?

— Oui...

— Il est en train de procéder à un interrogatoire.

— Ah, bien... Merci.

Elles gagnèrent un comptoir où on rendit à Bess ses effets personnels.

— Stanislaski, dit-elle, songeuse. Tu crois que c'est d'origine polonaise ?

— Comment veux-tu que je le sache ? s'exclama Lori, excédée. Filons d'ici, Bess. Cet endroit ne me dit rien qui vaille...

— Au contraire, c'est un lieu très excitant, protesta Bess. J'y ai glané assez d'idées pour remplir trois saisons entières du feuilleton ! Surtout si Elana est arrêtée pour le meurtre de Reed...

— Je ne suis pas certaine que faire mourir Reed soit une si bonne idée, objecta Lori tandis qu'elles quittaient le commissariat.

— Allons donc ! Tu sais comme moi que Jim ne signera pas pour un an de plus : il veut faire du cinéma, maintenant. Alors, autant en profiter pour le tuer et centrer l'histoire sur Elana.

— Peut-être...

— D'autant que « Nos vies, nos amours » a gagné deux points d'audience, au cours du mois dernier !

Lori acquiesça : toutes deux savaient que ce feuilleton était leur concurrent le plus direct et qu'une guerre sans merci s'était engagée entre eux pour la conquête des téléspectateurs.

— Et ce n'est pas près de s'arrêter, insista Bess : il paraît que le Dr Amanda Jamison va avoir des jumeaux !

— Des jumeaux, soupira Lori, résignée. J'aurais dû m'en douter... Voilà qui ne manquera pas de renforcer la popularité d'Ariel Kirkwood. Dans ce cas, nous n'avons effectivement pas le choix : Reed doit mourir.

Bess ne put retenir un petit sourire de victoire. Des yeux, elle chercha un taxi mais aucun n'était en vue.

— Tu sais, remarqua-t-elle, lorsque j'étais dans cette cellule, j'essayais de m'imaginer l'élégant Dr Elana Warfield Strafford Carstairs dans de telles circonstances... Franchement, ce serait fabuleux, Lori. Et si tu avais vu ce policier...

— Quel policier ?

— Celui qui m'a arrêtée. Il était terriblement sexy...

— Cela ne me surprend pas : il n'y a vraiment que toi pour te faire arrêter par un flic sexy !

— Il était tellement... fascinant, murmura Bess rêveusement. Les cheveux et les yeux très noirs, un visage anguleux et une très belle bouche... Plutôt grand et bien bâti, un peu comme un boxeur.

— Bess..., l'interrompit Lori en riant. Tu recommences !

— Pas du tout, protesta la jeune femme. Je peux très bien trouver un homme sexy et attirant sans tomber pour autant amoureuse !

— Depuis quand ?

— Depuis que je me le suis promis, répondit Bess avec un sourire malicieux. Je ne m'intéresse à ce Stanislaski que pour des raisons purement professionnelles.

Apercevant alors un taxi, la jeune femme lui fit signe et il vint se ranger contre le trottoir. Les deux auteurs prirent place à son bord.

— C'est une occasion inespérée d'étudier le personnage de Storm, reprit Bess après avoir donné leurs adresses au chauffeur. Si j'arrive à m'attirer les bonnes grâces de ce

Stanislaski, j'aurai une chance de comprendre comment fonctionne l'esprit d'un policier ! Tu vois, quand Jade se sera fait attaquer par le maniaque de Millbrook, Storm ne pourra plus dissimuler ses sentiments pour elle. Il nous faudra donc approfondir nettement ce personnage. D'autant que si Elana est vraiment arrêtée pour meurtre, cela aura des conséquences sur sa vie personnelle : il y aura un écart de plus en plus grand entre son sens du devoir et sa loyauté envers sa famille...

— Dites, intervint le chauffeur du taxi, vous ne seriez pas en train de parler de « Péchés secrets », par hasard ?

— Si. Vous regardez la série ?

— Ma femme l'enregistre tous les jours. Mais votre visage ne m'est pas familier...

— C'est parce que nous ne jouons pas. Nous sommes les auteurs.

— Ah bon ? Dans ce cas, j'ai deux ou trois choses à vous dire à propos de cette petite peste de Vicky !

Tandis qu'il s'exécutait, Bess se pencha vers lui, attentive. Lori, quant à elle, en profita pour faire un somme et tenter de rattraper ses heures de sommeil perdues.

Chapitre 2

Judd Malloy lança un regard en biais à Alex qui évoluait avec une habileté consommée au milieu de la circulation du centre-ville.

— Tu sais que ma femme a failli devenir folle quand elle a su que nous avions arrêté cette fille ? dit-il enfin. Elle est fan de cette série et l'enregistre tous les jours pendant qu'elle est à l'école pour pouvoir la regarder en rentrant.

— Dans ce cas, elle devait *déjà* être folle, répliqua Alex avec un sourire ironique.

Il s'efforçait autant que possible de ne plus penser à cette fille mais, visiblement, son équipier n'entendait pas lui faciliter la tâche.

— Holly a dit que nous avions eu de la chance de rencontrer une telle célébrité.

— Je ne savais pas que les célébrités faisaient le trottoir, répliqua Alex, ironique.

— Allons, tu sais très bien que ce n'était pas le cas ! C'est même toi qui as décidé d'abandonner les charges qui pesaient contre elle…

— Peut-être… Mais cela ne change rien au fait que cette fille est stupide : tu sais qu'elle trimballait un pistolet à eau rempli d'ammoniaque dans son sac à main ? Je suppose qu'elle avait l'intention d'en arroser copieusement le premier type qui aurait eu le malheur de l'aborder pour lui demander de monter avec lui ! Heureusement que nous l'avons coffrée avant, sinon elle aurait passé bien plus que quelques heures en prison, tu peux me croire !

— En tout cas, nous n'avons pas perdu notre temps. Nous avons obtenu des renseignements précieux grâce à Rosalie !

— Peut-être. Mais tu ferais tout de même mieux de t'habituer à perdre du temps. C'est la règle numéro quatre.

Il se gara en double file devant un immeuble et Judd plaça sur la vitre leur autorisation spéciale de stationnement.

— C'est ce que nous risquons de faire en allant voir ce Domingo, reprit Alex.

— Mais Rosalie a dit...

— Rosalie nous a dit ce que nous voulions entendre pour que nous la relâchions, l'interrompit Alex.

Il inspecta attentivement le bâtiment, notant la disposition des portes et des fenêtres ainsi que le positionnement de l'escalier de secours.

— Peut-être a-t-elle été réglo en parlant de ce Domingo, mais si ça se trouve, il n'existe même pas. C'est ce que j'ai l'intention de découvrir...

L'endroit était plutôt bien entretenu : on ne voyait pas trace de graffitis ni de vitres brisées. Un logement typique de la classe ouvrière, songea Alex. Se dirigeant vers l'entrée, il passa en revue les boîtes aux lettres.

— J. Domingo, 212, lut-il.

Il pressa l'Interphone 110 et attendit en vain avant de passer au 305. Le bourdonnement caractéristique se fit entendre et Alex secoua la tête.

— Les gens ne prennent vraiment aucune précaution, soupira-t-il. Dire qu'ensuite ils se plaignent des cambriolages...

Judd hocha la tête mais, dans ses yeux, son partenaire lut la tension qui l'habitait et qu'il faisait son possible pour réprimer. « Pourvu qu'il soit capable de se contrôler », songea Alex tandis que tous deux gravissaient l'escalier jusqu'au deuxième étage.

Parvenus devant la porte 212, les deux policiers se mirent en position et Judd fit sauter la sécurité de son revolver. Alex frappa et tous deux entendirent quelqu'un pousser un juron à l'intérieur. La porte s'entrouvrit et Alex plaça son pied dans l'interstice pour empêcher qu'elle ne se referme.

— Comment ça va, Jesus ? demanda-t-il à l'homme qui lui faisait face.

Comme l'avait dit Rosalie, il aurait pu ressembler à Clark Gable si une incisive en or n'avait pas déformé le rictus qui lui tenait lieu de sourire.

— Qu'est-ce que vous voulez ? gronda Domingo.

— Juste faire un brin de causette.

— Je n'ai rien à vous dire.

Il tenta de refermer la porte avant de réaliser qu'Alex l'en empêchait. Ce dernier tira son badge et le plaça juste sous son nez.

— Tu ne voudrais pas nous fâcher, observa Alex avec un sourire faussement cordial. Pourquoi ne nous laisses-tu pas entrer ?

— Vous avez un mandat ? répliqua Jesus après avoir copieusement juré en espagnol.

— Je peux en avoir un si tu tiens vraiment à venir nous rendre visite au commissariat, répondit Alex. Mais je ne suis pas convaincu que tes amis voient tout cela d'un très bon œil, n'est-ce pas, Jesus ?

— Je n'ai rien fait, protesta ce dernier en ouvrant la porte.

Il était torse nu et ne portait qu'un short, révélant un corps mince et nerveux.

— Qui a dit le contraire ? s'exclama Alex. Pas toi, Malloy ?

— Non, répondit ce dernier qui commençait visiblement à se sentir plus à l'aise.

L'appartement de Domingo était un véritable hall d'exposition de technologie de pointe. Alex remarqua notamment un home-cinéma muni d'un rétroprojecteur. La plupart des DVD qui trônaient sur les étagères étaient des films classés X.

— Belle piaule, commenta Alex, appréciateur. Toi, au moins, tu sais rentabiliser tes allocations chômage !

— J'ai toujours été doué pour les chiffres, répliqua Domingo en haussant les épaules. Alors ? Qu'est-ce qui vous amène ?

— Nous sommes venus te parler d'Angie Horowitz.

Domingo haussa les épaules, se pencha pour prendre une cigarette dans le paquet se trouvant sur la table basse et l'alluma.

— Jamais entendu parler, répondit-il enfin.

— C'est bizarre... Je me suis laissé dire que tu étais l'un de ses clients les plus réguliers et son fournisseur officiel.

— On vous a raconté n'importe quoi.

— Peut-être ne reconnais-tu pas le nom, observa Alex, compréhensif.

De la poche de son blouson, il tira une enveloppe en papier kraft.

— Jette un coup d'œil là-dessus.

Domingo prit l'enveloppe et en tira la photographie prise par les médecins légistes. Son teint vira brusquement au gris.

— Bon Dieu ! murmura-t-il en tirant nerveusement sur sa cigarette.

— Pas joli à voir, hein, Malloy ! Je t'avais pourtant dit de ne pas apporter cette photo-là...

Judd haussa les épaules en feignant l'indifférence. C'était d'autant plus admirable qu'il avait failli se trouver mal en observant le cliché pour la première fois.

— J'ai dû confondre, répondit-il.

— Ouais... Ce type est un bleu, expliqua Alex en tenant

la photographie sous les yeux de Domingo. Il n'arrête pas de faire des bourdes. Tu vois le genre ! En tout cas, la pauvre Angie a été salement charcutée, tu ne trouves pas ? Le légiste a dit qu'elle avait dû recevoir au moins quarante coups de couteau. Je me demande comment il a réussi à les compter étant donné l'état du corps... Ce pauvre Malloy a régurgité son petit déjeuner en regardant cette photo. Mais je suis sûr que c'est à cause de ces saletés de beignets qu'il n'arrête pas d'avaler à longueur de journée. Je lui ai pourtant dit que ce n'était pas bon pour lui...

— Excusez-moi, fit Domingo en se dirigeant vers la salle de bains.

— C'était vraiment mesquin, Stanislaski, commenta Judd.

— Oui, je suis comme ça...

— Je n'ai pas vomi, moi !

— Disons que tu t'es retenu à temps, répondit Alex en souriant.

Se dirigeant vers la porte de la salle de bains d'où provenaient les bruits révélateurs d'une violente nausée, il frappa à la porte.

— Hé, Jesus ? Ça va, mon vieux ? Je suis désolé que tu aies dû voir ça... Je vais te chercher un verre d'eau.

Considérant le grognement de Domingo comme un assentiment, Alex se rendit dans la cuisine et ouvrit le réfrigérateur. Les deux kilos de drogue se trouvaient exactement à l'endroit que Rosalie leur avait indiqué. Alex se retourna vers Domingo qui l'avait suivi.

— Vous n'avez pas le droit ! protesta ce dernier faiblement. Vous n'avez pas de mandat !

— Je voulais juste te trouver un peu de glace, protesta Alex. Mais tu me parais avoir là un bien curieux plateau-télé... Qu'est-ce que tu en penses, Malloy ?

— Je ne sais pas trop... Je ne suis pas un grand consommateur de produits exotiques, répondit Judd en se plaçant entre Domingo et la porte.

— Fils de putes ! s'exclama celui-ci. Vous violez mes droits ! Je serai dehors avant même que vous ayez pu me poser la moindre question !

— Peut-être, concéda Alex en plaçant les sachets de drogue dans un sac réservé aux pièces à conviction. Malloy, est-ce que tu peux lire ses droits à notre ami pendant qu'il s'habille ? Et, pour l'amour de Dieu, Jesus, essuie-toi la bouche...

Sa veste et son chemisier étaient de bien meilleur goût que sa tenue de la veille et ses boucles d'oreilles dansaient tandis qu'elle riait à gorge déployée. Elle était beaucoup plus sexy ainsi, débarrassée de sa couche de maquillage et de sa perruque platine.

Il remarqua ses grands yeux verts qui brillaient au milieu du petit visage pointu aux pommettes constellées de taches de rousseur. Ses cheveux roux foncé étaient de la même couleur que la statue que le frère d'Alex avait sculptée pour lui.

— Alors, j'ai dit au maire que nous essaierions d'arranger ça, expliquait-elle. Et je lui ai demandé s'il ne voulait pas participer au feuilleton pour un épisode.

Du coin de l'œil, elle aperçut Alex qui se tenait non loin de là, les pouces dans les poches de son blouson de cuir. Sur son visage se lisait un mélange de désapprobation et d'amusement.

— Inspecteur Stanislaski, dit-elle en lui décochant un sourire radieux.

— Bonjour..., grogna-t-il avant de se tourner vers ses collègues pour leur lancer d'un ton moqueur : Si le commissaire surgit à l'improviste, je pourrai toujours lui dire que vous n'aviez pas assez de travail et que vous vous êtes portés volontaires pour me donner un coup de main.

— On ne faisait que divertir ton invitée, Stanislaski, répliqua l'un des hommes en riant.

Mais la remarque du commissaire avait apparemment suffi à dégonfler leur enthousiasme et, un à un, ils prirent congé de la jeune femme pour se diriger vers leurs bureaux.

— Que puis-je faire pour vous ? demanda Alex.

— Eh bien…

— Puis-je vous faire remarquer que vous êtes assise sur un de mes dossiers ? ajouta-t-il.

— Désolée, dit-elle en s'écartant du bureau.

Sans ses talons aiguilles, elle était plus petite que lui d'une bonne tête.

— Je suis venue vous remercier pour m'avoir remise à ma place hier et pour avoir laissé tomber la plainte…

— On me paie pour remettre les gens à leur place, répondit Alex en haussant les épaules.

Il était pourtant surpris : il s'était attendu à ce qu'elle lui en veuille pour lui avoir fait passer une partie de la nuit en cellule, mais elle semblait ne pas lui en tenir rigueur et lui souriait avec cordialité.

— Néanmoins, sachez que j'apprécie votre geste, lui dit-elle sans se démonter. Ma productrice tolère mes excentricités mais je ne suis pas certaine qu'elle aurait apprécié de voir l'un de ses auteurs condamné pour racolage.

— Je crois qu'elle aurait encore moins apprécié de vous voir faire le trottoir, observa Alex.

— J'effectuais des recherches sur le terrain, lui rappela Bess. Darla, ma productrice, a l'habitude de ce genre de choses. Une fois, j'ai même accompagné un cambrioleur pour voir comment il procédait…

— Je ne suis pas certain d'avoir envie d'entendre ce genre de confidences, remarqua Alex, passablement choqué.

— Oh, ne vous en faites pas ! Ce cambrioleur a raccroché. C'était un personnage fascinant, vous savez. Il m'a montré comment il travaillait mais nous avons fait ça dans mon propre appartement... Ensuite, il m'a gentiment expliqué comment je pourrais me protéger contre les gens comme lui.

— Vous êtes vraiment folle, commenta Alex en secouant la tête.

— Ce n'est pas nouveau, répondit-elle en riant. Dites-moi, est-ce que vous avez un prénom ou est-ce que je dois vous appeler Inspecteur ?

— Alex...

— Alex ? C'est un joli prénom.

Il se débarrassa de son blouson qu'il posa sur le dossier de sa chaise, révélant son holster. Curieuse, la jeune femme passa la main sur la gaine de cuir, se promettant de le convaincre de le lui faire essayer, lorsqu'elle le connaîtrait mieux.

— Bien, déclara-t-elle enfin, je suis également venue pour voir si vous pouviez m'être utile d'une manière ou d'une autre.

Alex la regarda avec une stupeur non dissimulée : cela faisait des années qu'il croyait être revenu de tout mais cette fille n'arrêtait pas de le prendre au dépourvu. Cela commençait même à devenir gênant.

— Vous savez, vous êtes vraiment parfait...

Disant ces mots, elle s'approcha un peu plus, désireuse de mieux voir l'arme de service qu'il portait. Mais elle réalisa brusquement que son visage se trouvait à présent à quelques centimètres seulement de celui d'Alex.

Ce dernier fut soudain entouré par les effluves du parfum de la jeune femme. Une bouffée de désir aussi violente qu'imprévisible le submergea. Bess sentait le soleil et la promesse de mille plaisirs secrets.

— Je suis parfait ? répéta-t-il, mal à l'aise.

— Absolument, répondit-elle en le regardant droit dans les yeux.

Dans son regard, il ne lut aucune ambiguïté : juste un mélange d'attention et d'appréciation qui lui donna brusquement l'impression d'être un article de grand magasin.

— Vous êtes exactement l'homme que je cherchais, ajouta-t-elle.

Alex la fixa en silence, se perdant dans le vert intense de ses yeux. Il remarqua la fossette qui ornait le coin de sa bouche, délicieuse irrégularité dans ce visage pointu et malicieux.

— Et quel genre d'homme cherchiez-vous, au juste ? demanda-t-il d'une voix un peu trop rauque.

— Je sais que vous devez être très occupé et je vous promets que je ne vous prendrai pas beaucoup de temps. Une heure de temps en temps devrait suffire…

— Une heure ? répéta-t-il en tentant de s'arracher à la fascination qu'elle exerçait sur lui. Ecoutez, j'apprécie beaucoup votre intérêt mais…

— Vous n'êtes pas marié, n'est-ce pas ?

— Non, mais…

— Cela facilitera beaucoup les choses.

Bon sang, songea Alex. Jamais il n'avait été victime d'un assaut aussi frontal. Il avait très tôt appris à apprécier les femmes et à s'en méfier. Il parvenait d'ordinaire sans problème à se soustraire à leurs machinations mais, dans ce cas précis, il était totalement pris au dépourvu.

— C'est lourd ? demanda-t-elle en soupesant son holster.

— Je ne sais pas. Au bout d'un moment, on n'y fait même plus attention…

— En tout cas, il faut que vous sachiez que je suis prête à vous dédommager.

— Quoi ? s'exclama Alex, se sentant insulté par cette suggestion. Attendez une minute…

— Je sais que cela ne vous plaît guère, mais j'ai vraiment besoin de vous pour régler ce problème avec Matthew...

— Qui diable est ce Matthew ? s'exclama Alex partagé entre la jalousie et une incompréhension grandissante.

— C'est le vrai nom de Storm : Inspecteur Matthew Warfield, de la brigade de Millbrook.

— Millbrook ?

— Oui, c'est la ville fictive où se situe l'action de la série. Quelque part dans le Middle West... Storm est policier. Professionnellement, c'est un as mais, sur le plan personnel, sa vie est un vrai chaos. Il est intense et parfois brutal, comme vous. Dans la nouvelle saison, j'ai l'intention de me concentrer sur ce personnage, d'approfondir la routine policière, ses frustrations diverses...

— Attendez une minute ! intervint Alex, interloqué. Vous voulez que je vous aide à construire ce personnage ?

— Exactement. Vous pourriez me dire ce que vous ressentez lorsque vous êtes sur une affaire, comment vous la gérez, si vous respectez le système ou faites en sorte de le contourner comme la plupart des personnages de film... Ce sera beaucoup mieux pour moi que de me renseigner dans un livre.

Alex poussa un juron sonore avant de passer nerveusement ses mains sur son visage.

— Vous êtes un sacré phénomène, McNee !

— Vous n'êtes pas obligé de vous décider maintenant, insista-t-elle. J'organise une petite fête, ce soir. Vous n'avez qu'à venir. N'hésitez pas à amener un ami ou votre partenaire : il a l'air adorable.

— Il l'est.

— En tout cas, cela me ferait vraiment plaisir que vous passiez..., conclut-elle en lui tendant sa carte.

— Pourquoi ? demanda-t-il.

— Pourquoi pas ? répliqua-t-elle.

— Alexi ! appela alors quelqu'un derrière lui.

Bess haussa un sourcil. Alexi, songea-t-elle, voilà qui était mieux encore : il y avait quelque chose d'exotique et de terriblement sexy dans ce patronyme qui lui convenait bien mieux que le terriblement banal « Alex ».

Se tournant vers la femme qui l'avait interpellé, elle fut impressionnée : ce n'était pas le genre de personne que l'on pouvait ignorer. Elle dégageait un charme incontestable et trahissait une assurance tranquille qui commandait l'admiration. De plus, elle était enceinte.

— Hello, Rachel ! fit Alex en allant à sa rencontre.

— J'ai besoin de toi, inspecteur. Je tiens à te rappeler quelques notions de droit que tu sembles t'ingénier à ignorer !

— C'est votre sœur ? demanda Bess, curieuse.

— Comment l'avez-vous deviné ?

— Je suis très physionomiste, vous savez. D'ailleurs ce n'est pas très difficile à deviner : vous avez le même type de visage, la même bouche et la même couleur de cheveux... Si vous n'étiez pas frère et sœur, j'imagine que vous seriez cousins.

— Bien vu, commenta Rachel.

Mais elle n'entendait visiblement pas se laisser détourner aussi facilement de l'objet de sa visite.

— Je venais te parler de Jesus Domingo, reprit-elle. Fouille et arrestation illégales. Ça te rappelle quelque chose ?

— Qu'est-ce que c'est que cette salade ? dit Alex en secouant la tête d'un air exaspéré.

— Tu avais un mandat ?

— Je n'en ai pas eu besoin, c'est lui qui nous a invités à entrer.

— Et à fouiller dans ses affaires personnelles, je suppose ?

— Non, admit Alex en décochant un fugace sourire d'excuse à Bess qui assistait à leur conversation, fascinée. Jesus s'est senti mal et je lui ai proposé d'aller lui chercher un verre d'eau. En ouvrant le réfrigérateur, j'ai trouvé les deux kilos de drogue. Tout est dans mon rapport.

— C'est n'importe quoi, Alex ! Tu n'obtiendras jamais une condamnation sur une base aussi fragile.

— Peut-être pas, en effet. Il faudrait que tu voies cela avec le procureur...

— C'est bien ce que je compte faire, répliqua sa sœur en posant sa main sur son ventre dans un geste protecteur. Tu n'avais même pas de présomption !

— Assieds-toi...

— Je ne veux pas m'asseoir, protesta-t-elle énergiquement.

— Fais-le au moins pour le bébé, lui conseilla-t-il gentiment en la poussant vers un siège. Quand est prévu l'accouchement ?

— Pas avant deux mois. Ce qui me laisse tout le temps de m'occuper de cette affaire.

— Rachel, plaida-t-il en posant doucement la main sur sa joue, je me fais déjà assez de souci pour toi comme cela...

— Je vais parfaitement bien, répondit-elle.

— Tu ne devrais même pas être là !

— Eh ! J'attends un bébé. Je ne suis pas malade ! Alors revenons-en à Domingo...

Alex poussa un juron qui exprimait clairement ce qu'il aurait souhaité faire de ce dernier.

— Parles-en au procureur, répéta-t-il. Mais, franchement, je crois que quelques semaines de congé ne te feraient pas de mal.

— Moi, je trouve que vous avez l'air en pleine forme, objecta Bess.

— Merci, répondit Rachel. Le problème, c'est que tous les hommes qui m'entourent veulent me protéger. C'est charmant mais un peu agaçant, parfois.

— Je crois au contraire que Muldoon n'est pas assez protecteur, objecta Alex.

— Je n'ai pas besoin qu'il le soit ! D'ailleurs, tu te trompes : entre Nick et lui, je dois me battre pour garder un semblant d'autonomie. Quoi qu'il en soit, ajouta Rachel en se tournant vers Bess, puisque mon frère n'est pas assez poli pour nous présenter, je vais le faire moi-même. Je suis Rachel Muldoon.

— Bess McNee. Vous êtes avocate ?

— Exactement. Je travaille au bureau des aides juridictionnelles.

— Vraiment ? Je serais curieuse de savoir…

— Ne l'encourage pas, intervint Alex. Elle est capable de te faire raconter ta vie sans même que tu t'en aperçoives ! Ecoutez, McNee, je ne voudrais pas être impoli mais nous avons du travail, Rachel et moi…

— Pas de problème, je comprends ! Nous nous verrons ce soir, de toute façon. Ce fut un plaisir de faire votre connaissance, Rachel.

— Un plaisir partagé, répondit celle-ci.

Bess se dirigea vers la sortie, suivie des yeux par Alex et sa sœur.

— On ne peut pas dire que ta façon de la congédier était très polie, fit observer Rachel.

— C'est la seule façon de lui faire comprendre quelque chose, je t'assure…

— En tout cas, c'est une fille intéressante. Comment l'as-tu rencontrée ?

— Ne me le demande surtout pas, soupira Alex en secouant la tête d'un air abattu.

— Une soirée ? Franchement, j'admire ta décontraction : ce n'est pas tous les jours que j'ai l'occasion d'aller manger des canapés chez une célébrité !

Alex s'abstint de commenter cette dernière remarque. Il

se demandait encore pourquoi il avait décidé de répondre à l'invitation de Bess. Et surtout, il s'en voulait d'en avoir parlé à Judd. Ce dernier, comme il aurait dû s'y attendre, n'avait pas manqué de prévenir sa femme qui avait aussitôt insisté pour qu'ils y aillent tous les trois.

Au fond, songea-t-il, cela importait peu : il trouverait bien un prétexte pour s'éclipser rapidement. Il avalerait une bière et quelques petits-fours et prétendrait qu'il avait encore du travail.

Les portes de l'ascenseur s'ouvrirent, révélant l'entrée de l'appartement de Bess. Deux des murs étaient ornés d'une gigantesque fresque représentant la ville. On y voyait Time Square, le Rockefeller Center, Harlem, Little Italy et Broadway. En face, une double porte donnait sur un salon d'où leur parvenaient des bruits de conversation, des rires et de délicieuses odeurs de cuisine.

— Mon Dieu, comme c'est beau ! s'exclama Holly en entraînant son mari dans cette direction.

Alex les suivit, observant attentivement ce qui l'entourait. La pièce de réception était pleine de gens richement vêtus qui se tenaient par petits groupes près des buffets artistiquement décorés. Certains avaient pris place sur l'immense canapé couleur saphir ou sur les marches de l'escalier circulaire qui menait au niveau supérieur.

Car la pièce comportait une sorte de demi-étage qui dominait la partie basse et était entouré d'une rambarde en bronze décorée de chérubins du même métal. Leur classicisme contrastait avec les peintures résolument modernes qui ornaient les murs couleur ivoire. Toutes éclataient de couleurs vives et représentaient des scènes surréalistes.

Alex aperçut Bess au milieu de la pièce en train de danser avec un homme très distingué. Elle portait une robe prune très courte qui révélait ses longues jambes au galbe parfait et était échancrée dans le dos, laissant apparaître ses épaules délicates. Elle ne portait aucun bijou à l'exception de deux boucles d'oreilles en rubis. Elle s'était débarrassée de ses chaussures pour être plus à son aise.

Elle est tout simplement splendide, se dit Alex qui sentit une pointe de désir l'envahir.

— Oh, regardez ! s'exclama alors Holly, juste derrière lui. Il y a Jade... Et Storm et Vicky ! Et Amelia...

— Je vois que tu n'es pas en terrain inconnu, ironisa Alex.

— Mais comment connais-tu tous ces gens ? s'étonna Judd.

— Ce sont tous les acteurs de « Péchés secrets », expliqua Holly sans se démonter.

— Il y a aussi de vraies personnalités, commenta Judd. Par exemple, l'homme qui danse avec notre hôtesse est Lawrence D. Strater, le propriétaire de Strater Industries. C'est une des cinq cents personnes les plus riches du pays d'après le magazine *Fortune*. Il y a aussi le maire qui discute avec Hannah Loy, la star de Broadway...

Alex les écoutait d'une oreille distraite, indifférent à la prestigieuse assemblée. Ses yeux ne quittaient pas Bess qui était en train de murmurer quelque chose à l'oreille de son compagnon. Ce dernier éclata de rire et déposa un léger baiser sur les lèvres de la jeune femme.

Se retournant alors, elle avisa brusquement leur présence. S'excusant auprès de Strater, elle se dirigea vers eux, se mouvant avec grâce au milieu du salon bondé.

— Vous avez pu vous libérer ! s'exclama-t-elle joyeusement avant d'embrasser Judd et Alex sur les deux joues. Ravi de faire votre connaissance, ajouta-t-elle à l'intention de Holly.

— Je vous présente ma femme, Holly, lui dit Judd. Holly, je te présente Bess McNee.

— Merci de nous avoir invités, murmura Holly qui paraissait avoir perdu toute son assurance et rougissait comme une écolière face à son professeur.

— Plus on est de fous, plus on rit, répondit gaiement Bess. Venez, nous allons vous trouver quelque chose à boire.

Elle les entraîna vers le buffet. Alex eut la surprise alors de découvrir qu'en plus des traditionnels amuse-gueules, il y avait là de grands plats de pâtes et de véritables montagnes de pain à l'ail.

— C'est une soirée italienne, expliqua Bess en leur tendant des assiettes. Il y a du vin et de la bière, ainsi que divers alcools dans le bar. Les desserts se trouvent sur l'autre buffet, en face.

Avisant Holly qui observait les acteurs de « Péchés secrets », la jeune femme sourit.

— Si vous voulez, suggéra-t-elle, je peux vous présenter.

— Avec plaisir, répondit Holly, radieuse.

— Bien, excusez-nous, messieurs. Alexi, n'hésitez pas à vous servir…

— Cette fille est vraiment étonnante, commenta Judd qui avait commencé à manger avec appétit.

— C'est le moins qu'on puisse dire, répliqua son partenaire en s'emparant d'une assiette sur laquelle il commença à disposer diverses entrées à base de fruits de mer.

Il n'avait pas l'intention de s'attarder mais les plats étaient vraiment très tentants. Et mieux valait manger que rester les bras ballants à contempler tous ces gens qu'il ne connaissait pas. Tous évoluaient dans un univers si différent du sien : la plupart ne devaient avoir aucune idée de ce qui se passait à cet instant même dans les rues en contrebas…

Tandis que Judd rejoignait sa femme en pleine conversation avec un acteur, Alex alla s'installer sur l'un des sièges qui se trouvaient près de la baie vitrée dominant la ville.

Quelques minutes plus tard, Bess le rejoignit et s'assit dans le fauteuil qui lui faisait face.

— C'est l'endroit que je préfère ici, dit-elle en observant la rue.

— Vous avez un appartement magnifique, commenta Alex, d'un ton admiratif.

— Oui, je l'adore. Si vous voulez, je vous le ferai visiter un peu plus tard.

Elle se pencha pour prendre un bout de gâteau dans l'assiette d'Alex.

— Ce traiteur est vraiment un génie, soupira-t-elle.

— C'est vrai, reconnut Alex.

Il avisa alors la miette du gâteau sur la lèvre de la jeune femme et, avant même d'avoir réalisé le caractère déplacé de son geste, tendit la main pour la lui ôter.

Bess frémit malgré elle, frappée par l'intimité de ce geste qui éveillait en elle un écho de sensualité inattendu. Nerveusement, elle passa la langue sur ses lèvres, goûtant l'odeur d'Alex. Un silence gêné pesa entre eux et elle se força à parler pour chasser le malaise grandissant qui s'installait.

— La femme de votre partenaire est charmante... Je suis certaine que ce doit être un excellent professeur.

— Vous devriez l'interroger sur son métier, elle sera ravie de vous répondre, suggéra Alex non sans une pointe d'ironie.

— C'est ce que j'ai fait, répliqua Bess qui commençait à recouvrer un semblant de décontraction. Et j'espère que vous vous montrerez aussi coopératif. Après tout, nos métiers sont peut-être différents mais ils ont un point commun : une certaine curiosité nécessaire pour la nature humaine. D'ailleurs, je vous ai observé : vous n'avez pas cessé de parcourir des yeux la petite foule rassemblée ici, comme si vous cherchiez à deviner qui étaient les uns et les autres et les raisons de leur présence ici.

— C'est vrai, avoua Alex. Par contre, je ne connais toujours pas les raisons de *ma* présence en ces lieux.

Il porta son verre de vin à ses lèvres sans quitter son interlocutrice des yeux. Il y avait en lui une vigilance de tous les instants, comme s'il sollicitait continuellement son sens de l'observation et de la déduction.

C'était quelque chose qu'elle aimait en lui : il ne se laissait jamais aller, ne baissait jamais sa garde et rayonnait à chaque instant d'une énergie contenue et maîtrisée. Il attendait, faisant preuve d'une patience dont elle-même se sentait trop souvent dépourvue.

— Vous étiez peut-être curieux, suggéra-t-elle enfin.

— Un peu, admit-il.

Bess croisa les jambes et Alex ne put s'empêcher de remarquer que sa robe remontait légèrement, révélant un peu plus ses cuisses splendides.

— Je suis prête à vous dire tout ce que vous voudrez en échange de votre aide. Vous voyez ce type superbe, là-bas, avec la blonde pendue à son bras ?

— Oui. Je ne sais pas s'il est superbe mais je le vois.

— Vous n'êtes pas une femme, inspecteur. Mais je vous assure qu'il ne laisse aucune d'elles indifférente. En tout cas, il joue Storm Warfield, la brebis galeuse du clan riche et respecté des Warfield. C'est le frère d'Elana Warfield Strafford Carstairs. Il s'est récemment arraché à l'emprise de Vicky, la blonde qui est à son côté. Dans la vie, ils sont en couple mais, à l'écran, Storm est follement amoureux de Jade, une fille éthérée et tragique qui est partagée entre ses sentiments pour Storm et la fascination qu'exerce sur elle Brock Carstairs, un véritable salaud qui ne cherche qu'à la manipuler. Brock est le demi-frère de Maxwell Carstairs, le mari d'Elana. Maxwell était autrefois marié à Flame, la sœur de Jade, qui est morte au cours d'un tremblement de terre au Pérou, peu de temps après avoir accouché. On ne sait pas si cet enfant est bien celui de Maxwell. De plus, le corps de Flame n'a jamais été retrouvé…

— Je ne sais pas si c'est le vin, mais j'avoue que j'ai un peu de mal à vous suivre, dit Alex avec un sourire moqueur.

Bess hocha la tête et posa une main sur le genou d'Alex qui retint à grand-peine un frisson de désir.

— Cela n'est pas très grave. Ce que vous devez savoir, c'est que j'ai besoin de vous pour renforcer le personnage de Storm. Vous seriez consultant technique, en quelque sorte... Ma productrice est prête à vous payer pour vos services. D'autant que nos parts de marché commencent à diminuer. Nous sommes restés en tête durant plus de neuf mois mais la concurrence est rude et nous devons absolument nous renouveler pour relancer l'intérêt des téléspectateurs. Bien... Je vous laisse réfléchir pendant que je vais remplir mes devoirs d'hôtesse...

Avant qu'Alex ait eu le temps de lui répondre, elle s'éclipsa pour aller parler à un groupe d'amis qui lui faisaient signe depuis quelques minutes.

Tout en discutant avec ses invités, Bess ne cessait de surveiller Alex du coin de l'œil. Il avait apparemment décidé de se détendre un peu et ne tarda pas à se mêler aux autres convives, éveillant un intérêt certain auprès des femmes présentes dans l'assistance.

Vraisemblablement, il était coutumier du fait et flirtait légèrement avec celles qui l'abordaient. Plusieurs d'entre elles d'ailleurs firent à Bess l'éloge de son invité, mais le plus surprenant fut que Lori elle-même sembla conquise.

— C'est vraiment lui qui t'a arrêtée ? demanda-t-elle à un moment.

— Oui, qu'est-ce que tu en penses ?

— Miam miam !

— Je suppose que tu ne parles pas de mon buffet...

— Effectivement. Cet Alex est à croquer ! Et le mieux, c'est qu'il n'est pas acteur.

— Tu n'es toujours pas remise de ta rupture, on dirait ? demanda Bess, compatissante.

Lori jeta un coup d'œil à la dérobée vers Steven Marshall qui jouait le personnage de Brock Carstairs dans la série.

— J'essaie de ne plus y penser, soupira-t-elle. De toute façon, aucune femme n'est capable de satisfaire l'ego d'un acteur.

— Tu as probablement raison, reconnut Bess en souriant.

— Venant de la reine des tombeuses, cela me rassure...

— Eh ! Je ne suis pas une tombeuse !

— Vraiment ? Pourtant, lorsque j'organise une fête chez moi, j'ai rarement deux ex-fiancés dans la pièce.

— C'est une grande fête... Et puis, je n'ai jamais été fiancée à Lawrence.

— Tu parles ! Il t'a offert une bague de la taille d'une voiture !

— C'était une marque d'affection, se défendit Bess. Je n'ai jamais envisagé de l'épouser. Quant à Charlie, nous n'avons été fiancés que quelques mois et je suis toujours convaincue que Gabrielle est l'épouse idéale pour lui.

— Je dois dire que je ne connais pas beaucoup de femmes qui aient accepté d'être témoin au mariage de leur ancien fiancé. Je ne sais pas comment tu arrives à faire cela... Tu n'en veux jamais à tes ex et eux ne semblent pas te garder la moindre rancune.

— C'est parce que je m'arrange pour devenir leur amie, expliqua Bess. Ce n'est pas un rôle que la plupart des femmes aiment tenir, mais j'avoue qu'il me convient parfaitement.

— Et tu comptes devenir amie avec ce policier ?

Bess observa Alex qui dansait de façon très sensuelle avec une petite brune.

— A mon avis, ce n'est pas gagné, dit-elle. Je crois qu'il ne m'apprécie pas beaucoup. Mais je compte bien le faire changer d'avis.

— Tu n'as jamais échoué à ce petit jeu, reconnut Lori.

Je doute qu'il te résiste très longtemps. Bon, je vais devoir y aller… On se voit lundi ?

— Pas de problème, répondit Bess qui suivit des yeux son amie tandis qu'elle se frayait un chemin en direction de la sortie.

Puis elle avisa Steven qui observait également Lori. Dans son regard se lisait une profonde détresse. Lui aussi était perdu dans ses contradictions amoureuses, songea la jeune femme avec une pointe de compassion. La plupart des gens considéraient leur vie sentimentale comme une chose très compliquée et très douloureuse.

Bess, au contraire, se contentait de suivre son instinct, profitant des bons moments et évitant les tragédies. Comme tout le monde, il lui arrivait de tomber amoureuse mais elle en guérissait généralement assez vite pour éviter que les choses ne s'enveniment.

Levant la tête, la jeune femme aperçut Alex qui la contemplait pensivement. Curieusement, les battements de son cœur s'accélérèrent l'espace de quelques instants. Puis quelqu'un l'invita à danser et elle oublia ce trouble passager.

Chapitre 3

— Vous recevez toujours autant de gens chez vous ? demanda Alex après avoir vidé la tasse de café que Bess lui avait offerte.

La jeune femme avait insisté pour qu'il reste un peu plus longtemps afin qu'ils puissent poursuivre leur conversation interrompue. Après quelques instants d'hésitation, Alex avait accepté et tous deux étaient maintenant assis dans l'immense salon désert.

— Oh, ça m'arrive lorsque la fantaisie m'en prend, répondit-elle évasivement.

Elle jeta un coup d'œil à la pièce dévastée et sourit. Elle adorait ce décor d'apocalypse des fins de soirées réussies. Il témoignait du fait que ses invités s'étaient amusés. Quant au rangement, il ne prendrait guère de temps. Bess avait eu la sagesse d'engager une équipe de nettoyage pour le lendemain.

— Vous voulez un peu de salade de pâtes ? demanda-t-elle.

— Non merci.

— Moi, je vais en prendre, dit-elle en se dirigeant vers le buffet. Je n'ai presque rien mangé et je suis affamée.

Elle se servit et revint s'asseoir sur le canapé, en face d'Alex.

— Alors ? Que pensez-vous de Bonnie ?

— Qui ça ?

— Bonnie, la petite brune avec laquelle vous dansiez. Celle qui vous a glissé son numéro de téléphone dans la poche.

— Ah, Bonnie... Elle a l'air sympathique.

— Elle l'est, acquiesça Bess en posant les pieds sur la table basse qui se trouvait devant elle.

Elle ne paraissait pas incommodée le moins du monde par les hurlements de la chaîne hi-fi qui continuait à déverser un flot ininterrompu de rock endiablé.

— Je suis heureuse que vous soyez resté.

— Oh, je n'avais aucun impératif, vous savez...

— Tout de même, vous n'étiez pas obligé de le faire. Mais, puisque vous êtes là, laissez-moi vous expliquer mon idée.

Alex hocha la tête, fasciné par la vitesse avec laquelle elle mangeait son plat de pâtes.

— Jade a une double personnalité, expliqua la jeune femme. Cela s'explique par un traumatisme qu'elle a subi dans son enfance. Je n'entrerai pas dans les détails...

— Dieu merci, intervint Alex en souriant.

— Mais l'alter ego de Jade est Josie, poursuivit imperturbablement Bess. C'est une prostituée entraînée dans un processus d'autodestruction. Storm est fou de Jade et cela complique encore les choses, d'autant que la jeune femme traverse une phase difficile...

— A cause de Brock ?

— Vous voyez que vous suivez ! Bref, Storm est éperdument amoureux mais il a énormément de travail pour résoudre le cas du maniaque de Millbrook.

— Mon Dieu, murmura Alex en secouant la tête. Où allez-vous chercher tout ça ?

— Dans les journaux à sensation. Les tueurs en série font toujours les gros titres. En tout cas, ce psychopathe se promène en ville et étrangle des femmes avec une écharpe rose. C'est du fétichisme mais, là encore, je vous épargne les détails...

— Alléluia !

— Bien... La presse se met à harceler Storm, en lui demandant quand et comment il compte résoudre cette épineuse affaire. Toute cette pression et ses difficultés sentimentales commencent à devenir insupportables. C'est là que vous intervenez. Je dois comprendre comment vous séparez votre vie privée de votre vie professionnelle dans un métier où l'on doit s'impliquer autant. Comment faites-vous pour traquer un tueur ? Comment évitez-vous que votre jugement ne soit obscurci par des considérations d'ordre personnel ?

— C'est vraiment ce genre de choses qui vous intéresse ?

— Pour commencer, oui.

— Je vois... Eh bien, d'abord, je ne sépare pas ma vie professionnelle et ma vie privée, en tout cas pas comme vous l'entendez. Un policier doit être capable de réagir en tant que tel à n'importe quel moment, même lorsqu'il n'est pas en service.

— Attendez une minute, je reviens ! s'exclama Bess.

Elle reposa son assiette et alla chercher un calepin dans un tiroir.

Elle se rassit et se tint prête à prendre des notes.

— Vous voulez dire que si vous recevez un appel de votre commissariat, vous êtes obligé d'y répondre quoi que vous soyez en train de faire ?

— C'est exact.

— C'est une attitude plutôt schizophrénique... Comment pouvez-vous basculer sans cesse du mode personnel au mode professionnel ?

— C'est une question de survie, expliqua Alex. En fait, il n'y a pas de technique spécifique : c'est plus un état d'esprit qu'autre chose. Il faut être toujours prêt, comme les scouts... Mais que cela ne vous induise pas en erreur : les policiers ne ressemblent guère à ceux que l'on voit dans les films. Nous passons la majeure partie de notre temps à nous occuper de paperasses diverses. D'autant que toute méprise dans un procès-verbal ou un rapport est susceptible d'être exploitée par la défense, lorsque nous arrêtons quelqu'un. Nous n'avons pas droit à l'erreur.

— Et lorsque vous êtes dans la rue ?

— Là aussi, la plupart du temps, nous suivons une certaine routine : nous procédons à des interrogatoires, suivons des pistes qui s'avèrent être des culs-de-sac, arrêtons des petites frappes qui seront relâchées le soir même. Par contre, le danger peut surgir à tout moment. Et il ne faut jamais baisser sa garde si l'on veut rentrer chez soi entier, ce qui est le premier devoir d'un policier qui se respecte. Il faut être concentré à chaque instant et il est impossible de penser à ses problèmes personnels. Peu importe que vous vous soyez disputé avec votre femme, que vous ayez trop de factures à régler ou que votre enfant fasse ses premières dents ! Il faut vivre pleinement au présent sous peine de ne pas avoir d'avenir.

Alex avait parlé d'une voix détachée, comme si tout cela était parfaitement anodin. Pourtant, Bess sentit qu'il était terriblement sérieux.

— Et vous n'avez jamais peur ?

— Tout le monde a peur. L'essentiel, c'est de s'y habituer et de ne pas laisser la peur obscurcir votre jugement.

— Et si une personne à laquelle vous tenez est impliquée ? Quelqu'un que vous aimez, par exemple ?

— Alors, il faut redoubler d'attention et s'en tenir strictement à la procédure. Si vous n'êtes pas capable de le faire, vous risquez de tout faire échouer et de mettre votre vie et celle de votre équipier en danger.

— C'est aussi simple que cela ?

— Non. Les sentiments ne sont jamais simples à gérer.

— Si je comprends bien, un bon policier doit faire passer son devoir avant tout et réprimer ses propres sentiments. Il doit faire passer sa vie privée au second plan. Il doit se plier à une routine ennuyeuse de peur de commettre la moindre erreur. En résumé, ce doit être quelqu'un de complètement frustré. Une véritable Cocotte-Minute prête à exploser à tout moment.

— C'est assez juste.

— Alors comment faites-vous pour évacuer cette tension ? s'enquit Bess. Vous, Alexi, comment faites-vous ?

— Je frappe dans un sac de sable, éluda Alex en haussant les épaules.

— Vous trouvez ma question trop personnelle ?

— Non, répondit-il, agacé de se sentir aussi mal à l'aise. C'est sérieux : je fais énormément de sport. Rien ne vaut quelques heures de gymnastique pour se débarrasser de ses frustrations quotidiennes.

— Parfait, commenta Bess.

Tendant la main, elle tâta l'un de ses biceps et émit un petit sifflement admiratif.

— Apparemment, ces frustrations sont nombreuses, dit-elle avec ironie. J'ai beau faire beaucoup de sport, moi aussi, je n'arrive pas au même résultat.

— Vous m'avez l'air assez athlétique, remarqua Alex.

— Merci. Vous voulez faire un bras de fer ?

— Non, répondit-il en riant. Cela ne me réussit pas. Il y a quelques années, j'ai fait un bras de fer avec mon frère pour savoir qui se marierait avec sa fiancée et c'est lui qui a gagné…

— C'est ainsi que vous réglez vos différends chez les Stanislaski ?

— Cela arrive, répondit Alex en se levant.

En pensant à Bonnie, il avait brusquement réalisé combien

Bess était différente : ce n'était certainement pas le genre de personne avec laquelle il pouvait espérer avoir une liaison.

— Je dois y aller, s'excusa-t-il.

Bess parut hésiter puis hocha la tête, se levant à son tour pour le raccompagner jusqu'à la porte.

— A ce propos, votre nom, Stanislaski, c'est polonais ?

— Non, russe. Nous sommes originaires d'Ukraine.

— Près des Carpates ?

— Exactement, confirma Alex.

Sa famille s'était échappée par ces montagnes, lorsqu'il était encore bébé.

— Et vous y êtes déjà allé ?

— Seulement en imagination, répondit Alex en enfilant sa veste de cuir.

— Vous savez, dit-elle en posant les mains sur son col pour le rajuster, lorsque j'étais en cours, j'ai toujours été très mauvaise en géographie. Mais je suis fascinée par les pays lointains...

Sous ses doigts, elle sentait la douceur du col en mouton qui contrastait avec le cuir très rêche sur lequel glissaient ses paumes. Une odeur troublante se dégageait de lui, terriblement masculine et envoûtante.

Tous deux étaient très proches l'un de l'autre et Bess pouvait sentir un étrange courant circuler entre eux. Elle décida brusquement qu'elle ne pouvait pas laisser passer une telle occasion.

— Est-ce que nous nous reverrons ? demanda-t-elle tout à coup.

Alex l'observa avec attention, s'efforçant de maîtriser l'envie irrésistible qu'il avait de laisser ses mains courir sur le corps de la jeune femme. Quelque chose lui disait que cela n'aurait pas été sage...

— Vous savez où me trouver, répondit-il posément. Si j'ai un peu de temps, je serai ravi de vous aider.

— Merci, répondit-elle en se dressant sur la pointe des pieds.

Lentement, elle rapprocha son visage de celui d'Alex, lui laissant tout le temps de reculer si tel était son désir. Mais il n'en fit rien et leurs bouches se frôlèrent bientôt. Ce baiser fut aussi léger que l'effleurement d'une aile de papillon, mais il suffit à éveiller en eux une passion sourde qui leur laissa une déchirante sensation d'inachèvement.

Bess sentait son sang bourdonner joyeusement dans ses veines, charriant une joie simple et profonde. Elle pouvait encore sentir le goût d'Alex contre ses lèvres : un goût de vin et d'épices avec quelque chose de doux et de sucré qui ressemblait à une promesse.

— Bonne nuit, Alexi, dit-elle.

Ce dernier hocha la tête. Il n'était pas vraiment convaincu de pouvoir articuler une réponse plus adéquate, pris de court par ce baiser inattendu. Lentement, comme à contrecœur, il se détourna et traversa le hall pour gagner l'ascenseur.

Se retournant, il vit que la jeune femme se tenait toujours sur le seuil de l'appartement et le contemplait avec un sourire rêveur. Elle lui adressa un petit salut de la main et entreprit de refermer la porte. Mais il ne lui en laissa pas le temps.

Répondant à une brusque impulsion, il revint vers Bess.

— Vous avez oublié quelque chose ? demanda-t-elle.

— Oui.

Avec une lenteur délibérée, il s'approcha d'elle. Surprise elle-même par sa réaction, Bess recula, intimidée par l'expression qu'elle lisait dans ses yeux. Elle avait l'impression d'être un lapin qui se retrouve nez à nez avec un chasseur.

— J'ai oublié que j'aimais bien garder le contrôle de la situation, ajouta-t-il.

Sans lui laisser le temps de répondre, il la prit dans ses bras et pencha son visage vers le sien. Mais son baiser n'eut rien de conquérant, comme elle l'avait redouté. Il était au contraire très doux et ce fut elle qui se pressa contre lui, incapable de résister à cette délicieuse tentation. Elle sentit sa main se poser doucement au creux de ses reins et se cambra légèrement pour mieux s'offrir à lui.

La sentant s'abandonner, Alex la serra plus intimement encore et ses lèvres se firent plus audacieuses. Elle sentit une vague de chaleur sourdre en elle et se répandre dans tous ses membres, la faisant frissonner convulsivement.

Jamais encore un simple baiser ne lui avait fait un tel effet et elle se sentait emportée toujours plus loin par un plaisir grandissant. Le bourdonnement de son sang contre ses tempes semblait s'accorder au rythme frénétique de son désir tandis que le reste du monde paraissait se fondre en un flou à la périphérie de sa vision.

Durant toute la durée de leur étreinte, Alex ne la poussa jamais plus loin qu'elle n'était prête à aller, se contentant de savourer ce qu'elle lui offrait, prenant tout son temps avec une sorte de gourmandise. Mais Bess ne trouvait pas la force de protester. Comment aurait-elle pu repousser cet homme qui savait lui faire tant de bien ?

Pour la première fois de sa vie, elle était complètement séduite et sa volonté farouche s'effaçait devant l'exigence de son corps lui-même.

Alex réalisait enfin le rêve qu'il caressait depuis plusieurs heures. Mais, tout en prenant un plaisir immense à ce baiser qui paraissait devoir durer l'éternité, il savait au fond de lui-même qu'il venait de commettre une énorme erreur. Car ce que Bess lui donnait appelait d'autres envies plus impérieuses encore.

Et elle n'était pas son type.

C'était aussi simple que cela et son instinct le lui soufflait avec force. Il s'efforça donc de contenir aussi longtemps qu'il le put la passion qui grandissait en lui, sachant qu'y céder ne déboucherait que sur un prodigieux désastre pour lui comme pour elle.

Lorsque son corps tout entier ne fut plus qu'une fournaise incontrôlable, il recula, repoussant avec force l'envie qu'il avait de déshabiller la jeune femme pour lui faire l'amour sur-le-champ.

Lorsqu'elle ouvrit enfin les yeux, il constata que ses pupilles étaient dilatées et son regard flou. Serrant les poings, il se força à maîtriser sa respiration et les battements erratiques de son propre cœur. Elle était dangereuse, songea-t-il, et tout bon policier savait que l'on ne gagnait rien à flirter délibérément avec le danger.

Bess, quant à elle, s'efforçait désespérément de ne pas vaciller. Elle se sentait vidée et passablement désorientée, ayant le plus grand mal du monde à comprendre ce qui venait de se passer.

— Eh bien..., murmura-t-elle d'une voix qu'elle ne reconnut pas.

Alex ne répondit pas et se détourna brusquement pour gagner l'ascenseur. Intérieurement, il pria pour que ce dernier soit toujours à l'étage. Malgré ses bonnes résolutions, il n'était pas certain d'avoir la force de l'attendre très longtemps.

Heureusement, les portes s'ouvrirent instantanément devant lui et il pénétra dans la cabine.

— Bonsoir, McNee, lança-t-il avec une décontraction affectée. A un de ces jours...

Les portes se refermèrent sur lui sans que Bess trouve quoi que ce soit à répondre.

Il n'avait pas envie de penser à la jeune femme et essayait de se concentrer sur son travail. Ils étaient en train de suivre les quelques maigres pistes que leur avait fournies

Domingo et devraient se montrer particulièrement habiles s'ils voulaient avoir la moindre chance d'en tirer quelque chose.

— Résumons ce que nous avons appris, dit-il en fronçant les sourcils. Angie Horowitz avait trouvé un client régulier. Il était bien habillé, payait rubis sur l'ongle et l'avait engagée deux mercredis de suite.

— Et c'est justement un mercredi qu'elle s'est fait tuer, exactement comme Rita Shaw, conclut Judd.

— D'accord, le tueur agit peut-être uniquement ce jour-là. Mais cela ne nous aide pas vraiment..., soupira Alex.

Ils avaient passé plusieurs heures à interroger les employés des hôtels de passe où les meurtres avaient été commis. Hélas, aucun n'avait pu leur apprendre quoi que ce soit d'utile : comme tous les membres de leur profession, ils n'avaient rien vu, rien entendu et, officiellement, ne savaient rien des activités de ces filles.

Quant aux prostituées qui les avaient connues, elles ne faisaient pas assez confiance à des policiers pour leur révéler quoi que ce soit.

— Demain, c'est mercredi. Crois-tu que nous allons avoir droit à une nouvelle agression ?

— Comment veux-tu que je le sache ? répliqua rageusement Alex.

Il était furieux de ne tenir toujours aucune piste. A travers le pare-brise de la voiture, il avisa alors la dernière personne au monde qu'il aurait souhaité voir à cet instant. Pestant intérieurement, il se rangea contre le trottoir le plus proche et descendit du véhicule de service.

— Je me doutais bien que vous n'étiez pas l'une des nôtres, remarqua la jeune prostituée en hochant la tête.

Elle tira une longue bouffée de sa cigarette, songeant

à l'usage qu'elle ferait des cinquante dollars que venait de lui glisser son interlocutrice.

— Et vous voulez savoir en quoi consiste notre métier ? reprit-elle.

— Oui, confirma Bess. Je suis intéressée par tout ce que vous voudrez bien me dire à ce sujet. Je ne veux ni vous juger ni vous arracher des confidences personnelles, Rosalie. Je veux juste connaître votre parcours, savoir en quoi consiste exactement votre vie de tous les jours, me faire une idée de l'ambiance qui règne dans la rue…

— Et vous espériez vous en faire une idée en vous déguisant comme vous l'avez fait l'autre soir ?

— Je reconnais que c'était un peu naïf, avoua Bess en souriant. Mais j'ai appris quand même plusieurs choses : qu'il est éprouvant de faire les cent pas sur le bitume avec des chaussures à talons inconfortables. Qu'une femme exerçant ce métier doit faire abstraction d'elle-même. Qu'elle ne doit pas regarder l'apparence ou le visage des hommes qui l'abordent. Seul leur argent compte. Quant à ce que vous faites avec eux, cela n'a rien à voir avec de l'intimité, ni même avec du sexe. C'est un simple exercice de contrôle…

— Je vois que vous êtes moins bête que vous le paraissez, approuva gravement Rosalie.

— Merci. C'est toujours ce que les gens disent de moi. Surtout les hommes…

— Cela ne m'étonne pas, reconnut Rosalie en souriant pour la première fois.

Ce sourire fit oublier d'un seul coup la couche de maquillage vulgaire et l'expression de dureté cynique dont elle ne se départait pas, laissant entrevoir le beau visage de cette femme qui n'avait pas encore trente ans.

— Je vais vous dire une chose, déclara-t-elle. Les hommes qui me paient ne voient en moi qu'un corps. Ils ne voient pas mon esprit. Mais j'en ai un et je sais m'en servir. Cela fait cinq ans que je suis dans la rue et je n'ai pas l'intention d'y passer cinq ans de plus.

— Alors qu'est-ce que vous comptez faire ?

— Rassembler l'argent que j'ai mis de côté et partir pour le Sud. Je vais louer une petite maison en Floride et me trouver un travail régulier. Vendeuse de vêtements, peut-être… Je m'y connais pas mal en couture. Vous savez, toutes les autres filles ont un plan de ce genre. Le problème, c'est que la plupart ne le mettent jamais à exécution parce qu'elles sont accro. Mais pas moi. Je n'ai jamais touché à la drogue et, dans un an, je quitte cette ville. Peut-être même avant, si je me trouve un régulier, comme Angie…

— Angie ? Vous parlez d'Angie Horowitz, la fille qui a été tuée ?

— Oui. Mais elle n'était pas assez prudente. Je le lui avais souvent répété…

— Mais comment peut-on être prudente lorsqu'on monte avec des inconnus ? demanda Bess.

— Il faut être prête à réagir à tout moment. Angie buvait trop. Elle se faisait offrir des verres par ses clients… Une bouteille entière parfois… Ce n'est pas prudent. Quant à ce type qu'elle avait trouvé, le riche… Eh bien, il…

— Qu'est-ce que vous fichez ici ?

Bess et Rosalie levèrent simultanément les yeux vers celui qui venait de les interrompre. C'était un homme de haute taille au visage très pâle et aux yeux bleus glacés. Ses cheveux longs étaient teints en blanc et noués en catogan. Il portait un costume italien, une chevalière en diamant et fumait un épais cigare.

— Je prenais juste un café, Bobby, répondit Rosalie en feignant une assurance qu'elle était loin de ressentir.

— Eh bien, la pause est finie ! Tu retournes immédiatement dans la rue.

— Excusez-moi, Bobby, intervint Bess.

— Quant à toi, si tu cherches du travail, c'est à moi qu'il faut t'adresser. Mais je te préviens tout de suite : je ne supporte pas les feignantes !

— Désolée, mais votre proposition ne m'intéresse pas. J'étais juste venue voir Rosalie pour discuter de deux ou trois choses…

— Rosalie ne discute pas avec n'importe qui sans mon autorisation. Alors tirez-vous en vitesse avant que je perde mon calme !

Bess se leva mais, au lieu de se diriger vers la porte du café, elle se planta résolument devant Bobby, le défiant du regard.

— C'est un endroit public ici ! s'exclama-t-elle. Et votre intervention est complètement déplacée !

Bobby ne répondit rien, prenant Rosalie par le col pour la forcer à se lever. Sans ménagement, il la poussa en direction de la sortie. Bess sentit une colère indomptable monter en elle : s'il y avait une chose qu'elle détestait par-dessus tout, c'étaient les brutes dans son genre.

— Attendez une minute ! s'écria-t-elle en l'attrapant par la manche.

Bobby se retourna brusquement et la repoussa violemment contre la table. Les autres clients du café détournèrent les yeux, estimant que cette histoire ne les regardait en rien. Se redressant, Bess se prépara à revenir à la charge. Mais, à cet instant même, la porte s'ouvrit avec fracas et Alex entra dans le bar.

— Je te conseille de la laisser tranquille, Bobby ! dit-il d'un ton menaçant.

— Eh ! protesta ce dernier avec un sourire hypocrite. Nous ne faisions que prendre un café entre amis, n'est-ce pas, Rosalie ?

— C'est vrai, acquiesça celle-ci en empochant la carte que Bess lui tendait discrètement.

Alex se tourna vers Bess qui paraissait folle de rage contre Bobby.

— Vous voulez porter plainte ? demanda-t-il.

— Non, répondit la jeune femme en s'efforçant de paraître détendue. Je crois qu'il s'agit d'un malentendu : nous ne faisions effectivement que discuter entre amis. A bientôt, Rosalie...

Celle-ci se dirigea vers la porte, soufflant au passage sa fumée de cigarette dans le visage d'Alex.

— De toute façon, leur café est dégoûtant, commenta Bobby. A la prochaine, mon chou, ajouta-t-il à l'intention de Bess.

Il sortit à son tour. Alex attendit qu'il se soit éloigné pour prendre Bess par le bras et l'escorter à l'extérieur.

— Ecoutez, fit la jeune femme avec une pointe de rancune, votre numéro de chevalier servant est parfait mais je n'avais aucun besoin d'être secourue !

— Ce dont vous avez besoin, c'est une camisole de force ! s'exclama Alex avec humeur. Montez dans la voiture, ajouta-t-il en ouvrant la portière arrière.

— Un taxi ferait aussi bien l'affaire...

Sans ménagement, il la força à monter. Résignée, elle adressa un petit sourire à Judd qui occupait le siège passager.

— Comment va Holly ? demanda-t-elle d'un ton léger.

— Très bien, merci. Elle s'est vraiment beaucoup amusée à votre soirée.

— Parfait ! Dans ce cas, je ne manquerai pas de vous inviter la prochaine fois.

Alex s'installa au volant et démarra en trombe, se faufilant entre les voitures.

— Puis-je savoir où vous me conduisez ? demanda Bess d'un ton léger. A moins qu'il ne s'agisse d'une nouvelle arrestation illégale...

— Je devrais vous conduire directement à l'hôpital

psychiatrique, rétorqua Alex. Mais je me contenterai de vous ramener chez vous.

— C'est gentil.

Alex lui jeta un regard furieux dans le rétroviseur. Le visage de la jeune femme trahissait toujours la colère qu'elle avait éprouvée et son regard était aussi acéré qu'un poignard. De plus, elle arborait une moue boudeuse qui agaça prodigieusement Alex.

— Vous êtes une imbécile, McNee, déclara-t-il abruptement. Et comme la plupart des imbéciles, vous êtes dangereuse.

— Vraiment ? dit-elle en se penchant en avant. Puis-je savoir ce qui vous permet d'affirmer une telle chose ?

— Le fait que vous soyez retournée dans ce quartier où vous n'avez rien à faire, alors même que vous saviez qu'un meurtre y avait été commis !

— Et alors ?

— Alors ? Vous buvez le café avec une prostituée et prenez à partie son souteneur. Je connais bien Bobby : il ne se serait pas gêné pour vous refaire le portrait, vous savez…

— C'est mon problème !

— Et voilà, c'est justement à cause de ce genre de réactions que je vous considère comme une dangereuse imbécile.

— Alex, plaida Judd, ce n'est pas la peine de…

— Toi, reste en dehors de ça !

— Très bien, soupira son partenaire en se carrant dans son fauteuil.

— Il se trouve que j'interviewais Rosalie, reprit Bess en croisant les bras. Dans un endroit public… Vous n'aviez aucun droit de débouler comme vous l'avez fait et de réduire à néant tout mon travail d'approche.

— Si je ne l'avais pas fait, vous seriez en ce moment même à l'hôpital avec un œil au beurre noir et le nez cassé.

— Je suis parfaitement capable de me défendre toute seule, protesta Bess.

— Certainement, ironisa Alex. Il suffit de vous regarder pour comprendre que vous êtes une véritable amazone, une combattante aguerrie !

Vexée, Bess se pencha en avant et lui tira l'oreille, ce qui ne fit qu'accroître sa colère.

— Je vous promets qu'à la minute où nous descendrons de cette voiture je vais vous...

— Alex ? intervint Judd.

— Je t'ai dit de ne pas te mêler de ça !

— Je suis désolé de t'interrompre, mais tu serais probablement intéressé par ce qui se passe dans le supermarché à droite...

Alex jeta un coup d'œil dans cette direction et pesta de plus belle.

— C'est la goutte d'eau qui fait déborder le vase ! s'exclama-t-il. Judd, appelle le central !

Bess observa les deux policiers avec stupeur tandis qu'Alex se garait sur le trottoir et que Judd signalait un braquage en cours et demandait des renforts.

— Vous, vous restez dans la voiture, déclara Alex en se tournant vers elle. Sinon, je vous brise le cou !

— Ne vous en faites pas...

Avant même qu'elle ait eu le temps de finir sa phrase, Judd et Alex avaient quitté le véhicule, tirant leurs armes de service.

Bess observa attentivement le visage d'Alex qui s'était brusquement refermé : en un instant, il l'avait oubliée, se concentrant uniquement sur ce qui allait se dérouler durant les minutes qui suivraient.

Elle avait vu des dizaines d'acteurs tenter d'imiter cette expression avec plus ou moins de talent, mais peu y parvenaient réellement. La plupart d'entre eux feignaient la résolution ou la concentration alors qu'il s'agissait en fait d'une sorte de disponibilité, d'une parfaite neutralité.

Seuls les yeux d'Alex trahissaient sa concentration. Ils contenaient en germe la vie et la mort et jamais elle n'avait vu tant de violence concentrée dans un même regard.

Tandis qu'il traversait la rue, Alex s'efforçait de ne pas penser à Bess. Mais, pour la première fois depuis des années, il avait vraiment beaucoup de mal à faire le vide en lui. Pourtant, il y parvint, songeant que la vie d'innocents dépendait peut-être de lui.

Tandis qu'il approchait du magasin, il avisa les deux victimes : un homme et une femme d'une soixantaine d'années qui devaient être les propriétaires de la boutique. Les deux agresseurs étaient lourdement armés : l'un d'eux tenait un 45 mm tandis que l'autre arborait un fusil à canon scié encore plus impressionnant.

Alex fit signe à Judd de se placer sur le côté gauche de la porte tandis que lui-même se postait à droite. Il pria pour que son équipier ne perde pas son sang-froid en un tel moment mais il n'avait d'autre choix que de lui faire confiance.

Jetant un coup d'œil à l'intérieur de la boutique, il avisa la vieille dame qui pleurait et suppliait ses agresseurs tandis que son mari vidait le contenu de la caisse enregistreuse dans un sac en plastique.

L'un des deux braqueurs s'empara d'une bouteille qui se trouvait sur l'étagère à sa droite. Il la déboucha et en avala une généreuse goulée avant de la briser sur le comptoir pour menacer le vieil homme.

Alex avisa le regard de l'agresseur et comprit qu'il était drogué. Il y avait dans ses yeux une lueur de folie qui prouvait qu'il ne comptait pas s'en tenir à un simple vol à main armée.

— Nous entrons, souffla Alex à Judd. Baisse-toi et vise le type de droite.

— D'accord, acquiesça Judd, très pâle. Dis-moi quand.

— Ne tire pas tant que tu n'y es pas obligé, ajouta Alex avant de pénétrer dans le magasin. Police ! cria-t-il.

Derrière lui, il entendit les sirènes hurlantes des renforts qui arrivaient. Mais il était trop tard pour reculer. Le braqueur au fusil pointa son arme dans sa direction.

— Lâche ça ! commanda-t-il.

Mais son avertissement ne servit à rien et l'autre tira au moment même où Alex se jetait de côté. La porte de verre de la boutique vola en éclats tandis que le deuxième homme tirait à son tour, atteignant une bouteille juste au-dessus d'Alex. Judd entra alors et tira à deux reprises alors qu'Alex descendait l'homme au fusil.

Un silence oppressant suivit cette fusillade et Alex se redressa lentement, constatant que les deux hommes gisaient au sol. Le visage de Judd avait pris une teinte verdâtre.

— Tu tiens le coup ? demanda-t-il à son équipier.

— Je crois, murmura Judd en rengainant son arme de service.

Il passa nerveusement une main sur son visage, luttant visiblement contre la nausée.

— C'était la première fois, avoua-t-il d'une voix tremblante.

— Je sais. Sors.

— Je vais bien…

— Sors quand même, lui conseilla Alex en posant doucement la main sur son épaule. Et appelle une ambulance.

— Je vous avais dit de rester dans la voiture ! s'exclama-t-il.

— C'est ce que j'ai fait…

— Alors rentrez-y.

Doucement, elle posa une main sur son bras.

— Alexi, vous aviez raison. Je vais prendre un taxi... Vous devez avoir beaucoup à faire.

— J'ai terminé, répliqua Alex en lui ouvrant la portière du côté passager. Montez.

— Et Judd ? dit-elle en s'exécutant.

— Il est reparti au commissariat pour faire son rapport.

— Ah...

Alex monta à son tour et démarra. Durant plus de cinq minutes, il resta parfaitement silencieux. Ce n'était pas la première fois qu'il devait tuer un homme, mais il avait soigneusement évité de dire à Judd que l'habitude ne rendait pas cet acte plus supportable : elle transformait juste la nausée en colère et en dégoût.

— Alors ? dit-il. Vous ne me demandez pas ce que j'ai ressenti ? Ce qui s'est passé dans ma tête ? Ce que je vais faire maintenant ?

— C'est inutile, répondit posément Bess. Je vous ai vu. Et il n'est pas difficile de savoir ce que vous allez faire ensuite.

Alex jura. Il ne s'était pas attendu à ce que Bess se montre aussi compréhensive, aussi emplie de sollicitude.

— Vous perdez une occasion unique de vous documenter, McNee, s'exclama-t-il. Je suis surpris. A moins que votre flic de pacotille n'ait jamais l'occasion d'abattre des drogués dans une boutique miteuse du centre-ville...

Bess comprit qu'il essayait délibérément de la provoquer pour trouver un exutoire à sa colère. C'était une façon comme une autre de gérer sa douleur.

— Je ne suis pas certaine que nous ayons prévu ce genre de chose, commenta-t-elle. Mais qui sait ? Je pourrais peut-être en tirer quelque chose.

— Ecoutez, déclara Alex en serrant convulsivement le volant. Je ne veux plus vous voir dans ces quartiers, d'accord ? Si vous revenez, je vous promets que je trouverai un moyen de vous boucler pour quelque temps !

— Ne me menacez pas, inspecteur. Je sais que vous avez eu une soirée difficile et je suis prête à tolérer certains écarts. Mais ne vous avisez pas de me menacer ! En fait, vous feriez mieux de vous taire.

Alex s'exécuta mais Bess pouvait toujours sentir sa colère, presque palpable. Lorsqu'il se gara enfin devant son immeuble, elle sortit sans un mot et se dirigea vers la porte d'entrée. Mais Alex la suivit et l'attrapa par le bras, la forçant à lui faire face.

L'attirant vers lui, il l'embrassa et, dans ce baiser, elle perçut toute la rage et toute la souffrance qui l'habitaient. Elle n'avait aucun moyen de le réconforter, ni même de l'atteindre. Elle n'osait pas le faire, sachant jusqu'où cela pourrait l'entraîner. Par contre, elle ne chercha pas à résister à ce baiser et s'y abandonna.

Puis, brusquement, Alex la relâcha. Jamais il n'avait eu autant envie d'elle mais il savait que le moment n'était pas encore venu. Pas tant que toute cette frustration n'aurait pas disparu...

— Tâchez de rester tranquille, McNee, déclara-t-il donc avant de faire demi-tour pour regagner sa voiture.

Bess le suivit des yeux, incapable de bouger.

Chapitre 4

— Si l'on envisage un meurtre, je serais plutôt en faveur du poison, remarqua Bess. C'est assez exotique.

— Je ne suis pas d'accord, protesta Lori. Un bon coup de feu en plein cœur ferait parfaitement l'affaire.

— Mais c'est trop banal ! Reed est un personnage sophistiqué et je trouve qu'un assassinat aussi vulgaire ne lui ressemble pas. J'imaginais un poison très lent : l'agonie prendrait plusieurs jours et nous aurions de quoi écrire tranquillement quelques épisodes.

— A quoi penses-tu ? A des maux de tête ? Une perte d'appétit ? Des vertiges ?

— Oui. Et des crises de frissons, acquiesça Bess.

— Je me demande si un poison de ce genre existe vraiment.

— Ça pourrait être un poison oriental… Je vais chercher ce que je peux trouver dans ce style. Reed pourrait organiser un cocktail, une grande fête pour narguer tous ceux qui jalousent sa fortune et son succès… Il est si vaniteux !

— C'est ce que j'adore chez lui, dit Lori.

— Et ce qu'adorent des millions de téléspectateurs ! poursuivit Bess. Reed est l'homme que l'on aime détester. Alors, si nous devons vraiment nous débarrasser de lui, il faut que ce soit en beauté. Ça pourrait être un coup de Jade qui ne lui a jamais pardonné la façon dont il s'est servi de sa sœur. Ou d'Elana qui redoute que Reed n'utilise tout ce qu'il possède sur Max pour le discréditer aux yeux de tous...

— Ou de Brock, intervint Lori, qui sait que, d'un seul coup de téléphone, Reed pourrait anéantir ses négociations avec Tryson et lui faire perdre une véritable fortune. Ou encore Miriam...

— Bien sûr ! Nous ne la voyons plus trop depuis quelque temps. Il est peut-être temps de remettre en scène l'ex-femme de Reed.

— Pourquoi pas ? Après tout, elle a de quoi lui en vouloir.

— Ça pourrait également être Vicky, la femme que Reed a dédaignée, ou Jeffrey, le mari cocu...

— Le problème, avec Reed, c'est que tout le monde le déteste : en fait, ça pourrait aussi bien être la gouvernante dont il a séduit la fille avant de la laisser tomber... Nous ne sommes pas obligées de choisir le coupable maintenant.

— C'est juste. Imagine la scène : une pièce obscure, on entend les rires et les conversations qui proviennent du jardin. Il y a un verre de champagne sur la table et quelqu'un que nous ne distinguons pas s'en approche. Gros plan sur le verre dans lequel une main verse quelques gouttes de liquide...

— Dans ce cas, on verra au moins s'il s'agit d'une main d'homme ou de femme...

— Le coupable pourrait porter des gants. Non, c'est inutile : de toute façon, il ne pourrait pas les garder au cours de la réception pour apporter le verre à Reed. Bon... On pourrait voir le poison juste avant la fête.

— Oui. J'imagine une belle boîte de bois exotique qu'ouvre une main gantée. A l'intérieur se trouve un flacon disposé sur un coussin de velours.

— C'est parfait ! Cette scène pourrait même revenir à plusieurs reprises au cours des épisodes précédents de façon à créer une sorte de leitmotiv qui ferait monter le suspens ! Les gens se demanderont qui projette de tuer qui et les spéculations iront bon train...

— Pendant ce temps, nous rendons Reed encore plus détestable. Imagine un peu : il intrigue contre tout le monde, s'en prend aux uns et aux autres... La tension monte graduellement jusqu'à la fête. Ce soir-là elle est à son comble...

— Excellent ! Et durant toute la soirée, Reed ne cesse de chercher querelle, ravivant de vieilles rancœurs, attisant d'anciennes blessures. A force de boire, Miriam devient hystérique. C'est la diversion parfaite pour notre meurtrier qui verse alors subrepticement son poison dans la coupe de champagne de Reed. Comme l'effet est à retardement, les premiers symptômes n'apparaîtront que plus tard. Sur le coup, Reed ne ressent qu'un brusque accès de fatigue ou un léger vertige.

— C'est parfait.

— Le temps que le poison agisse, il deviendra très difficile de déterminer où et quand il a été administré. La police aura donc beaucoup de mal à retrouver le coupable. En fait, je crois que nous venons d'inventer le crime parfait !

— Il n'y a pas de crime parfait, fit une voix derrière elles.

Les deux jeunes femmes se retournèrent et découvrirent Alex sur le seuil de la petite pièce. Comme à son habitude, il avait les mains dans les poches et souriait avec un mélange d'amusement et d'ironie.

— D'ailleurs, reprit-il, si le policier de votre série ne découvrait pas le criminel, les téléspectateurs seraient vraiment très déçus !

— Oh, mais il finira par découvrir son identité, promit Bess.

Alex hocha la tête sans quitter des yeux la jeune femme qui était confortablement installée dans son fauteuil, les pieds posés sur le bureau. Pour une fois, remarqua-t-il, elle ne portait pas de jupe mais un vieux jean élimé et un pull-over trop large.

— Est-ce que quelqu'un a appelé la police ? demanda Lori à Bess.

— Pas moi, en tout cas, rétorqua cette dernière.

— Bien, je vais vous laisser. J'ai un coup de téléphone à passer et j'irais bien jeter un coup d'œil au studio pour voir comment se déroule le tournage d'aujourd'hui. A bientôt, inspecteur.

— Au revoir, répondit sobrement Alex en s'effaçant pour laisser passer Lori.

Lorsqu'elle eut disparu, il jeta un regard autour de lui. La pièce était de la taille d'un grand placard. Au centre trônait une table encombrée de papiers divers, de classeurs et de livres en tous genres. Un ordinateur se trouvait face à Bess qui était assise sur l'un des deux sièges situés de part et d'autre du bureau. Un canapé était installé face à deux postes de télévision munis de magnétoscopes. Sur les étagères s'entassaient des dizaines de cassettes vidéo, l'intégrale des épisodes de la série.

— Drôle d'endroit, commenta Alex.

— Oui, c'est notre repaire. Mais qu'est-ce qui vous amène ici, Alexi ?

— Vous êtes là depuis longtemps ? demanda Alex sans répondre à la question.

— Depuis le début du feuilleton. Lorsque nous avons remporté un Emmy, on nous a proposé de nous installer à l'étage dans un magnifique bureau mais nous avons préféré rester ici. Je suppose que nous y avons nos habitudes... Et puis, ici, au moins, nous sommes certaines que personne ne viendra surveiller ce que nous écrivons ! Vous êtes de service ?

— Non, j'ai pris quelques heures de congé.

— C'est donc une visite à titre personnel ? s'enquit Bess.

— Oui, fit Alex en pénétrant enfin dans la pièce. En fait, je suis venu vous présenter mes excuses…

Il paraissait terriblement mal à l'aise et Bess ne put résister à l'envie d'en jouer.

— A quel propos ? demanda-t-elle malicieusement.

— Au sujet de ce que j'ai fait en vous ramenant chez vous, après le cambriolage, expliqua Alex, gêné. C'était complètement déplacé de ma part.

— Je vois. Vous parlez donc spécifiquement de ce moment et pas du reste de la journée…

— C'est exact. Je maintiens tout ce que je vous ai dit : vous n'aviez rien à faire avec Rosalie et son souteneur.

— Je préférerais que vous en restiez aux excuses, ironisa Bess.

— Eh bien… je n'aurais pas dû me décharger de mes émotions sur vous. Mais je dois reconnaître que vous n'avez pas réagi comme je m'y attendais.

— Vraiment ?

— Oui. Je pensais que vous seriez choquée et dégoûtée par ce que je venais de faire. Il faut dire que je n'ai pas l'habitude d'emmener une femme au beau milieu d'un braquage.

— Vraiment ? Et où les emmenez-vous, d'habitude ?

Alex sourit, réalisant que Bess avait une fois de plus décidé de se moquer gentiment de lui.

— Dîner au restaurant, voir un film ou une pièce de théâtre, danser en boîte de nuit ou chez moi pour faire l'amour.

— Eh bien, je suppose qu'un braquage est plus captivant que les trois premières possibilités, répondit Bess en s'approchant de lui. Quant à la dernière…

Se dressant sur la pointe des pieds, elle posa un léger baiser sur sa bouche.

— Honnêtement, conclut-elle, je ne vous en veux pas

du tout pour ce que vous avez fait. Vouliez-vous me dire autre chose ?

— Je pense beaucoup à vous.

— C'est bien.

— Ça, je n'en suis pas aussi certain. Mais je me demandais si vous accepteriez de dîner avec moi. Ce serait un bon début...

— Un début pour quoi ? demanda Bess, provocante.

— Pour vous entraîner dans mon lit, répondit Alex sur le même ton.

Malgré elle, Bess sentit sa respiration se bloquer et son cœur battre la chamade. En quelques mots, il avait renversé la situation, l'avait prise à son propre jeu. Et la façon mi-décontractée mi-moqueuse dont il l'observait n'arrangeait en rien les choses.

— On peut dire que vous êtes direct, commenta-t-elle.

— Vous m'avez dit vous-même que vous étiez observatrice. Franchement, je pourrais vous envoyer des fleurs mais vous comprendriez aussi vite où je veux en venir.

— Eh bien, je vous répondrai que l'idée présente un intérêt certain mais que, dans certains domaines, je préfère prendre mon temps et me ménager des portes de sortie.

— Je peux me montrer patient. Et c'est une raison supplémentaire pour accepter ce dîner. Vous pourrez vous faire une première idée de ce que je vaux.

— D'accord. Mais n'oubliez pas que je ne vous promets rien.

— Et je ne vous demande rien. Je suis de service, ce soir. Est-ce que demain vous conviendrait ?

— Parfaitement, répondit Bess d'un ton hésitant.

— On dirait que je vous rends nerveuse.

— Pas du tout...

— Pourtant, vous n'arrêtez pas de gesticuler.

— C'est parce que j'ai du travail et que je suis pressée de m'y remettre, mentit-elle avec aplomb.

— D'accord. De toute façon, je dois rentrer au commissariat. Je passerai vous chercher vers 7 h 30. Mon beau-frère m'a recommandé un restaurant que vous aimerez beaucoup, j'en suis sûr.

— Est-ce qu'une tenue correcte est exigée ? demanda Bess.

— Non. Habillez-vous comme vous voudrez.

Alex s'interrompit, l'observant attentivement durant quelques instants :

— Vous avez vraiment un drôle de visage, remarqua-t-il enfin.

— Dites-vous qu'il s'est nettement amélioré, répondit Bess en riant. J'ai brûlé toutes les photographies antérieures à mes dix-huit ans. Par contre, je suis certaine que vous, vous avez toujours été aussi beau.

— Vous vous trompez. Mes sœurs sont belles mais mon frère et moi avons du charme, sans plus.

— Votre modestie vous honore ! Mais je suis certaine que vous avez grandi entouré de myriades de femmes qui vous adoraient. Je me demande vraiment...

Alex l'interrompit d'un baiser, sachant que c'était probablement l'unique chance de mettre un terme à la logorrhée verbale qui s'annonçait. Il sentit le frisson qui la parcourut lorsque ses lèvres touchèrent les siennes et la façon dont elle se laissa aller, s'abandonnant pleinement à lui.

Elle ne cherchait pas à faire semblant, à prétendre que le désir qu'il éprouvait pour elle était à sens unique. Il y avait dans leur étreinte quelque chose de simple et de naturel qui la rendait plus dangereuse encore.

Mais Alex exerçait un assez grand contrôle sur lui-même pour ne pas se laisser emporter plus loin qu'il ne le souhaitait. Il se laissa pourtant aller un instant à imaginer ce qui se passerait s'il décidait soudain de fermer la porte à clé et de balayer d'un revers de la main les papiers qui encombraient le bureau pour allonger Bess dessus et lui faire l'amour.

Mais, tandis que son sang paraissait se transformer en lave, il se répéta qu'il devait conserver le contrôle de lui-même, laisser le temps à la jeune femme d'accepter l'inévitable issue de la passion qui les poussait l'un vers l'autre. Alors, il pourrait se laisser aller pleinement à ce qu'il ressentait.

Après ce qui leur parut une éternité, Alex se dégagea doucement et la contempla avec émerveillement.

— Vous êtes une femme dangereuse, murmura-t-il en ukrainien. Très dangereuse...

— Qu'est-ce que cela veut dire ? demanda Bess, qui avait du mal à recouvrer ses esprits.

— Que je dois y aller, répondit Alex en s'écartant légèrement. Tâchez d'éviter la rue pendant ce temps, McNee !

Se détournant, il se dirigea vers la porte d'un pas décidé.

— Inspecteur ! l'appela Bess. Soyez prudent.

Alex hocha la tête et disparut, laissant la jeune femme seule dans la petite pièce qui lui paraissait saturée d'électricité statique. Quelques minutes plus tard, Lori la rejoignit et la trouva rêveusement assise, les yeux dans le vague.

— Tiens, je t'ai rapporté un soda, dit-elle en lui tendant une canette glacée.

Bess la remercia d'un signe de tête et Lori sourit.

— Je le savais depuis le début. Rappelle-toi, je te l'ai dit à ta soirée, lorsque j'ai vu ce garçon pour la première fois !

— Tu sais, il ne s'est rien passé entre nous, répondit Bess en buvant avidement son soda.

Elle n'avait pas réalisé jusqu'à cet instant combien elle avait la gorge sèche.

— Je pense que quelque chose va arriver, ajouta-t-elle, songeuse. Mais rien n'est fait encore...

— En tout cas, tu avais exactement le même regard

lorsque tu es tombée amoureuse de Charlie. Et de Sean. Et de Miguel. Sans parler de…

— C'est bon, j'ai compris. Mais tu dois te tromper au sujet de Miguel : je n'étais pas vraiment amoureuse de lui.

— Tu ne l'as pas été longtemps, c'est vrai. En fait, cela n'a pas duré plus de quarante-huit heures. Mais je peux t'assurer que lorsqu'il t'a emmenée assister à cet opéra, tu avais exactement la même expression qu'en ce moment.

— Je pense que c'était plutôt à cause de l'opéra, répondit Bess, ironique. Nous avons vu une splendide représentation de *Carmen* et j'étais bouleversée. Quant à Alexi, je ne suis pas amoureuse de lui : je vais simplement dîner avec lui demain soir.

— C'est toujours ce que tu dis. Même avec George…

— Cela n'a rien à voir : George est la personne la plus gentille qui soit et ma liaison avec lui m'a beaucoup appris.

— En effet, d'ailleurs tu es la seule femme que je connaisse à être devenue la marraine de l'enfant de l'un de ses ex !

— Pourquoi pas ? Après tout c'est moi qui lui ai présenté Nancy.

— Avec laquelle il s'est empressé de se marier, te laissant tomber au passage.

— Il ne m'a pas laissée tomber, protesta Bess. Nous avons rompu nos fiançailles d'un commun accord…

— Ce qui est d'ailleurs une excellente chose, rétorqua Lori. George était un pleurnichard et un dépressif !

— Il avait besoin d'un soutien émotionnel, éluda Bess qui savait pourtant combien son amie avait raison.

— Et le plus drôle, c'est que vous n'avez jamais fait l'amour, tous les deux !

— Il se préservait jusqu'au mariage…

Lori lui jeta un regard moqueur et, brusquement, toutes deux éclatèrent de rire.

— Je n'aurais jamais dû te dire ça ! s'exclama Bess

lorsqu'elle eut retrouvé un peu de sérieux. C'était très indiscret de ma part...

— En tout cas, ce flic ne m'a pas l'air d'être le genre d'homme à se préserver jusqu'au mariage, remarqua Lori.

— Ça, c'est sûr, admit Bess qui sentit les battements de son cœur s'accélérer à cette pensée.

— Quoi qu'il arrive, reprit Lori, tâche de faire en sorte de ne pas souffrir inutilement.

— Ne t'en fais pas, répondit Bess avec une pointe de regret. Cela ne m'arrive jamais.

Bess observa attentivement le Brise-lames, le bar de Zachary Muldoon dans lequel l'avait conduite Alex. Et elle tomba aussitôt amoureuse de l'endroit. De délicieuses odeurs flottaient dans la salle du restaurant tandis que le bourdonnement des conversations se mêlait à la musique discrète du juke-box.

— Est-ce que le goût des plats est à la hauteur de leur arôme ? demanda-t-elle à Alex.

— Il est même meilleur, répondit-il en la conduisant jusqu'à la table qu'il avait réservée.

La salle était pleine et de nombreuses personnes se pressaient autour du bar. Depuis que sa sœur avait épousé Zack, Alex fréquentait régulièrement le Brise-lames et il connaissait la plupart des habitués.

— Bonsoir, Lola, dit-il à la serveuse lorsqu'elle s'approcha de leur table. Comment ça va ?

— Pas trop mal, beau gosse, répondit-elle en lui décochant l'un de ces radieux sourires dont elle avait le secret.

Elle observa alors Bess avec une attention soutenue. Alex savait que Lola éprouvait envers lui un sentiment presque maternel et qu'elle serait très curieuse de connaître un peu la femme avec laquelle il sortait. D'autant que, d'ordinaire, il venait toujours seul au bar.

— Qu'est-ce que je vous sers ? demanda-t-elle finalement à Bess.

— Un verre de tequila frappée.

Alex la regarda avec une pointe d'amusement, songeant qu'il aurait dû s'attendre à un tel choix de la part de la jeune femme.

— Je prendrai une bière. Rachel est dans le coin ?

— Elle est à l'étage. Je l'ai forcée à aller s'allonger un peu. A mon avis, un bar n'est pas l'endroit idéal pour une femme enceinte mais le patron et elle sont inséparables. Je suis certaine qu'elle finira par descendre le rejoindre un peu plus tard.

— Et qu'est-ce que Rio propose comme plat du jour, ce soir ?

— Une superbe paella. Nick a failli devenir fou lorsque Rio lui a montré la quantité de crevettes qu'il fallait éplucher !

— Ça vous tente ? demanda Alex à Bess.

— Bien sûr ! s'exclama-t-elle avec enthousiasme. Mais qui est le patron, Rio ou Nick ?

— Zack est le patron, expliqua Alex en désignant l'homme qui se trouvait derrière le bar. Rio est le cuisinier, un géant originaire de la Jamaïque qui est l'un des meilleurs chefs de cette bonne vieille ville. Quant à Nick, c'est le frère de Zack.

— Et Zack est le mari de votre sœur Rachel, n'est-ce pas ?

— Exact.

Bess hocha la tête, observant le propriétaire du bar.

— Impressionnant ! s'exclama-t-elle. Comment l'avez-vous connu ?

— Eh bien, Rachel a été l'avocat de Nick que j'avais arrêté pour tentative de cambriolage.

— Et que s'apprêtait-il à voler ? demanda Bess, pas surprise apparemment.

— Du matériel électronique. Mais on ne peut pas dire qu'il était très doué pour cela. A l'époque, il traînait avec une sorte de gang… En fait, c'était une façon de fuir ses problèmes. Nick est le demi-frère de Zack et il était très jeune lorsque ce dernier s'est engagé dans la marine et que sa mère est décédée. Lorsque Zack a quitté l'armée, Nick s'était déjà mis dans de beaux draps…

A ce moment, Lola revint avec leurs consommations qu'elle déposa devant eux.

— Génial ! s'exclama Bess en considérant la taille imposante de son verre de tequila.

Le sourire qu'elle décocha à Lola suffit à lui assurer les faveurs de la serveuse qui regagna le bar, probablement pour faire à Zack un rapport circonstancié de la situation.

— Continuez votre histoire, encouragea Bess.

Alex porta la chope de bière à ses lèvres, se demandant ce que Lola pouvait bien dire à son beau-frère.

— Vous voulez l'entendre dans son intégralité ? demanda-t-il finalement.

— Bien sûr ! s'exclama Bess avant de répandre un peu de sel sur sa main.

Elle le lécha, avala son verre cul sec et mordit dans la rondelle de citron avec autant d'assurance qu'un bandit mexicain.

— Vous faites ça souvent ? demanda Alex en souriant.

— Oui. Mon record personnel est de dix tequilas d'affilée, mais c'était il y a quelques années et je me suis beaucoup calmée ces derniers temps. Je suppose que ce doit être l'âge. Alors ? Que s'est-il passé lorsque Zack est rentré de l'armée ?

— Eh bien, Nick était entré dans ce gang, les Cobras…

Alex entreprit de raconter l'histoire de Nick en détail et

Bess se garda bien de l'interrompre, visiblement fascinée par ce qu'il lui disait.

— C'est extraordinaire, s'exclama-t-elle lorsqu'il termina son récit. Vous savez que vous avez un réel don de conteur. Vous devez avoir du sang tsigane dans les veines !

— J'en ai, confirma Alex, amusé.

Bess hocha la tête, se prenant à l'imaginer avec un anneau d'or à l'oreille et un costume traditionnel. Curieusement, cette vision n'avait rien de ridicule.

— C'est étrange, remarqua-t-elle. Vous avez un très léger accent qui surgit de temps à autre... Mais je vous avoue que l'histoire en elle-même est captivante. Et j'ai toujours aimé les fins heureuses. Hélas, dans mon métier, je n'ai pas souvent l'occasion d'en écrire : chaque fois que nous réglons un problème, nous devons en poser plusieurs autres pour relancer l'intérêt de nos spectateurs.

— C'est curieux. Je sais. Comment les gens peuvent-ils être à ce point enthousiasmés par les feuilletons dramatiques alors que la plupart aiment les fins heureuses ?

— C'est parce que les crises perpétuelles que traversent les personnages de série les rendent attachants : ce sont des versions déformées et amplifiées des problèmes que rencontrent les spectateurs dans leur vie de tous les jours. Alors ils s'identifient aux héros. La crédibilité importe peu, ensuite. Prenez Elana, par exemple : à ce jour, elle a été mariée deux fois, elle est devenue amnésique, elle a été victime d'une agression sexuelle, elle a connu deux fausses couches et une dépression, elle a été momentanément aveugle, elle a tué l'un de ses anciens amants en légitime défense, elle a surmonté une dangereuse passion pour les jeux d'argent, elle a eu deux enfants qui ont été enlevés par une infirmière psychotique et ne les a retrouvés qu'après de longues et périlleuses recherches dans les jungles d'Amérique du Sud. Evidemment, tout cela ne s'est pas produit dans cet ordre-là…

Pendant que Bess parlait, Lola était revenue avec leurs plats ainsi qu'une deuxième tournée offerte par la maison. Elle avait écouté attentivement l'exposé de la jeune femme.

— Vous regardez « Péchés secrets » ? demanda-t-elle à Bess.

— Je n'ai manqué aucun épisode, répondit celle-ci en souriant.

— Moi, je suis devenue accro lorsque j'étais à l'hôpital pour la naissance de mon dernier enfant. C'était il y a dix ans, lorsque Elana résidait au Millbrook Memorial et qu'elle était amoureuse de Jack Banner. C'était un personnage extraordinaire !

— L'un des meilleurs, reconnut Bess. Sombre et autodestructeur à souhait !

— J'ai été vraiment triste lorsqu'il est mort dans l'incendie de ce hangar. Je ne pensais pas qu'Elana s'en remettrait un jour.

— C'est une femme très forte.

— Elle n'a pas eu le choix. Sans elle, Storm ne se serait jamais remis de ses problèmes et ne serait pas l'homme qu'il est aujourd'hui !

— Vous aimez bien Storm ? demanda Bess.

— Quelle femme ne l'aimerait pas ? répondit Lola en riant. Il représente tout ce que nous attendons d'un homme : la force et la sensibilité mêlées. J'espère que Jade et lui s'en sortiront : ils méritent d'être heureux après toutes les épreuves qu'ils ont traversées. Bon, je dois vous quitter. Bon appétit !

Sur ce, elle s'éclipsa, les laissant seuls.

— Vous paraissez surpris, fit remarquer Bess.

— Eh bien, à vrai dire, je le suis. A vous entendre, on avait l'impression que ces personnages étaient réels.

— Mais ils le sont. Du moins, une heure par jour, cinq fois par semaine. Est-ce que vous ne croyez pas en Batman, Scarlett O'Hara ou Indiana Jones ?

— Non. Ils sont fictifs…

— Mais la fiction, lorsqu'elle est bien faite, devient une forme de réalité. C'est le pari de tout film de divertissement, qu'il s'agisse de télévision ou de cinéma : les événements sont faux mais les sentiments qu'ils inspirent, quant à eux, sont bien réels. Allons, ne me dites pas que vous-même vous ne vous laissez jamais aller à fantasmer un peu !

— Je ne vous le dirai pas, effectivement, répondit Alex en lui lançant un regard suggestif.

Malgré elle, Bess se sentit rougir. Pour faire diversion, elle avala son deuxième verre de tequila. Pendant ce temps, un jeune homme aux cheveux châtains s'était installé au piano et avait commencé à jouer un morceau de jazz.

— C'est Nick, précisa Alex.

— Vraiment ? Il est très doué.

— Oui. C'est lui qui a convaincu Zack d'acheter un piano pour le bar, il y a un an. Il adore jouer. Muldoon et Rachel ont même proposé de lui offrir des cours au conservatoire mais il a refusé, il prétend que le jazz ne s'apprend pas.

— Je suppose qu'il a en partie raison.

— Apparemment… En tout cas, il travaille en cuisine et sort quand l'envie lui prend, le temps de jouer quelques morceaux.

— Et je suppose qu'il fait chavirer les cœurs de toutes les femmes de l'assistance.

— Allons, protesta Alex, c'est encore un enfant…

— Vous sous-estimez la fascination qu'exerce la jeunesse sur certaines femmes, objecta Bess en souriant. Tenez, en ce moment même Jessica a une liaison avec Tod qui est de dix ans son cadet. Le courrier des fans donne leur couple gagnant à cinq contre un.

— Alors, ce repas ? demanda Zack qui les avait rejoints.

— C'est délicieux, répondit la jeune femme en lui tendant la main. Je suis Bess McNee.

— Ravi de faire votre connaissance. Ce doit être vous que Rachel a croisée au commissariat.

— Oui. J'adore votre bar. Je ne le connaissais pas mais je vous promets que je vais devenir l'une de vos habituées.

— Voilà une excellente nouvelle ! s'exclama Zack en souriant. Vous savez, Alex n'invite pas souvent de jeunes femmes ici. Certains commençaient même à se poser des questions…

— Très drôle, Muldoon, grommela Alex.

— Quelle agressivité ! Je crois qu'il m'en veut toujours de lui avoir volé sa petite sœur…

— Je pensais juste qu'elle avait meilleur goût, répliqua Alex. D'ailleurs, quand on parle du loup…

Suivant son regard, Bess aperçut Rachel qui traversait la pièce dans leur direction. Se tournant vers Zack, elle fut frappée de découvrir l'expression d'adoration qui se lisait dans ses yeux.

— Je vois ! Vous êtes tous en train de faire la fête et personne ne pense à m'inviter ! s'exclama Rachel d'un ton réprobateur.

— Assieds-toi, répondirent Zack et Alex à l'unisson.

— J'en ai assez d'être assise, répliqua la jeune femme avant de se tourner vers Bess. Ravie de vous revoir, ajouta-t-elle. Je vois que vous avez pris une paella. Elle est superbe, n'est-ce pas ?

— Oui. Alex vient de me raconter la façon dont vous avez rencontré Zack…

— Vraiment ?

— Oui. Et j'aimerais vraiment que vous me donniez votre propre version de l'histoire.

Vingt minutes plus tard, Zack et Rachel achevèrent leur

récit. Alex était impressionné par le naturel avec lequel Bess avait proposé à sa sœur de s'asseoir, ce que Rachel avait fait sans regimber, à la stupeur de son mari et de son frère.

Bess avait un don pour mettre les gens à l'aise, pour les forcer à se décontracter. C'était d'autant plus remarquable qu'elle-même était d'ordinaire très extravertie et envahissante. Mais elle avait le chic pour poser les bonnes questions et pour détendre l'atmosphère par quelques plaisanteries.

Il ne fut donc aucunement surpris de la facilité avec laquelle elle parla musique avec Nick lorsqu'il vint se joindre à eux et recettes avec Rio lorsqu'elle alla personnellement le complimenter en cuisine. Lorsqu'il fut temps pour eux de partir, elle avait même convenu de déjeuner avec Rachel la semaine suivante.

— J'aime beaucoup votre famille, commenta-t-elle lorsqu'ils prirent place dans le taxi qu'ils avaient fait appeler.

— Vous n'en avez rencontré qu'une petite partie…

— Eh bien, disons que j'aime ceux que je connais. Combien y en a-t-il d'autres ?

— Il y a mes parents. J'ai aussi une autre sœur qui est mariée et a des enfants. Et un frère qui est également marié. Il a un enfant. Et vous ?

— Moi ?

— Vous avez de la famille ?

— Non, je suis fille unique. Est-ce qu'ils vivent tous à New York ?

— Tous sauf Natasha, répondit Alex en jouant avec une boucle de cheveux de Bess. Pourquoi ne parlez-vous jamais de vous ?

— Vous plaisantez ? Je n'arrête pas de parler…

— Vous posez des questions, vous parlez de vos personnages, mais jamais de vous.

Bess songea qu'il n'y avait rien d'étonnant à ce qu'Alex ait découvert ce que beaucoup de gens ne percevaient pas :

après tout, il était policier et la psychologie était probablement l'une de ses spécialités.

— Nous n'avons pas eu tant de conversations que cela, remarqua-t-elle.

Elle s'aperçut alors que le visage d'Alex était très proche du sien et fut prise d'une irrésistible envie de l'embrasser. Cédant à cette impulsion, elle se pencha vers lui et posa ses lèvres sur les siennes.

La main d'Alex qui jouait dans ses cheveux se posa alors sur sa nuque tandis qu'il l'attirait contre lui. La douceur de leur baiser fut très vite remplacée par une passion beaucoup plus ardente. Bess sentit son cœur s'emballer tandis que son être tout entier réagissait à cette promesse délicieuse d'une joie encore à venir.

Puis Alex s'écarta légèrement d'elle, rompant brusquement le charme pour recouvrer le sang-froid qui menaçait de lui faire complètement défaut. Il embrassa doucement le front de la jeune femme.

— Tu es très douée pour changer de sujet, fit-il remarquer.

— Quel sujet ? demanda-t-elle.

Alex laissa glisser sa main jusqu'à la gorge de la jeune femme sur laquelle elle se posa avec légèreté. A travers sa peau, il pouvait percevoir les battements affolés de son cœur.

— C'est de toi que nous parlions, répondit-il. Et tu n'as fait qu'aiguiser ma curiosité…

— Oh, il n'y a pas grand-chose à dire, éluda la jeune femme, troublée, en s'éloignant un peu de lui. D'ailleurs, je suis arrivée.

Elle descendit du taxi tandis qu'Alex réglait la course.

— Vous n'êtes pas obligé de me raccompagner, dit-elle tandis que le taxi s'éloignait, les laissant seuls sur le trottoir désert.

— Dois-je en déduire que vous ne m'inviterez pas à monter ?

— Bonne déduction, répondit-elle en jouant nerveusement avec la lanière de son sac à main. Je pense qu'il vaut mieux que je ne le fasse pas.

Alex hocha la tête, respectant sa décision et ne cherchant même pas à insister.

— Nous devrions sortir ensemble un autre soir, suggéra-t-il pourtant.

— Avec plaisir.

— Bientôt, ajouta-t-il en s'emparant de la main de la jeune femme qu'il porta délicatement à ses lèvres.

Elle sentit une douce chaleur se répandre en elle et fut brusquement tentée de l'inviter chez elle. Elle dut faire appel à toute sa volonté pour retirer sa main.

— Bonne nuit, dit-elle.

— Bonne nuit, répondit Alex avant de l'embrasser.

Ce fut un baiser très doux et très tendre, différent de celui qu'ils avaient échangé dans le taxi. Mais Bess n'en sentit pas moins son pouls s'accélérer tandis que le temps paraissait ralentir. Enfin, Alex recula, un sourire rêveur aux lèvres.

— Bonne nuit, répéta-t-il.

Bess hocha la tête et se détourna à contrecœur pour gagner l'entrée de son immeuble. Alex la suivit des yeux jusqu'à ce qu'elle disparaisse à l'intérieur, se demandant ce que cette femme pouvait avoir de si spécial.

Chapitre 5

Rosalie était bien la dernière personne que Bess aurait imaginé rencontrer ce jour-là. Pourtant, elle reconnut immédiatement sa silhouette élancée parmi la foule compacte qui se pressait sur le trottoir, juste en face des studios de télévision.

Après quelques instants d'hésitation, Bess s'approcha de Rosalie en souriant.

— Vous m'attendiez ? demanda-t-elle.

— Oui.

— Vous auriez dû entrer, vous savez, dit Bess en rajustant la lanière de son sac à main.

— Ne soyez pas ridicule, répondit Rosalie comme si cette suggestion était complètement absurde.

Bess remarqua alors la trace bleutée que l'on distinguait derrière les lunettes de soleil de la jeune prostituée.

— Qu'est-ce qui vous est arrivé ? s'enquit-elle.

— C'est Bobby qui m'a fait ça. Il était furieux à cause de ce qui s'est passé l'autre soir.

— Ce type est vraiment un salaud !

— Oh, j'ai connu pire…

— Je suis vraiment désolée, ajouta Bess qui, rétrospectivement, se sentait terriblement coupable. C'est à cause de moi...

— Ce n'est la faute de personne. C'est la façon dont marchent les choses, c'est tout...

— Peut-être mais si je n'étais pas venue vous voir...

Bess soupira, songeant que la vie n'était pas un scénario : il était vain d'espérer revenir en arrière pour changer la façon dont les choses s'étaient déroulées.

— Si vous voulez aller voir la police pour porter plainte, je peux vous accompagner, suggéra-t-elle.

— Certainement pas ! s'exclama Rosalie en riant. Si je faisais une chose pareille, je récolterais bien pire qu'un œil au beurre noir, vous pouvez me croire. D'ailleurs, je doute fort qu'un flic se soucie de ce qui arrive à une prostituée. Et si vous pensez qu'il en va autrement, c'est que vous êtes aussi stupide que vous en avez l'air...

Bess songea qu'Alex s'en serait soucié mais elle se garda bien de le dire.

— Je ferai ce que vous voudrez, soupira-t-elle.

— En tout cas, je suis venue vous voir parce que vous m'avez dit que vous pourriez me payer si j'acceptais de vous parler. Un peu d'argent en plus ne me fera pas de mal. Et je suis libre, en ce moment.

— Très bien, fit Bess en réfléchissant à ce qu'il convenait de faire à présent. Combien gagnez-vous en moyenne en une nuit ?

Rosalie fut tentée de mentir mais, curieusement, elle y renonça : il y avait chez Bess une forme d'honnêteté qui incitait ses interlocuteurs à jouer franc-jeu avec elle.

— Si on enlève la commission de Bobby, je dirais dans les soixante-quinze dollars. Peut-être cent... Les affaires ne sont plus ce qu'elles étaient.

— Très bien. Je pense que nous serons mieux chez moi pour discuter. Mais nous ne trouverons jamais un taxi à cette heure. Cela vous ennuie d'y aller à pied ? Je suis à quelques pâtés de maisons d'ici.

Cette fois Rosalie éclata d'un rire franc et sonore.

— Vous savez, pour moi battre le pavé est devenu une seconde nature, répondit-elle enfin.

Elles gagnèrent donc l'appartement de la jeune femme et, lorsque celle-ci poussa la porte, Rosalie ne put retenir un sifflement admiratif.

Incapable de résister à la tentation, elle gagna la large baie vitrée d'où l'on distinguait l'East River à travers les rangées d'immeubles.

— Eh bien ! Vous ne vous refusez rien !

— Vous voulez dîner ? suggéra Bess. Je peux vous commander quelque chose. En attendant, je vais ouvrir une bouteille de vin.

Rosalie hocha la tête et prit place sur le grand canapé du salon.

— Vous gagnez vraiment assez d'argent en écrivant pour vous payer un appartement comme celui-ci ? s'exclama-t-elle, sidérée.

— Oui, répondit Bess en sélectionnant l'une des meilleures bouteilles de sa cave. Vous n'êtes pas végétarienne ?

— Soyez un peu réaliste, répliqua Rosalie. Est-ce que j'ai une tête à manger macrobiotique ?

— Très bien. Dans ce cas, je vais nous commander des steaks. Je connais un excellent restaurant qui livre à domicile.

— Je ne suis pas sûre d'avoir les moyens de me l'offrir, objecta Rosalie.

— C'est moi qui régale, répondit Bess.

Elle passa la commande et vint s'asseoir sur le canapé, en face de Rosalie à qui elle tendit un verre de vin.

— J'ai besoin d'un consultant, expliqua-t-elle après quelques instants de silence. Je suis prête à vous payer cinq cents dollars par semaine.

— Cinq cents dollars ? s'exclama Rosalie, manquant s'étrangler avec une gorgée de vin. Juste pour raconter ma vie ?

— Non, un peu plus que cela. Je veux savoir pourquoi des femmes choisissent de faire ce métier. Vous m'avez parlé d'autres prostituées que vous aviez connues. Je veux savoir ce qui les motivait, comment elles sont arrivées dans ce circuit... Je veux savoir ce qui vous fait peur et ce que vous aimez. Et je veux des réponses franches et honnêtes à toutes mes questions. Croyez-moi, si vous mentez, je m'en rendrai très vite compte.

— Vous avez vraiment besoin d'autant d'informations pour une série télévisée ? s'étonna Rosalie.

— Oui, mentit Bess.

En réalité, l'intérêt qu'elle portait à Rosalie dépassait de très loin le cadre du feuilleton : elle se sentait coupable de la correction que Bobby avait jugé bon d'infliger à sa protégée et elle entendait bien la dédommager d'une façon ou d'une autre.

— J'aurais besoin que vous me consacriez pas mal de temps, reprit-elle. Et vous devrez peut-être prendre quelques jours de vacances.

— Ce que je ferai en dehors des moments que je vous consacrerai ne regarde que moi, protesta Rosalie.

— Bien sûr... Ce que je voulais dire, c'est que si vous aviez envie de quitter la rue pour quelque temps, je pourrais vous aider à le faire. Vous pourriez même habiter ici si vous voulez...

— Pourquoi ? demanda Rosalie, méfiante.

— Pourquoi pas ? Cela ne me coûterait pas très cher.

— D'accord, répondit Rosalie après quelques instants. Je vais y réfléchir.

— Bien. Dans ce cas, nous pouvons commencer tout de suite, si vous n'y voyez pas d'inconvénient.

Bess alla chercher son calepin et son magnétophone de poche dans la commode avant de s'installer de nouveau face à Rosalie.

— Souvenez-vous que je travaille pour un feuilleton. Je serai sans doute obligée d'atténuer un peu les histoires que vous me raconterez. Je crois que je ferais bien de commencer par vous raconter la série dans les grandes lignes.

— C'est vous qui payez, répondit Rosalie.

Bess hocha la tête et commença à lui exposer la vie et les problèmes des habitants de Millbrook.

Rosalie écoutait en silence, à la fois fascinée et surprise par la complexité de l'intrigue. Lorsque l'Interphone retentit, Bess alla ouvrir tout en continuant à expliquer la trame générale.

— En gros, la personnalité de Josie est diamétralement opposée à celle de Jade : plus elle gagne en force et en assurance et plus l'autre doute et se remet en question. Et Jade ne se souvient pas de ce qu'elle fait lorsqu'elle est Josie. En fait, le gouffre ne cesse de croître entre elles...

— On dirait qu'elle a besoin d'un psychiatre, observa Rosalie.

— Oui. Et c'est pour cette raison qu'elle va aller consulter Elana, mais cela n'arrivera pas avant plusieurs épisodes. Elle apprendra alors sous hypnose que...

L'ascenseur arriva alors à l'étage et Bess se dirigea vers lui pour accueillir le livreur. Mais lorsque les portes s'ouvrirent, le sourire de la jeune femme se figea sur ses lèvres.

— Alexi..., murmura-t-elle, stupéfaite.

— Tu ne penses jamais à demander qui est là avant d'ouvrir ? demanda-t-il avant de déposer un léger baiser sur ses lèvres.

— Si... sauf lorsque j'attends quelqu'un. Mais qu'est-ce que tu fais ? ajouta-t-elle comme Alex se penchait de nouveau vers elle.

— Eh bien, j'essaie de t'embrasser...

Voyant qu'elle n'entendait pas répondre à son étreinte, il recula légèrement, se demandant qui elle attendait.

Un autre homme ? Un amant, peut-être ? Un brusque accès de jalousie s'empara de lui.

— J'aurais peut-être mieux fait de t'appeler avant de venir, murmura-t-il.

— Non... Enfin, si... Tu n'es pas de service, ce soir ?

— Pas avant plusieurs heures.

— Ah...

L'Interphone retentit de nouveau.

— Tu pourras toujours dire que je suis le plombier, remarqua Alex.

— A qui ? demanda Bess en pressant le bouton de l'Interphone.

— Au type qui ne va pas tarder à monter.

— Mais pourquoi devrais-je dire à un livreur que tu es plombier ? s'exclama-t-elle, stupéfaite.

— Un livreur ? fit Alex, aussi surpris.

Il aperçut alors du coin de l'œil un mouvement dans le salon.

— Je vois que tu as déjà de la compagnie, dit-il en s'efforçant de feindre une indifférence qu'il était loin d'éprouver.

— Oui, nous allions juste dîner, soupira Bess, résignée.

S'écartant, elle le laissa entrer dans le salon où était assise Rosalie. Immédiatement, elle les sentit tous les deux se raidir.

— Qu'est-ce qu'elle fait ici ? s'exclama Alex.

— Vous avez appelé les flics ! s'écria Rosalie.

— Bien sûr que non, protesta Bess.

Mais Rosalie s'était déjà levée et traversait la pièce en direction de l'ascenseur. Bess comprit qu'il ne lui restait que quelques secondes pour la convaincre.

— Rosalie ! dit-elle en lui prenant le bras. Je vous jure que je ne l'ai pas appelé !

— Justement, intervint Alex, pourquoi diable ne l'as-tu pas fait ?

— Parce que cette affaire ne te regarde pas, répliqua Bess. Je suis chez moi et Rosalie est mon invitée !

— Tu es encore plus stupide que je ne le pensais !

Comprenant brusquement ce qui était en train de se passer, Rosalie se détendit quelque peu.

— Vous êtes ensemble, tous les deux ? demanda-t-elle, curieuse.

— Oui, répondit Alex.

— Non, répondit simultanément Bess. Enfin... il y a un peu des deux.

De nouveau, les portes de l'ascenseur s'ouvrirent. Bess prit les plats des mains du serveur et régla l'addition tandis qu'Alex et Rosalie s'observaient avec méfiance.

— A quoi tu joues ? demanda enfin Alex.

— A rien, répondit Rosalie avec un sourire ironique. Je suis consultante : ta copine m'a engagée aujourd'hui.

— C'est Bobby qui t'a fait ça ? demanda Alex en avisant le bleu qui ornait son arcade sourcilière.

— Non, je me suis cognée à une porte de placard.

— Je n'en doute pas, soupira Alex. Fais attention la prochaine fois.

— Je ne commets jamais deux fois la même erreur, répondit Rosalie, surprise par la compassion qu'elle avait discernée dans sa voix.

— McNee, appela alors Alex, il faut que je te parle.

— Attends une minute ! protesta Bess qui réglait le coursier.

— Merci, madame, fit ce dernier. Et bon appétit...

Se détournant, il regagna l'ascenseur.

— Je crois qu'il y a assez à manger pour trois, constata

la jeune femme en regagnant le salon. Mais il est hors de question que tu restes si tu continues à être aussi impoli, ajouta-t-elle à l'intention d'Alex.

— Impoli ? répéta ce dernier, stupéfait. Parce que je dis que tu es folle d'avoir invité une prostituée à dîner chez toi...

— Dehors !

— Bon sang, Bess...

— J'ai dit dehors, répéta la jeune femme, furieuse. Nous sommes sortis une fois ensemble. Cela ne te donne pas le droit de débarquer ici à l'improviste pour me dire avec qui je dois ou ne dois pas parler !

— Mais cela n'a rien à voir, protesta Alex.

— Tu as parfaitement raison : la façon dont je mène ma vie ne regarde que moi, inspecteur. J'espère que tu finiras par te mettre ça une bonne fois pour toutes dans la tête !

— Ça va, j'ai compris, rétorqua Alex, furieusement tenté de lui décocher un coup de poing en pleine mâchoire.

Au lieu de cela, il l'embrassa, presque avec rage. C'était sans doute la meilleure façon de la réduire au silence.

— Les choses changent, McNee, déclara-t-il alors, et il vaudrait mieux que tu t'y fasses.

Sur ce, il sortit, prenant soin de claquer la porte derrière lui.

— Bon sang ! s'exclama Bess en recouvrant difficilement son calme. Il a un de ces toupets ! Pour qui se prend-il ? Croit-il qu'il peut entrer et sortir d'ici à sa guise et me dicter ma conduite ? Franchement, vous avez vu ça ? ajouta-t-elle en se tournant vers Rosalie.

— Difficile d'y échapper, répondit la jeune femme, moqueuse, en croquant une frite.

— S'il croit que je vais tolérer cette attitude insupportable, il se met le doigt dans l'œil !

— Allons, il est complètement fou de vous, c'est tout...

— Quoi ?

— Mais oui ! Il se fait du souci pour vous mais ne sait pas comment vous le dire.

— J'en doute fortement. A mon avis, il a l'habitude de se faire obéir au doigt et à l'œil et il ne supporte pas que quelqu'un lui résiste.

— Honnêtement, si quelqu'un me regardait comme il vous regarde, je saurais qu'il n'y a que deux choses à faire.

— Lesquelles ?

— En profiter ou bien m'enfuir en courant.

— Mais je déteste que l'on me dicte mes actes !

— Moi, je dirai que tout dépend de qui les dicte. Franchement, s'il n'était pas flic, je le trouverais à croquer.

— En tout cas, je ne veux plus parler de lui ! déclara Bess en s'attaquant rageusement à sa salade.

— C'est vous qui payez, lui rappela Rosalie en riant.

Bess hocha la tête, réalisant qu'elle avait brusquement perdu tout appétit.

Cela faisait vingt minutes qu'il s'échinait contre le punching-ball sans parvenir à se libérer du sentiment de frustration qui l'assaillait.

En règle générale, un tel régime suffisait à le guérir d'une arrestation ratée, d'un procès perdu, d'un problème de cœur ou d'une dispute familiale.

Mais cela n'était pas assez pour se défaire de l'emprise que Bess exerçait sur lui.

— Quelle dépense d'énergie si tôt dans la journée ! fit une voix moqueuse derrière lui.

Essuyant la sueur qui perlait sur son front, Alex se retourna pour faire face à son frère qui tenait par la main son fils Griff âgé de dix mois seulement. Une fois de plus, Alex fut frappé par la ressemblance incontestable qui existait entre eux.

— Tu as réveillé ton père à l'aube, petit monstre, s'exclama Alex en embrassant son neveu.

Griff lui répondit par un babil enthousiaste au sein duquel Alex ne reconnut que le mot « maman ».

— Sydney est fatiguée, expliqua Mikhail. Elle s'est accordé une grasse matinée. Alors j'ai pensé que nous pourrions en profiter Griff et moi pour aller nous entraîner un peu.

— Eh ! Mais c'est Griff ! s'exclama alors Rocky, le propriétaire du gymnase.

Rocky était un ancien boxeur qui s'était fort intelligemment reconverti et son club était rapidement devenu l'un des plus courus de la ville. S'approchant de Griff, il le prit dans ses bras et le fit sauter en l'air à la grande joie du bambin.

— Je m'occupe de lui, déclara-t-il avec enthousiasme. Tâche de découvrir pourquoi ton frère ne cesse de venir au gymnase depuis le début de la semaine.

— Quelle commère ! commenta Alex en regardant Rocky et Griff s'éloigner. Il est pire qu'une vieille femme !

Alex se remit à taper dans le sac de sable sous le regard amusé de Mikhail.

— A propos de femme, ce ne serait pas ça, ton problème ?

— Qui a dit que j'avais un problème ? répliqua Alex.

— Allons, pourquoi les hommes vont-ils dans les gymnases si ce n'est pour évacuer les problèmes qu'ils ont avec les femmes ?

— Pour taper dans des sacs, parler mal et transpirer un bon coup.

— C'est vrai. Alors ? Cette femme ?

Alex ne répondit pas, continuant à frapper sans relâche.

— Bess, reprit Mikhail. C'est comme cela qu'elle s'appelle, n'est-ce pas ?

Alex cessa brusquement de s'entraîner et se tourna vers son frère, stupéfait.

— Comment le sais-tu ?

— C'est Rachel qui me l'a dit. Elle m'a dit aussi qu'elle était très jolie et particulièrement futée. Mais elle a ajouté qu'elle n'était pas ton type.

— Bess n'est le type de personne, répondit Alex. Elle est unique... Il n'y a qu'à regarder son visage : on a l'impression que Dieu pensait à autre chose lorsqu'il l'a créée et qu'il a mélangé les traits de cinq femmes différentes ! Ses yeux sont trop grands, son menton pointu et son nez est en biais. Elle a la peau aussi douce que celle d'un ange : chaque fois que je la touche, j'en ai l'eau à la bouche.

— Eh bien ! Il faut vraiment que je la rencontre !

— Je ne suis pas près de la revoir, répondit Alex. Je n'ai pas besoin de me compliquer la vie, en ce moment, et je crois que cette fille est à moitié folle. Cela dit, si Rachel pense qu'elle est intelligente, c'est uniquement parce qu'elle est allée à l'université.

— Oui, Rachel m'a dit qu'elle était allée à Radcliffe, acquiesça Mikhail.

— Cela ne m'étonne pas.

— Elle a aussi dit à Rachel que vous aviez eu un malentendu, tous les deux.

— Ce n'est pas un malentendu, protesta Alex. Bess est peut-être allée dans une université prestigieuse mais elle n'a pas le moindre sens commun ! Je ne veux pas m'investir dans une relation avec quelqu'un d'aussi irresponsable.

Mikhail éclata d'un rire prodigieux qui retentit longuement dans la salle de gym.

— Je n'aurais jamais cru entendre ça dans la bouche d'un homme qui est sorti avec Lug Wrench !

— Allons, cela n'a pas duré très longtemps, répondit Alex que les plaisanteries de Mikhail avaient plus contribué à détendre que ses vingt minutes de sport intense. En tout cas, je suis heureux que ma liaison avec Bess se soit terminée avant même d'avoir commencé. Nous étions trop différents...

— Tu dois avoir raison.

— Bien sûr que j'ai raison ! Nous avions des approches opposées dans quasiment tous les domaines. Je crois que Bess a un jour décidé qu'elle ne voulait rien faire comme les autres.

— Une femme compliquée...

— C'est un bel euphémisme, soupira Alex en ôtant ses gants de boxe. Parfois, elle paraît complètement détendue, comme si rien au monde ne pouvait l'affecter. A d'autres moments, elle devient complètement hystérique parce que vous avez eu le malheur de lui montrer qu'elle avait commis une erreur. Et alors, elle vous jette dehors sans ménagement.

Mikhail s'efforça de ne pas éclater de rire devant l'évident désarroi de son frère.

— Si je comprends bien, tu es beaucoup mieux sans elle...

— Exactement. Qui aurait envie de sortir avec une folle dans son genre ?

— Je me le demande.

Percevant l'ironie de son frère, Alex sourit et secoua la tête.

— Si tu savais comme j'ai envie d'elle, soupira-t-il.

— Je connais ça... Mais, dans ce cas, il est inutile de te torturer : va la trouver.

— La trouver ?

— Oui. Et remets-la à sa place.

— A sa place, acquiesça Alex. D'accord...

Sur ce, il récupéra son sac de sport et se dirigea vers la sortie.

— Eh ! appela Mikhail. Les douches sont de l'autre côté !

— J'en prendrai une au commissariat, répondit Alex. A plus tard !

— C'est ça, à plus tard, répondit son frère qui se demandait si la prochaine fois qu'il croiserait Alex, ce serait au bras de cette fille déraisonnable.

Une chose était certaine : elle avait l'air parfaite pour lui.

*
* *

— Bon sang ! s'écria-t-elle en se dirigeant vers l'entrée. Qu'est-ce qui se passe ? Il y a le feu ou quoi ?

Elle ouvrit la porte et se retrouva nez à nez avec Alex.

— Ou quoi..., répondit ce dernier en souriant.

Stupéfaite, elle le contempla comme s'il s'était agi d'un revenant, ce qu'il était, en un sens.

— Comment avez-vous fait pour monter jusqu'ici ? demanda-t-elle.

— Abus de pouvoir ! J'ai montré mon badge au gardien de l'immeuble. On dirait que je vous ai réveillée, ajouta-t-il en détaillant des pieds à la tête la jeune femme qui ne portait qu'une mince chemise de nuit de soie.

— Quelle heure est-il ? demanda-t-elle en se dirigeant vers sa machine à café. Quel jour sommes-nous ?

— Nous sommes jeudi et il est à peu près 7 h 30 du matin, répondit obligeamment Alex en lui emboîtant le pas.

La cuisine était immense et d'une blancheur éclatante. Un magnifique bouquet d'orchidées trônait sur la table et Alex songea qu'il n'y avait bien que Bess pour placer des fleurs aussi belles dans un endroit pareil.

— Du matin ? demanda-t-elle.

Alex éclata de rire et la prit dans ses bras. Lorsque ses lèvres se posèrent sur celles de la jeune femme, il ne put retenir un soupir de bien-être, réalisant combien elle lui avait manqué. Il sentit le corps de Bess se raidir un instant puis elle se laissa aller contre lui, répondant avec ferveur à son baiser.

A travers le grondement du sang qui lui battait les tempes, Alex entendit la tasse que tenait la jeune femme s'écraser sur le sol et se briser.

Bess, quant à elle, se demandait si elle n'était pas encore en train de rêver. Ses rêves avaient toujours été d'un réalisme étonnant mais celui-ci dépassait ses expériences les plus intenses.

Le désir qu'elle éprouvait pour Alex la consumait tout entière, faisant disparaître tout semblant de logique.

Elle sentait la bouche brûlante d'Alex et sa langue qui agaçait doucement la sienne. Il avait un goût terriblement masculin, un goût de transpiration légèrement salé qui la bouleversait.

Et elle pouvait aussi sentir ses mains à travers le fin tissu de sa chemise de nuit et la peau de ses joues sous ses paumes.

D'une voix rauque, elle prononça son nom avant de reculer de quelques pas, tentant de recouvrer ses esprits.

— Je dois absolument me réveiller, murmura-t-elle.

— Mais tu es réveillée, dit-il.

Incapable de résister à la tentation, il posa doucement sa main sur l'un des seins de la jeune femme, frissonnant au contact de sa chair ferme et brûlante. Lentement, il caressa du bout du pouce l'un de ses tétons qui se dressa fièrement vers lui.

— Tu vois ? dit-il.

Bess dut faire un effort prodigieux pour résister à l'envie qu'elle avait de s'évanouir. Elle tenta de reculer mais, d'un geste, Alex la souleva de terre, la prenant dans ses bras. Un brusque accès de panique envahit la jeune femme.

— Alexi, non…

Il l'embrassa de nouveau, faisant mourir ses protestations sur ses lèvres. Il savait qu'en cet instant, il aurait pu obtenir d'elle tout ce qu'il désirait. Mais il ne voulait pas parvenir à ses fins de cette façon.

— Tu as renversé ta tasse et tu es pieds nus, expliqua-t-il en l'asseyant sur la table.

— Oh…, dit-elle, réalisant brusquement que le sol était effectivement couvert de morceaux de porcelaine.

— Tu as un balai ? demanda-t-il.

— Un balai ? Bien sûr… Mais pour quoi faire ? s'enquit-elle, ayant toujours le plus grand mal à recouvrer ses esprits.

— Pour que je puisse nettoyer et que tu ne te coupes pas, expliqua Alex patiemment. Reste là…

Il ouvrit quelques placards avant de découvrir ce qu'il cherchait et entreprit de balayer rapidement le sol.

— Alors ? dit-il après avoir jeté les débris de tasse à la poubelle. Je t'ai manqué ?

— Je n'ai pas pensé à toi une seule fois, répondit la jeune femme. Enfin, pas souvent…

— Pareil pour moi. Que dirais-tu d'un café ?

— Avec plaisir, répondit Bess.

Tandis qu'il leur préparait deux tasses, elle finit par reprendre un semblant de dignité.

— Tu sens aussi bon qu'un vestiaire, remarqua-t-elle lorsqu'il lui tendit sa tasse.

— Désolé, j'étais au gymnase.

Bess hocha la tête et but, toujours assise sur la table. Il était mal rasé, vêtu d'un vieux jean et d'un T-shirt frappé du sigle NYPD. Tout simplement irrésistible, songea-t-elle en souriant gaiement.

Alex lui rendit son sourire et laissa glisser le bout de ses doigts le long de la cuisse de la jeune femme. A la façon dont ses yeux s'assombrirent, il comprit combien elle réagissait à cette simple caresse.

— Cette fois, je n'ai pas l'intention de m'excuser, dit-il enfin.

— Tu le devrais, pourtant.

— Non. Je sais que j'ai eu raison d'agir comme je l'ai fait. Tu peux me faire confiance : je suis policier.

Bess aurait volontiers abandonné la partie, d'autant qu'elle s'était montrée plus que consentante quelques instants auparavant. Mais elle ne put résister à la tentation de tirer les choses au clair une fois pour toutes.

— Je tiens à ce que tu saches que je n'ai pas changé d'avis. Mes décisions n'appartiennent qu'à moi, que ce soit sur le plan personnel ou professionnel. Il m'arrive d'avoir tort ou de me tromper, mais je n'ai pas pour autant l'intention de renoncer à mon libre arbitre !

— Pas plus que je n'ai envie de te voir te faire du mal, répondit posément Alex.

— C'est très gentil à toi, Alexi, mais je crois que tu t'inquiètes pour rien. Je ne cours aucun risque.

— Ce n'est pas vrai. Tu ne sais absolument pas à quoi tu t'exposes. Oh, tu peux penser le contraire, bien sûr, mais c'est parce que tu ne vois que l'apparence des choses. Tu n'imagines même pas ce qui se produit dans la rue tous les jours et toutes les nuits !

Bess fut tentée de protester mais elle lut dans les yeux d'Alex à quel point il était sérieux.

— Peut-être as-tu raison, concéda-t-elle. Je ne vois pas ce que tu vois à longueur de temps. Peut-être n'en ai-je pas envie d'ailleurs. Mais mon amitié pour Rosalie…

— Ton *amitié* ? répéta Alex, ébahi.

— Oui. Quoi que tu en penses, je me soucie d'elle et de ce qu'elle vit. Je ne peux pas vraiment t'expliquer pourquoi, Alexi. Tu n'es pas une femme et toi non plus tu ne peux pas tout savoir… Mais je sais que je peux l'aider. Et ne me dis pas que je rêve, que je ne peux rien faire parce qu'elle a choisi de faire le trottoir. On me l'a déjà dit mais je ne peux pas me résigner à l'accepter.

— Eh bien, je dirai juste que la personne qui t'a dit cela était plus sage que toi. Franchement, j'étais loin d'imaginer que les choses étaient aussi graves. Je pensais que tu voulais juste qu'elle te donne des renseignements pour ton feuilleton.

— C'est le cas, reconnut Bess qui ne parvenait pas à oublier l'œil au beurre noir de la jeune femme. Mais ce n'est pas une raison pour que je me limite à cela. Pourquoi n'essaierais-je pas de l'aider ? Est-ce que le fait d'être policier t'a rendu si insensible que tu refuses de donner à quiconque une seconde chance ?

— Mais ce n'est pas de moi qu'il s'agit, protesta Alex.

— C'est vrai. Et tu devrais t'en souvenir plus souvent.

Alex poussa un juron puis se détourna.

— D'accord, soupira-t-il, j'ai compris. Cela ne me regarde pas. Mais je voudrais juste que tu me fasses une promesse.

— Je t'écoute.

— Ne va plus dans la rue avec elle. Et, surtout, ne t'approche pas du territoire de Bobby.

— Je te le promets, dit Bess que la pensée du souteneur effrayait encore.

— Il y a autre chose, reprit Alex. Ne la laisse jamais monter ici sans avoir vérifié qu'elle est bien seule. Tâche de la rencontrer à ton bureau ou dans un endroit public.

— Mais, Alexi...

— S'il te plaît, Bess.

La jeune femme resta quelques instants silencieuse, réalisant combien il avait dû lui en coûter de la supplier de la sorte.

— D'accord, acquiesça-t-elle enfin avant de sauter de la table. Tu veux une crêpe ?

— Avec plaisir.

Bess alla chercher deux pâtisseries et récupéra du beurre et de la confiture dans le réfrigérateur.

— Il y a quelque chose que je dois te dire, reprit-elle.

— J'espère qu'il y en a plus d'une.

— Pardon ? demanda-t-elle, ne comprenant pas ce qu'il voulait dire par là.

— Je veux dire qu'il y a bien des choses que je voudrais savoir à ton sujet, reprit Alex. En fait, je veux tout savoir sur toi. Ensuite, j'aurai l'esprit plus tranquille et nous pourrons faire l'amour jusqu'à en oublier qui nous sommes.

— Je vois, murmura Bess, le cœur battant. Quoi qu'il en soit, pour le moment, je voulais juste te parler d'Angie Horowitz.

Immédiatement, le sourire d'Alex disparut et il se fit très attentif.

— Qu'est-ce que tu as appris à son sujet ?

— Pas grand-chose, mais je me suis dit que je devais te faire part de ce que Rosalie m'a dit à son sujet. Voilà... Elle m'a confié qu'elle avait trouvé un nouveau client régulier. Il l'avait engagée plusieurs fois en lui laissant de généreux pourboires. Il la traitait bien et lui faisait de beaux cadeaux : il lui a même offert un pendentif en or représentant un cœur avec une fissure au milieu.

Alex resta parfaitement impassible. Pourtant, Bess venait de lui révéler un indice : Angie avait effectivement été retrouvée avec une chaîne en or autour du cou, tout comme la prostituée qui avait été tuée avant elle. Mais on n'avait pas retrouvé le pendentif qui y était attaché. Ce détail avait été soigneusement dissimulé à la presse et Rosalie n'avait pu l'apprendre par ce biais.

— Elle le portait tout le temps, reprit Bess. Rosalie m'a également appris que Mary Rodell en avait un identique avant de se faire tuer.

— C'est tout ? demanda Alex.

Bess hocha la tête, déçue par son manque d'enthousiasme.

— Il y a juste un autre détail : Angie a dit que l'homme s'appelait Jack, que c'était un véritable gentleman et qu'il était particulièrement bien doté par la nature.

— Je vois.

— Il avait aussi une cicatrice.

— De quel genre ?

— Je ne sais pas. Une cicatrice sur la hanche. Angie a dit à Rosalie qu'il s'était énervé lorsqu'elle lui avait demandé d'où elle provenait. C'est tout ce que je sais, mais je suis convaincue que ce type a un lien avec les meurtres.

— En tout cas, on ne perdra rien à vérifier de ce côté, acquiesça Alex. C'est peut-être une fausse piste mais je ferai quelques recherches. En attendant, ne dis pas à Rosalie que tu m'as répété ce qu'elle t'avait dit. Elle t'en voudrait sûrement.

— Je ne suis pas complètement stupide, inspecteur, répliqua Bess. Rosalie a beau penser que tu as un joli postérieur, elle ne s'en méfie pas moins de toi et de la police en général.

— Je ne sais pas si j'ai vraiment envie que tu discutes de mon anatomie avec une...

— Une amie, le reprit Bess. Mais ne t'en fais pas : ce n'est pas la seule avec qui je parle de toi. J'ai déjeuné avec ta sœur qui m'a dit que tu avais très mauvais caractère.

— Oui, c'est ce que j'ai entendu dire. Quant à moi, j'ai appris que tu étais allée à Radcliffe.

— Et ?

— Et rien... Ça te dirait de venir danser avec moi ?

— Ce soir ?

— Non, demain. Je suis de service, ce soir.

— D'accord, acquiesça Bess en songeant qu'elle devrait annuler son dîner avec Strater. Tenue sexy ou normale ?

— Sexy, bien sûr !

— Très bien. Tu n'as qu'à passer me prendre vers...

Jetant un coup d'œil à la pendule, elle poussa un juron sonore.

— Bon sang ! s'exclama-t-elle. Je vais être en retard. Et Lori m'a dit que je lui devrais vingt dollars si je l'étais une fois de plus ce mois-ci ! C'est ta faute. Va-t'en et laisse-moi m'habiller en vitesse.

— Au point où tu en es, tu peux te permettre un peu plus de retard, objecta Alex en lui jetant un regard provocant.

— Pas question ! Allez, file !

— Allons, plaida-t-il, autant rentabiliser ces vingt dollars...
— Je ne sais pas où je trouve la force de résister à une proposition formulée de façon aussi romantique, répondit Bess en le poussant résolument vers la sortie.
— Très bien. Puisque tu veux quelque chose de romantique, je te promets que demain tu seras servie !

Chapitre 6

Après avoir passé la majeure partie de la matinée au tribunal, Alex rentra au commissariat où il trouva Judd attablé devant une montagne de paperasses à remplir.

— Le patron veut te voir, lui dit son coéquipier dès qu'il l'aperçut.

— Très bien, fit Alex en se débarrassant de sa cravate.

S'installant à son bureau, il prit la pile de messages qui lui étaient adressés.

— Je crois qu'il voulait dire tout de suite, précisa Judd.

— D'accord, soupira Alex.

En passant derrière son partenaire, il avisa le rapport que ce dernier était en train de taper.

— Appréhender prend deux *p*, précisa-t-il en souriant.

— Tu es sûr ?

— Certain.

Sur ce, il gagna à grands pas le bureau du capitaine Trilwalter qui se trouvait au fond de la salle.

— Entrez ! cria ce dernier lorsqu'il eut frappé.

Alex s'exécuta et Trilwalter leva les yeux du monceau de documents qu'il était en train d'étudier. S'il arrivait régulièrement à Alex de se plaindre du nombre de tâches administratives auxquelles il devait faire face, il devait bien s'avouer battu.

Sur le bureau de Trilwalter s'amoncelait une quantité impressionnante de dossiers, de fichiers, de rapports et de duplicatas de correspondances qui renforçaient l'apparence de gratte-papier du capitaine. Ce dernier commençait à perdre ses cheveux et portait une paire de lunettes en demi-lune, ce qui faisait penser à la plupart de ses interlocuteurs qu'il n'avait rien d'un homme de terrain.

Mais Alex le connaissait depuis trop longtemps pour se fier à ces apparences trompeuses. Trilwalter avait gagné ses galons dans la rue et y serait probablement encore sans cette balle qui lui avait perforé le poumon gauche.

— Vous vouliez me voir, capitaine ?

— Bonjour, Stanislaski, dit Trilwalter en lui indiquant un siège vide.

Se renversant en arrière, il observa Alex d'un air suspicieux.

— Est-ce que vous allez me dire ce que signifie cette histoire de soap-opera ? demanda-t-il enfin.

— Pardon ?

— Je viens d'avoir un appel du maire, précisa Trilwalter.

— Le maire vous a appelé au sujet d'un soap-opera ? demanda Alex prudemment.

— Cela a l'air de vous surprendre, inspecteur.

Trilwalter se fendit d'un sourire qui n'était pas entièrement dénué d'un certain humour.

— Eh bien, comme cela, nous sommes deux ! Est-ce que le nom de McNee vous dirait quelque chose, par hasard ?

— Mon Dieu, murmura Alex, envisageant déjà le pire.

— Ah ! Je vois que vous êtes en terrain connu.

— Oui, monsieur. Mlle McNee et moi avons une liaison, en quelque sorte, répondit Alex qui aurait aimé pouvoir étrangler Bess de ses mains.

— Je ne suis pas intéressé outre mesure par vos activités

extra-professionnelles, précisa Trilwalter. Du moins, pas tant qu'elles ne finissent pas par arriver dans mon bureau...

— C'est-à-dire que je l'ai arrêtée parce que...

— Arrêtée ? répéta Trilwalter en interrompant Alex d'un geste.

Cérémonieusement, il ôta ses lunettes qu'il entreprit de nettoyer, signe chez lui d'une certaine exaspération.

— Je ne suis pas sûr de vouloir entrer dans les détails, reprit-il. En fait, je suis même certain de ne rien vouloir savoir.

Malgré lui, Alex commençait à trouver cette situation des plus amusantes.

— A vrai dire, votre réaction est symptomatique d'un homme ayant eu affaire à Bess de près ou de loin, commenta-t-il en souriant.

— Elle est écrivain, n'est-ce pas ?

— Oui, monsieur. Elle écrit les scénarios de « Péchés secrets ».

— « Péchés secrets » ? répéta Trilwalter, désabusé. Eh bien, il semblerait que notre maire bien-aimé soit un grand fan de ce feuilleton. Pire encore, c'est l'un des vieux amis de cette Bess McNee.

Alex s'abstint prudemment de tout commentaire et observa Trilwalter tandis que celui-ci allait se verser un verre d'eau qu'il but d'un seul trait.

— Le maire a insisté pour que Bess McNee soit autorisée à passer une journée à vos côtés pendant que vous serez en service.

Cette fois, Alex ne parvint pas à retenir un juron sonore qui avait plus sa place dans les vestiaires d'une salle de sport que dans le bureau de Trilwalter. Mais ce dernier se contenta de hocher la tête.

— C'est exactement mon sentiment, Stanislaski. Mais depuis que je suis à ce poste, j'ai appris que pour des raisons politiques certaines décisions ne devaient pas être remises en cause. Celle-ci en fait partie.

— Capitaine, c'est impossible ! Nous sommes sur le point de résoudre l'affaire du cambriolage sur Lexington. J'ai une nouvelle piste à explorer dans celle des meurtres de prostituées et quelqu'un vient de m'appeler pour me dire qu'il savait quelque chose au sujet de ce cadavre retrouvé sur la 23e Rue ! Comment suis-je censé me charger de tout cela si, en plus, je dois jouer les baby-sitters pour un auteur en mal d'inspiration ?

— Ne m'avez-vous pas dit que vous aviez une liaison avec cette femme ? observa Trilwalter, surpris par sa ferveur.

Alex ouvrit la bouche pour répondre puis la referma aussitôt : comment aurait-il pu expliquer les contradictions de Bess ?

— Si, en quelque sorte, répondit-il enfin. D'ailleurs, je lui ai déjà promis de lui parler du métier de policier en général. Je ne comptais évidemment pas entrer dans le détail des affaires que nous traitons. Mais cela devrait lui suffire ! Je ne peux pas prendre le risque qu'elle se fasse tuer au cours d'une opération...

— Eh bien, vous vous concentrerez sur les tâches administratives, répondit posément Trilwalter. Cela évitera qu'une telle chose ne se produise. Mlle McNee doit venir lundi.

— Capitaine...

— Vous pouvez disposer, inspecteur. Et faites en sorte que cette fille ne s'attire pas d'ennuis.

Résigné, Alex regagna son bureau. Judd ne tarda pas à le rejoindre avec deux cafés.

— Un problème ? demanda-t-il, avisant la mine d'enterrement de son équipier.

— Les femmes..., soupira Alex.

Judd comprit qu'il tenait enfin l'occasion de confier à Alex ce qu'il avait appris.

— A propos de femmes, est-ce que tu savais que Bess avait été fiancée à L.D. Strater ?

— Hein ?

— Oui. Une des collègues de Holly est au courant de tous les potins mondains de la ville. Elle dévore la presse à scandale et a raconté à Holly que Strater et Bess avaient eu une liaison, il y a quelques mois.

— Vraiment ? fit Alex qui se rappela brusquement la façon dont tous deux dansaient à la fête de Bess.

Strater et elle semblaient très proches et il l'avait même embrassée. Voilà donc qui expliquait…

— Leur couple n'a pas duré très longtemps. Une tempête dans un verre d'eau, en quelque sorte, précisa Judd. Par contre, avant, elle était fiancée à Charles Stutman.

— Qui ça ? demanda Alex qui sentait une profonde dépression l'envahir.

— Tu sais bien, l'auteur de cette comédie musicale à succès : « De la poussière à la poussière ». Holly en est fan et elle se demandait si Bess ne pourrait pas nous avoir deux places.

Alex grogna, encaissant cette nouvelle révélation avec un fatalisme teinté de désespoir.

— Et puis, il y a eu George Calloway, poursuivit Judd, impitoyable. Tu sais, le fils de l'éditeur… C'était il y a trois ans mais il en a épousé une autre.

— Je vois que Bess ne perd pas son temps.

— C'est certain. Et elle ne fréquente que le gratin. Ce n'est pas surprenant d'ailleurs, puisqu'elle est la fille de Roger K. McNee, le concepteur d'appareils photo et de caméras.

— D'appareils photo ? répéta Alex, interdit. Tu parles des appareils McNee-Holden ?

— Exactement. Le premier que j'ai acheté était un Holden 500. Et, encore aujourd'hui, c'est toujours leurs pellicules que j'utilise. Comme tous les services de police, d'ailleurs. Enfin bref, si tu en as l'occasion, n'oublie pas de poser la question à Bess au sujet de ces places de théâtre. Cela ferait vraiment plaisir à Holly.

Alex hocha la tête mécaniquement. Les noms que Judd venait de lui assener tournoyaient dans son esprit. Mais le plus stupéfiant avait été d'apprendre que le père de Bess n'était autre que l'un des cofondateurs de Holden. Alex possédait un appareil photo de cette marque prestigieuse et avait dû leur acheter des centaines de pellicules au cours de ces dernières années.

Tous les services de police utilisaient leur matériel et il était prêt à parier que c'était aussi le cas de la NASA. Et cela signifiait que Bess devait être riche à millions.

Ramassant les messages qui lui étaient destinés, Alex s'efforça de chasser cette idée de son esprit. Après tout, se dit-il, cela ne changeait rien. Sauf que ce n'était pas elle qui le lui avait dit… Pourquoi ? Craignait-elle qu'il ne s'intéresse à elle que pour son argent ?

Etait-ce ce qu'avaient cherché ses amants précédents ? se demanda-t-il brusquement.

Cela non plus ne le concernait pas, bien sûr. Eût-elle été mariée trois fois que cela ne l'aurait pas regardé. Après tout, il lui avait juste proposé de l'emmener danser, pas de l'épouser…

Pourtant, en dépit de ces pensées saines et rationnelles, il fallut bien du temps à Alex pour parvenir à se concentrer suffisamment pour s'attaquer au travail qui l'attendait.

A 8 heures précises, l'Interphone retentit et elle s'empara de son sac à main pour aller répondre.

— Attends-moi, je descends ! s'exclama-t-elle joyeusement avant d'appeler l'ascenseur.

Parvenue en bas de l'immeuble, elle trouva Alex qui

faisait les cent pas sur le trottoir, vêtu d'un pantalon de toile beige clair et d'une chemise bleue. Par contre, il avait gardé son éternel blouson d'aviateur qui paraissait faire partie intégrante de son être.

— Salut ! dit-elle gaiement en déposant un léger baiser sur ses lèvres. Alors ? Où allons-nous ?

— Dans le centre, répondit-il évasivement en la prenant par le bras.

Ils se dirigèrent vers la station de taxi la plus proche et montèrent dans l'un des véhicules qui y stationnaient.

Quelques minutes plus tard, ils descendirent devant le Starlight, l'une des boîtes de nuit les plus en vogue du moment. Les disc-jockeys les plus prestigieux s'y succédaient, en faisant l'un des lieux les plus célèbres du monde de la nuit.

Une file interminable attendait patiemment d'être introduite dans le saint des saints, mais Alex se dirigea directement vers le videur qu'il connaissait et qui les fit entrer immédiatement.

— Comment as-tu fait ça ? s'étonna Bess.

— C'est un ancien flic. Je le connais depuis des années…

Se frayant un chemin à travers la foule compacte qui se pressait autour de la piste de danse, ils gagnèrent le bar et demandèrent une table. En attendant, Alex commanda une vodka frappée.

— Je vais en prendre une aussi, déclara Bess en jetant un regard réjoui autour d'elle.

Les multiples haut-parleurs disposés dans la salle crachaient par rafales une techno rythmée qui paraissait rendre la foule des danseurs hystérique.

— Je suis déjà venue ici, expliqua Bess. C'est l'une de mes discothèques favorites !

— Cela ne m'étonne pas, répondit Alex en se demandant qui l'avait accompagnée la dernière fois.

Puis il se répéta que cela ne le concernait pas. Mais en vain…

— Ce n'est pourtant pas le genre d'endroit que doit fréquenter Strater…

— L.D. ? s'exclama-t-elle en riant. Non, certainement pas… Mais moi, j'adore regarder les gens danser. Je crois que les boîtes de nuit sont l'une des rares institutions de ce pays où l'exhibitionnisme est légal. Regarde ce type, là-bas, ajouta-t-elle en désignant un homme qui ondulait du bassin devant deux jeunes femmes blondes. Il pratique la version urbaine de la parade du mâle commune à tous les mammifères…

— Est-ce que tu allais souvent danser avec Stutman ? insista Alex, incapable de contenir sa curiosité.

— Charlie ? répondit-elle en avalant une gorgée de vodka. Non, pas vraiment. Il préférait fréquenter l'un de ces clubs enfumés où l'on écoute de la musique ésotérique et obsédante en buvant de la bière. C'est un fan de free-jazz…

Tandis qu'elle continuait de scruter la foule qui se pressait autour d'eux, Bess repéra un homme aux cheveux longs vêtu d'un pantalon de cuir qui la fit vaguement penser à Jim Morrison. Ce dernier lui sourit et commença à se diriger vers elle. Mais, en chemin, il réalisa brusquement qu'Alex l'accompagnait. Avisant l'expression farouche qui se peignait sur le visage de ce dernier, il fit demi-tour et disparut de nouveau dans la foule.

— Eh bien ! On peut dire que tu l'as remis à sa place, commenta Bess en riant. Est-ce un talent naturel ou quelque chose que tu as appris ?

Alex haussa les épaules et posa son verre sur le bar.

— Allons danser, suggéra-t-il.

Bess vida sa vodka d'un trait et se laissa entraîner en direction de la piste. Là, il la prit dans ses bras et ils commencèrent à onduler l'un contre l'autre en accord parfait avec la musique.

— Je vois que tu es un danseur accompli, observa la jeune femme en entourant sa nuque de ses bras.

— Je t'avais promis de me montrer plus romantique, répondit Alex avant de poser ses lèvres sur sa joue qu'il caressa doucement, la faisant frémir tout entière.

— Apparemment, tu sais tenir tes promesses, murmura-t-elle d'une voix un peu rauque.

— Mais je ne sais pas si j'ai vraiment ma chance, soupira Alex. Je ne suis qu'un flic, pas un auteur brillant ni un magnat de la finance...

— Pourquoi dis-tu ça ? demanda-t-elle, surprise.

— Eh bien, j'ai appris que tu avais été fiancée...

— Et alors ?

— Rien. Je me demandais juste quand tu te déciderais à m'en parler... Je me demandais aussi quand tu me dirais que ton père dirige l'un des plus gros conglomérats du monde. Idem pour les coups de téléphone que le maire passe à mon supérieur hiérarchique...

Il continuait à danser comme si de rien n'était, mais Bess pouvait sentir la colère qui émanait de lui et se reflétait dans ses yeux.

— Tu veux que je réponde à toutes ces questions en même temps ou à une seule à la fois ?

Alex était agacé de la décontraction dont elle faisait preuve et qui ne faisait qu'accroître son ressentiment.

— Commençons par cette histoire avec le maire. Tu n'avais pas le droit de faire une chose pareille !

— Ce n'est pas moi qui lui ai demandé d'appeler, Alexi, répondit-elle calmement. Nous étions juste en train de dîner ensemble lorsque...

— Tu dînes souvent avec lui ?

— Oui. C'est un vieil ami de ma famille, soupira-t-elle.

Je lui ai expliqué combien tu m'avais aidée et combien j'étais fascinée par ton métier. Alors, il a décidé d'appeler ton supérieur, mais je t'assure que je n'étais même pas au courant. Il ne me l'a dit qu'après avoir passé ce coup de téléphone... J'avoue que j'étais ravie, mais je me doutais que tu ne le prendrais pas bien. Je suis désolée.

— Ça me fait une belle jambe, répliqua vertement Alex.

— Ecoute, mon travail est aussi important à mes yeux que le tien. Si tu y tiens vraiment, je peux m'arranger pour qu'un autre policier soit chargé de me servir de guide, lundi.

— Pas question ! Si tu tiens absolument à cette absurdité, je préfère te tenir à l'œil.

— Bien. Excuse-moi...

Se dégageant doucement de l'étreinte d'Alex, Bess traversa la pièce et gagna les toilettes. La musique assourdie formait un contrepoint à la colère qui bouillonnait en elle et elle fit les cent pas, sans se soucier des regards curieux des deux femmes qui se remaquillaient devant la glace. Il ne servait à rien de perdre son sang-froid, se répéta-t-elle. Si elle voulait garder une chance de revoir Alex, il fallait s'efforcer de rester calme et de répondre à ses questions.

Lorsqu'elle fut convaincue de pouvoir le faire, elle revint dans la salle principale où Alex l'attendait. Lui prenant le bras, il l'entraîna jusqu'à la table qu'on leur avait affectée et où ils pourraient discuter sans avoir à crier.

— Je pense que nous devrions partir, déclara-t-elle. Cela ne sert à rien de rester ici tant que tu es en colère contre moi.

— Assieds-toi.

Elle haussa les épaules et s'exécuta.

— Quand pensais-tu me parler de ta famille ? demanda Alex en prenant place en face d'elle.

— Je ne sais pas. Honnêtement, je ne vois pas en quoi cela nous concerne tous les deux. Et puis, ce n'est que la deuxième fois que nous sortons ensemble.

— Tu sais très bien qu'il y a plus entre nous que ces deux soirées, répondit Alex d'un ton exaspéré.

— D'accord, soupira-t-elle, je le reconnais…

Elle prit le verre qu'Alex avait commandé pour elle et en avala une gorgée avant de le reposer sur la petite table.

— Mais la question n'est pas là, reprit-elle. Tu te conduis comme si je t'avais délibérément caché quelque chose, mais ce n'est pas le cas.

— Très bien. Alors raconte-moi…

— Quoi ? Tu veux dire que tu ne sais pas déjà tout ce qu'il y a à savoir ?

Alex s'abstint de répondre mais, dans ses yeux, elle lut qu'elle l'avait blessé.

— Très bien, inspecteur… Je vais tout te dire, puisque cela paraît tant t'intéresser. Ma famille a fondé en 1973 la compagnie McNee-Holden qui était spécialisée dans la conception et la fabrication d'appareils photo. Depuis, l'activité s'est diversifiée et l'entreprise fabrique des caméras de cinéma et de télévision ainsi que celles qui équipent les satellites de surveillance militaire. Veux-tu que je t'envoie un prospectus ?

— Arrête…

— Non, je ne fais que commencer, répliqua-t-elle vivement. Mon père dirige la compagnie et ma mère s'est spécialisée dans les œuvres de charité. Je suis leur fille unique et je suis venue sur le tard. Mon père s'appelle Roger et il est fan de polo, sport qu'il pratique chaque fois qu'il jouit d'un peu de temps libre. Ma mère se nomme Susan — et ne t'avise pas de l'appeler Sue ou Susie. C'est une joueuse de bridge hors pair et elle dispute de nombreux tournois de haut niveau. Que veux-tu savoir d'autre ?

— Bon sang, Bess, plaida Alex qui commençait à se sentir vaguement mal à l'aise. Ce n'est pas un interrogatoire…

— Vraiment ? Ce n'est pas ce que j'avais compris. Mais

je vais m'efforcer de te faciliter les choses, Alexi. Je suis née à New York et j'ai passé la plus grande partie de mon enfance à Long Island. Une nounou anglaise s'occupait de moi et je l'aimais énormément. J'ai ensuite été interne, ce que je détestais. Mais cela laissait plus de temps à mes parents pour s'occuper d'eux-mêmes. Nous ne sommes pas très proches, eux et moi. Evidemment, il nous est arrivé de voyager ensemble mais, la plupart du temps, ils préféraient me laisser à la garde de domestiques...

— Bess...

— Attends une minute! protesta-t-elle. Je ne suis pas en train de me plaindre. Mes parents ont toujours veillé à ce que je ne manque de rien et je n'étais pas malheureuse. En fait, comme je ne me sentais pas beaucoup de points communs avec eux, j'étais même ravie qu'ils me laissent tranquille. Aujourd'hui, je ne raconte pas à qui veut l'entendre que je suis la fille de Roger McNee. Mais je ne le cache pas non plus. Si j'avais voulu le faire, j'aurais changé de nom. C'est un fait, un point c'est tout.

Alex lui prit doucement la main, lui parlant d'une voix calme et emplie de gentillesse que la jeune femme trouva proprement irrésistible.

— Bess, je voulais juste savoir qui tu étais. J'éprouve pour toi certains sentiments et il m'importe de te connaître vraiment.

Il sentit la main de Bess se détendre dans la sienne et comprit qu'il venait de remporter une première victoire. Pourtant, l'expression de la jeune femme trahissait toujours la colère qu'elle venait d'éprouver.

— Je comprends. Tu penses que l'origine et la famille de quelqu'un font partie intégrante de sa personnalité parce que c'est le cas pour toi. Mais je ne vois pas les choses de la même façon.

— Pourtant, on ne peut jamais renier ses origines...

— C'est vrai. Mais il est plus important à mes yeux de savoir ce qu'est une personne que d'où elle vient. Que faisait ton père ?

— Il était charpentier.

— Alors pourquoi es-tu policier ?

— Parce que c'est ce que je voulais faire, répondit-il. Très bien, je suppose que tu as raison... Et je suis désolé de t'avoir poussée dans tes retranchements de cette façon. J'ai juste été surpris d'apprendre toutes ces choses par Judd et non par toi.

— Judd ? répéta Bess, surprise.

— Oui. Il tient ces informations d'une collègue de Holly qui dévore la presse à scandale.

— Tu vois ? La vie est un soap-opera...

— La tienne, en tout cas. Trois fiancés, n'est-ce pas un peu beaucoup ?

— Eh bien, tout dépend de la façon dont on les compte, répondit Bess en souriant. Je n'ai jamais été fiancée à L.D., par exemple. Il m'a bien offert une bague mais nous n'avons jamais parlé mariage.

— Tu veux me faire croire que l'un des dix hommes les plus riches de ce pays t'offre une bague mais qu'il n'a pas l'intention de t'épouser ?

— Il y a peut-être songé... Mais il ne s'est pas déclaré officiellement. Quant à cette bague... L.D. est quelqu'un de très généreux. Il peut paraître un peu pompeux quand on le connaît mal, mais qui ne le serait pas avec la cour de profiteurs qu'il traîne derrière lui ? Dis, tu penses que nous pourrions avoir des chips ?

Alex fit signe à l'un des serveurs et commanda des chips et deux autres verres.

— Et toi ? demanda-t-il en se tournant de nouveau vers Bess. Tu voulais l'épouser ?

— Cela ne m'a jamais traversé l'esprit, avoua-t-elle.

Franchement, je ne crois pas que je supporterais très longtemps de vivre dans le monde de L.D. Quant à lui, il me trouve distrayante et anticonventionnelle. Je l'amuse parce qu'il n'a pas souvent l'occasion de rencontrer des gens comme moi dans l'univers qu'il fréquente. Etre un chef d'entreprise de cette envergure ne doit pas être drôle tous les jours, tu sais…

— Si tu le dis.

— Bref, reprit-elle en riant, je crois que je ne suis pas la femme qui lui convient.

La serveuse revint avec leurs boissons et un panier de chips sur lesquelles Bess se jeta avec appétit.

— J'ai été amoureuse de lui durant quelques semaines mais, franchement, on ne peut pas dire que cela ait été l'histoire d'amour du siècle.

— Et l'autre, l'écrivain ?

— Charlie ? Là, j'étais vraiment mordue. Il émane de lui une créativité et une inventivité de chaque instant. Et il s'intéresse vraiment aux gens, à leurs émotions, à leurs motivations. En fait, je crois que c'est l'une des rares personnes que j'aie jamais rencontrées dont je puisse dire qu'il n'y a pas trace de méchanceté en elles. Charlie est bon, irrémédiablement bon. Trop bon pour moi, en fait…

Elle avala une nouvelle poignée de chips.

— Tu sais, je suis le genre de femme qui finance Greenpeace ou Amnesty International. Mais lui, il n'hésite pas à prendre l'avion pour l'Alaska afin de participer au nettoyage des plages souillées par le pétrole. Il s'engage à fond pour ce genre de causes. Et c'est pour cette raison que Gabrielle est parfaite pour lui.

— Gabrielle ?

— Sa femme. Ils se sont rencontrés à une conférence sur les baleines en péril et ils sont mariés depuis deux ans, à présent.

— Tu veux dire que tu as été fiancée à un homme marié ? s'exclama Alex, incrédule.

— Bien sûr que non ! protesta-t-elle. Il s'est marié après nos fiançailles. Enfin, après les avoir rompues. Charlie ne tromperait jamais Gabrielle : je te l'ai dit, il est trop bon pour envisager une telle chose.

— Je vois. Et George ? Tu es sortie avec lui avant de sortir avec Starter ?

— Non. C'était avant de rencontrer Charlie et après avoir quitté Troy…

— Troy ? Il y en a eu un autre ?

— Oh ? Tu n'étais pas au courant. Je suppose que c'est logique… Troy et moi étions à l'université ensemble. Et nous n'avons pas été fiancés très longtemps. Juste quelques semaines. Franchement, cela ne compte pas vraiment…

— Pas vraiment, soupira Alex, passablement interloqué.

— Pour en revenir à George, j'ai commis une erreur…

— Parce que tes trois autres fiançailles n'étaient pas des erreurs ? s'étonna Alex.

— Non. Je les classerais plutôt dans la catégorie des expériences instructives. Mais George… Enfin, j'ai peut-être été un peu dure avec lui et je m'en veux à présent. Je suis sortie avec lui parce qu'il me faisait pitié. Nous n'étions pas faits l'un pour l'autre et je suis ravie qu'il ait épousé Nancy.

— Dis, est-ce que se fiancer ne serait pas une sorte de hobby pour toi ?

— Pas du tout. Les gens organisent leurs hobbies alors que je ne choisis pas de tomber amoureuse. Cela arrive, c'est tout… C'est plaisant et, contrairement à la plupart des gens, je ne souffre pas lorsque cela se termine. Je ne suis pas comme Vicky qui passe d'un homme à l'autre parce qu'elle a besoin de sentir l'emprise qu'elle exerce sur eux. Quant à moi, ce n'est pas le caractère sexuel de ces liaisons qui m'importe. Je suis beaucoup plus fascinée par la façon dont fonctionnent les gens avec lesquels je suis fiancée.

— Et ceux avec lesquels tu sors ? demanda malicieusement Alex.

— Eh bien… Chaque situation obéit aux règles qui lui sont propres. Je ne connais pas encore celles qui régissent la nôtre.

— Je dirais qu'il y a de fortes chances pour que cela devienne sérieux.

— C'est effectivement une possibilité, reconnut-elle.

— Assez, en tout cas, pour que je te demande si tu vois quelqu'un d'autre en ce moment.

Bess comprit qu'Alex avait raison : elle se connaissait trop bien pour ne pas réaliser qu'elle était en train de tomber amoureuse de lui.

— Est-ce que tu me demandes si tel est le cas ou bien est-ce que tu me demandes de ne pas le faire ? demanda-t-elle.

Alex hésita : pour lui, tomber amoureux n'était pas un processus facile et sans douleur. Il se savait au bord d'un gouffre dont il ignorait encore la profondeur et dans lequel il risquait de basculer à chaque instant.

— Je te demande de ne pas le faire, répondit-il, la gorge serrée par l'émotion. Et je te promets de ne pas le faire non plus. En fait, avoua-t-il, je crois que j'en serais tout bonnement incapable…

— Tant mieux, dit-elle en se penchant vers lui pour l'embrasser.

Alex lui rendit ce baiser avec passion, caressant doucement la joue de la jeune femme tandis que leurs bouches se mêlaient intimement. Il réalisa combien cette délicieuse sensation était déjà familière, combien il en était dépendant et cela lui fit peur.

Finalement, il se redressa et prit Bess par la main, l'aidant à se relever.

— Nous sommes venus pour danser, dit-il en souriant.

— C'est ce qui était prévu, effectivement, admit-elle.

Elle se tut et le contempla avec une fascination non dissimulée, prenant la mesure des sentiments qu'elle éprouvait à son égard.

— Qu'y a-t-il ? demanda Alex.

— Rien. Je te regarde... Je veux m'assurer que tu n'es plus furieux contre moi.

— Je ne le suis plus, répondit-il en déposant un léger baiser sur le bout de son nez.

Bess hocha la tête, sachant qu'il lui disait la vérité. Pourtant, il y avait un reflet sombre dans ses yeux qu'elle ne parvenait pas à identifier.

— Mon second prénom est Louisa, dit-elle brusquement.

— Ah ? dit-il, un peu surpris par cette déclaration inattendue.

— Je passe en revue tout ce que je ne t'ai pas encore dit et qui pourrait te faire changer d'avis, expliqua-t-elle joyeusement. Tu sais, je n'ai rien à cacher...

Alex l'attira contre lui, plongeant son visage dans les cheveux soyeux de la jeune femme. Comment parvenait-elle à le mettre dans un tel état ?

— Je sais tout ce que j'avais besoin de savoir, lui assura-t-il. Quant aux règles du jeu, il va falloir que nous les déterminions ensemble. Et le plus tôt sera le mieux.

— D'accord, répondit-elle sans trop savoir ce qui la retenait encore de s'abandonner pleinement.

Il aurait été si facile de quitter la boîte de nuit et de le suivre chez lui. Ils auraient alors pu laisser libre cours à cette passion qui les dévorait tous deux et dont elle sentait les vagues brûlantes parcourir son corps en cet instant même.

Mais, pour la première fois de sa vie, elle avait peur. Etait-ce de ne pas être à la hauteur ? Etait-ce de ce qu'elle pourrait découvrir sur elle-même en cédant à Alex ? Cela importait peu, au fond. Mieux valait continuer à laisser leur relation s'épanouir sans brûler les étapes.

Lorsque le moment serait venu, elle s'offrirait à lui sans retenue et ils partageraient un moment merveilleux.

— Viens, inspecteur, s'exclama-t-elle en riant. Voyons si tu es à la hauteur sur une piste de danse...

Chapitre 7

Alex relut le rapport d'autopsie concernant une sombre affaire de meurtre doublé d'un suicide, tentant vainement d'ignorer la présence de Bess qui se trouvait à quelques mètres de lui. Elle était assise à sa droite, prenant des notes dans un vieux calepin qui avait dû connaître des jours meilleurs.

Bess avait apparemment décidé de respecter ses engagements : il lui arrivait de marmonner quelques phrases pour elle-même par intermittence mais elle évitait soigneusement de le déranger.

Elle avait bien essayé de lui poser quelques questions mais, devant son peu d'enthousiasme à y répondre, elle avait jugé préférable de s'adresser à Judd. Ce dernier se faisait un plaisir de lui répondre, lui expliquant par le menu la façon dont ils menaient une enquête.

Pour une fois, avait remarqué Alex, elle avait même renoncé à porter l'une des tenues provocantes qu'elle affectionnait, choisissant un pantalon brun qui dissimulait ses jambes superbes et une veste assortie qui lui donnait l'air respectable.

Malgré ces précautions pourtant, sa simple présence suffisait à perturber Alex qui avait le plus grand mal à en faire abstraction. Tout son être réagissait à la proximité de la jeune femme.

Il sentait son parfum, léger et aérien mais qui ne cessait cependant de l'obséder, s'imposant à ses sens en alerte et contrastant avec l'odeur habituelle de tabac froid et de café qui régnait dans le commissariat. Il percevait aussi ses moindres mouvements. Il entendait sa respiration régulière et les paroles étouffées qu'elle murmurait de temps à autre.

En fait, tous ses sens étaient en alerte et son imagination traîtresse reconstruisait ce qu'ils n'étaient pas capables de sentir. Sans même avoir à la regarder, il imaginait l'expression de ses beaux yeux verts, la façon dont elle penchait la tête, dont elle prenait des notes, dont elle souriait lorsqu'une nouvelle idée lui traversait l'esprit...

Elle avait beau se montrer très coopérative, cela ne changeait rien au fond du problème : sa simple présence l'empêchait de se concentrer sur le travail qu'il avait à faire. Comment aurait-il pu lire un rapport d'autopsie à quelques mètres seulement de la personne dont il était en train de tomber amoureux ?

Elle aimait aussi la façon dont il bougeait ses épaules lorsqu'il se détendait, faisant rouler ses muscles sous le fin tissu de sa chemise. Dans ces moments-là, elle avait terriblement envie de se lever pour aller poser un petit baiser dans son cou — et, accessoirement, lire par-dessus son épaule le document sur lequel il travaillait...

Mais elle s'efforçait de maîtriser son inaltérable curiosité et de se concentrer sur son propre travail.

Au bout d'un moment, elle se leva et alla chercher deux cafés à la machine qui trônait au fond de la grande pièce, s'attirant au passage un certain nombre de regards étonnés ou admiratifs. Elle revint alors vers le bureau d'Alex et déposa l'une des tasses en plastique devant lui.

— Tiens, on dirait que tu en as bien besoin.

— Merci, répondit-il, reconnaissant.

Il réalisa qu'elle lui avait pris un café crème sans sucre, se souvenant de ses préférences en la matière. Avait-elle donc une mémoire aussi précise des détails ou devait-il y voir un signe d'intérêt particulier ?

— Tu dois t'ennuyer, dit-il.

— Pourquoi ? demanda-t-elle, s'asseyant sur le bord de son bureau, ravie de cette chance inespérée de discuter un peu avec lui.

— Eh bien, il ne se passe pas grand-chose, répondit Alex en désignant la pile de documents qui s'entassaient devant lui. Si tu montres ton flic imaginaire en train de se débattre dans la paperasse, tes téléspectateurs risquent de s'ennuyer à mourir.

— Pas forcément. Nous voulons présenter les différents aspects de son travail. Et il est intéressant de voir avec quelle facilité tu arrives à te concentrer malgré le chaos qui règne ici !

— Quel chaos ? demanda Alex en fronçant les sourcils.

Bess sourit, réalisant qu'il ne se rendait même plus compte de l'effervescence ininterrompue qui régnait en ces lieux ni du bourdonnement incessant des conversations, des interrogatoires, des briefings et débriefings. Il n'avait sans doute pas prêté la moindre attention à la dizaine de petits drames qui s'étaient joués dans cette salle depuis qu'elle était arrivée et qu'elle-même avait observés avec attention.

— Tu n'as pas vu ce dealer, tout à l'heure ? demanda-t-elle, curieuse. Un type très maigre qui portait une veste en cuir et s'était aspergé de parfum ?

— Ce devait être Pasquale. Que s'est-il passé ?

— Tu l'as vu ?

— Non. Je l'ai senti…

— Il y a aussi eu ce commerçant coréen qui est venu porter plainte parce que sa boutique avait été attaquée. Il était si secoué qu'il n'arrivait plus à trouver ses mots et il a fallu faire venir un interprète.

— Euh… Ce sont des choses qui arrivent, répondit évasivement Alex, se demandant où elle voulait en venir.

— Ensuite, il y a eu cette femme que son petit ami avait battue. Elle avait des bleus impressionnants mais refusait de porter plainte. Elle l'a défendu bec et ongles. Et puis, l'un des inspecteurs s'est disputé avec sa femme au téléphone. Il avait oublié leur anniversaire de mariage…

— Ce doit être Rogers. Il n'arrête pas de se disputer avec elle. Mais je ne vois vraiment pas ce que tout cela a de si fascinant.

— C'est une question d'atmosphère, expliqua la jeune femme. Tu fais partie de cet endroit et tu n'y prêtes plus attention mais, d'un point de vue extérieur, c'est passionnant. En fait, chacune des personnes qui travaille ici parvient à s'abstraire du chaos ambiant. Chacun a sa propre méthode : Judd, par exemple, classe méticuleusement ses dossiers et s'organise un petit univers ordonné. Ce n'est pas ce que tu fais, mais j'ai remarqué que tu paraissais trouver chaque fois les papiers que tu cherchais.

— Bon sang, je déteste que l'on m'observe quand je travaille, grommela Alex.

— Je sais, répondit Bess en souriant.

Elle se pencha un peu plus vers lui et, dans ses yeux, il lut un certain amusement qui se doublait d'une pointe non dissimulée de désir. C'était un cocktail d'émotions étonnant… et érotique.

— Je te trouve très sexy quand tu es agacé, déclara-t-elle avec aplomb. Il y a une drôle de lueur dans ton regard, quelque chose de dangereux et d'excitant à la fois…

— Ça suffit, McNee! s'exclama-t-il, aussi énervé que troublé par son petit jeu de séduction.

— J'aime aussi l'intensité que l'on perçoit dans ta voix lorsque tu parles au téléphone et que quelqu'un te transmet des informations importantes.

— Je ne vois pas comment tu peux savoir de quoi je parlais. J'aurais tout aussi bien pu appeler la boutique de nettoyage à sec...

— J'en doute. Par contre, je voulais savoir quelque chose : est-ce que ma présence ici t'agace ou te gêne ?

— Les deux, répondit Alex.

— C'est bien ce que je pensais, soupira-t-elle.

Elle passa un doigt sous la sangle de son holster. L'arme que portait Alex ne lui faisait pas peur. Au contraire, elle brûlait même de curiosité de l'essayer pour se faire une idée de ce que l'on pouvait ressentir lorsque l'on était forcé de s'en servir.

— Tu sais que tu ne m'as même pas embrassée.

— Il est hors de question que je le fasse ici.

— Pourquoi pas ? demanda-t-elle d'un air de défi.

— Parce que la prochaine fois que je t'embrasserai, répondit-il en posant la main sur sa gorge qu'il caressa doucement, j'espère que nous serons seuls. Parce que je compte bien le faire jusqu'à ce que nous n'en puissions plus et que nous perdions complètement le contrôle de nous-mêmes. Alors nous ferons l'amour comme je le désire depuis si longtemps.

Bess resta muette, stupéfiée par l'intensité qu'elle lisait dans son regard. Brusquement, elle se demanda si c'était cela qu'elle attendait, elle aussi. Si elle devait se fier à la sensation de brûlure délicieuse sur sa chair, là où était posée la main d'Alex, la réponse à cette question ne faisait aucun doute.

Mais il y avait aussi en elle une peur très ancienne qui

la retenait, l'empêchait de s'abandonner complètement à ce désir qui la rongeait.

— Alors, McNee ? fit Alex, percevant son trouble. Qui est nerveux, à présent ?

— Nous sommes supposés travailler, l'un et l'autre, répondit-elle. Pas jouer à nous mettre mal à l'aise…

— Peut-être ferions-nous effectivement mieux d'attendre la fin de mon service pour le faire, acquiesça Alex.

— Stanislaski, fit alors une voix derrière eux.

— Capitaine, répondit ce dernier en retirant prestement sa main du cou de la jeune femme.

— Je suis désolé d'interrompre votre conversation, mais j'attends impatiemment votre rapport !

— Le voici, répondit obligeamment Alex en le lui tendant.

Pendant ce temps, Bess serra la main de Trilwalter.

— Capitaine, je suis ravie de vous rencontrer, lui dit-elle en souriant cordialement. Je suis Bess McNee. Je tenais à vous remercier pour avoir accepté de m'accueillir dans ce commissariat.

— Ah, vous êtes l'écrivain ! répondit-il avec une pointe de condescendance. La fille des soap-operas…

— C'est exact, répondit Bess sans se départir de son sourire charmeur. Et je me demandais si vous accepteriez de me consacrer quelques minutes. Je sais que vous devez être un homme très occupé et je vous promets que cela ne prendra pas longtemps.

Trilwalter hésita : il n'avait visiblement aucune envie de perdre son temps avec elle mais il avait passé suffisamment d'années à ce poste pour savoir que, dans un cas semblable, un minimum de diplomatie s'imposait.

— Très bien, soupira-t-il. Venez dans mon bureau, nous y serons plus au calme.

— Je vous remercie, répondit la jeune femme avant de le suivre, décochant au passage un clin d'œil à Alex.

— Je te souhaite bien du plaisir, commenta ce dernier pour lui-même tandis qu'elle s'éloignait.

Il connaissait assez bien Trilwalter pour savoir que ce dernier ne manquerait pas de lui faire comprendre à demi-mot ce qu'il pensait de sa présence en ces lieux.

Se penchant de nouveau sur son travail, il reprit la lecture interrompue du rapport d'autopsie. Quelques minutes plus tard, à sa grande surprise, il vit Bess et son supérieur ressortir en riant comme de vieux amis.

— Elle est bien bonne, celle-là, commenta Trilwalter. Je m'en souviendrai...

— Oui, mais ne dites surtout pas au maire qui vous a raconté ça, répondit la jeune femme.

— Ne vous en faites pas, respecter la confidentialité de ses sources est l'un des premiers devoirs d'un policier.

Tous deux revinrent jusqu'au bureau d'Alex qui était partagé entre une admiration sincère et un agacement grandissant : personne n'avait encore réussi à gagner la faveur de Trilwalter en si peu de temps.

— Inspecteur, dit ce dernier, prenez bien soin de Mlle McNee et faites en sorte qu'elle ait accès à toutes les informations dont elle pourrait avoir besoin.

— Bien, monsieur, soupira Alex. Je vous assure que telle était bien mon intention...

— Merci pour tout, Donald, fit alors Bess en serrant la main de Trilwalter.

— Tout le plaisir fut pour moi...

— Donald ? répéta Alex, sidéré, dès que son supérieur fut hors de portée de voix.

— C'est comme cela qu'il s'appelle, fit Bess en haussant les épaules.

— Merci, je sais. Ce que j'aimerais savoir, par contre, c'est ce que tu as bien pu lui faire pour qu'il t'ait autant à la bonne !

— Nous avons discuté, c'est tout...

Du coin de l'œil, Alex vit plusieurs policiers échanger des billets. La plupart avaient parié que la jeune femme se ferait proprement étriller par Trilwalter qui ne manquerait pas de lui dire ce qu'il pensait de son intrusion. Alex lui-même devait à présent vingt dollars à Judd.

— Bon, soupira-t-il, assieds-toi. Je dois me remettre au travail.

— Bien sûr...

Avant même qu'elle n'ait repris sa place, le téléphone sonna et Alex décrocha.

— Stanislaski, j'écoute...

Il sortit un calepin et commença à prendre des notes.

— Oui, je sais, dit-il. Mais cela dépend de ce que valent ces informations... D'accord, je crois que nous devrions en parler... Je serai là dans dix minutes.

Il raccrocha et s'empara de sa veste.

— Que se passe-t-il ? demanda Bess.

— Je dois aller voir quelqu'un, répondit-il. Judd, tu viens ?

— J'arrive.

Alex se dirigea vers la sortie sans ajouter un mot et Judd lui emboîta le pas. Après un instant d'hésitation, la jeune femme les suivit et attrapa Alex par la manche.

— Je viens avec vous, déclara-t-elle.

— Il n'en est pas question ! répondit-il fermement en tentant vainement de se dégager.

Mais la jeune femme n'était visiblement pas prête à se laisser éconduire aussi facilement.

— Cela fait partie de notre accord, insista-t-elle.

— Je n'ai conclu aucun accord. On m'a imposé ta présence.

— Mais ton supérieur t'a explicitement demandé de me laisser faire ce que je voulais. Alors je te suis, que tu le veuilles ou non !

— Très bien, soupira Alex, comprenant qu'il était

inutile d'en débattre. J'accepte que tu nous accompagnes à une condition : que tu restes dans la voiture ! Je refuse de prendre le risque de perdre l'un de mes informateurs.

— Tu veux que je conduise ? suggéra Judd tandis que tous trois se dirigeaient vers le garage.

— Non, répondit Alex d'un ton agacé.

Judd jeta un regard complice à Bess et ouvrit l'une des portières arrière pour qu'elle puisse monter dans la voiture.

— Où allons-nous ? demanda-t-elle, curieuse.

— Nous allons discuter avec l'un des types les plus détestables de cette ville, répondit Alex.

— Voilà qui me semble fascinant, fit la jeune femme, s'attirant l'un de ces regards noirs qu'elle aimait tant.

Bess sortit sa trousse de maquillage et entreprit d'appliquer une généreuse couche de rouge à lèvres et d'eye-liner. Elle attacha alors ses cheveux et vérifia l'effet général dans le rétroviseur.

— Mais qu'est-ce que tu fais ? demanda Alex.

— Je me déguise, expliqua-t-elle. Mieux vaut se mettre au diapason du quartier...

Il se contenta de hausser les épaules et de marmonner un commentaire inaudible. Il aurait préféré entrer discrètement dans le repaire de Boomer mais voilà qu'il était coincé avec une hystérique qui trouvait cette petite virée très amusante.

Observant le parking qui se trouvait en face de la boutique, Alex s'aperçut qu'il était quasiment désert. Cela n'avait d'ailleurs rien d'étonnant : c'était le genre d'endroit où l'on ne pouvait garer sa voiture sans craindre de ne retrouver qu'un enjoliveur.

Alex étouffa un juron, réalisant qu'il ne pouvait laisser Bess seule dans un tel lieu. En quelques minutes, elle se ferait repérer par tous les drogués du quartier et elle passerait certainement un très mauvais moment.

— Ecoute-moi, dit-il en se tournant vers elle. Tu resteras près de moi et tu garderas le silence. Je ne veux entendre aucune de tes questions et aucun de tes commentaires habituels.

— D'accord, mais où... ?

— J'ai dit : pas de question, l'interrompit Alex en quittant la voiture.

Contournant le véhicule, il ouvrit la portière de la jeune femme et la prit par le bras, l'escortant jusqu'au trottoir le plus proche.

— Il est si romantique, commenta Bess à l'intention de Judd.

— Tais-toi, McNee ! s'exclama Alex en l'entraînant jusqu'à la porte d'une sorte de magasin miteux qu'il poussa.

Il fallut plusieurs secondes à la jeune femme pour s'habituer à la pénombre qui régnait à l'intérieur. Les étagères étaient encombrées d'objets divers : des postes de radio, du matériel de cuisine, un tuba, quelques guitares électriques... Le comptoir était séparé du reste de la pièce par une vitre blindée crasseuse.

— Un receleur ? souffla Bess, dévorée par la curiosité.

— Silence, répliqua Alex. Et pas de commentaires sur le cadre ou l'atmosphère.

Mais Bess avait déjà sorti son carnet de notes et commençait à griffonner quelques remarques.

— Faites ce que vous avez à faire, dit-elle aux deux policiers. Je me ferai toute petite et vous ne remarquerez même pas que je suis là.

Alex ferma les yeux, incrédule : comment pouvait-elle espérer se montrer discrète avec cette coupe de cheveux à cinquante dollars et le parfum hors de prix qu'elle portait ?

Mais il était trop tard pour remédier à cela, à présent. Mieux valait effectivement agir comme si de rien n'était…

— Stanislaski ? fit alors une voix venue du fond de la boutique.

Alex se retourna brusquement. Le dénommé Boomer ressemblait plus à un rat qu'à un être humain, songea-t-il en avisant la chemise à la couleur incertaine et les cheveux gras du personnage.

— Qu'est-ce que tu as pour moi ? demanda Alex sans prendre la peine de se livrer aux salutations d'usage.

— Quelque chose de juteux. Mais tu sais qu'un citoyen honnête comme moi a des fins de mois difficiles. Bien sûr, je me fais un devoir de coopérer avec les forces de l'ordre mais…

— Ne me fais pas rire ! rétorqua Alex. Je connais les prix que tu pratiques et je doute que tu sois à plaindre.

Boomer éclata de rire et désigna Judd d'un mouvement de tête.

— C'est un bleu ? demanda-t-il.

— Plus maintenant…

Boomer avisa alors Bess qui passait en revue ses étalages.

— On dirait que j'ai une cliente, commenta-t-il. Attendez-moi une minute…

— Elle est avec moi, répliqua Alex.

D'un regard acéré, il coupa court à toute question importune.

— Ne fais pas attention à elle, reprit-il.

Boomer avait déjà repéré les bijoux de prix que portait la jeune femme et ne put retenir un soupir de déception.

— C'est toi le patron, Stanislaski… Mais je ne sais pas si ce que j'ai à te dire la concerne.

— Arrête ton char, Boomer ! Si tu continues à te moquer de moi, je vais me sentir obligé de venir inspecter le contenu de ton arrière-boutique et je suis convaincu que nous trouverons cela aussi désagréable l'un que l'autre.

— Allons, il n'y a rien derrière... Juste quelques articles en stock.

Boomer sourit, sachant que les menaces d'Alex étaient vaines. Bien sûr, il connaissait la haine du policier à son égard. Mais tous deux avaient une sorte de contrat tacite qui, jusqu'alors, s'était avéré aussi profitable pour l'un que pour l'autre. Et il était peu probable qu'Alex mette fin à cette entente, si répugnante qu'elle lui parût.

— Je sais quelque chose au sujet des filles qui se sont fait charcuter, reprit Boomer.

Alex resta imperturbable, ne trahissant rien de son intérêt, sachant que Boomer épiait la moindre de ses réactions.

— Quel genre de chose ? demanda-t-il.

Boomer se contenta de sourire et de frotter son pouce contre son index. Alex hocha la tête et sortit de sa poche un billet de vingt dollars dont l'autre s'empara aussitôt.

— J'en veux vingt de plus si ce que j'ai à te dire t'intéresse.

— Je t'écoute.

— Bien... On dit dans la rue que le type que tu recherches est de la haute et qu'il s'appelle Jack.

— Ça, je le sais déjà.

— Eh ! Je m'échauffe, c'est tout ! Bon... La première qui s'est fait découper était l'une des filles de Big Ed. Je l'ai reconnue en voyant sa photo dans le journal.

— Viens-en au fait.

— D'accord, soupira Boomer. Il déteste faire la conversation, ajouta-t-il à l'intention de Judd. En tout cas, reprit-il en se tournant de nouveau vers Alex, j'ai appris que ces filles étaient toutes les deux en possession d'un certain bijou.

— Tu es bien informé, dit Alex.

— Cela fait partie de mon boulot. Mais le plus intéressant reste à venir : une jeune femme est passée me voir, hier. Elle voulait vendre ceci…

Ouvrant un tiroir, Boomer en tira une chaîne en or au bout de laquelle pendait un petit pendentif représentant un cœur fendu en son milieu. Alex tendit la main pour s'en emparer mais Boomer secoua la tête.

— Ça m'a coûté vingt dollars, protesta-t-il.

Alex tira un nouveau billet de sa poche.

— Et ma marge ? s'exclama Boomer. J'ai quand même le droit de faire un peu de profit sur les articles que je vends…

— Si tu continues, tu auras le droit à un voyage gratuit au commissariat où tu répondras bien sagement à toutes mes questions, répliqua sèchement Alex.

Boomer haussa les épaules et prit le billet.

— Elle était très jeune, poursuivit-il. Dix-huit ans, vingt tout au plus. Blonde, les yeux bleus, plutôt jolie… Elle avait une marque de naissance ici, ajouta-t-il en désignant son sourcil gauche.

— Elle t'a donné une adresse ?

— Eh bien… Je ne sais pas si je peux trahir le secret professionnel.

— Vingt de plus pour cette adresse, Boomer.

Ce dernier hocha la tête et empocha un nouveau billet avant de dicter au policier l'adresse d'un petit hôtel de passe à quelques pâtés de maisons de là.

— Elle m'a dit qu'elle s'appelait Crystal LaRue mais ce devait être un pseudonyme…

— Nous allons le vérifier tout de suite, répondit Alex en se dirigeant vers la porte.

Judd le suivit mais Bess paraissait absorbée dans la contemplation d'une lampe en bronze en forme de cheval cabré.

— Allons-y, lui dit Alex.

— Attends une minute... Combien coûte-t-elle ? ajouta-t-elle en se tournant vers Boomer.
— Eh bien, pour vous...
— Oublie ça ! l'interrompit Alex.
— Mais je veux l'acheter, protesta Bess.
— Elle est affreuse !
— Justement, soupira-t-elle.
Mais elle ne chercha pas à discuter : la lampe importait moins que les informations qu'elle avait pu collecter en écoutant la conversation d'Alex et de Boomer. Remontant à l'arrière de la voiture, elle rédigea ses impressions :

« Boutique sordide et encombrée d'objets divers, bons pour la casse pour la plupart. Excellent endroit pour trouver des accessoires. Le propriétaire est une véritable ordure. Alexi a mené la conversation de main de maître. Il paraît dégoûté par ce Boomer mais sait que ce dernier constitue une source d'informations précieuse. »

Alors qu'elle finissait d'écrire, Alex se gara le long du trottoir.
— Mêmes règles que tout à l'heure, lui dit-il tandis que tous trois descendaient de voiture.
— Pas de problème, promit-elle en observant l'hôtel de passe miteux devant lequel ils se trouvaient. C'est là qu'elle vit ?
— Qui ça ?
— Eh bien, la fille dont tu parlais avec Boomer ?
— Oui. Mais tâche de tenir ta langue.
— Eh, pas besoin d'être impoli ! Mais pour te montrer que je ne t'en veux pas, je vous invite tous les deux à déjeuner lorsque nous aurons fini, d'accord ?
— Avec plaisir, s'exclama Judd.
— Tu te laisses mener par le bout du nez, l'avertit Alex.
— Et alors ? protesta Judd. Il faut bien manger, non ?

Alex ne répondit pas. L'idée d'emmener Bess dans un lieu tel que celui-ci ne lui souriait guère. Pourtant, elle paraissait plus curieuse qu'effrayée par la crasse, l'odeur fétide et les rêves brisés qui paraissaient imprégner l'endroit.

— Connaissez-vous Crystal LaRue ? demanda-t-il au concierge de l'hôtel qui s'arracha à contrecœur à l'émission de télévision qu'il était en train de regarder.

— Je ne demande jamais de noms, répondit-il en écrasant sa cigarette sans filtre.

Alex sortit son badge et le lui tendit.

— C'est une prostituée... Blonde, environ dix-huit ans, plutôt jolie, avec un grain de beauté sous le sourcil gauche...

— Je ne demande pas la profession de mes clients non plus, répondit le concierge, nerveux. Mais je vois de qui vous voulez parler : elle habite au 212.

— Elle est là ?

— Je ne l'ai pas vue sortir.

Alex hocha la tête et entreprit de gravir l'escalier dont les murs étaient couverts de graffitis divers. L'isolation sonore était quasi inexistante et l'on entendait tout ce qui se passait dans les chambres : disputes, râles de plaisir, pleurs se mêlaient en un brouhaha déprimant.

Sur le palier du deuxième étage se trouvait une poubelle qui n'avait pas dû être vidée depuis plus d'une semaine et dégageait une odeur pestilentielle. Sans y prêter attention, Alex se dirigea vers la porte 212 et frappa.

— Crystal LaRue ? appela-t-il.

Ne percevant aucune réponse, il activa la poignée et constata que la porte n'était pas fermée.

— C'est louche, murmura Judd.

Alex hocha la tête et tira son arme de service, imité par son partenaire.

— Reste en arrière ! commanda-t-il à Bess.

La jeune femme ne se fit pas prier et regarda Alex pousser

la porte. Ce qu'elle entrevit dans l'embrasure lui arracha un cri rapidement étouffé : sur le lit couvert de sang gisait une forme sans vie, nue et lacérée des pieds à la tête. Une odeur douceâtre de sang et de corps en décomposition la fit hoqueter.

Elle avait souvent parlé de mort violente. Elle avait décrit des scènes telles que celle-ci dans le moindre détail. Mais rien ne l'avait préparée à l'horreur qu'elle éprouvait en cet instant.

Jusqu'alors, elle n'avait jamais envisagé qu'un être humain puisse être transformé en une telle chose.

De très loin, elle entendit Alex jurer plusieurs fois mais elle ne parvenait pas à détacher ses yeux du corps mutilé. Brusquement, le policier se plaça entre elle et la chambre, l'arrachant à cette contemplation morbide. Posant les mains sur ses épaules, il la força à le regarder en face.

— Je veux que tu descendes, ordonna-t-il d'une voix qui n'admettait pas de réplique.

— Quoi ? dit-elle, émergeant d'une sorte de transe.

Alex serra les dents : Bess était blanche comme un linge, sa peau était glacée et elle tremblait convulsivement sans même s'en apercevoir.

— Va au rez-de-chaussée, reprit-il doucement. Est-ce que tu as compris ?

— Oui, murmura-t-elle. Oui, d'accord...

— Reste en bas et ne parle à personne. Ne dis rien tant que Judd et moi ne serons pas redescendus, d'accord ?

— Elle était si jeune, balbutia Bess en luttant de toutes ses forces contre la nausée qui l'avait brusquement envahie.

Avisant le regard inquiet d'Alex, elle se ressaisit un peu.

— Ne t'en fais pas pour moi, lui dit-elle. Je vais bien...

Alex hocha la tête et la regarda se diriger vers le rez-de-chaussée.

— Elle n'aurait jamais dû voir ça, remarqua Judd.

— Personne ne devrait voir une telle chose, répondit Alex d'un air sombre avant de pénétrer dans la chambre.

Elle fut tentée de partir mais décida finalement d'attendre Alex. Elle savait qu'il devait lui en vouloir pour lui avoir forcé la main. Il aurait sans doute préféré qu'elle n'assiste pas à cette scène macabre.

Lorsqu'il descendit enfin, elle le suivit en silence jusqu'à sa voiture. Il ne dit pas un mot et tous trois regagnèrent le commissariat où la jeune femme reprit la place qu'elle avait occupée durant toute la matinée.

Les heures lui parurent des siècles. Pour le déjeuner, elle sortit leur chercher des sandwichs qu'ils mangèrent sans cesser de travailler. Ensuite, Alex se rendit dans l'une des salles de réunion pour discuter des avancées de l'enquête. Bess avait le plus grand mal à détacher les yeux du tableau blanc sur lequel étaient épinglées les photographies des victimes mutilées.

Ils retournèrent alors chez Boomer qu'Alex et Judd interrogèrent longuement avant de retourner à l'hôtel où ils s'entretinrent avec le réceptionniste et plusieurs clients présents. Toutes ces démarches ne leur apprirent que très peu de chose.

Le vrai nom de Crystal LaRue était Kathy Segal et elle était originaire du Wisconsin. Alex se chargea donc de retrouver et de prévenir ses parents : apparemment, ceux-ci se souciaient fort peu du destin de leur fille qu'ils considéraient déjà comme morte depuis qu'elle s'était enfuie de chez eux.

Bess fut particulièrement choquée par cette indifférence, réalisant à quel point cette fille avait dû se sentir seule. Personne ne la regretterait lorsqu'une autre locataire prendrait sa place dans la petite chambre. En fait, peut-être même que personne ne se rendrait compte qu'elle avait disparu...

Alex, quant à lui, ne pouvait pas parler à Bess. Il en était tout simplement incapable. Jusqu'à ce jour, il n'avait partagé cette partie de sa vie avec aucune personne qui soit vraiment proche de lui. Bien sûr, il lui arrivait de discuter de certaines affaires avec sa sœur Rachel, mais c'était dans l'enceinte réconfortante du commissariat ou du tribunal. Pas sur le terrain...

Alex s'était toujours efforcé de garder pour lui ce qu'il vivait dans le contexte de son travail, souhaitant épargner à ses proches l'intarissable récit des horreurs qu'il côtoyait tous les jours.

A présent, Bess y avait été confrontée directement et il revoyait encore l'expression d'effroi et d'incompréhension qui s'était peinte sur son visage lorsqu'elle avait entrevu le cadavre de cette pauvre fille. Il aurait dû la protéger, la forcer à l'attendre dans la voiture. Mais, sur le coup, il n'y avait pas pensé, trop impatient de découvrir le fin mot de cette histoire.

En devenant policier, Alex avait juré de protéger et de servir et voilà qu'il n'était pas parvenu à préserver la femme qu'il aimait. Car cela ne faisait plus aucun doute : il aimait Bess. Et c'était lui qui l'avait amenée à se confronter directement avec l'horreur absolue, la mort dans ce qu'elle avait de plus atroce et de plus inadmissible.

Il s'abstint donc de prononcer le moindre mot, craignant qu'une simple phrase suffise à faire remonter toute la violence des sentiments contradictoires qui l'habitaient. En silence, ils travaillèrent jusqu'à la fin de la journée. Puis Alex raccompagna la jeune femme à son appartement.

Lorsqu'elle lui proposa de monter avec elle, il accepta, comprenant que, d'une façon ou d'une autre, il devait lui dire ce qu'il avait sur le cœur. Mais ce ne fut que lorsqu'ils pénétrèrent dans le salon de Bess qu'il trouva le courage de lui parler.

— J'espère que cela t'a suffi ? demanda-t-il d'une voix où couvait une colère rentrée.

Mais Bess n'avait aucune envie de se battre contre lui. Elle n'avait pas encore digéré toute l'horreur de ce qu'elle avait vu ce jour-là et avait besoin de temps pour apprivoiser la souffrance et l'incompréhension qu'elle avait éprouvées.

— Laisse-moi nous préparer un verre, dit-elle d'une voix conciliante.

— Je suppose que tu as toutes les notes dont tu avais besoin, reprit Alex, glacial. Tu pourras sans doute utiliser ce petit fait divers pour divertir tes téléspectateurs.

— Je suis désolée, Alexi, soupira-t-elle, la gorge serrée par l'émotion. Je vais nous servir un verre de cognac.

Sans attendre sa réponse, elle alla chercher la bouteille et deux verres qu'elle remplit généreusement.

— Je ne sais pas quoi dire, reprit-elle après avoir avalé une première gorgée qui la réconforta un peu. Je regrette d'avoir choisi précisément ce jour-ci et de t'avoir rendu les choses plus difficiles encore…

Alex comprit qu'elle était vraiment navrée mais cela ne changeait rien à la culpabilité qui l'assaillait.

— Tu n'avais rien à faire dans cette histoire, déclara-t-il. Tu n'aurais jamais dû voir ce que tu as vu.

Bess posa son verre à côté de celui d'Alex qu'il n'avait pas touché.

— Toi non plus, tu ne devrais pas voir de telles choses, répondit-elle doucement.

— C'est mon métier, protesta-t-il.

— Je sais, dit-elle en lui caressant tendrement la joue.

Alex attrapa son poignet et se détourna.

— Je ne veux pas que tu sois mêlée à cette partie de ma vie, poursuivit-il.

— C'est quelque chose que je ne peux pas te promettre, répondit Bess en nouant ses bras autour de la taille d'Alex.

Posant sa joue contre son épaule, elle soupira.

— En tout cas pas si quelque chose doit se passer entre nous, reprit-elle.

— C'est justement parce que je veux que quelque chose se passe entre nous que je ne peux pas le supporter, objecta-t-il.

— Alexi... Si tu espères que la femme qui partagera ta vie se contentera de rester à distance et de vivre dans une bulle, loin de la réalité, alors je ne suis pas celle qui te convient. Ton travail fait partie de toi, de ce que tu es...

Elle posa doucement ses mains sur les joues d'Alex, le regardant droit dans les yeux.

— Tu veux que je te dise que j'ai été horrifiée par ce que j'ai vu dans cette chambre ? Eh bien, c'est le cas. J'ai été dégoûtée par la cruauté de cet homme et par ce prodigieux gâchis.

— Je n'aurais pas dû te laisser venir, insista Alex. Cette partie de ma vie n'a rien à voir avec toi...

— C'est faux, protesta-t-elle avec fermeté. Ce n'est pas parce que j'écris des soap-operas que je ne m'intéresse pas à ce qui se passe dans la vie réelle. Je sais que des choses atroces se produisent tous les jours mais je ne les laisse pas ruiner mon existence. Je sais que ce que nous avons vécu aujourd'hui, tu le vivras peut-être encore demain. Ce sera peut-être même pire encore. Je sais aussi qu'à chaque fois que tu pars travailler, il y a un risque pour que je ne te revoie plus jamais. Mais je ne veux pas non plus que cela m'obsède. Parce que je sais que cela fait partie de toi et que je ne voudrais pour rien au monde que tu changes.

Pendant un long moment, Alex se contenta de la regarder fixement. Dans ses yeux, elle voyait se succéder mille sentiments contradictoires.

— Je ne sais pas quoi te dire, soupira-t-il enfin, réalisant son impuissance à formuler ses propres pensées.

— Tu n'as rien à dire du tout, répondit-elle simplement.

Se penchant vers lui, elle l'embrassa, éveillant en lui un désir incoercible. Il aurait voulu se perdre en elle jusqu'à ce que tout le reste disparaisse, jusqu'à ce que le monde entier et son cortège d'horreurs s'effacent autour d'eux.

— Nous n'avons pas encore défini les règles du jeu, remarqua-t-il en se dégageant doucement.

— Nous avons tout le temps de le faire...

— Bess... Si tu savais combien j'ai besoin de toi. Je crois que je deviendrais fou si tu n'étais pas là...

— Mais je suis là, répondit-elle en souriant.

— Je t'aime, Bess, murmura Alex en passant la main dans ses cheveux soyeux.

La jeune femme sentit son cœur s'emballer. Jamais elle n'avait éprouvé une telle sensation : c'était comme si quelque chose venait brusquement de se dénouer en elle.

— Alexi..., commença-t-elle.

— Ne dis rien, l'interrompit-il avant de l'embrasser de nouveau. Laisse-moi juste te prouver à quel point j'ai besoin de toi...

Chapitre 8

Bess connaissait tout de l'amour. Elle avait lu mille poésies, dévoré des centaines de romans, regardé des dizaines de films qui ne parlaient que de cela. Elle avait même écrit des scènes traitant de tous les visages que pouvait revêtir ce sentiment : passion, tendresse, perversion, jeu sexuel, complicité, romance…

Mais rien ne l'avait préparée à ce qu'elle ressentait aujourd'hui. Rien de ce qu'elle avait connu, aucune de ses liaisons, aucune des déclarations qu'on avait pu lui faire ne lui avait permis d'entrevoir ce que signifiait vraiment ce terme.

Comment aurait-elle pu décrire une sensation qu'elle-même avait du mal à définir ? Et à quoi servaient les mots lorsque la réalité de son désir se faisait si pressante ?

Alex la souleva brusquement de terre et se dirigea vers la chambre de la jeune femme. Celle-ci était traversée par mille impressions contradictoires. En elle, l'angoisse le disputait au besoin, la peur à l'espoir, l'exaltation à la douleur.

Peut-être aurait-elle pu trouver un sens à tout cela si les baisers d'Alex ne s'étaient pas faits si pressants sur ses lèvres.

Lorsqu'ils arrivèrent enfin dans la chambre, il la déposa précautionneusement sur le lit sans cesser de l'embrasser.

Bess tendit les mains et défit le blouson de cuir qui la gênait, révélant son holster. Elle put alors étreindre ces épaules dont elle avait si souvent rêvé.

Ce n'était pas la première fois qu'elle s'apprêtait à s'offrir à un homme, mais ce qu'elle éprouvait en cet instant ne ressemblait en rien à ce qu'elle avait connu dans le passé. Jamais elle ne s'était sentie aussi vulnérable. Jamais son corps n'avait réagi de façon aussi instantanée. Jamais son cœur n'avait battu aussi fort…

Elle avait l'impression d'être redevenue une vierge effarouchée, partagée entre la joie et l'appréhension.

Alex, quant à lui, n'était plus très sûr d'être éveillé : il se croyait propulsé dans l'un des rêves qui revenaient le hanter chaque nuit. Comme pour s'assurer de la réalité du miracle qui était en train d'advenir, il laissa ses mains glisser le long du corps de la jeune femme, la sentant frémir sous ses doigts.

Dans sa gorge, il percevait de petits gémissements d'impatience qui accentuèrent encore la faim qu'il avait d'elle. Désireux de prolonger cette extase improbable, il s'écarta un peu d'elle, la contemplant avec une ferveur presque religieuse.

— Tu es si belle, murmura-t-il, incrédule.

— Moi qui croyais que tu n'étais pas romantique, répondit-elle en souriant.

— Disons que cela m'arrive… de temps en temps.

Se redressant à demi, Bess prit son visage entre ses mains et l'embrassa avant de laisser ses lèvres glisser le long de sa joue, jusqu'au lobe de son oreille qu'elle mordilla doucement.

— Si tu continues, la prévint-il, je ne sais pas si je vais rester romantique très longtemps.

En guise de réponse, elle l'agaça de sa langue, lui arrachant un profond frisson de bien-être, et entreprit de déboutonner sa chemise.

— Eh ! protesta-t-il en riant. Tu vas nous faire tomber du lit…

— J'ai l'habitude, répondit-elle. Cela m'arrivait tout le temps quand j'étais enfant.

— C'est comme cela que tu t'es cassé le nez ?

— Non. Mais je me suis fêlé une dent, une fois.

— Me voilà prévenu. Je me montrerai aussi prudent que possible.

— Pas trop quand même, protesta-t-elle avec un sourire enjôleur. Je suis prête à courir le risque.

— Laisse-moi au moins me débarrasser de mon arme, dit-il en détachant le holster qu'il posa au pied du lit.

Revenant vers elle, il entreprit alors de défaire les boutons de son chemisier, révélant sa poitrine encore dissimulée par le tissu soyeux de son soutien-gorge.

— Tu trembles, constata-t-il en souriant.

— Je sais.

— Est-ce que tu as peur de moi ?

Bess hésita, l'observant gravement.

— Pas de toi, avoua-t-elle. Enfin, peut-être un peu… Mais j'ai surtout peur de ce que nous allons faire. Je sais que c'est idiot…

— Non, ce n'est pas idiot, répondit-il gentiment. J'aime ça.

— Ça tombe bien parce que je ne crois pas que je pourrais m'arrêter de trembler, lui dit-elle en riant.

— Nous allons y aller pas à pas, d'accord ? Rien ne presse.

Très doucement, Alex laissa courir ses doigts sur la peau brûlante de la jeune femme, y dessinant d'étranges arabesques qui lui arrachèrent des soupirs de contentement.

— Alexi…, murmura-t-elle d'une voix rêveuse.

— J'ai passé tant de temps à imaginer à quoi tu pouvais ressembler, murmura-t-il sur le même ton. Jamais je n'avais cru que tu serais si parfaite.

Il laissa ses mains descendre le long des hanches puis

remonta de nouveau pour agacer le haut de ses seins, suivant la ligne de démarcation de son soutien-gorge.

— Je pourrais rester des heures à te regarder, dit-il d'une voix que le désir rendait rauque. Je veux te voir tout entière...

Il retira alors lentement le pantalon que portait Bess, révélant ses cuisses au galbe parfait qu'il effleura, sentant leur chaleur et leur douceur aviver en lui l'envie qu'il avait de la posséder. Le corps de Bess frissonna une fois encore et les yeux d'Alex se firent plus sombres.

— Tout entière, répéta-t-il à mi-voix.

Bess était incapable de bouger. Son sang lui semblait s'être changé en lave brûlante qui échauffait sa peau, accélérait les battements de son cœur, anéantissait la force de ses muscles engourdis.

Mais Alex prenait tout son temps, se contentant d'éveiller par petites touches le besoin grandissant qu'elle éprouvait. Il la caressait avec une infinie légèreté, passant d'un membre à l'autre, ne négligeant rien jusqu'à ce qu'elle se consume d'une fièvre inextinguible.

Durant tout ce temps, il ne la quittait pas des yeux, observant chacune de ses réactions, se guidant au son des soupirs de plaisir qu'il lui arrachait.

— Tu vas me rendre folle, murmura-t-elle d'une voix mal assurée.

— C'est bien mon intention, reconnut-il.

Elle leva la main vers lui mais il attrapa son poignet au vol et plaça sa paume sur son propre corps pour qu'elle puisse sentir à quel point il réagissait à cette exploration. Elle perçut les frissons qui couraient au plus profond de sa chair et les battements affolés de son cœur.

Puis Alex se pencha vers elle et l'embrassa de nouveau. Doucement tout d'abord puis avec une passion grandissante. Inexorablement, il balayait ses dernières défenses, les barrières fragiles de la timidité et de la crainte, lui imposant la réalité incontestable du désir qui l'habitait.

Puis il plaça les mains de la jeune femme sur le premier bouton de sa chemise qu'elle entreprit de défaire, révélant son torse puissant et son ventre plat. S'écartant légèrement pour se débarrasser du vêtement inutile, il la laissa le contempler et elle put admirer sa force tandis qu'il se débarrassait de ses chaussures et de son jean.

Enfin, il s'allongea contre elle et ils roulèrent sur le lit, enlacés, se dévorant de baisers passionnés. Alex luttait contre son instinct le plus élémentaire, repoussant à force de volonté l'envie qu'il avait d'entrer en elle, de la posséder.

Il voulait plus que cela.

Ravalant la soif qu'il avait d'elle, il la couvrit de baisers, parcourant son corps de ses lèvres pour y allumer un brasier qui les consumerait tous deux.

Bess découvrit toute la tendresse qui habitait Alex. Elle savait qu'il pouvait se montrer sauvage et impitoyable. Elle savait qu'il pouvait tuer et l'avait déjà fait. Elle savait qu'il était animé d'une détermination indomptable.

Mais, en cet instant, il ne voulait qu'offrir. Ignorant ses propres envies, il donnait sans compter, n'attendant rien d'autre en retour que le plaisir qu'il lui procurait.

Si elle avait douté de ses paroles, il lui prouvait par ses gestes à quel point il l'aimait, à quel point il tenait à elle.

Cette certitude dissipa toutes les craintes qu'elle avait et elle entreprit de lui rendre chacune de ses attentions avec une avidité qui la stupéfia. Pendant une éternité, ils échangèrent mille caresses, découvrant les secrets de leur être, partageant une intimité que ni l'un ni l'autre n'avaient jamais connue.

Alex, comprenant que la reddition de Bess était totale, dégrafa son soutien-gorge, découvrant sa poitrine magnifique que gonflait le désir. Lorsque ses lèvres se posèrent sur l'un de ses seins, Bess s'arqua, poussant un feulement rauque. Agrippant la nuque d'Alex, elle le pressa contre elle et s'offrit à lui sans rémission.

Bess sentit l'une de ses mains glisser le long de son ventre pour se poser sous l'ultime rempart de sa pudeur. Elle sentit ses doigts glisser en elle et une vague de plaisir déferla dans son esprit saturé de sensations.

Le monde parut se dissoudre dans une brume de feu tandis qu'elle sombrait dans un maelström de bonheur sauvage qui paraissait résonner en elle à l'infini. Arc-boutée sur le lit, elle s'ouvrit pour mieux sentir la délicieuse violence de ces caresses.

Jamais elle n'avait éprouvé cela. Jamais au cours de ses étreintes passées, elle ne s'était sentie aussi vulnérable, aussi malléable, aussi heureuse. Elle sanglotait de joie et d'incrédulité, se tordant sur les draps défaits, s'abandonnant encore et encore aux spasmes qui la terrassaient.

Alex la contemplait, tremblant, fasciné par la façon dont elle répondait à ses attentions. Finalement, incapable de contenir l'urgence de son propre désir, il retira les derniers sous-vêtements qui s'interposaient encore entre eux et s'allongea sur elle, plongeant lentement dans sa chair moite et soyeuse.

Il sentit les cuisses de la jeune femme se nouer autour de ses hanches tandis que ses gestes se faisaient toujours plus rapides, les entraînant vers un monde inconnu où tous deux ne faisaient plus qu'un.

Les cris de Bess faisaient écho aux siens, leurs lèvres se mêlaient tandis qu'ils roulaient sur le lit, incapables de se rassasier l'un de l'autre, redoublant d'ardeur et s'élevant toujours plus haut.

Puis, alors que tous deux titubaient, enlacés, au bord du gouffre de la folie, ils furent brusquement terrassés par une extase que nul mot n'aurait pu approcher.

*
* *

— Est-ce que tu me le diras encore ? demanda-t-elle brusquement.

— Quoi ?

— Ce que toute femme rêve d'entendre, répondit Bess, la gorge serrée par l'émotion.

— Je t'aime, murmura-t-il.

Elle s'apprêtait à lui répondre mais il posa doucement sa main sur sa bouche. Il ne voulait pas qu'elle prononce de telles paroles aussi légèrement qu'elle l'avait fait par le passé.

— Même après ce qui vient de se passer, tu refuses que je te rende ton amour ? demanda-t-elle, blessée.

Au contraire, songea Alex, c'était ce qu'il souhaitait le plus au monde. Mais comment lui faire comprendre qu'il espérait être beaucoup plus que l'un de ses multiples fiancés de passage ?

— Laissons les choses aller à leur rythme, répondit-il enfin. En attendant, réponds à une question qui me tarabuste depuis que je t'ai rencontrée. Est-ce que tu t'es vraiment cassé le nez ?

— Oui, répondit-elle. En me battant...

— J'aurais dû m'en douter.

Bess sourit, songeant qu'elle aurait tout le temps de lui démontrer la nature des sentiments qu'elle éprouvait à son égard.

— J'avais douze ans et je me suis battue avec mes camarades de classe, à la pension où mes parents m'avaient envoyée. Elles n'arrêtaient pas de se moquer de moi, répétant que j'étais trop maigre, que j'avais une drôle de tête...

— Moi j'aime beaucoup ta tête. Et je ne te trouve pas trop maigre...

— C'est parce que tu ne m'as pas connue lorsque j'avais

douze ans. Et, à cet âge, le simple fait d'être différent fait de toi une cible...

— Je sais.

— Vraiment ?

— Oui. Je n'ai appris à parler anglais qu'à l'âge de cinq ans. Et avant que les affaires de mon père ne démarrent vraiment, nous avons vécu des temps difficiles. D'autant que les citoyens d'origine soviétique n'étaient pas particulièrement bien vus, à l'époque.

— C'est vrai. Cela n'a pas dû être très facile pour toi de t'intégrer.

— Eh bien... J'avais ma famille et nous nous épaulions les uns les autres. Le plus difficile, c'était à l'école : je me faisais insulter et je me battais tout le temps. D'ailleurs, les autres enfants n'étaient pas les seuls responsables : leurs parents voyaient d'un très mauvais œil leur progéniture fréquenter les rejetons d'une famille russe. Bien sûr, je ne cessais d'expliquer que j'étais ukrainien et que nous n'appréciions pas plus les Russes que les Américains. Mais ce genre de subtilité leur échappait complètement. Ce n'est qu'après avoir distribué quelques crochets du gauche que je me suis fait une réputation de dur. Alors, j'ai commencé à m'intégrer un peu mieux.

— Dans quel quartier habitiez-vous ?

— A Brooklyn. Mes parents vivent toujours dans la même maison.

Alex s'interrompit brusquement et sourit :

— Voilà que tu recommences ! s'exclama-t-il. Je te parlais de ton nez et tu réussis à détourner la conversation pour me faire parler de moi !

— Mais c'est un sujet captivant, répondit-elle.

— Sans doute... Revenons-en plutôt à cette bagarre.

— Eh bien... il y avait quelques filles qui étaient véritablement les reines de la pension. Belles, toujours habillées à la mode, riches et de bonnes familles, elles incarnaient l'idéal de toutes les autres. Moi, j'étais complètement marginale et elles m'avaient choisie comme souffre-douleur.

— Pourtant, toi aussi tu étais riche et de bonne famille, objecta Alex.

— C'est vrai, mais j'avais le malheur d'être la première de ma classe et d'être complètement nulle en ce qui concernait les relations humaines.

— J'ai du mal à le croire.

— Que j'étais inadaptée ou que j'étais brillante ?

— A t'entendre parler avec tout le monde à longueur de journée, on a du mal à imaginer que tu jouais les autistes en classe, répondit Alex.

— C'est pourtant ce que je faisais. A l'époque, je m'intéressais beaucoup plus aux livres qu'aux gens. Je passais mes journées plongée dans mes bouquins et je n'avais aucun talent pour les conversations superficielles. En plus, j'étais déjà très têtue et j'avais décidé que tout ce qui était important pour mes camarades devait nécessairement être inintéressant. Alors, les autres filles ne cessaient de m'affubler de surnoms stupides...

— Et cette bagarre ?

— Eh bien, nous avions un examen d'histoire. Il y avait cette fille très admirée du collège, Dawn Gallagher, très jolie avec de longs cheveux blonds et des yeux bleus à vous faire chavirer...

— La reine de la promotion, en quelque sorte.

— Exactement. Le problème, c'est qu'elle ne travaillait pas assez et qu'elle ne cessait d'accumuler les mauvaises notes en histoire. Sachant que moi, j'avais révisé, elle m'a demandé de lui passer ma copie.

— Et tu as refusé ?

— Oui. Cette fille avait fait de ma vie un véritable enfer et je n'avais aucune envie de tricher pour lui rendre service.

Ce qui fait qu'elle a lamentablement échoué à l'examen et que ses parents ont été convoqués par le directeur pour discuter de ses résultats médiocres. Par la suite, Dawn est devenue vraiment insupportable : elle s'introduisait dans ma chambre pour casser mes objets préférés, elle déchirait mes livres, elle m'accusait de tous les maux... Un jour, sur le terrain de basket...

— Tu as joué au basket ? s'étonna Alex.

— J'étais capitaine de l'équipe. Et ce jour-là, elle m'a fait un croche-pied en plein milieu du match. En plus, elle avait convaincu ses amies de l'équipe adverse de me bourrer de coups de coude et j'avais des bleus partout.

— Je vois que ces pensions sont des endroits tout à fait charmants, commenta Alex, moqueur.

— C'est vrai que cela paraît assez insignifiant, aujourd'hui, mais, à l'époque, c'était tout notre univers. Bref, après ce match, j'ai décidé que j'avais trop longtemps supporté les brimades de Dawn. J'ai réalisé que, si je ne réagissais pas, elle continuerait ce petit jeu jusqu'à la fin de notre scolarité. Alors je l'ai attendue à la sortie d'un cours de physique et je me suis mise à l'insulter copieusement, lui expliquant qu'elle n'avait pas le droit de me traiter de cette façon. Nous avons commencé à nous tirer les cheveux et à nous donner des coups de pied sous le regard fasciné de nos condisciples. Et puis Dawn m'a brusquement décoché un coup de poing dans le nez alors que je ne m'y attendais pas du tout. Je saignais, mais je ne m'en rendais même pas compte tellement elle avait réussi à me rendre furieuse.

— Et tu lui as cassé la figure ?

— Oui. Il a fallu que trois autres élèves interviennent pour nous séparer. Entre-temps, Dawn avait perdu une dent, s'était fendu la lèvre et avait hérité d'un magnifique œil au beurre noir.

— Mon Dieu !

— Je te l'ai dit : j'étais furieuse et je n'arrivais plus à me contrôler. Sur le coup, je crois que j'aurais pu la tuer… Mais rassure-toi, j'ai compris depuis que je devais faire très attention à garder la tête froide en toutes circonstances.

— Je me méfierai tout de même, répondit Alex en souriant, surpris de découvrir la violence qui habitait la jeune femme. Je suppose que cet épisode a eu de fâcheuses conséquences…

— Oui. Nous avons été renvoyées toutes les deux. Mes parents étaient horrifiés par mon attitude et ils m'ont privée de vacances avant de m'envoyer dans une autre pension.

— Et les choses se sont-elles mieux passées ensuite ?

— Oui. J'ai pu tout recommencer à zéro et m'imposer pour ce que j'étais. J'étais toujours aussi laide mais, au moins, je l'assumais.

— En tout cas, je t'assure qu'aujourd'hui ce problème est résolu, déclara Alex en posant ses mains de chaque côté de son visage. Tu es une femme magnifique, McNee.

— Tu n'es pas très objectif, répondit-elle d'un ton léger.

— Vraiment ? Dans ce cas, comment expliques-tu que je n'arrive pas à penser à qui que ce soit d'autre que toi depuis que je t'ai rencontrée ?

— Parce que je suis originale, intrigante…

— Tu es splendide, protesta-t-il. Tu as une peau d'ivoire, une chevelure de feu et des yeux de jade. Et une myriade de pépites d'or constellent ton visage, ajouta-t-il en caressant doucement ses taches de rousseur.

— Tu sais que je suis déjà dans ton lit, Alexi. Ce n'est pas la peine d'en rajouter.

Elle avait parlé d'un ton badin mais sa gorge était serrée par une étrange émotion. D'expérience, elle savait que certains hommes la trouvaient jolie, attirante. Mais c'était la première fois qu'on lui disait à quel point elle était belle.

— Merci quand même pour le compliment, reprit-elle en souriant. Mais je crois que quelqu'un a dit que les gestes valaient mieux que les mots…

— Si tu insistes, répondit Alex en se penchant vers elle.

— Oh, oui, j'insiste, murmura-t-elle tandis que ses lèvres se rapprochaient des siennes.

— Ne t'en fais pas, soupira Lori. De toute façon, j'étais en retard, moi aussi.

— Toi ? s'exclama Bess, incrédule. Que se passe-t-il ?

Posant son sac à main sur la chaise la plus proche, elle observa son amie qui arborait une mine d'enterrement.

— Que se passe-t-il ? demanda-t-elle, pleine de sollicitude.

— Rien du tout, marmonna Lori en sirotant sa tasse de café d'un air sombre. J'ai juste rencontré Steven en venant ici…

— Et il t'a dit quelque chose de désagréable ?

— Il a dit qu'il m'aimait, répondit Lori en luttant contre la tristesse qui l'assaillait. Ce type est un véritable salaud !

Bess passa un bras autour des épaules de la jeune femme.

— Je sais que ce n'est pas ce que tu veux entendre, dit-elle, mais je crois qu'il le pense vraiment.

— Il ne sait pas lui-même ce qu'il pense, protesta Lori, furieuse. Mais je ne le laisserai pas me refaire du mal. Il me donne de faux espoirs, il me promet la lune, puis il recule quand il sent qu'il va être obligé de s'engager. Son problème, c'est qu'il vit dans un monde aussi fictif que celui de son personnage…

— Et toi ? demanda Bess, heureuse que son amie se confie enfin à elle.

— J'ai les pieds sur terre : je sais que la vie, c'est avant tout du travail et des responsabilités.

— Voilà qui n'a rien d'exaltant !

— Eh bien, c'est peut-être parce que je suis ennuyeuse.

— Bien sûr que non ! protesta Bess. Tu as peur de prendre des risques, c'est certain. Mais tu n'es pas du tout ennuyeuse. Et je sais qu'au fond tu attends plus de la vie que tu ne veux bien le dire.

— Qu'est-ce qui te fait croire cela ?

— Le fait que le travail et les responsabilités sont des choses importantes, mais qu'elles ne peuvent remplacer les sentiments. Je sais que tu es amoureuse de Steven.

— Peut-être. Mais c'est un problème que je compte régler toute seule.

— Et tu as tort. C'est aussi celui de Steven. Il t'aime, lui aussi, et il est malheureux de devoir vivre sans toi.

— Franchement, Bess, j'en doute. C'est lui qui a rompu parce qu'il ne voulait pas s'engager, parce qu'il avait peur des responsabilités.

— Et il s'est trompé. Mais je suis prête à parier tout ce que j'ai qu'il en a pris conscience depuis. Pourquoi refuses-tu de lui parler ?

— Parce que je ne suis pas certaine de pouvoir le faire, répondit Lori. Il m'a fait beaucoup trop de mal !

— Et tu ne crois pas justement que c'est lorsqu'on souffre qu'on réalise à quel point on tient à quelqu'un ?

— Peut-être que si, reconnut Lori, une pâle lueur d'espoir dans les yeux. Tu crois vraiment qu'il souffre, lui aussi ?

— J'en suis certaine, Lori. Mais il faut que vous parliez, tous les deux. C'est le seul moyen pour toi de savoir où il en est.

— Tu as peut-être raison… Mais je suis désolée de te faire partager mes états d'âme de cette façon.

— Eh ! Les amies sont faites pour ça…

— En attendant, nous ferions bien de nous remettre au travail.

— Pas de problème. J'ai réfléchi à cette scène entre

Jade et Storm. Je pense qu'il faut ajouter une connotation sexuelle… On doit sentir à quel point ils sont attirés l'un par l'autre.

— D'accord. Cela rendra la situation un peu plus intéressante. Mais tu ne m'as toujours pas dit pourquoi tu étais en retard, cette fois.

— Cela n'a pas d'importance. Concentrons-nous sur cette scène. Jade et Storm se croisent par hasard au poste de police. Ils échangent un long regard et…

— Bess, si tu ne me dis pas pourquoi tu étais en retard, je n'arriverai pas à me concentrer, déclara Lori en riant. Cela ne te ressemble pas de me cacher des choses…

— D'accord, soupira la jeune femme qui mourait d'envie de tout lui raconter. J'étais en retard, ce matin, parce que j'ai passé la nuit avec Alexi. Oh, Lori… Si tu savais ! Je ne me suis jamais sentie aussi bien avec un homme !

Lori ne répondit pas, se contentant d'observer Bess avec une curiosité non déguisée.

— Mon Dieu ! murmura-t-elle enfin. Cette fois, on dirait bien que tu le penses vraiment.

— Oui. Il est si différent ! Cela me fait presque peur. Parfois, lorsque je l'observe, j'ai l'impression de ne plus pouvoir respirer. J'ai peur qu'il me regarde et réalise qu'il est en train de commettre une terrible erreur. Moi qui croyais que l'amour était quelque chose de facile et de naturel…

— Tu te trompais, Bess, répondit Lori. Tu t'es toujours trompée à ce sujet. L'amour est quelque chose de difficile, de terrifiant et de douloureux.

— Quand je pense à lui, j'ai le cœur qui se serre…

— Je sais.

— Et j'ai l'estomac noué lorsqu'il me touche. Mais une seconde plus tard, je suis tellement heureuse que c'en est presque insupportable. La nuit dernière… Enfin, je n'avais jamais connu de telles sensations… Et, ce matin, lorsque je me suis réveillée auprès de lui, je ne savais plus si je voulais crier de joie ou fondre en larmes.

— Eh bien, Bess, cette fois, on dirait que tu es vraiment tombée amoureuse.

— C'est ce que je crois, reconnut la jeune femme avec un sourire radieux. Mais pourquoi ne m'as-tu jamais dit l'impression que cela faisait ?

— Je crois que c'est quelque chose que l'on ne peut pas expliquer, répondit gravement Lori. Mais comment réagit Alex ?

— Il m'a dit qu'il m'aimait. Il m'a regardée droit dans les yeux et il me l'a dit, mais…

— Mais ?

— Il ne veut pas que je lui dise ce que je ressens, moi. Je crois qu'il n'a pas confiance en mes sentiments. Il croit que je le considère comme les autres hommes avant lui. Je ne peux pas lui en vouloir, d'ailleurs. Mais ce n'est pas vrai et j'aimerais tellement qu'il le sache !

— Il lui suffira de te regarder pour le comprendre.

— Je ne crois pas. Je crois que c'est à moi de lui prouver que je l'aime.

— Mon Dieu ! Je ne croyais pas vivre assez vieille pour voir ça… Mais puisque tu veux lui prouver tes sentiments, je te retourne ton conseil : tu n'as qu'à lui parler.

— J'ai voulu le faire mais il refuse de m'entendre. Il préfère ne pas accélérer les choses.

— Et toi ? Qu'est-ce que tu veux vraiment ?

— Je veux qu'il soit heureux, répondit Bess en riant. Je sais que ce genre de déclaration doit me faire passer pour une idiote, mais c'est vraiment ce que je veux.

— Je ne crois pas que tu sois idiote. Du moins pas plus que n'importe quelle femme amoureuse.

— Et selon toi, est-ce que les choses s'arrangent par la suite ?

— Disons que l'on devient moins bête et encore plus fou, répondit Lori en souriant.

— Voilà une bonne nouvelle ! En attendant, je suis bien décidée à lui prouver mes sentiments… Mais il y a autre chose.

— Quoi donc ?

— Alexi m'a invitée à dîner avec sa famille, dimanche.

— Il te présente à sa mère ? s'exclama Lori en riant.

— Et à son père, ses frères, ses sœurs, ses nièces et ses neveux… Ils organisent un grand repas en famille deux fois par mois.

— Visiblement, cet homme est fou de toi.

— Je sais, soupira Bess. Sa famille est très importante pour lui : il suffit de l'entendre en parler pour s'en rendre compte. Et je veux les rencontrer. Mais qu'est-ce que je ferai si eux ne m'aiment pas ?

— Si tu te conduis comme tu le fais d'ordinaire, je ne me fais aucun souci : ils seront fous de toi.

— Mais…

— Arrête, Bess ! Cesse de te tourmenter inutilement. Et si tu tiens vraiment à le faire, fais-en profiter nos téléspectateurs en incluant tes névroses personnelles dans les relations entre Jade et Storm.

— D'accord, c'est probablement la meilleure chose à faire. D'autant que nous devons finir cette scène avant le déjeuner. Rosalie doit passer en début d'après-midi pour discuter avec nous de son métier de prostituée.

— Tu es certaine que c'est une bonne idée ? Je ne te cache pas que cette fille me rend un peu nerveuse.

— Ne t'en fais pas. Elle peut paraître dure quand on ne la connaît pas, mais je pense qu'elle a vraiment un bon fond.

— Encore une manifestation de ton éternel optimisme…

Mais Bess s'était déjà détournée pour se concentrer sur l'écran d'ordinateur encore vierge.

— Bien… Storm et Jade se rencontrent donc par hasard au poste de police…

Chapitre 9

— A ce moment-là, poursuivit Bess tout en zigzaguant au milieu de la circulation, Jade se tourne vers Storm, désespérée, et elle lui dit : « Ce que l'on désire n'est pas toujours ce qu'il y a de mieux pour nous. » Fin, musique, générique...

— Ne crois pas que je ne sois pas fasciné par les aventures des habitants d'Holbrook...

— Millbrook !

— Oui... Mais je préférerais que tu te concentres sur la route : je ne tiens pas à écoper d'une contravention. Cela ne serait pas de très bon goût dans ma profession...

— Mais je ne vais pas vite, protesta Bess.

Jetant un coup d'œil au compteur, elle sourit.

— Enfin... pas trop vite, corrigea-t-elle.

Alex secoua la tête, amusé : elle conduisait sa voiture décapotable avec la même nervosité qu'un pilote de course, considérant visiblement les autres véhicules comme des concurrents qu'il importait à tout prix de dépasser.

— Pourquoi ne peux-tu pas rester sur une file ? demanda-t-il.

— Parce que c'est beaucoup moins drôle. Je ne conduis pas souvent mais j'adore ça !

— Cela ne me surprend pas, observa Alex en contemplant les cheveux de la jeune femme qui volaient au vent.

— La dernière fois que j'ai pris la voiture, c'était pour aller à Long Island avec L.D. Quand il a vu ma façon de conduire, il a décidé qu'il ne monterait plus jamais avec moi. Ensuite, nous avons toujours pris sa voiture…

Elle s'interrompit brusquement et jeta un regard gêné à Alex.

— Je suis désolée, murmura-t-elle.

— Pourquoi ?

— Parce que j'ai parlé de L. D…

— Je n'ai rien dit, observa Alex en haussant les épaules.

Mais ses yeux démentaient son apparente décontraction : ils étaient brusquement devenus froids et distants. Serrant convulsivement le volant, la jeune femme se maudit pour n'avoir pas réfléchi avant de parler.

— C'est juste un ami, expliqua-t-elle. Il n'a jamais rien été d'autre à vrai dire, même quand nous sortions ensemble.

— Je ne t'ai rien demandé, protesta Alex.

— Eh bien, tu le devrais peut-être ! Parfois, tu me poses des milliers de questions sur moi et parfois tu refuses d'entendre ce que j'ai à te dire. Je pense…

— Moi je pense que tu roules trop vite, l'interrompit Alex en caressant tendrement sa joue. Tu devrais te détendre un peu, d'accord ?

— D'accord. Mais j'aimerais bien que nous discutions de tout cela, un jour.

— Un jour, répéta Alex d'un ton évasif.

En réalité, il n'avait aucune envie d'entendre la jeune femme lui parler de ses relations amoureuses passées. Il ne voulait même pas y penser. Surtout maintenant qu'il était certain d'aimer Bess…

Il commençait à la connaître un peu mieux et tout ce

qu'il découvrait contribuait à approfondir les sentiments qu'elle lui inspirait.

Il savait à présent combien il lui fallait de temps pour se réveiller le matin. Il savait ce qu'elle aimait prendre au petit déjeuner. Il savait qu'elle raffolait de douches interminables et brûlantes. Il savait quelle crème pour le corps elle utilisait. Il savait qu'elle perdait sans cesse ses affaires et qu'elle ne comptait jamais la monnaie qu'on lui rendait. Il savait qu'elle donnait toujours des pourboires royaux sans même s'en rendre compte…

Curieusement, ces petits détails avaient pris à ses yeux une importance immense. Il chérissait ces habitudes et ces petits défauts qui la rendaient plus irrésistible encore.

— Tourne à droite à la prochaine ! lança-t-il soudain.

Bess ne se fit pas prier, changeant brusquement de file et coupant au passage la route à un autre automobiliste qui klaxonna, furieux. Bess lui adressa un petit geste amical de la main.

— Je ne pense pas que ses intentions étaient amicales, dit Alex ironiquement.

— Je sais. Mais ce n'est pas une raison pour que je réagisse comme lui !

— Certains considèrent que les queues-de-poisson sont impolies, objecta son compagnon.

— Mais non, voyons, cela fait partie du jeu !

Alex secoua la tête, désespéré. Il se contenta par la suite de lui indiquer la route à suivre et ils parvinrent miraculeusement à destination sans se faire arrêter par les patrouilles routières.

— C'est un joli quartier, déclara la jeune femme tandis qu'ils sortaient de voiture.

De fait, la plupart des maisons avaient été récemment repeintes. Toutes possédaient de jolis jardins où poussaient des arbres et des massifs de fleurs. Sur les trottoirs, des enfants faisaient du skateboard, du vélo ou du patin à roulettes.

Certains d'entre eux hélèrent Alex et un groupe d'adolescents poussa quelques sifflements admiratifs en voyant Bess.

— Est-ce que toi aussi tu sifflais les filles, lorsque tu étais jeune ? demanda-t-elle, amusée.

— Bien sûr…

Il prit Bess par le bras et avança avec elle vers la maison de ses parents. Alors qu'il s'apprêtait à sonner, la porte s'ouvrit, laissant apparaître Mikhail qui tenait son fils Griff dans les bras.

— Tu es en retard, une fois de plus, remarqua-t-il. Vous devez être Bess ?

— Oui, enchantée, répondit celle-ci en tendant la main à Mikhail.

Griff s'était penché vers son oncle pour l'embrasser et, sans hésiter, il se tourna ensuite vers Bess qui déposa deux baisers sonores sur ses joues rebondies.

— Griff aime les jolies femmes, expliqua Mikhail en souriant. Je pense qu'il tient cela de son oncle…

— Ne commence pas, marmonna ce dernier, gêné.

Mikhail ne parut pas l'entendre, observant attentivement Bess.

— Tu as meilleur goût qu'avant, on dirait, dit-il en ukrainien. Cette fille vaut bien quelques suées au gymnase.

— Si jamais tu lui parles de ça, je te promets que je te brise le cou, répondit Alex dans la même langue.

Son frère lui décocha un sourire moqueur et Bess réalisa combien la ressemblance entre eux était frappante. Il émanait des deux hommes la même impression de force teintée de quelque chose de plus sombre.

— Qu'est-ce que vous racontez ? demanda la jeune femme, curieuse.

— Excusez nos manières déplorables, répondit Mikhail.

Je complimentais mon frère sur ses goûts. Mais entrez, tous les deux. Je vous rejoindrai plus tard : Griff a envie que je le présente aux enfants qui jouent dans la rue.

— Comment va Sydney ? s'enquit Alex.

— Bien, mais elle est un peu fatiguée.

— Elle travaille trop.

— C'est vrai. Et le fait qu'elle est enceinte n'arrange pas les choses !

— Quoi ? Encore ?

— Oui. Nous voulons une grande famille. Je ne voudrais pas que Griff prenne des habitudes de fils unique !

— C'est génial, Mikhail ! Félicitations...

Son frère hocha la tête et son sourire s'épanouit encore un peu plus. Puis il se détourna et se dirigea vers un groupe d'enfants qui jouaient non loin de là.

— Mon Dieu ! murmura Alex, toujours sous le coup de la surprise. J'avais déjà du mal à assimiler le fait qu'il était père et voilà qu'il remet ça !

Bess sourit, réalisant que la tension qui l'avait habitée jusqu'alors s'était brusquement dissipée.

— Allez, viens, oncle Alex, dit-elle en se moquant gentiment de lui. Je veux rencontrer les autres...

— Je te préviens, ils sont bruyants.

— Ce n'est pas moi qui le leur reprocherai.

— Et leur curiosité est insatiable !

— Je commence à comprendre pourquoi je te plais...

Alex s'arrêta brusquement et prit les mains de la jeune femme entre les siennes. C'était un moment très important pour lui : jamais encore il n'avait présenté l'une de ses petites amies à sa famille.

— Je t'aime, Bess, dit-il gravement.

Elle tenta de lui répondre mais il scella ses lèvres d'un baiser avant de l'entraîner à l'intérieur.

— Alors, comme cela, vous écrivez des scénarios pour la télévision ? dit Zack. C'est bien : cela prouve que vous êtes intelligente.

— Je fais de mon mieux, répondit la jeune femme.

— Si j'en crois ce que m'a dit Rachel, reprit le beau-frère d'Alex, vous êtes trop modeste. D'ailleurs, elle a même regardé votre feuilleton.

— Vraiment ?

— Oui, répondit Rachel. Après vous avoir rencontrée, j'ai enregistré quelques épisodes pour me faire une idée. Puis j'ai cédé à Zack qui insistait pour que je prenne un congé maternité et j'avoue que je suis devenue accro ! Je ne suis pas certaine d'avoir compris exactement qui est qui mais je dois reconnaître que la série est très bien ficelée. D'ailleurs, Nick est devenu l'un de vos fans, lui aussi.

— Je ne faisais que te tenir compagnie, protesta le jeune homme.

Il n'avait peut-être plus besoin de prouver sa virilité en s'engageant dans des gangs comme les Cobras, mais il n'était pas encore prêt à admettre qu'il aimait un soap-opera comme « Péchés secrets ».

— Je ne regardais pas vraiment, poursuivit-il en haussant les épaules. Sauf les actrices, ajouta-t-il en souriant.

— C'est ce qu'ils disent tous, rétorqua Bess en éclatant de rire.

Elle songea que Nick lui-même avait le profil du parfait acteur : sa jeunesse et son charisme auraient fait merveille dans une série télévisée. D'autant qu'on sentait en lui un mélange fascinant d'assurance et de vulnérabilité.

— Et quelle est celle que tu préfères, Nick ? demanda-t-elle, curieuse. Lu Anne, l'ingénue trop sensible qui souffre en silence ou Brooke qui utilise ses pouvoirs de séduction pour manipuler et détruire tous les hommes qui ont le malheur de croiser sa route ?

Nick hésita quelques instants avant de répondre.

— Je crois que c'est Jade, dit-il enfin. J'ai toujours eu un faible pour les femmes mûres.

— Moi aussi, j'ai regardé votre feuilleton, déclara Nadia. Je l'adore.

— Je dois reconnaître que Vicky n'est pas désagréable à regarder, concéda Zack à son tour.

— Cela ne m'étonne pas de toi ! s'exclama Rachel, moqueuse. Les hommes ont toujours un faible pour ce genre de filles. Et toi, Alex ? Tu es accro aussi ?

— Non, reconnut-il. Mais McNee me tient au courant de tout ce qui se passe dans le petit monde merveilleux de Millbrook.

— Vous devez avoir du mal à tenir la cadence, observa Sydney qui s'était étendue sur le canapé.

— C'est vrai. Mais j'aime bien travailler dans l'urgence.

— Et comment avez-vous rencontré Alexi ? s'enquit Yuri.

— Il m'a arrêtée.

Un long silence suivit cette déclaration alors qu'Alex lançait un regard assassin à la jeune femme. Puis tous éclatèrent de rire, accompagnés par les aboiements du chien qui tenait à participer à l'hilarité générale.

— Est-ce que j'ai raté quelque chose ? demanda alors Mikhail qui venait d'entrer avec Griff.

— Non, répondit Rachel. Mais tu arrives à temps : je crois que nous allons bien nous amuser. Allez-y, Bess, racontez-nous ce qui s'est passé.

La jeune femme ne se fit pas prier et entreprit de narrer le récit de sa rencontre rocambolesque avec Alex. Ce dernier l'interrompit une bonne dizaine de fois pour ajouter un détail ou corriger l'une de ses affirmations. Toute la famille les écoutait, fascinée.

— Il vous a mise en cellule et vous sortez quand même avec lui ! s'exclama Mikhail, sidéré.

— Eh bien, répondit Bess en souriant, je dois dire que je le trouvais plutôt mignon...

— C'est ce que disent toutes les filles ! s'exclama fièrement Yuri.

— Merci papa, répliqua Alex, gêné.

— J'étais comme lui, à son âge, soupira Yuri. C'est comme cela que j'ai séduit Nadia.

— Quel menteur ! s'exclama celle-ci. C'est moi qui ai dû faire les premiers pas ! Tu étais tellement lent à te décider que je n'ai pas eu le choix. Je t'ai fait la cour.

— C'est vrai, reconnut Yuri en riant. Je n'arrivais plus à me débarrasser d'elle. Mais comme il n'y avait pas de plus jolie fille au village, j'avoue que je n'ai pas résisté très longtemps.

— Je suis tombée amoureuse de lui parce que je le trouvais timide et charmant, expliqua Nadia. Mais je n'ai pas tardé à me rendre compte qu'il était loin d'être timide. Comme mes fils, d'ailleurs...

— A quoi bon perdre son temps ? demanda Alex en riant.

Sur ce, il se pencha vers Bess et, prenant son visage entre ses mains, il l'embrassa. Ce n'était pas un petit baiser tendre mais quelque chose de plus intime, de plus passionné qui fit frémir la jeune femme des pieds à la tête.

Mais Bess ne savait pas ce que ce geste représentait aux yeux d'Alex et de sa famille : c'était la première fois qu'il embrassait une femme dans cette maison, devant ses proches. Ce faisant, il leur indiquait qu'elle était celle qu'il avait choisie.

Une salve d'applaudissements suivit leur baiser et Bess se sentit brusquement terriblement gênée.

— C'est vrai qu'Alex n'est pas timide, remarqua-t-elle avec un pâle sourire.

Ravalant des larmes d'émotion, Nadia leva son verre en un toast muet, comprenant parfaitement le sens de ce que son fils venait de faire. Le dernier de ses enfants avait donné son cœur et Bess appartenait désormais à la famille.

— Bienvenue ! s'exclama la vieille dame.

— Merci, murmura Bess, comprenant que quelque chose venait de se produire qui lui avait échappé.

Tous les autres levèrent leur verre et burent avant de se remettre à deviser gaiement, au grand soulagement de la jeune femme.

Celle-ci en profita pour les observer attentivement, réalisant qu'il lui serait très facile de s'intégrer au milieu de ces gens, de les aimer. Tous étaient simples, ouverts et parfaitement à l'aise les uns avec les autres. Jamais elle n'avait vu ses parents converser avec autant de légèreté et de bonne humeur. Jamais ils n'avaient montré tant d'affection vis-à-vis de leurs enfants et de leurs proches.

Etait-ce cela qui lui avait manqué pendant de si longues années ? Etait-ce pour cela qu'elle avait eu autant de mal à s'épanouir, étant enfant ? Et cela expliquait-il le besoin insatiable qu'elle avait d'aller vers les autres aujourd'hui ?

Cela importait peu, au fond : ce qu'elle avait eu et ce qui lui avait manqué avait forgé sa personnalité et elle ne regrettait pas d'être devenue la femme qu'elle était. Bien sûr, elle aurait été ravie, à présent, d'avoir une famille telle que celle-ci. Ce devait être un gage de stabilité, une source inépuisable de réconfort et d'amour.

Brusquement, Bess réalisa que Mikhail l'observait attentivement.

— Vous recommencez, observa-t-elle en souriant.

— C'est parce que j'aimerais beaucoup sculpter votre visage.

— Pardon ?

— Vous avez des traits fascinants, déclara-t-il en lui prenant la main, comme si c'était la chose la plus naturelle du monde. Je crois que de l'acajou conviendrait parfaitement.

Du bout des doigts, il fit pivoter doucement la tête de la jeune femme d'un côté puis de l'autre.

— Vous plaisantez ? demanda-t-elle finalement.

— Mikhail ne plaisante jamais quand il s'agit de son travail, répondit Sydney. Je suis même surprise qu'il ait attendu aussi longtemps pour vous demander de poser pour lui !

— De poser pour... Attendez, vous êtes le fameux Stanislaski ?

Mikhail hocha la tête.

— C'est idiot... Je n'avais pas fait le rapprochement. J'admire beaucoup votre travail, vous savez. Si j'en avais les moyens, j'aurais déjà acquis l'une de vos œuvres. Mais les trois quarts du temps elles sont déjà achetées avant même d'être exposées.

— Si vous acceptez de poser pour moi, je vous offrirai la sculpture en échange, proposa Mikhail.

— Voilà une offre que l'on ne peut refuser !

— Très bien ! s'exclama Mikhail, ravi, avant de se tourner vers son frère. Ton amie est vraiment très belle.

— C'est vrai, reconnut Alex en souriant. Pourtant, elle ne ressemble pas du tout à Sydney.

— C'est parce qu'il y a de nombreuses formes de beauté. Mais toutes concourent à rendre ce monde plus exaltant. Que diriez-vous de passer à mon atelier la semaine prochaine ? ajouta Mikhail à l'intention de Bess.

— Je vous préviens, intervint Sydney, il est inutile de résister : d'une façon ou d'une autre, il finira toujours par vous convaincre.

A l'autre bout de la table, Nadia poussa soudain une exclamation de stupeur et tous se tournèrent vers elle.

— A quel intervalle ? demanda-t-elle alors à Rachel qui faisait la grimace.

— Huit à dix minutes. Mais elles sont encore légères...

— Ne me dis pas que tu as des contractions ? s'exclama Zack, sidéré.

— Si, répondit sa femme avec un sourire un peu crispé. Mais ne t'en fais pas, tu as probablement encore le temps de reprendre un morceau de dessert.

— Elle est sur le point d'accoucher ! s'exclama Zack, prenant les autres à témoin.

— Mais nous ne sommes pas prêts du tout ! protesta Nick, tout aussi paniqué. Je n'ai même pas le numéro du médecin avec moi…

— Maman l'a, le rassura Rachel, amusée. Détends-toi, Muldoon, ce n'est pas encore pour tout de suite…

— Je ne veux pas prendre le risque. Il faut que nous allions à l'hôpital… N'est-ce pas, Nadia ?

— Cela vaudrait peut-être mieux, acquiesça la vieille dame.

— Mais, maman…

Nadia interrompit sa fille en ukrainien, lui expliquant que si elle refusait, son mari risquait de faire une attaque. Tous ceux qui comprenaient la langue éclatèrent de rire au grand dam des autres.

— Je ferais mieux d'appeler une ambulance, déclara alors Alex.

— Arrête de jouer les flics ! protesta Rachel. Je ne suis pas blessée, j'ai juste des contractions.

— Je vais la conduire à l'hôpital, déclara Yuri. Nous y serons rapidement.

— Je peux m'en occuper, protesta Mikhail. Après tout, j'ai l'habitude…

— Moins que moi, rétorqua son père. Je te rappelle que j'ai eu quatre enfants…

Les hommes commencèrent à débattre dans les deux langues de ce qu'il convenait de faire tandis que Nadia gagnait la cuisine pour appeler l'obstétricien de sa fille.

Nick paraissait complètement dépassé par la situation et ne cessait de bavarder pour se donner une contenance.

— Tu veux de l'eau, ma chérie ? demanda alors Zack ajoutant immédiatement en voyant sa femme sursauter : Encore une contraction ? Mais cela ne fait même pas dix minutes...

— Tu me serres trop fort, protesta Rachel en essayant vainement de retirer sa main qu'il pressait dans la sienne.

— Ça suffit ! s'exclama alors Sydney, faisant preuve à son habitude du pouvoir de décision qui avait fait d'elle une femme d'affaires hors pair. Alex, monte à l'étage et va chercher des coussins pour ta sœur. Yuri, approche la voiture de l'entrée. Nick, Mikhail et Griff, vous filez chez vous récupérer ce dont Rachel aura besoin. Nous nous retrouverons tous à l'hôpital.

— Mais comment est-ce que vous irez, vous ?

— J'ai une voiture, répondit Bess, fascinée par le drame familial qui se déroulait devant ses yeux.

— Parfait ! s'exclama Sydney. Bien... Zack et Nadia partiront avec Yuri et Rachel. Moi, j'accompagnerai Alex et Bess.

— Je suis désolée de vous causer tout ce tracas, s'excusa Rachel dont les contractions se faisaient de plus en plus rapprochées.

— Pas de problème ! répondit la jeune femme.

Elle s'abstint à contrecœur de lui demander comment elle se sentait et quel effet cela faisait d'être sur le point d'accoucher. Le moment était mal choisi pour satisfaire son insatiable curiosité.

— J'ai appelé le médecin et Natasha, déclara alors Nadia qui revenait de la cuisine. Elle arrive avec sa famille dès que possible.

— Dans ce cas, tout est prêt, conclut Zack, très pâle. Nous ferions mieux d'y aller en vitesse...

*
* *

Alex et Sydney se dirigèrent aussitôt vers la chambre de Rachel mais Bess hésita.

— Je ne voudrais pas m'imposer, expliqua-t-elle à Nadia.

— Allons, vous êtes de la famille maintenant. Vous pouvez venir. A moins que les accouchements ne vous fassent peur…

— Non, je ne crois pas… J'en ai déjà décrit plusieurs, vous savez.

— Est-ce que tu as fait des recherches à ce sujet ? demanda Alex, amusé.

— Oui. J'ai convaincu un obstétricien de me laisser assister à plusieurs accouchements, avec le consentement des mères, bien sûr. Et toi ? Tu y as déjà assisté ?

— Euh, non… J'ai vu quelques vidéos lorsque j'étais à l'académie de police. Ils voulaient que nous sachions comment réagir au cas où nous nous retrouverions confrontés à ce genre de situation. Mais ça ne m'est jamais arrivé.

— Tu verras, c'est extraordinaire. Je te tiendrai la main au cas où tu risquerais de t'évanouir.

Tous entrèrent donc dans la chambre de Rachel où ils entreprirent de passer le temps, en se racontant force anecdotes et plaisanteries et en réconfortant Zack qui semblait bien plus inquiet que sa propre femme. Quelques minutes plus tard, Nick les rejoignit avec les affaires de Rachel. Il était accompagné de Rio qui avait insisté pour prendre part à ce grand moment.

— Alors ? demanda Alex à Bess tandis que tous deux étaient allés chercher des cafés pour les autres. Que penses-tu de toute cette aventure ?

— Je n'ai jamais vu une famille comme la tienne, répondit la jeune femme en souriant. Mes parents auraient été choqués à l'idée d'assister à un tel moment.

— Mais c'est un peu notre bébé à tous, répondit Alex, étonné.

— C'est exactement ce que je veux dire, acquiesça Bess. Vous êtes si unis...

— En tout cas, je suis heureux que tu sois là, déclara gravement Alex.

A ce moment, Yuri les rejoignit, un large sourire aux lèvres.

— Maintenant, tous mes enfants ont des enfants sauf toi, dit-il en assenant une claque dans le dos de son fils. J'espère que tu vas t'y mettre bientôt...

Bess éclata de rire et Alex lança à son père un regard de reproche.

— Ne t'en fais pas, papa, lui dit-il en ukrainien, lorsque je déciderai de faire un bébé, je te préviendrai.

— Comment ça « quand tu décideras » ? C'est elle la femme de ta vie, non ?

— Oui.

— Alors ?

— J'ai mes raisons pour attendre.

Yuri hocha tristement la tête mais, dans ses yeux, brillait une lueur amusée.

— Comment se fait-il que tous mes enfants soient si têtus ?

— Et comment se fait-il que mon père soit si curieux ?

Yuri éclata de rire et embrassa Alex sur les deux joues.

— Va te promener avec ton amie et vole-lui quelques baisers. Il vous reste encore un peu de temps avant que le bébé ne vienne au monde.

— C'est une excellente idée, approuva Alex.

Se levant, il tendit la main à Bess :

— Viens, lui dit-il, allons prendre l'air.

— Alexi, murmura Bess tandis qu'ils se dirigeaient vers la sortie, n'en veux pas trop à ton père : il n'avait pas l'intention de t'embarrasser.

— Ne t'en fais pas, j'ai l'habitude. Papa dit toujours ce qu'il pense sans réfléchir...

— De quoi avez-vous parlé ensuite ?

— C'est un secret. Et j'espère que tu n'as pas l'intention d'apprendre l'ukrainien !

— Mais c'est...

— ... impoli ? suggéra-t-il avec un sourire ironique. Je sais.

Ils sortirent sur le vaste parking où Alex entreprit de mettre le conseil de son père à exécution. Il fit montre de tant de passion que, lorsqu'ils réintégrèrent enfin l'enceinte de l'hôpital, le cœur de Bess battait à tout rompre tandis que ses jambes lui semblaient s'être brusquement changées en coton.

Dans la salle d'attente réservée aux fumeurs, ils retrouvèrent Nick qui enchaînait cigarette sur cigarette et paraissait aussi stressé que s'il attendait la naissance de son propre enfant.

— Comment ça va ? lui demanda Alex, amusé.

— Cela dure depuis une éternité ! soupira Nick en tirant nerveusement sur sa cigarette. Il a suffi de deux heures à Sydney pour accoucher de Griff. Rachel est tellement tendue qu'elle m'a fichu dehors et a refusé que je la filme. Comment se fait-il que les médecins n'interviennent pas ?

— Je ne connais pas grand-chose aux accouchements, mais je suppose que les enfants viennent au monde lorsqu'ils sont prêts, répondit Alex.

— D'ailleurs, il n'y a pas de quoi s'inquiéter : Rachel n'a eu les premières contractions qu'il y a six heures, tenta de le rassurer Bess, touchée par son désarroi.

— J'ai l'impression que cela fait six jours, remarqua Zack qui venait de les rejoindre.

Il prit la cigarette des mains de Nick et en tira une profonde bouffée.

— Elle ne cesse de m'insulter, reprit-il. Et maintenant

que je comprends quelques mots d'ukrainien, je sais que cela n'a rien de flatteur !

— C'est bon signe, lui assura Bess. Cela veut dire que les contractions deviennent plus intenses et que le bébé arrive.

— Elle n'arrête pas de harceler le médecin, soupira Zack en rendant à Nick sa cigarette.

Les portes de l'ascenseur s'ouvrirent alors, révélant une jeune femme qui se précipita dans leur direction.

— Natasha ! s'exclama Alex.

Tous deux se jetèrent dans les bras l'un de l'autre. La jeune femme paraissait à la fois anxieuse et ravie de retrouver sa famille.

— Comment va Rachel ? demanda-t-elle aussitôt.

— Elle insulte le médecin et n'arrête pas de frapper Zack.

— Ah, c'est bon signe ! Salut, Nick, ajouta-t-elle en embrassant le jeune homme. Ne fais pas cette mine d'enterrement. Ton neveu ou ta nièce va bientôt arriver. Spencer est en train de se garer et il ne va pas tarder à arriver avec les enfants. Nous voulions les laisser à Shepherdstown mais ils ont insisté pour venir voir leurs cousins. Freddie a hâte de te revoir.

— Comment va-t-elle ? demanda Nick que cette nouvelle paraissait ravir.

— Très bien ! Elle est plus grande que moi à présent, tu sais… Dis-moi, Alex, est-ce que je peux voir Rachel ?

— Je t'emmène près d'elle tout de suite. Mais je tiens d'abord à te présenter Bess McNee.

— Bess ? s'exclama Natasha en tendant la main à la jeune femme. Je suis ravie de faire enfin votre connaissance.

Bess sourit et lui rendit son salut, réalisant que toute la famille paraissait avoir déjà entendu parler d'elle.

— Moi de même. Je m'en serais voulu de ne pas connaître tous les membres de votre fascinante famille !

Natasha éclata de rire puis secoua la tête.

— Rachel m'a prévenue que j'allais beaucoup vous aimer et j'espère que nous aurons le temps de faire plus ample connaissance avant que je ne reparte pour la Virginie.

— Ce sera un plaisir pour moi. Mais je crois que votre sœur vous attend. Nick ? Que dirais-tu d'aller chercher des sandwichs à la cafétéria pour tout le monde ?

Finalement, Bess revint vers Alex qui paraissait à présent aussi nerveux que le reste de sa famille.

— Ce ne devrait plus être long, à présent, dit-elle d'un ton rassurant.

— C'est ce qu'ils disent depuis plus d'une heure !

Bess le prit dans ses bras et se serra contre lui, sentant la tension qui l'habitait.

— Ne t'en fais pas : le moniteur indique que les battements de cœur sont très réguliers et rapides. Ce doit être une fille.

— Comment sais-tu toutes ces choses ? s'étonna Alex.

— J'ai fait des études là-dessus, répondit-elle. En fait, j'ai assisté à la naissance de douze bébés en tout, dont deux jumeaux.

— En tout cas, tu parais épuisée, McNee. Tu aurais dû rentrer chez toi…

— Sûrement pas ! C'est bien trop passionnant.

— Tu sais, je te suis reconnaissant pour tout ce que tu as fait pour nous, aujourd'hui. Je te dois une fière chandelle.

— Je me contenterai d'une rétribution en nature, répondit Bess en tendant ses lèvres vers lui.

Tandis qu'ils s'embrassaient tendrement, Mikhail sauta sur ses pieds pour aller à la rencontre de sa mère qui venait de sortir de la chambre de Rachel.

— Notre famille compte un nouveau membre ! s'exclama la vieille dame, un sourire radieux brillant au milieu de ses larmes.

Yuri la serra contre lui, visiblement ravi.

— Fille ou garçon ? demandèrent Nick et Alex d'une même voix.

— Vous verrez. Ils sont en train de laver le bébé et ils vont l'amener d'un instant à l'autre.

— Rachel se repose, ajouta Yuri en écrasant une larme d'émotion. Vous pourrez aller l'embrasser bientôt...

La famille tout entière se massa devant la porte de la pouponnière, attendant avec impatience de découvrir le nouveau-né.

— Je suis tonton ! dit Nick incrédule à Freddie qui se trouvait à son côté. Ah ! voilà Zack !

De fait, son frère venait de sortir de la nursery, le bébé emmailloté dans les bras. Son visage rayonnait de bonheur et de fierté et il tendit l'enfant vers eux.

— C'est une fille, constata Alex en serrant Bess contre lui. Elle est magnifique.

— Bon Dieu ! s'exclama Nick comme s'il ne parvenait pas vraiment à y croire. Bon Dieu de bon Dieu...

Se tournant vers Freddie, il vit qu'elle pleurait et essuya une larme qui coulait sur l'une de ses joues.

— Tu pleures ? demanda-t-il, alarmé.

— Ils sont si mignons, soupira la jeune fille en tournant son regard émerveillé vers Nick.

Ce dernier se perdit dans ces yeux magnifiques, réalisant brusquement à quel point sa cousine par alliance était belle.

— Oui, dit-il, gêné. C'est fantastique... Euh... Je crois que je n'ai pas de mouchoir...

— Ce n'est pas grave, répondit Freddie en lui souriant. Est-ce que tu voudras des enfants, un jour ? ajouta-t-elle avec une candeur désarmante.

— Des enfants ? répéta Nick, incrédule. Non...

Incapable de supporter la déception qu'il lut dans le regard de Freddie, il détourna les yeux.

— Pas question, ajouta-t-il d'un ton qui trahissait ses propres doutes.

— Moi, j'en veux, dit-elle fermement en le prenant par le bras.

Elle posa sa tête contre son épaule et Nick se demanda brusquement s'il devait s'enfuir en courant ou céder sans rémission à la douceur de ce geste.

Autour d'eux, tous les couples s'étaient enlacés, comme rapprochés par le miracle de cette naissance.

— Je suis béni ! s'exclama joyeusement Yuri en prenant Bess dans ses bras.

Il l'entraîna dans une valse folle tout autour de la salle d'attente puis la souleva de terre tandis qu'elle éclatait de rire.

— J'ai deux petits-fils et trois petites-filles, déclara-t-il enfin. N'est-ce pas merveilleux ?

— Ça l'est, en effet, confirma Bess, touchée.

Elle posa deux baisers sonores sur ses joues ridées.

— Félicitations, grand-père.

— C'est un grand jour ! s'écria Yuri au comble de l'allégresse. Prenez un cigare !

Chapitre 10

Rosalie s'estimait suffisamment bonne psychologue pour dire que Bess était une femme très étrange. Pourtant, elle ne cessait de venir la voir. Bien sûr, c'était en partie pour l'argent : petit à petit, elle mettait de côté la somme dont elle aurait un jour besoin pour prendre sa retraite et partir dans le Sud.

Mais il y avait plus que cela. Sinon pourquoi restait-elle si souvent avec Bess et Lori après ses « consultations » ? Elle se sentait très excitée à l'idée de coopérer, même très indirectement, à la création de « Péchés secrets » dont elle avait déjà regardé avec intérêt un certain nombre d'épisodes.

Enfin, force était de reconnaître que Bess lui était sympathique. Elle appréciait même de plus en plus sa compagnie. Car Bess avait de la classe. C'était un trait de caractère subtil et difficile à identifier, quelque chose qui, au fond, n'avait pas grand-chose à voir avec les antécédents familiaux ou la condition sociale.

Bien sûr, Rosalie avait découvert que Bess venait d'un milieu très aisé et que sa famille était immensément riche. Elle savait que la jeune femme n'avait fréquenté que d'excellentes écoles et qu'elle était allée à l'université. Mais cela n'expliquait ni la grâce ni la compassion qu'elle ajoutait aux qualités qu'elle avait acquises par ailleurs.

Ce jour-là, Rosalie était venue comme à son habitude discuter avec les deux auteurs mais, au lieu de repartir, elle était restée avec Bess pendant que celle-ci rédigeait les dialogues prévus pour le lendemain. Rosalie avait remarqué à plusieurs reprises que, malgré son apparente décontraction, la jeune femme était un véritable bourreau de travail.

En fait, elle travaillait même beaucoup plus que Rosalie et la plupart de ses collègues. Cette comparaison n'était peut-être pas si déplacée que cela, d'ailleurs : tandis que Rosalie vendait son corps, Bess vendait son esprit. C'était une chose dont elles avaient parlé toutes deux à de nombreuses reprises.

Ces discussions avaient même été une véritable révélation pour Rosalie que ni son métier ni son origine sociale ne prédestinaient aux grands débats philosophiques. Mais Bess avait l'art de s'adapter à ses interlocuteurs et elles avaient plusieurs fois devisé durant des heures de choses et d'autres.

En fait, se disait Rosalie, qu'elle le veuille ou non, Bess était devenue une amie avec laquelle elle pouvait partager ce qu'elle ressentait en toute confiance, sans craindre d'être jugée.

— Jusqu'à quand dois-tu travailler ? demanda-t-elle à la jeune femme qui tapait avec ardeur sur le clavier de l'ordinateur.

— Oh, je n'en ai plus pour très longtemps. Je termine la scène de séduction entre Brock et Jessica. Je viens d'avoir une idée géniale que je tiens absolument à ajouter au script. Les acteurs seront furieux d'avoir plus de texte que prévu, mais je crois que ça vaut vraiment le coup. D'ailleurs, s'ils ne sont pas contents, ils n'ont qu'à changer de métier...

Rosalie, pensive, tira une bouffée de sa cigarette.

— A quelle heure es-tu arrivée, ce matin ?

— Eh bien… vers 9 h 30, répondit Bess. J'étais un peu en retard, ajouta-t-elle en souriant au souvenir de son réveil auprès d'Alex.

— Et il est près de 7 heures, constata Rosalie en jetant un coup d'œil à sa montre. Dans ma profession, c'est le double du temps de travail maximum.

— Oui mais moi, je suis assise, répondit Bess en massant sa nuque ankylosée. Au fait, tu as faim ? Tu veux que nous commandions quelque chose ?

— Non merci, répondit Rosalie. Moi aussi il va falloir que je parte bosser !

— Allons, tu pourrais bien prendre une nuit de congé, objecta Bess sans cesser de taper son texte. Tu ne veux pas que nous allions voir un film, toutes les deux ?

— Je croyais que tu avais renoncé à changer mon mode de vie ? demanda Rosalie d'un ton ironique.

— J'ai menti, répondit Bess du tac au tac.

Elle s'était pourtant efforcée de ne pas influencer la jeune prostituée, ne voulant pas paraître condescendante ou trop pressante. Mais, malgré ses efforts, elle ne parvenait pas à rester indifférente au sort de la jeune femme.

— Je me fais beaucoup de souci pour toi, expliqua-t-elle. Surtout depuis le dernier meurtre.

Rosalie lui lança un regard surpris : cela faisait de nombreuses années que personne ne s'était inquiété pour elle et cette révélation inattendue avait quelque chose de touchant.

— Je t'ai déjà dit que je savais me défendre, répondit-elle, luttant contre cette émotion imprévue.

— Oui mais…

— Il n'y a pas de mais, répondit Rosalie en sortant de son sac un couteau à cran d'arrêt qui s'ouvrit, révélant une lame d'acier bleuté à l'allure menaçante. Je sais parfaitement me servir de ce truc et je t'assure que je ne conseille à personne d'essayer de m'avoir !

Bess la regarda avec un mélange de fascination et de stupeur : cette arme avait quelque chose de redoutable, comme si elle incarnait l'idée même de la mort.

— Je peux ? demanda la jeune femme en tendant la main.

Avec un haussement d'épaules, Rosalie lui tendit le couteau en le tenant par le manche.

— Fais attention, il est plus aiguisé qu'il n'y paraît, prévint-elle.

Bess manipula précautionneusement l'instrument, se demandant si Jade pouvait porter une telle arme. Qui sait ? Josie pourrait le découvrir dans l'un de ses sacs à main, couvert de sang, et se demander avec angoisse comment il avait atterri là. Mieux encore, elle pourrait le retrouver dans son attaché-case…

— Est-ce que tu as déjà eu à t'en servir ? demanda Bess, curieuse.

— Pas encore, répondit Rosalie en tendant la main pour récupérer le couteau.

Elle actionna le cran de sécurité et la lame rentra dans le manche avec un claquement sec. Le rangeant dans son sac, elle en sortit un petit flacon de parfum dont elle s'aspergea généreusement. Une odeur de rose envahit la pièce.

— Encore quelques mois et j'aurai assez d'argent de côté pour me tirer. Je passerai l'hiver sous le soleil de Floride pendant que vous affronterez les tempêtes de neige.

Se levant, Rosalie tira sur son haut très court, révélant la naissance de ses seins.

— A plus ! s'exclama-t-elle.

— Attends une minute, fit Bess avant d'aller chercher un magnétophone miniature. Si cela ne te dérange pas, j'aimerais bien que tu l'utilises de temps en temps pour capter des ambiances, des bribes de conversation, ce genre de choses…

— C'est toi le patron, répondit Rosalie en souriant.

— Fais attention à toi, lui dit Bess tandis qu'elle se dirigeait vers la porte.

— Je fais toujours attention, répondit Rosalie.

Sur ce, elle se dirigea à grands pas vers l'ascenseur, un large sourire aux lèvres. Une idée hilarante lui était venue : au lieu de se contenter de ce que Bess lui avait demandé, Rosalie avait décidé d'enregistrer l'intégralité d'une de ses passes, juste pour voir quelle serait la réaction de sa bienfaitrice.

Mais alors qu'elle se réjouissait d'avance de ce tour pendable, elle avisa Alex qui venait à sa rencontre, se dirigeant vers le bureau de Bess. Immédiatement, son sourire disparut et une expression de méfiance le remplaça.

— Tiens, Rosalie, fit Alex qui ne se sentait pas mieux disposé qu'elle à son égard. Les affaires marchent bien ?

— Je n'ai pas à me plaindre.

Rosalie fit mine de poursuivre son chemin mais Alex s'interposa, lui barrant la route.

— Que sais-tu de Crystal LaRue ? demanda-t-il.

— Je sais qu'elle est morte.

— Et avant cela ?

— Rien, répondit Rosalie.

Elle aurait donné cette réponse même si Crystal avait été l'une de ses meilleures amies. De toute façon, c'était la stricte vérité.

— Je ne l'ai jamais rencontrée, reprit-elle. Elle était nouvelle et n'avait pas encore de mac.

— C'est ce que l'on m'a dit, opina Alex. Pourtant, on dit que Bobby avait l'intention de la chaperonner.

— On dirait qu'il les prend de plus en plus jeunes, ironisa Rosalie.

Malgré lui, Alex tiqua : Crystal n'avait que dix-sept ans lorsqu'elle avait été tuée et c'était moins une prostituée professionnelle qu'une jeune fille paumée qui aurait pu se réinsérer. Mais elle n'en aurait plus jamais l'occasion...

— Est-ce que Bobby la menaçait ? Est-ce qu'il exerçait des pressions sur elle ? demanda-t-il néanmoins.

— Aucune idée.

— Tu en es certaine ?

— Ecoute-moi, le flic : ces temps-ci, je me suis efforcée d'éviter Bobby. Alors je ne vois pas comment je saurais ce qu'il a ou n'a pas fait, d'accord ?

Alex hocha la tête et contempla le bleu qui commençait à se résorber sur le visage de la jeune femme.

— En tout cas, il me semble que Bess te paie suffisamment pour que tu restes loin d'elle et que tu ne la mêles pas à toute cette saloperie !

— Ça, c'est mon affaire.

— C'est aussi la sienne. Si Bobby découvre que tu arrondis tes fins de mois grâce à elle, il essaiera de le lui faire payer très cher et, alors, je serai obligé de le tuer.

Alex avait parlé d'une voix glaciale et, dans ses yeux, Rosalie lut qu'il disait la vérité. Malgré elle, elle fut impressionnée.

— Tu ne crois tout de même pas que je vendrais Bess ? s'exclama-t-elle, blessée qu'il puisse seulement le penser. Je lui dois trop pour cela !

— Tu lui dois quoi, au juste ?

— Elle est la seule personne qui me respecte, répondit Rosalie. Elle m'a invitée chez elle, nous avons mangé ensemble, elle m'a même proposé de dormir dans son appartement si je voulais. Oh, rassure-toi, j'ai refusé ! Contrairement à ce que tu pourrais croire, je ne la considère pas comme l'un de mes clients ! Elle me paie mais elle me traite d'égale à égale et c'est au moins aussi important que l'argent.

— Je comprends, soupira Alex, frappé par la véhémence

dont avait fait preuve Rosalie. Peut-être a-t-elle raison d'agir ainsi... Mais je ne veux pas qu'elle ait à en souffrir.

— Moi non plus, répondit Rosalie. Et j'ai quelque chose à te dire également : elle paraît très amoureuse de toi, alors je te conseille de bien la traiter et de ne pas la décevoir. Sinon, c'est toi qui auras affaire à moi.

Alex sourit à Rosalie, touché par cette recommandation totalement inattendue.

— Je te promets que je ne la laisserai pas tomber, répondit-il solennellement.

Rosalie hocha la tête, songeant pour la première fois de sa vie que tous les flics n'étaient peut-être pas aussi mauvais qu'elle le pensait.

— Je crois que je commence à comprendre pourquoi elle est si mordue, avoua-t-elle en se dirigeant vers l'ascenseur. Alors fais en sorte qu'elle le reste !

Comme Bess, Alex fut tenté de la dissuader de retourner dans la rue mais, contrairement à la jeune femme, il savait que c'était sans espoir.

— A un de ces jours, lui dit-il avant de se détourner pour rejoindre la femme qu'il aimait.

Il la trouva assise devant son ordinateur. Ses doigts se mouvaient avec la rapidité de l'éclair, transformant en mots les images qui surgissaient de son imagination bouillonnante. Ses yeux étaient perdus, très loin de cet endroit. Certainement à Millbrook, songea-t-il avec une pointe d'amusement.

Mais le retour sur terre risquait d'être désagréable à en juger par la façon dont elle se tenait, les jambes repliées sous elle, la tête penchée en avant. Elle risquait d'hériter de quelques courbatures et d'un bon torticolis.

L'observant en silence, Alex remarqua qu'elle portait une jupe très courte qui révélait ses cuisses parfaites. Le chemisier rose qu'elle avait choisi aurait dû jurer avec la couleur de ses cheveux mais ce n'était pas le cas. Les manches en étaient roulées, laissant apparaître les avant-bras de la jeune femme.

Une dizaine de bracelets dorés tintinnabulaient à chacun de ses poignets mais elle ne paraissait pas s'en rendre compte, trop absorbée par sa création. Elle portait aussi une bague fantaisie et de grands anneaux aux oreilles qui lui donnaient un air un peu gitan.

Cette vision était l'une des plus délicieuses qu'ait jamais vues Alex. Il aurait pu rester là des heures à l'observer si le désir qu'il avait d'elle ne l'avait pas tiraillé aussi cruellement.

Il se demanda comment il parviendrait à vivre sans elle si elle décidait brusquement de le quitter. D'avance, il savait qu'un vide immense l'habiterait alors, que rien ni personne ne pourrait combler.

Il savait que cela finirait par arriver : c'est ce qu'elle avait fait par le passé alors que, de son propre aveu, elle aimait les hommes avec lesquels elle avait temporairement partagé sa vie.

Mais qu'y pouvait-il ? Il ne pouvait ni l'enfermer ni la supplier de rester avec lui. La Bess qu'il aimait n'aurait jamais cédé à de telles pressions et il n'aurait fait que précipiter leur rupture.

Pourquoi diable n'était-il pas tombé amoureux de quelqu'un de plus simple, de moins fantasque ? Quelqu'un qui se serait contenté de l'attendre patiemment à la maison sans qu'il ait à craindre pour sa vie à chaque instant ? Quelqu'un qui aurait été capable de s'occuper de la famille qu'il désirait avoir ?

Avec Bess, rien n'était jamais simple. Elle ne se contenterait certainement pas de rester chez elle toute la journée et le forcerait toujours à parler de ce qu'il faisait, de ce qu'il vivait durant ses interminables journées de travail. Et elle n'accepterait pas une version expurgée, trop désireuse de tout partager avec lui.

Quant aux enfants, rien ne laissait supposer qu'elle en veuille. En fait, il ne savait même pas si elle envisageait de se marier un jour...

A la vérité, être amoureux d'elle tenait du supplice de Tantale : il ne cessait d'imaginer ce que pourrait être leur vie, mais n'avait aucune prise sur la façon de réaliser ses rêves. Elle lui faisait plus peur que n'importe lequel des voyous qu'il lui avait été donné d'arrêter et il la considérait comme plus dangereuse qu'une arme à feu pointée sur lui.

Car avec elle, ce n'était pas pour sa vie qu'il avait peur mais pour son cœur : d'un mot, elle pouvait à tout moment le réduire en cendres.

Il avait donc décidé de s'armer de patience, d'attendre le moment où elle serait tellement habituée à lui qu'elle ne songerait plus à le quitter. Ce n'était peut-être pas très héroïque mais, étant donné les circonstances, c'était probablement l'option la moins dangereuse.

Tandis qu'il réfléchissait de la sorte, Bess cessa brusquement d'écrire et se massa la nuque. Ce geste fit remonter son chemisier, révélant ses hanches et faisant croître le désir qui habitait Alex. Elle sauvegarda son texte et lança l'imprimante.

Alex referma alors la porte derrière lui, prenant soin de tourner le verrou. S'approchant d'elle à pas de loup, il posa doucement ses mains sur ses épaules, la faisant sursauter.

— Alexi ! s'exclama-t-elle. Tu m'as fait peur...

Elle tenta de se lever mais ce simple geste lui arracha une grimace de douleur et elle massa ses jambes ankylosées.

— Personne ne t'a appris à t'asseoir ? demanda Alex en souriant. Si tu continues, tu risques de finir ta vie dans un fauteuil roulant.

— En fait, je comptais me faire couler un bain brûlant et y rester deux ou trois jours d'affilée, répondit-elle.

— Où est Lori ?

— Elle ne se sentait pas très bien et je lui ai dit que nous n'avions qu'à prendre notre après-midi. Mais, finalement, je suis revenue ici pour corriger deux ou trois choses sur le script de demain. Et toi ? Je croyais que tu devais travailler tard ?

— La piste que nous suivions s'est révélée être une impasse. Nous allons devoir chercher d'où provient le collier en forme de cœur mais nous ne pouvons le faire que de jour.

— Comment comptez-vous vous y prendre ? demanda-t-elle, curieuse.

— Nous ferons le tour des joailleries en espérant que le modèle n'est pas trop courant.

— Tu crois que ce bijou a une signification particulière pour le tueur ?

— Certainement... Une femme lui a peut-être brisé le cœur autrefois et, maintenant, il cherche à se venger d'elle à travers ces meurtres. Les profileurs pensent que notre homme est impuissant et qu'il doit avoir recours à des prostituées pour éveiller son propre désir. Il les désire mais il les hait parce qu'elles s'offrent au premier venu. Le fait qu'il leur fasse la cour et leur offre des cadeaux prouve que...

Alex s'interrompit brusquement tandis que Bess tendait la main vers son carnet de notes.

— Dis donc, McNee, ce sont des informations confidentielles que je te livre ! Je ne tiens pas à les retrouver dans le prochain épisode de « Péchés secrets » ! D'ailleurs, je me demande pourquoi je te parle de cela alors qu'il y a moins d'une minute, je ne pensais qu'à faire l'amour avec toi.

Bess reposa son calepin à contrecœur.

— J'aime t'entendre parler de ton travail, dit-elle simplement. En fait, je crois que j'aime tout simplement t'entendre parler, quel que soit le sujet.

— Et tu es diablement convaincante... Je te confie des choses que je ne devrais même pas mentionner. Franchement, je crois que tu es beaucoup trop curieuse, Bess.

— Allons, c'est comme cela que tu m'aimes, protesta-t-elle en riant. Et je ne compte pas m'amender de peur que tu changes d'avis.

— Je te regardais pendant que tu travaillais, avoua alors Alex.

A ces mots, Bess fut parcourue d'un délicieux frisson. Elle devinait le désir qui habitait Alex et qui décuplait celui qu'elle éprouvait pour lui.

— Vraiment ? dit-elle.

— Oui. Et je réfléchissais...

Il posa doucement ses mains sur les épaules de la jeune femme et les caressa avant de descendre le long de ses bras, faisant naître mille frissons délicieux sur sa peau.

— Peut-être devrais-je dire que je rêvais, reprit-il.

— De quoi ? demanda-t-elle d'une voix tremblante.

— De ce que j'aimerais te faire, répondit-il en la repoussant doucement contre le bureau.

Ses mains remontèrent le long de son ventre jusqu'à sa poitrine qu'il commença à masser délicatement du bout des doigts, lui arrachant un profond soupir. Ses gestes étaient lents et délicats et il contrôlait de main de maître l'envie grandissante qu'elle avait de lui, l'accroissant à chaque instant jusqu'à ce qu'elle devienne tout bonnement intolérable.

La bouche sèche et le cœur battant à tout rompre, elle le regarda détacher un à un les boutons de son chemisier. Puis il se pencha vers elle et sa bouche se posa au creux de sa gorge. Se renversant en arrière, elle s'offrit à son exploration et il descendit lentement le long de son sein droit.

— Qu'est-ce que tu fais ? murmura-t-elle d'une voix

qui se voulait réprobatrice mais qui trahissait le plaisir qui montait en elle.

— Je te regardais, souffla Alex contre sa peau nue. Et je te désirais... Tu te souviens de la première fois que je suis venu ici ?

— Oui, articula-t-elle, haletante, tandis qu'il commençait à embrasser ses tétons à travers le fin tissu du soutien-gorge.

— Je vais te montrer ce que j'aurais aimé te faire alors...

Se redressant brusquement, il la souleva de terre et l'allongea sur le bureau, repoussant le clavier de l'ordinateur et les papiers qui l'encombraient.

Cette fois, Alex n'avait plus rien de l'amant doux et tendre qui lui avait fait l'amour la nuit précédente. Ses yeux avaient quelque chose de presque cruel et ses mains se faisaient brutales. Il était redevenu le guerrier qu'elle avait entrevu, le jour du braquage de l'épicerie.

Il était là pour prendre son dû, qu'elle soit consentante ou non. Pour la première fois, elle perçut le côté sombre de sa personnalité, celui qu'il s'efforçait de dominer dans sa vie de tous les jours.

Mais, curieusement, cette cruauté ne faisait qu'accroître son propre désir : il y avait dans leur étreinte quelque chose de primitif, de primal, qui éveillait en elle une réponse aussi vieille que l'humanité elle-même.

Alex plongea ses mains dans ses cheveux qu'il agrippa, la clouant sur le bureau. Son corps était aussi solide qu'un rocher, mais elle sentait bouillonner en lui une passion brûlante comme la lave d'un volcan.

Sa bouche cherchait la sienne avec une avidité sauvage tandis que ses mains descendaient le long de ses flancs pour ouvrir la fermeture de sa jupe. Celle-ci tomba lentement aux pieds de la jeune femme mais Alex était déjà en train de déboutonner son chemisier.

Il avait faim de sa chair, il voulait la goûter et il lui ôta son soutien-gorge sans ménagement. Un frémissement fait de peur mêlée d'envie courut le long de la colonne vertébrale de Bess. Elle se sentait plus exposée qu'elle ne l'avait jamais été, abandonnée à la furie de cet homme.

Alex lui avait déjà offert tout ce dont elle avait rêvé mais, cette fois, il paraissait décidé à aller plus loin encore.

L'imprimante cessa brusquement de cliqueter et, dans le silence revenu, on n'entendit plus que leurs halètements impatients. Bess sentait son cœur battre à tout rompre et elle se demanda brusquement s'il n'allait pas éclater.

Puis Alex l'embrassa de nouveau et elle sentit monter en eux un grondement qui se mêla sur leurs lèvres. La lumière crue des néons parut exploser en une myriade d'étoiles tandis qu'elle commençait à gémir.

— Chaque fois que je te regarde, je crois que je vais mourir, murmura Alex d'une voix basse et très rauque. Je n'arrive pas à m'échapper, à oublier... Dis mon nom, Bess !

— Alexi, chuchota-t-elle avant de sentir ses lèvres s'écraser de nouveau contre les siennes. Alexi, répéta-t-elle, j'ai envie de toi...

Comme si ses propres paroles avaient libéré la bête qui sommeillait en elle, ses mains se firent pressantes, courant sur le corps d'Alex, agrippant sa chair, l'attirant plus près encore. Mille explosions agitaient son corps de spasmes délicieux, se fondant en un maelström de sensations qu'elle ne pouvait contrôler. Jamais elle ne s'était donnée de cette façon, renonçant à toute maîtrise, à toute fierté.

Alex lui arracha ses sous-vêtements et elle fut bientôt nue contre lui. Mais cela ne suffisait pas et elle entreprit de le débarrasser de sa chemise avant de déboucler la ceinture de son jean. Lorsqu'il fut dénudé à son tour, les caresses de la jeune femme se firent plus audacieuses et Alex s'abandonna un temps au plaisir qu'elle lui donnait.

Il sentait les mains de la jeune femme entre ses jambes,

ses dents qui mordaient sans pitié son épaule, lui arrachant des soupirs de douleur et de bonheur mêlés. Des idées insensées se bousculaient dans son esprit enfiévré, des mots qu'il aurait voulu dire mais ne pouvait formuler, des sensations inconnues d'une intensité presque effrayante.

Il lutta pour reprendre son souffle, pour conserver un semblant de contrôle. Puis, incapable de supporter la puissance de ce qu'il ressentait, il repoussa violemment la jeune femme en arrière, la forçant à s'allonger sur le bureau.

Le cœur battant, il resta quelques instants immobile, buvant Bess du regard. Ses yeux avaient un éclat sauvage. Sa peau d'albâtre était rougie par endroits et on y voyait les marques de ses dents qui dessinaient d'étranges couronnes bleutées.

Cette vision, loin de l'effrayer, accrut encore le besoin qu'il avait de la posséder tout entière, de la marquer de façon indélébile de son sceau. Elle devait être sienne.

Bess vit Alex passer la main dans ses cheveux alors qu'il la contemplait avec une passion presque palpable. L'espace d'un instant, il lui apparut comme un lutteur aux muscles souples et au regard intrépide qui se préparait au combat. La puissance qui émanait de lui était terrifiante.

Puis il sourit et l'impression se dissipa aussi rapidement qu'elle était apparue.

— Personne d'autre ne te fera ressentir cela, murmura-t-il d'une voix sourde.

Son accent s'était fait plus marqué et Bess frissonna, incapable de répondre.

— Personne ne te touchera comme moi, poursuivit-il comme s'il prononçait les paroles d'un rituel connu de lui seul. Personne ne te possédera sauf moi.

— Alexi…, souffla-t-elle, fascinée.

Mais il secoua la tête, sentant le cœur de la jeune femme battre la chamade sous ses doigts.

— Tu es à moi, maintenant, ajouta-t-il. Toi tout entière !

Le visage de Bess trahissait un mélange d'excitation et de peur. Il voulait la choquer, détruire tout ce qui les éloignait encore l'un de l'autre pour ne faire plus qu'un avec elle. Agrippant ses hanches, il l'attira vers lui.

— Accroche-toi à moi ! s'exclama-t-il.

Incapable de lui résister, la jeune femme saisit ses bras constellés de sueur. Elle sentait le pouvoir qui émanait de lui : sa volonté indomptable s'imposait à elle, la façonnait. Sans même s'en rendre compte, elle noua ses jambes autour de ses hanches et l'attira en elle, le sentant pénétrer lentement au cœur de son être.

Le corps de Bess s'arqua contre la surface froide et dure du bureau tandis qu'elle criait son plaisir. Puis elle sentit le poids d'Alex qui se penchait sur elle, entrant plus loin encore.

Il commença à bouger et son bassin se mit à onduler, suivant le rythme frénétique de leur étreinte. Leurs bouches se mêlaient avec passion tandis que leurs corps semblaient rebondir de plus en plus vite l'un contre l'autre, fusionnant en une danse qui les emmenait toujours plus loin.

Alex ne voyait plus rien, ne sentait plus rien d'autre que Bess : il n'y avait plus qu'elle et le besoin qu'il avait d'elle. Il voulait qu'elle soit à lui. Il voulait être à elle. Et le reste n'avait plus d'importance. Les yeux fixés sur le visage de la jeune femme, il se nourrissait du plaisir sans cesse renouvelé qu'il y voyait naître.

Puis il perdit toute raison. Ses gestes se firent plus violents encore. Il la souleva du bureau, renversant les crayons qui s'y trouvaient, faisant voler les documents qui y étaient éparpillés, manquant renverser l'écran de l'ordinateur.

Debout, les cuisses de la jeune femme nouées autour de ses hanches, il se noyait dans son regard vert qui paraissait voilé. Elle gémissait encore et encore, incapable de mettre fin à cette torture délicieuse qui ravageait leurs sens.

Il n'y avait plus d'amour en cet instant : juste la fureur primale de deux êtres séparés qui cherchaient à ne faire qu'un.

Bess avait depuis longtemps renoncé à garder la maîtrise de son corps qui paraissait se mouvoir en vertu d'une volonté propre. Autour d'elle éclataient des arcs-en-ciel scintillants, des prismes de couleurs inconnues qui l'aveuglaient.

Elle croyait distinguer un étrange halo autour de la tête d'Alex et elle eut brusquement le sentiment qu'il était un ange des ténèbres descendu jusqu'à elle. Ses yeux étaient sombres, trahissant une incompréhensible concentration mêlée d'abandon.

Elle y lisait aussi un désir immense qui nourrissait le sien, renouvelait à chaque instant le miracle de leur étreinte.

Très loin d'elle, elle l'entendait murmurer dans une langue inconnue mais elle n'avait pas besoin de la comprendre : elle lisait sur son visage le sens de ses paroles.

Puis il n'y eut plus que leurs souffles rauques, leurs halètements presque animaux, le bruit que faisaient leurs corps chaque fois qu'ils se fondaient l'un dans l'autre et l'odeur entêtante de la passion.

Soudain, une lueur blanche explosa devant les yeux de Bess tandis que le plaisir déferlait en elle comme une vague, emportant tout son être sur son passage. Elle sentit le torse d'Alex se raidir sous ses doigts lorsqu'il explosa à son tour, s'abandonnant à la joie sauvage et pure qu'ils partageaient en cet instant.

Leurs cris se mêlèrent et ils retombèrent tous deux sur le bureau en un entrelacs de membres frémissants.

Elle émit alors une sorte de gémissement étranglé et Alex sentit une immense culpabilité l'envahir. La prenant dans ses bras, il la berça doucement contre lui, caressant tendrement ses cheveux, ses épaules et son dos.

— *Milaya*, murmura-t-il, je suis désolé de t'avoir fait du mal. Ne pleure pas…

— Je ne pleure pas, articula Bess, les yeux emplis de larmes.

Elle couvrit son visage de petits baisers aussi légers que des ailes de papillon.

— Dis-moi que tu m'aimes, le supplia-t-elle. S'il te plaît, dis-le-moi…

— Je t'aime, Bess, répondit-il, la gorge serrée par l'émotion débordante qu'il éprouvait. Tu sais que je t'aime.

— Moi aussi je t'aime, répondit-elle en l'embrassant de plus belle. Il faut que tu le croies, Alexi.

Ce dernier ne répondit pas, le cœur écartelé par cet aveu dont il ne savait que penser. Il la serra un peu plus fort contre lui et elle pressa son visage contre son épaule.

— Même maintenant, tu ne me fais pas confiance, soupira-t-elle, désespérée. Que puis-je faire de plus ?

— Je te crois, répondit-il sans pourtant en être entièrement convaincu. Tu m'appartiens. De cela, je suis sûr…

— Tu es tout ce dont j'ai toujours rêvé, reprit Bess en se détendant un peu.

— Alors ne pleure plus, d'accord ?

— D'accord…

Il lui souleva doucement le menton et la regarda droit dans les yeux.

— Est-ce que je t'ai fait mal ?

— Un peu, répondit-elle en souriant.

— Mais tu ne m'en veux pas ?

— Pourquoi ?

— C'était un peu… brutal. Tu as dû me prendre pour un fou.

— C'était merveilleux, répondit-elle.

— Vraiment ? demanda Alex qui sentait sa culpabilité se changer en fierté.

— J'ai eu l'impression d'être prise par un barbare, répondit-elle en riant. Je ne comprenais rien à ce que tu me disais, mais c'était très excitant. Presque effrayant, en un sens... Mais c'est sans aucun doute l'expérience érotique la plus intense de ma vie !

— Mais... tu pleurais...

— Alexi, je ne pleurais pas parce que tu étais violent. Je pleurais parce que jamais je n'avais eu l'impression d'être désirée à ce point.

— Tu sais pourtant bien que je ne peux pas te résister, répondit-il en souriant. Mais je n'en reste pas moins désolé d'avoir été aussi brutal.

— Crois-moi, ce n'est pas moi qui t'en voudrai. Du moins, étant donné les circonstances... Par contre, je ne sais pas comment je vais pouvoir travailler dans cette pièce au cours des jours à venir.

— Qui sait ? Peut-être cela te donnera-t-il des idées ?

— Peut-être, admit-elle.

Puis elle regarda Alex avec une étrange lueur dans les yeux.

— Dis-moi, en tant que policier, je suppose que tu es soumis à un entraînement physique intensif.

— Euh... oui...

— Cela a dû développer tes pouvoirs de récupération.

— Certainement, répondit Alex qui commençait à voir où elle voulait en venir.

— Très bien, dit-elle en laissant ses mains descendre le long de son torse.

— McNee, tu es sûre que nous ne ferions pas mieux de trouver un lit avant de continuer ce genre de chose ?

Se penchant vers lui, elle posa ses lèvres sur les siennes et l'embrassa avec passion tandis que ses doigts descendaient plus bas encore.

— Est-ce que cette réponse vous convient, inspecteur ? murmura-t-elle contre ses lèvres.

Chapitre 11

— Je n'arrive pas à croire que tu veuilles passer ton samedi matin dans un club de gym ! s'exclama Alex tandis qu'ils gravissaient l'escalier qui menait au club de Rocky. Cela ne te ressemble pas…

— C'est seulement parce que c'est ton club de gym, répondit-elle avant de déposer un petit baiser sur ses lèvres.

Les derniers jours s'étaient déroulés pour eux dans une ambiance de lune de miel. Bien sûr, tous deux avaient travaillé une bonne partie de la journée mais, le reste du temps, ils ne s'étaient pas quittés, vivant alternativement chez Alex et chez elle et profitant avec une avidité insatiable de chaque instant passé ensemble.

— D'ailleurs, je te rappelle que moi aussi je fais de la gymnastique, reprit-elle.

— Ce n'est pas de la gym ! protesta Alex, scandalisé. C'est de la danse… D'ailleurs, ton club n'a rien à voir avec le mien : ici tu ne trouveras ni musique douce, ni éclairages élégants, ni miroirs le long des murs.

Bess s'apprêtait à lui répondre lorsqu'ils pénétrèrent dans le club. Et elle comprit alors ce qu'Alex avait voulu dire. Elle avait brusquement l'impression de se retrouver dans un cercle de boxe des années cinquante, comme ceux que l'on voyait dans les films de gangsters.

Le sol de la salle était recouvert d'un plancher lacéré sur lequel il était probablement impossible de marcher pieds nus sans attraper des dizaines d'échardes. Des tuyaux couraient au plafond et le long des murs, faisant ressembler l'endroit à un hangar désaffecté.

Un ring de boxe qui avait dû connaître des jours meilleurs trônait au milieu de la pièce. Là, deux hommes sautillaient en s'observant, attendant visiblement le meilleur moment pour se sauter dessus et s'écharper. Autour d'eux étaient disposés des bancs de musculation et des sacs de sable.

Une sorte de géant au torse dénudé s'escrimait contre l'un d'eux comme s'il avait décidé de parvenir à le crever. Les autres occupants — tous des hommes — s'entraînaient chacun de son côté, ahanant et soufflant au gré de leurs efforts. Une odeur de moisissure et de sueur planait sur l'ensemble.

Effectivement, personne ici ne se souciait de miroirs ni de lumières raffinées. Et la musique était fournie par un poste qui crachait à plein volume des morceaux de rap et de rock hargneux. Ce n'était pas non plus ici que Bess trouverait une barre d'exercice.

— Alors ? demanda Alex, un sourire malicieux aux lèvres. Tu es toujours motivée ?

Se tournant vers lui, Bess lui adressa crânement un sourire de défi.

— On s'y met ? demanda-t-elle.

Cette fois, ce fut lui qui la regarda avec stupeur tandis qu'elle se débarrassait de son pull-over, révélant un haut de gymnastique moulant vert aux rayures violettes. Mais le pire était à venir : sous son pantalon, elle portait un minishort à l'extrême limite de la décence.

— Bon sang, Bess ! Rhabille-toi ! s'exclama-t-il, horrifié. Tu ne peux pas rester ici vêtue de cette façon !

— Pourquoi ? C'est illégal ? demanda-t-elle, provocante.

Sur ce, elle se pencha pour ranger ses vêtements dans son sac de gym. Dans le gymnase, plusieurs hommes abandonnèrent leurs activités et la plupart se mirent à pousser des sifflements admiratifs.

Alex se demanda si tout cela n'allait pas tourner à l'émeute.

— Mets au moins quelque chose de décent si tu ne veux pas que j'aie à tuer quelqu'un pour défendre ta vertu, souffla-t-il à Bess qui éclata de rire.

— Moi, je trouve qu'ils ont l'air inoffensif, répondit-elle joyeusement en nouant ses cheveux en queue-de-cheval. De toute façon, je suis venue pour m'entraîner, pas pour leur conter fleurette.

— McNee, je crois que…

Mais Alex n'eut pas le temps de finir sa phrase : la jeune femme s'était déjà éloignée en direction de l'un des hommes présents. Immédiatement, ce dernier, qui devait mesurer près de deux mètres et peser dans les quatre-vingt-dix kilos, devint aussi timide qu'un adolescent.

Poussant un profond soupir, Alex comprit qu'il aurait dû se douter que Bess ne reculerait pas devant un tel défi. D'ailleurs, il ne tarda pas à constater qu'elle le relevait avec son talent habituel.

Les sifflements et les allusions déplacées ne tardèrent pas à se changer en éclats de rire. Puis tous les hommes se disputèrent pour expliquer à la jeune femme le mode d'emploi de l'équipement disponible.

Au bout d'une heure, elle appelait chacun par son prénom, connaissait la petite histoire de la moitié des membres du club, avait consolé l'un d'eux d'un récent chagrin d'amour et s'était attiré les bonnes grâces de tous.

Finalement, elle demanda à Alex de lui enseigner les rudiments de la boxe.

— Tu es certaine que c'est une bonne idée ? demanda-t-il, dubitatif. Tu as déjà le nez cassé...

— Je ne compte pas partir d'ici sans avoir essayé, répondit-elle d'un ton décidé.

Ils allèrent trouver Rocky qui leur fournit des gants. Il aida la jeune femme à les enfiler et à les attacher avant de lui passer le casque de protection réglementaire.

— Méfiez-vous de son gauche, conseilla-t-il à la jeune femme. Ce petit a du ressort. Je crois qu'il aurait pu devenir un très bon boxeur s'il n'avait pas préféré entrer dans la police.

— Mais je suis rapide, répondit-elle avec assurance. Il ne me touchera même pas.

Deux de ses plus fervents admirateurs écartèrent les cordes du ring pour qu'elle puisse y monter.

— Est-ce que nous ne sommes pas censés porter ces drôles de dentiers ? demanda-t-elle à Alex.

Celui-ci éclata de rire, touché par son inaltérable enthousiasme, et il l'embrassa tendrement sous les vivats de l'assistance.

— Je ne crois pas que ce soit nécessaire, répondit-il. Je n'ai pas l'intention de te frapper vraiment. Bien, lève les bras...

Bess s'exécuta et tous les hommes présents éclatèrent de rire.

— Ce n'est pas une arrestation, McNee, soupira Alex. Mets-toi en garde...

Il lui montra comment s'y prendre.

— Bon, lève bien ta gauche... Tu vois, si je t'attaque d'un crochet, tu n'as qu'à écarter mon bras comme cela. Très bien !

— Et après, je peux feinter avec ma droite ? suggéra-t-elle, joignant le geste à la parole.

— Pourquoi pas ? concéda Alex. Maintenant essaie de me toucher au menton. Vas-y, n'aie pas peur !

Elle lui envoya une droite mal assurée qu'il repoussa sans problème.

— Tu te bats comme une fille, protesta Alex. Il faut que tu frappes plus fort. Tu n'as qu'à imaginer que je suis Dawn Gallagher.

Cette fois, Bess lui décocha un coup de poing foudroyant qu'il bloqua une fois encore.

— Comment as-tu fait ça ? s'étonna-t-elle, impressionnée.

Elle le frappa de nouveau et il para l'attaque avec la même facilité.

— Bien, maintenant, il faut que tu tournes autour de moi, lui conseilla Alex. Cela te permettra de trouver une ouverture pour frapper.

Bess ne se fit pas prier et entreprit de se déplacer, profitant des failles que lui présentait Alex pour frapper.

— Je suis impressionné, admit-il enfin. Laisse-moi te montrer quelques trucs...

Il commença à lui exposer les rudiments de son art. Bess était vraiment très douée et lui-même prenait beaucoup de plaisir à cet entraînement.

Les autres membres du club encourageaient la jeune femme, imités par Rocky.

— Hé, Bess ! s'exclama ce dernier avec enthousiasme. Tu sais qu'il reste de la place dans mon équipe de poids légers !

Bess éclata de rire et tenta de porter un coup à l'abdomen d'Alex. Il esquiva et frappa doucement en direction de son menton. Elle para très habilement.

— Tu sais que tu es très mignon en short, commenta-t-elle à voix basse.

— N'essaie pas de me déconcentrer ! protesta-t-il.

— En tout cas, toi, tu me déconcentres, répondit-elle d'un ton langoureux.

En riant, elle fit brusquement un pas de côté avant de propulser son poing dans la mâchoire d'Alex qui, complètement pris au dépourvu, encaissa cette droite fracassante avec un grognement de douleur. Sans trop savoir comment, il se retrouva assis sur le ring tandis que des vivats éclataient dans toute la pièce.

— Alexi ! s'exclama la jeune femme alarmée en se précipitant vers lui. Je suis désolée ! Je ne t'ai pas fait mal ?

Alex avait dit qu'il était prêt à lui donner personnellement quelques cours de perfectionnement, ce qu'elle avait accepté avec reconnaissance.

— Tu m'avais dit de ne pas retenir mes coups, plaida-t-elle une fois encore.

Il hocha la tête, se demandant comment il allait expliquer à ses collègues le bleu qui ne tarderait pas à se former sur sa mâchoire.

— Je sais parfaitement ce que j'ai dit, soupira-t-il. Mais on ne peut rien contre la chance du débutant.

— Ce n'était pas de la chance, protesta-t-elle. Même Rocky a admis que j'étais douée !

— Ne commence pas à te vanter, McNee, sinon j'exige une revanche.

— Quand tu veux, déclara-t-elle en l'embrassant affectueusement, conquise une fois de plus par son charme irrésistible.

— Dans ce cas...

Mais Alex n'eut pas le temps de poursuivre : une sonnerie retentit, venue de l'intérieur de son sac de sport.

— Je suis désolé, dit-il en allant récupérer son téléphone portable.

— Ce n'est pas grave, répondit-elle, faisant contre mauvaise fortune bon cœur.

Elle l'observa attentivement tandis qu'il discutait avec son correspondant, le visage brusquement très grave. Aux quelques commentaires qu'il fit, elle comprit que leur pique-nique au parc et leur après-midi de shopping étaient annulés.

— Tu as remis ton masque de flic, dit-elle lorsqu'il raccrocha. Est-ce que tu dois aller au commissariat ?

— Oui, acquiesça-t-il sans oser lui avouer qu'une nouvelle victime venait d'être découverte. Cela risque de prendre un certain temps. Je suis navré, Bess.

— Ne t'en fais pas, je comprends, répondit-elle gentiment. Cela fait partie de ta vie…

Alex prit la main de la jeune femme qu'il porta à ses lèvres. Il fut tenté de lui dire une fois de plus qu'il l'aimait mais y renonça, sachant qu'elle lui aurait répondu la même chose. Ce qui le mettait chaque fois mal à l'aise et réveillait ses doutes et ses incertitudes.

— Je te promets que c'est à charge de revanche, dit-il en souriant.

— Ecoute, voilà ce que je te propose : je vais continuer un peu à m'entraîner et, ensuite, je passerai au marché. Je nous préparerai un bon petit dîner, quelque chose que l'on puisse réchauffer sans problème. Tu n'auras qu'à passer chez moi quand tu auras fini.

— Tu as vraiment l'intention de cuisiner ? demanda Alex, visiblement dubitatif.

— Eh, je ne suis pas si mauvaise que cela ! protesta la jeune femme. Je te rappelle que, si j'ai fait brûler les pommes de terre, la dernière fois, c'était parce que tu n'arrêtais pas de me… distraire.

— D'accord, d'accord ! s'exclama Alex, conciliant. J'essaierai de t'appeler pour te dire à quelle heure je pense finir.

— Fais-le seulement si tu as le temps !

— Très bien, dit-il avant de l'embrasser tendrement.

Se détournant, il gagna la porte du gymnase, déjà absorbé par son travail. Bess le suivit des yeux, avec l'impression étrange d'être brusquement devenue une femme de policier.

— Chaque fois que je pars faire du shopping, je n'arrive plus à m'arrêter, dit Bess en embrassant Rachel. Vous avez une mine superbe, ajouta-t-elle, difficile d'imaginer que vous venez juste de mettre un enfant au monde...

— Oh, nous sommes solides, dans la famille, répondit Rachel en l'aidant à se défaire de ses paquets.

— Celui-ci est pour vous, déclara la jeune femme en lui tendant une boîte de chocolats de deux kilos.

— Ça alors ! s'exclama Rachel, surprise. Je crois que vous n'allez pas tarder à devenir ma meilleure amie !

— J'ai aussi apporté un petit quelque chose pour le bébé, ajouta Bess en sortant une boîte blanche sur laquelle étaient dessinés des ballons multicolores et qui était fermée par un gros ruban rouge. Je sais que c'est la tradition et, franchement, je n'ai pas pu résister.

— C'est adorable, Bess, s'exclama Rachel. Mais il ne fallait pas... Alex et vous avez déjà acheté un magnifique dragon en peluche à Brenna.

— Oui mais ce cadeau-là est spécial : c'est un cadeau de fille...

Curieuse, Rachel détacha le ruban qui fermait la boîte et, écartant le papier de soie qui se trouvait à l'intérieur, elle découvrit une sorte de robe de bal miniature pleine de volants et de dentelle.

— Mon Dieu ! s'exclama Rachel, admirative. Elle est splendide...

— Lorsque je l'ai vue dans ce magasin, j'ai craqué, avoua Bess en souriant. Je me suis dit que, dans quelques années, elle insisterait sûrement pour porter des jeans déchirés et des bottes de moto. Alors c'est peut-être la dernière chance que vous avez de l'habiller en princesse...

— C'est vrai, concéda Rachel avec un sourire complice. Mais en quoi est-elle faite ? demanda-t-elle en tâtant le tissu délicat et très doux.

— En organdi blanc. C'est une mousseline de coton. Et il y en a six couches...

— J'ai hâte de la lui essayer.

— Tiens, une visiteuse, constata Mikhail qui venait d'émerger de l'une des chambres, portant sa nièce dans ses bras. Bonjour, Bess !

— Tu avais promis de ne pas réveiller Brenna, protesta Rachel qui s'était néanmoins rapprochée pour prendre sa fille contre elle.

— Elle commençait à pleurer, protesta Mikhail. Enfin, un tout petit peu... Mais que vois-je ? Une boîte de chocolats géante ?

— Ils sont à moi ! s'exclama Rachel, faussement menaçante. Si tu en prends plus d'un, je te brise les doigts !

— Elle a toujours été aussi égoïste, soupira Mikhail d'un air tragique à l'intention de Bess. Mais dites-moi : où est Alex ?

— Il a été appelé d'urgence.

— Très bien ! Dans ce cas, vous allez vous asseoir et j'en profiterai pour faire le croquis de votre visage.

— Maintenant ? s'exclama Bess, gênée. Mais je ne suis pas du tout préparée...

— Cela n'a aucune importance, répondit-il. Je ne veux croquer que votre visage.

Parfaitement à l'aise, il ouvrit l'un des tiroirs de la commode et en sortit un carnet et un crayon.

— Je ferai peut-être votre corps un autre jour. Il en vaut la peine...

— Euh... merci, répondit Bess en riant, conquise une

fois de plus par les façons simples et directes de la famille d'Alex. Je suis flattée...

— Il n'y a pas de quoi, répondit doctement Mikhail. Vous n'avez choisi ni votre corps ni votre visage. Venez...

Passablement interdite, Bess suivit l'artiste jusque dans le salon où il la fit asseoir sur une chaise, devant la fenêtre. Lui-même se plaça sur le côté et se prépara à dessiner.

— Oh, Rachel, demanda-t-il, est-ce que je peux avoir cette boisson que tu m'avais promise ?

— Pas de problème, répondit sa sœur. Bess, est-ce que je peux vous apporter quelque chose ?

— N'importe quoi du moment que c'est frais ! Et... je me demandais si je pouvais prendre Brenna...

— Bien sûr ! s'exclama Rachel en déposant précautionneusement sa fille dans les bras de la jeune femme. Elle ne pleure quasiment jamais et je commence à penser que ses yeux resteront bleus, comme ceux de Zack.

— Elle est vraiment très belle, s'exclama Bess en posant doucement ses lèvres sur le front de l'enfant qui se mit à jouer avec l'une de ses boucles de cheveux. Comme tous les membres de votre famille, d'ailleurs.

— Rachel, tu es juste devant Bess. Comment veux-tu que je la dessine ? protesta Mikhail.

Après lui avoir décoché une insulte en ukrainien, sa sœur se dirigea vers la cuisine en riant.

— Cause toujours ! marmonna son frère. Vous pouvez parler, si vous voulez, ajouta-t-il à l'intention de Bess.

— C'est ce que je fais de mieux, répondit-elle en souriant sans quitter Brenna des yeux. Où sont Sydney et Griff ?

— Griff a un rhume et Sydney s'occupe de lui. Alors j'en ai profité pour rendre visite à Brenna... Rachel est ravie d'avoir un peu de compagnie parce que Nick et Zack passent la majeure partie de leur temps libre à superviser les travaux dans leur nouvel appartement.

— Ah, oui, Alexi m'a appris qu'ils allaient déménager, dit Bess.

— Nous avons besoin de plus d'espace, expliqua Rachel en posant deux verres de jus d'orange sur la table basse.

Elle reprit sa fille dans ses bras.

— Nous étions censés emménager le mois dernier mais, comme d'habitude, les travaux ont pris du retard. En tout cas, cet endroit me manquera… Quant à Nick, il a décidé de vivre seul. Je suppose que cela lui fera le plus grand bien…

— J'ai l'impression qu'il est aussi amoureux de vous que Freddie l'est de lui, remarqua Bess.

Rachel la regarda avec stupeur, interloquée par ce commentaire aussi direct que judicieux.

— Alex m'avait prévenue que vous étiez perspicace, s'exclama-t-elle, incrédule. Mais je ne pensais pas que c'était à ce point !

— Disons que cela fait partie de mon métier, répondit modestement Bess.

— Et vous ? Est-ce que vous êtes amoureuse de mon frère ?

— Oh, oui ! s'exclama Bess avec une ferveur qui la fit aussitôt rougir. Mais lui pense que c'est une simple passade et que je suis trop volage pour l'aimer vraiment. Pourtant ce n'est pas vrai… En tout cas, pas cette fois.

— Pourquoi croirait-il une chose pareille, alors ?

— Eh bien… j'ai commis quelques erreurs par le passé. Mais ce que je ressens pour lui n'a rien à voir…

Rachel jeta un coup d'œil à Mikhail et Bess devina combien ce simple échange dépassait les mots.

— J'avoue que je vous envie, vous et votre sœur Natasha. Vous avez des enfants magnifiques, un travail captivant et une vie de couple apparemment aussi passionnée que si vous veniez de vous rencontrer.

— Vous aimeriez fonder une famille ?

— Je crois que oui. Je n'en ai jamais eu et, en voyant

la vôtre, je me suis dit que ce devait être quelque chose de formidable.

Rachel hésita mais, finalement, l'avocate prit le dessus en elle et elle continua à poser les questions qui lui brûlaient les lèvres.

— Cela ne vous dérange pas qu'Alex soit flic ?

— Pas du tout. Pourquoi cela serait-il un problème ? Bien sûr, je me fais du souci pour lui : je sais qu'il prend des risques. Mais cela fait partie de sa personnalité, je suppose. Et je ne voudrais pour rien au monde qu'il soit différent…

— Pourtant, il vous fait souffrir, remarqua Mikhail.

— Ce n'est pas vrai, protesta Bess.

— Je le vois dans vos yeux, protesta-t-il.

Malgré elle, la jeune femme rougit et il songea brusquement qu'elle était vraiment très belle. Alex avait trouvé la perle rare…

— C'est juste parce qu'il refuse de me faire confiance, répondit-elle enfin. Il doute de mes sentiments ou plutôt de leur profondeur…

— Cela ne m'étonne pas : c'est une véritable déformation chez lui. Il doute de tout et suspecte toujours les mobiles des gens. Et le fait de devenir policier n'a pas arrangé les choses. Mais je vais lui parler…

— Ne faites pas ça ! protesta la jeune femme. Il nous en voudrait à tous les deux. Vous imaginez les dégâts que vous feriez sur sa sacro-sainte fierté masculine slave. Je crois que je vais m'efforcer de le convaincre toute seule. D'ailleurs, je commence dès ce soir en lui préparant un bon dîner. Je pensais même appeler votre mère pour lui demander quel est son plat préféré. Vous croyez que cela l'ennuierait ?

— Pas du tout ! répondit Mikhail, elle sera ravie…

Rachel sourit, sachant déjà que, dès que leur mère aurait raccroché, elle s'empresserait de se lancer dans la préparation du mariage d'Alex.

*
* *

En pénétrant dans le salon, Alex constata que la télévision était restée allumée. Sur l'écran, une femme s'enfuyait en hurlant sur une plage en noir et blanc, poursuivie par ce qui devait être une tribu de cannibales.

Se débarrassant de sa veste, Alex éteignit le poste et vit alors Bess étendue sur le canapé, dormant à poings fermés. Ainsi, se dit-il avec émotion, elle l'avait attendu.

A pas de loup, il s'approcha d'elle et la contempla, sentant son cœur se serrer. Pendant des années, il était rentré chaque soir dans son appartement désert sans que personne guette son arrivée avec impatience.

Tendrement, il s'agenouilla près de la jeune femme et écarta une mèche de cheveux qui retombait devant ses yeux clos. Puis il posa un léger baiser sur sa joue et elle se réveilla, poussant un petit soupir de contentement.

— Je vais te porter jusqu'à ton lit, lui dit-il gentiment. Rendors-toi.

Mais Bess se redressa, et se frotta le visage pour dissiper les dernières brumes du sommeil.

— Quelle heure est-il ? demanda-t-elle d'une voix incertaine.

— Il est tard. Tu aurais dû te coucher…

Bess secoua la tête.

— Je t'attendais, lui dit-elle. Mais le film était tellement mauvais que je n'ai pas pu résister, ajouta-t-elle en riant comme une enfant.

Elle déposa un petit baiser sur les lèvres d'Alex.

— On dirait que la journée a été longue, inspecteur, remarqua-t-elle.

— On peut le dire, soupira-t-il, hésitant à lui révéler le secret qui le consumait.

— Est-ce que tu as eu le temps de manger quelque chose ? demanda-t-elle en se redressant.

— J'ai dû me contenter d'un sandwich. J'ai essayé de t'appeler mais...

— ... tu es tombé sur le répondeur, acheva-t-elle. C'est parce que je me suis aperçue que je n'avais plus de paprika et que je suis descendue en chercher.

— Alors tu as vraiment cuisiné ? murmura-t-il avec un pâle sourire.

Cette idée le touchait profondément mais avivait également la culpabilité qui le torturait.

— J'avoue que je me suis surprise moi-même, répondit Bess en riant. Ta mère m'a donné une recette hongroise de boulettes de poulet...

— Du *csirke paprikas* ? s'exclama-t-il, sidéré.

C'était l'un de ses plats préférés et, en temps normal, sa seule mention aurait suffi à le faire saliver.

— Mais cela a dû te prendre une éternité ! ajouta-t-il.

— J'ai vécu une véritable aventure culinaire, reconnut-elle. Et je pense que ma femme de ménage me rendra son tablier lundi en voyant l'état de la cuisine.

Elle caressa tendrement la joue d'Alex, fascinée par le contact de sa barbe naissante.

— Mais ne t'en fais pas, le rassura-t-elle, nous n'aurons qu'à réchauffer ce plat pour le déjeuner de demain. Et si tu te sens vraiment coupable, tu n'as qu'à te faire pardonner en m'emmenant au lit...

A la grande surprise de Bess, au lieu de la prendre au mot comme il l'aurait fait d'ordinaire, Alex serra les dents et s'écarta d'elle. Il commença à faire les cent pas dans le salon.

— Il faut que nous parlions, dit-il, semblant articuler avec difficulté.

— Très bien, concéda-t-elle, le cœur battant.

Le ton qu'il avait employé ne présageait rien de bon et elle se demanda avec angoisse ce qu'il s'apprêtait à lui révéler.

Alex hésita quelques instants puis décida qu'il valait mieux servir un verre de cognac à la jeune femme avant de commencer à parler. Qui sait ? Cela faciliterait peut-être un peu les choses... Il se dirigea donc vers le bar et sortit la bouteille avant de lui remplir un verre.

Bess le regarda faire, se demandant avec terreur s'il n'avait pas changé d'avis à son sujet et s'il n'allait pas lui annoncer qu'il voulait rompre. Brusquement, elle réalisa que c'était ce qu'elle redoutait le plus au monde.

— C'est si grave que cela ? demanda-t-elle d'une voix tremblante lorsqu'il lui tendit le verre.

— Oui, répondit-il gravement. Bois...

— Ce n'est pas la peine, soupira-t-elle, brisée. Je te promets que je ne te ferai pas une scène...

— Bois quand même, *milaya*.

Elle ferma les yeux et s'exécuta, songeant qu'il n'aurait pas fait preuve de tant de tendresse s'il s'était vraiment apprêté à mettre fin à leur liaison.

— Je t'écoute, dit-elle enfin, sentant le liquide brûlant réchauffer légèrement son corps glacé.

— Il y a eu un autre meurtre, hier soir, commença Alex.

Instantanément, le souvenir du corps de Crystal s'imposa à Bess qui frémit.

— Mon Dieu, souffla-t-elle.

— Le concierge de l'hôtel l'a trouvée ce matin, reprit-il. Il ne l'avait pas vue ressortir et il s'inquiétait pour sa commission habituelle.

Alex s'aperçut qu'il était en train de tergiverser, comme s'il cherchait à éviter d'en venir à l'essentiel. Mais c'était plus fort que lui.

— Elle avait utilisé cette chambre trois fois, cette nuit-là.

Le concierge a entrevu son dernier client et nous sommes en train de lui faire faire un portrait-robot...

— C'est une bonne nouvelle, remarqua Bess. Cette fois, vous allez le coincer !

— C'est possible, en effet. L'homme n'a reconnu aucun des portraits de criminels que nous lui avons montrés, mais nous pourrons publier le portrait-robot. De plus, nous avons des échantillons de sang, cette fois. Il sera donc possible de tester l'ADN...

— Alors il est perdu.

— Oui. Mais il faut espérer qu'il n'aura pas le temps de commettre un autre meurtre d'ici là.

Alex prit une profonde inspiration puis se jeta à l'eau.

— Bess... La fille qui a été tuée, ce soir... c'était Rosalie.

La jeune femme ne dit rien, se contentant de le fixer avec une expression vide, comme si elle était incapable d'assimiler cette révélation. Le sang paraissait s'être retiré de son visage et il craignit un instant qu'elle ne s'évanouisse.

— Non, murmura-t-elle enfin. Ce n'est pas possible... Ils ont dû se tromper... Je l'ai vue, il y a tout juste deux jours...

— Ce n'est pas une erreur, répondit Alex, s'efforçant d'énoncer les faits aussi froidement qu'il le pouvait de peur de craquer. Je l'ai identifiée moi-même. Nous avons vérifié ses empreintes digitales. Et il y a le témoignage du réceptionniste. C'était bien Rosalie, Bess.

La jeune femme émit un gémissement sourd et noua ses bras autour de son propre corps. Elle commença à se balancer d'avant en arrière comme pour se bercer.

— Non, souffla-t-elle. Non, non, non...

Alex voulut s'approcher d'elle mais elle le repoussa d'un geste. Se levant d'un bond, elle s'éloigna de lui, sentant une rage incoercible l'envahir tout entière.

— Ce n'est pas juste ! s'exclama-t-elle. Elle n'aurait pas dû mourir ! Pas comme ça...

— Ce n'est jamais juste, objecta Alex.

Incapable de supporter le détachement qu'elle percevait dans sa voix, Bess lui fit face, sentant son angoisse et sa colère se transformer en haine.

— Je vois, cracha-t-elle, furieuse. Pour toi, ce n'était qu'une pute parmi d'autres. Une fille sans importance. Pas de quoi se sentir concerné, n'est-ce pas ? Comment peux-tu être aussi insensible ?

— Je n'ai pas dit..., commença Alex.

— Si ! s'exclama-t-elle avec violence. Tu m'as dit que tu devais être détaché !

— C'est vrai.

— Tu m'as dit que je devais la laisser tomber, que je n'avais aucune chance de la tirer de la rue. Tu m'as dit que c'était une perte de temps et d'énergie ! Et je suppose que ce qui s'est passé hier prouve que tu avais raison...

Alex encaissa le coup sans réagir. Qu'aurait-il pu faire d'autre en la voyant souffrir de cette façon ?

— Bess, assieds-toi, lui dit-il d'un ton conciliant. Tu te fais du mal...

Bess secoua la tête, tremblant de la tête aux pieds. Elle aurait voulu briser quelque chose mais rien n'était assez précieux.

— Mais j'ai mal ! s'écria-t-elle. Rosalie était mon amie. Ce n'était pas l'un de tes informateurs ! C'était un être humain, quelqu'un que j'avais appris à respecter et à comprendre. Quelqu'un qui rêvait de partir en Floride pour y couler des jours heureux ! Elle n'aurait pas dû mourir de cette façon...

— J'aimerais pouvoir y changer quelque chose, soupira Alex. Je te jure que j'aurais donné n'importe quoi pour que ce ne soit pas elle.

Incapable de maîtriser la rage et la frustration qu'il sentait monter en lui, il décocha un violent coup de pied dans la table basse. Le verre de cognac se renversa, éclatant en mille morceaux.

— Que crois-tu que j'ai ressenti lorsque je suis entré dans cette chambre miteuse et que je l'ai trouvée dans cet état ? Je n'arrête pas de me répéter que c'est ma faute, que je n'ai pas été capable d'arrêter ce type avant qu'il la tue ! Quoi que tu en penses, je considérais Rosalie comme un être humain ! Et je savais qu'elle était ton amie !

Un silence de plomb suivit cette sortie tandis qu'Alex et Bess se mesuraient du regard. Puis la jeune femme éclata en sanglots.

— Je suis désolée, balbutia-t-elle. Je suis désolée, Alexi…

— Pourquoi ? Je sais que tu pensais ce que tu as dit… Et peut-être avais-tu raison.

— Ce n'est pas vrai. Tu as essayé de me protéger…

Bess comprenait à présent ce qu'il avait voulu faire : ne tenant aucun compte de son propre épuisement, de son propre dégoût, il avait tenté de la préserver, d'atténuer autant qu'il le pouvait l'impact de cette révélation. Parce qu'il l'aimait…

— Prends-moi dans tes bras, supplia-t-elle.

Durant quelques instants, Alex demeura immobile et elle craignit qu'il ne refuse. Mais, finalement, il s'approcha d'elle et l'étreignit. Pourtant, elle sentait toujours la tension qui l'habitait.

— Je ne voulais pas te faire du mal, souffla-t-elle tandis qu'il caressait doucement ses cheveux. Je voulais que tu me dises que c'était un mensonge, que tu t'étais trompé, que c'était une mauvaise plaisanterie…

Elle s'interrompit, étouffant un nouveau sanglot.

— Elle était mon amie, répéta-t-elle. Elle comptait pour moi…

Alex ferma les yeux, se rappelant brusquement sa dernière rencontre avec Rosalie. Les paroles de la prostituée lui revinrent alors : « Elle est la seule personne qui me respecte. »

— Je sais, murmura-t-il. Et je sais que tu comptais beaucoup pour elle...

— Il faut que tu attrapes ce salaud, déclara Bess d'un ton où perçait une haine profonde.

— Nous l'attraperons, promit Alex. Et il finira ses jours en prison où il ne pourra plus faire de mal à personne.

Pendant quelques instants, tous deux restèrent silencieux. Alex berçait doucement Bess dont les larmes continuaient de couler.

— Elle avait une arme, dit-il enfin.

— Oui, un couteau à cran d'arrêt. Elle me l'avait montré.

— Elle s'en est servie... Je ne sais pas à quel point elle a blessé le tueur mais elle s'est battue comme une lionne. Tout est enregistré.

— Enregistré ? s'étonna Bess. Tu veux dire que vous avez retrouvé mon magnétophone ?

— Oui. Apparemment, il n'a pas pris la peine de fouiller ses affaires. Si cela peut t'aider, ce sera probablement un indice décisif et une preuve à charge...

— Alors, tu as tout entendu ? demanda Bess, incapable de maîtriser un frémissement d'horreur.

— Oui. Tout y était, depuis la façon dont il l'a abordée jusqu'à... la fin... Mais ne me pose pas plus de questions, Bess. Même si j'étais capable de te rapporter ce que j'ai entendu, je ne le ferais pas...

— Je ne te demande rien, répondit-elle. Je ne veux pas savoir.

— Bien... Je n'ai que quelques heures de sommeil devant moi. Il faut que je me lève à l'aube demain. Préfères-tu que je reste ici ce soir ou que je rentre chez moi ?

Dans sa voix, Bess perçut la souffrance qui l'habitait et

comprit combien elle l'avait blessé. Se serrant un peu plus contre lui, elle posa doucement sa tête contre son épaule.

— Je veux que tu restes, Alexi. Ce soir et tous les autres soirs. Je crois que je ne pourrai plus jamais rester seule...

Tandis qu'elle se remettait à pleurer, incapable de retenir les larmes qui menaçaient de l'étouffer, Alex la souleva pour l'emporter jusqu'à la chambre.

Chapitre 12

Les mains de Judd étaient crispées sur le volant de la voiture tandis qu'Alex et lui remontaient la XXVIe Avenue. Cette fois, il n'était pas nerveux. Au contraire, même, il sentait une certaine impatience bouillonner en lui.

L'idée d'arrêter Wilson J. Tremayne III, le petit-fils d'un sénateur, pour un quadruple meurtre lui paraissait particulièrement exaltante.

Cette fois, ils le tenaient : ils possédaient un portrait-robot, un échantillon sanguin et une empreinte vocale. Depuis l'assassinat de Rosalie, tout était allé très vite. C'était Trilwalter qui avait reconnu leur suspect.

Leur supérieur avait longuement contemplé l'esquisse de son visage avant de demander à Alex de consulter les archives des journaux pour s'assurer qu'il ne se trompait pas. Alex avait réussi à retrouver un cliché du sénateur avec sa famille qui ne laissait aucun doute.

Etant donné le profil de l'accusé, Alex avait alors décidé de prendre toutes les précautions possibles et il s'était rendu dans les locaux d'une des chaînes de télévision régionales. Il y avait déniché une bande datant de la campagne électorale où l'on voyait Tremayne en train d'animer une réunion de soutien pour son grand-père.

En comparant sa voix à celle de la bande enregistrée, ils avaient acquis la certitude qu'aucune erreur n'était possible.

A la pensée de cette cassette, Judd ne put retenir un frisson : l'écouter avait été l'une des expériences les plus éprouvantes de son existence.

— Tu penses que les Yankees ont une chance cette année ? demanda-t-il à Alex pour se changer les idées.

Alex n'eut même pas à tourner la tête pour percevoir l'excitation qui habitait son partenaire.

— N'oublie pas que, quand un flic touche au but, il a tendance à baisser sa garde et à commettre des erreurs, dit-il gravement. Il oublie de lire ses droits à l'accusé, commet des dizaines de fautes de procédure et, quelques mois plus tard, celui-ci est libéré avec les plus plates excuses du tribunal.

— Je sais, soupira Judd.

— Tu en es sûr ? demanda Alex tandis que son coéquipier se garait devant la maison magnifique qu'habitait Tremayne.

C'était une bâtisse gothique aux fenêtres étroites, ornée de plusieurs terrasses et de sculptures menaçantes. Tremayne vivait dans un loft immense au dernier étage et bénéficiait d'une vue privilégiée sur Central Park.

Qui aurait pu penser qu'un homme aussi distingué que lui était en réalité un tueur sadique qui écumait les bas-fonds de la ville ?

— Ne fais jamais d'une affaire une histoire personnelle, reprit Alex lorsqu'ils descendirent de voiture. C'est la règle numéro cinq.

— Je suis sûr que tu as autant envie que moi de coincer ce salopard, objecta Judd qui commençait à connaître son partenaire sur le bout des doigts.

Alex fixa sur lui un regard où couvait une rage froide et meurtrière. Mais Judd ne perçut ni exaltation ni satisfaction dans ses yeux.

— C'est vrai, dit-il d'une voix glaciale. Alors, allons le coffrer.

Ils montrèrent leurs badges au concierge de l'immeuble et s'engouffrèrent dans l'ascenseur où se trouvaient déjà une vieille dame et son caniche nain. Alex remarqua aussitôt que la cabine était munie d'une caméra de sécurité.

C'était une bonne chose : le procureur adjoint pourrait demander à visionner les cassettes des nuits où les meurtres avaient été commis. On y verrait Tremayne entrer et sortir à des heures suspectes. Et si les heures figuraient sur les bandes, cette preuve risquait de devenir accablante.

La vieille dame descendit au quatrième étage et les deux policiers poursuivirent jusqu'au huitième. Là, ils se dirigèrent vers l'appartement B. A travers la porte épaisse, Alex reconnut la célèbre aria de *Aïda*.

Lui-même n'était pas très fan d'opéra mais c'était un air qu'il aimait beaucoup et il se demanda brusquement si le plaisir qu'il avait à l'entendre ne serait pas désormais gâché par cet épisode déplaisant.

Tremayne vint ouvrir à la deuxième sonnerie et Alex le reconnut immédiatement : il avait lu suffisamment d'articles et vu assez de vidéos pour se faire une idée très précise du caractère de cet homme. Il connaissait également sa voix, riche et ample lorsqu'il était en campagne mais aiguë et hystérique lorsqu'il était sur le point de tuer.

L'homme était habillé d'une magnifique robe de chambre de velours bleu qui soulignait son regard intense. Il continua à s'essuyer les cheveux d'une main tout en observant ses visiteurs avec une évidente surprise.

— Vous êtes bien Wilson J. Tremayne ? demanda Alex.

— C'est exact, répondit celui-ci en leur décochant un sourire hésitant. Par contre, j'ai bien peur de ne pas vous connaître...

— C'est exact, monsieur, répondit Alex en montrant son

badge. Je suis l'inspecteur Stanislaski et voici l'inspecteur Malloy.

— Vous êtes de la police ? demanda Tremayne d'une voix où ne perçait pas le moindre signe d'angoisse ou de culpabilité.

Pourtant, l'espace d'un instant, Alex avait aperçu une lueur de méfiance dans ses yeux.

— Ne me dites pas que ma secrétaire a encore oublié de régler mes contraventions, reprit Tremayne avec un sourire d'excuse.

— Je crois que vous feriez mieux de vous habiller, monsieur, répondit Alex en rangeant son insigne. Nous aimerions que vous nous accompagniez.

Du coin de l'œil, il vit la main de leur interlocuteur se refermer sur la poignée si fort que ses jointures blanchirent.

— J'ai bien peur que cela me soit impossible, répondit Tremayne du même ton décontracté. J'ai rendez-vous pour le dîner.

— Vous feriez mieux d'annuler. Je pense que cela va prendre un certain temps.

— Inspecteur... ?

— Stanislaski.

— Inspecteur Stanislaski, savez-vous qui je suis ?

— Je sais exactement qui vous êtes... Jack, répondit Alex d'un ton glacial.

Une lueur d'angoisse passa dans le regard de Tremayne.

— Nous aimerions vous poser quelques questions concernant votre emploi du temps à l'heure de la mort de quatre jeunes femmes : Mary Rodell, Angie Horowitz, Crystal LaRue et Rosalie Hood. Vous êtes libre de contacter votre avocat avant de répondre, évidemment.

— C'est absurde ! s'exclama Tremayne.

Au moment précis où il allait claquer la porte, Alex plaça son pied dans l'embrasure, l'empêchant de le faire.

— Si vous refusez de coopérer, nous serons forcés de vous emmener de force, déclara-t-il posément.

Cette fois, une panique évidente s'empara de Tremayne qui fit volte-face et s'apprêta à fuir. Alex savait qu'il n'avait nulle part où aller mais il ne put résister à la tentation et se jeta sur lui, le plaquant violemment contre le mur du couloir.

Prenant l'homme par le revers de sa robe de chambre, il aperçut alors la chaîne en or qui pendait autour de son cou : c'était le même cœur brisé que celui qu'il avait offert aux prostituées. Encore une preuve de sa culpabilité...

Il vit également le pansement récent que l'autre portait au niveau de l'abdomen, souvenir de la résistance acharnée et tragique de Rosalie.

— Donnez-moi une bonne raison de vous faire du mal, fit Alex, menaçant. Une seule bonne raison...

— Vous n'avez pas le droit ! s'exclama Tremayne. J'appellerai mon grand-père et il vous fera virer !

Alex leva le poing dans l'intention de lui faire ravaler ses paroles mais Judd s'interposa.

— Règle numéro cinq, Stanislaski, lui souffla-t-il simplement.

Alex hocha la tête et décocha un pâle sourire à son partenaire.

— Règle numéro cinq, répéta-t-il. Va chercher un pantalon pour notre ami pendant que je lui lis ses droits...

Alex avait été tenté d'appeler Bess du commissariat, mais il avait décidé en fin de compte de le lui dire de vive voix. Au passage, il avait acheté un magnifique bouquet de lis blancs. C'était moins pour lui faire plaisir que pour se ménager des circonstances favorables.

Car, en la rejoignant, il avait une autre idée en tête. Une idée qui prenait la forme d'une petite boîte confortablement logée dans la poche de sa veste en cuir. C'était sans doute un curieux moment pour faire une demande en mariage mais peut-être que s'il s'y prenait bien, elle n'aurait pas le temps de changer d'avis.

Après tout, elle croyait l'aimer et, une fois qu'ils seraient mariés devant la loi et les hommes, il parviendrait bien à s'assurer que tel était le cas...

Lorsque les portes de l'ascenseur s'ouvrirent sur le hall, il hésita quelques instants devant sa porte. Comment allait-il s'y prendre ? Devait-il mettre de la musique douce ? S'agenouiller comme on le faisait autrefois ?

Le pire, c'est qu'elle avait vécu des scènes semblables à plusieurs reprises et qu'il souhaitait éviter que sa déclaration ne ressemble à celle de l'un de ses ex. Pour cela, mieux valait faire ce qu'il savait le mieux : agir à l'instinct...

Radieux, il ouvrit la porte et pénétra dans l'appartement. Ce qu'il vit alors lui fit l'effet d'une balle de revolver en plein cœur. Le sang déserta aussitôt son visage et il sentit ses jambes se changer en coton.

La jeune femme se tenait au beau milieu du salon, dans les bras d'un autre homme. Leurs lèvres venaient à peine de se séparer. Lorsque Bess entendit le cri étouffé d'Alex, elle se tourna dans sa direction et le charmant sourire qu'elle arborait se figea brusquement sur son visage.

— Alexi, murmura-t-elle d'une voix mal assurée.

— Je crois que j'aurais mieux fait de frapper, murmura celui-ci.

— Bien sûr que non, répondit nerveusement Bess. Charlie, je te présente Alexi.

— Nous nous sommes rencontrés au cours de ta fête, répondit l'homme qui paraissait ne pas avoir conscience de la tension qui régnait dans la pièce. Je suis ravi de vous revoir...

Alex posa son bouquet de fleurs sur le meuble le plus proche.

— Pas autant que moi, répondit-il d'un ton glacial.

— Eh bien… je pense que je vais y aller, fit Charlie qui commençait à comprendre que quelque chose ne tournait pas rond.

Se penchant en avant, il posa un nouveau baiser sur les lèvres de Bess.

— Tu promets de ne pas me laisser tomber, n'est-ce pas ?

— Bien sûr, répondit-elle en se forçant à lui rendre son sourire. Tu sais que je suis ravie pour toi, Charlie. Je te rappelle très bientôt…

Après avoir adressé un petit signe de tête à Alex, Charlie quitta l'appartement.

Dans le silence étouffant qui suivit, Alex perçut enfin la musique qui émanait de la chaîne stéréo : une suite romantique pour flûtes et violons… Sur la table basse, il remarqua deux verres de vin blanc à peine entamés.

— Je crois que je te dois une explication, commença la jeune femme d'une voix terriblement embarrassée.

Elle s'interrompit, devinant la rage froide qui avait envahi Alex.

— Mais je pense que tu ne me croiras pas…

— Le moins que l'on puisse dire, c'est que tu ne perds pas de temps, remarqua Alex.

— C'est ce que tu crois ?

— A moins que tu n'aies jamais cessé de le fréquenter depuis le début…

— Comment peux-tu dire une chose pareille ? s'exclama Bess, furieuse.

— Que veux-tu que je te dise ? répliqua Alex, prenant soin de garder ses distances. La situation est claire. Je rentre et je te trouve avec un autre homme. Vous avez ouvert une bonne bouteille de vin et mis de la musique douce…

Il prit une profonde inspiration, regrettant brusquement de ne pas avoir été tué par une balle avant d'entrer dans cette pièce. Jamais il n'avait autant souffert d'une trahison. Jamais il n'avait senti son cœur déchiré de la sorte. Pourtant il trouva la force d'ajouter :

— Tu me prends pour un imbécile.

— Bien sûr que non, protesta Bess, rageuse. C'est moi qui ai été idiote d'inviter mon amant ici alors que tu risquais de nous découvrir…

L'ironie mordante qu'Alex perçut dans la voix de la jeune femme le fit brusquement douter.

— Tu veux dire que tu n'as pas couché avec lui ? demanda-t-il brusquement.

— Si, j'ai couché avec lui. Et nous sommes encore très proches lui et moi. Mais pas comme tu le crois. Je n'ai jamais pensé à un autre homme depuis que nous sommes ensemble, toi et moi. Mais je suppose que les preuves sont contre moi, inspecteur…

Bess se sentit brusquement vidée. Elle avait passé la matinée à superviser les funérailles de Rosalie auxquelles elle était d'ailleurs la seule à assister. Elle avait préféré ne pas en parler à Alex de peur qu'il ne lui dise que c'était une idée absurde. Mais, à présent, elle avait besoin du réconfort que lui seul pouvait lui apporter.

Dire qu'il avait fallu qu'il rentre juste à ce moment-là ! A présent, elle risquait de le perdre à jamais.

— Tu l'as laissé t'embrasser, reprit Alex, accusateur.

— Oui, soupira-t-elle. C'est exact. Mais il n'est pas le seul homme à m'avoir embrassée. Et je crois que c'est plutôt cela, ton problème. Tu n'étais pas vierge non plus lorsque nous sommes sortis ensemble, Alex. Je n'ai jamais espéré que tu l'étais et je ne t'ai jamais reproché de ne pas l'être.

— Il y a une différence entre une vierge et une catin !

Alex s'interrompit brusquement, réalisant qu'il était allé

trop loin. Immédiatement, il fut tenté de retirer ses paroles, de s'excuser platement, de la supplier de ne pas tenir compte de ce qu'il venait de dire. Mais il lut dans les yeux de la jeune femme qu'il était trop tard pour cela.

— Je crois que tu ferais mieux de partir, articula-t-elle avec difficulté.

— Nous n'en avons pas fini.

— Je crois que si, au contraire. Je ne veux plus te voir. Et sache que même les putains comme moi ont le privilège de choisir leurs clients.

— Bess, ce n'est pas ce que je voulais dire, murmura Alex, très pâle. Mais je ne comprends pas...

— Non, l'interrompit-elle avec brusquerie. Tu ne comprends pas. Tu n'as jamais voulu comprendre ! Tu n'as jamais accepté ne serait-ce que d'entendre ce que je ressentais pour toi. A présent, mets-toi bien dans la tête que tout est fini et que je ne veux plus te voir !

— Je refuse de partir, s'écria Alex luttant contre l'impression atroce de vertige qui s'était emparée de lui.

— Si tu ne pars pas tout de suite, j'appelle la sécurité. J'appellerai aussi le commissaire et le maire, s'il le faut, pour m'assurer que tu ne t'approcheras plus jamais de moi !

— Tu pourrais appeler Dieu lui-même. Il ne pourrait pas m'empêcher de te voir.

— Alors écoute ceci, lui dit-elle, tentant de dominer la crise de larmes qu'elle sentait monter : je ne t'aime pas. Je ne te désire plus. Je n'ai pas besoin de toi. Nous nous sommes bien amusés durant ces dernières semaines mais c'est terminé à présent.

Elle se détourna brusquement pour ne plus voir la douleur que trahissait le regard d'Alex. Elle se demanda avec un étrange mélange d'angoisse et d'espoir s'il allait la suivre mais elle ne tarda pas à comprendre qu'il n'en ferait rien.

Ce qu'ils s'étaient dit avait été trop violent, trop irrémédiable pour qu'ils puissent revenir en arrière. Elle entendit claquer la porte d'entrée et ce ne fut qu'alors qu'elle s'autorisa à s'effondrer à même le sol pour se mettre à sangloter convulsivement.

— J'ai pris un mois de congé sabbatique, expliqua Alex d'une voix que l'alcool rendait pâteuse.

Tendant la main, il se servit un nouveau verre de vodka.

— Et en plus, tu bois seul au beau milieu de la journée, ajouta Mikhail en jetant un coup d'œil réprobateur à la bouteille à moitié vide.

— Tu n'as qu'à te joindre à moi, suggéra Alex en désignant d'un geste vague la cuisine dans laquelle s'empilait une masse impressionnante de vaisselle sale. Il reste peut-être un verre propre quelque part.

Mikhail alla en nettoyer un et revint se servir un verre de vodka.

— Qu'est-ce qui t'arrive ? demanda-t-il enfin.

— Je célèbre mes premières vacances depuis des mois, répondit Alex en portant un semblant de toast.

Il avala la vodka cul sec et sentit la douce chaleur qu'il connaissait bien se répandre en lui, anesthésiant momentanément sa souffrance.

— En fait, reprit-il, j'ai arrêté le méchant… Et j'ai perdu la fille. Ma vie est un véritable film de série B !

— Tu t'es disputé avec Bess ? demanda Mikhail qui s'en doutait depuis le début.

— Disputé ? répéta Alex en ricanant. Je ne sais pas si c'est le terme exact. Disons que je l'ai trouvée en compagnie d'un autre homme.

— C'est impossible, déclara posément Mikhail.

— Hélas non, répondit tristement Alex. Je suis entré chez elle par surprise et je l'ai trouvée en train d'embrasser ce type avec lequel elle avait été fiancée. Je ne sais pas si je te l'ai dit, d'ailleurs, mais se fiancer est son sport favori.

Mikhail secoua la tête, se souvenant de ce que lui avait dit Bess quelques jours plus tôt. Décidément, quelque chose clochait dans cette histoire.

— Tu l'as tué ? demanda-t-il.

— Je ne peux pas dire que je n'y ai pas pensé, reconnut Alex en se servant un autre verre. Mais je suis flic… Et, d'ailleurs, ce n'est pas vraiment la faute de ce pauvre type si Bess est une mangeuse d'hommes.

— Que t'a-t-elle dit ?

— Rien. Elle s'est énervée, c'est tout.

Alex reposa son verre pour se masser le visage.

— Parce que tu l'as accusée sans attendre qu'elle te donne des explications ? insista Mikhail.

— Je ne l'ai pas accusée, protesta Alex. Il ne servait à rien de le faire puisque je venais de la prendre sur le fait. Elle s'est emportée et moi aussi. Mais cela n'a pas vraiment d'importance : le pire, c'est qu'elle a avoué qu'elle ne m'aimait pas de toute façon.

— Alors, elle a menti, déclara Mikhail en attrapant le poignet d'Alex au moment où celui-ci allait boire de nouveau. Il y a quelques jours, elle est venue voir Rachel à l'improviste. J'étais chez elle et je lui ai demandé de poser pour moi. Nous avons un peu discuté et elle m'a dit qu'elle t'aimait. D'ailleurs, il n'y a qu'à voir l'expression de ses yeux quand elle parle de toi…

— Soit, concéda Alex. Mais cela ne prouve rien. Cette fille tombe amoureuse tout le temps…

— Il y a plusieurs façons d'être amoureux, lui rappela Mikhail. Combien de fois as-tu aimé quelqu'un ?

— C'est la première fois.

— La première fois que tu aimes vraiment. Mais combien de fois as-tu été amoureux ?

— C'était différent, protesta Alex.

— Je vois, dit son frère. Laisse-moi résumer la situation : toi, tu as le droit de tomber amoureux plusieurs fois, de te rendre compte de tes erreurs et de découvrir enfin la personne que tu aimes réellement. Mais Bess, elle, est censée trouver du premier coup ?

— Ce n'est pas ça...

Alex jura, n'ayant aucune envie d'entrer dans ce genre de débat. D'ailleurs, sa tête le faisait beaucoup trop souffrir pour cela.

— Je suis jaloux, admit-il enfin. J'ai tout de même le droit...

— Oui. Et tu as aussi le droit de te conduire comme un imbécile.

Mikhail resta quelques instants silencieux, se demandant comment aider son frère à sortir de l'impasse.

— Est-ce que tu l'aimes ? demanda-t-il enfin.

— Bien sûr que oui ! s'exclama Alex. J'allais la demander en mariage. Je voulais l'épouser... J'avais même la bague et un stupide bouquet de lis. Je crevais de trouille à l'idée qu'elle dise oui et plus encore à l'idée qu'elle dise non... Mais, pendant ce temps, elle était en train d'embrasser quelqu'un d'autre.

— Tu aurais peut-être dû lui demander pourquoi.

— Parce que tu l'aurais fait, toi ? répliqua Alex avec un sourire moqueur.

— Oui. J'aurais commencé par casser les deux bras et les deux jambes à ce type et, ensuite, j'aurais posé la question. Mais c'est ma façon de voir les choses... Je sais que tu as toujours été plus impulsif.

— Peut-être que nous devrions le retrouver et aller lui casser la figure, comme au bon vieux temps, suggéra Alex apparemment réjoui par cette perspective.

— J'ai une autre idée, répondit Mikhail en prenant son frère par la main pour l'aider à se redresser.

— Où allons-nous ? maugréa Alex.

— Dans la salle de bains. Une douche glacée te remettra les idées en place.

— D'accord. Mais je ne vois pas ce que ça changera.

— Au moins, tu seras en état d'aller voir la femme que tu aimes et de lui demander à genoux de te pardonner.

— Mais je ne veux pas qu'elle me pardonne ! s'exclama Alex, furieux.

— Mais si. Tu ne le sais pas encore mais c'est ce qui est le mieux pour toi. D'ailleurs, il faut que tu en prennes l'habitude avant de te marier. Je t'assure que c'est très utile !

— Vraiment ? demanda Alex tandis que son frère ouvrait la porte de la salle de bains et le propulsait tout habillé dans la cabine de douche. Je serais curieux de te voir faire ça avec Sydney…

— Rêve toujours, répondit Mikhail en ouvrant le robinet d'eau froide au maximum.

Alex hurla de rage et commença à l'insulter allègrement.

— Tu vois ! Ça va déjà mieux, lui lança son frère avec un sourire moqueur.

— Espèce de salaud ! s'exclama Alex en attrapant son frère par le col de sa chemise pour l'attirer avec lui sous le jet glacé.

Tous deux luttèrent quelque temps, trempés des pieds à la tête, avant de décider d'un commun accord de fermer le robinet. Ils explosèrent alors d'un fou rire inextinguible.

Se préparant à l'inévitable confrontation, Alex poussa la porte. Mais, à sa grande déception, seule Lori se trouvait dans le bureau.

— Je n'aurai pas les dernières modifications avant 6 heures, dit-elle sans même se retourner.

Elle était en train de taper frénétiquement sur le clavier de son ordinateur, une expression très concentrée sur le visage. Puis elle jeta un coup d'œil au nouvel arrivant et, instantanément, son regard se durcit.

— Qu'est-ce que vous venez faire ici ? lança-t-elle.

— J'ai besoin de voir Bess.

— Eh bien, vous n'avez vraiment pas de chance ! répliqua sèchement Lori. Elle n'est pas là.

— Où puis-je la trouver ?

— Nulle part, répondit la jeune femme.

— Je veux savoir où elle est, insista Alex.

Brusquement, elle se leva et s'avança vers lui, menaçante.

— Dans ce cas, vous feriez peut-être bien de vous asseoir. J'ai deux ou trois choses à vous dire.

Elle le poussa violemment en direction d'une chaise libre et Alex se laissa faire sans lui opposer la moindre résistance.

— Est-ce que vous savez le mal que vous lui avez fait ? s'exclama alors Lori, hors d'elle. C'est comme si vous lui aviez arraché le cœur pour le découper en petits morceaux !

— Le mal que je lui ai fait ? répéta Alex, blessé. Je vous signale que c'est moi qui l'ai trouvée en train d'embrasser un auteur de seconde zone dans son salon !

— Vous ne comprenez donc rien ?

— Ça doit être ça. Alors, expliquez-moi.

— Bon sang, vous ne la connaissez même pas. Sinon, vous vous rendriez compte de la chance que vous avez ! Bess est la fille la plus généreuse, la plus aimante et la plus désintéressée que je connaisse. Elle aurait fait n'importe quoi pour vous. N'importe quoi !

Lori s'interrompit un instant pour recouvrer un peu de sérénité. Nerveusement, elle commença à faire les cent pas devant la chaise sur laquelle elle avait poussé Alex.

— J'étais si heureuse pour elle quand elle m'a raconté votre histoire ! Je voyais bien à quel point elle était amoureuse de vous. *Vraiment* amoureuse. Cette fois, elle ne se contentait pas de vous prendre sous son aile le temps de trouver quelqu'un qui vous convienne...

— Pardon ?

— Que croyez-vous donc qu'elle ait fait avec tous les hommes qui sont tombés amoureux d'elle ? répondit Lori. Elle se convainquait elle-même qu'elle les aimait aussi et écoutait tous leurs problèmes comme une vraie mère poule. Puis elle les poussait gentiment dans les bras d'une femme dont elle pensait qu'elle serait parfaite pour eux. Et le plus drôle, c'est qu'elle voyait juste, la plupart du temps...

— Mais elle a failli se marier, protesta Alex.

— Elle n'a jamais failli se marier, croyez-moi. Pas une seule fois... Chaque fois qu'elle disait oui, c'est parce qu'elle ne pouvait pas supporter de faire du mal à son soupirant. Mais, ensuite, elle commençait à avoir tellement peur qu'elle n'avait de cesse qu'elle ne lui ait trouvé quelqu'un d'autre.

— Quelqu'un d'autre ? Mais pourquoi ?

— Parce que Bess est peut-être loyale et désintéressée mais elle n'est pas stupide : elle savait au fond d'elle-même qu'elle n'était pas amoureuse. En fait, tout ce mécanisme était peut-être en grande partie inconscient. Mais j'en ai été témoin suffisamment souvent pour comprendre qu'il y avait là un schéma bien établi...

Lori s'arrêta brusquement, foudroyant Alex du regard.

— Mais avec vous, rien n'a été pareil. Elle vous aimait, elle avait besoin de vous. Je l'ai même vue verser des larmes parce que vous doutiez de ses sentiments. Jamais elle n'avait pleuré à cause d'un homme auparavant. Elle se contentait de devenir leur meilleure amie et même celle de leur nouvelle petite amie. Un processus indolore dans lequel tout le monde trouvait son compte. Mais depuis qu'elle vous a perdu, elle est désespérée...

Alex sentit une brusque nausée l'envahir, réalisant combien il s'était trompé sur Bess. Mikhail avait raison : c'est en rampant qu'il devrait revenir vers elle s'il voulait espérer qu'elle lui pardonne.

— Dites-moi où elle est, je vous en prie, souffla-t-il.

— Pourquoi ferais-je une telle chose ? répliqua Lori.

— Parce que je l'aime.

La jeune femme fut tentée de le gifler, mais quelque chose dans le regard d'Alex l'arrêta. La douleur qui s'y reflétait était la même que celle qu'elle avait lue dans celui de Bess.

— Charlie était juste...

— Ne dites rien, l'interrompit-il. Cela n'a aucune importance.

Ce qui comptait, songea-t-il, c'était la confiance qu'il devait à Bess. Et il était grand temps d'en faire preuve.

— Je n'ai pas besoin de savoir, reprit-il. J'ai juste besoin d'elle.

Lori passa une main dans ses cheveux et aperçut alors la bague que Steven lui avait offerte en la demandant en mariage. Bess l'avait poussée à accepter et à surmonter ses doutes parce que, disait-elle, il fallait toujours laisser une chance à l'amour. Peut-être était-il temps aujourd'hui de lui rendre le même service...

— Je vous préviens, Alex : si vous lui faites encore le moindre mal...

— Plus jamais, répondit-il avec fougue.

Mais il s'interrompit et secoua la tête.

— Je ne veux pas lui faire de mal, Lori. Il m'arrivera peut-être de la faire souffrir de nouveau mais je ferai tout pour l'éviter.

La jeune femme le regarda gravement et soupira.

— Je lui ai conseillé de rentrer chez elle, dit-elle enfin. Elle n'était pas en état de travailler.

— *Dyakuyu.*

— Pardon ?

— Merci, Lori.

L'odeur entêtante des lis emplissait à présent tout son appartement, menaçant de la rendre folle.

Elle avait bien pensé à prendre des vacances, à partir n'importe où pour fuir cette ville et tenter de faire le point. Mais elle ne pouvait laisser Lori seule alors que les épisodes à venir seraient capitaux et que son amie avait un mariage à organiser.

Pourtant, pour la première fois de sa vie, les problèmes des personnages de Millbrook lui paraissaient bien superficiels comparés aux siens. Et le pire, c'est que rien de ce qu'elle pourrait écrire ne la sortirait de ce mauvais pas.

Errant dans sa cuisine, Bess essaya de se convaincre qu'elle devait préparer quelque chose à manger. Mais l'odeur des lis ne cessait de la ramener à Alex.

Comment pouvait-il encore la faire souffrir à ce point alors qu'ils avaient rompu ? Etait-ce parce que, pour une fois, elle avait réellement été amoureuse ? Si tel était le cas, il aurait peut-être mieux valu qu'elle ne connaisse jamais ce sentiment.

Car elle ne retrouverait pas d'homme comme lui et serait condamnée à se morfondre à jamais au souvenir de cet unique amour.

Au moins saurait-elle de quoi elle parlait la prochaine fois qu'elle écrirait une scène traitant d'un chagrin d'amour...

Renonçant brusquement à manger, la jeune femme décida d'aller se coucher : demain serait un autre jour et, qui sait, elle trouverait peut-être le courage de surmonter sa souffrance.

Mais, alors qu'elle émergeait de la cuisine, elle manqua s'évanouir de saisissement. Alex se tenait près de la console sur laquelle il avait posé les lis. Il les contemplait pensivement mais, lorsqu'il la vit entrer, son regard se posa sur elle sans qu'elle puisse déchiffrer son expression.

— Que fais-tu ici ? demanda-t-elle d'une voix que la douleur rendait coupante et sèche.

— J'avais gardé la clé, commença-t-il en l'observant.

Il remarqua ses yeux rougis par les larmes et les cernes qui soulignaient son regard affolé, témoignant des nuits sans sommeil qu'elle avait dû passer. Immédiatement, il sentit monter en lui une immense culpabilité.

— Il était inutile de les rapporter toi-même, dit-elle en tentant vainement de feindre le détachement. Tu aurais pu te contenter de les renvoyer par la poste. Mais merci quand même.

Elle essaya de sourire mais dut se contenter d'un rictus nerveux.

— Bien, je suis désolée mais je suis pressée. J'allais justement me changer pour sortir.

— Tu n'as jamais été capable de me regarder en face lorsque tu mentais, répondit Alex d'une voix très douce.

Il se rappela alors la façon dont les yeux de la jeune femme avaient évité les siens, lorsqu'elle lui avait déclaré ne pas l'aimer. Comment avait-il pu être aussi aveugle ?

— Qu'est-ce que tu veux, Alex ? demanda-t-elle, désespérée.

— Beaucoup de choses, soupira-t-il. Peut-être même trop de choses… Mais, avant tout, je veux que tu me pardonnes.

— Laisse-moi tranquille ! s'écria-t-elle.

— *Milaya*, je t'en prie…, murmura Alex en se rapprochant d'elle.

— Non ! protesta-t-elle en reculant prestement.

Alex parut hésiter puis ses bras retombèrent le long de son corps tandis qu'il poussait un profond soupir.

— Je ne te toucherai pas, promit-il d'une voix calme. Mais laisse-moi au moins te dire pourquoi je suis venu.

— Il n'y a plus rien à dire, répondit-elle d'une voix tremblante. Tu m'as clairement expliqué ce que tu pensais de moi.

— La seule chose que j'ai faite, c'est agir comme un idiot et te faire du mal, répliqua-t-il.

— Oui, tu m'as fait du mal, approuva-t-elle en tremblant de tous ses membres. Mais pas seulement ce jour-là… Tu m'as blessée chaque fois que tu refusais que je te dise à quel point je t'aimais. Je me répétais que cela n'avait pas d'importance, que tu finirais par le comprendre par toi-même. Je pensais que tu le lirais dans mes yeux ou dans mes gestes… Je savais que tu m'aimais et que tu avais besoin de moi. C'était la première fois de ma vie que cela m'arrivait…

— Bess…

— Attends ! Mes parents n'avaient pas besoin de moi. Je les ai entendus plusieurs fois se demander d'où je venais, comme si j'étais arrivée dans leur famille par erreur…

Alex commença brusquement à discerner les blessures qu'il avait contribué à rouvrir. Mais il ne dit rien, songeant qu'elle avait peut-être besoin de regarder en face ses propres sentiments, de les accepter. Après tout, Lori lui avait laissé entendre qu'elle avait passé sa vie à les ignorer pour ne penser qu'aux autres.

— J'ai réglé ça avec moi-même, reprit-elle fièrement. Qu'aurais-je pu faire d'autre ? Après tout, ce n'était pas vraiment leur faute. A leur façon, ils étaient plus parfaits que je ne le serai jamais pour eux. Ou pour toi, d'ailleurs…

— Crois-tu vraiment que c'est ce que je veux ? demanda Alex, la gorge serrée. Que tu sois parfaite ?

— Je ne sais pas ce que tu veux, Alex, avoua-t-elle. Je

sais juste que l'histoire recommence sans cesse. En entrant en pension, j'ai fui mes parents. Mais toutes les filles étaient plus jolies, plus dociles que moi. Une fois encore, personne ne voulait de moi : j'étais la brebis galeuse, celle que l'on rejette. Alors j'ai compris qu'il ne servait à rien de lutter : certaines personnes finissaient par m'accepter telle que j'étais... J'ai même réussi à me faire des amis. Mais je n'ai jamais aimé avant de te connaître.

— Bess, ne crois pas que les choses soient différentes pour moi : tu es la première femme que j'ai aimée. Et je t'aime encore... Il faut que tu me laisses une seconde chance.

— Cela ne servirait à rien, répondit la jeune femme en essuyant ses larmes du revers de la main. Je pensais que cela marcherait entre nous : je le voulais de tout mon cœur. J'étais sûre que l'amour que nous éprouvions l'un pour l'autre suffirait. Mais ce n'est pas vrai. Sans espoir et sans confiance, nous n'avions aucune chance.

Bess avait parlé d'une voix calme et mesurée et Alex sentit une violente panique l'envahir : pour la première fois depuis le début de leur conversation, il se demanda s'il n'était pas trop tard, s'il n'avait pas définitivement laissé passer la plus belle opportunité de sa vie...

— Est-ce que tu veux que je rampe devant toi ? demanda-t-il en posant ses mains sur les épaules de la jeune femme pour l'empêcher de s'éloigner de lui. Si c'est le cas, je le ferai ! Je refuse que tu me rejettes simplement parce que j'ai été stupide et parce que j'ai eu peur.

Bess réprima à grand-peine un sourire, se demandant si c'était là l'attitude d'un homme prêt à ramper : les yeux d'Alex paraissaient jeter des éclairs et sa voix avait quelque chose de presque menaçant.

— Qu'est-ce qui me dit que tu ne prendras pas de nouveau peur, la prochaine fois que tu me verras embrasser un vieil ami ? demanda-t-elle pourtant, sans parvenir à se défaire de sa méfiance.

— Eh bien..., hésita Alex en la relâchant pour faire les cent pas. J'essaierai de... Enfin...

Il se tut un instant, la regardant droit dans les yeux.

— Je tuerai le prochain qui osera te toucher ! s'écria-t-il enfin.

— Dans ce cas, New York sera rempli de cadavres... Je ne peux pas changer complètement pour toi, Alexi. De même que je ne te demanderai jamais de changer pour moi.

— Tu as raison, soupira Alex en se frottant le visage comme pour chasser un mauvais rêve. Je sais qu'un baiser entre amis ne compte pas vraiment. Je ne suis pas si stupide, Bess... Mais, l'autre soir, lorsque je suis entré...

— Tu as immédiatement cru que je te trompais, compléta-t-elle.

— Je ne sais pas... Peut-être, avoua-t-il. Tout ce que je sais, c'est que lorsque je t'ai vue, je me suis senti trahi. C'est peut-être ridicule mais je n'ai pas réfléchi. Pourtant, je suis policier : je sais que les suppositions ne valent rien, que les apparences sont souvent trompeuses, qu'un même fait peut avoir des centaines d'explications... Mais j'étais incapable de raisonner.

Il soupira, lui jetant un regard où perçaient tous ses regrets.

— Je ne cherche pas à me justifier, reprit-il. Mais j'étais épuisé par la tension nerveuse de ces derniers jours. Je venais d'arrêter Tremayne et j'avais absolument envie de t'en parler. Parce que j'avais décidé une bonne fois pour toutes de ne plus séparer artificiellement ma vie personnelle de ma vie professionnelle... Et puis, je savais que tu étais allée à ces funérailles sans moi et je me sentais coupable de ne pas avoir insisté pour t'accompagner.

— Je ne savais pas que tu étais au courant, remarqua Bess, surprise.

— Tu laisses toujours des bouts de papier traîner un peu partout dans la maison, expliqua-t-il avec un pâle sourire. Des listes de courses, des bouts de dialogues, des rendez-vous... J'ai vu celui que tu avais écrit au sujet des fleurs pour le cimetière... Franchement, si l'enquête ne s'était pas accélérée de cette façon, je pense que j'aurais demandé à venir avec toi.

— Il était plus important pour moi que tu arrêtes cet homme, répondit doucement Bess.

— Mais je n'étais pas près de toi, soupira Alex. Alors que j'en avais envie... Et quand je suis rentré ici, je voulais...

Il s'interrompit, réalisant que le moment était mal choisi pour lui parler de ses projets de mariage.

— Enfin, j'étais tourmenté par de nombreuses questions. Et j'avoue que j'ai réagi de façon complètement disproportionnée. Je m'en excuserai autant de fois que tu le jugeras nécessaire mais j'aimerais que tu m'écoutes...

— Ce n'est pas grave, répondit Bess en lui prenant doucement la main. C'est juste idiot et triste. Sais-tu pourquoi Charlie était là ?

— Je n'ai pas besoin de le savoir, déclara Alex en la regardant bien en face. Tu n'as pas à te justifier.

— Je préférerais tout de même mettre les choses au clair, répondit-elle posément. J'étais bien trop en colère pour le faire auparavant... Charlie est venu me voir pour m'annoncer que Gabrielle était enceinte. Il était aussi joyeux qu'un enfant qui vient de recevoir un cadeau de Noël et il tenait absolument à partager cette nouvelle avec une amie. Et il m'a demandé d'être marraine du bébé, même s'il ne naîtra pas avant sept mois...

— Tu aurais dû me frapper, Bess, soupira Alex en posant ses mains de chaque côté du visage de la jeune femme. J'ai été stupide...

Se penchant vers elle, il posa doucement ses lèvres sur

les siennes. Immédiatement, il fut traversé par un éclair de désir incoercible et son baiser se fit plus passionné. La serrant contre lui presque à l'étouffer, il continua à l'embrasser avec fougue jusqu'à ce qu'il la sente fondre en larmes une fois encore.

— Bess, je t'en prie, ne pleure pas, murmura-t-il en la pressant tendrement contre lui. Tu vas me briser le cœur...

— Je ne voulais pas que tu reviennes, articula-t-elle entre deux sanglots. Je ne voulais plus ressentir cela...

Alex ferma les yeux, encaissant le coup. Il n'avait que ce qu'il méritait.

— Tu as eu raison de me quitter, murmura-t-il. Mais je veux avoir une chance de te prouver que tu aurais raison de m'accepter de nouveau.

Il caressa doucement les cheveux de la jeune femme.

— Tu es si douée pour écouter les gens, ajouta-t-il. Alors laisse-moi te parler...

— Il est inutile de t'excuser une fois de plus, répondit-elle, réalisant combien elle l'aimait. Et il est inutile que je te laisse revenir car tu as toujours été là, poursuivit-elle en posant la main sur son cœur.

Alex sentit une immense émotion l'envahir : elle l'aimait ! Ils s'étaient disputés, déchirés mais elle l'aimait toujours.

— C'est si facile ? demanda-t-il, incrédule.

— Ce n'est pas facile, répondit-elle, sachant que ce ne le serait jamais. Mais c'est comme ça.

Elle lui sourit à travers ses larmes et porta sa main à ses lèvres.

— Oublions cela, dit-elle. Je suis très douée pour les nouveaux débuts...

— Non, Bess, protesta Alex en lui prenant la main pour l'entraîner jusqu'au canapé où ils s'assirent. Je ne veux pas d'un nouveau départ : notre premier me convenait parfaitement. Tu m'as expliqué ce que tu pensais alors je vais faire la même chose...

Il se tut, cherchant par où il pouvait commencer.

— J'avais peur de te croire, avoua-t-il. Jamais aucune femme n'avait été aussi importante pour moi. J'avais envie de passer ma vie entière avec toi. Mais je craignais que tu refuses, que tu te détournes de moi.

— Je comprends, soupira Bess. J'ai passé ma vie à avoir peur de m'engager... Mais c'est parce que je savais au fond de moi que je n'avais pas encore trouvé l'homme de ma vie.

— Mais, cette fois, tu as gardé les lis, remarqua Alex en souriant.

— J'ai essayé de les jeter, avoua-t-elle. Mais je n'y suis pas arrivée.

— Tu sais, j'avais acheté autre chose ce jour-là, reprit Alex en sortant la petite boîte de sa poche.

Il sentit la main de la jeune femme trembler dans la sienne tandis qu'elle fixait l'écrin avec un mélange d'exaltation et d'angoisse dans le regard.

— J'espère que celle-ci ne sera pas trop voyante, ajouta-t-il en souriant.

— Je... je peux la voir ?

Alex ouvrit la boîte, révélant un anneau d'or constellé de petites pierres multicolores : une améthyste violette, un péridot vert, une topaze bleue et une citrine jaune.

— Je sais qu'elle n'est pas très conventionnelle, reconnut Alex, mais quand je l'ai vue, j'ai pensé qu'elle te ressemblait. Et je voulais quelque chose que personne d'autre n'aurait pensé à t'offrir...

— Je crois que personne n'aurait osé, répondit la jeune femme d'une voix un peu rauque.

— Si tu ne l'aimes pas, nous pouvons en choisir une autre.

Bess sentit de nouvelles larmes monter en elle. Mais,

cette fois, ce n'étaient pas des larmes de tristesse et de souffrance : elles étaient bonnes et douces.

— Elle est magnifique, murmura-t-elle, émue. Tu l'avais apportée, l'autre soir ? Lorsque tu m'as vue avec Charlie ?

Alex hocha la tête et elle caressa sa joue, comprenant brusquement ce qu'il avait dû ressentir alors.

— Je suis surprise que tu ne nous aies pas abattus tous les deux avec ton arme de service, lui dit-elle. Si j'avais écrit le scénario, c'est une scène que je n'aurais pas manquée.

— Alors, tu me pardonnes ?

— Il est impossible de ne pas laisser une seconde chance à un homme qui connaît si bien mes goûts, répondit-elle simplement.

— Tu sais, je l'avais achetée il y a plus d'une semaine... Mais il était plus difficile de te l'offrir que de faire face à deux drogués munis de pistolets-mitrailleurs. Puis je me suis dit qu'en profitant de l'effet de surprise, je te convaincrais peut-être de m'épouser.

Il referma la boîte et Bess ne put retenir un petit cri de déception et d'angoisse mêlées qui l'encouragea à poursuivre.

— C'était stupide, reconnut-il. Cela prouvait seulement que je n'avais pas confiance en toi... Je suis désolé.

— Mais... Je... Enfin, ce n'est pas si grave...

— Bien sûr que si, insista-t-il. C'était calculateur et mesquin alors qu'une demande en mariage devrait être romantique... Alors j'ai décidé de te faire ma proposition lorsque nous serions vraiment prêts tous les deux.

— Je ne comprends pas..., murmura Bess, effondrée.

— Je ne voudrais pas abuser de cette situation. Je sais que tu es vulnérable en ce moment. Alors je vais te laisser un peu de temps...

Bess dut faire appel à toute sa volonté pour ne pas hurler et le frapper. Puis, brusquement, Alex sourit et rouvrit la boîte.

— C'est bon, déclara-t-il. Je pense que nous sommes prêts.

Avant qu'elle soit revenue de sa stupeur, il se mit à genoux devant elle.

— Mais qu'est-ce que tu fais ? s'exclama-t-elle en riant.

— Je fais ma demande en mariage, répondit-il d'un ton solennel.

Voyant qu'elle riait de plus belle, il hésita.

— Ne me dis pas que tu as encore changé d'avis !

— Pas du tout, le rassura-t-elle. Mais tu n'as pas besoin de te mettre à genoux. Assieds-toi à côté de moi et regarde-moi dans les yeux.

— D'accord, soupira Alex qui renonça au petit discours qu'il avait soigneusement répété.

Il reprit sa place au côté de la jeune femme.

— Je t'écoute, lui dit-elle.

— Ne me bouscule pas ! protesta-t-il. Je veux d'abord que tu me dises ce que tu ressens vraiment pour moi.

— Je t'aime, Alexi, lui dit-elle en souriant, consciente que, pour la première fois, il accepterait ses paroles pour ce qu'elles étaient. Et je t'aimerai toute ma vie.

Otant la bague de son écrin de velours, Alex la passa au doigt de la jeune femme avant d'embrasser sa main.

— Je veux que tu sois ma nouvelle famille, déclara-t-il.

Elle ouvrit la bouche pour lui répondre mais il secoua la tête.

— Non, laisse-moi finir. Je veux que ce moment soit vraiment romantique et…

— C'était parfait, lui dit-elle. Ne change rien. Jamais…

— Mais alors, dis-moi oui, bon sang !

Bess éclata de rire avant de l'embrasser avec passion.

— Oui, répondit-elle. Mille fois oui !